水土

土

中国水土生态报告

哲 夫
著

中国青年出版社

调寄《荆州亭》平水

哲夫

昨夜枝鸣朵唳,

拂晓雨晴云霁。

波绕小桥西,

碧绿繁荣罔替。

日丽重于体制,

风和关乎国计。

水土即江山,

民本风流主题。

一

面对自然的强项、霸蛮神秘和不可捉摸，茫然的先人们，让自己从最初的畏葸之中走出来的方法之一，便是使自然与自己相似，使之具象化、人格化、类型化，并各司其职，腾挪自己去忙别的事情。也就此有了个抓挠处，借祭祀与自然沟通并表达各项诉求。

从陕西回来已经有不少日子。

院子里的万寿菊，过了重阳，也不再纷繁摇曳，眼瞅着就一日蔫似一日，没了精气神。没有北雁南飞的光景，没有秋虫啾啾的提醒，秋天不是悄然来了，而是悄然走了。随着枫叶的红起，红到发紫时，也就嗖嗖地落了。随着各种花的凋零、叶的飘落、草地上和庭院里斑斓的不断堆积，以及脚下踩出的季节的沙沙声，冬天悄然来了。天真的凉了，都送暖气了。

我去的时候离冬天还隔着一个秋天。

秋雨缠绵了三天，以为去了得天天在雨里霉着，怕是什么也看不到。可是临行前雨却停了。到了西安朋友们也都笑说，西安十天下了七天雨，这不，你来之前刚停了。潜意识地以为，这雨是为自己出行才停的，把不准自己是个什么。笑得就有些暧昧。

过去路过无定河也写过无定河，却只是浮光掠影匆匆一瞥。全须全尾溯源无定河，真切地走近它，从容地细看它，早有此想。无定河是黄河的一级支流。沿黄八省比它水量更大更长的黄河一级支流多了去了。但是，类似它这么个性鲜明把河流特性发挥到极致的河流却并不多。如同一个放大镜，河流具有的所有特性，都被无定河放大了。这便是我对它情有独钟的原因。

翌日出发，西安的天阴着。到定边时传来消息说西安又开始下雨。大家都在湖光霰影的盐田里笑了。笑得都很诡异，都很自我，都以为这天是为自己晴的。这种潜在心理或曰意识，千百年来几乎人人都有。信与不信或半信半疑，渐变成玩笑话甚至是恭维话。冥冥中，自我得十分微妙。

此次活动由陕西水利博物馆具体组织实施，成员有蒋建军、蔺生睿、王辛石、许灏、刘雁飞、雷保寿、雷永飞、姬晓东、常崇信、杨玉田、王凌涛、刘艳芹、张发民等，以及司机何师傅、王红红和工作人员邵宇欣等人。

我们头一站所到的定边县，古来即是汉族和匈奴、鲜卑、羯、氐、羌等民族的杂居地。公元407年，匈奴族铁弗部首领赫连勃勃建都统万城，国号夏，雄踞河套，定边为其腹地。西魏废帝三年，因定边盛产池盐，改西安州为盐州，仍置五原郡。隋改盐州为盐川郡、唐武德元年复为盐州。

盐的历史融入了定边的历史。定边的盐湖，大小分布有14个，盐田总面积98平方公里。盐湖水平如镜，干涸处皆有霜。穿过一方方盐池，有小山似的盐山，便是盐的结晶体，远望如白雪。

定边是陕西唯一的湖盐产地。商贾因盐云集。古有"东接榆延，西通甘凉，南邻环庆，北枕沙漠，土广边长，三秦要塞"之称。陕西作家姬晓东著《旱码头》一书大彰其胜。定边石油储量16.18亿吨，煤炭储量超过400亿吨。是全国石油产能第一大县、中国新能源产业百强县、国家首批绿色能源示范县、全国绿色环保节能示范县、中国马铃薯特产之乡、中国马铃薯美食之乡，等等。

兰州水文专家蔺生睿笑曰：定边有三宝，洋芋、土豆、马铃薯。

老蔺是个幽默的人，他有本事把陕北民歌《兰花花》中西合璧，用孤独的牧羊人的尾腔，唱出美声女高音的装饰效果：兰花花，兰花花，兰花花，兰呀么兰呀么兰呀么兰花花……

几日前定边已经飞雪，残雪与盐雪混在一起，竟然不好分辨。寒气因此凛然。后悔没有多带衣服，夜半冻醒记实：酒醒夜半寒，灯火明处，大夏国黯。赫连勃勃死，广泽楼起，清流已叛。盐田凝白雪，统万城当年，杀人六十万，游魂迄今未看淡。九月让人觉衣单，凛现世以寒战。定边已身临，不知统万城能否看？陕西水利博物馆的张发民馆长回我说：这次看的点里就有白城子。

次日，翻山越岭，自以为来到了那个临光泽而带清流美哉斯阜的地方。细问，才知这里是晋陕蒙的分界处。群山夹击，沟壑纵横，载沉载浮，人工林哺育得如同赫连勃勃，十分兴头。几条深切的沟壑被植物郁闭，什么也看不到。我问当地随行水务局的人员："这就是无定河的源头？"

水务局的朋友说："是的，只是看不到，沟底是有一股水流的。"不光是无定河，现在，我们中国的许多河流都没有了准确的源头，比如说黄河和长江，源头都没有水了，你说哪里是源头？只能下移。类似河流还有很多。无定河上游是红柳河，已经找不见无定河的源头，只有源头区域。

不觉黯然。唐古拉山姜根迪如冰川的长江源下移到沱沱河，巴颜喀拉山北麓约古宗列盆地的黄河源下移到扎陵湖和鄂陵湖，真正的源头已被近似源头取代。古称生水、朔水、奢延水的无定河也有自己的源头，只是我们来晚了，赫连勃勃时代那个"临广泽而带清流"的源头水已不知所踪。这条在动荡的历史河床上摇摆不定的河流，有河源区却没有源头。无论如何都是一个遗憾。

唐五代以来流域内植被破坏严重，河源段上游红柳河，河谷宽200～500米，河床宽30～50米，流经靖边县新桥后，"溃沙急流，深浅无定"，始称无定河。无定河在陕西境内的长度为442.8公里，流域面积21049.3平方公里。经米脂、绥德，在清涧县川口以南20公里处，注入黄河。

岁月是把杀猪刀，杀猪宰人也杀山河。

人也是这个样子，杀天杀地杀草木万物以养活自己。如果没有近些年来的退耕还林封山育林大力种草植树，恐怕就不会有今天这样草木葱茏的光景。

无定河从白于山北麓向北流，到巴图湾转向东流，过镇川堡后折向东南流入黄河，流路似马蹄形向北凸出。流域内水系分布不均匀，基本为一风倒树状水系。风沙区河流稀少、短小，黄土区河网发育、支流众多。主要支流有纳林河、海流兔河、榆溪河和南岸的芦河、大理河、淮宁河等。我有五律新韵记之曰：

> 陕蒙邻之界，白于岭壑眠。
> 整合山魍魉，纠聚水婵娟。
> 物我星移老，枯荣日驮迁。
> 帧帧儿女看，方识后可怜。

来者多是水文专家和全国有名气的摄影师，长枪短炮披挂满身，拍不到源头之水，料来有些心灰。如蒋建军所说生态比前些年好多了，若不赶紧将这大好风光一帧帧拍摄下来，藏之U盘，刻入光碟，发表于报刊，使之不受自然和人为的与日俱增的干扰，留给儿女，传于后世，更待何时。

所以大师们免不了端起各自的大相机小相机一阵紧忙活。

我小时居住的地方，有一条季节性河流，发洪水时可以淹死人，平时只是个河湾，漫阔的细软的河泥里，淌着一脉清流。沿河两岸都挖有水渠，后来水少了，水渠废了，连河湾也被人们种了地。每次听《一条大河》的歌，都会想起那条我少年时还好好地在，如今已悄悄消失的河流。

原名《一条大河》的歌词，发表时被改成《我的祖国》。导演沙蒙拿它作了电影《上甘岭》的主题歌。导演沙蒙问乔羽：为什么不用万里长江波浪宽？乔羽说："我只见过黄河……无论你出生在哪里，家门口几乎都有一条河，即使是一条很小的水流，在幼小者心目中也是一条大河……"

> 一条大河波浪宽，风吹稻花香两岸，我家就在岸上住，听惯了艄公的号子，看惯了船上的白帆。姑娘好像花儿一样，小伙儿心胸多宽广，为了开辟新天地，唤醒了沉睡的高山，让那河流改变了模样。好山好水好地方，条条大路都宽畅，朋友来了有好酒，若是那豺狼来了，迎接它的有猎枪……

人类择水而居，河流的历史，即是人类的历史。河流养育了人类。人类对河流做了什么？

如歌中所唱：为了开辟新天地，唤醒了沉睡的高山，让那河流改变了模样。改变山河模样似乎难以避免，但必须避免的是毁了山河的模样。之前有报道，水土保持的生态价值一直没有得到社会和人们的重视。20多年来我国5万条河流消失过半。60年的生态破坏可能需要600年去恢复。

原宝鸡市水利局局长、水文化专家常崇信说："类似许多河流没有源头的问题，我做过调查，还写过文章。在这方面的欠账我们有很多。也没有具体数据。我们到底有多少条河流？过去有多少条？这些年消失了多少条？现在还剩下多少条？源头在哪里？很茫然，工作还做得很不够。"

省引汉济渭办主任、文化专家、摄影师蒋建军，操着浓浓的陕北口音，语调平稳庸常，内里却暗流涌动，感慨万端地说："简直让人不敢相信，前些年我还来过，山上四周光秃秃的，这些年山也绿了，有树有草，在这个缺水的地方，能恢复成现在这个样子，就知道这些年有多么不容易！"

无语。此时无声胜有声。我有五言诗曰：

红柳河声溅，奢延莫见源。
溃沙如闪电，无定也无边。
社稷流光短，山河镜面圆。
白城千岁六，统万日西偏。

二

统万城,史称夏州、朔方,又名驼城。明太祖洪武六年取"绥靖边疆"之意设靖边。昔日我曾过其间,未识真容。这次恶补,方知春秋时此域为少数民族白翟所居。周敬王八年(前512年),晋灭翟,至周烈王七年(前369年),县域一直属晋。晋灭后,属魏。魏惠王后元五年(前330年),魏秦雕阴之战后,魏将上郡15县献于秦,今归陕西榆林地区。

未到白城子之前,思之纷纭,颇多神秘。那天走去一望,却恍然大悟。历史上抑或现实中的许多事都是人为复杂化的,如同统万城何以又叫白城子一样?原因其实非常简单:因为它看起来的确是白色的。白晃晃一座盘桓勾连形影相吊的大漠疏林草地之中的孤城,虽然只挖出了淹塞于沙土之中的几处历史的残体,可仍能见其形制、规模、瑰玮的依稀过去。

那位大夏国开国皇帝赫连勃勃就站在我们伫足的这个内城位置,当时这里还只是一个小小的隆起,并没有堪与城墙比肩的现在的高度,他雄视自然造化的杰作并慨然击节赞叹:"美哉斯阜,临广泽而带清流,吾行地多矣,未有若斯之美。"

统万城因赫连勃勃对无定河生态的激赏而生。

赫连勃勃,狼窥蒙古,鹰视长安。公元416年乘东晋破后秦之机挥师南下攻取长安并称帝,改元昌武。他留下太子镇守南都西安自己则回师统万城。此时宫殿已大成:"高隅隐日,崇墉际云,石郭天池,周绵千里",城里"华林灵沼,重台密室,通房连阁,驰道苑园"。

时人后人均认为无论从创意、规模、布局、建造等,都充分利用自然与地理优势,突出了统万城在战略上的重要性。

《晋书》《北史》均有载:"崇台霄峙,秀阙云亭,千榭连隅,万阁接屏……温室嵯峨,层城参差,楹雕禽兽,节镂龙螭。莹以宝璞,饰以珍奇……""城高十仞,基厚三十步,上广十步,宫城五仞,其坚可以砺刀斧。台榭高大,飞阁相连,皆雕镂图画,被以绮绣,饰以丹青,穷极文采。"公元427年北魏拓跋焘攻破统万城后,因为统万城里大夏皇宫太过奢华而勃然动怒,破口大骂九泉之下的赫连勃勃说:"竖子之国,竟敢如此滥用民力!怎能不灭亡!"

但当时择胜地定都于此的匈奴人却从此有了自己的都城和梦想。

这一时期统万城达到空前繁荣。物极必反是自然规律。金戈铁马气吞万里如虎者,每每蛇吞鳄咽还来不及消化便已黄雀在后了。更可怕的还有内讧、内耗、自噬和反噬。赫连勃勃创建的大夏国也只是传了三世二十余年。统万城的繁荣是天地人的繁荣,衰落也同样是人文与自然的衰落。

其真实性,记载及出土的《驸马都尉》和《西部尉印》两方汉印可供佐证。

公元413年赫连勃勃以叱干阿利大将为大匠,发岭北夷夏十万人于朔方水北,黑水之南营建都城,自言:"朕方统一天下,君临万邦,可以统万为名。""阿利性尤工巧,然残忍刻暴,乃蒸土筑城,锥入一寸,即杀作者而并筑之。"叱干阿利负责营建统万城历时达六年之久,可见其一丝不苟的工匠精神,却也因此替赫连勃勃坐实了残暴。

拓跋焘后来的怒骂又坐实了赫连勃勃的奢侈。

传说是熬了黏稠的米汤和猪血拌匀在泥土中,上笼屉蒸熟之后,再趁热夯土筑城。不解的是,那蒸土之屉与熬米汤的大锅会有多大?得有多少屉多少口锅?这里的疑窦不少蹊跷挺多,却一时也无从知晓真伪。

还有,如此坚固的城池究竟是如何被攻破的?

没有找到史实,但听一位教过书的水利人说:"如果不是中了人家的调虎离山之计,统万城根本攻陷不了。统万城有许多不解之谜,如米汤和猪血筑城,还有成千上万马的腿骨,都是齐刷刷的断裂,那得多快的刀、多大的力,才可以造成这种创口?"

公元431年北魏彻底灭了大夏国。将这座曾经"一统天下,君临万邦"之皇皇大城，降设成统万镇，之所以没有毁损，是因为这里有丰美的水草可用为牧地。此时：雉堞虽久，崇墉若新。战争总与破坏结伴而行，北宋攻占统万城之后，宋太宗下令迁民毁城。统万城头道城墙即毁圮于此时。

尽管战乱不断，但只要元气尚存，大自然的自我修复能力极强。

据说直到15世纪，统万城还是山环水绕之地，水草肥美，牛羊成群，地理环境相对优越。连绵不断的战火加无度的垦殖、破坏、掠夺，最终毁了这片物华天宝的富厚之地，使之如楼兰、高昌、交河等古国，被风沙淹埋，成为遥远的过去。随生态消失的还有曾经的繁荣与人类的文明，他们背井离乡扶老携幼迁徙何处？没有人知道，他们像盐一样溶化在河里并随水流而去。

这已经不是第一次，如果继续下去，也不会是最后一次。

到明朝时统万城已深陷毛乌素沙漠，被风沙完全淹埋，只剩下一些被大风吹开偶尔露出头角的峥嵘片断，甚至连名号都已经被时光亡轶。若非人们殊胜努力修复了毛乌素沙漠南缘绿化带，使无定河水情有所好转，生态环境得到相当程度改良，统万城还会继续在黄沙中沉睡千年。

在参观瓮城时，导游指着瓮城角落里孤零零的一株榆树说："统万城筑城的材料很特殊，草木根本不能在城墙上生长。只长出了这么一株榆树，四个城墙角偏偏选了这一边。到了季节，它就会枯，浇水也浇不活它，你不理它，到了季节它一样会活。它是统万城的守望者、消息树、名片。"

我登上泛着白光的瓮城，踏着岁月的坎坷，走向那株样貌平常、体量也并不高大的榆树。它在微风中婆娑着，榆钱落尽只剩相思的叶片，谦虚地诉说着人类的辉煌如何随风而逝，和属于它自己的也是自然的小小的胜利的现在。它的粗大而坚实的根并没有全部扎入墙体，扎入的只是一小部分，而更多根裸露在粗糙的墙体之外，并顺着墙体伸逸到城墙下边的泥土之中给自己输送营养。

这就是它体量矮小样貌寻常却可以近千年不倒的原因。它之所以生在这个角落里是自然的选择。这种选择不是双向的而是单向的。在统万城所有的残垣断壁之中，这棵绿色植株之所以成为唯一的存在，就是在借它的存在，宣说自然的伟力和造化的霸道。自然造化从不谦虚。

人类也无非只是自然单向选择造化出的一种生物，万物起步时只有被选择权，造化并没有给万物以选择进化方向的权利。所谓物竞天择，只是达尔文的一厢情愿，否则物竞到今天为何还没有出现第二种智慧生物？唯一的解释是只有天择的绝对权利而没有物竞的平等权利。

如果非要说自然曾经给过万物以平等物竞的权利，那么截至人类智慧出现，人类为了自身需要和安全，已经巧取豪夺或是阻断、取消了万物继续参与智慧竞争的资格。现在的尴尬局面是，人类开始扮演自然角色。如同父母容许儿女的种种淘气行为也似，自然容许了人类无害的模仿和扮演。

这种宠溺容忍和许可当在无害范围。能容许多大程度对上帝有害的模仿和扮演？多大范围对自然创造物的毁坏和再创造？多大深度的对自然秩序的摧残、破坏、干扰？多长时间从淘气捣蛋中走向成熟和节制？到忍无可忍、大发雷霆、崩溃、毁灭、玉石俱焚的那一刻吗？暂时无解。

参观时，我伸手试了一下残垣断壁的硬度，也许是下雨的原因，并不如想象中那么坚硬，相反还有些富有活力的清爽滑利的弹性。我说出了自己的疑惑和判断，统万城的年轻导游李少鹏言之凿凿说：“据专家们化验的结果，这里面有石灰、白黏土、沙子，这三种东西合成三合土，另外，还有松柏类的木头在里边，木头起着骨架和钢筋的作用，化验中并没有发现米汤与猪血的成分。"

神秘如同沙城也似经不起时间的触碰，它坍塌之后，往往会给出一个残酷的真相：历史其实并不神秘，只有传说才是神秘的。而钩沉历史则必须撇去传说的浮沫，于是人类历史就显得不那么传奇和好玩了。结论：唯有自然的传奇才能历久常新并且让人类永远乐此不疲。

我有五言新韵诗专说自然与人文的传奇：

    通达求沃野，广智仿青烟。
    欲巧师冥化，专工学自然。
    细节生鬼怪，光影养天官。
    朝代须臾艳，山河万古鲜。

三

始建于明正统十年,比榆林古城还要早几年的横山波罗古堡,给人的感觉犹如穿明清服饰的国人赶时髦起了个土哄哄的洋名字,还在脑门上贴了张大书"波罗"二字的条子。波罗是佛家"彼岸"的梵语音译,波罗古堡即是彼岸古堡之意。生硬拼凑中似乎又蕴含着一种不履不衫的意味。

波罗古堡,是长城三十六堡之一,坐落在无定河南岸。传说如来佛祖东游时还在此留下了两只脚印,于是便有了始建于唐代的接引寺和接引佛。寺内有一尊谦卑地站在路边墙角的匈奴佛,寺旁石壁有巨大的摩崖石佛,传为唐时智远和尚来此云游时所凿。这些与彼岸的含义也十分契合。

波罗古堡墙高九米,以巨石垒东西南北四座城门,依次为凝紫、重光、凤翥、通顺。全城依山傍势筑成,稍长略方。街道狭长整齐,铺着条形页石,在人脚的打磨下竟然几百年不坏,想来是新铺不久吧?街道两边的店铺琳琅满目比肩接踵。钟寺鼓楼,大庙小寺,连绵不绝。

驻足城楼远眺,夕阳下可见长约80公里的无定河湿地生态保护区,安宁娴雅,迂阔而漫汗,一片旖旎景象。保护区横亘在毛乌素沙地与黄土丘陵区的分界线上,南北自然景观迥异。河流湿地成为沙海南移的屏障。每年有成千上万大鸨、黑鹳、遗鸥等50多个品种的鸟类,在此卿卿我我。

晚饭是在无定河管理部门的食堂吃的。除了榆林羊肉,全是无定河的水产,还上了一大盘正在无定河试养的大闸蟹。此蟹个大,青壳白肚,生猛鲜活,蒸熟后色泽鲜亮红润,品相甚佳。剥开背壳,肉满黄肥,吃起来滋味纯正,没有一点腥味,绝不比阳澄湖的大闸蟹逊之。

年轻英挺的养蟹人豪情万丈地说:"这蟹养在稻田里,没有任何添加饲料，全天然纯绿色。"

饭后，上网搜了一下榆林，以为无定河成为榆林的河中老大也是有原因的。若无榆林境内大小53条河流以多种方式支持，无定河也难成老大。还有，这一路上那些长枪短炮的摄影师个个觅前寻后、凝神屏气、忽蹲忽蹶、撅腚拧腰，以光影给无定河助力，说明人的认知力量，也不容小觑。夜半梦醒，五律新韵写照诸大师：

　　定边得古趣，又往靖边趋。
　　光圈如押律，机身似捧竿。
　　江山找感觉，胜境觅格局。
　　清籁安边起，三边绕水齐。

来榆林前还赶去靖边县城东南22公里处，看了苍山环抱绿水萦绕方圆百公里皆被红砂岩覆盖的龙洲乡丹霞地貌。我后来发现类似地貌，在榆林几乎随处可见，只是尚未形成如龙洲乡如此这般集中连片触目惊心的状况。姬晓东说，中国再找不出这么一片有山有水、规模如此宏大、如此多样化的丹霞地貌，过几年开发完成，每天不知会有多少人慕名而来，前景和钱景都不可限量。云云。

榆林是个盆地，盆地埋有一种在内陆盆地沉积的红砂岩，黄土崩塌、红砂岩被流水切割侵蚀，风力和雨水冲刷剥离，形成纹路分明层次不同像波浪般隆起的孤峰、奇岩、怪石如兽头、似流水、状云朵、若陀螺等的自然雕塑。换言之，所谓丹霞地貌，其实是水土惨烈流失的产物。

正是夕阳西下时，色彩与光影在无声诉说，诉说物华天宝的疮痍，诉说沧海桑田的变迁。荒旷沉寂的山谷、浓艳如血的砂岩，在晚霞映射下从不同时空角度，不同历史时段，不同人类想象，抖擞造化双重的漫不经心的粗糙和神工鬼斧的精细。炫耀自然惊世骇俗的狂暴和野性以及潜移默化的耐心与细致。水草丰美、湖泽广布，马群奔腾、炊烟袅袅、牛羊夕归，悠然牧歌，已成绝响。

无定河经秦汉两代、五胡十六国、南北朝、唐宋两代，移民屯垦有限，得以水土保持，仍是亦农亦牧。明万历年间北部6县屯田345万亩。延、绥两地军垦达100万亩以上，加上清朝移民实边允许农民在长城内外开荒种地,广种薄收,越垦越穷,植被遭到严重破坏,水土流失日趋惨烈。

黄土高原从秦汉"沃野千里、仓家殷富"到明清"满目赤野,不产五谷"。

秦灭六国后,榆林设郡县,修筑秦长城,隋长城,明长城。明初,延绥镇以北的红山、神木、黄甫川等地设市与蒙人贸易。互市设立后,有蒙人常南下掠夺财物。成化十年延绥巡抚余子俊修筑了易马城和款贡城。万历三十五年又续筑镇北台,控南北咽喉,锁边关要隘,乃保存完好的华彩片段。这种人类对自然的侵扰,一旦超过自然的承受力度,便会留下生态灾害的印记。

那时人类面对生命的损害应接不暇尚没有力量顾及其他。东有山海关、中有镇北台、西有嘉峪关。这种骄傲是悲壮的,仍然出于让生命更多一层安全保障的考虑。如今壁垒森严的耸立,已违捍卫生命安全的初衷。孔方兄在写红字的石碑和横幅上重新书写了"万里长城第一台"的含义。

我邀了众人一起合影留念。

然后绕镇北台走了个周遭,发现它呈正方形,上下四层。高可30余米,基北长82米,南长76米,东、西各64米,内筑夯土,外砌砖石,底大顶小,逐层收进,总占地近5000平方米。站在镇北台上,远眺可见红石峡水库、榆东渠和榆林古城等风光景观。

榆林之所以为榆林,说是因战国时期边塞之地多植榆为围栅,而且秦朝在河套地区大力栽植榆树。清水河畔的榆溪塞是秦代戍守地。隋筑长城成隋长城。明永乐年置寨,正统年间建堡,成化七年再置卫,修筑榆林边墙千余里,扩建新城,称北城,旧堡称南城。再后来,相当于大军区的延绥镇治所迁入榆林,使榆林成为明代的边防重地。现在的榆林城墙和古城都是后来重修的。

《明史》对传奇般"打仗如同喝凉水,战斗就像吃羊肉"的榆林和榆林人,以少有的笔墨记述说:榆林为天下雄镇,兵最精,将才最多,然其地最瘠,饷又最乏,士常不宿饱。乃慕义殉忠,志不少挫,无一屈身贼廷,其忠烈又为天下最。事闻,天子嗟悼,将大行褒恤,国亡，不果。

崇祯十六年榆林城被李自成大军包围，榆林坚守12天，陷落后全城殉国无一人投降。按说李自成是米脂人，众乡亲何以宁死不屈未给李自成一点面子？《明史》称"其忠烈又为天下最"。且并非孤例。清康熙十四年，怀远县清平堡人称肉龙的背炭人周世民，与定边副将朱龙，举旗反清。

周世民围攻榆林三个月不下，遂撤围向东挺进。清廷派兵平逆在波罗堡北沙家涧大败义军。周世民在突围中战死。前后两件事让皇帝康熙感奋，故于当年闰五月十四日命笔"两守孤城，千秋忠勇"赐榆，以示无上嘉奖。康熙的感奋里头，可曾有以汉治汉的确是一着妙棋的欣慰？无考。

榆林古建尤以星明楼、凌霄塔最负盛名。星明楼坐落榆林南街，为三层木楼，全部为木料卯结，没有一根钉子。清光绪年间重修。楼上原挂金字横匾大书：无上高真。榆林城遍布四合院民居，号称"小北京"。老舍生前两次来榆林，印象是"城扁街宽，坚厚城垣，具有北平的局面"。

姬晓东说："榆林人豪迈、淳朴、古道热肠，文化多样。既有江南唱四季歌的温婉，也有北京人提笼遛鸟的做派。现在还有人酒足饭饱，唤一辆黄包车，6块钱拉回四合院，到门口让人家再把他背家里，加四块钱，一共10块钱，就能把自己给伺候舒服，那是清朝八旗子弟的生活方式。"

镇北台下有高可10余米的号称"塞上蓬莱"的红石峡。

两侧刀削般的岩壁上凿石共44窟。名满边塞，举凡达官文人来此，必吟诗作赋，择其佳词丽句，镌刻于崖，琳琅成一处风景。可惜风剥雨蚀，多已斑驳。城东6公里处又有一座万佛寺，开凿在峭壁之上的石窟，现存上千尊浮雕石像和优美壁画。还有众多古迹名胜略过不提。

只说那天我在镇北高台之上，于猎猎酸风吹眸之时，见一群红男绿女说笑嬉戏旁若无人。浑然不知此万里长城第一台除镇守边关而外，还有类似望乡台的功能。众多兵将以及众多亡魂，死人活人免不了作思乡之望。如今生死俱已，必是日日登台，夜夜伫望，风吹草动，可闻喋喋之声。

晚唐诗人陈陶的《陇西行》可资佐证。全诗原本有四首，依次为："汉主东封报太平，无人金阙议边兵。纵饶夺得林胡塞，碛地桑麻种不生。""誓扫匈奴不顾身，五千貂锦丧胡尘。可怜无定河边骨，犹是春闺梦里人。""陇戍三看塞草青，楼烦新替护羌兵。同来死者伤离别，一夜孤魂哭旧营。""黠虏生擒未有涯，黑山营阵识龙蛇。自从贵主和亲后，一半胡风似汉家。"

　　四首诗今人多赏其二，不知全诗依存递接之势，更值得品味。因之感慨，以今人之想，揣摩古人之思，战乱殃及者多平民，池鱼之祸，应消弭永远。故七言诗四首诉之：

　　　　水草曾丰毛乌素，江河无定乱君臣。
　　　　长墙砌罢隔内外，胡马开国率土滨。
　　　　五千壮士骨嶙峋，十万春闺噩梦频。
　　　　朝野若能齐顾盼，应脱死者困榆林。
　　　　塬峁坡梁锁四邻，谷沟峡壑扼三秦。
　　　　嵯峨岭下前生嘱，不让今人步后尘。
　　　　九边强盛牧歌还，台伟关雄寝未安。
　　　　帝至尊兮崩直道，大凶远去太平宽。

　　顺带说明，诗中嵯峨岭，古称白云山，位于榆林市佳县城南5公里处的黄河之滨，出自"寺院有尘清风扫，山门无锁白云封"之佳句。非毛氏《渔家傲》一词所说江西之白云山。

　　古往今来，审美日益趋同，使地名和人名，有着太多的雷同。不说也罢。

　　另外，榆林的无定河有别于旧称无定河的北京永定河。永定河古称漯水，隋代称桑干河，金代称卢沟河。永定河发源于山西省宁武县管涔山，流经山西、内蒙古、河北、北京，在天津入渤海。全长747公里。流域总面积47016平方公里。它曾经是无定的也是不驯的。从无定走向永定，是个漫长而几近枯涸的过程。似乎永定是枯涸的近义词，而相对的无定和自由，则是河流的生命和灵魂。

　　如何恰到好处地驯化河流，对于人类来说，还处在一个认识的过程。

四

我们顺着无定河到达绥德时，2017年中国·绥德国际石雕艺术节刚刚闭幕。好在展品还没有撤掉，我们乘着天色未晚，走去看了周遭。大大小小的石雕琳琅满目，据说120余名陕北工匠和来自英国、法国、意大利、中国以及中国台湾等国家和地区的20名选手参赛。大、中、小三种类型，通过征稿赛、现场决赛，得胜作品将被绥德县永久收藏。

不光是绥德的石雕艺术，全世界的石雕艺术同样起源于新旧石器时期。

先是使用简单的石器和木棍来猎取野兽。然后因为需要出现了有模有样的细石器。细石器是从实用主义走向艺术创造的开始。已出土的500多块东汉画像石以及至今残留保存的唐宋明清时期的庙宇石狮、旗杆香楼、雕栏画栋、摩崖石刻等景观，都足以证明绥德石雕源远流长，世代相传。

那时铜铁是奢侈品，石头却遍山都有，而且是免费的。

石碗、石钵、石罐、石壶、石床、石枕、石凳、石柜、石箱……吃、喝、用，哪一样能离得了石头？修窑、盖房、割碾、锻磨、圈墙、盖大门，处处都得用到石头。外行看热闹，内行看门道，俗话说得好：明五暗二六厢窑，屋脊六兽龙门九，硬锤细錾出面面，楞门墙框独院院。

这是个从需求走向艺术的渐进过程。这个过程的不断深化，使石雕匠人应运而生。以石狮子为龙头的各种飞禽走兽、花草人物、神话故事等，堪称文物的东汉画像石、高车怒马、亭塔石雕艺术等。匠人们在赋予石头以鲜活生命的同时，也唤醒了自己内心的感受和天高地远的想象力。

水土就是这么神奇。无定河水喝美了米脂婆姨的表里,满山石头凿刻出绥德汉子的英武。石雕艺术是个力气活,天生就是男子汉的营生。像石头一样浑厚、持重、淳朴、大方的绥德汉子,却可以赋予笨重的石头以鲜活的生命,让粗糙的石头具有水的性情,使冰冷的石头富有花的灵性。

绥德的狮子,是我最喜欢的,个个长得都不一样,仪态万方,神情各异,夸张得恰到好处。形、神、气,千变万化。大、中、小,无一不工。喜、笑、怒、嗔、傲、妒、恼,无一不肖。石已非石,它们从大山走入了人间。狮已非狮,它们从丛林跃入了红尘,从自然升华为艺术。

悉心揣摩,认真谛听,仔细辨别,你会发现同类的作品却有不同的微妙,因为它们来自不同的匠人。相同的作品却有不同的基因密码,因为遗传自它们不同的主人。它们被不同的主人赋予了不同的气质,不同的灵性,不同的智慧、不同的生活阅历,不同的喜怒哀乐,不同的人生百态。故诗曰:

一石一莲座,一锤一佛陀。
材料浪费少,匠人算计多。
一狮一姿态,一錾一切磋。
人天同一族,物我共一窝。

五

夏启是大禹的儿子,有主意而且叛逆性很强,大禹死后,夏启自行袭位,变"禅让制"为"世袭制",建立第一个朝代,名为夏,华夏的夏,大夏的夏,并成为第一个帝王。奴隶社会从他开始,原始社会从他结束。功焉?过焉?按达尔文的进化论说得通,按人道主义似乎有悖。

那天下车之前,我还不知要去何处,便随口多了一问。

蒋主任回过头,望空大书了一个字,三点水,上米中田下共,简写分明是一个粪字,只是加了三点水,有些面生的紧。我想纯属尊粪吧?他用肯定的语气说:"这个字你一定认得,瀵,老古人专门给黄河洽川的七个泉眼造的一个专用字,念瀵,我们专门来这里,就是为了看这个瀵泉!"

满头瀵水,下车又问。彼时人家已披挂满身,急吼吼地忙着去拍照,胡乱回应。仿佛听得与黄河含沙量有关。过后知道真有这么个字也的确是念瀵。黄河出禹门,经10余里,奔来洽川,啜土饮沙,黄且浊,色如粪水?《列子·汤问》为示此"瀵"不凡还加了个"神"字:"有水涌出,名曰神瀵。"

如此这般想来,不觉哑然失笑,觉得自己与古人,一样有趣。

公元前21世纪夏启就把他儿子封到洽川称有莘国。洽川瀵泉共有7处:处女瀵、夏阳瀵、王村瀵、小瀵、渤池瀵、熨斗瀵、西鲤瀵。七眼瀵泉,日出瀵水73万立方米。奇处是此瀵水四季常温在29~31摄氏度之间,富含多种人体或粮食蔬菜都需要的微量元素,常浴可祛病强身,益寿延年。

七瀵之中,夏阳瀵最是源深量大,广约10亩,沟渠四布,以为农业灌溉之用。当地人称,这瀵水其实就是肥水,里边含有各种各样的营养，比真正的粪水还好使。拿这瀵水浇地种菜，味道那叫个鲜美异常。古代官吏，怕人们偷瀵水，经常骑马巡瀵渠，戏称夏阳瀵为马粪，是不是很有趣？

七瀵之中，处女瀵尤为神奇，有人细细数过，处女瀵的大小泉眼约略有10650个，小者如蚁穴，中者若儿头，大者似车轮。入水者，肥瘦皆不沉，泉涌沙动，如丝绸拂身，似纤指点体。泉水喷涌，冲起无量金黄细沙，汇成巨型蝴蝶模样，沙动若汤沸，形静似蝶栖，故又有"蝴蝶瀵"之称。

《诗经·关雎》说："关关雎鸠，在河之洲。窈窕淑女，君子好逑。"出于此河之洲。生怕不明白好逑者乃谁？《诗经大雅》索性挑明了说："文王初载、天作之合、在洽之阳、在渭之涘。"洽川美女太姒到该泉洗浴，天作之合，恰好被路过的文王窥个正着，文王为太姒的美貌倾倒，娶她为正妃。太姒之幸得于此瀵。故洽川女子争相效仿，出嫁前皆要来此洗浴，遂成习俗。

贾平凹早年来此游玩时，写了一首七绝诗，诗中化入了人文主义精神，诗曰："万亩芦苇风掀起，处女泉里水凝脂。华清只供帝王去。哪及群民乐游此！"

我有四字句诗说：

洽川如凤，关雎似凰。蒹葭苍苍，人欲茫茫。
淑女出浴，翘臀绽放。瀵水美娘，黄河雄郎。
物我城乡，春秋牛羊。日兮月兮，君子徜徉。
自然堂皇，造化豪强，妙曲天成，勿使绝响。

无定河并不从洽川入黄，而是到清涧县川口以南20公里的河口，才会注入黄河。顺无定河而下时，我梳理了一下被无定河放大的几个特点。这是一条遗传了黄河坏脾气的河流，它的不驯是流路的不断变化，具有相当的随意性，这边滚一个跟头，那边又蹁了一脚，忽然就横躺着了。

只好把单人床换成双人床，双人床又换成了炕，最后只好让它睡地上了。

睡地上它更来劲，索性一会儿宽一会儿窄，一会儿出峁一会儿进沟，毫无规律可循地自由流淌。你想管束，它便会轻则耍赖尿床，重则尿向河床外边，更可怕的是尿到人家里。它忽快忽慢，活泼泼的，跃跃然的，东绕西拐，摇来摆去，步履蹒跚，思思艾艾，没有个一定。

你骂它又不忍心，因为它就这么淘气着，捣乱着，却不畏艰险地环绕了毛乌素沙漠的整个南缘和黄土高坡的整个北沟壑区，一任沙地吮它的血脉，随便沟壑消瘦它的肌体，却不愠不怨，笃定而从容，惠它们以润泽，给它们以生命，3万多平方公里的广袤大地的葱茏，全拜它所赐。

它的流路，被人们形容成：一风吹倒树，乱枝连着木，纷繁不知处，千歧百辙布。最终却注定还得要流向清涧县高杰村镇白家塌村，因为这里是它注入黄河的入河口。但它到了这里之后，它还不能马上进入黄河，而是被拦住，进入水库集聚它最后的能量，并将献出它生命中最后的光电。

六

东风水电站1969年3月25日动工修建。1972年10月正式发电。1989年与榆林联网，1994年满负荷生产。年平均发电量3200万度，供电量3024万度，是榆林市也是无定河上最大的水电站。

我有幸看到的几首当时工人们所写的顺口溜，真实地再现了当年的那个时代那种情形："总指挥开会把令下，各连表态没麻达。红旗一挥就出发，无定河上把桥架。王宿里要建拦河坝，四腰关下把洞挖。百人舞锤炮眼打，万丈石崖开了花。哎呀！我的天大大。""没有技术就小炉匠顶上，没有皮尺就用步子量，没有挖掘机和翻斗车就用镢头和架子车，甚至肩挑背扛。"

他们在无定河上建成7.2米高、86米长的钢筋混凝土拦河坝，21.7米高的冲刷洞闸台和进水闸闸台等，形成发电水落差29.8米，年仅18岁的苏向才为保护一辆倒渣的架子车，被拖进冰凉的河水之中，壮烈牺牲。我在那个朴素的烈士纪念碑前和一块书写着烈士姓名的石碑前伫立了很久。

我的眼前，我的耳边，我的周遭，我的对面，无定河络绎不绝地被东风水电机吐出来，纵身一跃，跌入深谷发出粉身碎骨的吼声，泛着白浪向前流去，奔向河口，流入黄河。那劲头像是说，不要以为我流入黄河，就是到了家。我还是无定河，还会伙着黄河向东奔流，奔向永动的大海。

不轻涓涓细流的大海，又何尝不是如此？

在大海里，它还是无定的水，会变成袅袅水汽，飞上天空化成飘动的云，变成淅沥的雨和飘飘的雪，落回萌动的大地，返回它魂牵梦萦的故乡……无定地奔流，无定地向前，无定地滋润……无定是生命永远的轮回……这绝非只是对无定河入黄的描述，而是对千溪万涧以及径流络绎汇水的写真。

我想说，不要以为黄河天生就是一条大河，如同无定河一样，若无沿途大大小小来自四面八方的汇流，黄河也罢，无定河也罢，都不过只是一条干河道。何德何能接纳天下无定之水，却以伟大自居？不肯匍匐下自己的伟大反哺谦卑的汇水？这是大江大河以及天下所有河流的永定的宿命。

那么，国家呢？社会呢？人类呢？世界呢？

有一种莫名的辛酸，莫名的感动，油然而生。

我用诗记下了河流的无定与永定的辩证：

千山人勿扮高峰，万水舟知客最轻。
风大身微毛羽共，临深魄动众生同。
生死安忍岳羽评，泰山鸿雁两关情。
恩仇今古掬沙饮，岭送峰接啜土明。
从此涛涛大壑雄，金银滚滚照青红。
涧低能使崇峦秀，欲秀先得百草馨。
汇水黄河志未穷，波澜依旧壮枯荣。
连天光景流云冻，呼汝阴来唤尔晴。
遍野秋栌淬火枫，杜鹃啼血唾丹英。
鳄吞犹恐江湖动，陆噬巴蛇海吐鲸。
何必清白缀珞璎，梅竹最好配芳蘅。
汀兰岸芷河边让，省却纷繁院里争。
河声溅溅起千声，错失前声误后生。
若是前生声已误，后生何以续前声？
半谷激湍携巨细，一帘风月卷龙宫。
飞花不肯栖无定，吹入黄河更向东。

三边瑟瑟摧，物候九秋危。
万象霓裳黵，千山潋滟堆。
黄河跌怒马，朔水掣沉雷。
草木枯无定，东风唤始回。

七

从延安走210国道向东到文安驿镇，在去往梁家河村的路上，可以看到一座2012年修建的通往梁家河村的北京知青大桥。这座钢筋水泥铸造的知青桥两侧的护栏上雕刻有许多图案和人名，据说是延川艺术家冯山云和他们当年的业绩。从中可透视出冉冉飘动的历史风烟。其中有许多大家耳熟能详的名字，如习近平、史铁生、陶正、高红十、靳之林等。

似乎，那时的艰难时光，清贫岁月，已经在未雨绸缪什么。

这是一座可以沟通过往的桥梁。那天，我长久地逡巡于这座知青桥上，并拨通了那个时代的电话。电话那头传来史铁生诵读他的小说《我的遥远的清平湾》的声音：

"我们那个地方虽然也还算是黄土高原，却只有黄土，见不到真正的平坦的塬地了。由于洪水年年吞噬，塬地总在塌方，顺着沟、渠、小河，流进了黄河。从洛川再往北，全是一座座黄的山峁或一道道黄的山梁，绵延不断。树很少，少到哪座山上有几棵什么树，老乡们都记得清清楚楚；只有打新窑或是做棺木的时候，才放倒一两棵。碗口粗的柏树就稀罕得不得了。要是谁能做上一口薄柏木板的棺材，大伙儿就都佩服，方圆几十里内都会传开。

"在山上拦牛的时候，我常想，要是那一座座黄土山都是谷堆、麦垛，山坡上的胡蒿和沟壑里的狼牙刺都是柏树林，就好了。和我一起拦牛的老汉总是'吸溜吸溜'地抽着旱烟，笑笑说：'那可就一股劲儿吃白馍馍了。'老汉儿家、老婆儿家都睡一口好材。"

"春天播种；夏天收麦；秋天玉米、高粱、谷子都熟了，更忙；冬天打坝、修梯田，总不得闲。单说春种吧，往山上送粪全靠人挑。一担粪六七十斤，一早上就得送四五趟；挣两个工分，合六分钱。在北京，才够买两根冰棍儿的。那地方当然没有冰棍儿，在山上干活渴急了，什么水都喝。天不亮，耕地的人们就扛着木犁、赶着牛上山了。太阳出来，已经耕完了几垧地。火红的太阳把牛和人的影子长长地印在山坡上，扶犁的后面跟着撒粪的，撒粪的后头跟着点籽的，点籽的后头是打土坷垃的，一行人慢慢地、有节奏地向前移动，随着那悠长的吆牛声。吆牛声有时疲惫、凄婉；有时又欢快、诙谐，引动一片笑声。

"那情景几乎使我忘记自己是生活在哪个世纪，默默地想着人类遥远而漫长的历史。人类好像就是这么走过来的……"

动人的不仅是苍凉、悲情、惆怅，还有悠扬如民歌般的温存。

过后，史铁生在创作谈中坦言："我真是喜欢陕北民歌。她不指望教导你一顿，她只是诉说；她从不站在你头顶上，她总是和你面对面、手拉手。她只希望唤起你对感情的珍重，对家乡的依恋。刚去陕北插队的时候，我实在不知道应该接受些什么再教育，离开那儿的时候我明白了，乡亲们就是以那些平凡的语言、劳动、身世，教会了我如何跟命运抗争……在这宇宙中有一颗星球，这星球上有一片黄色的土地，这土地上有一支人群：老汉、婆姨、后生、女子，拉着手，走，犁尖就像唱针在高原上滑动，响着质朴真情的歌。"

史铁生插队的地方也在延川县，距离梁家河村并没有多远。位于陕西省延安市延川县文安驿镇东南方向5公里处的梁家河村，其生态之恶劣，贫穷之程度，与史铁生插队的关家庄，也就是清平湾，不相伯仲，甚至更加恶劣。关家庄在湾里，梁家河在沟里。

梁家河村的所在，一边是长长的塬，一边是尖而圆的峁，塬和峁是黄土高原特有的。塬与峁之间，夹着一条狭长的沟，沟里有一条小河，诉说着人类择水而居的过去和现在。环绕河沟两边的塬与峁，在边畔地和缓坡处，参差不齐，零星分布，筑有或掏挖有三孔一处，五孔一院的土窑洞。窑洞多数是破败的，那时候，梁家河村里几乎没有砖旋的窑洞。这些依山傍势的散乱镶嵌在沟沿谷畔的窑洞，远远望去，别有一番野趣，却是不可以近观的。

无论是清平湾还是梁家河，那时的陕北，那时的黄土高原，那时的农村生活就是这样。无论人的感受多么千差万别，知青们一旦置身其中，三两年、四五年、七年之痒以至终身，都会化入其中，或匍匐似谷，或耸立如山，一声歌呼，山回谷应，终生为黄土助力。

连绵有千沟万壑的黄土高原布满塬与峁，梁家河村便是夹在塬和峁之间一个小小山村。旷达的荒野、叫天子鸣叫的流云苍天、布满千沟万壑的黄土地、围山转起的一层层的梯田、低矮的小树、横生的圪针、散落在沟沿谷畔的土挖的窑洞、烟熏火燎的灶台、从来不起灶的大锅、夏天坚硬冬天火热的土炕，以及包头巾的汉子、推碾子的婆姨、绣花鞋垫的女子、揽羊的老汉、放牛的后生、纳大底的媳妇、满坡里耍土的孩娃，对初来乍到的北京知青，也还是充满好奇的。若是能听见放羊的老汉、牧牛的后生，背地洼洼里哼唱几句爬山调，一定会生发出诸如史铁生那样的感慨，珠胎暗结出诸如此类一些刻骨铭心的永难忘怀的印象。

"青线线，蓝线线，蓝格英英彩，生下一个兰花花实是爱死人。五谷子，田苗子，数上高粱高，一十三省的女孩儿数上兰花花好。红绣鞋，金莲子，好比两盏灯，兰花花穿上搅乱年轻人。正月里说媒二月里定，三月里交大钱四月里引。三班子吹来两班子打，响吹细打抬进周家。土圪台台院子一排排窑，骂一声媒婆子你不存好心。兰花花下轿来东望西瞧，瞧见周家的猴老子好像一座坟，你要死哟你早早死，前晌你死来后晌兰花花走。"

免不了动问，于是便引出一些个叹息和一曲缠绵悱恻的故事，从呛人的烟锅子里如烟缕也似，飘散在岁月里。那兰花花那女子是有了心上人的，却让嫌贫爱富的媒婆拆散，嫁给一个快死的老汉，兰花花心有不甘，就每日盘算着要和心上人私奔，背地里兰花花与那个后生眉来眼去，后生却也是个有情有义有胆的，便有了如此这般的对唱：

"不来哟就说你不来的话，省得一个兰花花常等下。你要来哟你早些来，来得迟了兰花花门不开。手提上羊肉怀揣糕，我冒上个性命往你家里跑。怀里又揣一疙瘩牌,我和兰花花一疙瘩儿来。怀里又揣一疙瘩儿纸,我和兰花花一疙瘩儿里死。白格生生的胳膊巧格溜溜手,你给哥哥梳上一个头。梳头中间亲了个口,你要什么哥哥也有。不爱你东来不爱你西,单爱你哥哥的二十一……"

八

我们聪慧勤谨的先人在上古之时便认知：人类逐水土而居，国家缘水土而立，万物非水土不生。故封土立社，封谷立稷。社即土神，稷乃谷神。册凤凰，封龙王，图腾风师、雨伯、雷公、毛羽鳞虫，授权各方位总管，任命各路神仙，委托一切神灵。

走进陕西省延川县梁家河简陋的知青窑洞时，我脑海里竟然浮现出唐朝诗人刘禹锡所作《陋室铭》："山不在高，有仙则名。水不在深，有龙则灵。斯是陋室，惟吾德馨。苔痕上阶绿，草色入帘青。谈笑有鸿儒，往来无白丁。可以调素琴，阅金经。无丝竹之乱耳，无案牍之劳形。南阳诸葛庐，西蜀子云亭。孔子云：何陋之有？"

"当蜘蛛网无情地查封了我的炉台，当灰烬的余烟叹息着贫困的悲哀，我依然固执地铺平失望的灰烬，用美丽的雪花写下：相信未来……我要用手指那涌向天边的排浪，我要用手掌那托住太阳的大海，摇曳着曙光那支温暖漂亮的笔杆，用孩子的笔体写下：相信未来！"

无论在其中抑或置身于事外，被影响的程度多么不同，但都有过相似的少年的梦想、同时代的经历，都是跨世纪的人，也都是时代的见证者。见证过那个时代的贫穷和河流的清澈、见证过物质匮乏为节约用电一过12点便关掉路灯的城市乡镇，那个时代，节约和勤俭是一种必须遵从的美德。

人心思变。变是时代的必然，不变是不可能的。如同科技手段是一柄双刃利剑，利弊随发展变化而伴生。所以我们也见证了由变化发展导致的从无到有，从有到无：物质丰富了、市场繁荣了、城市美丽了，可是天霾了，山秃了，水污染了，土流失了，呼吸吃喝伪劣化了。

清澈河流、蔚蓝天空、绿色山川，沦为过去时的常态。

那年，诗人食指这样写道："这是四点零八分的北京，一片手的海洋翻动；这是四点零八分的北京，一声雄伟的汽笛长鸣。北京车站高大的建筑，突然一阵剧烈的抖动。我双眼吃惊地望着窗外，不知发生了什么事情。我的心骤然一阵疼痛，一定是，妈妈缀扣子的针线穿透了心胸。这时，我的心变成了一只风筝，风筝的线绳就在妈妈手中。线绳绷得太紧了，就要扯断了，我不得不把头探出车厢的窗棂……永远记着我，妈妈啊，北京！终于抓住了什么东西，管他是谁的手，不能松，因为这是我的北京，这是我的最后的北京。"

有一位北京知青这样回忆道："1969年陕北公路还不是柏油路，100多辆军用卡车在黄土高原的盘山公路疾驰，掀起黄龙般的狼烟。坐在军卡里面始终如摇煤球般的感觉。遇到大坑躲闪不及，颠得车内集体跳跃一尺高……

"延安是陕北最大一块平川，站在当时最现代化的建筑延河大桥，全市一览无遗。延河两岸几乎一模一样的窑洞，远处你眺望仿佛是一个巨大马蜂窝，行人似乎都穿清一色黑、灰棉装，男女只能从头上系的白毛巾还是花头巾来区分……有何感慨，不得而知。

"延川县路程最远，排在车队尾，100多辆军车能排出1公里距离。男女生30人挤进一辆军卡内。我们男女知青腋挨腋坐着。路况差颠簸更甚，有人在车内呕吐。"

梁家河大队一队队长的石玉兴回忆说："一大早吃过饭，就赶着毛驴车，往文安驿公社大院赶，去了公社已把名单提前分好，按单子招呼分到自己村的知青，点名确认后社员们帮助他们拿箱子铺盖行李，15名知青跟在后头，徒步走回梁家河村。"

那时，村里晚上没电，一孔窑洞，5个知青睡在一张炕上，跳蚤很多，把他们的皮肤都咬烂了。四五天后，住在窑洞旁边的村民张卫庞，已能分清这些城里来的年轻人。张卫庞说，村里一度借张卫庞家的灶派人给知青做饭。餐桌上的主食是土豆、玉米窝窝头，以及黑豆熬的粥，下饭菜是白菜、萝卜腌的酸菜。劳动时，北京知青也不习惯。他们从来没有在农村生活的经历，沿羊肠小道上山种地，农民健步如飞，知青则只能用手扶着两侧慢慢溜，引来农民哄笑。

九

> 壶口瀑布东濒吉县，西临宜川，山陕共享。两岸刀削石壁，斧劈峭崖，黄河至此陡然收束并被推入落差9米之壶口，势若老君塌炉、观音碎瓶、天河溃堤、瑶池破底、龙王爆肚、仙童悬壶、玉女瓢泼、司马砸缸，澎湃黄流，跌宕奔泻，激溅起万钩雷霆，千壑雪雾。

　　在陕西，除了梁家河，我还去了三川一县，三川是延川、宜川和洛川，一县是富县。先去了宜川，县水保队的王艳红，带我们先去看了桃花沟小流域治理工程。宜川有被誉为天下奇观的国家重点风景名胜区黄河壶口瀑布。这里的老人想来还记得，昔时黄河壶口上下游的河面，湍奔如黄绢千匹，起伏似秋稻万顷，一里之外，隐隐可闻雷鸣之声。远望之，有弥天白雾直冲云际，近观之，则有点点虹彩四射迸溅。

　　这些年宜川也在打旅游牌，除黄河壶口瀑布得天独厚而外，蟒头山国家级森林公园也颇堪游玩，包括山清水秀的集义寿峰、明万历年修建的石马陵、桃花沟、柿子林、怪树滩、常青树、白皮松、苹果采摘园、花椒采摘园、核桃采摘园等。

　　这里边具体有多少是退耕还林的成果？有多少是小流域治理的成果？有多少是坡改梯的成果？有多少是革命老区的水保项目？有多少是水利部国家级水保项目？怕是很难说得清。但有一点是共同的，它们都是这些年来水土治理、生态保持、环境修复，辛辛苦苦置换来的成果。我想，无论从哪一方面来看，这么说都是断然不会错的。

　　佐证是，只有恢复了自然生机，才有可能走以生态立县的路，只有山水风光与历史文化相配伍，才会焕发出真切的商机，才会使那些山川、塬峁、沟壑、林泉、塘坝、庙陵、窑洞、磨碾、碑碣等，成为旅游资源。

王艳红身材健美，眉清目秀，脸色呈健康的红润，丝毫不见城市女性的苍白。她站在十里桃花沟一处刚刚平整出来的土地前，讲述着桃花沟小流域治理的过程，笑容抚平了她被阳光紫外线灼烧的格外红润的脸色，眼角眉梢，流露出一种成就感。她说："过去这里水毁很严重，到处都是山洪拉出的沟壑和崩塌的堆土，能够种植的面积已经没有多少，经过平整后全种植面积增加了500亩。头年亩产能上800斤，二年亩产能翻一倍，达到1600斤，以后产量还会增加。滩地肥沃，生土变成熟土，肥力就显出来了，能增收很多粮食！"

"为什么叫桃花沟？"我问她，"过去这里就叫桃花沟？""这个还真不知道，"她迟疑了一下，为自己的不知道微笑了一下，"也许过去这沟里就有许多桃树吧？"我解释说："我这一路走过来，好多地方的地名都有桃花这两个字，似乎中国人都喜欢桃花……其实也不需要非得找到一个什么答案。人的审美是趋同的，喜欢美好的东西不需要什么理由。"

人体的构造，有着曲线的美感，天地的变幻，有着自然的壮观。如果它们消失，那么美也就不复存在。美如果不再存在，那生命的意义何在？智慧又有何用？要那么多财富又有何用？美，虽然不能当饭吃，但它如同空气一样不可须臾或离，它可以让生命鲜活、芬芳、充满愉悦与新奇。天地间之大美消亡之时，也即是人类殒命之时。萧瑟迟早会带走芬芳。

回去的路上她讲起孤身一人去勘探一条深沟的故事。

"水保人就是这样没运气，车开不进去时你来了，到了大车也能开进去时，你却施完工走了。"王艳红迄今说起犹有余悸，"我们是经常走着走着，前边沟里就没有路了。这就是我们水保人的尴尬。只好让司机开车绕过沟去，在前边村里等你。那天，司机走后，我就背起行囊，扎起头发，顺着山羊踩出的小径，拨开荆棘，深一脚浅一脚往沟里走。野山野沟里也不见一个人影，就我一个人。大伏天，太阳毒辣地晒。哦，你说打伞，在这里，伞根本是打不成的，凉帽也是戴不成的，全是酸刺蒿草，不拿手撩开来，人就走不过去。它们会划你的伞、摘你的帽、扯你的衣裳、割你的皮肉，所以我们一般都不戴那些个东西。好多蜘蛛网,横七竖八,为捕小虫吃。你往前走,这些网丝就飘过来粘你的脸,粘你的头发,腻腻的,黏黏的,你也得忍着。野外作业,就是这样儿,我们早就习惯了。

"不过,等我走到沟底一看,绿茫茫一片,也是吓了一跳。沟里全是密密实实的比人还高的芦苇。我想,妈呀,这要是进去了,出得来出不来,还是个问题。心里这么想时,腿却已经带着身子走进去了。没有退路,车已经走了,这里也没有手机信号,要是我一个人退回去,靠两条腿走一天也走不回家。只能咬住牙往沟里头钻。还要测量地形,记下一些数据,也就顾不上东想西想。芦苇丛里静悄悄的,洼地里还积着一些水,不时有什么东西惊起,叫着飞走。虫子也叫,乌鸦也有叫,还有不知什么叫。山里有狼和野猪,这么一想,心就怦怦怦地乱跳,要是撞上绝不能露出胆怯的样儿,你不怕它,它也怎么不了你,你要是胆怯了,自己乱了阵脚,慌里慌张的想跑,那它一定不会放过你的,它会追着撵着咬你,不放你脱身!

"你得不时给自己打气,还得自己给自己壮胆,不然就会害怕!闷闷的那个热,蒸笼一样,满身的汗,流得跟水似的,擦是擦不过来的,就不管它,让它自己流。要命的是带了一瓶水,没留意就喝光了,到后来渴得要死,又不敢喝洼里的积水,只好就忍受。两米多高的旱苇埋了人辨不清东南西北,想看地形就得往沟边高处爬,记下测量数据后再爬下去,继续往沟底深处走。风是吹不进来的,汗水流的眼睛里酸涩难受,眼睛睁不开,只好眯着。衣衫湿漉漉的,贴在身上,那个难受跟有蚂蚁在全身爬。后来实在是受不住热,就……

"不怕你笑话,反正里边也没有一个人,还不如凉快一下,我就索性……索性脱光了衣服,在一个水洼里撩水洗了洗……其实连水都是热的哩,不过跟身上的热一比,就很是清凉了。当时顾不上想,我后来想,自己这样处理是对的,要是不这么降一降温,我怕自己会中暑,会热晕在里头……让狼啃了野猪拱了都有可能的,也没人能找到我。后来当然也有一点后怕,后怕万一恰巧有一个男人正好进来,还是个坏男人,那我可就惨了。不过当时根本顾不上想那么多,就想着完成任务,然后出沟,好好喝一气水,洗一个澡……"

长期的野外生活，水土磨砺，使王艳红巾帼不让须眉，成长为一名水保队的副队长。她一边说一边笑，说到要紧处，脸上浮现出女性特有的妩媚和娇羞，让人不胜感慨。

"后来呢？"我问。她粲然一笑道："后来就到了沟底，就爬上沟，往村去了。现在那条沟，25度坡以下的地方，全部平成了良田。那地肥的，一亩地能比普通坡地多打好几倍粮食。农民都高兴坏了哩，全村人都有份，每户人家都增加了收入，能不高兴！"

宜川水保队的队长周文斌名如其人颇有气质。

周文斌是陕西水校毕业。我这一路走来，所见的水保队长大都是水校毕业，难怪延安水保局的张海东会戏称陕西水校为水利战线的黄埔军校。事实也的确如此。周文斌衣着合体，谈吐间颇有文气，其夫人是宜川县的一名女作家，果真是近朱者赤，近作家媳妇者文也。纵使是赳赳一介水保人，也难逃此路数。但毕竟野来野去，陕北汉子的豪气却是作家媳妇也遮不住的，峥嵘头角，稍不留意，便从言谈举止间透体而出，职业使然也。

我注意到2015年11月陕西省水保局"践行三严三实、服务基层百县行"工作组在省水保局副书记马乐斌的带领下，去宜川县督导检查宜川县2015年国家水土保持重点建设项目、煤油气补偿费使用项目、水土保持工作进展情况。马乐斌对宜川县2015年重点项目建设很满意，他称赞他们的工作开展有序，造林标准高、规模大，措施到位，精品意识强，总体成效显著。还对下一步工作提出了要求。所以我只想让周文斌谈一些工作中的苦恼。

"国家这么好的项目，实施起来也不是那么容易，"他说，"主要还是人的问题，村里不团结，你想做这，他就不同意，不是对你有意见，是对那个人有意见。可是他啥也不说，拿个椅子往路上一坐，不让你过去。人可以过，机器不能过，怕轧坏他的地。你说挖掘机、装载机又不能飞，不让过，咋进去平地？只好请来村支书，支书说了也不管用。还是不让过，闹得你一点办法没有。主家也不肯出面去说。为个这事你又不能叫警察来，何况警察也不会管这种鸡零狗碎事。只好跟人家磨嘴皮子。最后总算说好让过了。过了一半，又拦住不让过了，说挖掘机把他家地里的一棵树蹭破皮了。就问他，你想咋？赔你钱行不行？人家说咱不缺钱，有的是钱，不在乎钱！那你想咋？又不说，叫你猜，时间就这么白浪费了。后来有知道的人说他其实就是想要钱还想多要点钱。可是国家补偿是有标准的，不能漫天要价，乱赔。就这么扯皮，扯到最后，讨价还价半天，最后给了他一点钱，终于还是让过了。这种事施工时经常会遇到。头疼的就是处理这种烂事。天天操这个心，还不能跟他发火，发火事情更麻烦。你说这赔钱吧？哪里来的钱？项目资金一分钱都不能花的，也没有发票啥的，又不能回单位去报销。赔人家钱，你拿啥钱赔？好多时候都得自己掏腰包，拿自己的钱去赔人家！

"还有，精准扶贫，针对性强，有的放矢。我包的那户人家说起来真叫个穷，瞅着都让人难受。我是吃的喝的穿的戴的自己家有啥往他家拿啥，有多大力就出多大力。他家几个小孩上不起学，学费我全包，包到娃们上大学。古人不是说了，授之以鱼，不如授之以渔。吃喝穿戴是鱼，也就是暂时救急，教育可是渔，能改变这个家庭的命运，这个钱咬牙也得出！"

说到这里他忽然无语，我注意到他的眼圈有点红了。过了好一会他才又谈笑风生："我刚才打过电话，让我媳妇过来认认你，你给她指点指点，她散文诗歌都写的！"

那种对媳妇儿的爱怜、自豪、信赖之情，溢于言表。

十

黄河船夫曲曰："你晓得天下黄河几十几道湾？几十几道湾上几十几条船？几十几条船上几十几根杆？几十几根杆上几十几个艄公要把船来扳？我晓得天下黄河九十九道湾，九十九道湾上九十九条船，九十九条船上九十九根杆，九十九根杆上九十九个艄公要把船来扳。最大一道是延川的乾坤湾。"

  延川是黄河中游水土流失重点县。全县有100米以上沟道22178条，其中1公里以上沟道884条，1.0～0.5公里沟道2073条，沟壑密度4.68公里/平方公里。山河面貌在中华人民共和国成立后有两次大的变化。一是20世纪六七十年代，全县开展了大规模的群众性农田水利建设，建成大小淤地坝1825座，淤成坝地面积3.2万亩，成为农民生产口粮的主阵地，对解决农民温饱和发展农业产业起到了支撑作用。但因工程标准低，年久失修，水毁严重，目前有60%以上的淤地坝已无法正常利用，加之四周黄土崖的坍塌，使得全县坝地面积逐年缩小。二是自1999年以来，响应党中央、国务院"退耕还林"战略部署，全县10年间累计实施退耕还林面积76.53万亩，山变绿水变清，水土流失大大降低，县域生态环境明显改善。但与此同时农民世代经营的坡耕地面积急剧缩小。到2007年年底全县农民人均基本农田不足1.2亩，粮食安全成突出问题。如何突破瓶颈？唯有转变思路，将基本农田建设的主攻方向由坡峁转向沟道，集中连片开发沟坝地资源，实施整流域治沟造地工程，除此，恐无他法。

  史载，秦汉前境内树木茂盛，植被葱绿。秦汉以来兵燹频繁，军民屯垦，森林、草原遭到破坏。明清时期，屯垦加剧，原始森林毁坏殆尽，形成光山秃岭、穷山恶水的颓败景象。境内森林仅有小块分布，疏林面积较大。名胜古迹有乾坤湾、贾桂墓、赫连勃勃墓等。延川还是陕西省红枣、酸枣仁、蚕茧的主产区之一。栽桑养蚕，江南常见，想不到在延川也有悠久历史，农民利用甜桑压条栽植于地或地界。这些乔木树型的甜桑树有生长几十年的也有几百年的，是蚕农养蚕用叶的主要资源。由此亦能推想曾几何时万物欣欣向荣的光景。

中华人民共和国成立后水土保持从未间断过，那时没有大型机具，全凭人的双手劳作，与今天的条件不可同日而语。不变的是野外作业。"行到山穷路，人车各自顾，车约沟那头，人自寻迷途。塬高攀爬逾，沟大钻探出，酸刺扎肌肤，汗漉不一呼。饥肠鸣如鼓，烦渴水空壶。忽闻饭菜香，以为遇妖狐。却见掘坟人，兀自食于墓，腆颜索块垒，浆水讨一觚。看着沟不大，一绕却无着，野旷没一人，寒热还自乐。"这是我即兴式诗话写真。能遇上几个打墓子的人，还算是天大的福气，人饿急了也没个讲究，分人家一点吃喝，这才有力气往约定地点去。还有一回遇上出丧，等人家哭完，走远，上前去，拿几个坟上的供献吃，那更是难得的好运气。

在我眼里雷同的沟坡，在任宏祥眼里，却个个是不一般的娃。

任宏祥是延川水保队的队长。他晃荡着瘦高的身形，在带我去看沟坡造地时，嘻嘻哈哈笑说当年。天天在野外作业，任宏祥的脸色也就比非洲人略微白些。一路走来我已是见怪不怪。他指点着他的娃，那些沟坡、那些埝坝、那些平展展的农田，眼里全是自得和温情：

"你看看，25度坡以上的都按照国家规定退耕还林了。可是剩下的这些25度坡以下的田，都是些小块块，还被洪水冲出些沟壑，零零碎碎边边角角的，又能种几苗庄稼？这些年的农民跟过去可是不一样了。国家给他粮食补贴时，他乐意退耕还林吃现成的。不给会咋样谁也不敢说。退耕还林好处是使延川水土流失面积大大减少，坏处是耕地总面积也因此减少一多半。尤其是随着第二轮退耕还林8年的钱粮对接期限到来，会不会出现不给粮食，继续实行退耕还林政策，农民因耕地减少口粮没保证，马上破坏生态，退林还耕呢？有没有一个既能巩固退耕还林成果，又可以增加农民口粮田的好办法？这个问题那些天可是愁坏了我们刘局长。后来他想出个办法，这个办法就是在现有基础上，给农民增加口粮田。就是你看到的这个治沟造地工程，从根本上破解了这个怪圈。这么跟你说吧，这可是个民心工程，老百姓喜欢，别的工程你得找他商量着做，这个工程，他找上门闹着要让你去给他做。

"呵呵，你白给他耕地，他当然就欢喜，换谁不欢喜呢？"他喜不自禁，"以前施工不小心碾坏几棵青苗，也拦住你不让走，要你赔钱。我这人火大，一句话不对，就想要抡拳，又不能，得好生央告人家。现在这个工程，反过来了，他找你，去了也热接热待，处处配合你。那天我平地回来，见路边有个老汉，上来就拦我的车，我心说这是又惹下哪个神鬼爷了？没想老汉二话不说拉开我的车门就丢下一个化肥塑料袋说：任队长，上午见你过去了，我已经在这儿等你半晌了！然后就走。打开那袋子一看，全是向日葵大饼子，颗粒都饱满，有十几个不止。这才想起，是去年沟坡造地时那个倔老汉，他不太懂，刚开始拦住机具不让人平地，还跟我大吵大闹。现在尝到甜头了，敢是心里过意不去，拿个瓜子给我嗑！"

任宏祥吸烟不用嘴唇衔，也不用手指夹，而是用牙咬，举凡香烟，无论好坏他都会将香烟的过滤嘴咬得扁扁的，像咬着个烟嘴，丝丝缕缕地在牙齿间吞吐。

"这点子是我们刘局长煞费苦心想出来的，上上下下可是没少跑路。得让市里批准县里通过，还得报省上，七七八八，不是个简单的事。这个工程实施已经有3年多，累计实施治沟造地3.5万亩，累计增产粮食2.1万吨，项目区2.2万农民人均纯收入每年增加470元以上，有效控制水土流失面积400平方公里。这个规划还有远景，到2020年全县规划治沟造地10万亩，农民人均新增、恢复高标准沟坝地0.7亩，是利国利民利水土的事！"

我曾就此问过延川水务局局长刘世华。

刘世华却不肯接这个话头，只说2010年，省委、省政府做出了支持延安率先实现城乡统筹发展的重大决策，这是延安缩小城乡差距、构建和谐社会的重大机遇。认为治沟造地是解决退耕区粮食安全的治本项目，是确保退耕地保得住、农民能增收的关键所在，决定在延川和子长两县先行试点。省、市、县三级领导包抓包建。项目区村民说:"国家拿钱给我们修农田,修农田我们可以挣钱,农田修好了我们又可以种田增收,国家政策真好!"

全部治沟造地项目实施完成后,全县农民将人均新增高产沟坝地0.5亩,人均基本农田将达到1.85亩。新增高产田年可增产粮食2260万公斤,粮食安全有了保障。新造基本农田集中连片成为上千亩,平坦肥沃,水电路配套齐备,便于机械化作业和现代灌溉技术的应用,将在很大程度上降低劳动强度,提高农业效益,促进农民增收。有利于促进农业资源利用向集约化转变,农业生产经营向规模化转变。一些企业和村组已开始着手谋划治沟造地规划区域的农业产业化经营项目和模式。还有助于引导群众在优势区域集中居住,便于加快推进公共服务均等化。治沟造地工程的实施提供了能够赖以生存的良田和更加便利的生产生活条件,在治沟造地辐射区域准备建设11个新型农村社区,建成后可吸引2万农民集中居住。延川县仍有近4万贫困人口,多数分布在山大沟深处。治沟造地工程实行整流域集中开发几乎覆盖了所有贫困人口集中区域。势必将加快区域脱贫、整体脱贫。退耕还林实施多年,耕地不断减少,退耕地潜伏复耕的危险。治沟造地工程的实施,提供了高产农田,解除了农民后顾之忧,可从根本上杜绝复耕行为,进一步减少了水土流失,有效保护了生态环境。

这位土生土长的陕北汉子,脸上总是挂着谦和甚至羞赧的微笑,似乎还有一点无奈和苦涩:"航测显示,我们省绿色向北推进有200多公里。这是不小的成绩。也有误解,以为只要退耕还林、封山育林生态就能好,水土保持没什么用处,不如马放南山,解甲归田。这是错误的。时代变了,水土没有变,气候没有变,降雨没有变,沟和壑、塬和峁没有变,老头树还是小老树,抵御自然灾害的能力还是那么差,一场病虫害,就能把你的防风林带撕个稀巴烂。为什么?就是因为水土的蓄养能力还没有恢复过来,需要提升。用我们省水保局的话说,水土保持也要与时俱进,从原来单纯治理,提升到美化、园林化、综合治理!"

"嘿嘿,这事其实也轮不到我来操心,我也就是和你随便一说。"

他笑着解释，不无感慨地转了话题说，"我这一辈子就没离开过水保，1982年自打踏出陕西水校的校门我就到了延川县水务局，先从技术员干起，眼看一辈子就撂在这了，可我一点也不后悔。"

我注意到，墙上挂着一面"全省农村饮水工作先进县"的牌匾。

"我们延川地处黄土高原腹地，属水资源贫乏区，全县人均水资源占有量仅为430立方米，不到全国人均的四分之一，群众生产生活长期受水困扰。"他道出了那个牌匾的来历。"特别是全县地貌破碎，山大沟深，群众大多又居住在半山腰、塬台区，可饮用水源稀少且距离远，全县13.4万农民每天要耗费大量的时间和精力用于拉水。这些年针对黄河沿岸土石山区、南部残塬区、北部沟道川道区不同地形，坚持因地制宜，通过建集雨水窖、打人工水井、抽水上塬等方式，着力解决农村饮水安全问题。这些年累计完成投资3000万元，建设农村饮水安全工程200多处，累计解决了260个行政村10万人的饮水问题。"

延川作为一个缺水地区，如何科学谋划和通过水利工程建设解决水资源制约，成了刘世华经常思考的一个问题。经过深思熟虑，大胆提出了建设"南河水库"的建议，并随县委、县政府负责人10多次进省跑市，从专业的角度阐述项目可行性，据理力争，经过不懈努力，库容2824万立方米的南河水库项目终于立项上马，项目建成后可从根本上解决县城群众生产生活供水紧张问题，以及文安驿、马家河工业园区项目用水问题。

任宏祥告诉我："我们局长的口头禅是'喊破嗓子，不如做出样子'。长年累月蹲守在工程一线是他工作的常态，民主决策、严格招投标，严把资金关、确保工程质量，是他持之以恒的坚持。有技术、有能力，他委以重任。再忙也要爬山头、钻山沟。对口帮扶村他每月都要带领人去了解情况，这个村的农民人均纯收入已经达到5600元。表彰奖励多了去了，我都数不过来，省里市里县里好多，年年都得，这个先进，那个先进，单位的个人的都有！"

记得那天离开梁家河时，白雾弥天，塞沟填谷，不舍放我离去。便即兴口占一绝以记行色："梁家河汉地，众鲤跃龙门。春暖花添闹，秋肥果献喧。"回延川的路上，顺路又去看了乾坤湾。乾坤湾乃神工鬼斧雕凿的太极图,乃黄河古道秦晋峡谷一大天然景观。从山西那边看和从延川这边看,似有不同。恰逢九九重阳节,便又写了首五律以记之:"雾浓遮行色,九九旺朝暾。太极延川县,阴阳会里村。山衔玄日月,湾抱妙乾坤。岸藏风雷物,河涂泥色昏。"

十一

> 黄土高原在社稷五色土居中。金木水火土,东西南北中,土为中。手拿绳子掌管四方的土神后土,辅佐黄帝在核心地带统率天地,调停山川。土神足智,掌阴阳,滋万物,是五色之中唯一的女性神,相传乃最早之地王,与主持天界的玉皇大帝婚配,被称为大地之母。

陕北民歌最有名的,莫过于《山丹丹开花红艳艳》,原本的歌词是这样的:

"山丹丹那个开花背洼洼红,我的哥哥当了红军。羊肚子那个毛巾哟三道道蓝,红军哥哥跟的是刘志丹。一杆杆的钢枪一声声的号,刘志丹跟上毛主席把革命闹。一杆杆的红旗呼啦啦飘,当红军的哥哥呀出发了。你当你的红军哟我劳动,咱二人一心闹革命……"

黄土高原背阴山洼洼里,五黄六月的时候,草色遥看近却无那搭处,便会见星星点点的鲜红,暗夜灯盏、雪地火苗也似,亮你的眼,暖你的心。这便是山丹丹花。属多年生球根花卉,在所有百合花属中,它是分布最广,纬度最偏北的那种,被当地人誉为野百合。当年茹志鹃笔下那个小战士枪口插着的野百合,想来就是这种花,细长的花瓣,一株八朵或十二朵。

"花儿遍地开,红军就要来,这几天就要打下黑龙寨……"那时,这些红色的花朵如同老百姓的心思,只能悄悄开在背山洼洼处,这深藏不露的苦难的山丹丹花,究竟怀着怎样的心思呢?白军不理会红军却知道。在当地老百姓的心里,最知道山丹丹花心事的,莫过于当年刘志丹、习仲勋率领的那方面的红军队伍,他们是土生土长来自老百姓的子弟兵。我在富县听到一首未经改装的民歌,原生态的如喊羊吆牛的口语,朴素本色的好似随处可见的黄土:"半夜来叫门,问你是哪部分,听说是咱老刘的,赶快去开门。抱起大西瓜,端来些大枣,老刘喜欢吃荞面,赶快压饸饹。老刘爱穷人,穷人对他亲,盘腿坐在一搭里,就像一家人……"

1934年秋陕北正式成立陕甘边区苏维埃政府,由生于陕西富平县淡村时年19岁的习仲勋担任主席。同时成立了陕甘边区革命军事委员会,刘志丹任主席。刘志丹经常和习仲勋一起商谈建政工作,说,一定要群众把能给大家办事、主持公道的人选出来。原始社会能选举好头人,现在就不能?群众最恨旧社会的贪官污吏,边区政府就订了惩处条例;群众最希望办学,就在各乡办起列宁小学。山上的树林起火,大家满不在乎,习仲勋动员大家上山扑火,说:"老刘说过,我们这儿天旱,有了森林才能涵养水土。再说,我们是靠森林才发展起来的,才有了根据地。"

1935年秋劳山战役胜利后,中共陕甘晋省委肃反扩大化,瓦窑堡给前线有关人员写了密信让他们逮捕刘志丹。不料这封信却被送到刘志丹手中,他看完信,孤身一人去了瓦窑堡,被立即逮捕。随后被逮捕的还有高岗、习仲勋等人。关押期间放风时习仲勋想和刘志丹说话,刘志丹示意不要过来,小心他们又打你,乘人不备递话给他,要他坚持真理。

若非一年后毛泽东率中央红军及时到达陕北根据地,刀下留人,那今天的历史恐怕就得要重新写过了。据刘志丹女儿刘力贞回忆,刘志丹被关押的房间窗户被堵死,只在房间上方留一个小小的透气孔。相关资料也证实刘志丹当时戴着脚镣手铐,并引用过一句"毛主席来了晴了天"的歌词。这句歌词便来源于新的山丹丹开花红艳艳。同时还有一首原汁原味的民歌可以佐证于此:"正月里来是新年,陕北出了个刘志丹,刘志丹来是清官,他带上队伍上呀横山,一心要共产。二月里来刮春风,刘志丹跟的是毛泽东,打土豪来分田地,领导穷人闹革命,一心为百姓。三月里来三月三,老百姓热爱共产党,前方红军去打仗,后方的百姓送公粮,红军打胜仗。"张闻天夫人刘英这样回忆道:"毛主席和闻天都说陕北肃反这样搞,错了,要纠正。要赶快放刘志丹。随即派王首道先去制止,把刘志丹救出来。11月下旬就为刘志丹、习仲勋等彻底平反。"平反深得人心,正像歌曲所唱,满天乌云风吹散。

那天，我站在知青窑洞前，左手方向是躺牛峁。小名随娃的石春阳是梁家河村的现任支书，这个年过半百的中年人告诉我："躺牛峁，躺牛峁，连一条牛都躺不住，牛上去都得滚下来的。"

再注视右边视野中的穆军塬，顾名思义，莫非这塬上在羽驿马的过去还驻过军、打过仗？雾时耳边杀声一片。我问石春阳，他显然也不甚了了。没有电和燃气，也买不起煤，知青当年都烧什么？好在出门便是塬峁，顺手便可以去上边折些枯枝？石春阳大笑："你看到的树都是退耕还林后才种的，当年塬和峁上，都种的是庄稼，连一棵树都没有！"惭愧啊！

顺沟一望梁家河，弥散着白茫茫的寒雾，昏昏的望不出几步远。"这是秋雾，也不是常有，跟你们城里的霾不是一回事，这是真的雾呢！"瘦削的房东这样对我解释。耳边传来房东窑里放出的音乐，一个高亢苍凉的女声，在唱信天游：

"青天呀蓝天蓝格莹莹的天，这是什么人的队伍上了前线。叫声呀老乡听分明，这就是坚决抗战的八路军。八路呀军来爱护老百姓，老百姓来也要帮助八路军。军民呀合作大家一条心，赶走那日本鬼子享太平……

"一道道的那个山来一道道水，咱们中央红军到陕北，一杆杆的那个红旗哟一杆杆枪……热腾腾油糕摆上桌，滚滚的米酒捧给亲人喝……满天的乌云风吹散，毛主席来了晴了天，晴呀晴了天……千里的那个雷声哟万里的闪，咱们革命的力量大发展，山丹丹的那个开花哟红艳艳，毛主席领导咱们打江山……"

这塬、这峁、这人、这歌，个中滋味，有谁知道。

十二

富平县淡村镇平合村乃习仲勋故里。城西北建有习仲勋陵园，内植侧柏、龙柏、白皮松等。习仲勋坐像在陵园中央。陵园内有习仲勋生平介绍和毛泽东为习仲勋的题字以及习仲勋夫人齐心书写的习仲勋勋语"天天战斗，天天快乐；奋斗一生，快乐一生"的石刻。

　　去富县时，正值深秋时节，秋雨连绵，不绝于途。进入富县境内，一路所见非绿即红，绿的是萧瑟的草木，落叶乔木抖擞最后的精神，还在顽强地挽留最后一些枯黄的叶片。常青树种则由翠绿转向苍郁，转入相持阶段，准备与即将袭来的冬天打持久战。红的是匝树盈枝的苹果，攀举着满坡满园的羞红，淋漓尽致地展现着自己的美色，炫耀着天荒地老的大自然的丰收景象。经不起秀色的诱惑我们便在路边停车，冒雨在树下一顿猛拍。通红硕大的苹果在枝头上探头探脑，晶莹的雨滴在通红的果体上如玛瑙般闪耀，涎水在口腔内盈盈欲流。

　　我注意到所有的苹果树下，都铺有银光闪闪的塑料膜，以为是地膜覆盖技术，一问才知道，原来是苹果着色的反光膜，这才明白何以富县的苹果没有阴阳脸，个个苹果都呈现均匀的红色，原来是这个反光膜在变魔术。富县水保队的李延岭慢条斯理地说："这些年，我们富县的苹果驰名全国，栽培技术也不输烟台和青岛。2014年产量55万吨，产值达到25亿元，果农人均苹果纯收入达到1.36万元，2015年预计总产值将达到56.7万吨。"

　　"这和水土分不开，"他解释说，"我们富县属于渭北旱原与黄土高原过渡带，适宜苹果生长。延川、宜川、洛川，他们是川我们是塬。陈忠实在《白鹿原》里写到的就是塬。我们这里的土层深达150米。塬和川的水土流失状况不一样，我们塬上主要是水蚀和重力侵蚀。水蚀分为溅蚀、面蚀和沟蚀，以沟蚀为主。大部分裸露的地面都有溅蚀和面蚀发生，特别是植被覆盖密度小的荒坡地最严重。沟蚀是面蚀的继续，在塬边较陡的坡地，沟蚀非常严重。"

果然是三句话不离本行，明明是在说苹果，话锋一转就说到水土流失了。

"重力侵蚀，是讲在流水和下渗水共同作用下形成滑塌，也就是滑坡、泥石流。侵蚀严重的塬边和沟边地带，常有陷穴出现，也就是塌陷下去的大洞。例如我们羊泉乡八合村新城沟的沟岸，一次性就滑塌了17万立方米。如交道乡东桐村的村西沟头，1968—1982年15年内后退了40米，把半个村都塌没了。北道德乡纪录村的南沟底，1974—1982年9年间下沉3米，现在已经塌陷得让人不能看了。1949年水土流失的面积1507.3平方公里，占全县总面积的36.02%。中华人民共和国成立以来至1982年境内成林沿线平均后退2.5公里，新增水土流失面积198平方公里。以7座典型水库的实测淤积量和洛河、葫芦河输沙模数为依据，年平均水土流失量为270万吨。早在1964年富县就被国务院确定为黄河中游地区水土流失重点县。"

富县，古称鄜州。县域面积在全省第五大而在延安为第一大。中华人民共和国成立后因"鄜"字生僻，改为富县。县域经济综合竞争力居全国百强县之列。东距宜川45公里，东南至洛川20公里，离延安50公里。太和山原名凤凰山，自北向南蜿蜒到富县城北，对称伸出两座侧峰，状若两条苍龙，戏之于峭拔而起浑圆如珠的太和山。五条河流、五条道路穿梭于山下，形成五水、五路相交之势，故有"五交城"之古称。东山、西山、柏山、骆驼山，四山如朝臣，皆面向太和山，状如朝拜。北洛河从山脚下缓缓流过，在沙梁和县城之间，自然造化一幅气象生动的太极八卦图。洛河为黄河二级、渭河一级支流。明成化年间河岸崩溃，改为直接入黄河，嘉庆年间，又由大庆关溃出复入渭河，后又直接入黄河。1933年黄河东移，北洛河在黄河、渭河之间的三角地带游移徘徊达十余年，时而入黄，时而入渭，直到1947年才固定入渭河。太和山道观在"文化大革命"前尚存石碑30余通，有人曾见隋朝的勒刻。如今可资佐证的仅剩明之天启、清之康乾三次重修碑记。由此可见，那些年自然生态水土流失严重，人文生态水土流失更惨烈。

富县川塬相济,光照充足,昼夜温差大,素有"五谷杂粮遍地有,九州不收鄜州收"的俗谚,故有"塞上小江南""陕北小关中"之称。富县从20世纪50年代始栽植苹果,20世纪90年代成为县域经济主导产业。2014年9月获得国家认监委授牌,成为全国首个由政府主导、在全县范围内实施良好农业规范认证的县。良好农业规范认证已被61个国家和24万果农接受。果农严格遵守的《农药使用指南》明确地列出了严禁使用、限制使用的主要农药品种,以及允许使用的杀螨剂、杀菌剂。杀虫灯、黏虫板等生物物理防治技术的运行使病虫害得到了有效控制。前不久发生了一件事,加拿大在对一批进境苹果的抽检中发现一只山楂叶螨,结果禁止进口我国苹果达一年之久,所以富县苹果目前在苹果出口加工环节中,还增加了"一刷二吹三浸四洗五风干"的除螨程序,每个苹果的成本增加了两分钱,但果农并无怨言。

李延岭的介绍,似乎大同小异,细听却也有所不同。

富县一公里以上沟道2213条,沟壑密度为每平方公里2.48公里,15度以上坡地面积占总面积的65.3%。5度以上坡地则发生细沟侵蚀并进一步发生浅沟侵蚀,45度以上坡地出现重力侵蚀。降雨强度和降雨量与水土流失成正比,暴雨和较大连阴雨都会造成巨量水土流失。塬边沟坡多系黄墡土,有机质低下,结构松散,抗蚀力弱,易受侵蚀。植被覆盖率和水土流失成反比例。牛武、直罗、张家湾等丘陵山地森林植被覆盖率达63%以上,可有效控制水土流失,而交道、羊泉、寺仙等塬面森林覆盖率只有3.9%,水土流失就比较严重。

不合理用地掠夺式土地经营,加速水土流失。光顾吃饭,单一抓粮食生产,忽视土地管护与合理利用,使农、林、牧比例失调,破坏生态平衡,既加速水土流失,又限制农业生产发展。1949年富县只有4.14万人,1989年增至12.82万人,为了吃饭,毁林开荒,撂荒轮垦,广种薄收,恶性循环,加速了水土流失。人口增加使50%的农户每年缺柴4～5个月,解决办法是上山砍柴,每年损耗木材4.93万立方米,破坏森林草地助长水土流失。还有开矿、采石、修路、基建等,尾渣、弃土任意堆放、倒弃。如交道、北道德水上塬工程,倒弃土渣89万立方米，每遇暴雨即被洪水携走，增大了河流泥沙，助威于洪水灾害。1949年全县有水土流失面积1507.3平方公里。至1989年全县治理水土流失面积508.9平方公里，占流失面积的33.76%。水土保持工作经历的发展阶段：1950年在塬面动员群众修软埝，挖水窖，拦截径流，控制水土流失。1958年以后，水土保持工作从塬面向沟壑发展，主要有沟头防护、打胡洞坝、干沟打坝、打淤地坝等。1964年以后，集中力量对塬面耕地进行治理，主要措施是修地边埂、打橡帮埝、平整土地等。

说到这里李延岭念了几句顺口溜："治沟不治塬，还是三跑田。水、肥、土，照样还留不住。治塬不治坡，冲毁水坝灾害多。"

李延岭接着又说："这是多年实践总结出的经验。我们从1974年以后就逐步走向以小流域治理为单元，集中连片协同作战，耕作、生物、工程三大措施三管齐下，综合治理。主要是平整土地，深翻改土，推广川塬地垄沟种植法和山坡地水平沟种植法，也称水土保持种植法。生物措施主要是退耕陡坡地，还林还牧，植树种草，工程措施主要是打橡帮埝、沟头防护、打淤地坝等。"

1984年县人民政府发布了《富县户包小流域治理和开发"五荒"的决定》，至1989年全县已有3296户承包荒山沟坡19.9万亩，承包户占总农户12.9%，已完成治理面积12.49万亩，占承值面积的62.8%。小流域治理产值达到12.37万元，纯收入6.94万元，户均收入137.89元。2014年牛武镇清泉寺40里长沟水保治理工程共治理水土流失面积6.14平方公里，2015年治理湫家沟小流域水土流失面积6.06平方公里。以北河沟流域为例，流失面积63.6平方公里，主沟长20.5公里。流域涉及4个乡16个行政村。截至1989年新修四田7600亩，造林1.1万亩，种草850亩，修建拦洪水坝4座，谷坊3座，沟头防护24处，治理水土流失面积23.89平方公里。现在几乎都是经果林，光一户人家就栽植苹果树1000株，山楂树300株，刺槐树4.5万株，白榆树1300株，如果没有水土保持先行一步，哪有今天的花果飘香。

去几个苹果园走访时，果农见了李延岭，那个亲热劲让人纳罕。

"今年苹果大丰收，人手缺，有好多苹果还在树上哩！"年近古稀的老支书慨叹说，"人手不够啊！"我问："是不是青壮劳力都进城打工去了？只剩些老人孩子？收秋时节也不回来帮帮忙？苹果烂在树上怎么办？"村支书怔了怔，咧开嘴忽然无声地笑了，笑容透着天大的欢乐："可不是你说的那样，我们这里和别处不一样，我们村没人出去打工，倒是外乡人给我们村打工哩！我们村家家有果园，家家都雇得有人手，还招不下好人手哩！"

李延岭也笑着解释："种苹果需要人手，像剪枝、拉条、黏虫啥的，全家老幼都上阵都不行，还得雇人，还得雇有技术的人手，一天上百块钱，还雇不下那么多人手。一户年收入几十万，谁还出去打工？你说的那个空壳村，在川里有，在我们塬上几乎没有！""还是国家政策好，"村支书嘻着嘴说，"那些年我们村里的青壮年也都出去给人家打工，做梦也想不到现在反过来，让别人为我们打工。这个绿水青山里头，还真的有金山银山哩！"现在轮到我吃惊，原来空壳村，也没有一定。水土保持搞好，生物措施跟上，鱼与熊掌兼得完全可能。

传说秦王降旨在鄜州筑城设防，差官见督河川道宽阔。地势平坦适宜修城，遂插黄旗以为标记，却被一只梅花鹿衔走。差官骑马急追到今天的富县城址，见梅花鹿将黄旗放在山脚下，突然不知去向。见此地三川交汇，正是筑城设防的好地方。于是就在此筑城，随后命名为"鄜州"，意为"鹿衔旗"。岂非不畏箭射多管闲事的鹿成就了富县的今天？便有感五律两首称赞这些水保人士曰："弦开张海东，矢以猎金风。九箭穿天物，三川落地形。咸阳塬上道，帝业崩边鸿。水土开秦晋，江山射勇忠。"又《鄜州行吟》续之："黄河利马牛，草木秣兵戎。万国沟坡酒，千邦泥石盅。鳞虫寻碧碧，爪齿觅葱葱。回首衔旗鹿，为民不畏弓。"

试问：保水土护塬川的辛劳有没有衔旗鹿的精神？

十三

> 山河形胜是水土交相功运之杰作。土赋形于水,水激土以形。金沙江乃长江上游,从青海玉树进入横断山区,流经云贵高原西北部、川西南山地,到四川盆地岷江为止,在虎跳峡两岸切割出高差达2500～3500米的世界最深峡谷之一,被地形地物打上了金色的烙印。

  2015年3月7日,贵州省领导在全国人大会上汇报了贵州省最近的发展时说:"贵州生态文明的指标守得比较好,石漠化、水土流失的治理这些年非常好,还有我们的空气质量也比较好,PM2.5平均值都在50以下。"于是,有了制作贵州的"空气罐头"的说法。

  许多人以为这不过是一句诙谐。上网一搜才知道并非空穴来风。"一战"时从法国赴美国途中艺术家杜尚被边检人员拦下,询问鼓鼓的行李包里装有何物?他随口道"巴黎空气",即兴玩笑触动杜尚的创作灵机,他把一个空的玻璃器皿命名为"巴黎空气",赠送给两位美国收藏家。美国富翁诺克到日本富士山观光,发现当地空气让他心旷神怡,一念闪过,不久便有一种名为富士山空气罐头的产品出现在市场上。摄影师基里尔·鲁登科在网店销售产自巴黎、纽约以及世界各大城市的空气罐头,每盒9.9美元。

  这个非凡的创意,从有趣走向生命的迫切需要,时间跨度并不长。

  谁也没有想到如同风一样无处不在的空气也可以卖,也可以有价。这是人类和自己开的巨大而又可悲的玩笑。如今它已经成为现实。贵州和福建多地已启动制造"空气罐头"计划。据报道称,去年华北多地雾霾,加拿大罐装空气接到了大批中国订单,十分意外。时下淘宝网"空气罐头"价格在50～200元不等,有自土耳其伊斯坦布尔、中国井冈山、中国台湾、日本富士山、新西兰等地的新鲜空气。购买者似乎并不多，但行情正在看好，个中心态多种多样，有的出于猎奇，有的出于收藏嗜好，但我相信没有人会真的靠空气罐头来维持生命，自由的生命和无时无刻的呼吸是空气罐头不能承受之重，除非把人生密封在罐头里。

自然清新的空气的确能够让人心旷神怡，让人充满活力。

贵州省领导在汇报中提到的石漠化是石质荒漠化的简称，多发生在喀斯特地区。喀斯特地貌与丹霞地貌、雅丹地貌并不是一回事。丹霞地貌属于红色砾岩、砂岩的层理因水的侵蚀而形成，沿海地区多见，以广东仁化县最为典型。雅丹地貌属风蚀地貌，多见于西北干旱地区。喀斯特属岩溶地貌，是水对可溶性岩石，如碳酸盐岩、石膏、岩盐等进行以化学溶蚀作用为主，流水的冲蚀、潜蚀和崩塌等机械作用为辅的地质作用，以及由这些作用所产生的现象的总称。世界上喀斯特分布面积最大的国家是中国，从热带到寒带各种喀斯特地貌类型齐全。所有省区几乎都有分布，但以云贵高原为主要分布地区。由于人类不合理的社会经济活动而造成人地矛盾突出，植被破坏，水土流失，土地生产能力衰退或丧失，地表呈现类似荒漠景观的岩石逐渐裸露的演变过程。从成因来说，导致石漠化的主要因素是人为活动。

我和水利部水保司的乔殿新在路上讨论过这个话题。

乔殿新说："云贵高原的土层很薄，在自然作用下一万年才能形成一寸厚的土壤，人类只需要5分钟就能让它流失。导致石漠化的主要原因是水土流失严重，人地矛盾是治理石漠化最大的难题。过度樵采形成的占31.4%，不合理耕作形成的占21.2%，开垦形成的占15.1%，乱砍滥伐形成的占13.4%，过度放牧形成的占8.2%。乱开矿和无序工程建设等也加剧了石漠化的扩展，占10.7%。石漠化严重地区，如果不采用工程措施，自然生态就无法自我修复。人工修复造价昂贵，国家财力根本负担不起。"

"也就是说，这些是不可恢复的？退耕还林也不行吗？"我问。

"有些地方行，有些地方不行。"乔殿新神情明显沉重，"石漠化地区缺少植被，没有植物就不能涵养水源，往往伴随着严重的人畜饮水困难。贵州尤其是，好多地方基岩裸露度高，成土速度慢，立土条件差，治理成本高。近几年上上下下都很努力已经好了许多。全国石漠化最严重的贵州省，效果尤其明显！"

乔殿新所提到的也就是"空气罐头"的后续部分。

那天，贵州省领导汇报贵州森林覆盖率达到48%，过去4年提高了7.5个百分点；贵州3年淘汰了2200多万吨落后产能；2013年全省旅游人数超过2亿人次，旅游业2004年占GDP比重达到了8%左右；都匀毛尖、绿宝石等茶叶品牌知名度不断提高。

相关资料显示：石漠化地区多是老、少、边、穷地区，现有国家扶贫重点县227个，贫困人口超过5000万人，人口密度相当于全国的1.5倍，人口压力大，极易产生对生态资源的破坏现象。石漠化地区植被以灌木居多，大部分植被群落处于正向演替的初始阶段，稳定性差，稍有外来破坏因素影响就可能出现逆转。人为逆向干扰活动依然严重。边治理、边破坏的现象仍很突出，特别是毁林开垦、樵采薪材的现象还较严重，陡坡耕种、过度放牧等现象还大量存在，给建设成果巩固带来严重压力。加上受全球气候变化影响，干旱、冰冻等极端灾害天气频繁发生，森林火灾多发，森林病虫害严重，对森林植被安全构成直接威胁。

由此可见，贵州省近年来的水土治理业绩的确不凡。

十四

> 洛川黄土国家地质公园是世界上独一无二的黄土地质公园，它记录着过去数百万年中国北方乃至地球气候与环境的丰富信息。黄土高原如纸，千沟万壑似字，它淋漓尽致地记录了土与水在时空大笔下的行云流水，点捺钩撇的是自然的章节，横平竖直的是人类的历史。

驱车赴洛川，竟然又下起了雨。雨中富县，渐行渐远，古风曰：老雨连绵秋，古鹿回头处。鄜州失寒烟，洛川望汉楚。喜怒无强秦，孤寡有狡兔。梁峁不是山，苍苍塬上树。

资料显示：洛川县城所处区域的黄土塬距今有250万年的历史，由数百万年的风携尘埃层层堆积、同时遭受雨水剥蚀而成。其剥蚀面堆积有从新近纪晚期到整个第四纪的黄土地层，沉积层达200米以上。以黑木沟国家黄土地质公园为例，黄土剖面构成分别是：蓝田红黄土、午城黄土、离石黄土、马兰黄土和坡头黄土。地质构造系华北鄂尔多斯地台向斜层东翼，主要是中生代的沉积岩系。经长期水蚀和其他外营力剥蚀，形成了黄土塬与深沟正负相间、梁峁起伏的复杂地质环境。黄土塬面与沟壑面积比约为4:6，土壤侵蚀模数3972吨/（平方公里·年）。

随着县城规模扩大，人口不断增多，城区硬化面积增大，地表径流也不断增大。由于城内居民生活及工业生产无组织地表径流及向沟下排水，城区污水和雨水集中沿沟壑自然排放，塬面被沟壑蚕食，沟头延伸速度加快，沟床的冲切面积加大。人类不科学的排水方式，成为目前城市建设对黄土塬面安全性最危险的因素。该地区塬面不断被沟谷蚕食，塬边斜坡陡峻，水土流失十分严重，生态环境十分脆弱，安全隐患较大。

"洛川与富县差不多，也有川也有塬，他们的水保任务跟富县相类似。"张海东在路上介绍说，"洛川滑坡、塌陷、沟蚀，比富县还要厉害。去年我们几个去拍片子，就是拍他们的地质灾害，结果摄影师不小心，把摄像机的镜头盖掉进塬边的沟里。东西不贵重，可是要靠它保护摄像机呀，总不能就不要了吧？刚下过雨，塬边全是烂泥，沟很深，镜头盖也没掉到底，被泥巴粘在半中腰，拿棍子也够不着，只好求助村支书，村支书来了一看，说，你们拍你们的，没事情，这个交给俺！结果我们就去拍别的，一会儿有人就把镜头盖送过来了！"

我们第一站去看的就是这个地方。洛川县水保局现任局长赵民生和老局长桂千红，还有张海东说的村支书，都在那里。他们和海东都是熟人，见了面自有一番亲热。

这个塬就在村边上。这时雨小了点，我们踏着田里的烂泥走向塬边。赵民生剪着小平头，性子有点急，一副精明干练的样子。他回头说："这一大片，包括塌陷去的，以前全是村里的好田地，有十来亩，前些年都滑塌下去了，再滑塌，你们这个村子就得搬上走了！"后一句是对村支书说的，村支书是个中年人，面很善，憨笑点头！"可不，俺心里透亮，这些年全靠你们水保队护着，要不，村子早没啦！""那个镜头盖就是你找人捡上来的？"我问。村支书惊讶地望着我，张海东忙解释："是我说的，他问我，这么深的沟，镜头盖你是咋拿上来的？"村支书说："也容易也不容易，俺在村里找了两个后生，拿了一卷绳子，往后生腰上一拴，绳子绑在那棵树上，算是个保险，然后放后生下沟，就拿上来了，不过后生也成个泥猴了。这不挺容易？不容易是这些年跟过去不一样，人人都懂得要酬劳，这么危险的事不给后生几个钱，肯定说不过去。还好，俺一说这是水保上的事，后生们就没二话！"

这话说得沟沿边上泥水之中几个水保人神色忽然凝重起来。

雨，越下越大，我们只好往沟里留下最后一瞥，匆匆回到车上。挥手告别了老支书，又去看一处即将被沟壑吞没的危塬地。就在离万丈深渊不远的地方，有十几座新建的高层建筑和一所书声琅琅的学校，还有一些旧的居民住宅区。我们踩着各种废弃物在泥水中沿塌陷的塬边走了一回，赵民生在前头一边带路一边兼讲解员，他指着烟雨茫茫的一大片沟壑让我们看，隐隐约约的，塬壁上可见一道道钢铁的框架，如梯田也似逐级向上伸展。这是肉眼可以看到的。还有埋在里边的各种防护措施，是看不到的，如明的暗的排洪沟等。雨水径流要汇排到泄洪渠流走。雨水渗透也会造成塌陷，这也是有措施的。赵民生充满信心地说："多项工程措施并举，加上生物措施，这地方肯定保住了，要不得多大损失啊！"

我们还冒雨去参观了由国土资源部2001年批准成立的洛川黄土国家地质公园，这是中国唯一的黄土地质公园，公园是以黄土地质遗迹保护与开发为核心的，地质遗迹资源直接关系到公园的发展。公园每年也要遭受不同程度的侵蚀与破坏。公园主体为黑木沟，面积8.2平方公里，周边塬面海拔在1100米左右，沟谷切深80～140米，谷坡较陡，坡度30°～60°，沟谷内滑坡、崩塌发育，沟头溯源侵蚀严重。故有学者呼吁要提高黄土地质遗迹的对外抵抗力以保障地质遗迹资源的完整性与永续性，近年利用水土保持综合措施已予以彻底治理。

据不完全统计，洛川1974—2002年发生地质灾害6起，造成19人伤亡。2003年11月19日杨舒乡尧雪村马家沟滑坡再次发生滑动，规模153104立方米，造成4孔砖窑、两间平房被毁，直接经济损失10万元；2003年11月15日下午12时20分，洛河桥至杨庄河进村道路150米处，发生大面积滑坡，道路阻断29小时；2005年8月1日，凤栖镇老南沟发生黄土滑坡，体积672立方米，造成2孔窑洞被毁，经济损失4500元。2003年隐患点45处，如210国道、304省道及县级公路高陡边坡地段；人工切坡建窑形成的窑后黄土陡坡、陡崖地段，有较强的致灾性，威胁住户185户，单位8个，人口780人，威胁资产1561.48万元。

经2005年地质灾害点核查，已完全搬迁避让隐患点1处，工程治理消防隐患点3处，新增灾害隐患点35处，截至2005年8月全县有地质灾害隐患点46处。现有隐患点35处，占灾害点总数的76%，大型1处，中型14处，小型20处，崩塌现有隐患点11处，占灾害点总数的24%，其中黄土崩塌9处，岩质崩塌2处。强降水、冻融作用、人类工程活动是崩塌灾害的主要诱发原因。具有前兆不明显，难以防范的特点。

雨雾中，我注意到，就在不远处，竟然星星点点的红。

在去210国道时，我发现路边分布有大小不一的苹果园，累累果实压弯的枝条低伏在泥水里，树下有一个个塑料袋里装满了鲜艳的苹果，任凭雨淋着。没有人，想来是摘苹果的人都躲雨去了。一问才知道洛川也在大力发展苹果种植。210国道两侧位于灾害易发沟壑边缘的几个村镇都有大片果园环绕。这里的沟壑就在国道边上，故而全部被绿色的铁丝防护网密实罩住。国道上车来车往，车上的人和物，并不理会路边这吓人的沟壑。只有几只鸡，散漫地在沟边啄食深秋饱满的草籽。还有几只鸡，就在下边的沟坎上避雨，也不知是怎么过去的。

"如果不做水土防护，这条国道早就不存在了！"赵民生指点上百米宽阔的沟壑对面塌陷处，问我，"你能看出对面那塌下的崖壁上有什么吗？"我顺着他指的方向看去，却见那崖壁上有四五个圆圆的浅痕，仔细辨认，不觉大吃一惊："那不是几孔窑洞吗？是塌陷下前边部分，只剩下后边部分的窑洞吧？"桂千红插话说："那是2003年塌陷的，不过发现早，没有人员伤亡，那个村子塬边上的人家，后来也都搬走了，只是财产损失也不小哩！"

我怔在那里半响无语。听得几只鸡在嘀咕："怕了吧？"

桂千红继续说："这些年，我们也是想尽了办法，打沟头坝、埝、埂，塬边打埂，埂内营造10米宽防护林带。以杨树、榆树、椿树为主要品种，埂外营造3～5米宽灌木林带。开发利用沿沟下的台捡地修建水平梯田，营造户办果园；沟中下部及陡坡、阳坡种刺槐，阴坡栽油松，发展用材林。淤地坝、涝池也建了不少。以前家家门前有涝池，能蓄水还能养鱼，既美化了村庄，又能收集拦蓄村镇雨水，给村民提供灌溉用水。后来这个传统废了。我们现在又重新提倡并当一项工程做，等会儿你就会看到，这项工程深受当地群众的欢迎。"

去塬边村时，雨终于停了，似乎要出太阳。

塬边村沟壑，居心叵测，张着黑洞洞的嘴，似乎在问：你是谁？触目可见洪水冲刷过的痕迹，还有塌陷的狼藉。十几丈深的大坑，有几株大树被全然地陷入坑中，绿叶婆娑，还在东倒西歪顽强地生长着自己。坑里郁郁葱葱，全是种植的乔灌草。无处不见的，代表着乡村生活的，三三两两的鸡，结伴在坑边觅食。几个老者从屋里走出来，远远望着我们。

"我们站的地方，过去都是庄稼。这里是塬边最严重的一片侵蚀区，现在你看沟壑里长满了树，里边还有防护工程。这几年已经不再塌陷，要是不治理，今天恐怕已经塌陷进村子里去了。这说明防护工程的效果很好。"桂千红戳点着说，"那个花园，中间那个大水池子就是我说的涝池。不过已经不是普通的涝池了。村里的雨水会顺排水渠往池子里流，池子里边也有排洪渠，水到了线会顺着排洪渠绵绵流走，不会汇流冲刷塬沟。蓄水可为景观水，也可以养鱼，夏天还能歇凉。这个村子是很富的，家家都有自己的果园。塬地面积越来越小，越来越金贵了。要是让土地全塌陷完了，老百姓吃什么？连人都不能住，就什么都完了。"

"这些年，沟进人退，沟进村退，沟进塬退，已经严重影响了当地群众的生产和生活安全。水保治理项目，现在已经不同以往，不再单纯是公益性工程，已成为民生工程，是救民于水火的工程，责任重大。"赵民生若有所思，眼里有思想的火花，他说，"我觉得洛川的水土保持也有点习总书记所说的那个意思：进则全胜，不进则退。不能退，只能进！"

这时，我注意到，天真的晴了。

十五

> 山川是河流的载体，河流是山川的血脉。上善若水，水利万物而不争。水是液态物，如酒似茶。土是固形物，水土相合，可以塑形，大者为沟渠库堤，小者如盘碗杯盏。水因土而异，也具有了不同的出身、个性、品格、色相。土是水之器，水乃土之魂。

2013年7月初延安市遭遇了自1945年有气象记录以来过程最长、强度最大、连续暴雨天数和量最多且间隔时间最短的一次持续性强降雨，超过百年一遇标准。相关专家称，它的损害程度不亚于一场6级地震。强降雨主要集中在陕北黄土塬区和陕南地区，土壤含水量饱和导致土石山体脆弱。山体滑坡、泥石流灾害、房屋垮塌、道路冲毁、电力中断、库坝频频告急、农田毁坏……延安市13个县区的158个乡镇、街道办、中心社区受灾。受灾群众26万多人，25万亩农作物遭到水淹，3000余间房屋倒塌，2.3万间房屋窑洞损毁，2条省道、43条县乡道路和84条农村道路中断，54对列车上下行受阻，经济损失14.66亿元。

延安水保处张海东说起当年的洪灾犹然惊心动魄："吓死人了，12天下了一年的雨，长这么大还没见过，泥水顺着山坡流淌下来，瞬间就把街道淹了。河道水库哪能经得住，不害怕那是假的，打电话报警的人在电话里都哭出了声，说他们水库的堤坝眼看着就要垮塌了……可是最终的结果却让人很意外，受灾的程度没有预计的那么大，你知道这是为什么？"

说到最后，这个年轻人竟然微笑着，冲我卖了个关子，让我猜。

延安，古称肤施、延州，原陕甘宁边区首府。北接榆林市，南连咸阳、铜川、渭南，东隔黄河与山西省临汾、吕梁相望，西依子午岭与甘肃省庆阳睦邻。总面积5556万亩。已探明石油储量4.3亿吨，煤炭储量71亿吨。主城区被宝塔山、清凉山、凤凰山三山怀抱，位于延河、汾川河二水交汇处。古有塞上咽喉、军事重镇、三秦锁钥、五路襟喉之誉。宝塔山巍然于海拔1135.5米的城东南，塔高44米，共9层，始建于唐，为标志性建筑。距此3公里的杨家岭则是《中国革命和中国共产党》《新民主主义论》《在延安文艺座谈会上的讲话》等许多重要文献的出处。延安黄帝陵、凤凰山麓、枣园灯火、王家坪、南泥湾、鲁艺旧址、吴起镇、瓦窑堡、保安、洛川、志丹县等，无人不晓，都是供游人瞻仰的所在。

　　春秋时延安为游牧兼狩猎的白狄部族所居，晋公子重耳曾流亡白狄12年，即居住于延安一带。汉武帝时大量移民和屯戍使其富庶如关中。汉虞诩《奏复三郡疏》对斯时的延安也有"水草丰美，上宜产牧，牛马衔尾，群羊塞道"的描述。明末陕北农民大起义，高迎祥、李自成、张献忠等纵横延安南北。清末设延长石油官厂，钻成中国大陆上第一口油井。

　　据说20世纪50年代初，三山挟两河的延安，便遭遇了一次特大洪灾。中华人民共和国成立初期的延安依旧保留边区政府时格局，延河、汾川二河依旧湍流不息。多是窑洞的延安城中，只有一万多常住人口，曾经是边区政府所在地，被誉为"王府井"的商业繁华区市场沟，在洪水的袭击下，遭遇了灭顶之灾，上百人被洪水卷走，财产损失不计其数。灾情惊动北京。

　　这场洪灾的资料不详。寻觅时，却发现了1977年延安大水的蛛丝马迹。当时正值各地"农业学大寨"，4个多小时的倾盆暴雨，使得延河上游大大小小100多个土坝被冲垮，山洪直泻而下。延安当时80%的建筑被洪水淹没，损失极为惨重。还有延安吧里的一个帖子也提到了这件事。这个帖子的标题是：大家来看看77年延安发生的特大洪水吧，是该反省了。

　　忍不住好奇：延安，该反省些什么呢？

　　帖文大意如下：1977年7月6日凌晨房门被砸响并有人喊："发大水了！"出门一看南川河已经看不到河堤，公路不见踪影，只有汪洋一片。刚还离我十几米远的水头，已经涨到了我的脚跟前。我急忙往高处紧走，浪头也跟着追上来。延河大桥洪水已经与大桥持平。洪水凶猛，漩涡大浪一个接一个，漂浮物有牛羊、大树、立柜等等，顺流而下。洪水中忽然出现了一个大锅炉，轰的一声撞在桥上，桥栏杆马上粉碎不见踪影，锅炉跌回水中，又被一个大浪推上桥，翻滚着把另一侧的桥栏杆也撞碎，这才滚入桥下被洪水带走。

这时有个特大房盖冲向大桥，房盖上坐着十几个人，浪高水急也听不见他们在喊什么，霎时间房盖到了桥跟前，就见有一个人猛然站起，一个飞跃跳到桥面上，脚刚挨到桥面便向桥东边狂奔而去。大房盖上的其他人就没有这么幸运，房盖与桥身猛烈撞击，瞬间变成碎片，上面坐着的人也随之不见，唉！真悲惨，但也无可奈何，但愿他们早托生吧！

大街黄泥磅礴，洪水沿着马路奔东而去，损失最惨重的地区是，南关的市场沟口至南门坡一带，水深近三米。北关西沟往北一带水深也有两三米。东关受损也相当严重。延安市运输公司的汽车被洪水冲走好几辆。人说北关遭遇水灾时有一个年轻的女子被上涨的洪水吓住，双臂紧紧搂住一根电线杆不放，但她也不会往上爬，活活被上涨的洪水淹死，其实她如果往高处跑也来得及，可她估计是吓坏了，大概也是命中注定的？但愿她早托生吧！

第二天延安上空飞来一架直升机，在我们头顶盘旋，红红绿绿的传单飘落下来，捡起一看，是中共中央给延安人民的慰问电，老百姓们都捡起来看，一个个都是热泪盈眶，说这下有救了。第三天下午来了也不知道有多少辆军用大卡车运来了救灾物资……

只有亲历者的描述才可以如此生动骇人、铭心刻骨。

十六

> 白羊肚手巾三道道蓝,黄河九曲十八道道湾;穿一件羊皮袄,牵一头黑毛驴,抽一锅小兰花,吼一曲信天游,泪蛋蛋扑簌簌往那河里流。想浇愁没钱买烧酒,把住壶口喝了个够,好小伙喝成个糟老头。山生烟,水生愁,富人肚皮肥扭扭,只有哥哥和那黄河瘦。

黄土高原,不单是大风携来黄色尘埃的自然堆积,也是雨水冲刷华夏五千年历史的金色文明的沉淀。黄土高原有多厚,中华文化的埋藏就有多深,千沟万壑之中处处都掩埋着先人们的骨殖和遗迹。只要稍微留心,文化的蛛丝马迹随处可寻,发现的已经在那里,没有发现的还有多少?却是个未知数。地下文物看陕西,地面文物看山西,绝不是随便说着玩的。

富县乃历史名城,当年安史之乱中杜甫曾在富县羌村避乱。杜甫祠位于延安市宝塔区七里铺,相传当年杜甫避安史之乱于羌村,经此曾枕鞋而卧之。所经川道被称之为杜甫川,并在他睡过的地方建了杜公祠。逃亡途中两次走过延安,诗作有《三观水涨》《晚行口号》《玉华宫》《避地》《得舍弟消息》《羌村三首》《北征》《彭衙行》《喜闻官军已临贼境》《收京三首》等。范仲淹曾亲笔题书:杜甫川。1940年毛泽东为延安城南的杜甫祠题字:诗圣。

路经杜甫避乱处,不觉心有所感,因秦直道而联想到杜甫以及唐朝人物:"日月强梁,天地霸蛮,便古风日《秦是夏虫唐是冰》——安史乱纷纷,大唐一时喑。七里铺前犹魂惊,羌村杜甫避刀兵。过往隔着今,日月隐着星。焉得捕风捉个影,莫须得意便传情。秦直道上尘,直达咸阳城。若非千古时不济,岂有万世笑盈盈。草木随物候,山川见分明。一方水土一方情,一个朝代一个形。秦皇若夏虫,大唐似冰凌。夏虫不可语于冰,冰凌安知夏虫心。"

后人对前朝人物每每多宏观揣测，幽寂细微处又能知道多少？故历史只是表，里只是敷化演化，真正的兴衰原因，怕是所知不及万一。当年阿房宫赋所说"六王毕，四海一"，秦始皇除万里长城外，还修建了一条类似今天高速公路的秦直道。当地人称之为皇上路、圣人条，也在这里，当然不能过而不入。《史记·蒙恬列传》载："始皇欲游天下，道九原，直抵甘泉，乃使蒙恬通道，自九原抵甘泉，堑山堙谷，千八百里。道未就。"如今路面早被垦作农田，且已废耕，故而长满野草。恰似乾隆年《正宁县志》所述："此路一往康庄，修整之则可通车辙。明时以其道直抵银、夏，故商贾经行。今则塘汛废弛，通衢化为榛莽。"

顾炎武在《日知录·史记注》中这样批注："始皇崩于沙丘，乃又从井陉抵九原，然后从直道以至咸阳……若径归咸阳，不果行游，恐人疑揣，故载辒辌而北行，但欲以欺天下，虽君父之尸臭腐车中而不顾，亦残忍无人心之极矣。"《鄜州志》也有记："州西百余里有圣人条，宽阔可并行车二三辆，蜿蜒转折，南通嵯峨，西达庆阳，疑即（蒙）恬所开者。"

周围村庄，犹有古稀老人回忆，数十年前，刘家店子林区的古道一直通向定边，平时驴驮马载，络绎不绝；运花季路旁的灌木枝上，粘花带絮，一路皆白。便是在解放战争前，亦有陕、甘、宁、内蒙古诸省，仍借直道以沟通，可见此道便利天之广远，影响之深长。

逡巡于荒草离离之秦直道，山间谷畔，草木披复，四顾彷徨，唯几株老迈的银杏树，枝叶婆娑，抛撒下满地金黄，以见证始皇帝曾经的荣耀。若非历朝历代各取所需开发利用其遗迹恐难保留至今。心有所感，调寄《陌上花》，以《观秦直道知始皇遗嘱》为题曰："六国草木，五洲烟户，三秦公路。天下咸阳，堙谷堑山飞渡。千八百里甘泉近，堪悯蒙恬黎庶。帝游崩直道，物芳尸鲍，圣俗同恶。莫悲歌易水，休雄燕赵，太子荆轲息怒。顾盼谁雄？指点杜梨榆树。得失银杏黄金落，匝地风流独步。此羽书驿马，夕阳孤鹜，始皇遗嘱。"

始皇遗嘱曰："千秋伟业，万世荣华，终归自然。"

水土保持貌似简单，却有很深的学问，不懂只能恶补。什么是塬？西北部黄土高原因冲刷形成的高地，四边陡，顶上平。什么是峁？顶部浑圆斜坡较陡的黄土丘陵。什么是川？川与山对应，指低而平的滩或盆地。几个字聚拢，便是一幅地理图画。黄土高原原本都是高而浑圆的一丘堆积物，却被雨水山洪逐年侵蚀、切割，于是便被揉碎撕裂、各自分离，大块的高而平的成了塬，大片的低而平的便成了川。大块的塬被继续侵蚀，侵吞到小小的一块便成了峁。所谓残塬其实便是峁的雏形。洛川和富县都是大块的塬，梁家河有躺牛峁浑圆尖峭得牛都躺不住，还有穆军塬是小塬，上边有平平的6000亩耕地，现在成了果园。若不能护得周全，峁会消失，塬会成峁，只剩下川，川又会被切割分离形成新沟壑……在大自然伟力的面前一切都是浮云，变是必然的，不变是不可能的。然而这个过程中，变快变慢变好变坏，却是由人为因素决定的。构成塬、峁、川的是土，切割土的是水，都得仰仗水土保持。

只是山西的黄土高原，多叫山沟坡墚，却不提塬峁，大约是因山西黄土高原多山、多峡谷、多盆地，再加上晋俗文化的古老悠久与摇曳多姿，影响至深，便有了自己的特有的称谓和偏好。无论婚丧嫁娶、衣食住行、买卖交易等，体现着别具一格的山西味道和性格。

山西与陕西自古便为秦晋之好，除晋陕大峡谷以外，还有鸡鸣晋陕蒙三省之地河曲，河曲西边离黄河沿岸仅800米距离，与陕西省府谷县、内蒙古准格尔旗隔黄河相望。经流水长期切割，地表破碎，沟壑纵横，植被稀少，水土流失严重。娘娘滩为黄河中流，黄河至此，漫涣成大滩，沉静如滞水，无语东流。距县城30余里的龙口峡谷则与此相反，两岸石壁陡峭，黄河夹持其中，至龙口喷薄而出，声若雷鸣。西口古渡，便是当年人们走西口的渡口，紧靠黄河岸畔，清初民谣说："河曲保德州，十年九不收，男人走口外，女人捡苦菜。"

笔者曾有仿酸曲《哥哥是黄河》，专说黄土高原黄河两岸老百姓的栖惶与贫困："麻秆秆点灯一盏盏红，酒盅盅挖米不嫌哥哥穷。泪蛋蛋落地八瓣瓣的命，乌鸡凤凰它都是个禽。你妈把你嫁到城里头，城里人多哥哥没处寻。想亲亲想得俺拿不动根针，哭瞎的眼窝有一胳膊深。想妹妹想的俺心口口痛，三更天呕出一颗心，再硬的石头，也经不住黄河亲。苦菜菜开花好似妹妹羞,妹妹的声音还在沟壑里流。弯角角的绵羊看起来柔,发起灰来赛过牛。听说妹妹受城里人欺负,俺想变只绵羊撞死那灰猴。想爱爱想得俺死的心都有,一口气喝下半瓶煤油,没承想阎王老子不收,发回转还得熬时候。人心从来没个够,黄河它一去不回头。"

不免惭愧,想起前些年三晋大地,随处小煤窑,触目炼土焦,村村点火,乡乡冒烟,超前透支子孙后代的财富,何等的厚颜而无耻。故调寄《望海潮》新韵题以《先生含羞偷后生》自嘲曰:"山失盔胄,河缺襟袖,汉唐逊尽风流。阡陌食肥,楼台厌瘦,庖厨捏揣神州。时欲若貔貅,万物吞不泄,锦绣狂收。良鸟贼鸠,厚今薄古未来休。繁花惑乱清眸。奈摇鳍摆尾,饵钓钳喉。黄口隐忧,白头窃喜,三国谁让曹刘?能裂象崩熊,又何劳精卫,羞甚恩仇?填满先生欲壑,富向后生偷。偷富未来,风光当下,先生无暇顾及后生,为富不仁竟如斯。"

十七

> 南方多红壤,高温多雨的南方土壤,矿物质风化分解强烈,易溶于水的矿物质大部分流失殆尽,只剩氧化铁、铝等矿物质残留而形成红色土壤。此色由炎帝掌控,手持秤杆掌管夏天的火神视融效力于他。火神知礼仪,郁郁葱葱,旺旺腾腾,色如夏叶之绚烂。

2015年11月3日,我来到福建,在永春和长汀两县,有过几天逗留。

永春县水利局郑双伟局长,肤色黝黑,爽朗健谈,操一口闽南普通话,十句勉强听懂七八,多半得靠猜。透过他的谈吐和他对永春水保的思路,凸显了学生物搞水保的优势,工程上施加生物手段,相得益彰,可谓绝配。似乎还有文学情结,见面就诗意地对我说:

"欢迎你来我们永春采风,我们永春的城镇化建设,就是一篇好文章。中央城镇化工作会议上,习总书记说,城镇建设,要体现尊重自然、顺应自然、天人合一的理念,依托现有山水脉络等独特风光,让城市融入大自然,让居民望得见山、看得见水、记得住乡愁。我们就是这么做的,你看我们永春县,有山有水,桃溪河穿城而过,沿河两边全是绿地、花园、休闲场所、文化设施,山上全是树,城市融入大自然,山水环绕城市,这些年我们一直在这么做。要记得住乡愁还得有文化,乡愁是一首诗,写诗的是台湾诗人余光中,他是我们永春人哪,我们刚刚在桃溪边给他建了个纪念馆,打的就是乡愁牌,你一定要去看看噢!"

还没等我询问,他便开始滔滔不绝夸奖永春的各种好,天文、地理、人文,几乎无所不包:"我们永春在后唐叫桃源,虽然不是陶渊明说的那个桃花源,风光也有一比。晚唐诗人韩偓在这里住过好多年。南宋朱熹好多次来玩,还留下'千浔瀑布如飞练,一簇人烟似画图'

的诗。改叫永春也是恰当的，永春永春，四季如春。我们永春一县有三种不同气候类型，西半县属中亚热带，东半县属南亚热带，而千米以上山地则属于北亚热带。这在全国都很少见。1985年我们永春就被国务院列为闽南金三角经济开放县。牛姆林去过吗？被誉为闽南西双版纳，4A级景区。好玩的地方多了去了，百丈岩、魁星岩、乌髻岩、普济寺都值得看。还有永春的白鹤拳，就是咏春拳，电影里的那个叶问打的就是这个拳，看过吧？"

"我的普通话说不大好！"他善解人意地问我。我笑着点头："不过，我也能猜个八九不离十。"他无声地大笑，龇开一嘴白牙，表扬我说："你们作家记者都有这个本事！"然后放慢语速，把字句尽可能往普通里说。说到忘情处依然故我。他继续说，我继续猜。为让我多看几个地方，饭后他提议："难得来，想让你们尽量多看看，我们不如走回去，也没有多远，散散步，顺便看看我们桃溪流域综合治理工程，我们桃溪的夜景美着哪！"

顺着灯火璀璨的桃溪，边看夜景边听他聊，倒也心旷神怡。

"桃溪是我们永春县的母亲河。"他指点着在夜色和灯光下激溅有声流淌的不甚宽阔的水流，以及深旷的桃溪两岸，神情有点扑朔迷离地对我说，"别看现在溪水小小的，看看两岸就知道，过去是可以走大船的。明清时它满岸都是哗哗流水，是我们永春县与泉州山海货物互通的主要水道，是泉州海上丝绸之路的延伸。德化的瓷器、永春的货品、大田的米粮、永安的笋干等等，都要装上溪船运至泉州再流向世界，海货也得由溪船从泉州运至永春，再向内地扩散。那时的桃溪是永春人发财致富的财路。桃溪的干流全长有61.7公里，流域面积几乎遍及永春各乡，它的发源地是那边，是西边最高处的呈祥乡，那是山泉水，水质好得可以直接入口。后来大发展，植被破坏，水土流失，清水变黄、变黑，被污染了……"

从20世纪一路走来的，迄今为止，说起过去的山川河流就充满自豪，而说起现在状况就底气不足，似乎已经成为时人的一种常态。桃溪和郑双伟也是这样。马可·波罗1291年来永春记述的景象已经褪色，更遑论历代名人莅临永春寓居讲学弘法的曾经。弘一法师也曾来此游住多时，那时与现在两相比对，会生何种感想？与他同时代的余光中先生2003年也回永春谒祖，是否也会有所感慨，并因之而使原本沉甸甸的乡愁为之清瘦并平添无限怅惘？

然而植根深厚的文化还在。桃溪两岸古民居斑驳老墙仍然依稀可见镌刻的家训：寒不改叶绿，暖不争花红，富不行无义，贫不起贪心。诸如忠、孝、仁、义、礼、智、信的绘图壁书典故等，遗存多多。永春人无论侨亲、当地人皆乐善好施，为永春发展，慷慨解囊，一掷千金、万金者多矣。永春芦柑、佛手茶、老醋、纸织画、漆篮等等，在全国乃至世界都享有盛名。这也就难怪习近平总书记在中央党校培训班206位县委书记座谈会结束后离开会场时与永春县委书记林锦明交谈时特别提到：永春的华侨很多，历史上就有"无永不开市"的说法。

曾经发达的桃溪航运使永春成为海上丝绸之路的内陆首发港。

如今桃溪航运不再，作为晋江东溪源头，依然肩负着为下游数百万泉州人民送去一汪清水的重任。这便是2011年9月泉州市第十一次党代会发出"大力发展生态文明，保护好青山绿水、蓝天碧海、金沙银滩"号召的原因之一，永春县被定位为泉州中心城市后花园。同年11月1日在全县水利工作会议暨桃溪流域综合治理动员大会上县委书记林锦明这样要求相关属下，字句之间，意思也是毫不含糊的。他说：要按照"统一规划、综合整治，分步实施、分段到位，统筹推进、有效运作，条块联动、上下结合"的原则，力争用3～5年的时间，通过实施一系列综合治理措施，实现"水清、堤固、园靓、路畅、岸绿、房美"的总体目标，达到河流防洪安全、水质洁净优良、生态系统良性、景观文化永续的目的。

于是序幕拉开。从2011年开始，永春县以桃溪流域综合治理为突破口，按照"安全水利、生态水利、民生水利、景观水利"的理念，通过3年努力，不仅实现了"为下游百姓送上一泓清水，为环境改善、生态提升提供一个保障，为展示历史文化风貌腾出一片空间，为经济社会发展开辟一方天地，为沿岸居民宜居宜业构筑一道风景"的"五个一"效应，并摘得了国家级水利风景区的荣誉，荣获桃溪国家湿地公园的称号，等等。

2015年，在水污染防治方面，已完成污水处理工程建设、禽畜养殖污染治理、湿地公园建设等项目12个，完成投资4442万元，占年度计划100.2%。其中农村生活污水高效分散处理工程建成运行8个，建设河口湿地公园2个，桃溪流域水质日常监测达到地表水环境质量标准Ⅲ类以上，"水清"的目标正在逐步实现。这些年，农民由穷变富、产业由单变多、经济由弱变强、基本达到宽裕型小康县目标。短短几年，永春水保走出了一条在南方红壤土地区水土治理与地方发展、生态建设、环保相结合互为因果相得益彰的路子。

"水色还是有点不那么好看。"郑双伟对水质仍有不满。

"我们这里是典型的八山一水一分田的山区县，以红壤土、黄壤土为主，属易流失的土壤类型。降雨多雨水又集中，很容易形成地表径流，山多坡陡，土质疏松，水土流失严重，崩岗、滑坡、崩塌等地质灾害频繁。地表支离破碎，寸草不生。我们把水土流失治理与打造山水名城创建最美县城特色乡镇结合起来，通过开展坡耕地改造、崩岗治理、小流域治理，桃溪流域综合治理，实现了清新桃源·宜居永春的目的。2013年有过统计，已治理水土流失面积达7.3万公顷，有效保存面积3.04万公顷，治理程度达69%，水土流失面积比1985年净减少2.55万公顷。林地面积由1983年的106.48万亩提高到2013年的151.8万亩，森林覆盖率由49.1%提高到69.5%，林草覆盖率达到91%，比1983年提高了18个百分点。如今麻竹遍山，果树成林，绿荫满地。老百姓说，没想到曾经是崩岗、泥石流、洪水泛滥、水土流失的地方，也会变得这样美。过去桃溪自然灾难多。改革开放后的一段时间里这里又成了生态破坏环境污染的重灾区，水色是脏的浑的，到处垃圾遍布、到处污水横流、满溪面都是各种漂浮物，滋生的蚊蝇乱飞，热臭蒸腾的味道难闻，惨不忍睹，不堪回首啊！

"现在，白天晚上游人不断，本地人外地人都有。散步、跳舞、健身、打拳……应有尽有。习总书记说的，望得见山、看得见水、记得住乡愁，我们这里都实现了。永春人说过去的永春现在又回来了。自豪感和幸福感是要自然来支撑的。这么宜居的城市谁舍得离开？这里的人几乎互相都认得，渴了走进个商铺就能有人招呼你喝茶，听着水声、喝着香茶,闻着花香,扯着闲篇,那叫一个心旷神怡。让永春人去泉州住都不肯哪,北京我都不会去住!"

"你看这些河堤上的树、灌木、杂草,都是过去就长在这里的。没的要种,有的就要留着,这就叫保护原生态,不能一刀切,砍掉重种,那叫生态破坏,这个是我本行。"他不无炫耀,却又不无感慨,"也不容易,那几年,不光是我,书记、县长的魂都丢在桃溪里,有事没事都会来看,不怕让你知道,'亚历山大'啊!"他说。这位皮肤过多吸收了永春阳光因子的中年人,望着被华灯打扮得美轮美奂的桃溪,一时无语,似乎陷入了对往事的回忆。只有哗哗的水声在他如同夜色似浓重的思绪中逶迤流去。

十八

在我国古代有"社稷祭祀"的制度。以纳贡而来的五种颜色的土壤筑成的社稷坛包含着古人对土地的崇拜，并在《诗经》里发出这样庄重的设问：普天之下，莫非王土？答案是肯定的。社稷坛里的五色土，不光有姓氏和门第、形神与表里，还有天帝主管，神祇辅佐。

福建位于中国东南沿海，依山傍海，多丘陵，素有八山一水一分田之称。森林覆盖率全国第一，海岸线长度全国第二。岛屿星罗棋布。连接长江三角洲和珠江三角洲，与台湾隔海相望，是中国大陆重要的出海口，也是中国与世界交往的重要窗口和基地，是海上商贸集散地。由海路可达南亚、西亚、东非，是历史上海上丝绸之路、郑和下西洋的起点。沿海地区为海洋文明，而内陆则多为农业文明。华侨众多，侨乡遍布，是客家文化的源头之一。

永春县是福建省著名侨乡和港澳台胞的主要祖籍地，华侨历史源远流长。早在明德宣五年（1430年）就有人旅居南洋群岛。东南亚至今仍有"无永不开市"之说。目前旅居海外的华侨、华裔以及港澳台同胞达120万人，足迹遍布世界40多个国家和地区。

永春蓬壶镇美山村五班山中的普济寺始建于五代，意在普度众生，慈悲济世。这里远离繁华古镇，独得一方幽静。1939年5月弘一法师在普济寺住有一年半时间，还在普济寺度过他六十大寿。三衣过冬，两餐度日，生活十分俭朴。不开山、不授徒，专心诵经、著述、鉴抄佛经，有求者均书佛号经偈作答，以借墨缘。因此弘一墨迹在永春俯拾可得。

永春县村乡间分布有大大小小的庙宇，每座庙宇都弥漫着古老的气息，每座庙宇都有一段神秘气息浓郁的传说。庙宇皆具"红砖白石双拨器,出砖入石燕尾脊"的建筑特色。庙宇内随处可见精美的古木雕、砖雕、石雕、泥雕,形态各异,栩栩如生,充满着古香古色的气息。其实,不光是永春,在中国,举凡形胜之处,佳美之地,必有各种大大小小的庙宇,星罗棋布,摇曳生姿。这些庙宇,或巍峨峥嵘、或深藏不露、或浑然古朴、或堂皇富丽、或异域风情、或本真本土。无论是外来的还是本土的,有两点却是惊人的相似,那就是同样都尽可能地择清幽胜景而筑,同样是具有神秘色彩和庄严氛围,这种不约而同可谓意味深长。

也即是说,山穷水恶之处,是留不住信仰的。

翌日,我们先走去看小流域治理的典型丰山村。进村便看见一块大牌子上写:丰山,中国生态乡村。这座被青山怀抱绿水环绕的村庄,亭榭楼阁的湖中,竟然还有一只大黄鸭在细雨中随波荡漾。掩映在绿树红花中的村民住宅皆为二层楼的欧式别墅。若非尚有鸡鸭偶尔出没,哪里还有乡村的影子,根本就是一座风光秀美的度假村。村委会各种琳琅满目的产品展示佐证了丰山村的确名副其实,不愧是个多种经营全面发展、实力雄厚的生态乡村。

福建全省美丽乡村建设示范县各具特色,观山村、蓬莱村、大羽村、丰山村、太山村5个精品村都是奔全国美丽乡村建设去的,而且都获得了成功。这些的先决条件之一,便是要首先治理好小流域的水土流失,夯实基础,然后才能进行面上的建设,水土保持在农村建设,居功甚伟。

我们去五里街镇大羽村走访。传说清康熙年间福建省福州人方种公自小痴迷武术,年近半百才娶妻。老来得女取名方七娘。方七娘出生不久母亲因病去世,方种公思想开明且宠爱女儿,便天天教方七娘练拳,女儿天生聪慧过人,对武术招式过目不忘。方七娘年方二八之时,出落得一枝花也似,方圆百里托亲靠友求亲者络绎不绝。方七娘之前曾得一梦,梦中有位白鹤仙人授她一套似刚非刚、似柔非柔的拳法,并告她某天会有一位男子到她家屋檐躲雨,此天缘也。故方七娘迟迟不嫁。果真有天傍晚有位眉目清秀背着个破麻袋的男子在她家屋檐避雨,方七娘怦然心动,让男子进屋避雨。男子名叫曾阿四,家境贫寒，以卖膏药为生。方种公觉得他身世可怜，便收他为徒。两人日久生情便结为夫妇。方种公撒手人寰后，地痞无赖常来骚扰动手动脚，方七娘忍无可忍，将其打倒一片。孰料这些是官宦人家子弟，知县派人缉拿方七娘。方七娘只好改名换姓连夜出逃，流落永春安家落户，白鹤拳实至名归为永春拳。

当然，这只是一种民间传说，多演绎成分。

还有一种说法较为可信。说是方七娘一日在寺中织布，有白鹤飞宿梁间，昂首振翻，舞脚弄翼，姿态奇妙，心甚异之。即以手中梭盒投之，被白鹤闪跳而过；又以纬尺掷之，复被白鹤展翼弹落；俄而奋腾凌空冲霄而去。方七娘感悟之余，精研不辍，揣摩衍化，糅合白鹤种种舞姿于少林拳法之中。师法白鹤创出一套别具一格的拳法。白鹤拳弟子崇尚武德，制定有大量"四善""十秉"等条规。习拳者多识本草、通脉理、精穴道、善医伤，其验方秘方广泛应用于民间救死扶伤，先后创办了中华老字号"春生堂"药酒厂和泉州的正骨医院等。

兼之2008年3月永春白鹤拳史馆组团参加第六届"迎奥运杯"香港国际武术节，在传统南拳、南器械比赛中获得一金三银四铜，更是声威远扬。举凡白鹤拳起势，双臂平行左右伸展，双手五指朝下，肘腕稍屈，一只脚离地弓至与另一脚膝盖相平之处，活像白鹤独立。诸多招式也与白鹤姿相关。世界100多个国家和地区，都有传人设馆授徒。我们去的时候，大羽村正在给游人表演永春拳，出场的却是几个黑人、几个白人、几个东南亚人，悉为大羽村各位拳师教出来的徒子徒孙。台上哼哼哈哈比画，门头脚道虽然不懂，却让国人很提气。

2002年整个永春县正在举全县之力种植芦柑。永春芦柑乃是全国、全省优质水果评选的四连冠，在海外享有"永春芦柑甲天下"的美誉。在此基础上，大羽村大打白鹤拳发祥地的特色牌。11年过后"永春拳第一村"的名头便不胫而走。

村里人均纯收入也从当年不足2000元攀升到11936元。

十九

> 窃以为，需要拾遗补阙如下：率土之滨，莫非王臣？滨者，水也。有了土，自然得有水。水土连体，土中有水，水中有土。如同，你中有我，我中有你。土中没有水则为流沙风尘。水中没有土，那就是蒸馏水了。

"永春县吾峰镇吾顶村的人，个个都是华侨，没有不是的，个个都是，连地板都是。这个纪念馆以梁氏兄弟名字命名。国共亲兄弟，梁氏双豪杰，国共两党在这里大融合，大团结是不是很有意义？"参观"梁披云梁灵光纪念馆"时郑双伟谈笑风生意味深长地说。

"王事贤劳只自嗤，一官今是五年期。如何独宿荒山夜，更拥寒衾听子规。"

吾峰镇的书记说："这是朱熹路经吾峰镇大桥埔写的一首诗，诗的石碑现在还保存在吾峰镇。我们镇还有超过300年历史的侯龙书院等，这些都是文化资源。"吾顶村支书也说："我们吾顶村有除了梁氏兄弟，还有梁祖辉、梁清辉、梁良斗等著名侨亲。下一步，我们还要依托梁氏祖厝，打造梁披云主题公园，梁披云书法博物馆、明代石寨碧山寨等……"

梁灵光1916年出生，1935年参加"一二·九"学生运动投身抗日救亡工作。1936年2月参加党的秘密组织上海抗日青年团，同年6月赴马来西亚吉隆坡尊孔中学任教。七七事变毅然回国参加抗战。1940年8月加入中国共产党。中华人民共和国成立后历任厦门市第一任市长、市委书记，福建省副省长，省委常委、书记处候补书记、书记。"文革"期间受到冲击。1975年年初恢复工作任福建省委常委、省革委会副主任。1977年11月调任国家轻工业部部长、党组书记。1980年11月调广东工作，任广东省委书记兼广州市委第一书记、市长。1983年3月任省委书记、省长，并兼任暨南大学校长。1985年7月任省顾委主任，兼任香港中旅集团第一任董事长。1988年5月被选为第七届全国人大常委会委员、全国人大华侨委员会副主任委员。是中共十二大、十三大代表，第十二届中央委员，第二、五、六、七届全国人大代表。2006年2月25日在广州病逝，享年90岁。

梁灵光，比哥哥梁披云小好多岁，却走在哥哥的前面。

梁披云，学名梁龙光，又名梁雪予，1907年生，16岁入武昌师范大学，翌年转上海大学学习。五卅运动初起南下宣传，就读于广东大学，旋复北返上海大学，20岁毕业获文学学士学位。两度留学日本，后为东京早稻田大学研究生。幼承家学，偏口才，嗜书法，得于右任亲授，始悟悬腕运笔之道。作品多次入选全国书法篆刻展、国际书法展，并在多种报刊上发表，为博物馆、艺术馆、纪念馆收藏或被碑刻。创办香港《书谱》杂志。工旧体诗词，积稿千余。精于书法篆刻理论，主编出版《中国书法大辞典》《中国篆刻大辞典》等。

生前曾任福建省教育厅厅长时，暗中支持"福州四院罢教、罢课、罢研、反饥饿斗争运动"。福建学院学生因买不到平价米行将断炊而福州某海军司令部却在家大宴宾朋，部分学生冲进司令公馆，掀掉筵席，打毁家具。省保安处和福州市公安局要搜捕肇事学生惩办。梁披云不许抓人由该院赔偿损失告终。他在"黎明大学"成立宣言中曰："夜在崩溃，冬在崩溃，黎明在到来，春天在到来，我们要迎着黎明的光辉，把春天的种子播遍全世界。"

吾顶村，原名蓬莱巷，可见风光之灵秀。过去梁披云身在澳门只能隔江相望故乡，故有许多诗作寓以怅惘。澳门回归后为澳门特区筹委会委员，推委会委员；全国政协第六、七、八届委员；担任过澳门归侨总会创会会长、澳门福建同乡会会长等。他筹资回故乡办学，并写下了《今日之鳌顶村》的诗："一经穿云罅，群峰扪碧霄；松因朝日绀，涧以霁虹桥；野缘秧舒锦，风回谷涌朝；桑麻光景好，生事付耕樵。"有《暮年》一诗抒发了他对故国、故乡、现在、未来的耿耿之心，读来颇令人感叹：过尽崎岖入暮年，纵横意气逐风烟。宴居空抱扶危策，进食仍思种树篇。有子有孙聊自慰，无趋无竞更何牵。余生倘许长乘兴，一杖千岩作散仙。2010年1月29日寿终澳门镜湖医院，享年108岁。

历史的交集看似无序,细察却会发现,十分的有趣。

余光中,祖籍福建永春,生于江苏南京,1947年入金陵大学外语系(后转入厦门大学),1949年随父母迁香港,次年赴台,就读于台湾大学外文系。1953年,与覃子豪、钟鼎文等共创"蓝星"诗社。后赴美进修,获爱荷华大学艺术硕士学位。返台后任诗大、政大、台大及香港中文大学教授,曾任台湾中山大学文学院院长。在台湾早期的诗歌论战和20世纪70年代中期的乡土文学论战中余光中的诗论和作品都相当强烈地显示了西化主张,如他自己所述:"少年时代,笔尖所染,不是希顿克灵的余波,便是泰晤士的河水。所酿无非一八四二年的葡萄酒。"80年代后他把诗笔"伸回那块大陆",写了许多动情的乡愁诗,对乡土文学的态度也由反对变为亲切,显示了由西方回归东方的明显轨迹,被台湾诗坛称为"回头浪子"。著有诗集《舟子的悲歌》《蓝色的羽毛》《钟乳石》《万圣节》《白玉·苦瓜》等10余种。

我在这个刚刚开馆的、故乡人为余光中所专设的展馆里,看到了余光中的许多手稿原件,包括他的作品《乡愁》的手稿原件:"小时候/乡愁是一枚小小的邮票/我在这头/母亲在那头/长大后/乡愁是一张窄窄的船票/我在这头/新娘在那头/后来呀/乡愁是一方矮矮的坟墓/我在外头/母亲呵在里头/而现在/乡愁是一湾浅浅的海峡/我在这头/大陆在那头。"

展览馆就在桃溪岸边,透过窗玻璃,可见桃溪水在已经美化完结的两岸,湍然有声却是安详地流淌。余光中何幸老家于兹,虽然没有生于斯,却大得永春老家人的爱戴,得此一馆下榻之处,可在有生之年随时随地来回小住于此,览秀色、听溪声、嗅花香、品佛手茶、燃点一炷永春盘香,让永春的香火与台湾的香火氤氲缭绕于一处,以寄乡魂之归处。

由此而想起前不久冒雨去三原县于右任老先生故居拜谒,徘徊于"三间老屋一株槐"之小院,吟诵老先生1937年所写怀乡诗"堂后枯槐更着花,堂前风静树荫斜。三间老屋今犹昔,愧对流亡说破家"。可叹,古槐今犹在,老屋仍尚存,斯人已不在。享年86岁的老先生病逝于台湾，弥留之际犹叹故土之思、黍离之悲，《望故乡》而悲嘶：葬我于高山之上兮，望我故乡；故乡不可见兮，永不能忘。葬我于高山之上兮，望我大陆；大陆不可见兮，只有痛哭。

佛曰："执着如渊，是渐入死亡的沿线；执着如尘，是徒劳的无功而返；执着如泪，是滴入心中的破碎，破碎而飞散。与其执念于藉藉，莫如商量于管弦。台湾无非一弦一孔而已。"

那天，因联想之纷繁，而忘了和桃溪说一声再见了。

二十

> 汀江堪称水土共存共荣之造化杰作。它源于武夷山南麓，经长汀山涧溪谷汇流，在途经上杭之时，自然驱策，随形顺势，如玉带将上杭环绕三匝，形成三褶涧澜。晚清诗人丘逢甲诗赞曰："东南山豁大河通，汀水南来更向东；四面青山三面水，一城如画夕阳中。"

那天，离开永春之后，便冒雨出发，直奔长汀。

永春已经成为一个能生长和留住乡愁的地方，不可无词，故调寄《青玉案》新韵曰：乡愁犹若光夺眼，趁风去留惊艳。掠色浮声如掣电，姹红嫣紫，未能游遍，羡慕花蝶恋。永春过罢汀州见，白鹤桃溪水山变。崩岗凶凶青绿现，客家汤眷，闽南茶羡，鸡食河田宴。

途中勾留处与1929年毛泽东所填清平乐《蒋桂重开战》一词相关："风云突变，蒋桂重开战。洒向人间都是怨，一枕黄粱再现。红旗跃过汀江，直下龙岩上杭。收拾金瓯一片，分田分地真忙。"词中所指上杭是中国23个苏区县之一，古田会议会址紧邻国家级森林和野生动物资源自然保护区梅花山自然保护区。上杭系中国优秀旅游县，闽、粤、赣三省提线木偶策源于此。名胜古迹明代王守仁手书《时雨记》碑刻、清代仿宋重修的孔庙、清代宗祠建筑"李氏大宗祠"等。汀属八县社会运动人员养成所旧址、中共闽西一大会址蛟洋文昌阁、毛泽东旧居临江楼、才溪乡调查会址、才溪光荣亭等省级文物保护单位，也在这里成阵列队。

古田会议所在，倚萧森而面苍翠，环四野而抱空旷，若从风水上讲，当是一方宝地。孰料未及的是，1929年12月在此首选前委书记时，毛泽东竟然名落孙山。一年前36岁的毛泽东、朱德、陈毅率红四军撤离井冈山，3月14日，红四军一举击溃福建军阀一个旅，夺取汀州，开启了创建中央苏区的第一幕。在短短六七个月中，行动节节胜利，连克龙岩、永定、上杭，创建了中央苏区最初的版图。此时，红四军党内产生分歧。毛泽东决定召开前敌委员会讨论，红军要不要置于党的绝对领导之下。会上毛泽东的意见受到激烈反对："权力太集中于前委了""一支枪也要过问吗？"云云。毛泽东陷入沉思甚至感到沮丧，向前委提出辞职请求。前委并没有接受，要求他书面陈述自己的主张。6月14日，毛泽东用公开信的方式全面阐释了他的意见。有赞同，有反对，有不理解，也有观望，造成毛泽东在红四军"七大"落选前委书记。身心俱疲的毛泽东接受组织安排，到地方指导闽西苏区工作，心情郁闷兼之罹患了恶性疟疾，便只好在上杭县苏家坡休养。直到陈毅从上海带回中共中央的"九月来信"，方才重返红四军前委书记岗位，颇具历史分野意味的古田会议决议因此而诞生。

古田会议决议即《关于纠正党内的错误思想》。

古田会议召开的地方选在建于清末的廖家祠堂，木结构建筑，飞檐翘角。前门内侧有青石阴刻对联"万福攸同祥绵世彩，源泉有本派衍叉溪"，横批为"北郭风清"。外侧一副对联是民国时改办学校所题："学术仿西欧开弟子新知识，文章宗北郭振先生旧家风。"依次前院、中门、下厅、正厅。中门门厅横梁天花板彩绘有龙凤呈祥图案以及三国演义故事，色彩艳丽、绘制精美、气韵生动。左右两侧为厢房，前院右侧厢房外侧青砖墙上红军标语"保护学校"至今保留完好。正厅是古田会议会场，主席台设于左侧。会议室地板上有当年烤火烧下的痕迹。左厢房有会议期间毛泽东陈设简陋的办公室。左侧为当年红四军阅兵场，西南面设有当年红四军领导人检阅红军官兵操练的司令台；正面是宽阔平整的农家稻田；右侧有一口引水井和荷花池。祠堂背后，杉柏参天，导游说，奇处就在于落叶飘零却不见一片落于屋顶。瞅了一眼，见屋顶干干净净，而周遭却一片明黄。便有感慨：天乎？命乎？连毛泽东也有仓皇处、郁闷时，何况凡俗我等。若非九月来信，毛氏将何以自处？恐历史也得重写了吧？

古田的雨也似乎古怪，上得电瓶车哗哗猛下，到景点时便骤歇，待我们进去后又继续潇洒。看完后出来又突然停止，上得车则狂下，到了停车场，竟然又不下了，等我们全体上了车坐稳，便又倾盆而至。惹得乔处感叹：古田的雨这么有礼貌，说明我们水保人心诚！

上杭县水保也如古田会议的前期需要"九月来信"的支持。这些年上杭在实施国家水土保持重点建设工程、中央预算内水土保持综合治理项目、省市县重点乡镇治理项目中成绩不俗，湖洋镇、庐丰畲族乡、旧县镇、临城镇、珊瑚乡、官庄畲族乡等历史遗留的水土流失地大面积得到有效治理，项目区水土流失面积显著减少，水土流失地一重山已基本披绿，取得了阶段性成效。通过实施水土流失综合治理工程建设，结合美丽乡村、宜居环境建设布局水土保持措施，逐步走上了生产发展、生活富裕、生态良好的水土保持生态文明建设可持续发展之路。但还存在困难和问题：上杭县共有崩岗386个，规划崩岗综合治理投资5100万元，申请中央及省级补助4000万元，地方自筹1100万元。"十三五"期间上杭县拟对50平方公里以下河流结合水土流失综合治理进行生态水系建设，涉及8个乡镇的18条溪流，实施整治、疏浚长度46.5公里，规划投资13200万元，申请中央及省级补助10000万元，地方自筹3200万元。

长汀县便是在"九月来信"中插上绿色翅膀的。

二十一

格物致知,农村与城市,苦难与富贵,皆为养勇蓄志之地。

孟子认为养勇有两种方法,一种是"北宫黝之养勇也:不肤挠,不目逃;思以一毫挫于人,若挞之于市朝;不受于褐宽博,亦不受于万乘之君;视刺万乘之君,若刺褐夫;无严诸侯;恶声至,必反之。"

　　长汀县别称汀州。被中外友人誉为与湖南凤凰古城等量齐观"中国最美丽的山城",2012年获"中国十大最具人文底蕴古城古镇"称号。从东汉末年开始,成千上万中原汉人为躲避战乱、灾荒,携儿带女,纷纷南迁,来到闽西汀州,惊羡崇山峻岭环抱中的汀江两岸如同世外桃源,故解下行囊,择水结庐,客居于此。先三两户人家,后引朋呼类,渐成炊烟四起鸡鸣狗吠之村庄,终至于繁衍生息成独具特色的客家一脉。宋代已成客家聚居最大城市。随历史推移,沿汀江滚滚南流,出福建,汇韩江,入南海。宋元迁往广东居多,明清大批客家人漂洋过海,成就了一代又一代客家儿女。台湾有300多万客家人口源于汀州,香港有200多万客家人祖籍汀州,明末辅佐郑成功收复台湾的重要将领刘国轩是汀州人,清代画坛巨匠上官周是汀州人,孙中山祖先曾在汀州定居,著名爱国人士江庸的祖籍地也在汀州,郭沫若则在《我的童年》中写道:"五百年前,我的祖先是福建汀州人。"客家人如今已逾亿,遍布世界各地。故有口号流布:没有客家先民,就没有汀州。汀江乃客家人的母亲河。已故全国政协委员姚美良先生,生前发起世界客属公祭客家母亲河大典活动。如今一年一度的公祭大典,吸引着一批又一批的海内外客家后裔回长汀寻根谒祖,旅游观光,投资兴业。

　　《读史方舆纪要》:"天下之水皆东,惟汀水独向南,南,丁位也。"

然而，不足为外人道的是，早在20世纪40年代，福建长汀就与陕西长安、甘肃天水被列为全国三大水土流失治理实验区。当时有一位名叫张木匋的学者撰写了一份调查报告，描述了长汀县河田镇的流失状况，这是现存的关于长汀水土流失最早的资料。这个报告是1941—1942年写的："四周山岭皆是一片红色，闪烁着可怕的血光，树木很少看到，偶然也杂生着几株马尾松，正像红滑的癞秃头上长着几根黑发，萎绝而凌乱，仿佛又化作无数的猪脑髓，陈列在满案鲜血的肉砧上面，不闻虫声，不见鼠迹，只有凄怆的静寂，永伴着被毁灭了的山灵。"形象生动语言骇人的描述，若对照流失状态，丝毫不觉过分，迄今都不过时。所以，1940年12月，中国最早的水土保持机构"福建省研究院土壤保肥试验区"就在长汀河田设立，1944年"河田土壤保肥试验区"改名为"河田水土保持试验区"。1945年抗日战争胜利后，福建省研究院随省政府由永安迁回福州，但水土保持实验区仍留河田。1947年8月，河田水土保持试验区由国民党农林部接办，与广东东江流域的水土保持研究机构合并，改名为"农林部东江水土保持实验区"。民国政府治理长汀水土流失收效甚微。

历史上汀江两岸山清水秀、森林茂密，年平均气温18摄氏度左右，年平均160多天降雨，暖湿的气候非常利于植物生长。为什么会出现如此严重的水土流失呢？河田始建于唐朝开元年间，土肥水美，舟楫畅行，故名留镇、柳村。历史上的战乱，和连续多次的森林大砍伐，使丘陵、山地植被遭受严重毁坏，水土流失，河与田连成一片，致使"柳村无柳，河比田高"，故把柳村称为河田。以此推论之，长汀水土流失的历史，发端得在几百年前。

1949年12月中华人民共和国成立后，"农林部东江水土保持实验区"由长汀县人民政府接管，改为"福建省长汀县河田水土保持试验区"。1952年3月，"长汀县河田水土保持实验区"改为"长汀县河田苗圃"。1962年12月，从"长汀县河田苗圃"中分出设立"长汀县河田水土保持站"。1968年12月，"长汀县河田水土保持站"又与"长汀县河田苗圃"合并，更名为"长汀县河田林苗水土保持站"。1980年11月，"长汀县水土保持站"单独成立，有技术干部6人，固定工人5人。这一时期，治理一直在进行，但由于历史原因，都是治理了又破坏，破坏了又治理。1958年大炼钢铁，见树就砍，四山皆秃。1962年开始治理，"文化大革命"期间又砍光。到20世纪80年代初期水土流失面积比60年代流失面积更大，老鼠从山坡跑过都清晰可见。

1982年9月13日，长汀县委、县政府发出《关于水土保持工作的意见》，并恢复了水土保持委员会及其办公室。持续性治理始于1983年。1983年4月2～3日，中共福建省委书记项南莅临长汀县河田视察水土保持工作，并同当地干部一起总结水土保持的经验，编成《水土保持"三字经"》。5月12日，福建省人民政府颁发闽政〔1983〕综246号文件《关于同意长汀县河田公社为全省治理水土流失治理的几个问题的批复》。决定从人力、物力、财力等方面给河田公社以必要的支持，从1983—1987年五年内安排1万吨煤炭供应河田群众生活用煤；由省林业厅每年拨出育林基金20万元，主要用于育林和造林补贴；由省水保办每年拨出30万元，主要用于供应煤炭补贴。并明确规定了"三至五年见绿不见红"的治理目标。随后，省委、省政府组织省农业厅、林业厅、水电厅、省水保办、省林科所、福建林学院、龙岩地区行署和长汀县人民政府等八家承包支援，开创了治理河田水土流失的新局面。长汀县就是从那一年开始全面封山，禁止砍伐，重建植被，一直持续至今。30年的封山治理发生了很大的改变。1984年光山种上了马尾松，还长出了芒萁草。花岗岩风化的红壤土石头比土多，氮的含量正常的土壤是1%，这边的含量就大概只有0.1%。到处都是这种沙粒。流失严重的山上只能够存活耐贫瘠的马尾松。马尾松15年结果，这里结果的马尾松20年、30年才长一米多高，被称为老头松。郁闭度达不到雨水往山下冲，造成涝灾，雨一停田里面没有水，又形成旱灾。水土流失的程度往往和贫穷程度成正比，当地流传的顺口溜说：长汀哪里苦，河田加策武；河田哪里穷，朱溪罗地丛。头顶大日头，脚踩砂骨头；三餐番薯头，山穷田又瘦。多年以来，长汀越砍越光，愈垦愈穷，互为因果，恶性循环，不能自已。

1999年11月27日是长汀水土流失治理划时代的日子。

二十二

> 汀江经上杭、永定二县，在粤三河坝与梅江聚合成韩江注入南海。古属闽越瘴气弥漫为蛮荒之地。历千万年造化，水土功运，汀河两岸千峰竞秀，万木葱茏，凝碧流翠，如蓝似玉，聚三峡之奇，汇漓江之秀，宛若仙境。然而，因果使然之，得也水土，失也水土。

　　长汀河田镇露湖村有个项公亭，刻着1983年4月时任福建省委书记项南考察长汀时写下的一篇《水土保持三字经》，同年长汀即被省委和省政府列为治理水土流失的试点。项公亭是当地群众自发筹资修建以纪念项南对长汀水土保持的关爱。

　　项南《水土保持三字经》曰："责任制，最重要；严封山，要做到。多种树，密植好；薪炭林，乔灌草。防为主，治抓早；讲法制，不可少。搞工程，讲实效；小水电，建设好。办沼气，电饭煲；省柴灶，推广好。穷变富，水土保；三字经，永记牢。"

　　项公亭四周的板栗已经成林，冬青树在寒风中依然翠绿，使不远处未经治理过的血红荒山愈加锥心刺目。截至2009年，长汀县累计治理水土流失面积107万亩。2010年，省委和省政府再次做出决定：继续实行扶持政策，再干一个8年，水土不治、山河不绿，决不收兵。"滴水穿石，人一我十"，长汀坚持"政府主导、群众主体、社会参与、多策并举、以人为本、持之以恒"，形成了一整套有效的做法与经验。30年来，长汀累计治理水土流失面积162.8万亩，减少水土流失面积98.8万亩，森林覆盖率由1986年的59.8%提高到现在的79.4%，植被覆盖率由15%～35%提高到65%～91%，实现了"荒山—绿洲—生态家园"的历史性转变。

　　如今，福建的森林覆盖率达65.95%，连续36年居全国第一，也是全国唯一水、大气、生态环境指标均优的省份。山海画廊，人间福地，闽山闽水，正在回到李清照《怨王孙》词中所说的那个"清新福建"："湖上风来波浩渺，秋已暮、红稀香少。水光山色与人亲，说不尽、无穷好。莲子已成荷叶老，清露洗、苹花汀草。眠沙鸥鹭不回头，似也恨、人归早。"

2012年5月17日水利部部长陈雷在总结推广长汀水土流失治理经验座谈会上说：长汀曾经是我国南方红壤区水土流失最为严重的县域之一，水土流失面积之大、程度之深、危害之重，均居福建之首。1985年遥感普查显示，全县水土流失面积达146.2万亩，占全县面积的31.5%，"山光、水浊、田瘦、人穷"是当时水土流失区自然生态恶化、群众生活贫困的真实写照。如今水土流失区的生态环境和城乡面貌发生了翻天覆地的变化。全县累计治理水土流失面积117.8万亩，森林覆盖率由1986年的59.8%提高到现在的79.4%，治理区植被覆盖率由15%～35%提高到65%～91%，土壤侵蚀模数由每年每平方公里8580吨下降到438～605吨，径流系数由0.52下降到0.27～0.35……昔日"火焰山"如今已变成"花果山"。

早年长汀航运须由福州始，经年方运抵，盐价昂贵，百姓困苦。宋绍定五年长汀县令宋慈组织百姓开辟汀江航道，海盐改由潮州起运，经韩江、梅江、汀江直抵汀州。出现了"上河三千，下河八百"的航运盛况，汀江从此成为维系赣闽粤边区的经济命脉。清顺治五年核定上杭河税正额为白银3022两。雍正五年除河税正额之外，溢出河税银5931两盈余。木材产地有河田、濯田、苔溪、大禾等200多个乡村，因采伐工具原始，其时尚未造成大的生态破坏。明代中叶海禁解除后，对外贸易迅速发展，造船用材日益增多，汀江流域木材源源不断沿汀江经韩江行销潮汕、佛山和上海等地。清末，上杭出口外销木材年产值达数万银圆，长汀年外运木材约13万株，兼之汀江流域，以竹木造纸，上杭产"双合纸"燃烧后如蝴蝶飞舞，投合了迷信者的心理，深受欢迎，产量居闽西各县之首。生态破坏水土流失初现端倪。

遗憾的是清末民初，地处南国的汀江流域，水土流失之惨状，已直追北方黄土高原。事实上，南方红壤丘陵区若搬去干旱的北方，会可怕十倍百倍，黄土高原有万丈黄土，而红壤丘陵区的土壤，却只有薄薄一层，流失过后，便会露出砂质的岩层，如同大地被切割剜剥出的血淋淋的伤口，露出粗糙的肌腱和坚硬的骨殖。这样可怕的伤口在水土流失学科里被形象地命名为崩岗。让人想见炸药爆炸时皮肉在刹那间分崩离析的恐怖场面，以及皮肉崩溃后留下的那个可怕伤口。事实比这还要惨，轰一声崩开，那是热兵器的专利。自然的专利是千刀万剐自己。起因是人类的贪婪，成因是植被渐次破坏、地表被严重扰动，草木有若大地的衣服被剥离殆尽，露出土壤的皮肤。人类留在这些皮肤上的切痕、伤口，被雨水汇流的刃器切开、撕裂、深挖，并将以脓血的形式一点点带走，先是形成细小的切沟，渐次扩展撕大、剜深切碎，演变成巨大的崩岗沟，最终形成连片的崩岗群。破碎的山体血肉模糊，好像被零剐碎敲骨碎筋断支离破碎的肢体，随时都会在外力的扰动下分崩离析。以退耕还林封山禁牧恢复它，除非历百年不止，因为它寸草不生，逢雨便流，仅靠自然已无法自我修复。

  类似这样的崩岗群，在长汀县竟然有3000多座。

  "20世纪70年代，这些山上的草皮树根都被村民挖掘一空，砍柴得往返一天时间。柴越砍越远，水土流失越来越严重，人与自然的关系越来越紧张。大量泥沙顺溪流汇入汀江使之混浊，淤塞的河道加剧了洪涝灾害，饮水、灌溉、粮食、燃柴、防洪，导致当地群众愈加贫穷。因此他们说，治理水土流失对于环境和民生有着双重意义，治山其实也是治穷。"水保局长林豫峰在路上曾指着几个光山头告诉我说，"你看，治理过的山头，和没有治理的山头差别多么明显？封山是一起封的。我们特意保留了三座山头并准备一直让它们维持原状。很多人有一个误解，以为只要把山封起来，植被自然就会恢复起来，其实在这种强度水土流失区内，植被的自然恢复是不可能实现的。破坏起来容易恢复起来很艰难很漫长。"

  长汀县水土保持局原局长钟炳林仍一如既往关心水保，他说："1994年我们尝试在长汀将荒山50年的使用权拍卖给村民，策武镇是试点。当时是首创，那次共拍卖了42片荒山，年内不治理还要收回来，我们的目的是要把治理水土流失的责任卖给农民。20元起价，拍到160元，热情非常高，过后没有任何地因抛荒被收回。买到荒山后几个人凑在一起打牌,听说他山上有几头牛,扔下牌就往山上跑,没卖给他时三百头牛他也不会管。"

"1000万造个屋很快就能看见。"钟炳林形象地比喻说,"拿去种树往山上撒1000万什么也看不见。花钱多还是慢功夫。当时的做法是公益林由政府主导治理,商品林则力推林权改革,通过资金、技术各方面的扶持,鼓励有资金的大户,外来公司投身其中。农户特别穷,自身无力治理,允许出租给有能力的公司和个人。我补贴给他300块他会因此而投下去3000块,这个叫四两拨千斤。全县集体商品林有72.5%都承包到了个人或公司。不过这些水土流失的土地太贫瘠,想改造好它,靠它带来财富并不容易,许多满怀热情的农民走上荒山后遭遇了超乎想象的艰难。像策武镇南坑村的沈腾香、濯田镇山东媳妇马雪梅都是这样。"

二十三

> 孟子将第二种蓄勇的人和方法做了横向比较：孟施舍之所养勇也，曰："视不胜犹胜也；量敌而后进，虑胜而后会，是畏三军者也。舍岂能为必胜哉，能无惧而已矣！孟施舍似曾子，北宫黝似子夏；夫二子之勇，未知其孰贤？然而孟施舍守约也。"

那天，我先去策武镇南坑村，采访了沈腾香。

沈腾香所在的策武镇南坑村，1992年人均纯收入不足600元，被讥为"难坑"。是方圆周知的"山上无资源、人均三分田、卖柴换油盐"的著名贫困村。1997年35岁的沈腾香被选为村支书。上任伊始即把村里两位高中毕业有才干的年轻人从外面请回来担任村主干；把三位年龄大、文化低的村干部调整下来。然后组织党员及种养能手到漳州西坑学习，要求每个党员干部当年开发种果10亩以上，养猪20头以上。她率先垂范，开发荒山20多亩，种上了油柰和银杏。在她的带动下，全村38位党员都行动起来，涌现出不少种烟、种果、养猪等能手。她从县农业局、畜牧水产局聘请了两名农艺师、一名畜牧兽医师，专门指导村民种养，办培训班，对果农、养殖户进行技术指导。"治穷先治愚，扶贫先扶志"。因此她创办了闽西第一张村报：《凌志之声》，根据不同农时刊登种养技术知识、种养能人经验谈等。南坑小学过去不足百名学生、仅7名教师、教室破烂不堪，在沈腾香积极争取努力下，南坑小学一跃成为拥有400多名学生、36名教职工的九年一贯制农村示范学校，穷愚通吃。

"庭院养猪鸡、能源用沼气，山上植水果、耕种烟稻菜"，全村种果达7700多亩，银杏种植基地5400亩。建立"猪—沼—果"农庄10个。南坑村人均纯收入达到7000多元，南坑村成为"闽西银杏第一村"，节假日游人如织，"难坑"变成了"富坑"。既治理了水土流失，又保护了生态环境，还实现了经济效益的增长，可谓一举三得，生态与经济双赢。如今的南坑村，白墙、红顶、花窗的村舍，依山傍水，错落有致，掩映在翠竹、香樟、银杏丛中，小桥、流水、池塘、水车，点缀其间，安静优雅，不像个乡村，而像个度假村。

年近半百的沈腾香，不像一个村支书，倒似一位干练的公司白领。

她举止彬彬有礼，说起当年的艰难，犹有余悸："我是河田人，从小就很记得村里的荒山光秃赤烈，砂石裸露，只有房前屋后长有几棵小松树，小时候我和同龄人经常在小松树下'掐松毛'，拾一些松针做柴火。长大后嫁到了南坑村，这里荒山的情形和河田差不多。也是'种田填饱肚，打柴割草换油盐，养只家猪等过年'的生活。村里决定把以绿化荒山治理水土流失为契机脱贫致富时，好多村民不同意，说：耕田都赚不到钱，在秃岭上种果不是把钱砸进无底洞吗？当时村集体没有一分钱，村'两委'连办公场所也没有。真的好难啊！

"过去我南坑村水土流失非常严重，每年开春的时候，人家全国很多地方正苦于干旱无水，我们这儿发愁雨水，每次下雨，村民都得到田里应付雨水带来的麻烦。只要下一场较大的雨，附近那些崩岗就会有大量泥沙冲下来，流进水沟和农田里面，都是红泥巴汤子，要花费很大的工夫，把它们从水沟和田里清理出来，否则泥沙淤积就会导致严重后果，把房子淹了。这个红泥浆它是很坏的，它进了田里面，就会让土地板结，田都种不了。不下雨田里的庄稼植物它就长不出来，下雨又会冲下许多泥沙，把种苗给淤死，这是不是很矛盾？"

老局长钟炳林补充说："那时，山上冲刷下来的大量泥水从村庄流过，农田会被泥浆掩埋住，有的山上是黄色的泥巴，有的山上是红色的泥水，和山上的植被有关，流红色水的泥沙特别多，水土流失相对要更严重，是治理前和治理后的区别？这是很直观的。南坑村周围的山场原来都是强度水土流失区。现在村边的植被覆盖度基本上都在90%以上，水土流失应该说都被控制住了。但是治理还没有结束，还有好多山能够看到乔木林，实际上都是些种植的马尾松和野生的芒萁草。就是我们说的远看青山在、近看水土流失的现象。如果遭遇病虫害或火灾可能毁于一旦，要逐渐补种草本植物、灌木、阔叶林才能形成健全的森林系统。如果不这样光靠生态系统自我恢复那是不行的，会停滞不前甚或退化回去。种银杏树很有意义。"

现任水保局长林豫峰插话说："过去省政府每年拨给长汀30万元煤炭补助资金，到1992年增加到每年80万元，村民参与治荒山还可以获得煤球供应券作为报酬。现在补煤球，开始补电，道理是一样，就是先解决农民的烧柴问题。不过，有些村民多年烧柴的习惯并不容易改，新种的树有些人又开始偷砍偷挖。各村只好设立了专职护林员，村里也都相应制定了村规民约，一旦发现有人偷砍偷伐，要接受很严格的处罚。如果是割草那就要鸣锣，叫他鸣锣宣传治理水土流失的意义，割得比较多的，罚他给村民放电影，那个时候放一场电影得二三十块钱，小学教师工资才四十多块钱。砍了树，那就要罚他杀家里的猪，要他把家里最大的一头年猪杀掉，还要他自己一份一份给全村人送去，赔礼道歉，请求大家原谅。因为你砍树损害的是大家的共同利益。补贴煤电加上严格的处罚管理这才把砍柴现象逐渐遏制住。"

我问沈腾香："真的敲过锣？放过电影？还杀过猪？"

"呵呵，怎么会没有呢？都有过啊！"沈腾香笑得什么似的，"有人砍了树之后，藏得很严实。你去问他，他嘴还很硬，就藏在床下，在下边捂着，得捂干才好烧。村民都留心，烧柴总要冒烟，很容易就被发现的。你被大家发现了，你就自己看着办，你不想杀自己的年猪会有人帮你杀。你犯的不是国法是村规民约，大家定的，你也按过手印。全村人都盯着你呢。你砍的不是山上的树是大家共有的财产，你不赔礼道歉，以后在村里还活不活人？"

"这主意好！"我赞叹道。然后我问起银杏树。

"都是大家的主意，"沈腾香笑着说，"那是原福建省委书记项南出的主意，他来南坑村说了种银杏树的好处。我觉得有道理，就率先种起来，大家也觉得好，跟着一起种，就种出了规模。银杏树的叶和果都是保健用品，银杏树也是很好的治理生态的树种。以前一下雨河道都是沙，现在山上流下的水都是清清的，效果很明显。我们还想继续扩大种植面积。还想在银杏基地规划开发休闲运动区，为村民带来更多的经济效益。这是一件双赢的事情。"

她还说起村里的环境卫生问题，南坑村有266户，1126人，32条道路。以前村民乱倒垃圾，为此村里还成立了卫生整治队。投入150多万元，建设了几户人家一处的一体化污水处理设备，等生活污水净化之后，再排入村中的河流，水流由此得以净化。值得称赞。

"现在跟过去不一样了，"她说，"过去有些人不明白，现在全南坑人都明白了，保护生态环境就是保护南坑村，要想富就得先治理好水土，没有好的水土，想种树都种不活。你知道我们的银杏树怎么种？先要在红沙土上挖一个立方米的大坑，然后下六担农家肥，和红沙土拌和在一起，这才可以种银杏苗，否则根本就种不活。年年还要施肥，下的本钱和功夫比在正常土地种要多2/3。有的银杏树过了12年都不结果，为啥？土地太贫瘠。不施肥还会枯死掉。"她笑，"不过最难的日子已经过来了。现在我们正在全力推出'银杏水乡，生态南坑'乡村旅游项目建设，力争要把南坑打造成以农家乐休闲游为主的省级农业旅游示范村和全国新农村建设示范村。现在每到周末，来我们这里的游客已超过2000人。"

这些年崩岗恢复了三春的美艳而她的青春却如水土般流失了。

二十四

> 汀江逶迤穿行神工鬼斧的红土地，山岭拱卫丰沛天生地养育的清洌水，水因土而生，土因水而旺，水土和平共处繁荣草木，草木孕育林泉养育水土，两岸因此而千娇百媚，水土因此而齿白唇红。木生火，火生土，土生金，金生水，水生木，五行济，荣万物。

有那么一位女子，从小在山东青岛长大，大大的眼睛，中等个头，留齐耳短发，生性活泼好动，爱说爱笑，一派天真烂漫，爽快大方劲儿，典型山东大妞一个。1980年马雪梅来到福州上高中，与伯父一家人住在一起。高中毕业后，考了几年大学，均未果，不免就有些心灰意冷。恰逢其时，天缘凑巧，便结识了退伍兵赖荣清。赖荣清退伍后在福州一家公司找到一个司机的工作。小伙子正值年华，孔武英挺，女子出落得如花似玉，正值青春，两人便一见钟情。一来二去便走到了一起。1986年两人决定洞房花烛，未曾想不但遭到远在青岛的家人坚决反对，伯父一家人也不同意，理由是：赖荣清虽然是个退伍兵，但在公司里当司机，没有铁饭碗，还是长汀濯田镇园当村人，地地道道一个农民。退伍兵又不能当吃饭？一个大城市的漂亮姑娘，嫁谁不好？嫁个农村人。也不瞎也不残，是脑子有毛病吧？姑娘却不管不顾率性顶真，一门心思要嫁给我们的农村退伍兵，那股九头牛也拉不回的劲头，终于使两人得偿所愿。婚后的小日子过得也还不错。1996年姑娘远在青岛的父亲忽然病重，两口子急忙赶回老家，在父亲面前汤汤水水的服侍了一年之久，尽足了孝道，也未曾挽住父亲西去。

哭哭啼啼料理完父亲的后事，夫妻俩便双双返回丈夫的老家长汀濯田镇园当村。丈夫工作也丢了，一没田二没地，两人靠什么生活？正发愁的当儿，却从电视新闻中看到一则海南种果发家致富的新闻，脑洞大开，心想没房没地，还有几分力气，我们何不也试试？马雪梅便和丈夫商量，从村里租了400亩荒山。从来没有做过农活的城市女子，便告别了胭脂口红，开始终日与铁锨锄头为伍。孰料这农民也不好相与，种下葡萄不挂果，种下玉米不结穗，种下果树只长枝。一年下来颗粒无收，而租金却是一分钱也不能少的。这时却有救星来了。

1999年长汀县水保局副局长钟炳林到濯田镇园当村察看，发现这个青岛女子，虽然不懂农事，不知水土流失治理的方法，可是人年轻，又有文化，虎虎有生气，还有股不服输的拗劲，要是有人指点，说不定还是把治理荒山荒坡的好手。于是便让她不必再转包承租他人的荒山，不如去承包镇政府干部集资在南安村"塘尾角"荒山种下的158亩板栗。而且不要一分钱承包费。女子一听，眼亮得像星星，当即就满口答应。没想到回家和丈夫一说，丈夫却说知道，已经有人跟他说过，说："你老婆没种过田，难道你也傻吗？这种光秃秃的山能长东西就不会有那么多土生土长的农民外出打工了，谁不愿意留在家里过安逸日子？"

女子却舍不得放手，翌日便跑去南安村"塘尾角"视察。视察的结果让她也有点灰心丧气。所以这女子见我的第一句话就是连说带笑地抢白和我一起来的老局长钟炳林："当年，我是被他骗过来的，他们在山脚下只种了一圈圈板栗，就说要无偿交给我承包。可那叫啥山呀？天上下一点小雨，水就从山头冲到山下，就变成了泥石流，冲得整座山一道道全是深沟。"

钟炳林却晃着个大脑袋笑说："这就是马雪梅，山东人性格！"

马雪梅却咯咯地笑，也不再多说什么，忙着去烧水泡茶。趁着她泡茶的当儿，我仔细打量了一下这位具有传奇色彩的山东女子。时光荏苒，她已经不再是那个为了爱情九头牛也拉不回来的青春女子。如今她，身体已经明显发福，风韵犹存的脸上，眼角和额颈已经有了细细的皱纹。只是一颦一笑，仍然阳光灿烂，举手投足，尤其是说话时，爽利劲不减当年。

我们坐在院子里的红木椅上，一边喝着功夫茶，一边听马雪梅开聊。说起往事，马雪梅满怀感慨。开言先笑，说："俺是被人家骗来的，不过俺也不笨，心里什么都也明白。福建这个地方跟山东不一样,长汀这个地方,跟青岛也不一样,这里气候好,雨水勤,种什么都能活。只要肯下力气,横下一心做,就没有过不去的沟沟坎坎,栽不活的树树苗苗。所以我就认骗了,还不知谁骗谁呢。"马雪梅嘻开一嘴白牙。烧水、倒茶、说话,什么都不误。"所以俺就签了字,画了押,头一年就在这山上种下了192亩板栗。周围的人都笑俺,说这山土贫的连马尾松都长不起来,更别说种果树。但俺根本不听他们说。俺这人,在这个世界上就相信一件事,只要肯下功夫,有这么好的气候、雨水,荒山也能变成聚宝盆,走着瞧!"

周遭全是树,头顶也是绿色的,这些绿色映入马雪梅的眼里,如幽深的湖,马雪梅在那个湖里探出脸来说:"从小儿俺就喜欢下雨天,这地方的雨却让俺怕了,一场很小的雨,也是会水夹着泥巴往山下冲,冲下去就把俺种在平台上的树一起冲没了。那个是钱呀,都给我流掉了。那流的不是泥巴不是水,是钱啊!"迄今说起,马雪梅都眼圈红红的,似乎又回到那个时空。"俺那时没有钱,好多钱是找人借来的,那个心痛,简直是痛不欲生啊!这才明白,光有劲头还不行,还得要有技术,要科学种植。俺就找水保局,水保局就给俺派来了技术员,他们指导俺如何种植。像俺过去那样种是不行的。要想种好树先得保持好水土,得前坎后沟,坎是挡水的,后沟是把植物吸收不完的水储存起来。这还不行,还要不断种草,大量施肥,从根本上改善土质,这个过程是需要时间、人力和金钱的。这个艰难远远超过了俺最初的想象。正常的荒山这样治理,4~5年一般就有收益了,但俺辛辛苦苦干了5年多树上连果都没有挂。俺全家仅有的12万元积蓄全投了进去,还借下了30万元的外债。哪个生活过的,不怕你笑话,跟你这么说吧,吃饭都没钱买。这个荒山它是……怎么说来着?用水保的术语是水土流失超强度的荒山,难怪会无偿承包给俺,俺这才明白,天上是不会掉馅饼的。那时,还真觉得俺是受了骗了呢!当时有不少承包人都放弃了,但俺是个山东人,天生就性子倔,咬住牙还想再坚持几年……当时也没有看到多大希望,就是心里舍不得,就跟谈对象一样的,投入了太多感情,太多精力,还有那个爱,让俺放弃心里不舍得,跟老赖那会俺就是这样,死活跟了他。再打个比方,就像俺生个傻瓜儿子，投了很多精力，操碎了心，别人一句放弃，说这个孩子长大是个废物，赶紧扔了，你舍得吗？俺当时就是这种感情！那些天，俺一见人来就心跳。为啥？2001年春节前，也就是年三十下午，俺家里20多个债主临门要钱，把家里的钱还得不剩一文，也还不上。央告人家走了，冷锅冷灶，才想到年三十，晚上吃什么？明天过大年了，又得吃什么？唉，说起来，也幸亏那年俺远在福州的妹妹，不放心，过来看俺这个没出息的姐姐，帮俺掏钱买了些年货，才勉强过了个年……"

说到这里，马雪梅的眼圈都红了。静默。

静默中，一条花狗摇着尾巴，悄悄走过去，卧在马雪梅脚下。马雪梅伸出手，在狗的头上爱抚了一下，笑道："俺过去还养过一条黑狗，比这条个头大点儿。俺干活的时候，把衣服挂在树上，它就在下边守着，谁要是想过来拿走，它就汪汪地叫，通人性呢！起先就是俺一个人起早摸黑的干，荒山野地，沟里静悄悄的，没有一个人影，俺再胆子大，也有怕的时候，那会儿，就靠它给俺壮胆，有它在，就像有个小人守着俺，俺这心里踏实着呢！可是有一天，忽然就找不着它了，俺满世界找也找不见。俺心想，不会是被野物儿给吃了吧？这山上后来也有一些野物儿，再也没有找过它，俺有时挺想它的！"我不知长汀都有些什么野物儿，是否大到可以吃掉一只狗？但我知道有种两条腿的野兽，专门捕狗吃。只是我不想说出来，因为这种说法对爱狗的人来说，当是一种心灵上最大的摧残。

"最可气也最让俺伤心的是还有人搬弄是非往你伤口中撒盐！"马雪梅说，"特别是在俺老公面前挑是弄非的，气得俺要死，话说得还很是难听。说他好好个男人，怎么就讨了这么个败家的老婆，我们要是你，讨了这种老婆，倒贴钱都不要的。你说这话气人不？不过俺想了想也不气了，俺要好好做，要让说坏话的人有一天在俺面前抬不起头！俺这人虽然能力不大，但俺老是遇到贵人，我接触的水保系统的领导，大家是很帮我的，县里的钟局长，市里的谢晓东局长，都是帮我的。公家的钱也多少会借一点给我，后来钟局长看俺可怜，他自己私人的钱也还借了我两万块钱。俺还开玩笑问过他们，你们图什么帮我?现在这个社会上你看看,帮人总是要有所图的,不然图财,不然图色,不然图回报,我要钱没钱,要色没色,回报更没有,你们图什么帮我?你们不帮我,难道工资就不能拿了吗?还不是照拿?"

钟炳林笑着插话:"我们大家帮她,一个是被她的不屈不挠的精神打动,二一个是我们知道,那个荒山是块硬骨头,啃起来好不容易的,如果连我们水保人都不支持她,她可能就倒下了,可能就退了,那荒山就胜了,水土就会继续流失,前功尽弃,这事不能发生!那是2013年吧?我们福建年度十大人物评选结果在福州揭晓,感动福建的十大人物就有我们长汀水土流失综合治理中涌现出来的'山东媳妇'马雪梅,'断臂铁人'兰林金、退休医生'林慕洪',合称长汀'三杰',其他两个人和马雪梅都有一个共同点,那就是不服输!"

老局长的话让马雪梅眼圈又红了,她却掩饰着喊:"喝茶,喝茶,凉了!"

"现如今,十几年过去了,你再看她,"钟炳林喝了几口茶,似乎也有点兴奋,这位老水保继续他的话题,说,"她把养猪养鸡的规模扩大,把养殖的收益再投到治山上,土壤渐渐改善,板栗收成年年都增加,林果树下是河田鸡,圈里有两千头猪,猪粪便都投到山上养土、养树、养草,树更绿了,草更肥了,固水保土的能力更大了。她外债早还清,还在村里中心盖了一座三层别墅,还买了好几部汽车。要是当年不坚持,能有这些成绩吗?"

"呵呵,敢情这天下还真掉下个馅饼,让俺给捡着了!"马雪梅欢乐地说,"俺家那口子也高兴了,扬眉吐气了,我娶的媳妇如何?你们自己看?还用我说吗?俺生的不是傻瓜儿子,过去的傻瓜儿子变成正常儿子。俺觉得俺捡了个大便宜,要是起初这荒山就这么好看,俺能这么容易就得到几百亩地吗?实话,刚来那当儿俺一心就是为了赚钱,不是为了治理水土流失,但后来就转过来了,为啥?明白了,要想发财致富,你先就要把水土治好,只有保住了水土,才能种树长草养鸡养猪,连水土都保不住,俺的效益到哪里去找?"

长汀县水保局长林豫峰说:"她要是当年气馁,就什么都没了,留一屁股债。许多事情就这样,胜败决定于进退。这话好像专门针对我们长汀说的,而且是针对水土保持专门定制的,进则全胜,不进则败。别的行业我不敢说,对水土保持来说,千真万确。马雪梅就是活生生的例子。她后来重新修了平台,也就是梯田,种了板栗、桃、梨,四周荒坡上全部种上耐旱、耐瘠薄、根系发达的百喜草,还建了十多口蓄水池和几道拦水坝。建起年出栏上千头的猪场,养河田鸡,每年两批半,每批5000羽。还不满足,你知道她正在干什么?她收人家不要了的死猪,死猪扔到河里是污染,处理成肥料,就是最好的有机肥。她还想更新经果林,宁肯眼前少收入一点,也要为今后发展更好的经果品种,这个马雪梅不简单哪!"

说这话时,忽然远处传来一阵惊天动地的吼叫,历久不息。

一晃眼神,马雪梅的身影忽然消失在院门外。

我想探个究竟,便起身跟了出去,看见她正往坡上跑。

吼叫声是从坡上传来的。坡上是几长排白色的房子。

我看见马雪梅匆匆走进其中一间房子里去了。然后吼声就停止了。随着吼声的停止,一头足有两百斤重的大白猪,从房间里跑出来,停在坡坡上茫然无助地望着我,神情间充满了英雄末路的悲怆,浑身都是红色的伤痕,凝然不动。

我绕过那头猪,走向那几排房子,这时马雪梅出来了。

她看见我,活泼地笑着,解释说:"刚刚是猪在打架,它们经常打架的,那头猪把这头猪从圈里拱出去了!你要不要参观一下?"

我随马雪梅走进其中一间长长的猪舍。猪舍高大宽敞如人居,两边是一米多高的猪栏,每一个猪栏里都有几十头猪,长得看不到尽头。看到有人进来,猪们开始不安和骚动,并发出哼哼唧唧的交谈声。"这家伙不会是屠夫吧?""你不该咬跑约克夏,引来了外人!""别怕,女主人在呢!""搞不懂,女主人究竟是为什么连死猪也要收?有我们还不够吗?"

过后我在报纸上看到一则报道称:马雪梅在园当村偏僻山沟规划占地5000平方米,建设处理车间1800平方米,首期购置3组TY-FCW-26畜禽养殖场有机废弃物处理机,日处理量3000公斤,约120头病死猪,另加辅料3000公斤,可出6000多公斤高档有机肥。打算今后逐步扩大到15组有机废弃物处理机，形成"村收、镇聚、场处理"的无害化收集处理机制，年处理病死猪12万头以上，有效解决该镇470多家猪场病死猪污染环境问题，并扩大到全县范围，推进长汀县国家级生态文明示范县建设。

这女子，当真是巾帼不让须眉，老钟没有看走眼。

二十五

三明，位于中国福建省中部，东依福州市，西界江西省，南邻德化县、永春县，北傍南平市，南接长汀县、连城县、漳平市。翌日，便依次航永安、游泰宁、察清流、走宁化、考沙县，如蜻蜓点水，似浮光掠影，全八武艺，影水文，状地质，说山川，诗锦绣，外加航拍，可谓品类齐全。

过后，我曾随水利部图文并茂的《江河》杂志，先飞福州，后驰三明。有过几天采访。率队的营幼峰坦言：按图索骥，形山影水，是《江河》的风格。天地之间有大美也！大美之魂魄，便是江河湖海。爱江河湖海便是爱山川万物，知道什么是美，什么是爱，便会知道美江河湖海便是美人类，爱山川万物便是爱自己。

客家人的来处公认有两种，"北有大槐树，南有石壁村"，大槐树在山西洪洞县，石壁村则在福建三明市。石壁人的祖先原本是些中原汉人，历史记载，从东晋开始，受当时战乱、饥荒、兵灾，以及当时朝廷的奖掖政策、外来经济的渗透等影响，举家南迁便络绎不绝，起始的落脚处便在石壁，先三五人居，后呼朋引类，汇聚成村，后壮观成客家祖地。根在中原，祖为炎黄，无论传承多少代，有一点是不变并相通的，那就是山山水水的血脉。

客家文化一语以蔽之，两个字道破：寻根！

试想，客居异地，漂泊四海，发了大财小财，或是潦倒他乡，必为旅愁与乡思所苦，倘或回来一看，虽然物是人非，却可以从山水间找到童年的记忆，凄然中便会有些许温馨的安慰。反之，人不是原来的人，山不是原来的山，水不是原来的水，就会大大失落，以为走错了地方，而让浓浓的乡愁化成怅惘的云烟，一风吹散。

现在的石壁，地形地貌依旧，远望去形如玉屏，仍然是一片土壤肥沃，森林茂密，群山环抱的开阔盆地。从这里走出去的客家人遍及全中国，漂洋过海，流布80多个国家和地区，据不完全统计，全球的客家后裔约有1.2亿人。中国香港有1/3的华人是客家人；中国台湾有1/5~1/4的人口是客家人。这个力量不可小视。三明市早已认知了这一点，他们在1992年便政府斥资、四海乡贤襄助，在石壁村兴建客家公祠及配套建筑，面积12000平方米。公祠主体分前、中、后三厅，由回廊连为一体。堂内祀奉着客家160个姓氏的始祖神位，供祭祀朝拜，一次可供300多人同时祭祖。我这一路看下来的感觉很多，但最大的一个竟是：漂泊游子比娘家人更加恪守中国的传统文化。

这无疑是一个很有趣的文化现象。

沙溪河系闽江上游的南源支流。上游是九龙溪，发源于武夷山区向东流经宁化、清流等地于永安折向东北，流经三明市、沙县到沙溪口与富屯溪汇合，东流到南平市和建溪汇合，称为闽江。九龙溪发源于武夷山脉南段，经宁化、清流、永安等县汇入沙溪。九龙溪河谷狭窄，滩多流急，水力资源丰富。因中游有九龙十八滩而得名。河长200多公里，多年平均流量160立方米/秒，年平均径流量50.4亿立方米。建有数座水电站。船老大黄长水这样告诉我说：九龙溪原名九垅溪。没有修水电站之前，是可以放排、货运、通海的大河，水里有毛蟹等河海洄游生物，现在毛蟹没有了，因为这条河不通海了，它没法产卵生孩子。还有一种鱼叫鳡鱼，个儿可以长很大，牙齿是撩出来的，还有倒钩，个儿大脑子笨，自己的牙齿碰上渔网就会缠挂在上边，就等人捉它。已经看不到了，估计是绝种了。修水电站时，12个村子淹掉了7个。唉，什么都是有利有弊，究竟哪个利大，哪个弊大，我就说不好了。

船老大黄长水说这番话时，随行的摄影师正在摆弄他航拍的家什，小小一个东西凌空飞起，直上云端，鸟瞰曾经的九龙十八滩，遗憾的是眼底只有一片碧水浩茫，再有的便是水电机组。这里的森林覆盖率达到80%以上，氧离子如溪般激溅有声，呼吸间有一种洗肺的感觉。我与船老大驻足的岛上，可见旅游开发过的痕迹，几只悍不畏人的鸡，围着我们转来转去，不时从地上啄食成熟的草籽。黄长水说："以前一个开发商，想打造这里为旅游名胜，后来资金链断了，许多设施就烂尾了。这么好一处风景，这么一库好水，不开发有点太可惜，真开发了又怕会弄坏这些清水。我过去是渔政大队的头，管这个的，心里也很矛盾！"

我与他相视无语。只有满溪绿水扑打溪岸发出哗哗的清响。

从九龙溪下行，便到了泰宁县大金湖地质公园。这里的丹霞地貌北起龙湖镇的天成岩，往西南经上清溪、泰宁城关至读书山、记子顶，南转至猫儿山、龙王岩、八仙崖至龙安乡，依次分布有上清溪、金湖、龙王岩、八仙岩四个红色盆地。我们所至的大金湖，主要以丹霞地貌景观为主体，同时还有花岗岩地貌景观和人文景观等点缀其中。大金湖包含有金湖、上清溪、状元岩、罗汉山、泰宁古城五大景区，属于联合国教科文组织评定的"泰宁世界地质公园"的核心部分，是继武夷山"双世遗"之后又一个达到世界级别的福建旅游景区。囊括了国家重点风景名胜区、国家5A级旅游区、国家地质公园、国家重点文物保护单位、国家森林公园五块国家级牌子。金湖原名金溪，体量和规模普通，1980年在金溪上游芦庵滩修建了装机容量为10万千瓦的池潭水电站，才形成了宛如一轮新月的大金湖。水域面积38平方公里，蓄水7亿多立方米。从泰宁县城到电站大坝全长62公里，素有百里金湖之称。

大金湖已被誉为天下第一湖山。

特有景点国内稀少，有些属于独有。最具代表性的有与湖面高差达637米的八仙崖，寿高1190万年，在中国东南沿海诸省丹霞地貌中可谓海拔最高年龄最老者。这里堪为洞、穴、岩槽丹霞地貌之集大成的博物馆，大、中、小型蜂窝状洞穴随处可见。其中最著名者莫过于甘露岩洞。此洞高达80余米，宽、深各30多米，洞顶可见石钟乳。宋绍兴十六年，于洞中建甘露寺，洞左右有天然丹岩两块，左若巨钟，右似大鼓，寺下方仅由一根立木撑起四幢歇山式重楼叠阁，全部建筑均为木质，用T形拱头连接，未用一根铁钉。故有"右鼓左钟，妙（庙）在其中""一柱插地，不假片瓦"之赞誉。钟鼓石前有三棵古松，山门碑刻有宋朝进士邹恕的五律诗："兰若兰空中，云山第几重。瀑流千丈练，鹤宿五株松。晓雨禅房黑，霜林木叶红。悬崖回首望，归思过前峰。"

我亦不觉技痒，明知此甘露寺，非三国甘露寺，偏想借典一用，七律平水诗之日：

一柱亭亭掬蚌珠，二乔袅袅乱东吴。
河溪草木四方洒，日月鳞虫八面壶。
姹石十朝染深紫，嫣苔六国泼清乌。
三明福泽何其厚，九重烟波涸画图。

二乔偕孙尚香从东吴来此客居，色乱金湖，三国岁月，曹刘英名，自然功用，石苔造化，成就了一段自然与人工的不二佳话。

偏生此处也有一座宽约500米，高约100米的赤壁，是真的赤色的石壁，壁面寸草不生，黯红如魅，影透碧水，好似杀人如麻，血染大江，很能让人联想起累周公瑾吐血，让苏东坡真假不分，迄今还在的那两个老古的三国赤壁。

一时间，历史星空迷乱，时空隧道苍茫。便又七律平水赞之日：

魏蜀黄冈前后衰，曹刘赤壁古今祺。
横江白露东坡噫，折戟青沙杜牧嘻。
泰宁丹霞落墨翟，金湖碧血溅朱熹。
范蠡风水夫差转，西施移情爱武夷。

这一穿越，不知，是该额手庆幸，还是效阮籍一哭？

永安桃源洞位于永安城北8公里处，由桃源洞、百丈岩、葛里、修竹湾、栟榈潭五个片区组成，总面积29.28平方公里，共有名胜古迹73处。属国家级风景名胜区，素有"小武夷"之称。桃源洞似洞非洞，系拔地而起的山岩，中裂一隙，上仰天光。洞口绝壁上有万历年间两郡司马陈源湛所书"桃源洞口"四字。一线天全长120米，高90米，共有206个阶梯，上窄下宽，堪称全国之冠。

明代旅游家徐霞客曾来此并盛赞一线天日："缝隙一线，上劈山巅，远秀山北，中不能容肩。余所见一线天数处，武夷、黄山、浮盖，曾未见若此大而逼、远而整者。"去百丈岩得沿桃花涧上行5里，百丈岩建在数十丈高的悬崖之上，岩内有庙供奉马氏真仙。庙外还有栈道直通山顶。从百丈岩沿桃花涧漂流，溪段多在幽深峡谷，绿色植被遮天蔽日，悬崖峭壁触目惊心，溪流时缓时急，约3千米，1个多小时，漂流至桃源洞口止。还有与桃源洞隔江相望的葛里，同样的碧水丹崖，跑马岩长400多米，宽处26米，窄处8米，平坦处可跑马。

岩壁峻峭，多为砾砂岩掺杂石灰岩砾石，有望成为攀岩地。

值得一提的是我们还在永安市参观了贡川城墙，文庙大成殿，笋帮公栈，萃园，青水戏台，国民党台湾党部旧址复兴堡。复兴堡是抗战期间中国国民党直属台湾地区党部驻地，坐落于永安城郊西南4公里的文龙村，始建于清代初期。古堡占地3500平方米，土木结构。古堡墙高寻丈，有枪眼和望孔，防盗防贼，壁垒森严。院中卵石小径，两旁花木扶疏。厅堂有镂空雕、木刻窗，雕花砖等饰物。青砖黛瓦，古朴凝重。房间按那时的旧制，也算得上轩敞亮堂，宁静雅致。我与营主任在里边小走一回，感觉看看可以，若是长住，断然难堪。

连日秋雨，加上人迹稀少，石径青苔长满，滑不留足。草坪之上，蛛丝密布，结满晶莹秋露，在晨光之下，熠熠生辉，故拍了几张照又五律平水咏之曰：

花凋日色寒，碧落眼前宽。

玉露蛛丝碗，金风雨絮盘。

玲珑珠乱弹，炫耀宝纷繁。

造化多奇丽，情堪所以安。

让人不称心的是，这样好的一处历史佐证，却日见落寞与荒废。

森林与河流是互为因果的。三明市境内主要河流均系闽江水系，总长875公里，年径流量达215.8亿立方米。三明市的森林覆盖率达76.8%，蓄积量为全省的1/3，达1.15亿立方米，是全国活立木蓄积量超过1亿立方米的四个区市之一。城镇人口138.3万人。绿水青山，人杰地灵，二者不可或缺。我上网随便搜了一下，便搜了不少。不说悠远的，只说就近的，诸如被推为"程学正宗"的杨时，扬州八怪之一的黄慎，与魏源、龚自珍、汤鹏并称为"道光四子"的张际亮，曾任中国远洋运输（集团）总公司总裁的陈忠表等，不可枚举。

过后我填了两首古词，专说三明市的好处。其一调寄《永遇乐》，押了中华新韵：

> 云戴青巾，雨合玞瑁，吞武夷闽。宁化清流，沙溪石壁，尤物丹霞引。光阴七溅，状元两纛，进士六翩连振。一枝柱、凝甘露四，让千万人咂呎。杨时将乐，沈城朱子，钦赐宋皇奏准。天宝岩香，大金湖碧，斯小吃过瘾。好休道尽，勿孤莫朕，龙走也如蚯蚓。君须认，三明水土，离恒远近。

词中所叙，许多典故，不说也罢。大意是，三明风水好，七年出了两个状元，六个进士，归化改为泰宁是宋朝皇帝批准的，沙县的小吃真的很好。从来就没有什么救世主，别想着称孤道寡，龙走与蚯蚓爬，也没有多大的不同。最后几句是说，只要有好的水土，就会有好的未来，三明的风水，离永远这个词很近。

类似三明者，似乎很可以持续发展，直到永远。

故又调寄《水调歌头》，也押中华新韵：

> 颜色问深浅，萧瑟语无边。闽秋寒雁何适？鸿字也朝南？却道曾经曼妙，迄暖冬而寂寞，四季已成三。银雪子孙罕，疑被爸妈贪。翠填壑，青锁谷，绿叠峦。草香氧臭，兹地犹未动情堪。烟水云山真树，听月聆风诉鸟，洁肺净心肝。不想学阿Q，宁肯做阿甘。

词里藏着一个此行发生的小故事。

十月天的北方已经满目萧瑟，三明却一点也不冷，我问开车的师傅："北方树叶已经飘落，这里的草木还这么绿？这里的大雁也用不着年年向南飞？这里的人肯定一辈子都没有见过雪吧？"没想到师傅听了大不以为然，言之凿凿曰："怎么会没有？我们三明过去的冬天也是很冷的，我小的时候，每年冬天都会下雪，有时还下得很大！不过，这些年的确是不下雪了，因为全球变暖，年年是暖冬！"

我因之感叹说，河流如此清澈，草木如此茂盛，以为已经很好，没想到过去会比现在更好？河流和臭氧以及绿色比现在更纯净吗？莫非听得见月光匝地？看得见微风流动？听得懂鸟语倾诉？现在的三明没有雪了，偶尔还会发生雾霾。子孙们看不到雪了，会疑心是父母偷走了他们的雪。

暖冬是人类的心病，阿Q的精神胜利无法对付，只有全世界的人都像阿甘那样，不自作聪明不狂妄自大，诚实地面对一切，才可能得到解决。

阿Q在中国无人不晓，阿甘却有许多中国人不大知道，那是一部美国电影，片中塑造了一个孩子也似心智的人类美好形象。也许会有人问，为什么要用一个美国人来比拟？我得说，因为地球很小，而人类，只能共有一个种属。

因为，孩子是离自然最近的，他们有拥抱自然的能力。

二十六

忙里偷闲,中途还考察了杭州莫干山生态,见青山琳琅,碧峰萧森,莫邪干将,不知其为剑乎?树乎?竹乎?唐诗播入东风里,也惹相思到宋词。

铁打的江山,流水的君王,草木的百姓,古今亦然。莫邪干将,皆为冷兵器,凶也,已被弃之如敝屣。好树好竹是人类良伴,虽然逃不过冬青秋黄,却年年岁岁枯荣循环,如人之生生不息,吉也。故七律新韵记之曰:

四十八绕青天外,茂树修竹枉断肠。
夷昧僚因公子死,吴王光断脚趾亡。
莫邪干将雌雄舞,孙武申胥龙虎狂。
若是春秋风雨顺,揖别残月送斜阳。

已不记得来过西湖几回,但总是匆匆忙忙。

公元前515年,吴王阖闾派专诸刺杀吴王僚,夺取了吴国的王位。以楚国旧臣伍子胥为相,以齐人孙武为将军,国势日盛。却在公元前496年与越国的檇李之战中被斩落了脚趾因流血过多而死。饶是你精如猴,也得喝老娘的洗脚水。

南宋林升的《题临安邸》诗曰:山外青山楼外楼,西湖歌舞几时休。暖风熏得游人醉,直把杭州作汴州。钱塘湖,即西湖。苏堤和白堤将湖面分成里湖、外湖、岳湖、西里湖和小南湖五个部分。西湖每天引入钱塘江水约30万立方米,一年一换变成每月一换,透明度由原来的不足60厘米提升到120厘米。

奈何钱塘水质也大不如苏白时代矣。诗曰:

青丝碧缕舞霓裳,西子披头潋滟妆。
纵使老谋肥印象,难遮现代瘦钱塘。
夷光仍旧众生求,莫让杭州化汴州。

多少江山颜色改，东风破被马云收。

晚钟夕照大音稀，花港南湖北里低。

莫干斜阳峰岭落，苏白堤上待晨鸡。

这期间，徐明带我参观了他的生态果林。

徐场长年已六十有二，精神健旺，耳聪目明，语言郎朗，为人爽快。他说，宜兴是靠小化工富起来的，化工厂一关可能会返贫，所以要发展生态种植，以便可持续富裕，与吴立红可谓不谋而合。百姓与上边都明白。

说话间绿色小宴，大啖一番水蜜桃。餐后塘边垂钓，钓得两条青鱼，一条不识之鱼，还有一条鱼太过巨大生猛，竟然绝钩而逃，故戏为古风后改为七绝：

徐庄主识三国岸，水蜜桃肥啖古今。

公瑾饵来诸葛钓，金钩掰直是银针。

西太湖所住之处从阳台望出去湖光山色。

漕桥河过去污染严重。此地有陶行知纪念馆。在知行合一的治污实践中，如今河水，比当年已清亮多多，这让人倍感欣慰。

吴立红乃太湖卫士，他告诉我，过去他想做的事，如今国家省里都要做，江苏省省委书记李强有令：沿太湖化工厂要全部关掉或搬走。太湖水净有日。

湖净之日他这个太湖卫士便要失业下岗，故他打算创办生态农业发展循环经济，助推太湖早日恢复三春娇艳。想起句口号：没有买卖就不会有杀戮。以此类推，没有太湖污染，自然也就不会有太湖卫士。

故七绝诗曰：

怕见江南梅雨姿，自然钦赐细摇枝。

太湖卫士南塘起，云淡风轻正好时。

已误枇杷黄树迟，杨梅几夜又肥枝。

朱浓染赤美人指，咬破银牙血溅丝。

若莫太湖蓝藻起，风流满岸似瑶池。

唐诗播入东风里，也惹相思到宋词。

临行前立红、立峰安排海鲜宴，与冰凌、响元、旭国等人相见。

冰凌带来了他主编的宋词演义还有宋词酒，其品质与当下名酒相伯仲。

高旭国乃浙江农大教授，神交已久却初次谋面。他从西施故里诸暨前来，还带了我的女同乡。相谈甚洽。我有诗记之曰：

　　灵隐雷峰夕照低，苏白吟哦断桥西。
　　平湖善舞钱塘袖，吴越腰来唐宋膝。
　　一山二塔三堤岛，十景烟波五界迷。
　　九九销金六欲剑，秦三楚四斩成七。
　　诸暨神交携并妹，宋词老酒饮冰凌。
　　响元赠我两龙井，叶立峰随吴立红。

二十七

中条山与秦岭以黄河分野,江南江北以长江为界。青藏高原的冰川雪山是万水之源,也是长江与黄河共同的策源地。它们从极高处来,往平阔处去,都是中华民族的母亲河。古代的黄河乳名"河水","上河",《汉书》"中国河",《尚书》名之为"九河",《史记》谓之"大河",与长江同根同源同色,同属来自天上的至情至性之水。

中华人民共和国成立后全中国的水土保持工作大致经历四个阶段。

1950—1962年为第一阶段,水土保持工作纳入国民经济建设计划,随着农业合作化与人民公社化的进程水土保持掀起第一次高潮。三年自然灾害使水土保持转入低潮。1963—1970年为第二阶段,随着国民经济好转,水土保持工作重新走上正轨。1966年"文化大革命"使恢复不久的水土保持工作被迫中断,撤销机构,下放干部,水土保持工作遭到严重破坏。第三阶段为1971—1980年,中央召开北方地区农业会议,水土保持工作获得新生。各地水土保持机构陆续恢复,水土保持又走上正常发展的轨道。1978年由于纠正农村强迫命令等问题和家庭联产承包责任制,水土保持又转入低潮。第四阶段始于20世纪80年代,开始了小流域综合治理试点,1983年又实施了重点地区治理,1986年推出治沟骨干工程建设。这一时期推广的以户承包治理和拍卖"五荒地"给水土保持注入了新的活力,大大加快了水土保持进度。

不同时期有不同人物,在与不在,他们的名字都会长久地在山水林田间徘徊和流传。像昔阳大寨的陈永贵、长治平顺西沟的李顺达,还有许多,无不如此。抛开时代的色彩,他们不仅是农业生产典范,更是水土保持的模范。虎头山修梯田、狼窝掌挖海绵田、大西沟绿化的业绩,实为小流域综合治理的翻版。曾几何时,大西沟是一条五行俱缺、水土流失严重的穷山沟,有民谣为证:山连山,沟套沟,山是光头山,沟是乱石沟,冬季雪花卷风沙,夏天洪水如猛兽。李顺达却指着乱石坡上一棵树鼓动大家说:"能活一棵,就不愁一坡!"这话让村人信服,由此方才有了森林覆盖率达90%以上的大西沟。如今大西沟集观光旅游、森林休闲、田园采摘、农产品开发于一身,成为全国农业旅游示范点。2008年西沟村经济总收入达到1.5亿元,实现利税1000万元,农民人均纯收入达到4000余元。大寨也是这样。

  李顺达故居蒙满时代的风尘,颜色斑驳陆离的白茬子门头上可见"劳动起家"四个大字。进门对面是三孔石砌的窑洞还算完整,破旧的小院里和院墙上戳着几根棍子,棍子上边绑着成束的玉米棒子。李顺达的一位女亲戚抱着个女孩从窑洞里走出来问我找谁,我笑着说想找李顺达聊聊。她和小女孩惊讶地望着我,不知说什么好。我赶紧解释说是开玩笑的。最终我在西沟展览馆门前找到了李顺达,他端坐在那里,两眼凝视着我说:有啥为难就问!

  我问他,大西沟水土保持搞得好的经验是什么?他嘴一撇说:"地得一垄一垄锄,房得一砖一瓦盖。不能光想满山青,看不起一苗绿;光想高楼大厦好,不想搬砖垒根基,那理想永远只是梦想。必须懂得造一块地多一块地,绿化一个山头就少一座荒山的道理。"我说这道理人人都懂的,可是做起来却难,有什么招吗?他说:"集体的财产像西瓜,个人的东西像芝麻,先抱西瓜再捡芝麻,西瓜芝麻全收下;捡了芝麻才抱西瓜,芝麻捡不完,丢了大西瓜!"又说:"勤是摇钱树,俭是聚宝盆,节节省省好时光,铺张浪费吃不上,勤俭是咱们的传家宝啊!"我还想问他点什么,他却不再理我,闭上眼陷入到大会战的回忆里去了。

  从大西沟出来,我们去了一个巨大的积雨平台,脚下是水泥砌成的大型水窖。平台上有一本水泥塑造的大书,书上写着山西振东中药材多品种示范基地,四周的山坡上沟壑里全是中药材。以各种土生土长的药材来改良水土,作为中药厂的生产原料。盘旋而起的层层梯田种满了各种药材，随山势向上螺旋，每一株药材的根部都有一个石砌的鱼鳞坑。远远望去，这些披着鱼鳞的山岭，好似几头搁浅在黄土高原上的鲸鱼，在浓烈的药香味中安详地打发秋日时光。有白色石头在它们身上分别堆砌成四个醒目的大字，合在一起便是：国家水保。

离这里不远处便是中国水土保持监测白马观测场的高台。水土保持的科技人员在此利用各种仪器密切关注和监测着周围各种水土流失的数据，给不同科室的医生提供各种不同的诊断数据。具有处方权的机构是国家水利部水保司。他们研究会诊并给出治疗方案，出台各种标准和预案，具体的执行者便是分散在全国各地的水保人员。他们利用工程手术或生物医药来帮助大地痊愈伤口，调理被侮辱被损害的内脏和心情。生物消毒，手术剔除坏肉，切掉脓包，贴个创可贴，再内服药片，他们的工作与医院具有同等性质，只不过医生面对的是普通病人，而他们面对的是大地的健康，是国家的安全，是人类的存亡，是万物的生灭。

国家水保与救死扶伤就这样不谋而合。"这里只是随便让你看看，"长治水利局水保科负责人这样说。就好比说，这里只是抽抽血样，拍拍片子，做个尿检，只是辅助，重要的是内科和外科。当然，还有内分泌科、神经科、生殖科、五官科，它们也很重要。我带你去看的那个地方有许多你不知道的东西，如果你有想象力可联想所有土地的病变。

"我带你去看的是一个很有意思的技术人才，他种的杏三个就有一斤重，他可以嫁接各种苗木。国际上有什么好品种他总是引进来自己先种，种好了就推广。他还召集果农讲课，传授技术，成立了果木种植协会。他就住在山上，已经有15年没有下山了。他以前是村里的果树技术员，后来当了支书，为承包荒山连支书也辞了。他承包的荒山有三四千亩，雇了不少人，天天发愁给人家发工资。他的经济来源就是卖点苗木和水果，什么也不养，他不是为了挣钱就是醉心于培育新品种，就是喜欢做经果科技的示范。"

长治县张富贵承包的荒山坡上，伫立着一条黑花狗，在阴霾的天空下，呈现剪影的效果。

老张见了我们，只寒暄了几句，就带我们上山。远远的那狗儿跟着。我就问老张："那是你养的狗？"老张脸上露出疼爱的神情，点头说："它对我可好哩，我巡山，它就在我屁股后边跟着，我去哪儿，它就跟到哪儿。我回办公室，它也跟，不叫它，它也不进门。就在外边守着我。这些年，山上生态好了，野猪、野羊、野兔子，常来光顾糟害，全亏这些狗儿们在山上守着。不只是这一条狗，有好几条哩，白天黑夜都在这山上守。你看我这大樱桃，一颗能有杏那么大，再看我这杏树，结的杏比梨子还大。可惜你来晚了，现在没了，明年你早些来，给你吃大杏大樱桃，一年四季，我这里，除了现在果都下了，春起五六月，就有东西吃了！"

大部分情况我已经知道，所以赞叹了几声，还是关心那条狗，就又问："那是什么品种的狗？"老张不屑道："也就是些土狗子，土狗子忠诚！"我瞅了瞅那狗，"我怎么觉得你的这条狗有狼狗的血统？"老张说："是杂交，土狗和狼狗配的，有狼狗的猛，土狗的忠！""咋不养几条藏獒？"老张答："藏獒那狗不敢养，着了急还吃人哩，咬着人咋办？""给狗儿起名字没？""没有哩，起啥名字，反正它们都是我养的，都认得我，我也认得它们！"

老张承包的荒山没有修路，全是原生态，一半山是生态林，一半山是经果林，很大。坡高山大，而且刚下过雨，野草掩映的山道泥泞难行。我走得气喘吁吁，跟在后边的几个人远远地落后了。老张却悠悠地在前边带路，还一边不断指点着解说，连口大气儿也不喘。我钦佩地说："老张，你身体真好！"老张奇怪地看着我："咋就好了？""走这么多路连口大气都不喘，还不好？"老张说道："这还叫走路？这才走了几步？我天天少也要在山上走两回，多了几趟，一趟也就一小时，汗都不出。"我由衷地称赞老张说："牛，今年有没有60？"老张大笑："我真有那么小？我都72岁的人了！"我瞠目结舌，不知说什么好。老张心却不在这些闲话上，说："最怕过年，一过年就成杨白劳，寻黄世仁借钱。年底总算账，得给工人们发钱，你知道人工费涨得凶，过去一天一只手够了，现在两只手还挡不住哩！"我同情道："那你咋办？"老张叹了口气，胖胖的脸上显出忧郁的神情，小小矮矮一个人,一佝偻显得更小了,可一扬脸却又笑了:"总是有法子想的,我有技术哩,还有好苗木哩,不怕!"

我看到不远处,郁郁的林地中有一群用头巾掩住口鼻的女人,一边干活一边说笑。"怎么都是娘子军?"老张苦笑,"青壮年都进城打工去了,村里就剩下些女人和老人。山上的活女人干也轻省,剪剪枝打打药也不累,工钱80就行,壮劳力没有120拿不下来!"我开玩笑说:"老张,那你不成了红色娘子军的党代表洪常青了?"老张听了纵声大笑:"可不是!"

笑声,在山谷间回荡,传得很远,可很快被风吹散了。

二十八

> 水与土血脉相连,须臾不可分离。雨雪自天上来,迟早得落地,去滋润万物。井泉从土中生,终归要回归泥土,哺育草木。江河溪涧,从山川中流过,流经之处,难免会习染泥土的颜色。湖海沼泽,在低洼处聚散,日久天长,便会含蓄泥土的色香。

  下面这篇帖文是个名叫 lhhjpzyq 的网友,在2013-07-25-20:57分贴出来的。
  恰好是正在我寻找2013-07-26日洪灾进行时。柠檬没我萌就此回复说:这个事听大人说过些,延安不会再有这么大的洪水了,这次的大雨早点停。黑猫咪米回帖念了三声阿弥陀佛。王丑丑反问:楼主想表达个什么意思、你觉得就这几天下的雨能和以前比了。然后,时空转移,2015-03-22 01:56一名叫长离寐的网友,回了最后一个帖子:2013年的雨,我是碰到了,延长那边,大山一倒就是半座,路上的稀泥能到大腿上,前面走,后面山还塌,幸亏那次没送小命,我们公司一人直接被活埋了,最后又给刨了出来。
  斯时的落款,水已归经,泥已落定,时已过去两年。
  意外的是,我还搜到一篇当年以孩子的眼,看到了1977年那场洪灾,长大成人的回忆文章,摘编如下:"1977年夏天我与祖母去延安住机场。黎明时分有人喊,发大水了。往外面一看,见洪水自北向南呼啸而来,已经快淹到二层楼平台。洪水山呼海啸般向南飞奔,大浪把地底一块泥土带出水面,使之分崩离析,那泥土中间部居然还是干的,泥土分开的瞬间,还有粉尘升起……多年后说起这个细节少有人信,但当时确实是我亲眼所见。这时水面距离我们的二楼楼顶只有20厘米,大楼被冲倒我们都会死无葬身之地。洪水冲来的木板、圆木、各种杂物,牛羊随着水流向南方而去。机场上面一辆被冲来的卡车停了下来，一头健壮的大牛在机场上面立住了脚，洪水漫到了它的脖子下面，它显得很无助也很无奈……"

北京老知青也回忆：延安1977年7月6日，上游特大暴雨，水量空前，洪水迅猛而来，延河水位短时间抬高大约10米上下。造成的人员损失、经济损失极为重大。延安大生产运动中著名的老劳动英雄杨步浩，把自己拴在窗框上，没有被洪水卷走却被淹死。同时被淹死的还有北京女知青李锦，她是杨步浩的儿媳妇，昨晚专门来看望公公，不幸罹难。

走笔于此，忽然匝地里，听见有信天游的曲调，如泣如诉。

陕北民歌如同黄土高原也似旷达雄浑，也如千沟万壑那般深沉含蓄。有人这样描述："女人们忧愁哭鼻子，男人们忧愁唱曲子。"倘如此，洪水过后，从此天地间又会添多少个伤情的活人？女人哭丝丝地浅吟低唱："恨你恨你真恨你，恨不得咬上你两口；炕上的砖头恨你呀，恨不得打破你的头；灰毛的狗狗恨你呀，恨不得天天冲你吼；满头青丝不想梳，榆林梳子没了主；眼睛仁仁恨你呀，泪疙蛋蛋不能收；哥哥你不如一条狗，抛下妹妹一个人走……"男人则会红着眼睛，在山沟沟里，崖畔畔上，漫坡坡中，一边牧放牛羊，一边用"拦羊的嗓子回牛的声"，来哭唱他对那被洪水带走的女子的无限思念："你要拉我的手手，我要亲你的口口，拉手手，亲口口，咱亲亲的二人，正要往那疙崂里走，妹妹你咋就一去就不回头……"

时光折射出的歌声、色谱，难道没有丝毫变化？

如今，三山挟两河的延安，36平方公里的U形河谷内，居住了近50万人，密度接近北京、上海。假如重演1955年和1977年的两次大洪水，其人员损失和财产损失恐怕会是个天文数字。这也就是延安所以要"上山造城"的原因之一。延安市提出"中疏外扩，上山建城"战略，拟10年通过"削山、填沟、造地、建城"的方式，在规划面积78.5平方公里的土地上，建成容纳40万人口以上的延安新城。总投资高达千亿元。这里的问题是，不造城不行，而造城势必就会扰动自然表土，若措施不当，就会造成新的水土流失。

2012年4月一期工程启动实施，投资总额约为500亿元。2013年连续12天暴雨，不仅使延安新城建设遭受了巨大的停工损失，还因黄土高原土质松软，经雨水冲刷后，极易造成新城地基下沉、塌陷。张海东设问的也恰好是：延安这场百年不遇的洪水何以没有造成更大的损失？我看过相关资料，知道这不是三言两语能够说明白的。

唐代虞世南所著《北堂书钞》说："遂人氏时，天下多水。"

尧舜禹时有滔天洪水。邓拓认为，所谓滔天洪水，不过是因天降大雨而致"九州阏塞，四渎壅闭"。那时人类还没有深刻干扰地表，尽管因下大雨而发洪水，如果植被茂密，未必会造成水土流失。水土流失之初也即河水被称为黄河之始，是从唐朝开始。唐早期政治经济中心位于关中地区，经济供给区遍及整个黄河流域，特别是中下游地区。安史战乱致使北方人口大减，导致对南方开发力度加大。据记载，那一时期，仅苏州人口，便由贞观年间不到两万户增加到唐僖宗年间的12万户。这时便不仅是涝，旱灾也频繁出现。干旱的原因往往是多方面的，包括降水、土壤情况、地下水位以及作物品种等等。北京师范大学历史系教授阎守诚对唐代旱灾的研究统计显示，夏旱超过34%。邓拓也有个统计数字，公元前18世纪至20世纪40年代，中国有记载的水灾1058起，旱灾1074起，占全部灾害的40%强。

中央气象局1981年编制的《中国近500年旱涝分布图集》称，1470年至20世纪80年代，中国洪涝灾害大体以哈尔滨、呼和浩特、成都、广州一线为界，以东部地区为洪涝高发区。从历史上看，在1949年之前的大约两百年里，华北平原水灾最为高发，其次是江淮地区及河西以东等地。进入20世纪后，华北水灾减少，江淮地区保持平衡，但东北地区特别是松花江、嫩江流域成为水灾高发区，同时河西、陕南、关中地区成为重灾区。

当然，这也和中国气候条件的复杂性相关，根据学界主流认识，魏晋时气候上升进入"温暖期"，导致降雨、干旱频繁。到8世纪中期再次出现气候异常，柳宗元所在的永州位于湘江上游，但那时每年降雪都有将近一周，甚至出现暴雪。10世纪后期，气温再次回升。唐朝走向灭亡的半个多世纪里，水旱灾害却大大减少。一位名叫汤因比的英国历史学家曾这样形容说："人类在这里所要应付的自然挑战要比两河流域和尼罗河的挑战严重得多。人们把它变成古代中国文明摇篮地方的这一片原野，除了有沼泽、丛林和洪水的灾难之外，还有更大得多的气候上的灾难，它不断在夏季的酷热和冬季的严寒之间变化。"

专家们认为：旱灾时空分布也与人口及社会经济变迁存在吻合。很多学者曾将灾害记录作为判断古代气候的依据。但显然，人类活动在古代就已大大影响了自然灾害。兰州大学资源环境学院教授张平中2008年11月曾在美国《科学》杂志上发表论文指出，变化的亚洲季风对唐、元、明等朝代的衰亡起到了推波助澜的作用，甚至给了已处于困境中的王朝以致命一击。例如在北宋中后期，由于季风减弱，夏季降水减少，导致农作物减产，进而引发边境战争和农民起义。而对于唐、元和明来说，亚洲季风的大规模减退，同样导致了王朝的衰退。

结论：气候通过影响农作物和环境，进而影响城市、国家、人类历史。

二十九

山西的黄土高原多山，迤逦有太行、吕梁、五台、恒山、太岳、中条等名山；境内自东北向西南，依次排出大同、忻州、太原、临汾、运城五大盆地。黄河在山西拐了个弯，滋润了一部分土地，哗哗的汾河从中流过，地肥水美，五谷丰登。但那已经是过去的事情。

现在的山西远没有过去那么幸运。改革开放以来累计生产原煤100亿吨左右，煤矿开采为生态环境本就脆弱的山西留下了大面积的煤矿采空塌陷区，致使数千村庄房屋受损、耕地毁坏以及饮水困难。至2015年山西煤炭开采导致生态环境经济损失至少770亿元；至2020年，煤炭开采导致生态环境经济损失至少850亿元。采多少煤就会形成多少立方米的采空区。由此引发的地质沉陷灾害呈扩大趋势，受灾人口也是逐年增加的。国有煤矿每挖1吨煤要损耗2.48吨的水、100亿吨煤要损耗多少万吨的水资源？加上因地表破裂塌陷造成的水资源漏失，简直是个天文数字。采煤造成的水资源破坏面积2万余平方公里，导致1678个村庄的80万人口、10万头大牲畜饮用水困难。年排放矿井水5亿吨，全省受污染的河流长达3753公里，致使太原、大同、阳泉、长治、晋城、临汾等城市水质含盐量较原先有不同程度的升高。

山西地处华北，该地区所处的地震带近几年呈活跃趋势，与采矿造成的大量采空区也有一定关系，一旦发生大的破坏性地震，后果不堪设想。在治理地质沉陷上国家确立了"谁破坏、谁治理；谁受益、谁赔偿"的原则，但很多采空塌陷区找不到破坏主体，塌陷损失补偿和塌陷土地治理费用无来源。还有就是治标不治本，塌陷治理仅停留在地面简单修复和生态移民上。许多国家如德国对鲁尔区地质沉陷区的治本之策是"边开采、边治理"，采取技术手段对地下采空区进行回填。我国比较重视采空塌陷土地治理而忽视采空区的治理，这种治标不治本的做法使煤矿采空区潜在危害增大，增加了土地塌陷、煤矿透水事故的风险。

过去对煤矸石的处理，充满随意性，也没个章法，只是随处倾倒和堆积。河滩两岸、沟壑里边，比比皆是。久了便会自燃，空中有鸟飞过，扑拉便会跌落，可见其险恶。煤矸石中的有害成分还会在雨水的长期腐蚀下，渗出液变成血红色，通过径流、淋溶和大气飘尘，污染大气、土地、河流和地下水。目前山西省煤矸石堆积量已超过10亿吨，且以每年5000万吨的速度增加。晋煤集团、潞城矿务局、司马矿便是采取回填方式，一层煤矸石一层土，层层掩盖后，在地面上种树种草，使之如同公园。这种方式已经严重落伍，现在太原东山煤矿有限责任公司的矿井下，井下巷道矸石充填机，已经在运行，它可以把煤矸石回填到采空巷道里。采煤后产生的大量煤矸石不出井，便直接回填，但是成本很高。

这是希望的曙光，需要国家在政策和资金上，予以扶持。

天空又扯起牛毛细雨，寒雾茫茫，群山逶迤，让人想起"蒹葭苍苍，白露为霜，所谓伊人，在水一方"的情形。虽然没有芦苇，却沿途有许多山楂树，还有几粒鲜艳的果实，挂在叶已落尽的枝头，在雾雨滋润下，倍觉妩媚。这便是有名的泽州红。想起之前去看的山西彤康食品有限公司便是用泽州红生产山楂干红酒。该公司是中国煤炭科工集团下属山西天地王坡煤业有限公司"地下转地上，黑色转绿色"的转型杰作。走进酒庄大堂便见该公司2007年组建时的宗旨书写在墙上："净天、养地、裕民、利企"。方式是"公司+基地+合作社+农户"，水保科技示范园为承包的荒山，所种山楂树布局似园林。遵循自然，顺应天时，种善因，得佳品，是酒文化。

水土生万物，万物皆有灵气，近墨者黑，近朱者赤。

"现在人们不喜欢听大话，山西是典型的黄土高原，自然条件差，农村穷，穷则思变，这话一点不假，"山西省水保局办公室主任是个有板有眼本真本色的人，他这样介绍，"20世纪80年代响应中央号召，搞得最轰轰烈烈的就是30万户承包治理千沟万壑。群众响应非常热烈，国家的目标是水土保持，个人要的是发家致富，都觉得这是国家个人两利的好事。当时申请承包治理的30万户也不止。不过这么多年下来,有30多年了吧?真正能坚持下来的也真是不容易,钱没有挣到,欠一屁股债的也有。治理有成果,靠这个真的发家致富的,成了大户的,数得上能有几万户也就不错。我们去看的这几个大户,各人都有各人的特点!"

先说山西省阳泉市平定县柏井镇里牌岭村的耿黑眼。

耿黑眼生下来,睫毛长长,毛茸茸的使得眼睛看起来又大又黑,煞是喜人,可惜是个女孩,父母便应景儿随口起个小名:黑眼。黑眼长大上学,随父姓,官名便成了耿黑眼。家里穷且是个赔钱货,只上了几年小学,便辍学回家,帮着母亲干家务,兼做农活。大了便嫁出去,成了人家的婆姨。生了娃自然就成了娘。家里家外,风里去日阳里晒,人瘦瘦的皮肤黑黑的,眼睛更大更黑,欢眉欢眼,不管日子过得多苦,都是满脸的喜色。1997年中央出台农村土地30年不变的承包政策,黑眼听说便怦然心动,对家人说:咱村山大坡大,撂荒地多,要种上果树,结了果拿到城里卖,总好似鸡屁股换油盐,能得多少闲钱?咱也承包一座山试试!家人已经习惯了听黑眼的,无可无不可。于是耿黑眼便与村委会签订了治理经营本村孟家掌沟2000亩小流域的承包合同,承包期50年,承包范围内有荒山1500亩,荒地200亩,零星枣树130亩,苹果幼树170亩,以上家当便是她创业的原始资本。

说起来也是个有心人,合同签订后她先跑去县水利水保局,请人家派技术人员对小流域勘察,请人家因地制宜,制订出一个科学规划。然后便一丝不苟地开始按规划进行治理。林果业、养殖业、农业三管齐下,荒山营造水保林、荒地种植经济林、撂荒地种植农作物。这样一来,桃三杏四梨五年,光有投入没有产出,日子肯定难过。但因为科学种植,长线是林业,短线是粮食和养殖,中线是经果林,以短养中,以中促长,结果头一年粮食丰收,猪羊满圈,虽然数量不大,却尝到了甜头,全家人欢欢喜喜过了个如意好年。接下来自然就是顺理成章的事,三五年之后,中线果品丰收,摘果实的季节,丰收的喜悦无须细说。

那天干活时,耿黑眼一个不留神,摔坏了腿。腿好利索后,走路却不利索了。承包地山大坡大，瘸腿怎么走？就算是有钱能雇人干活，可也得不时到地里巡看巡看，指点指点呀。便一咬牙，决定了一件大事。大清早便跑去镇上，哪也不去，直奔县里的骡马市场。东瞅瞅西看看便瞄上一头遍体黑亮皮毛，额上有朵白斑的骡子。骡主人伸出手来要跟她捏手指头，也就是在暗处比画价钱。耿黑眼却不会，直撞撞地问：你说多少钱？人家看她是个外行就笑着伸出四个指头，黑眼说：四百？人家摇头：四千！黑眼摸遍全身，说："我只有这么多！"人家问她多少？她说八百。人家冷笑：这点钱，只能买个蹄子。便不再理她。耿黑眼很灰心，便讪讪地想走开，却见那花额骡子目光炯炯盯着她看，睫毛长长眼睛黑湛湛的，也是个黑眼。便咬牙道：我先给你这些，剩下的两天后再给，骡子我先骑上走。人家不同意，恰好周围有好多人是认识黑眼的，就说："三邦头，你当她是谁？她就是耿黑眼，承包荒山发了财的，县上还广播过她的事，还怕人家欠你醋钱？"这一说，交易达成，黑眼从此有了自己的坐骑。

如今，耿黑眼已年过古稀，看上去年纪却不过半百。如今，大大小小加上骡子，已经拥有了六辆坐骑。还有自己的庄园别墅。孟家掌小流域，山、水、田、林、路一应俱全，松柏缠绕、瓜果满地、鸡场、猪场、牛羊数以万计。被全国妇联授予"全国绿化奖章"，被阳泉市授予"农业战线十大标兵"，连续几年获得"县级劳动模范"称号。

说起个中滋味只是一个笑。

三十

黄河泻落大地，流经岁月，逶迤巡红尘，在自然与人类长期深刻干预与交互扰动之中，渐次啜土饮沙，并愈演愈烈，终至于，色授魂与，失去了原本的模样，水与土合，染上了黄土的颜色，到唐宋时才被称为黄河。岁月的流水在黄土高原侵蚀出千沟万壑。

再说山西省阳泉郊区旧街乡政府职工白计昌。

与耿黑眼不同的是，以白计昌为首的四个人，都是乡政府的干部。这四个人打一个商量联合购买了保安村2536亩荒山和50年使用权。这里的意味，除了响应国家号召，自然也是看好承包前景的。30年后，我见到白计昌时，却只剩他一个人。这个外表粗放内心缜密的山西汉子，说起当年不胜唏嘘："先头几年只是往山上撂钱，撂到最后，也没见个成效，却把三个人相继都撂丢了。挣不下个钱，都退了，把股份撂给我一个。就剩我强撑，还是天天往里撂钱，撂得你心慌慌的！"我注意到他的"龙泉沟绿色生态园"里有农家乐，他的办公室墙上挂满了各种奖状证书，其中有阳泉市委书记程步云的手书条幅，可见郑重。

他的业绩始于2002年，截至目前，已累计完成投资600多万元，打坝6座，蓄水15万立方米，打谷坊坝26座，荒山造林2000多亩，栽植各类苗木32万余株，养殖草鱼、鲫鱼、鲤鱼5万余尾，散养笨鸡5000多只，种植杏树、梨树等经济林200多亩，硬化道路5公里，生态园林木覆盖率达到70%，生态环境明显改善。2015年，按照市、区政府发展"生态观光""知青大院"及"水上乐园"的建设规划，投入资金50万元，整修窑洞八眼，修建了怀旧室，农家乐餐厅，整修了垂钓中心，添置水上乐园游船等设备，发展观光旅游。

阳泉市郊区水保局的同志笑着说："阳泉市郊区这些年总共完成水

土流失治理面积213平方公里,水土流失治理度达到63%。2002年以来以建设'生态阳泉'为目标,以大户治理小流域为突破口,深化改革,创新机制,区委领导上上下下对老白的扶持力度也不小。不过因为人工费也水涨船高,老白这些年辛辛苦苦的经营也不易。"

听了这话,大叹苦经的老白忽然就有些不好意思,起身走出门去。阳泉的同志就笑说:"老白诉苦,是以为你是管资金的,多诉诉苦能多给点扶持资金,咱们这的人,都是这样,这个你懂!其实,老白这些年早就翻身了,他现在是咱阳泉最有实力的大户!"

眼见为实。老白的庄园除了满山满坡的经果林和鸡场、鱼塘,竟然还养着几头野猪。之前我见过二代三代的人工繁殖野猪,还未如此近距离观察过地道的野猪。据资料介绍,野猪分为欧洲野猪和亚洲野猪,有27个亚种,能吃的东西都吃。公猪有獠牙,耳披有刚硬而稀疏的针毛,背脊鬃毛较长而硬。腹小脚长,毛色棕褐或灰黑色,因地区差异。喜群居群行。公猪打斗时,双方从20~30米远的距离开始突袭,胜利者用打磨牙齿来庆祝,并排尿来划分领地。失败者翘起尾巴逃走。也有造成头颅骨折或被杀死的。常通过哼哼的叫声来进行远近距离的交流。其肉赤色如马肉,食之胜家猪,牝者肉更美。成长速度较家猪慢,体重亦较重。有人曾猎获重达500公斤的野猪。据说野猪悍泼异常,连虎狼都怕它三分,不知这么凶险的动物,老白是如何活捉入圈的。

怀着这样的好奇又去走访了娘子关的马瑞昌。

马瑞昌乃是平定县娘子关镇娘子关村人。年过半百,神完气足,打头一眼便可知其是个见过大世面的人。老马早年在河北、石家庄等地做煤炭运销生意,多年打拼,原始积累十分丰厚。用他的话讲是几辈子也花不完,完全可以含饴弄孙安享富足的余年。只是他内心有一个打小儿就有的愿望,这个愿望不让他逍遥人生。马不解鞍,人不卸甲,买断了娘子关村3800亩荒山荒坡40年开发使用权,并于2009年3月以本村村民土地入股的形式成立了平定县娘子关富利生态农业专业合作社,开始了第二次创业打拼。娘子关村位于平定县北部山区,属海河流域。这里群山连绵,沟壑纵横,基岩裸露,黄土侵蚀殆尽,水土流失严重，植被覆盖率不足10%。境内干旱少雨，立地条件差。近年来经济发展滞后，村人纷纷外迁。马瑞昌却反其道而行之，从城里回到了村里。他用一个月时间走遍了娘子关所有沟梁，认真研究荒山特点，针对水土流失严重，撂荒现象普遍，大片土地无人问津的状况，通过对市场进行缜密考察和认真分析，将自己跑煤炭运输赚来的钱分批投入到荒山的治理开发上。没有向国家要一分钱，迄今累计投资1200余万元，分分钱都是自己的。新建盘山硬化公路4.5公里包括2座跨河桥，架设输电线路5000米，复垦荒芜土地240余亩，建设提水工程1处，铺设供水管网5000米。种植小杂粮100亩，开发新品种核桃树100亩，种植桃、杏、苹果、枣、葡萄230亩，种植侧柏800亩、油松200亩、梧桐树2500株，建设苗圃1处，培育侧柏、塔桧、国槐、垂柳、白蜡、五角枫、北京栾树等100亩。林下发展养鸡、鹅等项目。

　　老马以每人每天80元的工资和20多个农户签订了长年劳务合同，坚持一年四季不间断开发治理。工程量大时每天投入劳力达到60人之多。他采取以山养山、以短养长的办法，选择周期短、见效快的苗木和养殖先行铺路，为后续小流域全面治理开发积累资金，在地势高土层薄的地方，大力发展水土保持林；在土层较厚、土壤肥沃、养分充足的地方，发展用材林，经济林和其他经济作物。从大户治理小流域到合作社综合开发，马瑞昌摸索出一条切实可行的发展思路，受到水保部门的大力支持。2014年，在县水务局的帮助下，投资18万元，建设水保林20公顷，发展经济林10公顷，为小流域治理开发起到了关键的推动作用。谈起下一步，老马说："我社下一步要加大荒坡治理力度。对已种植的果树进行分园管理，打造精品采摘园，通过合理规划建设集休闲、观光、度假为一体的高效现代化农业示范园区。也不为个啥，也就是圆小时候一个绿色的梦。就是不想让山秃坡荒，不想让村子里的人都去城里打工，村子成个空壳村，不想让村人穷一辈子。总想有一天村人怎么走的还怎么回来！"

　　"不是说中国梦吗？各人有各人的梦，这就是我的中国梦！"老马爽朗地大笑。听我说起野猪的事，老马跟我也似，表现出孩子般的好奇："我这山上也有成群结队的野猪，要是能活捉来养起，那一定很有趣，咋才能捉住？设套、挖坑、拿枪打都不是好办法！"

"老马你还真笨，"阳泉水保笑道，"人家老白是搞色诱，放几头母猪上山，然后你第二天再看，不动一枪一弹，公野猪毛顺顺的就在圈里了，还正忙着跟母猪亲热呢！然后你天天可以换一头母猪进去，天天让个公野猪忙活，一年下来，你家的二代野猪就满圈了！呵呵！"

老马听的，眼珠子圆睁，笑逐颜开，一拍脑门道："哎呀，这办法好，我咋没想到呢，咱就这么办！"我也为之恍然大悟，却原来是"美猪计"，填一首《祁郎归·家猪诱得野猪归》以记此事曰："猥袍牙笏拱田獠，威仪随耳摇。天荒地老野生妖，良宵风月撩。云彩眼，雪花腰，远山因梦遥。三宫六院意轻佻，上它如上朝。"也就是多借几个种，功德圆满时可放生，还不违反野生动物保护法，可谓一举两得。

再讲一个以村为单元综合治理小流域的典范。

阳泉市平定县理家庄位于太行山腹地，为绵河一级支流温河流域上游支沟，总面积14平方公里。属典型的土石山区，水土流失较为严重，水土流失面积10.2平方公里，占总面积的72.85%，为中度侵蚀区。境内沟壑纵横，山大坡广。总户数464户，1720口人，建有学校1所，农民文化广场1个，综合办公大楼1幢，300米深井2眼，田林间硬化道路16公里，蓄水池3个，旱井800眼，建气调果库7个。2014年全村农林业经济收入1640多万元，人均纯收入7600元。累计治理水土流失面积750公顷，治理度达到53.4%。修建水平梯田250公顷，营造水保林260公顷，发展经济林155公顷。1992年建成双千亩果园并被水利部命名为"全国水土保持先进单位"。建起了职业中学，实行农、科、教相结合，将全村建成了山西省农业科技理家庄示范园区。先后获得"全国精神文明创建先进村镇""山西十大名村""文明生态示范村""五一劳动奖状""最具影响力名村"等荣誉称号。

原村支部书记王铁锁早在1987年到山东考察学习回来后，把自己的学习感受结合本村三梁五沟的设想，在村支委扩大会议上讨论，大家一致同意并确定了营建"双千亩果园"的想法，然后亲自带队开山放炮，崩坑填土，整地修堰，一棵树两担水三担土，硬是拼了人力用双肩双腿挑上山。担了多少担水，挑了多少筐土，用断了多少根钢钎,穿破了多少双鞋子,磨出了多少老茧,流了多少汗,谁也说不清楚。硬是在干石山上建成了双千亩果园。原国务院副总理李岚清曾来该村视察并对他们艰苦奋斗的精神和业绩给予了高度评价。

老支书王铁锁讲起当年仍充满激情:"生在农村,长在农村,祖祖辈辈受苦,受穷。根源在哪里?客观上穷在石山,主观上苦在科技落后。单纯依靠苦干、实干,不能取得最佳效益。只有科学技术才能解放生产力,农民致富要在科学技术上找出路。"先后请来了"水神"王贵喜、"果神"解思敏、高级农艺师梁达武等专家根据理家庄特殊情况对症下药。

1988年理家庄村就组织了一支50人的专业队开始小流域综合治理,到后来专业队发展到150余人,一直坚持十几年不下岗,确保了治理的高标准高质量。为巩固治理成果又创新机制,将5000亩荒山承包拍卖给予10余户村民经营。王铁锁带头购买了黑掌沟1万亩荒山50年的使用权,组织了一支20多人的队伍进行治理。第二任村支两委也不含糊,坚持治山富民思路不放松,先后组织实施了国家水土保持重点建设、巩固退耕还林成果水利项目、水保治理科技示范园区建设等水保工程,在水保治理方面做出了很大成绩。现任村支书很有决心地说:"一任接着一任干,和习总书记所说的一样,一张蓝图绘到底!"我问他:"那你们这一任如何开拓发展?"他笑了笑说:"什么你们我们,怎么对大家好,就怎么干!"

这话说得到位。山西人的厚道由此可见。我有《望海潮·太行山小流域治理大户访谈有感》新韵一首专说此次走访的不易与山西诸般的艰难:

壑深渊薮,崖高仞壁,盘陀而起迷离。雾断两仪,肠回四象,呼吸八卦无极。水土九宫棋,草木三界子,万物依依。左右东西,有灵方寸聚须弥。休得顾盼生疑。笑白蛇黑眼,骡驮斯姨。刍狗圈前,绵河岸畔,晋泉山汉披棘。枝欲挂江南,果先结塞北,俯仰之余。光景人心互换,细酒饮徐徐。

三十一

水土钟灵，山川毓秀，草木旖旎，人物风流。水与土血脉相连，须臾不可或离，为水生色，水因土则异。土互为因果同生同荣，共性与个性并存不悖。水土即江山，大美天地，丰五谷百姓不饥。草木乃天下，形胜山川，荣万物千秋自雄。反之则异也。

黄土高原涉及青海、甘肃、宁夏、内蒙古、陕西、山西、河南七省（区）46地（盟、州、市）282县（旗、市、区）总面积63.5万平方千米；水土流失面积45.4万平方千米（水蚀面积33.7平方千米、风蚀面积11.7万平方千米）年均输入黄河泥沙16亿吨，属于我国乃至世界上水土流失严重、生态环境脆弱地区。平均海拔1000～1500米。除少数石质山地外，多覆盖着50～80米的黄土层，最深厚处达150～180米，故有万丈黄土之说。

沟壑纵横，墚、峁广布，地表破碎，是黄土高原的基本特征。陕西沟壑面积约占其总土地面积的50%。主要河流有黄河及其支流渭河、泾河、洛河、延河、无定河及窟野河等。地下水主要分布高原北部边缘风沙滩地区。由墚和峁组成的黄土丘陵高出附近沟底100～200米，水土流失严重，黄河泥沙90%来源于陕西黄土高原的众多支流，可谓贡献最大。

正因为如此，所以陕西省的水土保持局，始终在强调水保关乎国家命运这一主张。并以此作为农业生产和向水旱灾害作斗争的着眼点。尤其近年城市工业排放大量污水、废水、残余农药、化肥水的排放等，使地表水以及地下水的污染，日趋严重，延河、渭河等河段水质变坏，生物绝迹，加剧了水资源供需矛盾。水保方面的专家、学者和科技工作者，正在逐步把水土保持从各项生产中单独提出来，反复宣传、倡导，以期逐步引起上层的高度关注。

"别的省是先有水利厅后有水保局，而且多数水保部门只是水利厅的一个处室。我们陕西和别处不一样，我们是先有水保局，后有水利厅,而且级别是一样的。"陕西省水保局副书记马乐斌在介绍情况时,这样告诉我,并补充说:"不是谁要这么着,是历史造成的。责权相连,权力越大责任也越大。还有,这也说明陕西在历史上就是个水土流失的重灾区!"

追溯这段历史,不仅饶有意味,而且很有必要。

20世纪50年代出生在县城的人,大约都会知道或是见过这样一群人,他们不是农民,是公家人,却天天在泥水里讨生活。他们是城里人,衣服上却全是泥巴和土。夏天时他们经常会光着膀子,冬天时,在北方,腰里还会系一根绳子。他们裸露的手脸,如同高岭土烧就的粗陶,还被镀上一层厚厚的阳光釉。小时候只知道他们是令人生畏的一群人,却不知他们具体在做些什么,为什么做。他们的存在如同那些随处可见的废品收购站也似平常。

说到这一点时,延川县水保局的任宏祥队长,笑呵呵地给我念了几句顺口溜:"远看是一群要饭的,近看是一群烧炭的,一问才知道是水保队的,那就是我们过去的形象!"

延安水保局原副局长赵西安,谈起当年也感慨万千。他谈了许多艰辛的水保往事,也失落于大会战的辉煌不再,但他仍然钟情于今天的水保事业,并有许多独特的见地。他说:"那时水保没有大型机具,治沟治坡光靠锹镐根本不行,也没有钱买炸药,就自己学着做炸药,捡一堆干羊粪磨成粉末,和化肥柴油混合在一起,装上雷管,不行,再来,按各种比例混合,一次一次地试验,根本也没有想到会出危险什么的。终于试验成功,往崖上拿钢钎戳一个洞,把土炸药塞进去,还要一点一点捶实,不捶实就会放空炮,说起来很危险的,好多地方出现过问题,我这里没有出现。弄好了,然后一点导火索,人赶紧就跑开,跟过年放炮仗似的,然后就听轰的一声巨响,半边崖就塌下来,那个高兴比吃碗羊肉还来劲儿!"说到这里赵西安纵声大笑,欢乐一如当年。"然后我就去陕西水校上学了。上完学回了老家。我们老家有座山,叫骡子山。这座山以前本来叫狼神山,因为我们老家人把狼念成骡,最后就成骡子山了。还在骡子山开过现场会。我这一辈子也不知开过多少现场会。比方说我独自干的第一个工程,那地方没有路只能人背驴驮,沙子水泥都得驴驮。从黄河那么深的峡谷驮到山上来,最多时几百头驴,从山上往下看,全是驴,那种壮观场面,可惜当时没有照相机,不能拍下来,我现在想起来都觉得激动。后来还在工地开过现场会推广我这种干法。过去我们水保人就是这么成长起来的。"他讲完这几个小故事,然后做了小结,"从多年水保工作实践中我得出一个结论,我们这个行当,开现场会是最合适的一种工作方法,去现场一看,一解说,怎么干,如何干,一目了然,然后回去大会战,村村户户,男女老幼,大家都上阵,苦干实干加巧干,干就行了。那时工作简单,不像现在这么难!"

许多欣慰,许多无奈,在赵西安的脸上交织。

省水保局副书记马乐斌继续他的话题:"水土保持这个提法,算起来也没有多少年,也就75年。好像是1940年,黄河水利委员会曾在四川成都召开了一次会议,在会上提出了'水土保持'这个概念。1941年在关中建立水保试验区,以荆峪沟为基地,以关中为工作范围,推广软埝、地埂等措施,开展水土保持试验示范工程。1942年陕西省政府首次把水土保持提到了议事日程,于同年7月25日发布了《陕西省防止土壤冲刷及改造窄梯田暂行办法》,对于开展陕西的水土保持工作作了全面规定。那是民国时期,很乱,水土保持只是作为治理黄河的一项内容,在少数地区抓试验、主要是办苗圃和造林活动,未能开展全省性大面积的治理。真正地把水土保持作为一项重要的事业来抓,还得是在中华人民共和国成立以后。

"解放初期,人们在思想上还没有水土保持这个概念,还是沿用过去老辈遗留下来的修地埂、补壑落、坦壕折埝、沟垄种植等一些简单而古老的做法。1951年1月省上在米脂县正式建立了陕西省绥德水土保持工作站,站址在米脂县城原城隍庙内,这是中华人民共和国成立后陕西省最早成立的一个水保专业站。主要任务有四个:一是推广淤地坝;二是号召群众使用水保耕做法,也就是苹果接穗、草田轮作、育苗等等;三是挑水窖、修水簸箕等田间工程;四是封山育林。"

这些都不是我想听的,表情就有些木讷。马书记察觉了,就解释说,"淤地坝是一门上古八辈子人们总结出来的种田好方法。上水下水，在什么地方修，如何修，什么时修，都有讲究。修好了可以减缓洪水冲刷，把肥土蓄住，淤出一片旱涝保收的田，一亩田能顶好几亩坡耕地的收成，一个字：肥。修不好，白费力气白花钱，垮塌了，还不知冲坏什么呢？"

相关资料显示，马乐斌所言非虚，淤地坝的确是一门学问。黄土高原地区的淤地坝建设作为水利部2003年三大"亮点工程"之一，备受社会各界关注。已成为当地基本农田建设的重要组成部分。很多沟道已形成坝系，无常流水沟道形成沟台式坝地，有常流水沟道坝系组合为生产的坝地、蓄水灌溉的水库、滞洪的坝库工程。淤地坝是指在水土流失地区各级沟道中，以拦泥淤地为目的而修建的坝工建筑物。坝系包括滞洪坝、种植坝、引洪蓄水灌溉坝等。

单坝既明确分工又互相配合，持久发挥坝系整体最大水沙利用和生产效益。坝系规划在流域综合治理基础上进行，生物措施与工程措施相结合，坡面治理与沟道治理同步实施。集流面积大沟道，支毛沟情况可分解为几个小坝系，单坝控制面积多在5平方公里以下。

建坝次序因地制宜，大流域先上游后下游，小流域先下游后上游，先支沟后干沟。还有一些测算数据需要掌握和应用，例如，坝高25米以下的中小型淤地坝每公顷坝地淤积泥沙4.5万～6.0万吨。根据黄河干流及有关流域重点测站的资料，与20世纪50年代相比，70年代黄河泥沙减少了42亿吨，80年代共减少98亿吨。每公顷产粮5.3～6.7吨。

有趣的是，起先的淤地坝，不是人类创造的，而是自然形成的。

明隆庆三年（1569年），陕西子洲县黄土洼，因自然滑坡、坍塌，形成天然聚湫，后经加工而形成高60米、淤地800余亩的淤地坝，距今已有400多年历史。

法天贵真，仿造自然原本是人类的强项。有天然便会有人工的。人工淤地坝最早的文献记载见于明万历年间山西省的《汾西县志》，记载显示，这个最早的人工淤地坝是老百姓自发修建的："涧河沟渠下湿处，淤漫成地易于收获高田，值旱可以抵租，向有勤民修筑。"

引起官方注意已经到清朝，据《续行水金鉴》卷十一记载，清乾隆八年，陕西监察御史胡定在奏折中呈请："黄河之沙多出自三门以上及山西中条山一带涧中，请令地方官于涧口筑坝堰，水发，沙滞涧中，渐为平壤，可种秋麦。"皇上采纳否？修筑规模如何？无考。

1922年水利专家李仪祉著书向民国政府款款陈情："皆渭沟洫可以容水，可以留淤，淤经漯取可以粪田，利农兼以利水，予深赞斯说。""治水之法，有以水库节水者，各国水事用之甚多。然用于黄河，则未见其当，以其挟沙太多，水库之容量减缩太速也。然若分散之为沟洫，则不啻亿千小水库，有其用而无其弊。且有粪田之利，何乐而不为也。"

絮絮叨叨的陈情过后响动全无。直到1945年黄河水利委员会才批准关中水土保持试验区在西安市荆峪沟流域修建淤地坝一座，此可谓民国政府留在黄土高原上的唯一淤地坝丰碑。

三十二

黄帝部落发祥于陕甘高原。他们在这最适宜人类居住的环境中发展壮大,开创了中华文明的第一篇章。后来渡过黄河,逐步向东迁徙,发展到河南、河北,然后融合了炎帝和蚩尤部落的联合,奠定了华夏一统的国家基础。

"我们国家在中华人民共和国成立初期就对水土保持工作非常重视。"那天在梁家河匆匆见过一面的水利部水保司调研员乔殿新,当时在介绍情况时如同竹筒倒豆子,噼里啪啦,暴风骤雨般一顿招呼,刹那间便把我打蒙过去。好在我开了录音笔。这个专业知识广博、记忆惊人、快人快语的中年人给我留下了深刻印象。我约他同行。二次甫一见面他便掏出一本薄薄的小册子给我。接下来,坐到车里,还没有寒暄,便给我罗列了中华人民共和国成立以来水土保持的编年史。他如数家珍说得很快也很简略,在我听来只是一些时间和人物,如同一些陈旧褪色的历史片段。这些看起来枯燥的片段实则内藏玄机。如果认真听也能听懂的话,它们会讲述一些常常被人忽视的事情。我必须把这些片段罗列如下以备不时之需。提到和准备细写的略,其余简述如下:

1950—1952年,政务院就提出要在江河治理中普遍推行水土保持的要求,并于1952年发布了《关于发动群众继续开展防旱、抗旱运动并大力推行水土保持工作的指示》。1955年毛泽东主席在大泉山批示后又在《依靠合作化开展大规模的水土保持工作是完全可能的》一文按语道:"离山县委的这个水土保持规划,可以作黄河流域各县以及一切山区做同类规划的参考。"1966年4月邓小平同志视察延安与当地干部共同研究治山治水问题。

邓小平生前谈水利、农业、植树时都关涉到水土保持,如同水要在地上流、庄稼要在田里种、树要在土里生。他说:"像四川峨眉山一带这么好的风景区,为什么用来种玉米,不种树?这会造成水土流失。不要种粮食，种树吧！"他还说："开荒要非常慎重。黑龙江本来降雨量就少，由于开荒带来风沙等自然环境恶化，搞大面积开荒得不偿失，很危险。"他唯一直截了当说的一句是："山区、胶东、鲁南要搞水土保持。"疏浚河道不如防止水土流失："要多疏通河道，多做田间工作，不但解决涝的问题，还要解决旱的问题。"他知道："一棵小树至少能蒸发两吨水，一棵大树可蒸发8吨水，森林就是最好的水库。"他明白："所谓因地制宜，就是那里适宜发展什么就发展什么，不适宜发展的就不要去硬搞。像西北的不少地方，应下决心以种草为主。"

数字是枯燥的，但数字最说明问题，它比文字更有力量。

1955—1992年，这期间国务院五次召开全国水土保持会议研究部署水土保持工作，这么大的跨度，只开了五次会议，是不是有点少？1957年国务院成立水土保持委员会并发布《中华人民共和国水土保持暂行纲要》，那时国家对水土保持的重视程度非同小可。1964年国务院成立黄河中游水土保持委员会。这至少说明那时的领导人深知江河行地水在土上流的道理，知道欲得江河利天天，先得治好水土，水土一体，不可偏废，先水土而后江河，次序与本末并没有颠倒。1982年国务院成立全国水土保持工作协调小组，颁布《水土保持工作条例》。1983年经国务院批准，全国启动实施了第一个中央财政投资国家水土保持工程——八片国家水土流失重点治理工程；1985年，国家计委批复将黄土高原水土流失综合治理工程列入国家专项计划；1988年，国务院成立全国水资源与水土保持工作领导小组，成立长江上游水土保持委员会，批准《开发建设晋陕蒙接壤地区水土保持规定》。1989年国务院批准将长江上游列为全国水土保持重点防治区。1991年颁布实施《中华人民共和国水土保持法》。1992年江泽民同志为全国第五次水土保持工作会议题词：水土保持，利在当代，功在千秋。

1964—1982年，何以是一段空白，发生了什么？

1994年水利部，成立水土保持司，负责全国水土保持工作。1982—1994年将近12年时间，中国的水土保持处于一个什么样的流失状况？水土保持由国务院水土保持委员会直接领导而成为水利部一个司。各地虽然普遍成立水土保持委员会，但没有国务院水土保持委员会挑头,影响力也就相应小多了。1997年国务院分别召开了全国第六次水土保持工作会议和全国治理水土流失建设生态农业现场经验交流会。1997年8月5日江泽民总书记对姜春云同志《关于陕北地区治理水土流失建设生态农业的调查报告》做出重要批示,要求加强生态建设,再造秀美山川。2009年12月8日,胡锦涛总书记在民盟中央呈送的《关于加强坡耕地水土流失综合治理的建议》上做出重要批示,要求将坡耕地水土流失综合整治作为重大农村基础设施工程进行规划和实施。国务院也多次召开会议推进水土保持工作。

1998年长江发生了自1954年以来的又一次全流域性大洪水。原因不外乎两种。一是长江流域森林乱砍滥伐造成水土流失,二是中下游围湖造田、乱占河道。20世纪50年代中期长江上游森林覆盖率为22%,农地开垦、建厂和城市化使两岸80%的森林被砍伐殆尽。四川省193个县中森林覆盖面积超过30%以上的仅有12个县,一些县的森林覆盖面积还不到3%。长江流域180万平方公里土地中有20%发生水土流失,每年丧失表土24亿吨。每年从上游携带5亿吨以上的土砂顺江入海。长江河床多年前就已高出地面,成为继黄河之后的又一条悬河。长江之浑黄程度可与黄河媲美。下游蓄洪湖泊萎缩,洞庭湖水域面积从1949年的4350平方公里缩减到2145平方公里,鄱阳湖在40年间缩小了1/5,还有数百个中小湖泊已从地图上消失。湖泊蓄洪容积逐年减少。众多通江湖泊不再通江,江湖隔离,原本行洪的滩地、通道不能行洪。加上河道设障严重等原因,致使河道过水断面缩窄,洪水宣泄不畅,加大了干流的防洪压力。以上这些原因的存在,把责任全部推给厄尔尼诺显然行不通。

危机四伏使人清醒并思考,任何现象都不会孤立存在,种树,有了一棵就不愁一坡。灾难是否也是这样?有了长江会不会有全国?这便是国家领导人对水土保持重视的原因。1999年伊始的退耕还林工程,是迄今为止世界上最大的生态建设工程,也是迄今为止对恢复生态最卓有成效的手段。但是,诚如我在前边说到的,这个世界没有万应灵丹,它不能包打天下。

这就是水土保持必须继续存在还有待加强的原因。

三十三

《左传》载：过卫，卫文公不礼焉。出于五鹿，乞食于野人，野人与之块。公子怒，欲鞭之。子犯曰："天赐也。"稽首，受而载之。大意是说，重耳流亡经过卫国，卫文公不理他。只好取道五鹿离去，途中饥饿向农夫乞食，农夫拿土块给他。重耳生气，要鞭打农夫。狐偃却说："这是上天的赐予啊！"重耳醒悟，磕头致谢，把土块载在车上离去。

那些年，山是绿的，水是清的，天是蓝的，夜里是可以看星星的。那些年，人们呼吸着不要钱的洁净空气，吃着数量匮乏但有机的绿色食品，喝着不要钱的江河水、井矿泉水，穿着无公害的或棉布或丝绸的衣裳，虽然是补了又补，可心里是熨帖的，不以为耻。如同避秦的秦人住在桃花源里，过着布衣蔬食的生活，不知有晋。然而，自打知道有晋的存在，避秦的秦人便急不可耐、开始羡慕晋的奢华、富有、光鲜、好吃好喝好穿戴，如过河之鲫急于游向晋国，去吞食饵钩，一时之间，人欲横流，乌七八糟，鱼龙混杂，躲穷胜似避秦，纷纷从桃花源逃将出来，还不忘临走时尽可能多地夹带桃花源里的日月星辰青山绿水清风化雨破烂换钱。其乐也陶陶也没得几天，忽然有一天，开始呼吸雾霾并开始有价的空气，喝不好却有了价码的饮水，吃伪劣还不健康的食品，穿戴使用涂抹有毒害作用的物品，便开始说不满意的话，这样的晋比秦还坏，是要人命的。避晋之心更胜避秦，却找不到回桃花源的路了。

于是举凡山清水秀还有一口洁净空气呼吸的地方虽千万人吾往矣。

语出孟子："自反而不缩，虽褐宽博，吾不惴焉。自反而缩，虽千万人吾往矣。"大意是，反省自己觉得理亏即使面对的是弱者我也会胆怯退让。思想觉得自己站在理上,哪怕面对的是千万人的阻拦,我也会毫不畏惧地勇往直前。时人有新解,为饱绿色眼福,洗洗污染的肺,安慰一下藏污纳垢的胃,举凡节假日,哪怕高速路拥堵千万人挤破头,也要往那里去。于是九寨沟人满为患,张家界垃圾遍地,长城内外挤破垛口,大江南北皆受其害。

孟子所赞许的大勇所求何物?不是养大勇为民除害,而是为了惜身保命,只为吃一吃农家饭,看一看农村风景,吸一点新鲜空气,愉悦一下身心。空气、饮食、环境,此三者无非维持生命健康之必须三要素。所求何其单纯何其质朴何其让今人心酸让古人笑掉大牙?

以这种勇气与豪迈来捍卫生命健康原本无可非议,奇怪的是,也就如此这般而已,虽千万人吾往矣的气魄过后,仍然要回到城里,继续吃不健康的食品,继续呼吸龌龊的空气,继续喝不洁净的水,继续说不满意的话,继续过不如意的生活。如果真的要让他们长期居留在那些山清水秀的地方,却是断然不肯的。只因当下的山清水秀处,多子遗于穷乡僻壤。这就是一个悖论。似乎物质的丰富与匮乏,安居的富足与贫穷,远胜于生命的健康与安全。

更为可悲的是,30多年里,屡战屡败、屡败屡战、局部好转而整体继续恶化。百般无奈渐变为一种无所谓。如同审美疲劳,环保疲劳综合征应时而生,且已成患。人们对此已经习以为常。污染面前视若无睹,麻木不仁、得过且过、无是非观念、无道德判断、无行为准则、大事化小、小事化了,有意无意地忽略甚至习惯成自然地将其纳入常态化范畴。

水土流失、生态破坏、环境污染常态化的论调十分可怕。这种自然恩赐的山清水秀万物欣欣向荣的常态化持续丧失,必然会引起生命的变异和人类良知的丧失和变异。它能助长与污染同流合污的错误倾向,背离人类走向文明社会的初衷,甚至就此衍生出不管三七二十一宁肯当千古罪人也要眼前风光的破罐子破摔的极端个人主义的反人类意识。

如何破局,却如同一道新的斯芬克斯之谜,摆在我们面前。

三十四

淮河位于中国东部，介于长江与黄河之间，古称淮水，与长江、黄河和济水并称"四渎"，是中国七大江河之一。淮河发源于河南省南阳市桐柏县西部的桐柏山主峰太白顶西北侧河谷，古人如是说：淮河大收，中原不饥。走千走万，不如淮河两岸。

    1941年春，八路军359旅进驻南泥湾生产自救。短短3年时间把荆棘遍野、荒无人烟的南泥湾改变成"处处是庄稼，遍地是牛羊"的陕北江南，以南瓜汤，红米饭，养育自己的队伍，若从水土保持的角度来看，堪为中共领导下最早一个小流域治理典范。

    与此相映成趣的是，1942年毛泽东曾对杨桥畔人民引水拉沙造田给予高度赞扬，要求陕北发动群众依坝作壕，引水灌地，种旱柳，种沙柳，种柠条。中华人民共和国成立后还把此地引水拉沙造田的经验在长城沿线各地推广。抗战时期这位农民的儿子还在延安《解放日报》刊发的《游击区也能够进行生产》的社论中，要求有关部门"协助农民改旱田为水地"。解放战争时期也多次强调："兴办水利务使增产成为可能"，要"做好兴修水利的计划"。云云。

    中华人民共和国成立后，1950年淮河大水的灾情报告使毛泽东潸然泪下。他说，淮河流域一带历来是农民起义的地方。为什么起义？就是因为这个地方的人穷，灾难多，灾荒饥饿之下，农民就要起来搞起义。毛泽东督促周恩来："治淮工程开工期不宜久延，请督促早日勘测、早日做好计划、早日开工。"并在随后，以肯定的口吻写下了"一定要把淮河修好"的题词。

    为解除荆江洪患，在财政异常困窘之时，同年还批准建设荆江分洪工程、修建官厅水库以控制永定河洪水。1952年10月，毛泽东专程来到引黄灌溉入卫工程渠首闸，亲自摇动启闭机摇把开启了一孔闸门,当看到黄河水通过闸门流入干渠时,十分高兴地说:沿黄每一个县都修一座这样的引水浇地闸就好了。在参观过程中还幽了一默:渠灌是阵地战,井灌是游击战。1955年,毛泽东发出了关于加强农田水利工作的指示,提出了农作物八项增产措施,即著名的农业"八字宪法",其中,兴修水利被摆到了十分重要的位置。在毛泽东"水利是农业的命脉"的思想和农业"八字宪法"的指导下,全国兴建了一大批水利工程。

大泉山村地处今山西省阳高县境内,解放初期属察哈尔省,处于晋、冀、蒙三省区交界处,是集体化时代在农业战线上因水土保持工作突出而被塑造起来的一个典型村庄。1955年毛泽东为《看,大泉山变了样子!》一文写了按语:"很高兴地看完了这一篇好文章,有了这样一个典型例子,整个华北、西北以及一切有水土流失问题的地方,都可以照样去解决自己的问题了,并且不要很多的时间,三年,五年,七年或者更多一点时间,也就够了。"

1952年10月30日毛泽东在与黄河水利委员会主任王化云谈话中,王化云说起准备从通天河引长江水入黄河,以补济西北、华北水源不足。毛泽东听了很感兴趣,表示赞同说:"好!这个主意好!你们的雄心不小啊!通天河那个地方猪八戒去过,他掉进去了。"

又说:"南方水多,北方水少,借一点来是可以的。"

南水北调就此浮出水面。

1953年2月毛泽东亲临长江说,毕其功于一役,把三峡那个口子卡起来,以解除洪水对长江中下游的威胁。1956年6月毛泽东第三次畅游长江,以《水调歌头·游泳》表示了对三峡工程和南水北调的信心。1958年3月批准兴建丹江口水利工程。同年6月批准修建了密云水库。8月在签发《关于水利工作的指示》时强调:"全国范围的较长的水利规划,首先以南水北调为主要目的,即将江、汉、黄、海……各流域连接为统一的水利系统规划……应加速制定。"同年还以义务劳动的方式在北运河上游东沙河上又修建了十三陵水库。

后因大跃进和国际关系只批准了第一期丹江口水利枢纽工程建设。

1963年8月海河流域发生特大洪水之后,毛泽东以不容置疑的命令口吻为之题词:"一定要根治海河。"

1969年水电部再提修建三峡,又被珍宝岛事件搁置,毛泽东认为:"在目前战备时期,不宜作此设想。"批示先修葛洲坝水利枢纽工程"赞成兴建此坝"。出于对各种不测原因的疑虑同时称:"现在文件设想是一回事,兴建过程中将遇到一些现在想不到的困难和问题,那又是一回事。那时,要准备修改设计。"可见其思维缜密,绝非一时兴起。

葛洲坝水利枢纽是长江上第一座大型水电站,真正兴建日期是1971年5月,1972年12月中途停工,1974年10月复工,1988年12月竣工,斯时毛泽东已在水晶棺里长眠12年。2002年南水北调工程开工建设,经12年艰苦卓绝的努力,南水北调东、中线一期工程于2014年全面建成通水。距毛泽东逝世已过去了38年之久,恰好应了诗句"三十八年过去,弹指一挥间。可上九天揽月,可下五洋捉鳖,谈笑凯歌还。世上无难事,只要肯登攀"。

上阕两句易一字似乎更贴切:过了黄洋界,险处更须看。

记得前些年去长江流域走访时,原水利部长江水利委员会水土保持局的胡甲均副局长曾对我说过一番让我至今难忘的话,他说:长江流域和黄河流域水土流失最大的不同是,黄河的流失比是1:1,而长江是3:1,也就是说,黄河流域的土层很厚,水土流失的特点是侵蚀一吨土地面积便会流失掉一吨泥沙。而长江流域的土层很薄,表土下边是石灰岩、叶岩和变质岩,大部分被侵蚀的泥沙会被搬运到山脚下或是沟塘中,只有1/3细微的泥沙会随着水流进入长江。侵蚀一吨土地面积,只有1/3的泥土会流失入江。所以侵蚀大于流失。如果说长江流域也像黄河流域那样侵蚀一吨往长江流失一吨,那长江早就比黄河还要黄了。

还有最大的一点不同是,黄河流域的土层很厚,缺水而不缺土。可长江流域的土层很薄,那层很薄的表土一旦流失,便会裸露出一块块的岩石,这类状况在贵州和云南表现得最为显著,水土流失后的山体都裸露着岩石,几乎是寸草不生。所以说长江流域的植被一旦被破坏具有不可恢复性。北方缺水你还可以来个南水北调,南方缺土,你却没有可能搞一个北土南调吧？这就是为什么长江流域的水土保持工作比黄河更加重要的原因。长江流域拥有的泥土量很有限，且因为气候的得天独厚，它的使用价值也很高，种地它可以三熟，北方只能一熟，只要是有土的地方，你想要它不长草木都很难做到，而北方就不是这样。

  他很有才情地这样总结说："可以这么说，长江流域的泥土含金量是黄河流域的泥土所无法比拟的，这么金贵的泥土，说是寸土寸金都不过，流失一吨就会减少一吨……这些泥土它待在该待的地方是金子一样的东西，可是这种金子一样贵重的东西一旦流失，就讨厌得很了，它使沟塘淤塞，农民无土可耕，氨氮流失，江水越变越黄，使人畜的生存空间捉襟见肘，水土流失造成的各种损失可以说是无法估量的呀！"

  ……

三十五

我们总是说鱼儿离不开水,可是却忘了,人和鱼儿一样离不开水。我这里所说的水是要加上土的,否则便形同得鱼忘筌。水,如果没有土的约束和含蓄,便无以有机存在。没有水的滋养,土会化作流沙和风尘,水土须臾不可离分,如同鱼和水也似。

然而,无须悲观失望,在人类发展史上,一路走去,总有人会登高一呼总有人不忘自然与人类的初心,总会有希望守护着我们的未来,有良知的爝火闪耀如星引领人们走向天人合一的化境。环境保护不是慈善家居高临下对芸芸众生的关怀,也不是佛家悲天悯人的慈悲为怀,而是一种自觉自愿不得已而为之的自救行为。上帝即自然,慈航普度的船出了问题,人人皆危殆,你不自救,谁还会救你?国家是这样,民族是这样,个人更要这样。只有责任大小,没有贵贱之分,自救救人都要竭尽绵薄。习近平,那个从梁家河走出去的北京知青,先是在河北正定,后来在福建、浙江、上海、北京,虽千万人吾往矣,在短短几年间,频密地锲而不舍地先后发出了60余次相关生态、环保、水土保持、可持续发展的绿色吁求,被世人称为中国生态的福音,人类社会的重大利好消息。这样做除了睿智和良知还需要勇气和牺牲。

黄河在毛泽东心中的地位十分尊崇。毛泽东曾说过:"你可以蔑视一切,但不可以蔑视黄河。你蔑视黄河就是蔑视我们这个民族。"这一点,从毛泽东给淮河、海河、黄河的题词中,也能明显感到。他给淮河的题词是:"一定要把淮河修好。"给海河的题词是:"一定要根治海河。"而对黄河,其郑重与委婉程度却非同寻常。毛泽东生前还有一个骑白马走黄河的计划,可惜终未实现。他首次出京去视察的地方便是黄河。这位对黄河充满感情的开国领袖,曾在黄河险工处,不无忧虑地问王化云:"黄河涨上天怎么办?"那时,黄河柳园口的水面,已经比开封城高出三四米,而开封城的地下,已经埋有好几座城池了。毛泽东感慨万千地说:"这就是悬河啊!"殷殷嘱托并为之题词:"要把黄河的事情办好。"

1953年2月毛泽东就三门峡水库建设的时间、库区移民问题、黄河中上游的水土保持以及南水北调等问题与王化云进行探讨,表示回去再研究。同年5月黄委主任王化云以个人名义向副总理邓子恢呈报了相关报告。毛泽东表示对"报告很欣赏",却没有下文。1954年冬在南巡途经郑州时,毛泽东第三次专门听取了黄委负责人关于治黄工作的汇报,并着重谈了水土保持和治理规划问题。次年毛泽东在6月赴河南,第四次专门听取治黄工作汇报,这次他关心的热点是关于黄河治理规划的实施问题。1959年,毛泽东在济南泺口又一次视察黄河,并在视察过程中沉吟良久,神情凝重地对随从人员说了一句看似诙谐实则意味深长的话:"人说不到黄河心不死,我是到了黄河也不死心。"似乎,他面对的不是黄河,而是一位威严的君王、烈性的师长,敬畏兼而有之,来不得半点孟浪。

自1946年人民治黄始,至2016年黄河历一甲子伏秋大汛安澜无恙。

在华北大平原出现堤防之前,黄河是一匹无拘无束的奔马,流经之处不断淤积,淤高之后又会侧"滚"向另外一条相对低洼的流路,泥沙就这样摊铺在黄河的冲积扇上。进入黄河下游河道的泥沙,年平均为16亿吨,平均含沙量为35公斤/立方米。与国内外大江大河相比,水量仅为长江的1/17,而泥沙量却是长江的3倍。战国时期黄河下游的堤防已具有相当规模。堤防使放荡不羁的黄河受到相对的约束,到西汉后期河南浚县的黄河已经高出民屋。从公元前602—1938年,2540年间,黄河决口的年份数为543年,决口次数达1590次,改道26次。

历史上黄河百年一泛滥,泥沙数度淤埋开封城,现在的开封城下埋有三座城池。由此可见黄河水患的威猛狰恶。屡淤屡建,屡建屡淤,人类的顽强亦可见一斑。中华人民共和国成立迄今,黄河已安澜一甲子还多。安澜的代价是河槽淤积量已经达到全断面淤积量的90%,

局部河段高达93%。加上源头雪山融化，补给水量持续减少，地方截流引水和工农业用水量连年增大，黄河水量年年递减，多次断流，无法循序入海。黄河流速的减缓，造成冲淤能力弱化，沿黄两岸之间淤积泥沙近百亿吨，河床普遍抬高2～4米，高出背河地面4～6米，河南和山东头顶一盆水，据称最高处已经有27层楼那么高。

这个问题一直如心腹大患，困扰着沿黄百姓以及所有的国人。

三十六

> 东方土色青，我国江东河流纵横，泥土长期水中浸泡，形成大片淤泥，即青土壤。土中含有较多的铝和铁的氧化物，由于被水长期浸泡，泥土缺氧，铁元素主要以二价化合物存在，泥土呈现青黑色。属东方天帝太嗥主管，手持圆规掌管春天的木神勾芒辅佐。据说木神心地仁厚，日每出于东方，万物为之复苏，春风若浩荡，花木必扶疏。

小浪底调水调沙的成功，使有些河段的泥沙淤积为之下切，减缓了河床淤高的速率，但整体淤高的态势并没有因此而改变。客观上所做的一切努力，都是在无奈地将黄河逼高。

据称水利专家有两种意见，一种意见是主张及早改道，免得毛泽东所担心的"黄河涨到天上"成为现实；若到黄河丰水期，一旦出问题，损失会很大，越早改道损失会越小。另一种主张是尽可能地维持现状，改道代价太过巨大，会使国家伤元气。更有乐观的估计，给国家提供一段相对宽裕的经济发展时期，给科技也提供时间创新，到时候就会有一种什么技术或是方法，让黄河淤高问题得到彻底的解决。孰是孰非，莫衷一是。

黄河首次断流始于1972年，根据利津站的实测资料，22年中累计断流74次，共1093天，其中1991—1999年连年断流，累计断流902天，平均每年断流100.2天。利津站断流13次、226天、有11个月发生断流，断流最长河段到河南开封市柳园口长约704公里。造成黄河下游河道发生断流的因素，既有自然条件限制也有人为因素影响。

针对以上因素国家出台了一系列应对决策，使黄河从1999年之后不再断流。这里也有一个再认识的过程，维持河里一脉流动，至少有两样好处，一个是自然生态方面的，可以挽救黄河中的濒危鱼种，使黄河沿岸湿地的生态得以维系多样性。二是对人文生态也有举一反三的作用。从中华人民共和国成立初期到现在，黄河水量总体还是在逐年下降，迄今为止每年比过去减少近50亿个流量，水情并未因此有根本好转，国家仍需加大资金投入和治理力度。

黄河除满足黄河沿岸九省区各种用水外，还要供水天津、河北等省市饮水。黄河流量并不大，只占中国淡水的2%，浇灌12%的耕地，养育中国15%的人口。若不杜绝奢靡浮华不实之风，有多少水资源经得起轻抛浪掷？何况黄河未出青海便已经变成了劣五类水……

忽焉回首，忆回中华人民共和国成立初期"艰苦奋斗，勤俭建国"八个金光闪闪的大字，褪色乎？忽略耶？淡忘乎？束之高阁也？弃之如敝履？姑且置疑。

三十七

> 西北乃白色土，因其干旱，土地多含有较高的镁、钠等盐碱，其色呈白。西方天帝少昊伙同手持曲尺掌管秋天的金神蓐收，共同主宰。民间相传，金神忠义，凛然有正气，横秋之处，清爽高妙，快意恩仇，佐证万物因果，报施草木以枯荣，正人间善恶。

我问过专家，他们说五色土中的白色土，其实是指盐碱地。据联合国教科文组织和粮农组织不完全统计，全世界盐碱地的面积为9.5438亿公顷，其中我国为9913万公顷，主要分布在新疆、甘肃、内蒙古、宁夏、青海等省（区）荒漠。成因与土壤中碳酸盐的累积有关，严重的盐碱土壤地区植物几乎不能生存。根据土壤类型和气候条件变化，分为滨海盐渍区、黄淮海平原盐渍区、荒漠及荒漠草原盐渍区、草原盐渍区四个大类型。陕西省境内的盐碱地主要分布在定边和靖边，仅定边西北部就有大小盐湖11个。榆林也分布有一系列湖盆滩地。神木尔林兔滩地，榆林的马合、巴拉素、补浪河、圆大滩、吧吓采当，神木的大保当、窝兔采当、长胜采当等滩地，盐渍化严重。随着科学技术的发展，盐碱地正在逐步变成珍贵的土地资源，因为有许多生物包括植物、微生物，都可以适应这一环境，并且越来越多的水土保持的科技工作者正在治理。具体的改良措施是：排水，灌溉洗盐，放淤改良，种植水稻，培肥改良，平整土地和化学改良。适宜盐碱地种植的树木，计有沙枣、滨枥、白榆、白柳、白蜡、紫穗槐、胡杨、水曲柳、柽柳、枸杞、梭梭、杨树、臭椿、桑树、珠美海棠、侧柏。

以上所述树种，我大都见识过，甚至还写到过。在黄土高原偶尔可见它们的身影。但与黄土高原同在的树种，最常见的当是旱柳、白蜡、毛白杨、国槐、侧柏和油松苗木。这些树种都有一个共同的特点，就是耐干旱、耐贫瘠、耐盐碱，如同说牛马猪狗等性灵耐粗饲。

植物与动物类似，都有生命和灵性，不同处无非是一静一动。最大的共同点是，它们都是人类漫长生存史上相继认知寻来改良的左膀右臂，与人类休戚与共，不可或离。它们的共同点都是耐粗饲，这是人类疏懒的本性决定的，不好养或是不好相与的动物或静物，不在种植和饲养的考虑范围。

北宫黝与孟施舍二人谁更善于养勇呢？我很同意南怀瑾先生的说法：孟施舍这个路线比较好，因为他"守约"，晓得谦虚，晓得求简。晓得守住最重要的、最高的原则。北宫黝奔放，气魄大，可是易流于放纵任性，不如孟施舍的"守约"，也就是专志守一的意思。

我专门去看过梁家河村知青当年修的沼气池，旁边窑洞的外墙上，还残留着一幅手绘的宣传画。上面写着"自力更生、艰苦奋斗"八个大字。这幅历经岁月沧桑的老画也有40年了。

这幅宣传画让我想起农业学大寨、想起山西的李顺达和老西沟、想起大寨梯田、想起大寨的海绵田、想起海绵城市的提法。梯田是千百年来农耕的产物，是人类与自然和谐相处水土保持的一种古老的人工方式。距桂林80公里的龙脊梯田，主要分为金坑（大寨）瑶族梯田观景区，平安壮族梯田观景区。通常意义上的龙脊梯田是指龙脊平安壮族梯田，也是开发较早的梯田。蔚为壮观也成为绿色旅游资源。全国各地许多地方，迄今为止，还保留着"农业学大寨"时修建的梯田。农民如同土地也似淳朴，淳朴被政治化，不是土地的过错，是时代的过错。如同葵花向阳是植物的天性，人为的扭曲，类似盆景的制造，畸形的不是植物而是盆景的制造者。大寨"自力更生，艰苦奋斗"之精神，剥离诸如此类政治油彩和人为因素，细察之，实为中华民族三千年文明魂魄之所在，当此水土凋零、资源经济、人文生态、自然生态失魂落魄之时，有必要以此为幡，给迷失的传统文化招魂，唤归自力更生艰苦奋斗勤俭节约之精神，不仅是中华民族当下之迫切需要，更是未来可持续发展之必不可少的保障。

我去年处暑时节曾去大寨看了一回，似乎回到了过去，填了一首《何满子》曰：大寨微微寒意，虎头缕缕香肥。夜起凭窗须把臂，寥寥落落霏霏。云雨思逃却未，燕莺欲留还归。旧叶虫咬蚁噬，老花物议人讥。天地青铜生绿锈,春秋古是今非。过往红尘残梦,仍然金粉依稀。又七绝曰:处暑时逢大寨游,葵花红日满坡羞。向阳原本天真物,莫使天真似水流。

当然,这只是几句闲话。

三十八

赣江是长江的第七大支流，南北纵贯江西省，在赣州由章江、贡水汇合而成。流域面积8.16万平方公里，占江西省国土面积的51%。中上游多礁石险滩，水流湍急；下游江面宽阔，多沙洲，因此赣州以下便可以通航。旧时沿岸均为长江下游与两广的交通纽带。

江西是中国南方地区红壤土分布面积较大的省，总面积13966万亩，约占江西总面积的56%。黄壤面积约2500万亩，常与黄红壤和棕红壤交错分布。地形以丘陵山地为主，盆地、谷地广布，具有亚热带温暖湿润季风气候。植被以常绿阔叶林为主。江湖众多。因733年唐玄宗设江南西道而得省名，又因省内最大河流为赣江而简称赣。古有"吴头楚尾，粤户闽庭"的说法，属江南鱼米之乡。赣南地区即赣州市所在地，地处赣江上游、东江源头，属典型南方丘陵山区，地貌号称"八山半水一分田，半分道路和庄园"，森林覆盖率达76.2%。

20世纪80年代赣州全市水土流失面积高达11186.7平方公里，占到赣州国土面积的28.37%，被中外专家评为"江南红色沙漠"，有"兴国要亡国""宁都要迁都"之说。20世纪90年代全市年土壤侵蚀量达4600万吨。2013年勘测仍有水土流失面积7816.67平方公里，占国土面积的19.85%。有崩岗3.25万多处，占全省总数的69.7%。

《水土能吞国，沟坡可定都》一诗曰：

将军故里堪舆地，魏蜀孙权起郡衢。
兴国兴随草木死，宁都宁被采樵枯。
流沙起则楼兰空，溪泽衰时统万无。
巴比伦因盐渍没，维苏威岂火山屠。
方知水土能吞国，才晓沟坡可定都。

> 白白黄黄都不如，红红绿绿养远途。

水土流失导致沟塘田地淤塞，河床提升，洪涝灾害频繁，落河田大量涌现。30多年来赣州市县两级一直保持由市县政府主要领导任主任，分管领导任副主任，相关部门为成员的水土保持委员会的领导格局。市县两级陆续成立独立水土保持机构，大多数乡（镇）设有水保站或水保员，保持着较为完整的水保工作管理服务体系。他们坚持以国家重点工程为龙头，形成了自己的治理模式。如"水保五个一"工程（治理一条小流域，建设一个示范基地，扶持一批治理大户，培育一个支柱产业，致富一方百姓），分类治理技术模式，如"猪沼果"模式、生态经济型、生态清洁型、生态景观型小流域。采取承包、租赁、拍卖、股份合作等方式，鼓励和引导近3000个民间资本投资人参与水土流失治理，治理面积达到1120多平方公里。

我走访的赖林生便是这3000民间资本投资人中的一个。

我在前边章节已经写到过，1929年春开辟赣南根据地后5年多时间里，毛泽东先后去过兴国、长冈等地调查水土流失情况，还写下了《兴国调查》，为赣南地区水土流失开药方。北宋熙宁年间福州人刘彝在此任知州时，便因利用赣州街道高差和地形特点，采取分区排水的原则，建成两个排水干道系统。两条沟的走向形似篆体的"福""寿"二字，故名福寿沟。坡度和断面设计能保证水流冲走泥沙。还根据水力学原理在两个入江沟口"造水窗十二，视水消长而后闭之，水患顿息"。迄今全长12.6公里的福寿沟仍承载着赣州近10万旧城居民排雨污的功能。有专家称：赣州旧城即使再增加三四倍雨水、污水流量也不会发生内涝。

刘彝铜像现坐落于赣州古城墙边的宋城公园，被时人戏称为古代的水利部长。

那天我伫立郁孤台遥想当年，填《望海潮·郁孤台上》新韵曰：

> 郁孤台上，凌澜一望，横生八境波光。物候稼轩，东坡气象，伶仃烟雨天祥。双水贡章，汇万峰清赏，两派芬芳。三面添肥，赣江合六岸时妆。风流汉帝唐皇。
> 却即新即旧，猝莫及防。去夏嫩黄，来秋老辣，零零落

落亡羊。回首翠微山，尚记金精洞，不见商汤。纵使朝西向北，未改谒汪洋。

《山海经》载：南方有赣巨人，人面长臂，黑身有毛，反踵，见人则笑，唇蔽其面，因即逃也。海内南经云：赣巨人又称"枭阳"。晋朝硕儒郭璞注曰：《尔雅》云，狒狒……海内经谓之赣巨人。今交州、南康郡深山中皆有此物也，长丈许，脚跟反向，健走，披发、好笑，雌者能作汁，洒中人即病。土俗呼为山都。《赣州府志》称：安远县仰天湖山，在县东三十里，中有静去庵……又有三伯山，东联仰天湖，南络龙安、符山二堡。旧传有狒狒即赣巨人也，今无。山下水全注广东。有《龙南县志》提到：玉石岩在县东北二里……旧有玉迹寺，以旁有巨人迹得名。宋太宗赐书二十卷，建阁藏之。传说除满足人的好奇心，还可以佐证赣州也即赣南的过去，水土共济，植被旺发，竟然可以孕育赣巨人这等神秘传说。

然而，据1981年调查统计，宁都县水土流失面积达1224.4平方公里，占到全县国土面积的30.2%。2000年卫星遥感调查显示，仍有水土流失面积979.5平方公里，占全县国土面积的24.17%。当地人说，一只老鼠从山坡上跑过，远远的，也能一眼尽收，历历在目。何故？只因寸草不生，连老鼠都无处藏身！故我那天在走访赖林生时以《宁都叹》为题五律平水韵之曰：形同火焰山，色似血斑斑。壤瘦红尘陋，岩肥碧水顽。慈悲财愈厚，寡鲜物偏悭。老鼠坡头走，饥无寸嫩衔。还经常遇到这种难为情的尴尬，这边锅里煮了米，煮了一半没柴了，急忙去找柴，泡米都泡熟了可是柴还没找到呢！故又有五律同韵诗曰：炊烟频断绝，灶柴未寻还。赤子流朱潸，丹青溅紫潺。狂樵阎王恨，乱垦菩萨蛮。一管繁华笔，千秋草木删。这次第有道是：天蓝金不换，地翠富休攀。日月人相亲，江河万古娴。

赣巨人的兴，与此相关，灭，亦与此相关也。

宁都水保局负责人介绍说，"宁都县水保科技示范园"位于距县城15公里的石上镇宁临公路旁，叫西部烟小流域。占地16300亩。建园前，境内属红砂岩严重水土流失区，水土流失面积809公顷，土壤侵蚀模数达4627吨/平方公里·年。2009年9月份开工建设,通过控制变量法,在科普示范基地模拟不同植被、不同梯田机构、不同排水系统等环境条件下的水土保持情况,选出最佳水土保持工程样本,并实际应用。现已经开发出11000亩脐橙,2000亩油茶,3300亩松脂林基地。均采取了高标准水平梯田整地,外延修筑田埂,内侧开挖坎下沟;完善坡面的水系工程,建设配套蓄水工程和排水沟渠;在松散坡面及时种植灌草;在山窝修建谷坊、山塘等小型蓄水保土工程。从而达到"蓄水有池,保土有埂,拦沙有坝,护坡有槽,排水有沟,灌溉有塘"的效果。这些年以来,我们宁都县委、县政府领导,都非常重视水土保持工作。从1992年宁都县被纳入国家水土流失重点治理县算起,迄今我们已完成重点小流域治理60多条,治理水土流失面积55880公顷,营造水保林14956公顷,修建各类水保设施634处。共消灭荒山97万亩,植树造林132万亩,森林覆盖率由56%提高到71%。

"我跟政府部门签订了50年的经营开发权协议,承包了11000亩荒山,产值按每亩收1000元计算,至少每年我能收回1100万元。而且政府每亩地还补贴300块钱给我。"年过而立之年的赖林生,敦实的个头,红黑的脸膛,眉眼全是微笑和自信。"我现在种植的635公顷脐橙已经全部结果,种了340公顷油茶、6.7公顷葡萄、13公顷杨梅、6.8公顷枇杷和蓝莓;建立了柑橘无病毒容器器苗木繁育基地7公顷;新建了小型水利水保工程198座(其中山塘10座、谷坊8座、蓄水池98口、沉沙池82口);修建田间道路37.84公里、排水沟28.6公里;新建了一个年出栏万头生猪的养殖场、一个年产蘑菇50吨的食用菌生产基地和一个万吨果品贮藏保鲜库;兴建了办公楼、员工宿舍楼各1栋。建立了水保科普教育基地和水保监测卡口站,并与省水保科学研究院开展技术合作及试验课题研究。"

"我家离这里没有多远,就在山下边的那个村子里,我家里人没事也会来帮忙干活。我们村里的老表,几乎都在我这里工作。老表过去都要离开村子出去打工,现在老表不用出去,在我这里做事,我每年至少也要付给老表每个人2.6万元的工资,老表是很满意的。科技园区今年葡萄收入40万元,蘑菇房收入95万元,水库养鱼收入35万元,脐橙收入300万元，苗木收入预计200万元，合计今年的年收入可达670万元，全年开支在700万元左右，今年收支基本平衡。明年将能产生纯利润，年纯利润预计可以达到300万元。"

"你们总以为像我这种人，一定是又嫖又赌，对不对？"赖林生忽然认真地问我。"难道不是？"我故意反问他。赖林生认真道："别人我不敢说，我这人从来就不嫖不赌！"他歪着头瞅我，生怕我不相信："不敢相信是吧？我告诉你，我媳妇可是村里的大美人，她对我支持，对我好，我心里明白，我有这么好的媳妇儿，怎么还会喜欢别的女子？不喜打牌是天生的，大牌不摸，小牌不打，三个字，不喜欢！"又转了话题道："我过去是做生意的，挣过大钱，也够我们家花的。咱不说为国家为人民做什么，为自己的家乡，为自己的村，为村里的老表，多少做点事也心安理得。何况，水土保持这个事，是自己家的事。过去我们村的老表没有柴烧，把山上的树都砍光了，我小时也上来这里砍过柴。这个债迟早得还。我承包这个荒山就有这个想法。"忽然又苦起脸发愁地讨教我说："不过我有个很坏的毛病，小时候爱跟人打架，长大也脾气不好，老是爱发火，忍也忍不住。发过火又后悔，有什么办法治治这个坏毛病？"

赖林生和我很投缘，都属于那种自来熟性情，只要谈得来，便无分亲疏。一会工夫便已无话不谈。在去看他的脐橙园时，一路上我俩勾肩搭背，如同多年不见的老朋友。他指着雨雾中几座还没有治理的荒山，问我那像不像人的皮肤上长了红斑狼疮？又从脚下抓起一些红沙土放在我手上，让我摸摸看，还歪着头问我说："你看这疙疙瘩瘩的全是砂粒，连点土星子都没有，怎么能种出这么好的脐橙？"我摇头表示不知道，他大笑说："我们种树就跟栽花一样，挖一个深坑，填上肥土，然后才把苗种在里边，再浇水打上鱼鳞坑。你看，我们这哪里是在种树，明明是在栽花嘛！"我笑着问他："那要是根把盆装满是否还得换花盆？"

没想到这一下把他问住了，他支吾了一下，没了下文。这个承包荒山的赣巨人，竟然红涨了脸，无言以答。于是我明白，赣巨人的生灭，与植树如种花类似，赣巨人的脚大，而自然的鞋子变小时，赣巨人的脚撑不破自然，于是便只好撑破自己，委身于尘土。

"也许不会,"我笑道,"自然很奇妙,跟猴子一样,会顺竿往上爬。比方说你这红砂岩,得在人身上就是皮肤癌,没有自然的帮助,光靠吃药打针,就是不治之症。但得在自然身上,没有人类帮助,它也是不治之症。这是相对而言。如果千年之后,它肯定可以重新生长出绿色。但在这个相当长的有人类干扰的时期,那是不可能的。只有在得到人类的帮助之下,它才会找到发力点。这些崩岗不是活过来了吗?因为是你唤醒了自然,给了自然一个抓手。植物的根能把岩石扎开缝,这些并不坚硬还破碎的红砂岩,更不在话下。你这个破花盆在肥水和根须的作用下会碎碎成土,树根会扎破它们,伸到外边去保土蓄水改良生态!"

他这才明白,我是在故意刁难他,拍着我肩膀大笑。

三十九

兴国位于江西省中南部。建县始于三国。文天祥曾在此开府抗元。苏区时期全县23万人口参军参战达8万多人,为国捐躯达5万多人,姓名可考烈士达23179名。孕育了肖华、陈奇涵等56位共和国开国将军。乃中国著名苏区模范县、红军县、烈士县和将军县。

中华人民共和国领导人对水土保持的重视,无妨往历史深处追溯。熟知历史的毛泽东在青年时代便认识到治水与兴国安邦的关系,他意味深长地说:"我若不治水,水就要治我,我必须治水。"早在考察湖南农民运动时,便把兴修塘坝列为农民运动必须要做的14件大事之一。塘坝者,与淤地坝有异曲同工之妙,也是千百年来农民种地种出来的学问,具有蓄水、拦洪、淤地、养鱼,水土保持与生产生活两利。革命并不只是打土豪分田地。

1929年春开辟赣南根据地后5年多时间里,毛泽东去兴国调查水土流失情况,写下了《兴国调查》,为赣南地区水土流失找原因开药方:"那一带的山都是走沙山,没有树木,山中沙子被水冲入河中,河高于田,一年高过一年,河堤一决便成水患,久不下雨又成旱灾。"

在长冈乡调查时明确提出:乡苏维埃政府要抓水利,设立水利委员会,乡苏维埃主席兼任乡水利委员会主任,每个村都要有一名水利委员。1934年1月在瑞金召开的第二次全国工农代表大会上,毛泽东在《我们的经济政策》的报告中指出:"在目前的条件之下,农业生产是我们经济建设工作的第一位。""水利是农业的命脉,我们也应予以极大的注意。"

这一论断对苏区农业建设起到了重要的指导作用,其影响延续到了改革开放的现在。迄今还有人凿凿言曰:这些年我们一直在吃这句话的老本。

记得前些年我从共青城前往兴国,正值栀子花开,便采了一朵,经南昌到兴国后，栀子花有点打蔫，寻口杯灌清水养起，晚上它又变得芬芳扑鼻。这个想要花香人，人得先养花的道理，既小且大。前车之辙，后事之师。早在1964年全国三届人大会议期间，周恩来总理就对当时的江西省委常委兼第一任组织部长刘俊秀说："俊秀同志，兴国李友秀同志有一个提案，说兴国由于水土流失严重，河床逐年抬高，这可是一件大事，你要向省委汇报，兴国人民在第二次国内革命战争时期有很大的贡献。这样下去，既影响农业发展，又影响群众生活，这件事，你要抓，江西省委也要抓，抓就要解决问题！"还没等到治理水土，"文革"便治理了刘俊秀，使他身心备受摧残，同时受到摧残的是兴国的山水。"文革"不仅加剧了兴国的水土流失，还耽误迟延了治理时间。全国的水土保持机构和工作也因此而全面瘫痪了十年。

这是一个影响深远祸及过去和现在的相当沉重的历史教训。

1980年兴国县2240平方公里山地的水土流失面积达1899.07平方公里，占山地面积84.8%，县域面积3125平方公里的59%，年泥沙流失量达1106万吨，全县河床普遍淤高1～2米，成为地上悬河。山地林草植被覆盖度只有28.8%，强度以上水土流失山头植被覆盖度不足10%。山上只有一些稀疏的马尾松，10年树龄不足1米，被当地人称为"老头松"。水土流失导致山体破碎，沟壑纵横，岩石裸露，被称为江南沙漠。夏季极端气温超出40℃，地表高温高达75.6℃。在兴国龙口镇的塘背小流域乌丝岭上，中午鸡蛋放在山上，半个小时即可烤熟。农民人均年收入只有41.14元。水源不足，土地贫瘠，粮食减产，相当多的农民吃不上饭。水土流失越严重生活越贫困；生活越贫困越没有精力治理。形成恶性循环。

兴国县95%以上人口是中原南迁的客家人及其后裔。多自陕西、甘肃、河南、河北、山西、山东6省来，尤以河南、甘肃两省为多。相传，兴国山歌源起秦末兴国上洛山造阿房宫时伐木工所唱之号子。中原古风遗韵和土著文化长期融会，故有"唐时起，宋时兴，唐宋流传到至今"的说法。悠扬与刚猛同在，唱情唱爱唱悲欢：哎呀嘞哎——斧头不怕纽丝柴，红军不怕反动派；井冈红旗飘天下，铁桶江山打出来。哎呀嘞——山歌唔唱唔风流，猪肉唔煎唔出油。梧桐落叶心唔死，无同妹料心唔休。哎呀嘞——哥是白糖妹是水，若是有情结缘来。月光弯弯在半天，船子弯弯在河边；船要下滩赶大水，妹要恋郎赶少年。哎呀嘞——打只山歌过横排，横排路上石崖崖；行了几多石子路，心肝格，着烂几多禾草鞋。哎呀嘞——山上无树、地上无皮、河里无水、田中无肥、灶前无柴、仓中无米，砍柴要出国，挑水要离乡哟！哎呀嘞——老表哥，兴国要亡国，唔要砍树棵，宁都要迁都，唔要砸饭锅，唔有青山不能活……

中外专家考察后的结论是：再不治理，就来不及了！

山歌只能唱出兴国的穷，却唱不来绿婆娑，将军们虽然开过国，但没有治理过水土流失的病。要想治住穷，先得放下斧头和锄头，不能乱砍乱垦。1980年兴国成立了以县长担任主任的水土保持委员会，下设正科级的县水土保持委员会办公室。1983年，财政部、水利部将兴国列入全国八片重点治理区域之一开展水土保持重点治理。从1983年起历任县委书记、县长离任移交的第一件事就是交代水土保持，形成了"一任接着一任干，一任干给一任看"的好传统。把"凡是在兴国工作的干部，不抓水土保持的领导，不是称职的领导；抓不好水土保持的干部，不是好干部"作为考核班子和干部工作业绩的基本内容。1984年兴国各乡镇成立了"水保封禁管护队"，1986年9月在全国率先成立"生态环境监督大队"。1991年10月县水土保持委员会办公室正式改为水土保持局，同时将农村能源环保办公室划归水保局管理。全县25个乡镇的农业服务中心分别设立水保岗位，村组设有水保管护员，形成了县、乡、村、组四级水保管护工作体系。深受水土流失家穷山恶水之苦的群众，家家户户出资出力，热情像当年在苏区支前参战一样，那种热闹的场面成为感人至深的历史画面永不褪色。所以，那年我们走来采访时，兴国已经变了模样。用他们自己充满感情的话说是，山上有果树，田里绿油油，沟里有水流，家家烧沼气，人人吃米饭。陪同的兴国干部说，人屁股、鸭屁股、猪屁股，三个屁股解决了兴国人的烧柴做饭。兴国缘何没有亡？全国人大环资委"中华环保世纪行"记者团尚莒城团长，一言以蔽之曰：兴国之道，在于水保！

十几年过去，现在的兴国，又有什么变化呢？

四十

皮之不存,毛将焉附。老话能够折射到今天,便是因为截至今天,水土的命运、人与自然的关系,以及万物的未来,并不曾随时光的流逝、人类科技的发展及信心的满满而有丝毫的改变,反而更加需要光大使之归真返璞,重新接续被纷繁离披阻断了的过去。

  那天我一边听乔殿新说,一边翻看他送给我的小册子。这是一本印有红色中华人民共和国国徽的《中华人民共和国水土保持法》的修订本。中华人民共和国主席第三十九号令:《中华人民共和国水土保持法》已由中华人民共和国第十一届全国人民代表大会常务委员会第十八次会议于2010年12月25日修订通过,现将修订后的《中华人民共和国水土保持法》公布,自2011年3月1日起施行。中华人民共和国主席胡锦涛,2010年12月25日。

  这期间国家先后实施的重大生态工程有:1996年6月,国务院办公厅发布《关于治理开发农村"四荒"资源,进一步加强水土保持工作的通知》。1999年以来退耕还林、京津风沙源治理、石漠化治理、巩固退耕还林成果、青海三江源生态保护等一系列重大生态工程相继启动并开始实施,水土保持均为其中重要建设内容。国家实施的水土保持专项工程有:在原有重点治理的基础上,先后启动实施了东北黑土区、西南岩溶区、丹江口库区、坡改梯、淤地坝、崩岗治理等水土保持重点工程。1994—2006年,分别引进外资实施黄土高原和云贵鄂渝世行贷款水土保持项目。2000年,党中央开始实施西部大开发战略,把加强生态环境建设和保护,作为西部大开发的根本和切入点;2008年,党的十七大提出了建设生态文明的宏伟战略。2009年,国家发改委发布《国家发展改革委关于改进和完善中央补助地方投资项目管理的通知》,改进小型水利项目(农村饮水安全、水土保持等)中央补助投资管理方式。国家级重大活动有:2002年我国首次承办第12届国际水土保持大会。1999年和2011年实施两次全国水土保持普查。2003年水利部首次发布全国水土保持公报。2005—2008年水利部、中科院和工程院联合开展"中国水土流失与生态安全综合科学考察"活动。

生态建设、环境保护、农林发展无不依赖水土保持。

1993年12月3日，国务院批复《全国水土保持规划纲要（1993—2000年）》。1998年，国务院批准实施《全国生态环境建设规划》，水土保持是其重要内容。2004年来，水利部相继批复了《全国水土保持预防监督纲要（2004—2015年）》《全国水土保持监测纲要（2006—2015年）》《全国水土保持信息化发展纲要（2008—2020年）》和《南方崩岗防治规划》等规划。相关生态规划计有：2012年6月，水利部印发《关于印发鼓励和引导民间资本参与水土保持工程建设实施细则的通知》，引导社会力量参与水土流失治理。同年同月国务院批复《丹江口库区及上游水污染防治和水土保持"十二五"规划》。2012年和2013年党的十八大和十八届三中全会，把生态文明作为关系人民福祉和民族未来的长远大计，纳入五位一体，放在突出地位，提升到更重要位置。2014年1月国家四部门联合印发了《财政部、国家发展改革委、水利部、中国人民银行关于印发〈水土保持补偿费征收使用管理办法〉的通知》，对水土保持补偿费的征收、缴库、使用管理等做了具体规定。2014年国务院批准《全国生态保护与建设规划（2011—2020年》，水土保持是该规划的重要建设任务。

综上所述取得的成效有：全国水土流失较20世纪80年代末减少72万平方公里，水土流失程度普遍减轻。全国700多个县实施了水土保持重点工程，综合治理小流域5万多条，保有水土保持措施面积99万多平方公里，打造了一批水土保持生态文明示范工程(县)。

近日，国务院正式批复同意《全国水土保持规划（2015—2030年）》。规划确定的主要任务有三项，一是预防保护。二是综合治理。三是综合监管。《规划》重点从三个方面入手，一是强化水土保持监督管理。二是提高监测水平。三是提升水土保持监管能力。

水利部水土保持司刘震司长在答记者问时提到本次规划与以往的不同：2011年5月按照《水土保持法》有关要求，水利部会同发展改革委、财政部、国土资源部、环境保护部、农业部、林业局等部门，启动《全国水土保持规划》编制工作。规划编制历经4年，是中华人民共和国成立60多年来，首次"自上而下"和"自下而上"相结合、系统开展的国家级水土保持综合性规划。规划的实施不仅是落实《水土保持法》的有效途径，也是贯彻党中央、国务院关于推进生态文明建设一系列决策部署的具体行动。《规划》中提到，到2020年，基本建成与我国经济社会发展相适应的水土流失综合防治体系。全国新增水土流失治理面积32万平方公里，其中新增水蚀治理面积29万平方公里，年均减少土壤流失量8亿吨。到2030年，建成与我国经济社会发展相适应的水土流失综合防治体系，全国新增水土流失治理面积94万平方公里，其中新增水蚀治理面积86万平方公里，年均减少土壤流失量15亿吨。

这是今后一个时期我国水土保持工作的发展蓝图和重要依据。访谈标题也突出本次规划的重点，从末端水土治理的被动和困窘状态突围，转入严把开端防微杜渐的积极主动，在治理已经形成的流失面积上，严格控制严厉打击甚至是不允许全国各地以任何理由继续新增水土流失面积，《从源头严控人为水土流失》一剑封喉，窃以为这是本规划最大的亮点。

龙行曲沼，水土点睛，安家立国，法规先行。

这个法规的依据，便是1991年8月1日国务院颁布实施的《中华人民共和国水土保持法实施条例》。2011年3月1日新修订并开始实施《水土保持法》。不要小看这个法规的依据，它直接关涉到每一个人、每一个家庭、每一寸国土、每一滴清水、每一目植物、每一类禽兽、每一方天下的安危。我恍然大悟之余对这位中年人肃然起敬。放眼中国，除了业内的水保人和相关人员，时人有几个知道这本小册子的存在？纵令知道又有几人翻阅过它？哪怕是出于对这块安身立命的土地的关爱些许感恩些许，随手浮皮潦草翻看一回？有吗？知法守法、监督违法、协助执法，恐怕更是凤毛麟角。只有水保人知道它的分量：家园有多重它就有多重。地球有多重它就有多重。生命有多重它就有多重。我决定摘录这里的第一章"总则"放在这里，给有识之士闲来备读。当然也可以不看，只要心安理得，悉听尊便。

第一条　为了预防和治理水土流失，保护和合理利用水土资源，减轻水、旱、风沙灾害，改善生态环境，保障经济社会可持续发展，制定本法。

第二条　在中华人民共和国境内从事水土保持活动，应当遵守本法。本法所称水土保持，是指对自然因素和人为活动造成水土流失所采取的预防和治理措施。

第三条　水土保持工作实行预防为主、保护优先、全面规划、综合治理、因地制宜、突出重点、科学管理、注重效益的方针。

第四条　县级以上人民政府应当加强对水土保持工作的统一领导，将水土保持工作纳入本级国民经济和社会发展规划，对水土保持规划确定的任务，安排专项资金，并组织实施。国家在水土流失重点预防区和重点治理区，实行地方各级人民政府水土保持目标责任制和考核奖惩制度。

第五条　国务院水行政主管部门主管全国的水土保持工作。国务院水行政主管部门在国家确定的重要江河、湖泊设立的流域管理机构（以下简称流域管理机构），在所管辖范围内依法承担水土保持监督管理职责。县级以上地方人民政府水行政主管部门主管本行政区域的水土保持工作。县级以上人民政府林业、农业、国土资源等有关部门按照各自职责，做好有关的水土流失预防和治理工作。

第六条　各级人民政府及其有关部门应当加强水土保持宣传和教育工作，普及水土保持科学知识，增强公众的水土保持意识。

第七条　国家鼓励和支持水土保持科学技术研究，

提高水土保持科学技术水平，推广先进的水土保持技术，培养水土保持科学技术人才。

第八条　任何单位和个人都有保护水土资源、预防和治理水土流失的义务，并有权对破坏水土资源、造成水土流失的行为进行举报。

第九条　国家鼓励和支持社会力量参与水土保持工作。对水土保持工作中成绩显著的单位和个人，由县级以上人民政府给予表彰和奖励。

水土似皮，万物若毛，智慧如人，背弃水土，亦成飘蓬。

四十一

1991年《水土保持法》颁布实施以来，全国累计有38万个生产建设项目制定并实施了水土保持方案，防治水土流失面积超过15万平方公里。全国水土保持措施保存面积已达107万平方公里，累计综合治理小流域7万多条，实施封育保护80多万平方公里。

从宁都去兴国的路上，水利部水保司的乔殿新介绍说："兴国跟你们那年来时相比，变化非常之大。2003年兴国列入国家水土保持重点建设工程项目区。2007年全国水土流失动态监测与公告项目还将兴国蕉溪小流域列为监察典型，2009年全国水土保持监测网络和信息系统建设二期工程时，在蕉溪小流域还设了一个监测点。实施第一期工程时首先是解决温饱问题、没柴烧，没饭吃，群众还会砍树，垦荒。重点打造生态型小流域并结合老区建设项目。实施第二期工程时，重点打造产业开发型小流域，让群众在治理水土流失的同时也得到一些经济上的实惠。在实施国家水土保持重点建设工程项目时，把促进新农村建设、构建和谐社会与水土保持结合起来，重点打造生态清洁型、生态节能型小流域。水土保持也得循序渐进，与时俱新，老路走不通。比方说，过去那种大会战的形式，现在就行不通了。"

"过去这里都是花岗岩，比红砂岩更难治理。那里的植被覆盖率不到10%，2012年全市共开展了3519条小流域的综合治理，治理水土流失面积6163.73平方公里。实现了从穷山恶水向青山绿水的根本转变，山、水、田、林、路、村统一规划，综合治理，人工治理与自然修复相结合，工程措施、生物措施和耕作措施相结合，小流域水土流失治理度达到80%以上，治理区林草覆盖率达到85%以上，田间道路、排灌沟渠、小型水利、各项水保工程，包括塘坝、谷坊、蓄水池等，多头并举，有效地改善了流域内农业生产条件。全县山地植被覆盖率由1980

年的28.8%上升到2014年的82%。与过去相比，可以说是翻天覆地！"在八大片小流域走访时赖局长和赖工你一句我一句地轮番说。"过去我们周工，他就在这儿，看一只老鼠。老鼠就在那边山坡跑来跑去，想找点草把自己藏起来，他看了半个多小时，老鼠硬是没有找到个藏身之处。因为根本就没有草。现在你看，人藏在里边都找不到。"

"没有这些水平沟什么植物都长不活。"江西省水保厅的张金生处长插话，"你看这些蕨类和铁芒萁，长得多好。马尾松也长高了一些了。水平沟可以蓄水保土。这些水平沟都是拿镢头挖出来的，每天挖山不止。挖山的锄头那么长，挖到最后只剩短短的一截。都是靠群众自带干粮干起来的，可以这么说，工程量的60%是靠大会战干起来的。有人计算过，把我们兴国挖水平沟的动土量加在一起垒成一米见方的一条坝，可以绕地球三圈半……"

黑瘦的郑习东在他新建的别墅前接待了我们。

郑习东新建的三层别墅就在他承包的荒山之中。别墅的周遭是脐橙树和橘子树，还有几十株高大的杨梅树。这几株杨梅树高大到让人怀疑它不是杨梅树。但赖局长却说它就是杨梅树。个头不高的脐橙树，每一个枝条上都结满了拳头大的金色的脐橙，沉重的枝条已经不堪重负，细心的主人只好在枝条的下边绑了棍子以便助力。矮小的橘子树似乎更惨，纷繁如星星般的果实，结满了树枝，不仅压弯了树身，而且许多树枝已经被压得倒伏在地上，黄澄澄的橘子像金子似的躺在地上，似乎不是树生而是一些藤蔓植物。这样的丰收景象许多人和我一样还是初见，自然少不了大呼小叫。只有黑瘦的郑习东和赖局长、赖高工，脸上挂着司空见惯的微笑。郑习东拿来了剪刀招呼大家剪几个橘子或是橙子尝尝鲜，于是一片欢呼声。

"天天都有城里人开车来采摘，"赖局长告诉我，"这个项目是最受欢迎的，大家自己剪，想剪哪个是哪个，也不贵，一斤三四元钱，对吧？小郑？比市场价还要低一些，为什么呢？省去了中间环节。然后拎着回家去送朋友、亲戚什么的，还能吹吹牛。这些橘子可是我亲手从树上剪下来的，有成就感。还有孩子们，学生们也喜欢来这里，又可以玩，又可以吃，还可以学习一点植物知识。这里的所有树木、植物，都是挂了小牌子的。"

"过去这里是寸草不生的癞癞山、溜沙岗，如今已被苔藓、地衣、蕨类等植物覆盖，野鸡、野兔、野猪也开始出没，野猪还拱田、偷吃农民的苞米，很吓人的！"赣州水利局副局长周益萍是个很有个性的女性，说起话来如同爆豆一样。局长却相反，是个稳重而慢条斯理的人，她字斟句酌地说："兴国县现在的水土流失面积下降至750多平方公里。除崩岗外大部分地区的流失程度降至强度流失以下。土壤流失总量由每年1106万吨下降为314.08万吨，保水效率超过18%。与1980年相比，有机质、氮、磷、钾流失每年减少了27.68万吨。绝大部分农田实现了"旱改水"和"一季改二季三熟"，"落水河"面积由8万亩下降至不足2万亩，"望天丘"面积由4.6万亩下降至1.6万亩。至2014年，全县油茶面积达64.3万亩，脐橙面积8.6万亩，全县农村经济特色产业初步形成，农业产业结构得到优化调整。"

我们一边吃着汁水四溅的赣州脐橙，一边剥着瓣瓣红润的矮树上结的兴国橘子，一边聊着百感交集的兴国变化。晚上，郑习东请我们在他的别墅里，煮了他自己农庄里养的鸡和鱼，还请我们品尝了他自己泡的杨梅酒。相谈甚洽。这个貌不惊人的，甚至表情还有点腼腆的小伙子，说起自己的成功，翻来覆去只咬住了一句话：都是沾水土保持的光！

我想，有了这样好的水土，赣巨人迟早会回来。

四十二

黄土高原现有淤地坝11万余座,淤成坝地450多万亩,可拦蓄泥沙210亿立方米。陕西(36816座)、山西(37820座)、甘肃(6630座)、内蒙(17819座)、宁夏(4936座)、青海(3877座)、河南(4147座)等七省(区),其中陕西、山西、内蒙古三省区共有淤地坝9万余座,占总数的82.5%。

我们的先人,早已知道,水土乃生态之根,安民之本,立国之基。故而自古便口口相传种种约定俗成、耳提面命、乡规民约、提纲挈领、循循善诱的禁忌和说教。古代的尧舜禹就带领先民在黄河中下游地区耕种,让历山的人推让地界;让河滨的陶器不偷工减料;让雷泽的人推让渔界。"平水土""尽力乎沟洫",即疏导洪水,修治田间水道,以防御水旱灾害,这是中国最早有文字记载的水土保持工作。间接以生态言及水土保持的更是多多。如孟春之月祭祀不得用雌性禽兽,禁止伐树、毁坏鸟巢、杀孕兽、取禽卵、捕幼禽幼兽。仲春之月,不得破坏水源,禁焚烧山林。季春之月,禁用弓箭、网罗、毒药等形式猎杀禽兽。不得伐取桑树和柘树。孟夏不许大规模围猎,仲夏之月不许烧炭,季夏之月禁砍伐山林等。

西周初期即对农田划定区域,修起地界,用井田法开沟筑垄,蓄水保墒,以减少水土的流失。《诗经·小雅·黍苗》中有句"原限既平,泉流既清",与今天种草种树,以从山上流下的水的清浊,为水土保持的标准和要求。由此可见当时人们便已认识到水与土不可分离的血脉关系。西汉成帝时的"区田"之法,发展到现在,就变成了坑田法和鱼鳞坑。破塘即开塘,现在即为涝池。还有梯田的修整,都是在西汉时就已经存在,已经初见端倪的,现在留存下来的古梯田还有许多。引洪漫地与淤地坝相类似，均源起于战国时期。西门豹引漳河水灌溉农田，郑白渠引径河水淤灌，北宋年间黄河下游及海河流域大量放淤等等，也就是今日为节约水资源而被禁用的大水漫灌，那时无虑于此。先秦首开封山育林之风气。秦以后滥伐、滥垦、滥牧不断发生，森林、草原、农田遭破坏，童山濯濯加剧了水土流失。故秦以后荒山荒坡造林、种植经济林木、堤岸坝堰营造防护林技术，也应运而生，有了发展和提升。

北宋沈括的创流水侵蚀理论，明代周用提出"使天下人人治田，则人人治河"思想，南宋魏观及清代梅伯言总结的森林抑流固沙理论，明代徐贞明及清代胡定、马征麟倡导的治水先治源与汰沙澄源理论等，集中反映了中国传统的"水土并重"的水土保持思想。

明清时晋陕黄土丘陵区即创出打淤地坝之法。

那天在梁家河老支书梁玉明的家里我们曾谈到淤地坝。他说："淤地坝是陕北老早就传下来的法子，它通过蓄洪下渗，以减小洪水的冲力，还可以留住肥土种庄稼，淤地坝土厚肥大，种什么丰收什么，收成是普通坡地、梯田的几倍。"

四十三

> 这些年,我们习惯了居高临下,面对自然界,总是王顾左右而言他。殊不知,水土能屈人之兵,生态可不战而胜。一户人家、一座城市,甚或一个国家,如果十天、一个月,甚至一年没有水?天天有泥石流发生、时时有沙尘暴来袭,日日生活在雾霾之中,该当如何?

"一封朝奏九重天,夕贬潮阳路八千。欲为圣明除弊事,肯将衰朽惜残年。云横秦岭家何在?雪拥蓝关马不前。知汝远来应有意,好收吾骨瘴江边。"唐宪宗元和十四年正月,韩愈写了一道奏章,劝止唐宪宗劳民伤财,大老远派人去请释迦牟尼佛的一节指骨。唐宪宗嫌他狗拿耗子,要杀掉他,因众臣说情死罪可免活罪难逃,便把他贬到广东潮州。韩愈路经蓝田关,心里郁闷便写了这首诗。类似这等公案,历朝历代,数不胜数,皇上不高兴便将人从城里贬到乡下,以快自家的心意。而以现在的眼光来看,潮州、苏州、海南等等常被用来贬人之地,如今之宜居、房价、各项幸福指数,均高于当时的京城,这便是时空变的魔术。

于是,想起那天冒雨赴蓝田县辋川访王维,蓝田县竟无王维相关研究纪念馆所,让人大跌眼镜。故调寄《定风波》新韵一首,戏为《雨中赴辋川访王维未遇有感》以示怅然:

> 行到蓝田玉袅烟、坐巡太乙岭生棉。
> 戏唱辋川银杏怨,亏欠,竟然灯下黯君颜。
> 金粉无声苍翠见,盈眼。古今牵念赖诗缘,
> 千里拜求因画卷。唯愿,凄风苦雨远樽前。

古今隔膜不说还常常是灯下黑,我远道追寻辋川王维故居,却只见雨中王维手植银杏树下,几柄雨伞花红柳绿,几颗白头摇摇晃晃,听一女伶吼喊秦腔。心有戚戚,故又调寄《青玉案》新韵曰:

辋川云起山穷路，见银杏众头顾。粉面青伶桃李怒，操唐琴板，纵秦歌赋，安史声声误。

　　南国红豆今犹故，依旧佳节倍增步。长啸幽篁明月诉，一川商雨，满山周雾，岂止春秋苦。

有七绝一首为证：

　　太乙山生雨中烟，蓝关雾锁三秦天。
　　咸阳未照青苔上，人到辋川已惘然。

　　西安位于黄河流域关中盆地，渭水东南岸，是古丝绸之路北线起点。公元前11世纪周文王在此建丰京、镐京之后，秦、汉、隋、唐等13个王朝均在此建都，古称长安、京兆，有三千年建城史。居中国七大古都之列，与雅典、开罗、罗马并称世界四大文明古都。环城河流有渭、泾、沣、涝、潏、滈、浐、灞等，自古便有"八水绕长安"之美称。渭河横贯西安市境内约150公里，年径流量为25亿立方米。南部秦岭山地与北部渭河平原海拔差殊位居全国之冠，构成地貌主体。渭河平原以黄褐土、褐土为主而秦岭山地以黄棕壤、棕壤为代表。

　　昔日辉煌何以不再？除风水轮流转的社会原因，还有自然原因。人文生态与自然生态息息相关。俗话说，人老先老腿。腿是生命之本运动之根。腿脚不利索意味着生命的衰朽与活力的丧失。城市也有生命也有腿脚。它们的腿脚是，动物的爪蹄和植物的根须。这些腿脚只有附着于水土方可蓬蓬勃勃。二者互为因果，是拔出萝卜带出泥的关系。2001年2月22日《人民日报》（海外版）报道：西安市目前有3851平方公里水土流失区域急需治理，占西安总面积30%以上。水土流失区主要分布在秦岭北麓、骊山丘陵沟壑区和台塬区，这些地区都是重要的旅游景观区和水源分布区。水土流失不仅严重影响当地旅游业的可持续发展，也造成下游河床抬高、水库淤积、水源涵养能力下降、土地生产能力下降、生态环境恶化等诸多危害。西安市正采取人造梯田、植树造林、改善耕作手段等工程、生物、耕作措施，进一步加大水土流失治理力度。水土流失，流失的不仅是城市的腿脚，还有城市的风水与运程。

落花流水春去也。去也就罢了，回来就好，一去不回，便有些尴尬。我有感于此，七绝两首以记之："繁花落尽嚼沧桑，鼠啮十三数帝皇。锦绣长安香已了，未央宫里忆阿房。""京兆斜阳巨丽伤，上林风月下林亡。绕城八碧涂金粉，泾渭黄河一色妆。"又古风曰："鼠剩蝗余兮品嚼沧桑，泾渭分明兮色授黄河。上林巨丽兮下林穴伤，魂与尘泥兮咸阳奈何。宫阙巍峨兮帝皇嗟哦，十三易数兮造化弹劾。水土流失兮五千年奈何，八水绕城兮急待执柯。"

我先去走访了位于汉城湖畔的西安水土保持科普体验馆。

水土保持科普体验馆，坐落于国家科技示范园，面积620平方米，由锦绣序厅、水土流失隧道、水保百科、互动体验、启迪之旅等五大单元组成。集科普性、知识性、趣味性、互动性为一体。采用现代模拟环境、视屏投影、幻影成像、5D影院等声色光电等手段，下雨便有雨点落地，下雪便有雪花扑面，刮风便有大风吹拂，寒暑变化感同身受，水土流失人临其境。浓缩千古于一瞬，沧海桑田倏忽千年。陕西有五种典型的地形地貌，包括陕北长城沿线风沙区、陕北黄土丘陵沟壑区、渭北黄土高原沟壑区、关中平原区和陕南秦巴土石山区，前后图片对比可见治理与不治理的天差地别。人为因素和自然因素交互作用水土流失冲毁大坝、淹没村庄的灾难性场景。乱砍滥伐毁林开荒导致村庄被地质灾害摧毁。色授魂与体会从山清水秀渐变为穷山恶水。设身处地体验大千世界，因人类发展，万物共同的家园被毁。人机交互启迪思考，红尘男女觉悟明白，个人的不留意、不经意、不以为意，都是蝴蝶的翅膀。蝴蝶效应累积便会形成破坏，造成水土流失、生态破坏、资源丧失、自然灾害，祸及自己还能殃及子孙。对现在和未来具有毁灭性，也是对生命的不尊重。展馆兼有明末作家冯梦龙三言的效用，治《警世通言》《醒世恒言》《喻世明言》于一炉。如巨钟石杵、顽铁熔炉、心灵鸡汤，刚柔并济，对水土流失和水土保持科技知识普及，提升全民水土保持意识功莫大焉。

时到今日，西安已经累计完成水土流失治理投资3.52亿元，治理水土流失面积1303.5平方公里。25座水库完成除险加固计划。全市17条河流有34个项目列入治理规划。治理堤防长度152.42公里。建成农村饮水安全工程1235处，已解决131.98万人饮水不安全问题。完成田间配套工程投资17.9亿元，节水灌溉面积71.81万亩，每年新增节水灌溉面积平均15万亩以上，建设滴灌等高效节水设施面积14.13万亩，修复灌区干、支、斗渠1362公里，维修引水枢纽、机电设备及渠系建筑物3428处，新修、改造基本农田22.36万亩。

其中渭河西安段综合治理工程便是一个华彩片段。

渭河属于黄河三门峡水库淹没影响区，也是西安最大的过境河流，全长28.65公里。省委书记赵乐际多次指出："要高度重视渭河西安城市段的综合治理，在科学规划和论证的基础上，扩大渭河在西安的水域面积……"2008年10月29日省委常委西安市委书记在渭河西安城市段综合治理工程开工典礼大会上拉开了渭河综合治理工程的帷幕。渭河西安城市段综合治理一期工程西起西咸交界东至灞河入渭口，全长22公里，工程总造价23亿人民币。时过17年，渭河西安城市段综合治理工程基本竣工，呈现在我眼前的是集防洪、生态、景观、环保、人居、文化、经济与社会等八大功能的渭河堤防：堤防等级为1级，大堤顶宽49米，堤顶路面为沥青铺设双向四车道路面，并设防洪抢险道，巡堤养护道，绿篱隔栏，路灯照明等，大堤防洪标准从过去50～100年一遇的洪水全面提升为如今300年一遇的洪水。

渭河堤道的两边，建有气势雄浑的水泥回廊，回廊每过一段距离便矗起三层高高的重阁以供游人临风远眺。驻足于此，河面与堤坝便跌落在脚下。翘首远望，渭水平原苍茫旷达向远方，横亘于脚下的渭河逶迤如迂阔的飘帛，两岸滩涂长满各种水生植物，并没有澎澎湃湃或是漫漫涣涣的流淌，只在大滩远岸的中央有一湾，或是几湾，条条缕缕地流动。这些随物赋形的水流时分时合，懒散闲淡地无语东流，似乎一位老叟，虽然身体也还健朗，且穿上了一件新的衣裳，却仍然无法遮蔽积年累月被啃老的清瘦。也如同一位罹患相思的少妇，等着负心的情人回心转意，日复一日，却憔悴了自己的青春年华。便有轻怜痛惜的思绪幽幽从心头升起。衰衰朽朽，卿卿我我，啃得老叟贫困，瘦了伊人身腰，却不知究竟是肥了谁个？

不免感慨。抡圆了感慨，便不时有新内容添加，这渭水老叟、多情女子,也真个是好哄顺,只需说句好话就欢喜,给点阳光就灿烂。也就几年光景,各类大大小小的水禽,已经云集在这里。成群的麻花的野鸭子、结队的大个头的雁鹅、雪白的沙鸥、虹彩般美丽的鸳鸯等等水禽,不时从远处的苇塘飘逸地掠起,或鸣叫,或无声,或高飞,或低回,带着翅响,盘旋着飞过人的头顶,也不甚流露怯人的模样,婀娜多姿地落到另一面的沙洲里去觅食了。

  自然无法修复的堤防,人工已经完成,人工无法修复的自然的繁荣,则需要自然假以时日去完成。前景向好。让人忧虑的是,源于定西市渭源县西南海拔3495米的鸟鼠山北侧的渭河干流,全长818公里,流域总面积134766平方公里。干流由西向东流经渭源县、陇西县后,于鸭儿峡注入天水。流过甘肃天水市境入陕西宝鸡市,然后始到西安段。西起西咸交界东至灞河入渭口,全长22公里这一段,便是修筑堤防的所在。然后经由很长一段流路,至潼关的港口入黄。每年输入黄河泥沙达5.8亿多吨,约占黄河泥沙总量的1/3。上游姑且不说,如果上游各地不能善待渭河,渭河的水量照过往这样被沿岸索如枯鱼之肆,加上水土流失逐年加剧,甚或污染成连景观水也不配做的劣五类水质,该当如何?水的防治与土的保持,是二位一体的,要紧处不是某省某地简单的综合防治,而须全国统一布局。

  自然如牛,如果牵不住牛鼻子,恐怕会徒劳无功。

四十四

相对被称为亚洲第一大河世界第三大河的长江则是幸运的,春来江水绿如蓝的描述,至少在21世纪80年代,还可以让人触景生情。遗憾的是短短30多年以后,长江也不幸濡染了与黄河相似的颜色,并黯然神伤,啜饮着沿江两岸馈赠的毒酒,流向不归。

江苏省,属发达省份。辖江临海,扼淮控湖,长江横贯东西,京杭大运河纵贯南北,海岸线954千米。平原面积和水面比例均居中国首位。山不高多负盛名。文化多元。气候、植被具有南方和北方特征。截至2010年全省共治理水土流失面积3500平方公里,改造基本农田78万亩,发展经济林、水保用材林50万亩,配套各类水利水保建筑工程10万座,全省山丘区900多条小流域有380条得到初步治理。在20个丘陵山区重点县中,水土流失治理率超过60%的已有10个县。每年约可减少土壤流失400万立方米左右。1997年在丘陵山区有水土流失的10个市、21个县增设了41名水土保持监察员。十年来省级财政用于水土保持及综合开发的投入达12700万元,市县配套资金达38500万元。水利部1998、1999两年共安排国债资金1400万元。仅南京市在"九五"期间用于水土流失治理的经费就达5608万元。

江苏省人民政府在省水利厅《江苏省水土保持规划(2015—2030)》批复同意:通过《规划》实施,到2020年基本建成水土流失综合防治体系,全省水土流失综合治理规模2700平方公里、重点预防规模2866平方公里,综合治理率丘陵山区达到85%、平原沙土区达到40%,年平均减少水土流失量20万吨。到2030年,全省水土流失综合治理规模4300平方公里、重点预防规模4094平方公里,综合治理率达到90%,水土流失得到基本控制。

南京水保也有声有色,近年来完成了《南京市水土保持规划》,颁布了《南京市水土保持办法》,下发了《关于进一步加强水土保持工作的通知》，发布了水土流失重点预防区和重点治理区两区公告。建成生态清洁型小流域19条，治理水土流失面积239平方公里，形成了以江宁区的石塘、朱门、金牛洞，溧水县环山河、傅家边、西塘，高淳县游子山、"慢城"，六合区金牛山、大泉，浦口区余冲等一批典型生态清洁型小流域，共计58个。

我先去看的是江宁区的前后石塘村小流域。

"这还只是个开始。"南京市水利局水保处的谷成标处长，威风凛凛一个大汉，却心细如发，思路清晰。他能把枯燥的话以闲聊的方式讲出来："高淳的县委书记，觉得高淳生态好，想打生态牌。习近平当时还在浙江当省委书记，他在那个时候就说过，绿水青山就是金山银山，这个县委书记受到启发，就把高淳搞成了国际慢城。慢城这个东西，是节奏慢，什么都要慢下来，人总是匆匆忙忙的，把许多事情都忽略了，慢下来好好想一想，把该补的东西补上不是挺好吗？这个慢城现在不仅成了我们南京和江苏的一个品牌，还是全国走向世界的品牌，外国人常来。慢城小流域和山河小流域、江宁石塘小流域都获得了'国家水土保持生态文明清洁小流域'的称号。你都应去看一看！"

南京拥有着6000多年文明史、近2600年建城史和近500年的建都史，有"六朝古都""十朝都会""江南佳丽地，金陵帝王州"之称。水域面积占总面积的11%以上，林木覆盖率26.4%，建成区绿化覆盖率45%，人均公共绿地面积13.7平方米，位居中国三甲。

这样一座历史悠久的现代化发达城市，在人们的印象中似乎与水土保持这个古老的话题已经风马牛不相及。然而，让许多人感到意外的是，南京市的水土流失面积和流失量，竟然居江苏全省各市之首，防治任务较其他地市更为艰巨。事实是，旧有的水土流失还未完全治理完，新的水土流失现象已悄然发生，并随社会发展和人的不经意而逐年加剧。何以如此？值得每一个人去深究。我注意到南京市水保系统前不久在网上举行了一次别开生面的"水土保持有奖竞答手机游戏"，近两万人次参与答题。其中有一道题试图启发和诱导思考知之者寡的原因是，不识庐山真面貌，只缘身在此山中。

这道考题为：发生城市水土流失的主要因素是什么？

四十五

《禹贡篇》论雍州的地理，说："原隰底绩，至于猪野。"今陕甘两省大部分为雍州之域。隰指原下之地，即川地。绩，指治理。全句是说原上原下的地都得到治理。这说明那时的原，相当广大。如果都像现在这样破碎的原，真要确实得到"底绩"，恐非易事。

　　历史有确切文字记载的南京水患：太元元年(251年)八月孙权定都南京，长江洪水随狂风漫溢石头城："大风拔树三千……水深八尺。"之后则百年安澜。晋穆帝永和七年(351年)七月长江突袭南京"溺死数百人"。晋安帝元兴三年(404年)二月，金陵又遭江洪来袭，商旅船碎裂千余艘，横尸江面，惨不忍睹。中唐后江岸西移，沿江筑起堤坝，已至数百年间无大洪灾。可见历朝历代，举凡当朝重视水土保持，灾难似乎相对少而小。若非遇不可逆，只要分洪泄洪的能力足够打发洪水来袭，便可以得个平安。但是，只要人类稍不留意，灾害就会伺机而动。宋隆兴二年(1164年)六月发生过一次较大水灾，街道可"操舟行市"。明代洪水又故态复萌，洪水卷土重来，每每缘起大雨，涨发江水，无以分流，便漫溢淹人。明弘治十五年(1502年)七月，数日狂风暴雨引来"江水泛溢入城五尺余(深)"，城中房宇倒塌千余间，孝陵内墙垣、桥梁亦未能幸免。万历三十六年(1608年)六月，南京再次遭遇水灾，本地方官给朝廷奏折历历有云："水灾异常，百姓漂没……盖二百年来未有之灾。"得朝廷自找原因了。

　　清代南京水患进入低潮也许纯属运气，但不妨找找水土保持的人为原因。民国水患又趋频繁，那是自顾自，包藏私心，龙多不治水。1921年发生水灾，灾情未见记载，但也是必然中的偶然。1931年7月24日最大降水量高达198.5毫米，江水猛涨，堤坝多处溃散，下关水位达到9.29米，水西门外堤坝决口，沙洲圩决口长达70余丈，3万多人受灾。八卦洲全部被淹,死亡1000多人,"淹没田亩百数十万亩……人类则与虫鸟竞争,同栖树头"。

1949年再发大水,手头无灾情资料,想来不大。1954年7月南京的降雨量高达892.6毫米,山洪暴发,市内各河道湖泊皆涨水,水位居高不下,抗洪时长112天。水土保持与兴修水利并举,从此便远离洪涝灾害达20年。若非遭遇"文革",水保机构如同水土也似全线溃散,流失十多年,也许1983年6月南京那场连日暴雨,水保工程可以从容消化,不会导致秦淮河等内河水位迅猛上涨,超警戒水位1.09米。也许1991年、1998年的流域性的特大洪水,皆可以积10年水保之功而应付之化解之,不会造成那么巨大的损失……

已成后话,不说也罢。若不幸而言中,则心有戚戚也!

网上搜得近些年来南京水灾情况,难免挂一漏万。2007年7月7日下午4时30分左右,江宁区狂风暴雨袭来使很多路段积水,交通阻断。江宁某大学部分学生宿舍进水。次日上午7时左右暴雨断续下5小时。佛城西路瘫痪,积水深达1.5米左右。2011年7月17日凌晨4时许,一场暴雨席卷南京仅仅2个小时工夫,迈皋桥的万丰苑小区就变成了一片汪洋,积水齐腰,一楼许多人家淹水,院子里数十辆汽车泡在水中,给居民生活带来很大困难。据了解,该小区地势低洼,排水不畅,仅仅十天内已经闹了两次水灾,久未解决。

2015年6月2日,南京特大暴雨,降水量50毫米,一小时给南京倒下3.3亿吨水。相当于54个玄武湖的水量,每个南京人头上浇了40吨水。2015年6月26日连续24小时的大到暴雨,使江苏段长江水位达到警戒线,导致部分河流水位漫堤。28日零时秦淮河支流云台山河出现漫堤,导致机场高速路口匝道至正方大道匝道段部分路面积水。秦淮河东山水位达到11.17米,比历史最高水位10.74米还要高出0.43米。云台山河附近的南京江宁区横溪湖头村遭遇严重水灾,全村被淹,村民从前天早晨开始紧急迁出。上游水位仍在上涨。长江常州段录安洲堤出现三处滑坡险情。江宁牛首山河水倒灌入邻近一高端小区,致使小区被大水所封,并断电,大量业主被困。机场高速与牛首山河跨线桥处有土石方塌陷,阻碍牛首山河泄洪,短时间里大量河水溢出,导致道路严重积水。机场高速已被封闭。假定长江水量丰沛如过往,未被庖丁肢解,年年浅陋到航道竟然不能通航,不知南京遭遇如此大的雨量,又会如何?天灾被人祸歪着正打,如此化解,祸兮?福兮?真的也很难说。事实上大家心里都明白,这些年,我们欠水土的、生态的、环境的、自己的,已经太多太多。

习总书记通过国内外重要会议、文件批示、考察调研、访问交流等,以不同方式、不同内容、不同话语,坚持着同一主张,批评着、诱导着、命令着,已超60次:"环境就是民生,青山就是美丽,蓝天也是幸福。要像保护眼睛一样保护生态环境,像对待生命一样对待生态环境。对破坏生态环境的行为,不能手软,不能下不为例。"

好一个"不能下不为例",若下还为例,该当何罪?

四十六

我填得《定风波·南京前后石塘村》，从中表示了北路旱家对南方水乡的羡慕之情：安步苔泥古道晴，素墙玄瓦惹流莺。桥榭阁亭花木捧，争宠，前苏后徽点龙睛。琉岸璃山芳径通，犹恐，峰羁波绊缚游踪。莫以高低斟万顷，杯净，壶留些许济苍生。

  去石塘村那天，大清早，有微雨，寒气逼人。小雪也就过了3天，想不到南京的冬天如此凛冽，倒让我这个北方人小小吃了一惊。江宁区水保站女站长，一个中年女性，穿着厚厚的宝蓝色的长羽绒服，一副严冬打扮。我有点替她发愁，到了三九还能穿什么。好在车内是温暖的，且驰行有顷，也就40分钟，便到了地方。下得车来，只觉一片清冷幽绝之气扑面而来，萧瑟中，却依旧翠色撩人，毛竹一竿一竿，成片成丛，寒气逼得竹叶边缘有些泛黄，偶尔有三三两两的飘洒。竹林夹护着一条净泥小路曲折向前，沟渠里的水环绕着蓬蓬勃勃的绿，激溅敲金漱玉的声音。过了一座拱形的小桥，眼前便呈现出一泓碧水，水面上竟然袅娜起缕缕白雾，宛若仙气祥云也似缭绕。还适时地吹着寒风，将万千白雾吹得如仙女的裙裾，飘飘舞将起来，丝绦般缕缕吹散，直吹入对面那一片低低矮矮的山，白雾便被吹入那些堆叠而起的浓黑的山上的绿里去了。这一来让那山便愈加显得影影绰绰不甚分明了。

  恍若仙境般景色引来的不只是我这个北方人的惊喜，也引起了同来的南国人的一片小呼小叫，却原来这一等一的美景，是连他们这些"地里鬼"也寻常遇不上的。于是，大家都驻足于池畔屏息敛神，只听得手机、相机的扫射声，与流水与白雾的碰撞声，如同天籁。这样的辰光也就维持了十多分钟，水面上的雾被风吹得滴溜溜乱转，忽然就不见了。我等却方兴未艾，仍然沉浸在兴奋之中，举着手机和相机，眼巴巴盼它再现。却不能够。

伊始一幕，往后去，人便有些恍惚，身心全然地被一派清幽之气所俘获，以至竟将萧瑟的景象也归入清幽的范畴，而拱为风情了。不同季节有不同物候的诉说，也是风情万种的表露。横溪环绕着石塘，使街道和村都具有灵性。近千年的历史，肥肥地孕育着传说：上千年以前，两颗流星划过夜空，拖着雪亮的尾巴，同时砸向横溪环绕的这两个地方，轰然一声巨响，两股烟尘腾起在天空上方，不知何时方才慢慢散去，烟尘腾起的地方，从此便砸出两个池塘，后来有了人，便有了上下石塘村。这里北距南京市中心38公里，西距马鞍山市区25公里，这边江苏那边安徽。镇南方位属横山山脉，镇西方位属云台山山脉。话语、乡俗、建筑、风情，也融会有两省的半斤八两。后石塘村，朱漆黑瓦，典型的苏派民居。而前石塘村却"青砖小瓦马头墙，回廊挂落花格窗"，花格雕窗，翘首门楼，俨然是徽派房舍的特有格局。漫步青砖铺地的林间幽径，追看院边草地上的鸭行鹅步，追到它们蹿入渠水，沉入寒塘，嘎嘎哦哦地凫水远去，以避我这个俗人。我则在寒风中想象草长莺乱时的光景渐入佳境。

石塘村拥有连片翠竹3万亩，与九龙湖相依相偎，还有千亩茶园产上好的碧螺春和雨花茶。几处池塘，一条长廊，亭台阁楼、小桥流水，实现了人与自然的完美融合。森林覆盖率为90%以上。自行车道蜿蜒，家家都有"农家乐"，一个双休日家家能挣几千块。过去那个陋旧、破败、塘坝泥满、沟渠废弃、愚昧落后、贫穷寒酸的丑小鸭，摇身一变成天鹅了。

若无水土保持先行，小流域建设跟进，南京水乡焉能有今天这样的美轮美奂？说起来石塘村之于我也十分不薄，初来乍到，便酬我以寻常见不到的美景，故即兴《前后石塘村》五律曰：

> 烟波生瑞气，芳草映明溪。
> 流水穿村秀，毛竹抱瓦齐。
> 鸭鹅凫树影，鸡狗动墙篱。
> 前后石塘美，农家乐所居。

意犹未尽，又《南京水乡美》诗曰：

> 萧森砌碧泓，翡翠绕金陵。
>
> 涣峻平三地，秦齐宋六京。
>
> 山荒吴语乱，水堵倭声惊。
>
> 课以家乡美，恩仇寸土争。

以北地人的艳羡眼红又《定风波》两首以记相思曰：

> 安步苔泥古道晴，素墙玄瓦惹流莺。桥榭阁亭花木捧，争宠，前苏后徽点龙睛。琉岸璃山芳径通，犹恐，峰羁波绊缚游踪。莫以高低斟万顷，杯净，壶留些许济苍生。
>
> 渠畔白鹅哦哦鸣，鉴楼映树动幽情。追撑春尘临画境，神定，垂眉顺眼被丹青。浓岭淡溪泼墨景，风劲，何时吹落并州城？西汉邀约霍去病，还请，南朝陶氏字渊明。

什么时候，天下方能处处有此美景，供人安身立命。

高淳县被誉为南京的后花园和南大门，位于江苏西南端，北邻溧水，东邻溧阳，西南与安徽郎溪、宣州、当涂毗邻。周边有固城湖、石臼湖和长江支流水阳江环抱。东部为丘陵地区，西部为平原圩区，总面积802平方公里，陆地面积约占70%，水域面积约占30%。

"根据世界慢城联盟的规定，获评的城镇、村庄或社区，必须人口在5万以下，追求绿色生活方式，反污染，反噪声，支持都市绿化，支持传统手工方法作业，不设快餐区和大型超市等。"那天谷成标处长曾红轻捻慢撚地讲述了慢城建设的前世今生。"不是脑子里一想凭空就有，得按人家的规矩去打造。20世纪90年代，高淳县的县委书记就来水保部门商量过，选定了以桠溪镇为慢城中心点。桠溪镇涉及荆山、新塘、顾陇、跃进水库4个小流域，总面积约50平方公里，轻度以上水土流失面积6.19平方公里。周边地区也得配套实施治理。根据南京市水土保持总体规划，围绕打造长江之滨最美丽乡村，开展以污染治理、水环境改善、水质优化为重点的生态清洁型小流域治理,水保先后在高淳实施了7座小型水库除险加固、80座塘坝治理清淤、10.6平方公里疏林补密,以及一批污水处理和垃圾收集设施配套建设等工程。解决了30万亩农田的灌溉用水,保障了慢城及其周边400平方公里区域生态用水,带动了村容村貌、农村环境、交通设施的改造,差一丁点也不会批准。

"这只是基础性建设,有了马,你还得配好鞍子。这个鞍子就是打造万亩有机茶园、万亩竹林、万亩苗木、万亩有机食品、万亩经果林、农业观光园、生态示范基地等等。麻雀虽小五脏俱全。形成集生态观光、农事体验、高效农业、休闲度假为一体的农业综合旅游观光景区。经过多年努力,高淳成了全国农业旅游示范点、4A级风景区、江苏省四星级乡村旅游点。万事俱备,请人家的组织派人来验收。2010年11月高淳桠溪被世界慢城组织正式授予了'慢城'称号,成为中国首个国际慢城。我们水保的生态清洁型小流域的建设,放大凸显了'慢城'的特点,春天油菜花观赏,秋天果实采摘,夏天避暑,冬天休闲。水土保持的生态理念和国际慢城的慢生活节奏融会得很好,成为一种共济互生的因果关系。如今我们的高淳县已成为国际慢城联盟中国总部所在地,华东地区特色现代都市农业基地,长三角地区重要休闲旅游目的地,亦是长三角地区制造业服务枢纽和高端制造业配套基地……"

"还有,那里的农家乐做的饭菜,全是绿色有机的。"他说。

驰入高淳县境的感觉如同驰入一片起伏的绿色。在慢的理念的影响下,似乎连这里的山坡和草木都有了悠然而神秘的况味。这种况味的神秘来源于一种真水无香的宁静,喧嚣的繁闹与滚滚红尘就此被阻绝在外边,被远远地抛在了身后。平缓的丘陵一望无际,宁静致远地慢慢伸向远天。远天的那边通向魏晋时期。被欲望和利益驱动得不能自已的人类,千百年来如同那个朝代的癫狂诗人阮籍那样"时率意独驾,不由径路,车迹所穷,辄恸哭而返"。这番古老的滋味,被现代欧洲以另类眼光描述为"被自己追赶得穷途末路""蓦然回首,那人却在,灯火阑珊处"。这才知道欲速则不达。喜欢标新立异的人便开始思考人生的意义。一门新的城市哲学,悄然在欧洲一些小城首先诞生,这套哲学叫作"慢"。继多年前意大利发起的慢食文化开始之后，慢城运动也逐渐兴起。1999年10月意大利托斯卡纳基安蒂地区的格里韦、奥维托、布拉和波西塔诺4个小城的市长联合发起一场"慢城"运动，并发布了著名的《慢城运动宪章》。迄今全球已经有波兰、奥地利、西班牙、葡萄牙、挪威、德国、法国、英国、瑞士、日本、韩国、德国等共25个国家的150多个城市加入该组织。

据说世界各地在慢城生活的当地人，走在路上会像蜗牛那样自由自在，这些闲散的人们会在路边咖啡座一坐就是大半天，闲聊或是看人来人往。树荫环绕的广场上，飘散着丁香花与薰衣草的香味，石凳上的老人如雕像般呆坐，每个人都有时间从容思考悠然享受人生。

意大利波利卡市市长安杰罗瓦萨罗曾3次来高淳，他的另一重身份是世界慢城联盟副主席、国际部主席。据说他是高淳走入国际慢城的始作俑者，但要满足国际慢城54项具体规定的只有桠溪是可以的。远远的，著名的"慢城"蜗牛便开始了它著名的微笑，它的微笑慢到从我们看见它，到走近它，参观完桠溪并与它告别，都还没有结束。欢迎。它说。

6个村子两万多人口分布于48公里的田园风光带上。环境真的优美，而生活在这里的人们似乎还没有完全适应安逸的节奏。他们忙忙碌碌的还在为客人准备午餐，几乎家家户户的房屋都改造成了农家乐。真正悠闲的是猫和鸡，鸡互相依偎着，在墙角晒太阳，有一搭没一搭地啄食。猫则眯着眼睛卧在那里，半天一动不动。如果没有汤锅和老鼠的呼唤，它们才是这座新兴"慢城"里最名副其实的居民。满眼宁静的河道与绿地、竹林、茶园、果树林、鱼塘和散落在高高低低丘陵上的民居，都令人感到新奇和愉悦。有诗为证：桠溪慢美兮，意态适丰仪。旅苦眉山伴，乡愁眼水依。魂牵灵肉地，梦绕古今居。欲远蝇头利，蜗牛角勿期。

这些年，身体走得太快了，以至于诗意的影子和翘首低回的灵魂，都被抛得远远的，甚至走丢了，所以，缓一口气，等等你的影子和走丢了的灵魂，似乎很有必要。

数字最能说明问题，2015年仅金花节就接待游客258万人次。

四十七

十六国时，赫连勃勃被靖边县一片迷人的自然风光所倾倒，并击节赞曰："美哉斯阜！临广泽而带清流。吾行地多矣，自马领以北，大河以南，未之有也！"所以他决定在这里修筑都城，于是就有了赫赫有名的统万城。现在却河流干涸，树少鸟稀，一片黄沙。

　　近些年来，城市病重，红尘锁喉，人居环境备受诟病。

　　环境污染、交通拥堵、雾霾天气几成常态，城市水土流失加重、山体滑坡频发、饮用水不洁不足、土壤污染、农作物残留化学毒素，许多城市无雨则旱有雨则涝，成为顽症。大有城乡完全逆转之势。热岛效应等极端气候所衍生的环境危害与经济高速发展成为连体婴儿，生态修复已成为刻不容缓的话题。2015年4月2日确立了首批16个城市为海绵城市试点城市；2015年10月16日国务院发布《关于推进海绵城市建设的指导意见》称，通过海绵城市建设，最大限度地减少城市开发建设对生态环境的影响，将70%的降雨就地消纳和利用，到2020年，城市建成区20%以上的面积达到目标要求，到2030年，城市建成区80%以上的面积达到目标要求。2013年，在中央城镇化工作会议上，习近平总书记指出："要建设自然积存、自然渗透、自然净化的海绵城市。综合采取渗、滞、蓄、净、用、排等措施，最大限度地减少城市开发建设对生态环境的影响。"

　　乡村生活的美好和诗意，从来都是属于过路人的。盘陀的山，蜿蜒的路，野旷的天，苍茫的地，星星点点的各色草花，黄、黑、花、白的牛羊，皱起的村舍，袅袅的炊烟，土狗村鸡的身影，都有惊艳的效果，但是，只限于偶尔的一次路过，偶尔的惊鸿一瞥，都属于有钱有闲，属于居高临下，属于短暂的居留，都属于城里人。若是长期安身立命，那便是一种对人性和文化的挑战。人往高处走，水向低处流，自打城乡砌起森严的门墙，城市便成了高地而乡村却成了低处。试图打破差异，并无视门墙的森严，结果会恰得其反。高差越大水流就越急，瀑布就是这样形成的。只有低处不再低，高地不再高，水在土上才可缓流。

党的十八大之所以把生态文明建设放在了建设美丽中国、实现中华民族永续发展的突出位置，我想，除了其他一些因素更大一个因素便缘起于此。然而，这里有一个误区，或曰悖论。这便给城镇建设提出一个高标准的建设要求，什么时候城市如同乡下绿意盎然，乡镇宛若城市繁荣昌盛，城乡没有了门墙，贫富没有了高差，那中国就真的美丽了。

2016年1月伊始，中央城市工作会议在北京举行。习近平总书记在会议上指出："要着力解决城市病等突出问题，不断提升城市环境质量、人民生活质量、城市竞争力，建设和谐宜居、富有活力、各具特色的现代化城市。"会议的大背景便是国家新型城镇化战略。

在这个世界上理想主义的天赋人权是自然存在的，而绝对平等在现实生活中却根本不存在。生于帝王家还是生在百姓家是自然的选择，由不得自己。于是，物竞天择的伊始，便有了不平等。不说也罢。出生在城市还是出生在乡村竟然也有天壤之别，却是千百年来后天的不公。成也萧何，败也萧何，历史原因与社会原因并存。但终归是一种不公平。比上不足比下有余，不患贫而患不均之类农民心态，其实是一种辛酸而无奈的衍生物。抛开剥离政治色彩和种种猜测，举凡致力于取消这种差异和不平等的行为和主张无疑是伟大的。

天时、地利、人和，缺一不可。如今三者已齐备。

2013年12月12日，中央城镇化工作会议提出推进城镇化六大任务。这里撮要叙述如下：第一，推进农业转移人口市民化。主要任务是解决已经转移到城镇就业的农业转移人口落户问题，努力提高农民工融入城镇的素质和能力。全面放开建制镇和小城市落户限制，有序放开中等城市落户限制，合理确定大城市落户条件，严格控制特大城市人口规模。第二，提高城镇建设用地利用效率。耕地红线一定要守住。按照促进生产空间集约高效、生活空间宜居适度、生态空间山清水秀的总体要求。第三，建立多元可持续的资金保障机制。建立财政转移支付同农业转移人口市民化挂钩机制。第四，优化城镇化布局和形态。提出了"两横三纵"的城市化战略格局。在中西部和东北有条件的地区逐步发展形成若干城市群。科学设置开发强度把城市放在大自然中，把绿水青山保留给城市居民。第五，提高城镇建设水平。要依托现有山水脉络等独特风光，让城市融入大自然，让居民望得见山、看得见水、记得住乡愁；要融入现代元素，更要保护和弘扬传统优秀文化，延续城市历史文脉；要融入让群众生活更舒适的理念，体现在每一个细节中。在促进城乡一体化发展中，要注意保留村庄原始风貌，慎砍树、不填湖、少拆房，尽可能在原有村庄形态上改善居民生活条件。第六，加强对城镇化的管理。城市规划要由扩张性规划逐步转向限定城市边界、优化空间结构的规划。

有人这样认为，改变这一切，是否为时过早？没有人认为不应该，但却有种种顾虑，怕因此而使原汁原味的乡村风光全然消逝，怕大兴土木造成新的水土流失和环境破坏，当是时人共同的忧虑。这是历史发展的必然趋势，不可阻挡也不能阻挡，你不能因为怀念农耕时代的意趣，喜爱偶尔去乡下感受一下田园风光，就想永远保持这种格局，固守这种观念，让农民永远匍匐在土地上，来营造和满足城里人的愉悦、有闲者的偏好。若非叶公好龙，何不城乡大换防？何不离开城市到乡下去生活呢？窃以为，这也是迟早的事。

宋·晏殊《浣溪沙》春恨词，当为时下各色人等不同心态的最佳写照，大可以拿来对号入座，各取所需，自嘲一番："一曲新词酒一杯，去年天气旧亭台。夕阳西下几时回？无可奈何花落去，似曾相识燕归来。小园香径独徘徊。"

原本花开花落，是自然的生态，也是社会的生态。

想要阻止乡村走向城镇的趋势，阻止农民走出贫困走向富裕的脚步，如同当年试图农转非离开土地一样困难。时光填平了自然的沟渠之后，落差便自然而然降了下来。貌似跌落的水流、湍急的瀑布，安详地在平缓处从容流动，内里却怀了更多顾盼，更多梦想，更多美好愿景，更多急切心情，更多意气风发，正在流向大海。大海是世界潮流汇聚的地方。

《大学》有语曰:"物有本末,事有终始,知所先后,则近道矣。"水土保持是农林牧副渔全面发展的前提条件,也是与生态建设、环境保护相辅相成的基础保障。只要有建设就不可能不动土。破坏地表必然会扰动水土,若措施不当,势必会造成新的水土流失。

与其说古人迷信,不妨说是古人为保护水土想过许多办法,迷信也在其中而已。动土得看黄历,一年之中有许多日子不宜动土,累积起来绝非小数,这在某种意义上也变相保护了水土。先人对水土的认识质朴而简约,动土被称为破土地,土主财,破者当头,黄白之物的流失便在其中。事实也正是如此。皮之不存,毛将焉附,这话不是随便说来听听的。水土乃大地之皮万物之基,皮若崩溃,基若不存,生态环境之毛必然四散。不争的事实是,城镇化战略和城市工作会议,将我国水土保持工作推向了一个前所未有的崭新的历史高度。

当前的格局和态势是,旧的水土流失还有相当大的面积在继续流失,还需要加大力度继续治理,而新的水土流失却已经与建设同步伴生、与发展同时出现,并将随时间的推移与时俱新、同速增加。因此,水土保持在新时期防微杜渐的功能和基础性建设的作用将会愈加明显,任务也将会变得更为艰巨和复杂。这是摆在水土保持工作者面前的一道新的考题。

多地城市水灾、滑坡与繁华如深圳所发生的泥石流,是最好的注释和佐证。

四十八

有人这样描述:"如今浑浊昏黄,涓涓细流的延河,当时被称为清水。鲜卑语称清水为去斤,故延河在当时又称去斤水。"我在延安曾专门看过延河,经过这么多年的水土保持治理,成效也非常明显,可是延河里的水流,却还是那么小,那么黄?何以恢复'去斤'?

　　举凡说起延安,便会想起"巍巍宝塔山,滚滚延河水"的描述。然而,几十年前,这条流经延安城区的河流,便已经萎缩成涓涓细流,缺水季节,几近干涸。除自然本身的原因之外,主要的还有人为破坏的原因。明代屯田引起陕北人口急骤膨胀。以延安府为例,明初洪武二十六年(1393年),延安12州县有36870户,315436人。到万历三十九年(1611年)增至45865户,591702人。几乎翻了一番。退耕还林以前,吴堡、佳县、绥、米等黄土山丘几乎全部垦耕,无尺寸空闲,除了稀疏的庄稼,野外别无草木。清代光绪年间王培棻视察三边写了一首《七笔勾》,备极辛辣:"万里遨游,百日山河无尽头。山秃穷而陡,水恶虎狼吼,四月柳絮稠,山荒无锦绣。狂风阵起,哪辨昏与昼,因此上把万紫千红一笔勾。"

　　清代陕北南部,如延河两岸的延安等地,还残存有大小不等的森林片断,这些森林以松柏为多,间以杂木。黄河以西至黄龙山,林区广大。极目长林,使山行人难以辨其所至的远近。黄龙山的洛川、黄龙支峰深谷,也有不少森林。与黄龙山东西对峙的子午岭,森林茂密。由鄜州西望,浓绿的树林可以与天空的乌云相辉映。据《中部志》记载:黄陵西山到处是巨壑茂林。中华人民共和国成立后,与天斗,与地斗,反而产生了更多躲在深山老林开荒种地的人。过度采伐使幸存的少得可怜的森林资源也几乎被采伐一空。总面积37037平方公里的延安市,水土流失面积竟达28773平方公里,占总面积的77.8%,

年入黄河泥沙达2.58亿吨。

从20世纪80年代始,先后开展了无定河流域、杏子河流域、延河流域、北洛河流域、清涧河流域综合治理。淤地坝建设一直是延安地区沟道治理的重要工程措施。从单坝到小流域坝系的综合治理,累计建成各类淤地坝11236座,控制流域面积7900平方公里,淤成坝地30.6万亩,拦蓄泥沙15亿多吨。治沟造地20.8万亩。截至2014年年底建成高标准基本农田356万亩,农民人均2.3亩,使全市的粮食总产量稳定在70万吨以上。水土治理结合荒山荒坡经果林种植面积达到300多万亩,干果面积100多万亩,设施蔬菜20多万亩。从20世纪率先实施封山禁牧、退耕还林1056万亩,成为全国退耕还林第一市,林草覆盖率由46%提高到67%,使延安的绿色版图向北推进了200公里,实现了由黄变绿的历史巨变。

近年延安水保还以煤、油、气资源开发为重点,严格执法,强化监管,加强水土保持监测,认真落实"三同时"制度,查处了一批重点水保违法案件,水保方案审批率、实施率达到90%以上。落实人为水土流失防治责任面积1.24万多公顷,责成生产建设单位投入防治资金1.3亿元,使用煤油气补偿费2.84亿元,治理水土流失面积1083.9平方公里。

延安市被国家发改委列入"全国生态文明建设先行示范区",连续三年被评为全省农田水利基本建设先进市,吴起、志丹两县还被水利部授予了"全国水保生态文明县",水利部还命名志丹县为"全国梯田建设模范县",命名延川梁家河为"国家级水土保持示范园"。

延安水保局的张海东全须全尾参加了延河橡胶坝建设与蓄水。

"蓄水那天,人们扶老携幼都去看,那个热闹场面,让人觉得感动。消失多年的水映宝塔景象重现延安城,让老年人从中又找到了过去那种老延安的感觉,两岸的房价也跟着蹭蹭地往上长。自从蓄了水,几乎天天都有人来,唠的、走的、看的、拍照的,满满的都是人。我参加了设计、施工、蓄水全过程,感受就和别人不一样。最重要一个感觉是,水对一座城市,尤其是对城市里的人,实在是太重要了,水能让城市有灵气,能让人有生气!"

原本城市是一本书，码放着字儿一样的建筑，字里行间行走着生命，岁月句逗一样荣枯着草木，繁衍出许多苍老和年轻的故事，人们把这些故事序列成历史。这些书开卷相似，往里翻，就各有不同。人生无常，历史厚重，感叹出一个又一个问号：这些年在外边漂着，看多了东西南北的城市，越来越觉得城市与城市之间，雷同越来越多，差异越来越少！

这些年，许多城市在攀比似的翻新，都是计算机设计激光排版现代印刷马蒂尼装订在线出来的产品，而且封面、版式、纸张出自同一位设计师。距离在缩短，差异也在消失。晚上没事时，拿高倍放大镜细细追觅，才寻见一些已经失落了2500多年的意趣。这样说时已经不是说延安，而是暗换为我所居住的那座城市太原。二者相同的是都属于黄土高原，都修健起一座橡胶大坝。而且，太原的橡胶坝，要早于延安好多年，在这一点领先于延安。

太原始建于公元前497年的春秋时期，称为晋阳邑，战国初期为赵国都城。秦代为全国36郡之一，为全国13州之一。前赵、后燕、前燕、前秦及北齐时期均为国都。隋朝时是仅次于长安、洛阳的第三大城市。唐朝发祥于此，封为北都，与京都长安、东都洛阳并称"三都"。后唐、后晋、后汉、北汉时期亦以太原为国都。名将廉颇、呼延赞、杨延昭，名相狄仁杰，满街传唱"竹枝词"的名诗人白居易与白行简是土生土长的哥俩好，还有诗人王翰、王昌龄、王之涣，书画家米芾，作家罗贯中等等，均籍贯并州，可见其历史之悠久，文化之灿烂。

风水曾经与延安一样堪夸，同样地处黄河流域中部，三面环山，汾河比延河更大，横贯全市，可行船漂木，流经境内约100公里。史载有"控山带河，踞天下之肩背"的盛誉，郭沫若先生也有"远望太原气势雄"的诗句。诚如歌中所唱：人说山西好风光，地肥水美五谷香，左手一指太行山，右手一指是吕梁。其时不患水贫而是患水多，史载汾河有一年发起大水，卷巨木一根，撞城槌一样将太原老城坚闭的城门撞开，摧枯拉朽般，一举将老城毁去。

太原乃表里山河。表里者内外也，山河者，有山有河也。

如今，已不复往日，吕梁山、太行山还在，濯濯如童，秃秃如僧。寻常看不到蓝天和太阳，没有刮大风时，天空每每是含蓄的。费尽力气治理，可视性颗粒已经不见了，遗憾的是可吸入性颗粒还在增加，因此空气每每是暧昧的。汾河两岸，屡关屡开的污染企业龌龊人们的生活，若一时不往河里排污，便连臭水也没得流。记忆所及的地方，烟望雾视之中，引黄济渴的人们黯然销魂地哼唱流行歌曲："幸福着你的幸福，痛苦着你的痛苦，要说恨你，实在的不忍心；要说爱你，也真的不容易。"这种百味杂陈的复杂情感，想来，不仅太原如此，延安如此，其他城市也概莫能外。随着人口增长，城市森林在不断茁壮成长，而周边河流和地下水却在枯竭和消失。城市，不再是一本各有不同，而且耐读耐回味的书，渐次变成了一支浮泛躁动红尘万丈的流行歌曲。流行城市流行建筑流行社会，主宰了流行人类流行生命流行道德。流行人类穿着流行服装唱着流行歌曲吃着流行套餐喝着流行饮料，被囚禁在流行的建筑材料里，自我拥抱，远离自然，漠视生命，爱心涣散，害着各种时髦的流行病。

挽留自然，仿制河流，成为改善生存环境的唯一手段。这座城市的决策层，三届领导班子一个思想，协力于打造一段盛世佳话，名为汾河公园。历数年而不止，蓄水开园那天，我恰好不在，据说万人空巷，摩肩接踵，呼儿唤女，扶老携幼，皆欢喜雀跃曰：看水去！

数日后，远游归来，竟然也未能免俗，下车伊始，连家也没回，便急忙驱车前往汾河公园看水。久久，围着一河清波荡漾久违了的心情，美美地转了一圈又一圈，不忍离去。浮思如水，心潮迭起，不禁怆然而涕下……曾经的拥有和现在的失落，电光石火一样在心中闪动。

想问：眼前这一湾子滞水，何德何能，竟然能赚出我的泪水？啮岸的波头，不语，唯叹息声，若五线谱上头重脚轻的蝌蚪。想说：流行城市，迟早也会流泪，流行歌曲，毕竟大同小异。把一个流行的说法最后给你：救救城市！也救救自己！

四十九

春秋战国时代，陕北高原还是山清水秀的好地方。出于战国人之手的《尚书·禹贡篇》中有"既修大原"之句。这个大原所在，顾炎武《日知录·三》中说，在今陕北毗邻的陇东。以大原为名，当是形容原的广大，绝不是目前所见的沟壑纵横，梁峁遍布。

天津港瑞海公司危险品仓库发生爆炸事故后，天津大学法学院院长孙佑海给出这样一个结论："8·12"天津港特大火灾爆炸事故，连同之前大连、青岛、兰州等地因安全事故引发的环境污染和生态破坏事件，标志着我国已经进入环境高风险期。2013年全国突发环境事件712起，并呈持续增长趋势。历史上多起公害事件表明，部分突发环境事件的损害具有潜伏性、滞后性等特点，应急处置结束后需要采取彻底的污染治理和生态修复措施，消除事件影响。

这里强调的只是重大环境污染突发事件的累积，缺失了诸如乱砍滥伐乱垦导致水土流失引发的各种灾害，如泥石流、山体滑坡、崩岗、城市排水不畅生发的洪灾等。我们已经习惯了将这些灾害称为自然灾害。自然充当了人为恶果的挡箭牌。人为因素与自然因素，谁是主因谁是辅因？各占几成？似乎无法准确量化。事实上，一座山、一条沟、一湾河、一个流域、一片森林、一省城市，都不是孤立存在，都是互为因果的。如果我们不能明细分类，廓清自然与人为的责任，就无法有效抑制此类灾难的频发。人为原因与自然因素混淆，无形中给诸种破坏行为开了绿灯，使之更加肆无忌惮。这与环境污染颇多类似，明的转为暗的，地面转为地下，照样排污。近年来法规严格而环境灾难与生态灾害仍呈明显递增的原因，盖出于此。百度"泥石流灾后重建"，竟然搜出886000条，相信过滤后，数字仍然惊人。

15年前被洪水夷为平地的丹凤县竹林关镇便是现成例子。

有文章这样描写:"2010年7月23日夜至24日凌晨,一场500年不遇的特大暴雨灾害袭击了陕西省商洛市丹凤县竹林关镇,239毫米的降雨量使这个被省政府命名为陕西名镇、号称商洛山中小江南的秀美古镇,瞬间变成了一片黄汤泽国,洪水涌着泥石流从竹林关镇南面的大柴沟滚滚卷来,吼发出令人毛骨悚然的沉闷雷声,大地在闪电的影子里颤抖摇晃,成千上万块像小汽车一样大小的石块穿墙破壁,一座座房屋倒塌了,泥石流淹没了一切。街面上漂浮着大、小汽车,农用三轮车,横七竖八的房椽及家用电器、牲口家禽……"

500年不遇的特大暴雨,有多大,无考。显而易见,导致了极其严重的恶果。也有不同说法:"竹林关镇镇长柯忠善说,两年前那场洪灾,至今让他记忆犹新。'当时雨很大,由于两边山上没有太多的树,洪水很快冲下山,整个山沟成了河。'丹凤县水务局局长张孝义说,当时镇上其他两个山沟经过'丹治工程'一期治理,大块石头被拦截,大部分泥沙被拦挡淤积在治理工程内,灾情明显较轻。对此,县上认为水土保持工程建设必须要走出一条高标准、高科技、高效示范的新路子。随后,县上确定在竹林关镇的桃花谷流域创建全省第一个水土保持科技示范园。这一想法得到了省、市有关部门的大力支持,上级决定依托'丹治工程',把桃花谷作为第一个水土保持科技生态示范园,由省、市、县三级联建。"

桃花谷"谷主"雷锋涛告诉我:2010年规划建设,历3年精心打造,累计投资上亿元不止,已经完成了三条沟四道坡的绿化美化工程,在谷里实施水保治理和科技示范工程13类50多处,建成了翠竹林、桃花田园、桃花泉、观景亭、河道水域和水灾遗址等一批特色景观,初步形成了集休闲、养生、观光、体验于一体的水土保持科技生态示范园。2014年3月31日,陕西省水土保持局为丹凤桃花谷国家水土保持科技示范园授牌,正式对外开放营业。该园总面积12平方公里,核心区域为6平方公里,由科技园、生态园和农业园组成。

丹凤县城西古城村为建于秦孝公11年的商鞅封邑。秦孝公22年卫鞅计擒魏公子卯,大破魏军,遂封于商城,号商君。遂称商鞅。封地成变法首善之地,道不拾遗,山无盗贼,家给人足。被列为陕西省级重点文物保护单位。丹凤县主打"商鞅封地·丹凤朝阳"品牌。并在丹江北岸启动了陕南林业产业科技示范园建设,园区规划面积1080亩,分为采摘观光、林下经济展示、名优特经济林、生态保育、生态恢复、管理服务等六大区域,已栽种杏、枇杷、李梅、葡萄、柿子等各类树苗6.1万株,完成了生态恢复区、林下经济区绿化工作。形成了与桃花谷相呼应的格局。桃花谷建起了桃花岛、桃花坞、桃花庵等景点,开发了桃花宴、桃花酒、桃花茶等产品,以秦岭深处现代版"桃花源"形象,争取跻身4A级旅游景区。

雷锋涛指着石头上"桃花谷"三个字说,这是贾平凹写的。

"为了防治水土流失,我们在桃花谷中,几乎使用了所有水土保持工程手段。"谷主雷锋涛带我们去看了桃花谷里多处泥石流塌陷区,整座房屋被泥吞没,只剩一个屋顶,大如轿车、小似车轮、碎如碗块的石头,仍然保持在那里,炫耀着自然的伟力。"留下几处让游人参观,让大家都明白,什么是泥石流,它有多可怕,人在自然面前,有多脆弱!"

"惹不起,总能躲得起吧?"我半真半假,"许多自然灾害,都是人自己招惹来的。军阀冯玉祥在四川说,谁砍我的树,我杀谁的头。自然会怎么说?谁砍我的树,我就毁谁的村庄。这泥石流,多半是人招惹来的,你好好保护树木,树木就会保持水土,人就有乐土!"

正说着,见一个老者在崖畔上笑,我就走上去,崖畔上有一片平地,平地有几楹顽健的老屋,接近屋顶处,尚且残留着斑斑点点泥石流淹过的痕迹,其中一楹还撞塌了半壁。我问老者当时情形,老者嘻开一颗孤悬唇间的门齿说:"睡梦里,唿轰轰地打雷,起处一看,乌隆隆的就来了泥污,一下淹到人脯胸,亏得家里就俺一人,上了高处那间房头。眼见得泥水哇哇地往上涨,眼看人要没命时,就听轰轰乱响,涨起的水头塌陷下去,呼啦啦就冲到下头去了。俺住在沟崖上,下头先是有东西堵住泥水上涨,涨到不能涨时,把下头堆堵住的物事就冲塌,水头这就往头泻,这么一泻一冲,沟里的村子、房屋、人畜哗啦就冲没了……"

我感叹:"大爷,您老真个好命!"老者只是个笑,说:"不是命好，是阎王他还不想收俺，想让俺多受几年苦！"我笑说："现在这桃花谷修得跟碉堡似的，游人越来越多，往后享福的日子，还长着呢！哦，对了，大爷，您怎么不开个农家乐？"老汉鸡啄米似的点头："是哩是哩，俺这房太烂要不也修个农家乐，海海地挣些钱花！可怜见的那些人，都是认得的，唉，这也是命，邻里邻居的，呼啦一下好些人就没了。要早下手修这个就好了……"

望着老者红了苦涩的眼，一时不知说什么好。惜乎谷主没上来。不知他听后作何想？每每事后诸葛亮，屡屡灾后重建，忘了施治于未病之时。格外青睐刘震司长"从源头严控人为水土流失"的说法，便是因为水土流失，乃狼亢巨物也，必得扼其要害，除源头治理，可事半功倍，甚至一劳永逸而外，其余皆不能锁其喉，只能搔以痒，抑之咳嗽，未能清其肺也。

此自然之道：人为止则水土定，源头治则生态安。

五十

远在五六千年以前，陕北大地气候温暖湿润，雨量充沛，到处是茂密的森林和广阔的草地，成群的大角鹿、野马、虎豹、野牛、大象等如今在亚热带才能看到的动物，也在陕北的林间和草地上出没。这里宜渔宜猎，宜农宜牧，是原始人类理想的生殖繁衍之地。

　　还有一个更好的佐证是缠在咸阳中部和乾县、礼泉、泾阳、三原4县北部的旱腰带。这条旱腰带属渭北黄土高原与关中平原的过渡带。东西长约100公里，南北宽约20公里，总面积约2000平方公里左右。史料称：历史上渭河流域上游森林密布。13个王朝建都大兴土木取材秦岭，宋朝建都开封，逆黄河而上在秦岭伐运巨木，后来京师所需的巨树良木从西秦岭伐运，说明秦岭主脉已经无巨木可伐。宋代以后伐木东运，明清垦荒屯田日盛。尤其是近百年来人口激增，伐木垦荒愈演愈烈。"民国初年，森林犹存"的武山县，解放初出现一批闻名全国的植树造林乡村，一片片新生的幼林，为这个曾经森林茂密的地方带来荣誉和希望。可惜葱郁幼林，竟毁在"大跃进"的刀斧之下。"文革"前后，武山县的森林又多次遭到破坏。仅1978—1989年，全县毁林2173公顷，林线持续后移，林相严重破坏。20世纪80年代中期时，甘肃省武山县森林覆盖率（有林地和灌木林地）仅为10.95%。在陇西县，我们听说了一个关于铲草皮的故事。当地人解释说，人口成倍增加，干旱少雨土地贫瘠，粮食不够吃，从20世纪60年代开始，在"以粮为纲"的大气候下，这里经历了三次有组织的大规模开荒。开荒种地缺少肥料，便铲草皮烧成灰当肥料，这对灌木及植被几乎是毁灭性的破坏。陇西占全县总面积99.6%的水土流失面积，大概与当年铲草皮不无关系。

　　陕西省水保局的樊涣林处长，曾是某部一位团政委，转到水保局之后，几年工夫，便对水保业务烂熟于心，在带我去三原县的路上，给我讲了旱腰带的来历，无限惋惜地说："1978年被誉为世界生态工程之最的中国三北防护林工程启动之后，渭北旱腰带经过好多年的绿化造林，重新变成了一条绿色走廊。可是，你也知道，随后而来的大发展，几年工夫就把这个成果毁了。十年长不成一棵树，五分钟就能砍掉一棵树。采石、石灰、水泥等行业企业破坏起来惊人。富平县你不是去过了吗？水保局副书记马乐斌以前在那里当过县委书记。他最了解了。当年富平县的北部山区满目疮痍，采石企业一度达到850多家、石灰窑1000多家。山体被整体扒皮，人工形成的陡壁峭崖随处可见，青山变裸山，环境破坏那叫个惨！"

"第一个在全国建立水土保持生态补偿机制的是我们省。民间资本投入水保工程早就超过18.11亿元了。"他纠正我说，"你这个数字是2013年的。我知道这个数字。现在也不止3800多家民间参建单位，水土流失面积的治理也早就超过176.73万亩。受益的群众也远不止20万，吸纳劳动力5.38万人，使4万人脱贫致富，这些都超了。很大一部分民间资本投入了旱腰带治理，如泾阳县的麦秸沟和我们正在去的三原县东沟水土保持示范园，都很成功。麦秸沟示范园我去过，他们起步于1998年，累计投入建设资金1800多万元，到现在已经有产出和利润了。东沟示范园起步晚几年，是2011年，是陕西格瑞莱生物技术开发有限公司投资的，累计投资也不止5000余万元。他们老总是个思想观念很新的人，大力度投入，高标准建设，已建成生态旅游示范区、水保经果林示范区、水保林草生态修复示范区，形成完善的水土流失防治体系，周围村的人每年得有500多人干活，工资也都不低。"

如下这个资料为陕西省水保局局长张秦岭在接受某报采访时所说："陕西15年共投入资金60亿元，共治理水土流失面积3.1万平方公里，累计建设淤地坝3.94万座，综合治理小流域1000条，建设小型水保工程4.7万处，水土保持生态建设工作取得了巨大成就。目前，陕西省评审命名的丹凤县桃花谷、米脂县高西沟、泾阳县麦秸沟等10个省级水土保持示范园，已经成为陕西省水土保持科技示范、辐射带动、科普宣传基地。到2020年陕西要建成100个以上水土保持示范园区，基本实现水土保持示范园区省内全覆盖；每个市建成1个水土保持科普展室。其中'十二五'期间，建成省级水土保持示范园区60个以上、国家级10个以上，建成以'西安水土保持科普体验馆'为代表的室内展室5个以上。"

  这篇报道已经过去两年。遗憾的是，我在西安没有见到他。

五十一

纵观人类文明史,古埃及文明、古巴比伦文明、古希腊文明,从兴盛到衰灭,不外乎两个原因,一个是自然生态的,一个是人文生态的。自然生态成因,自然结果。人文生态一旦失去对人文生态的支撑能力,便会导致水土流失、灾荒频发、社会动荡,摧枯拉朽。

　　进入三原县之后,樊焕林又讲起了旱腰带上农民的生活:"这里有几句顺口溜,不知你听过没有?在这里是广为流传:种了一料子,打了一抱子,收了一帽子。都是陕西土话,意思是撒一斗的种子,收割的庄稼拉到场上只有双手这么一抱,打下的粮食只能装一帽子。说明这地旱得不能种庄稼,广种薄收,农民日子不好过,这是过去的写真,现在好多了!"

　　三原县东沟水土保持科技示范园占地405公顷,是集小流域治理、生态观光和休闲旅游开发"三位一体"的水土保持示范园。2012年10月该示范园被命名为陕西省水土保持科技示范园;2014年在水利部公布的21个第五批国家级水土保持科技示范区中,陕西有四个包括咸阳三原的东沟水土保持科技示范园,被水利部授予国家级水土保持科技示范园称号。

　　目前园区内已砖砌路埂、整修地边埂3500米,整削边坡1500方,嫁接大枣2万余株,栽植高山黄杨、南天竹、石楠、小叶女贞等3万多株,铺修道路2000米,整修鱼鳞坑2200个,方格网2800个,整修喷灌设施800多处,撒播草籽1000平方米。水土流失综合治理程度达到85%,植被覆盖率90%以上,建立起了较为完善的水土流失综合防治体系。

　　生态旅游示范区位于园区的东南部,占地面积130公顷。区内栽植刺槐、侧柏等水保林20余万株,名贵花木30多个品种50余万株,竹子3万余株,种植草坪13公顷,建鸟语林一处,饲养猕猴、梅花鹿、牦牛等动物1120余只，修建窑洞宾馆、生态餐厅、茶社、书画院以及鱼池、游泳池、跑马场等休闲娱乐设施多处。水保林草示范区在示范园北边，占地面积160公顷。该区以水保林草建设为主，共栽植油松、侧柏、红叶李等水保林38万余株，种植苜蓿136亩，放养土鸡10000余只，修筑小路5000米。水保经果林示范区：位于园区西部，占地面积115公顷。区内栽植核桃、柿子、石榴、文冠果、樱桃等果树12种2.8万株，利用野生酸枣资源嫁接大枣8万余株，种植时令水果及各类蔬菜等120余亩。他们还修建了生态大棚一座，里边种满了各类观赏植物，还设有生态餐饮，颇受游人欢迎。

投资人的故事颇堪一听却无缘相见只好浅谈辄止。

唐代中期以前，渭河曾是长安城重要的漕运通道，粮食、包括城市里的供水，都是由渭河来提供。随着长安城的快速发展，诸如白居易《卖炭翁》里描述的"伐薪烧炭南山中"之类的情况越来越多，对环境的破坏日益加剧。陕西省省委原书记安启元出生在渭河边上，在他幼时的记忆里，渭河是一条地下河，水很清，很少有水灾，就像诗里面写的那样，"晚来清渭上，凝似楚江边。渔网依沙岸，人家傍水田"。从1960年三门峡水库建成蓄水后，渭河便由一条冲淤平衡的地下河，逐渐变成了一条地上悬河。水患不断。过去的美景全失。

1996年7月，渭河流域再次发大水。那个时候，安启元感到这是个很大的问题，就开始关注渭河。1998年安启元卸任省委书记，成为陕西省政协主席。2000年两会期间他以全国政协常委身份向大会递交"改变三门峡运行方式，综合治理渭河流域"的提案。2003年一场特大洪涝灾害席卷华阴和华县，102万亩丰收在望的庄稼绝收，27.5万间房屋垮塌，56.9万人受灾，直接经济损失23亿多元。时至今日，607亿元的治渭《陕西方案》已经打造。这是一个难得的机遇。有人说，从宝鸡峡建成后，洪水没了，生态水也没有了，加上工业和生活排污，城区段渭河变成一条污水河。没有生态水补给怎么行？渭河公园晨练的市民大多数并不担心洪水，这么多年了，河道里都没啥水，咋会有洪水？有人担心，淤积引发的悬河问题会让再坚固的堤坝也变得不堪一击。有人认为，三门峡问题不解决渭河水患很难根治。也有乐观的,渭河里的泥沙60%都来自泾河,东庄水库建成后,在50年运行期,可拦截泥沙20亿立方米,能有效降低潼关高程。加上堤防防御能力的提高,水患能得到有效根治。

这期间,我填有《满庭芳·来在西安》。

这首词记录了我在这座13朝古都几天来的所见所闻,写到汉城湖的水保科技体验馆、桃花谷的灾后重建、东沟私营资本对旱腰带的颠覆,以及渭河的治理。词曰:

> 来在西安,咸阳暗唤,曲江池柳拈酸。风流环绕,渭水抱纷繁。沟壑铅华鲜施,桃花谷、仙女妆完。新城阁、潇潇丝路,襟袖三秦宽。贪欢。曾经是,河山沥胆,社稷披肝。古今多情远,相思金銮。忍教未央宫冷,长生殿、月色仍寒。涂丹处,商周凋谢,大汉盛唐残。

水保局副书记马乐斌特别嘱咐我去看看渭河的治理工程。我问起渭河治理期间有没有什么故事?渭河管理局的人笑说:"有啊,这个当事人就是我们局的王澍。"费了一番周折终于找到了王澍。他绘声绘色地给我讲了他参与渭河治理时亲身经历的几个故事,很是有趣。

"2008年5月21日,西安市渭浐河城市段管理中心领导突然通知我去开会,为什么我用突然两个字?2008年那时我在宏安养护公司任经理助理,管理中心领导一般不直接找我。接到通知我不敢怠慢,带着笔记本赶快到了中心会议室,开会的人已经基本到齐了,看样子就在等我了。会上,中心领导宣布渭河西安城市段综合治理工程马上就要开始,第一步先从渭河滩地的清点回收开始。渭河滩地清点回收,中心领导讲这里有一定的难度。"

"为什么说有难度呢?"王澍解释说,"这里有一个历史原因。从西安和咸阳交界处一直到机场2号桥,沿渭河大堤东西12公里长河堤外的土地和河床中的滩地,从20世纪50年代以来,就有咸阳市窑店镇、正阳镇的农民,一直从河那边过来,抢种不属于他们而属于国营草滩农场的土地,因此还多次打架斗殴。'文化大革命'期间,事态还没有得到控制,争地事件,愈演愈烈,不断升级。1971年经西安市和咸阳市开会协调,以咸阳这边的农民耕地少,而西安草滩农场的地多,种不过来为理由,将沿河2600亩土地,租给咸阳那边的农民耕种,而且土地不收租金。这样咸阳人就在渭河南岸属于西安的土地上,正式落脚。这里地广人稀,荒草丛生。咸阳农民也真的勤劳能干,他们来之后不断扩大种植范围,不停在滩地开荒种地,种植面积越来越大。开始还只是在地头搭个小茅屋以便中午休息,再往后他们干脆就盖起了大瓦房,过来的人也越来越多,整村整组的人开始往渭河南岸搬迁。几十年期间,他们勤劳耕作,不断生息繁衍,形成了今天像模像样的四个自然村。从西向东依次是窑店镇的苍张六组,邓家村马坊三组、六组,正阳镇卓所村一组、二组和东杨村七组。"

多年前,咸阳农民跨过渭河,来在西安落脚,并在西安的地界形成了咸阳的自然村,如同飞地。西安为治理渭河,要清理西安河滩上的咸阳自然村,难度之大非常人所能想象。

五十二

《汉书》始称河水为黄河。东汉的虞诩说："沃野千里，谷稼殷积。"当时已经有水土流失的情况，但破坏的规模与范围远不及后代那样广大严重，依然林草广布，土壤侵蚀程度较轻，原面宽阔，土壤肥沃，所以才呈现出"沃野千里，谷稼殷积"的景象。

王澍是个文化人，年过半百，思维敏锐，说话很有条理。

王澍说："5月27日滩地清点开始，中心把清点人员分为三组。第一组从西安市和咸阳市交界处到皂河入渭口，全长5.4公里，桩号：0+000至5+400；第二组从皂河入渭口到漕运明渠入渭口，全长9.6公里，桩号：5+400至15+000；第三组从漕运明渠入渭口到灞河入渭口，全长7.5公里，桩号：15+000至22+500。"莫要以为王澍不会讲故事，拿这么一堆桩号扫人的兴，其实这些桩号看似枯燥，却内藏玄机，只是还没有到点破的时候。

"我所在的第二组负责十个自然村。滩地清点我们计划从西向东进行，先难后易，都说这几个村的人不好打交道，我们就从这里先开始，迎难而上。27日清点工作率先从窑店镇的中隆开始。负责配合的村组长村民代表有五六个人早早就来到了渭河大堤上，我们见面后相互介绍认识。组长是一个30多岁的年轻人。我把人员立即进行了分工，量地的量地记录的记录。人员开始没有分组，一是让大家相互都学一学量地的知识和方法，二是让清点人员和协调的村组长村民代表先熟悉熟悉，磨合磨合。这一天是西安天气预报过的近期最高气温，36摄氏度，滩地里的地表温度在50摄氏度左右。地里种的农作物主要是玉米，都是长得一人多高的早玉米，地里暑气蒸汽闷热难耐，汗如雨下擦都来不及。在玉米地里拉钢卷尺，清点人员相互看不见，做好了标记之后只能用嗓子使劲喊着报数字。玉米地里的虫子蚊子蜘蛛特别多,咬得人胳膊脖子到处是红疙瘩。玉米秆高过头顶,荒草没过膝盖,玉米叶子的倒刺,拉得人胳膊全都是血道子,大家也不叫苦,就这么深一脚浅一脚地艰难工作着。"

说到这里,王澍感叹说:"这一体验真能感受农民的辛苦,我们待一会就受不了,农民天天在田里劳动,怎么受得了呢?土地是农民的命根子,是他们生存的依靠。农民面朝黄土背朝天,日出而作日落而息,劳动耕作的艰辛,我是非常理解的,也感同身受,因为我祖上也是农民。第一天上午土地丈量工作进行得挺顺利,中午时分,我领大家在草滩农场场部附近一个小餐馆吃饭,大家相互敬酒,互道辛苦,已然忘记了疲劳。征迁者与被征迁者能相处得这么融洽和谐,让人欣慰,但他们心里怎样想谁也不知道,以后能否像今天这样顺利,心里也没有底。大家都被这种表面的友好场面所感染,想得不多或者说根本没有多想。"

"天气太热了,树上的叶子动都不动,一丝儿风都没有,空气像是被凝固住了。中午吃完饭我们休息了两个小时,躲过晌午最炎热的时分,下午4点开始工作,不和谐的音符终于出现了。量过一块玉米地后,出现了一道土梁子,宽约15米,长约200米,有四五亩地的样子,村民代表和组长说要把这一块地丈量成玉米地,我们不同意,双方协商不下去。怎么和对方讲对方就是不同意。无奈,我只好折中,给组长说,先量别的地吧,土梁子放到最后再说,但组长不同意,说这块地不量别的地就不要量了。我当时听后很气愤。怎样解释怎么说都不行,最后我干脆也就不再让步了,直接说,要是把这里量成玉米地,你们村就不量了,明天我们量下一个村。双方一下子僵住了,此时天色将晚,我们也只好收工回营。"

一个要多量,一个不让量,冲突便开始了。

"我晚上回到家,总结一天所发生的事情,感觉工作要换思维程序,似这样下去肯定不行。清点工作本身就很难搞,如果在一个村绊住了脚步,第二日在渭河沿线各个村庄风传出去,以后工作将很难开展。想到这里,我把人员也分成三组,每组六人。一组由郑工带领留在中隆村慢慢往东清点;隔一个村安排第二组,由技术员小查带领,也往东清点；再隔一个村安排第三组，由姜工带领也往东清点。这样分工，首先是不会窝工，相互有个促进。一个组出现问题其他两组不受影响，就是两组有问题还有一组在工作。我把工作情况和想法打电话给领导做了汇报，领导讲工作有难度很正常，慢慢捋顺，人不够明天再给你配人。得到中心领导的支持和肯定，精神上受到极大鼓舞，烦恼和疲劳随之而去。我赶快给下游几个村的村长打电话让他们安排人员配合我们明天工作，把清点人员也重新做了调整和安排。

"第二天早上7点钟我就来到现场，因为天气热，清点工作早上工晚下班，中午休息两小时，躲开最热的时分。渭河西安城市段数十公里长清点工作全面铺开，声势空前，影响巨大。渭河西安城市段综合治理工程是国家级大型水利工程，是个人难以阻挠和阻挡的。我带第一组仍到中隆村，打电话把村组长叫到地头，讲政策讲道理，讲渭河发展大趋势，讲友谊，讲合作。上午就坐在地头聊了一上午。我想只要人能来就好办，能坐下聊就能解决。果不其然，中午吃完饭后，一个村民代表说能不能算一半，照顾一下。我一看有门，但不能慷国家之慨，就斩钉截铁地说，绝对不行，这样有人会笑话我们的，以后再有人效仿，工作还不乱了套了。他们一看我这个人不好说话，只好作罢。方法调整之后，滩地清点异常顺利，取得了非常好的成绩，三个组一天量地近千亩。正当一路顺风的时候，形势突然急转直下来了个180度急转弯。第一组在东隆村，第二组在卓所村，第三组在东一村同时受阻。"

好像事先商量好了一样，三村村民，同时出来阻挡……

五十三

史载，唐宣宗李忱，逃避迫害，遁迹为僧。一日游方，遇黄檗禅师（一说应为香严闲禅师）同行观瀑布，黄檗诗曰：千岩万壑不辞劳，远看方知出处高。宣宗李忱续之曰：溪涧岂能留得住，终归大海作波涛。此联妙在：出处再高，终归大海，天下之水，无不如此。

  渭河是黄河的最大支流，泾河又是渭河的最大支流，泾渭二河在古城西安北郊交汇时，由于含沙量不同，呈现出一清一浊，清水浊水，同流一河，互不相融。杜甫《秋雨叹》中有句"浊泾清渭何当分"便是说这个现象。如今去二河汇合处却是渭水浊于泾水。时人便以为是古人搞错了。然而"泾水一石，其泥数斗。且溉且粪，长我禾黍。衣食京师，亿万之口"的汉代民歌却明确表述了泾水之浊。久居长安的杜甫在《哀江头》一诗中也明白道出"清渭东流剑阁深，去住彼此无消息"。柳宗元《愚溪对》亦有"以自彰秽迹，故其名曰浊泾"。两两相较，断不会有误。渭水自甘肃鸟鼠山经陕西入黄河流经的是关中平原、八百里秦川；而泾水全程流过的地方是水土流失严重的黄土高原。含沙量泾水大于渭水。泾河平均每年要向渭河输送3.04亿吨泥沙，平均含沙量为196公斤每立方米；在纳入泾河之前，渭河平均每年输送泥沙1.78亿吨，平均含沙量26.8公斤/立方米。从数字上看，还是泾浊渭清，尤其在枯水季节，看起来更加明显。时迄今时，渭河流域尤其是上游地区人为干扰，生态环境破坏频仍，水土流失严重，导致渭河水色呈现赤黄色。从表面上看，泾渭分明的自然景观仍然存在，已是渭水色深于泾水了。并不是古人搞错了，而是后人对环境破坏所致。

  历史上渭河多次发生大洪水，从1401年到2010年，渭河流域发生洪水灾害达234次；中华人民共和国成立以来，累计受灾面积1800万亩次，累计受灾人口3000万人次，死亡人口978人，直接经济损失超过350

亿元。渭河洪水具有含沙量大的特点,自三门峡水库建成以来,渭河下游泥沙淤积达12.75亿立方米,干流河床淤高,南岸12条南山支流下段已成为地上悬河,渭河全线整治到了刻不容缓的地步。渭河综合治理工程2015年主体基本贯通。

2011年是渭河全线整治规划的开局之年,按照计划,全河加宽堤防144.2公里,滩区清障整理280.43平方公里,堤防淤背10公里,加固续建主槽控导工程8处,修建放淤、蓄滞洪闸2座。2月17日总投入607亿元的渭河陕西段综合整治拉开序幕。渭河安澜是关中人渴盼了半个世纪的梦。治理建设工期为5年,2015年前全面完工,将渭河打造成陕西防洪安澜的屏障、绿色环保的景观长廊、路堤结合的滨河大道、区域经济的产业集群,重现渭河黄金水道。渭河生了大病,得动个大手术,术前的准备工作,诸如消毒备皮麻醉任务,便如同滩区的清障整理工作,如果不能如期完成任务,那么后续手术工程将无法进行。这就是王澍之所以深感责任重大的原因。然而,滩区的清障整理工作并不顺利。

故事的序幕就这样拉开了。

"6月1日早9点多,二组打来电话讲,很多村民来到渭河大堤上阻挡量地,协调的村民代表也没有办法。我赶快从三组往卓所村赶去,离得老远就看见在渭河大堤上聚集了很多人,男男女女一大群,妇女和老人居多。这时我还没有下车,一组、三组分别来电话讲有村民在阻挡不让量地。"王澍神情凝重地说,"尤其是三组,姜工反映:带头阻挡的是两个年轻人,开了一辆微型面包车,一下车一人手中拿了一把二尺长的砍刀,砍刀用报纸包着刀尖露在外面,明光闪闪挺吓人的,我告诉他立即拨打110报警,人身安全,第一重要。

"我下车后,小查先把情况给我做了汇报,说:你刚走农民就来了,不让量地。人越聚越多,说啥的都有。有的说要看证件,先了解清楚你们是干什么的;有的说他的地谁也不给;有的讲要让把文件拿出来,大部分人起哄吵闹着要把我们赶走。我听后,就朝农民走去,把为首的几个农民叫到我面前,给他们讲政策,讲道理。我说:你们的心情我是理解的,农民离不开土地,就是靠土地生活。但是,你们在渭河河道内种地本身就违反了《中华人民共和国防洪法》，违反了《陕西省河道管理条例》，影响了河道行洪区正常行洪。过去你们在河道行洪区内种地河道管理部门没有管，也是看你们庄稼长势好，不忍心。再就是当时河道部门在河道中没有大型改造项目，也没有资金。现在国家立了项，批了资金，要改造要治理，我觉得你们要理解要支持，地你们已经种了这么多年了，收获了这么多年了。现在国家要求治理渭河，渭河治理好，首先是你们住在河边上的人受惠，空气好，环境好，你们说是不是？这时110警车也到了现场，我把这里发生的事情向警察做了介绍，谢谢他们给予的支持。农民见警察来了，慢慢地也就散去了。二组、三组的农民把村民代表也拉回去了，河堤上只剩下我们几个清点人员，大家心里都挺沉重的，我只好宣布今天工作结束，让大家回家。

"从这天以后，每天农民们都聚集在渭河大堤上，吵闹谩骂，想尽办法阻挠清点工作进行。经我们再三做工作后，个别农民愿意清点，我就让清点组抓紧量地。农民一群人跟着尺子转，在报读数字时，每次数字都要让往大了填写，如不遂意，就抢尺子摔尺子，把清点人员推搡来推搡去，根本无法工作。我们只好报警，请求警察的支持。有时一天打三次报警电话。警察在时农民若无其事，警察一走，马上又开始吵闹、谩骂、威胁，不让清点。没办法我们只好进村到农民家去做工作，跟人家讲道理，说政策，苦口婆心，口干舌燥，费尽了心思，就这还要时时为自己的人身安全着想。每天工作进展仍然异常缓慢。渭管中心的各位领导也深入基层深入一线做群众的思想工作，找村组长谈话，但大多数人和你说话态度倒挺客气就是不表态，环顾左右而言他。没有办法，只能做通一家清点一家，慢慢向前推进。"

有病的渭河已经严重制约了关中发展，有人却视而不见。

"我们住在渭河边宏安养护公司，白天清点，晚上把清点过的农户编成编号，输入航拍地图和电脑上。房子里又闷又热，渭河边上的蚊子又大又厉害。工作时有一个人手拿大蒲扇不停地给上图的人扇扇子，驱赶蚊子，不然忽呼就会扑上来一群蚊子。天天遭受磨难，地图上的清点编号稀稀拉拉，大家情绪都很沮丧，不知啥时才能摆脱这种尴尬局面。最发愁的是农民和你闹，警察来了他们没事人一样，走了又闹，我后来发现了这一点，就让警察不能走，就在车里待着。警察待在车里等上半天，啥事没有，也没有人理他们，陪他们说话，就想要走，说，不是挺好的，我们待着也没用，要不我们走吧！我说不行，你们在，农民又抽烟又说笑，啥事没有，你们前脚一走，情况马上就会变，又打人又骂人工作没法进行。所以你们还是辛苦点，就陪着我们，跟我们一起上下班，一起吃饭休息。这是有教训的，上次警察不在，我们一个人量地，就为了争一公分，农民要多说一公分，我们的人不记，上去就把我们的人给打倒了。没有警察在，根本不行。这事儿没商量，只能让警察陪着我们晒太阳。

"那天，约好带会计去谈补偿，村长说他有事要晚点去。你们先去谈。我当时还多了个心眼，让会计不要去，等我说好了给你打电话，你再过来。会计是女同志不要有个闪失。结果让我料个正着。我们七八人去了说好的地方，在一块玉米地边上，到了地方，瞅着怎么一个人没有？大伙正纳闷的当儿，呼啦一下，伏兵四起，有百十个农民，忽然从玉米地里向我们冲过来，手里拿着棍子、铁锹及其他各种农具，冲上来围住我们，也不说话，冲着大家就劈头盖脸的抡家伙，没几下就把几个小伙子打趴下了。有个伙子被打惨了。起先看我长头发，像个领导，就没有上来打我。我冲上去阻挡他们时他们就不客气了，上来一个小伙子，冲我后背就踹了一脚，对面一个小伙子，拿铁锹冲我肚子铲了一锹，随后又来了一个小伙子，冲我腿上狠狠铲了一铁锹，把我一下就铲倒了，那个疼啊，人都快晕过去了。村长就在玉米地里藏着指挥，他们有组织，还有人拿摄像机拍，说我们是来强行占地的。他们打完我们之后就四散跑了。我们只能挣扎着报警，警察来了之后，一看，也没有办法。抓人吧，人早跑了，那么多人，谁也不承认，也没有办法。后来我们几个被打伤了的人都住了医院了。领导一拨一拨地来看我们，也是没有办法，都不想把矛盾扩大化，还要跟人家继续协商继续清点，还要想办法在期限内完成任务，所以也不能把关系搞僵了，为了渭河大局也只能忍了！"

进入相持阶段，如何打破僵局，得看王澍的了。

五十四

渭河病是上游水少,中游污染,下游淤积。三门峡水库建成以来渭河下游泥沙淤积已达到12.75亿立方米,潼关入黄口至西安草滩约200公里河道河床抬高了1~5米,使渭河成为悬河。为给渭河治病,出台《陕西省渭河全线整治规划及实施方案》,总投资607亿元。

新华网2016年1月11日称:自"十三五"以来最严格的环保制度值得期待。"大气十条""水十条"都已出台,"土十条"将于今年出台。环保部陈吉宁部长在会上介绍,"十三五"环境保护的总体思路是:以改善环境质量为核心,实行最严格的环境保护制度,打好大气、水、土壤污染防治三大战役,确保2020年生态环境质量总体改善。"十二五"时期全国堆存长达数十年的历史遗留铬渣处置完毕,并完成了首次全国土壤污染状况调查。陈吉宁表示,2016年要出台"土十条"并全面实施,启动全国土壤污染状况详查,继续组织实施污染土壤治理与修复试点项目,建立规范的污染场地联合监管机制。他说:"最严格的环境保护制度不是政策制定得越严厉越好,也不是标准制定得越高就越好,而是制定政策、标准在实际中能够确实执行,可以落实。是'落在实处的严格',而不是政策、标准停留在纸面上。"他还进一步解释说,"土十条"治理土壤污染,是个"大治理"过程,不是要投入几万亿元。我们强调的是风险管控,要管控土壤污染风险,通过改变土地使用方式,而不是简单依靠巨大的资金投入,对污染的土壤要加强监测监控,不让污染继续发展。

水、土、气,三位一体,都是生命的元素。

国务院已经发布的《大气污染防治十条》《水污染防治十条》以及在2016年即将出台的《土壤污染防治十条》,前两条已经被称为历史上最严格的治理计划,想来后者也不会例外。防治大气污染关涉人的呼吸是否自由和舒泰，治理水污染决定生存质量与未来，保土以周全则与民以食为天和国土安全休戚相关。

这是一个值得我们期待的五色共和的水土时代，有让人重拾《千字文》的冲动。《千字文》的始作俑者当为南北朝的梁武帝。梁皇帝让手下从王羲之书法作品选取上千不重复的汉字，因没有排列组合，互不关联，了无意趣，便想玩一把拼字游戏，不会劳动自己，而是吩咐外散骑侍郎周兴嗣说："卿有才思，为我韵之。"周兴嗣领旨，殚精竭虑，竟夜呵成。

皇上的疏懒成全了周兴嗣，全文浅显如白话，条理清楚，对仗工整，文采斐然，易记易诵，成为历朝历代童蒙读物和书家法帖，广为流传，影响遍及古今中外。日月经天，江河行地，神话人文、鸟兽虫鱼、春秋农事、物华天宝、大美乡愁，无一不包。我选文中关涉自然的句子重组，本意是想让我等自省和羞愧一下，却害怕许多人被时代物化的连羞愧也不会了。有什么猫腻？有什么不能见光处？何妨掏出来晒一晒。看看先人与自然相处的处心积虑：

  天地玄黄，宇宙洪荒。日月盈昃，辰宿列张。
  云腾致雨，露结为霜。寒来暑往，秋收冬藏。
  海咸河淡，鳞潜羽翔。金生丽水，玉出昆冈。
  治本于农，务兹稼穑。俶载南亩，我艺黍稷。
  果珍李柰，菜重芥姜。枇杷晚翠，梧桐早凋。
  渠荷的历，园莽抽条。陈根委翳，落叶飘摇。
  龙师火帝，鸟官人皇。图写禽兽，画彩仙灵。

五十五

何以我等拥抱自然的能力逊于古人？甚或完全退化？窥一斑而见全豹，援一管而吹七孔，见或不见，吹与不吹，懒得去做，方是个中关节。奈何时人疏狂，虽然身处生态环境日益恶劣的今天，却已不会反省，更不会惭愧。平添古人远比今人淳厚之幽情，顿生今人不及古人相知自然的浩叹。也更加珍重那些从平凡处做起，身居庙堂之上，仍不忘初衷的人。

来在陕北，不能略过榆林。明神宗万历二十年前后，榆林卫有屯田3500余顷，共计48100余顷，约合721500余亩。大量屯田开垦生荒地势必破坏原生的森林草地。史料载，卫堡之中驻守"官兵55379名，马、骡、驼33105匹"。如此数字庞大的驻军，毋庸说毁林开荒，即便是长期伐薪烧炭、烧火做饭一项，对山林破坏之巨亦可想而知。

陕北生态变坏的过程，不外乎人为的三大要素，一是战争需要，诸如长城、直道、堡寨、城池、宫阙等建筑工程，对林草植被的采伐破坏。二是军屯民垦、人口剧增、燃嚼起居等无序过度对自然的索取。三是历史上多次大规模的游牧民族内迁安置，而导致的农耕界线不断北移和森林草地的不断缩小与破坏。统万城的毁灭便是一个最好的例子。

我注意到一个奇怪的现象。一方面是中华人民共和国成立60多年以来，榆林市历届政府坚持"南治土北治沙"半个多世纪筚路蓝缕，林草覆盖率从中华人民共和国成立前的1.8%达到目前的30.8%。林草郁被度达到0.7以上的林草面积1500万亩。造林保存面积从中华人民共和国成立前的63万亩增加到目前的2008万亩；在沙漠腹地营造起万亩以上成片林165处，建成了总长1500公里，面积175万亩的4条大型防护林带。固定沙地占沙化土地总面积81.2%，流动沙地只占沙化土地5.7%。境内860万亩流沙有600余万亩得到固定、半固定，实现了区域性荒漠化逆转，150万亩农田实现林网化，恢复和改良草场2295万亩，沙区初步治理度达到69.1%。沙丘年移动速度从5～7米降到1.68米以下，沙区每年输入黄河的泥沙比50年代减少了76%。

沙尘天气由20世纪60～70年代每年20多天，减少到10天左右。每年浮沉扬沙天气由66天减少至24天，林网地的风速降低28.8%～49.4%。通过引水拉沙、垫土改良、围堰造地等措施，在沙漠腹地累计新增农田160万亩。有文章这样描述：如今榆林北部沙区郁郁葱葱的植被将昔日肆虐的黄沙牢牢锁住，再也遇不到"大风一起、黄沙滚滚"的场面。历史遗留下的900余万亩流沙现已有近700万亩得到固定、半固定。榆林人民用了短短的50多年时间，将上千年来被破坏的地表植被提高了20多倍。在我国土地沙化以每年2000多平方公里速度扩展的趋势下，榆林率先实现了荒漠化的逆转，让"沙进人退到人进沙退"梦想成真。

一方面是，破坏方式与时俱新，却万变不离其宗。

2013年10月10日陕西省榆林市榆阳区法院向长庆油田送达了《执行裁定书》，要求长庆油田缴纳2009年7月至2012年3月期间在陕西榆林境内开采石油、天然气水土流失补偿费7.4亿元，以及1.1亿元的罚款，并且冻结了长庆油田23个银行账户。

《水土保持法》明确规定有"水土流失防治费"和"水土保持设施补偿费"，"谁损害，谁补偿"，由于目前尚无"水土流失补偿费"的全国统一标准，被地方政府征收巨额费用及罚款的长庆油田觉得"很委屈"。地方政府相关人士则有充足的理由："除了府谷县，长庆油田的主产区遍布整个榆林市。"1990年始，长庆石油勘探局地球物理勘探处所属的6个作业队，在榆林市10个乡镇范围内活动，破坏地貌林草植被420万平方米（折合6301.2亩）。长庆油田采用爆破地震法，采用大功率推土机开道，单宽4米左右，所过之处沙柳、沙蒿等林草植被全部连根铲掉。长庆遍地开井，大密度油气井开掘。几乎每年长庆油田都有石油泄漏事件发生，有时候会污染附近的河流，甚至影响到油田附近居民生活用水。

2008年11月陕西省出台《陕西省煤炭石油天然气资源开采水土流失补偿费征收使用管理办法》规定了煤炭、石油、天然气资源开采企业水土流失补偿费计征标准，长庆以征费过高，非国家规定为理由，不肯缴费，于是扯皮不止。笔者以为，这是一座很大的冰山，浮在表面的讨价还价只是3/10，而沉在海底的生态破坏，才是7/10。

这根本就不是钱的问题，而是一个如何发展才能最低减免破坏的问题，是在旧的水土流失保持、生态环境的修复同时，如何才能防微杜渐避免新的水土流失生态破坏的发生。如果破坏的速度与治理同步甚至超过治理的速度，那一切都将是徒劳的。绝非耸人听闻，时下这座冰山沉在海底的部分，已经变得非同寻常巨大无比，如果我们不能及时地施治和融化这座在以与时俱新的手段继续破坏生态的冰山，无论交收多少费用，都无法补偿生态损失之万一。

以此类推，及于全国，这座冰山之巨，足以沉船。

五十六

有资料称，隋唐两代陕北成为安置内迁的党项、吐谷浑等游牧民族的主要地区。隋至唐中叶前，白于山南北、横山山脉以南仍有大片草地、森林。唐中叶以后，陕北生态环境逐渐恶化。宋夏对峙拉锯争夺与防御屯守，消耗了大量的环境资源，又加剧了这种恶化。

还是书归正传，继续让王澍讲他的故事。如此巨大的修复工程，是对自然的欠债还钱，更是对自己的爱护和对可持续发展的助力。然而，如果不能解决如上问题，这种修复和保护则如同杯水车薪，无济于事。这是关涉民族、国家、个人生死存亡的事，没有匹夫，只有责任。

"大家挨了打，心里都不好受。我也沮丧，但不能表现出来，还得给大家打气。"王澍也很坦白，他对我说，"我那会儿也是气得不行，要给大家伙出这口恶气，所以非要公安处理那些打人的人。公安也去调查了一下，也锁定了几个人，村里也有人害怕了。有一天有个小伙来医院找我道歉。后来知道是那个村长也觉得打人不对，打发那个铲我一锹的小伙子来给我道歉，我说，你不要这么赔罪，你要是真的有种，就回去准备上四斤酒，哪天我去你们村里，你二斤，我二斤，咱都喝了，这事就算拉倒了。那小伙子嘿嘿地笑，说行，就走了。"

"打也挨了，活不干还不行。总不能老在医院里住着，眼看日子嗖嗖地过，自己都觉得心慌。休息了没几天就出院，鼓励大家说，每天我们只要能量几家，就少几家，剩下的人他总有撑不住。到最后剩下几个人，他们要是不量，我们和村民代表偷偷地先把地量了，把地亩数字先掌握到手。我们不找他最后他也得找我们。"王澍不慌不忙地说，斯文中还偶尔透出些霸气。"我也理解农民，在这个社会上，他们是最不容易的。咸阳地少，不够种，他们为了吃饭，从咸阳跑到西安这边，天天在滩上种地，很辛苦。那里有一户农民，他竟然修了一条工程量很大的水渠，水渠不是在地下挖一条沟，是在地面上堆起了一条沟渠，在四周还种了一大片树。你说他们有多了不起？可惜是种错了地方，种在这河滩上，发洪水时会影响行洪，要是造成损失谁敢负责？理解是理解，但农民爱动手打人，这一点是不对的！

"这时候，村长让我去村里喝酒，有人说这是鸿门宴，我说鸿门宴也得去。于是我就真的去了。到了村里，见村长摆了一个席，那个小伙子坐在那里，桌上放着几瓶酒。然后二话不说我们就在一起拼酒，你一瓶我一瓶喝了不止一人二斤酒。小伙子倒了，我还好好的。村长和好多人都吓住了。他们哪知道我这人，别的不行就是酒量大。再来一瓶也不会倒！"

"你还别说，这招还挺管用！"王澍大笑，"过后我们还成了好朋友。他们开始反过来帮我们做村民的思想工作，坚冰一下子就融化了。就这样，在我们锲而不舍的努力下，艰难的时期终于过去了。主动要求清点自家滩地的农民越来越多。我们也忘记了伤痛和天气的炎热，所有的不愉快都烟消云散。历时40多天，共清点滩地8600多亩。计算精确登记无误，在以后的渭河滩地清点回收兑付时兑付工作非常顺利，受到了各级领导的表扬和肯定。"

王澍在一篇文章中写到给来自美国得克萨斯的朋友当讲解员的事。

他说这几年参加了渭河综合治理建设，虽然流血流汗，但也有很多收获。尤其是看到渭河治理建设搞得这么好，感到今生参加了这么大的工程建设，非常荣幸，非常光荣。老渭河大堤只有4～6米宽，泥结石路面，坑坑洼洼高低不平，对面来车无法避让，河道之中杂草丛生，已适应不了渭河景观和防洪度汛要求。新修的大堤比旧堤整整高了4米。渭河生态景观区200米绿化景观带，绿化面积达1.2万余亩。植有各种珍稀树木，品种达30余种，10余万株。建有雪松林、女贞林、银杏林、杨树林、栾树林、斑竹林、白松林、国槐林、油松林和百果林以及各种珍稀灌木花草苗木。形成林林相连、景景相映、文化深邃、重古厚今。既有观赏美化景色的功能，又有经济实用价值。各种休闲绿水湖面有14处，景观水面占地3000余亩。200米绿化景观带观赏湖按北斗星君依次取名为：天枢湖、天璇湖、天玑湖、天权湖、开阳湖、玉衡湖、瑶光湖。还有按其他神话传说人物，如牛郎湖、紫薇湖、北辰湖、文昌湖、宫室湖等，灿若珠玑。西安湖更是气派非凡，波光粼粼，岛岛相连，盛景空前。古城台，长20米，宽20米，高8米，呈正方形，雄武壮观。朋友问修一个鼓台有什么意义？我说：当年汉武帝为抗击匈奴，调动和激发文武百官和全国百姓抗击匈奴的士气调兵西征而建的。公元前220年，秦末汉初。北方游牧民族匈奴族日渐强大，经常在汉朝边关挑起事端，袭扰边民，侵城夺地，烧杀掳掠，对汉政府的集权统治造成了极大的威胁。汉武帝登基以后，对内采取休养生息，对外采用和亲政策，待国力强盛之后，于公元前133年在今山西省朔州和匈奴打了著名的"马邑之战"。这是一场诱敌歼灭战，结果被匈奴识破，虽没有成功，但结束了西汉自立朝以来对匈奴一直奉行的和亲政策，拉开了对匈奴全面战争的序幕。公元前121年派车骑将军卫青和骠骑将军霍去病两员大将几次带军队去打击和消灭匈奴。当时军队在这里集结，举行了盛大的出征仪式。他们从这里跨横桥，渡渭水，兵出河西，彻底打败了匈奴浑耶王，巩固了汉室江山，扩张了西域版图，打通了西域各国通商交通，也打通了整个连接西域各国的丝绸之路。朋友听着，望着鼓台，面色凝重，渐渐陷入了沉思。

我和王澍分手后，两天后又见了个面，还喝了个小酒。我回家后他还微信发过来他父亲一幅大篆遗墨，拍了一张照片，他很自豪地在微信中这样说："这是我父亲多年前写的一个六尺横幅，父亲书法各种书体比较均衡，隶和大篆在陕有较高影响。可惜六年前病故。"我觉得王澍其父所书唐十八代天子李忱联句很有趣，前边已经说过，千岩万壑不辞劳，远看方知出处高。溪涧岂能留得住，终归大海作波涛。联想到王澍在整治渭河时的作为和表现，故占一绝回之曰："扬素波而泻碧笺，澍声清婉握拳拳。策流渭水鞭溪涧，耻教波涛让闲田。"

如今，闲田已经不见，泾渭能恢复原本的分明吗？

五十七

窥一斑见全豹。水土保持、生态建设、环境保护的及时性、迫切性、重要性，自此可见。

想起《黄帝内经》说："圣人不治已病治未病，不治已乱治未乱。"药王孙思邈在《千金要方·诊候》书中亦曰："上医医未病之病，中医医欲病之病，下医医已病之病。"

始料未及，深圳特区只有30多年历史，而人类活动史却有6700多年。新石器中期即有原住民百越人等繁衍生息在此。据称夏、商、周时，这个地方即为百越部族远征海洋的驻足点。百越人以捕鱼、航海为生，不事农桑。秦为广东地。深圳前身为广州宝安县，有1700多年郡县史、600多年的南头城、大鹏城史和300多年的客家人移民史，城市史已经有1673年。1980年8月26日被称为深圳生日。这天批准深圳为特区。1981年3月升格为副省级市。1984年2月24日至26日邓小平首次视察深圳。1988年11月国务院批准深圳市在国家计划中实行单列，并赋予相当于省一级的经济管理权限。1990年12月1日深圳证券交易所诞生。1992年邓小平第二次南巡并发表谈话。深圳建设有中国最多的出入境口岸。皇岗口岸实施24小时通关。时迄今日，深圳特区已发展成为有一定影响力的国际化城市。

2011年10月广东省第二届省农运会在江门举行，首届组团参加省农运会并斩获奖项的深圳决定弃权，因为深圳没有农民。深圳农林渔业局方面解释说，自2004年"村改居"完成后，深圳已经没有农民。"农运会是农民参加的，我们不搞形式主义，所以不参加。"该局强调说，深圳是一座现代化都市，参加农运会不适宜。最终以观摩形式出席未参加比赛。可见这座新型城市，已经不再是一个小渔村。到2004年，本地人便没有了城市人与农村人之分，每个村都成立了自己的股份公司，投资建设厂房，收益拿来分红。这座处处领先一步的城市，可谓最先在中国实现了城乡一体化。

闪深踏浅中,烟望雾视里,怎么说都不过分。

因为这是个新生事物,城市化正在生猛可畏大踏步地向乡村走来,许多的翘首以待,许多的无语低回,许多的欣喜与忧虑,不一而足。城乡序列,如同一排巨大的多米诺骨牌,只要推倒了第一张,余下的便会被无形之手控制,不单单是市场之手,还有其他什么手,比如自然之手、规律之手等等。这些手会推动它按顺序替补和跟进,直至完成一个轮回。这些骨牌的倒下去与站起来,会同时进行,并且会在同一时间发生。一切都将是约定俗成的,一切都将在混乱中变得有序,隔一张牌是否就绝不会轮到下一张牌倒下?

谁又能知道呢?或许还有更有力的手,重新洗牌,洗出另一副牌。这个进程一旦开始进行,中途也许会有所改变,但很难中止。好坏总是相伴而行,姑且不论。有人认为深圳没有文化,全然是认知误导,不如说,你不认识或不认可它的文化。这个文化是任何具体的深圳人都无法代表的,甚至一个区域也不能代表它,它属于整座城市。这是一座充满魔力的城市,任何一个人走进去,都会很快被它同化掉。不知不觉,你已经是它的一部分。

它的每一个毛孔眼里,都填充着来自不同地域的文化血肉。这些血肉被硬性地粉碎或柔性地榨取并重新组合,身体的完整与灵魂的鲜活同在,但是它已无所不在地主宰你的一切了。你不能反抗它如同你不能反抗自己一样,因为你同它已经合体了。反叛的唯一可能是远远地离开它并尽量忘记它,会感觉剥离的疼痛,你舍不下它了。不止一个深圳朋友,一边嘲弄它,一边继续留在它体内,享受在其他城市无法享受的那种生活。这种城乡一体化的生活,在中国,迄今还是一种构想,还是一个序幕,然而却在深圳早已实现了很多年。

这就是深圳的魅力、深圳的文化、深圳的不可方物。

我知道如果我是一个深圳人,我一定也会有许多的不满意、许多的牢骚,并且也会嘲弄它并表示不屑于它。之所以称赞深圳,是因为,我只是远远地欣赏它,许多次也只是从它的身边匆匆走过,顶多也不过待上十天半月的。而且恰巧每一次去,都是它最迷人的时候,或者是它展示给我的是它最好的一面。每每的只是惊艳。它没有用血肉喂养我，我也没有融入它的肌体。

不识庐山真面貌，只缘身在此山中。这句诗被用滥了但还得用。当然也有例外。比如这次我在深圳见到的几个水保人，已经在深圳工作了许多年，对深圳却有一种历久弥新的感觉，甚或是款款情深。比如深圳水务局水保处的一群人，从主任到两位副主任以及几个工作人员，无不如此。说起深圳的水土保持工作，他们不约而同地告诉我，且都是一言以蔽之：

深圳的水土保持是逼出来的！

1992年、1993年，举世瞩目的"深圳速度"在带来辉煌的同时，也带来了因大规模不合理挖土推山、填土造地、采石取土造成的城市大面积水土流失。1995年年底水土流失面积达184.99平方公里，占陆地面积和9.5%，是395.81平方公里特区面积的1/2，因开发建设造成的水土流失面积占到80%，泥沙年侵蚀总量达411.12万吨。采石取土遗留的裸露山体缺口达661个。生态环境恶化，城市景观受损，河床淤高，排水管网堵塞，洪涝灾害加剧，大量侵蚀泥沙淤积在布吉河下游。

1993年9月26日发生的深圳大水灾，很是丢深圳人的脸，来访的尼泊尔比兰德拉国王一行，被围困在富临大酒店，不得不动用橡皮艇，在一片狼藉之中，仓皇之下，将其一行接出。

1994年6月26日洪水猝然来袭，仅布吉镇当时就造成直接经济损失6亿元……

基于以上状况，1995年8月，水利部在深圳市召开了全国部分沿海城市水土保持工作会议，在会上第一次提出了城市水土保持的概念。也就是在这个具有全新意义概念的推动和启发下，1995年9月，中央电视台《焦点访谈》节目组，针对雨后造成的深圳市布吉、龙华一带严重水土流失状况做了焦点调查，以《警惕城市水土流失》为题播出。斯时正值《焦点访谈》大红大紫、收视率奇高之时，一经播出，便引起强烈反响，城市水土流失问题如同一条往日华丽忽然翻白肚皮的鱼，浮上水面，引起了党和政府以及社会各界人士的关注。

中国城市水土保持就此拉开序幕。

深圳就此开创了中国城市水土保持从无到有的先河。起先深圳市根本没有水土保持机构，破冰时只有三四个人凑在一起做，那时的艰辛与忙碌的情形，迄今说起，深圳水保人陈霞都为之莞尔和感奋。在人们的印象中，水土保持是落后农村才搞的事情，类似深圳这样繁华的城市还搞水保？不是个笑话吗？许多人不理解，甚至瞧不起这个职业。后来有了机构，招兵买马，锣鼓这才有声有色地敲起来。上了台这么一看，要唱的戏文实在太多了。便紧锣密鼓一出一出往下唱。城市水保是个处处需要花钱的事，没有政府支持那就叫寸步难行。多亏深圳市委、政府各级领导，对城市水保都很关注和支持，不然也走不到今天。水保办主任这样说。

1995—2000年，市、区财政投入1.5亿元用于水土流失治理，全社会共投入资金约14.5亿元，累计治理水土流失面积132.3平方公里，泥沙侵蚀总量由每年411万吨降至100万吨以下。2002年，连续五年市财政安排专项资金3000万元，市水利基金安排2000万元，区财政按1∶1配套，用于200多个重点裸露山体缺口的专项治理，打造出雷公山、盐田港、大南山北遗留边坡等一批亮点工程。2004年启动了水库流域水土保持综合治理工程。2005—2007年从水保专项经费和水利基金中安排2603万元，在铁岗、茜坑、梅林等饮用水源水库流域开展了555.41万平方米的水土保持综合治理试点工程。而这只是治理的部分。

"还得要防治，得从源头开始把关，否则治理无尽期，会没完没了。"陈霞说。

"这个做起来最不容易。根据《中华人民共和国水土保持法》的规定，存在水土流失隐患的生产建设项目需编制水土保持方案报市、区水土保持行政部门审批。我们也是想了许多办法，比方说，2002年通过'政府购买服务'的方式，委托企业对水土流失进行监督监测，在全国首创水土保持监测市场化运作模式。以此为先机，推动宝安、龙岗、福田、南山、罗湖、盐田、光明、坪山、龙华、大鹏各区先后成立了监测分站，成功地建立起了一市十区全覆盖的水土保持监督监测网络，为动态监督监测水土流失和及时治理生态隐患提供了强有力的技术保障。为了方便群众参与监督，更好地掌握信息，2014年年底，深圳市建设项目水土保持信息公开系统正式上线,有什么看法、建议、举报,可以留言,随时联系我们。"

但他们还是不满意。群众虽然欢迎,但关心的程度还嫌不够。所以,为了普及城市水保知识,他们还拍了全国首部以水土保持为主题的3D电影《水土保持总动员》,目前已累计播放3000余场。还创作了水保歌曲,在央视做了城市水保公益广告。2015年,深圳水保部门竟然通过各种关系,把水土保持的课程正式纳入市委党校主体班教学安排,他们试图借党校的教育资源优势打水保的牌,以提升深圳市领导干部保护水土资源、建设生态文明的意识。

这种费尽心思无孔不入的水保宣传意识让人感动。

五十八

> 中医核心理念是防病。防未病而治已病,诚属无奈之治。若不治则会危及性命。泥石流下,安有贫富?水土流失,焉分贵贱?呼吸之虞,遍及城乡,生态面前,夫复城乡。环境好坏,人人平等,自然优劣,个个均沾。

一座巨大的沟坡,形如一片被虫子细细啃啮过的起伏不平的坡形的树叶,叶脉清晰可见,可是叶肉却已经荡然无存,只剩下了枝形的血脉。形状比黄土高原流失出的千沟万壑更为可怖,因为它流失的不是土而是石头。起初只是为了挖土采石而使大地血肉模糊、骨碎筋断,又惨遭积年日久的雨蚀水磨,终使大自然无力修复和愈合这种丑陋而可怕的伤口,在深圳竟然有661处。我在这里描绘的仅仅是1995年水保人摄于观澜茜坑的一张普通的水土流失照片。这如同是一张术前的造影,接下来的人工手术是需要高超技艺的。陈霞告诉我,这是他们发明的一项专利技术,如今这项技术已经在全国应用,公路边坡治理几乎全部使用了这项技术,许多技术有所改进,但千变万化根在他们这里。

这项技术的特点是帮助大自然愈合伤口,也即是说在光山裸山上为植物提供一个立脚的平台,让根须能有一个攀附的可能,然后它们会和自然交谈、沟通、亲密接触,并最终让根须被岩石的隙缝所接纳,得以将伤口全部覆盖,并最终消磨坚硬为泥土,让血肉重生。同时还需要运来泥土,种树种灌木,以为它们的坚强的支持和后援。恢复一处这样裸露山体缺口的治理最少也得五年时间。我去看了几处这样的地方,如雷公山、乌石岗、盐田港边坡等一批裸露山体缺口亮点治理工程,郁郁葱葱的树木和花草,在崖壁与沟壑间蓬蓬勃勃,连泥土和山体都看不到。如果不刻意指点几处破绽,几处留以警人的痕迹,我还以为这是自然的杰作。

这项技术的成功运用充分说明了水保工程措施的必要性。

陕北文安驿镇

淮河

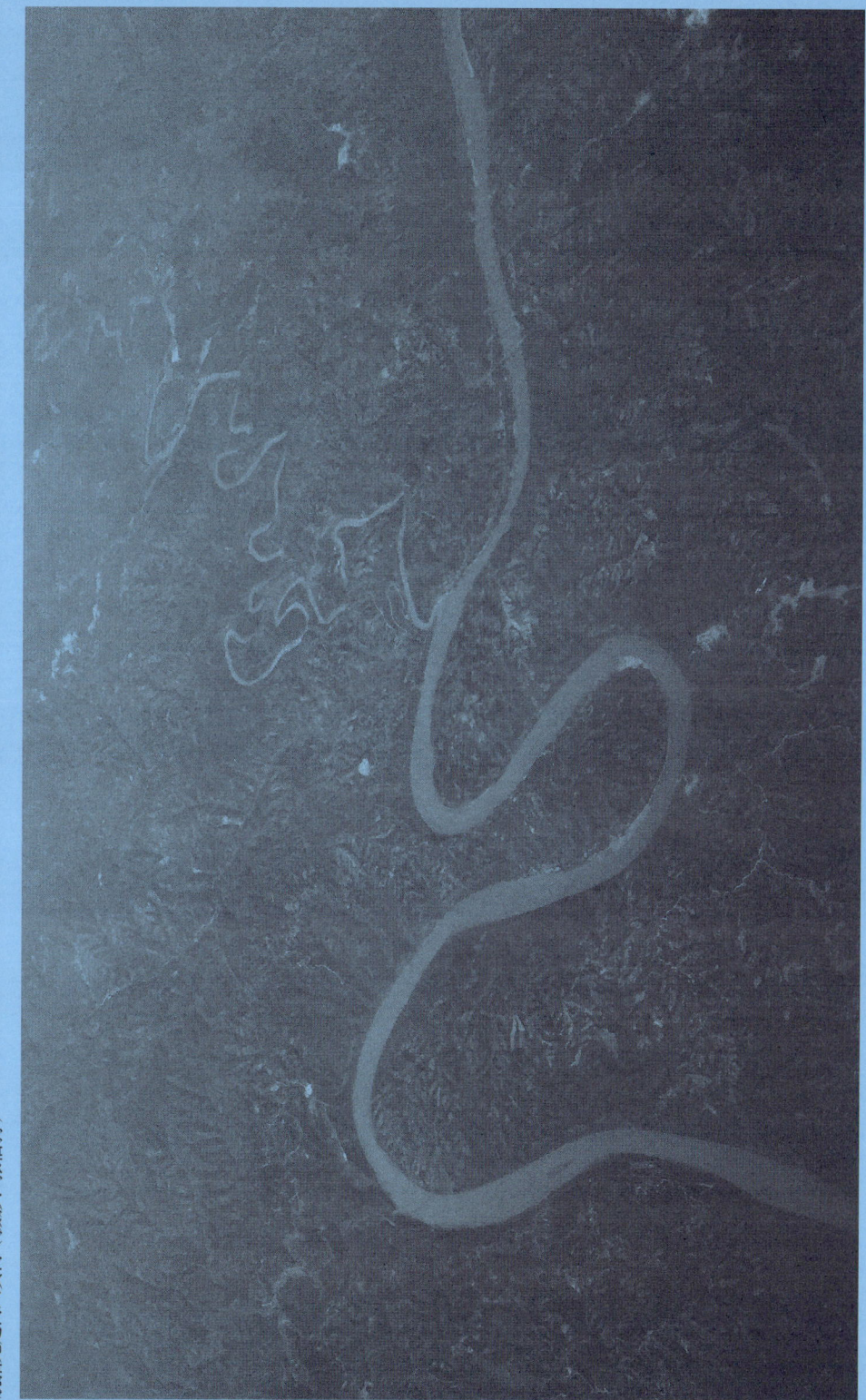

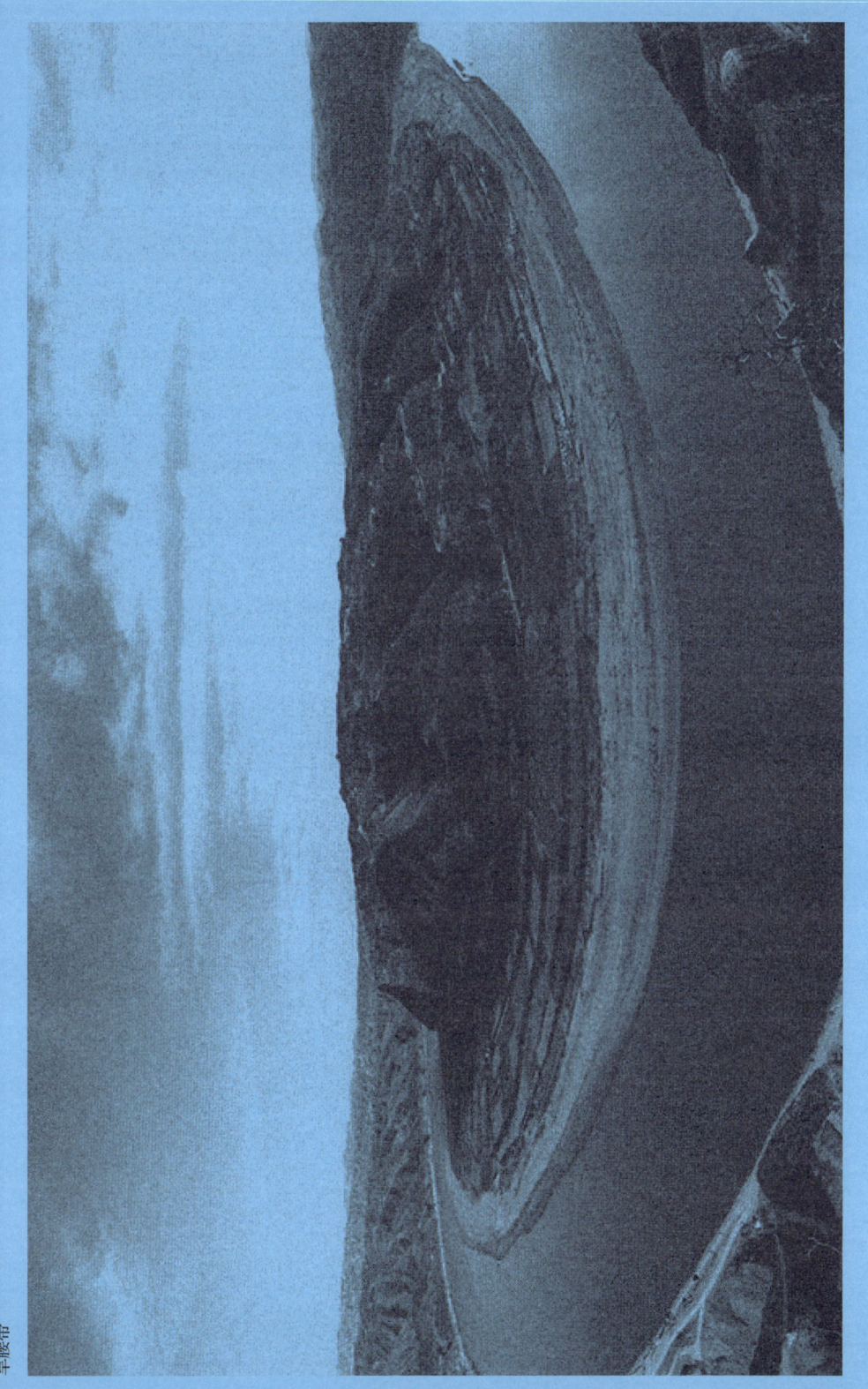

早胜街

南京江工区台口埠内

陕西岑丹凤桃花谷

延安

黄土高原

长治平顺西沟

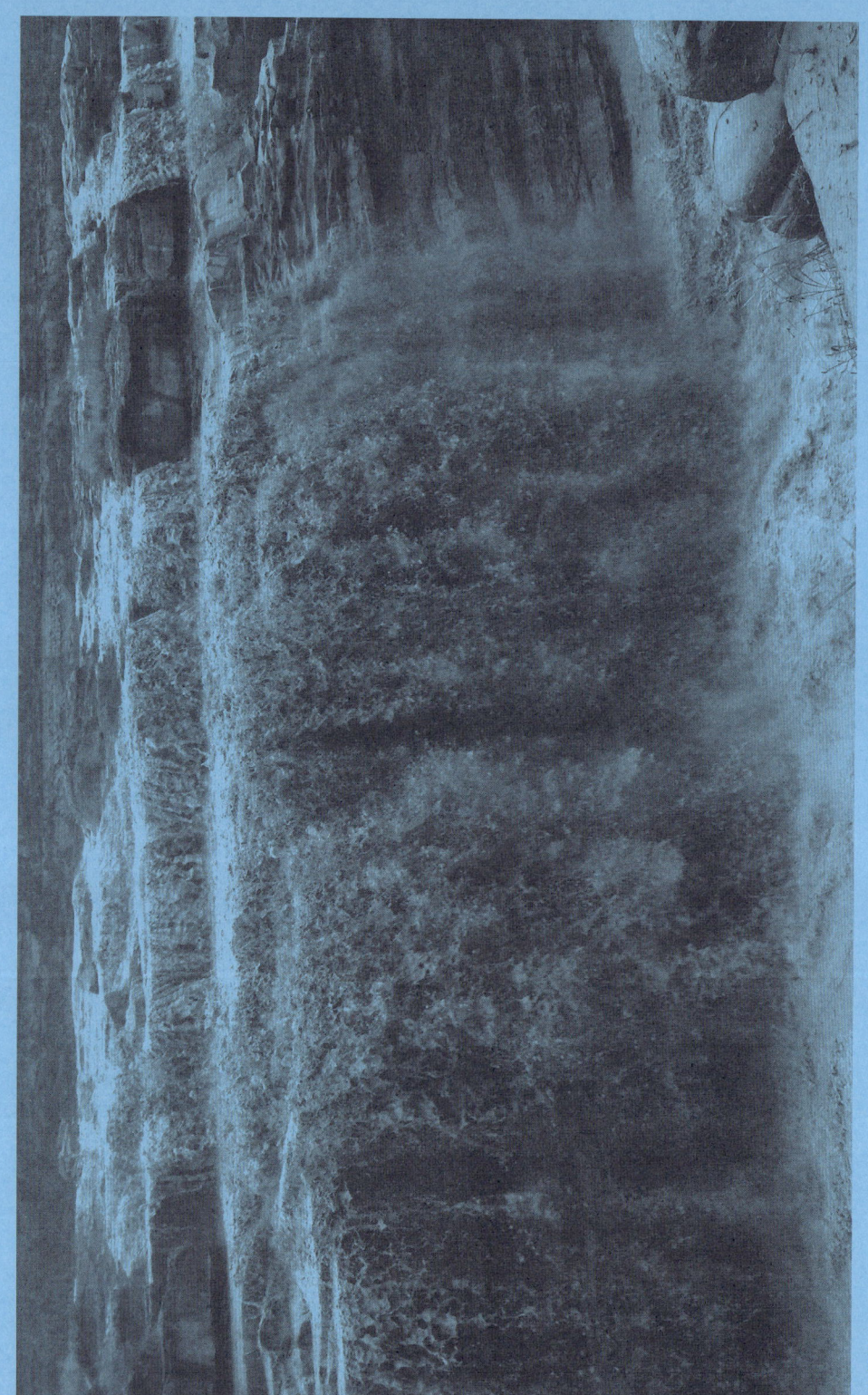

黄土高原

山西阳泉市平定县

永春丰山村

娘子关

延安水域

福建永春县吾峰镇吾顶村

汀江流域

赣江流域

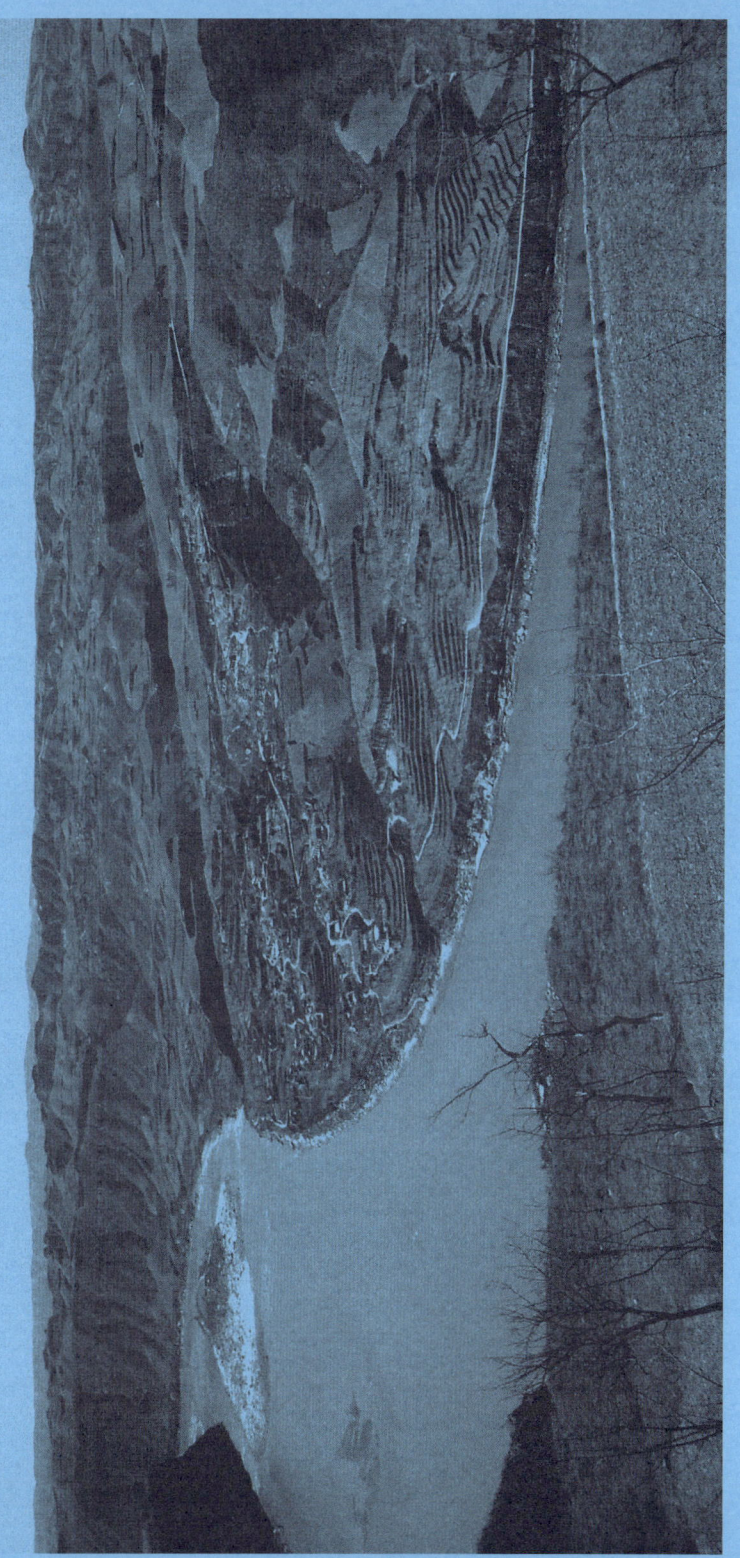

黄土高原淤坝

渭河西安段综合治理工程

江宁区的前后石塘村小流域

白河的一级支流琉璃河

陕西咸阳三原东沟水土保持科技示范园

北京与雾霾

北京水土治理

长治平顺西沟

娘子关

黄河小浪底

长治平顺县黄华沟龙门寺

福建三明市石燕村

渭北"旱腰带"区域

山西省长治市长治县

2013年7月26日,延安洪水

山西省阳泉市平定县柏井镇里牌岭村

山西省阳泉郊区旧街乡

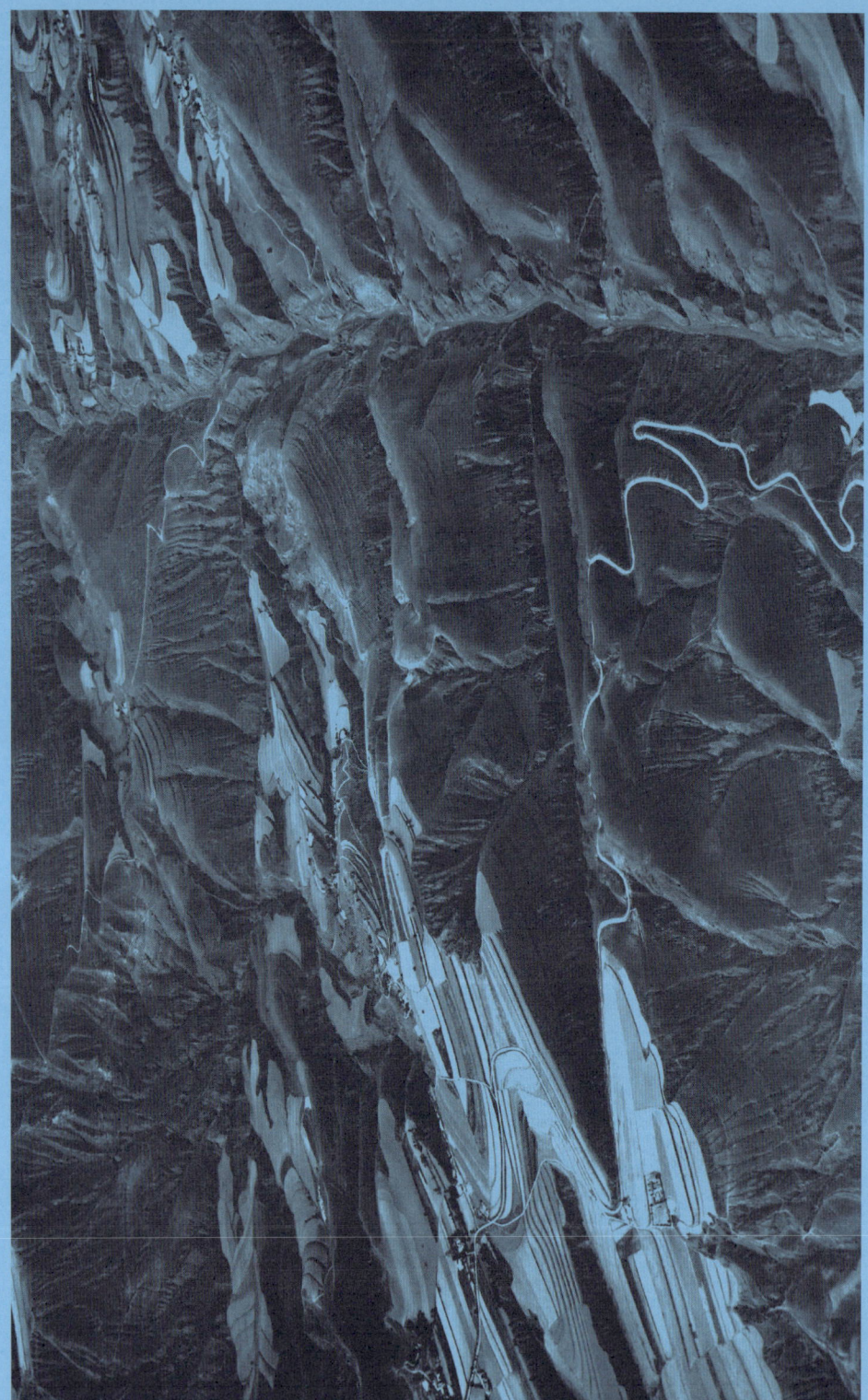

黄土高原淤坝

陕西高原

黄土高原

淮河

滨海盐渍区

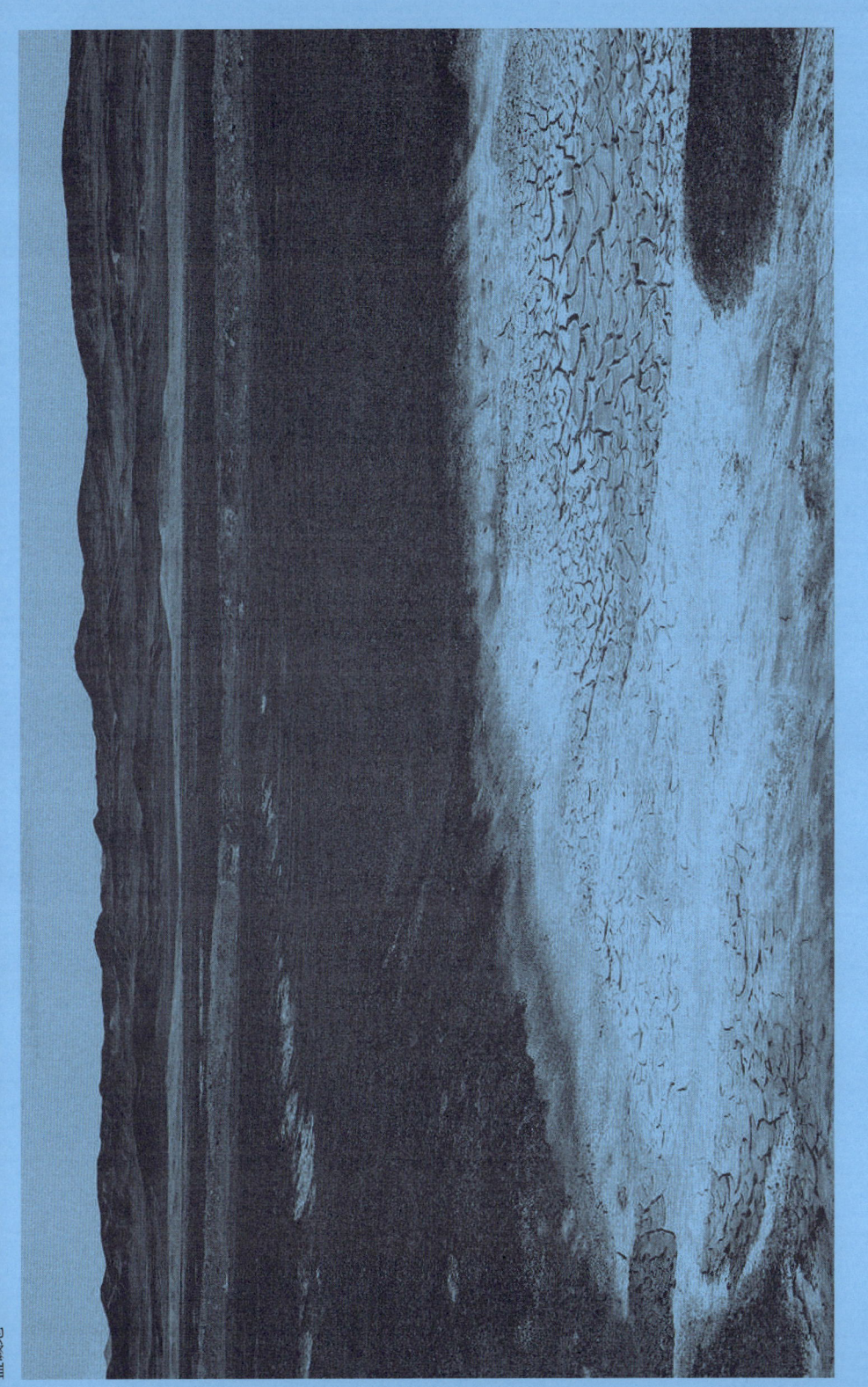

青石岭京津风沙源小流域治理区

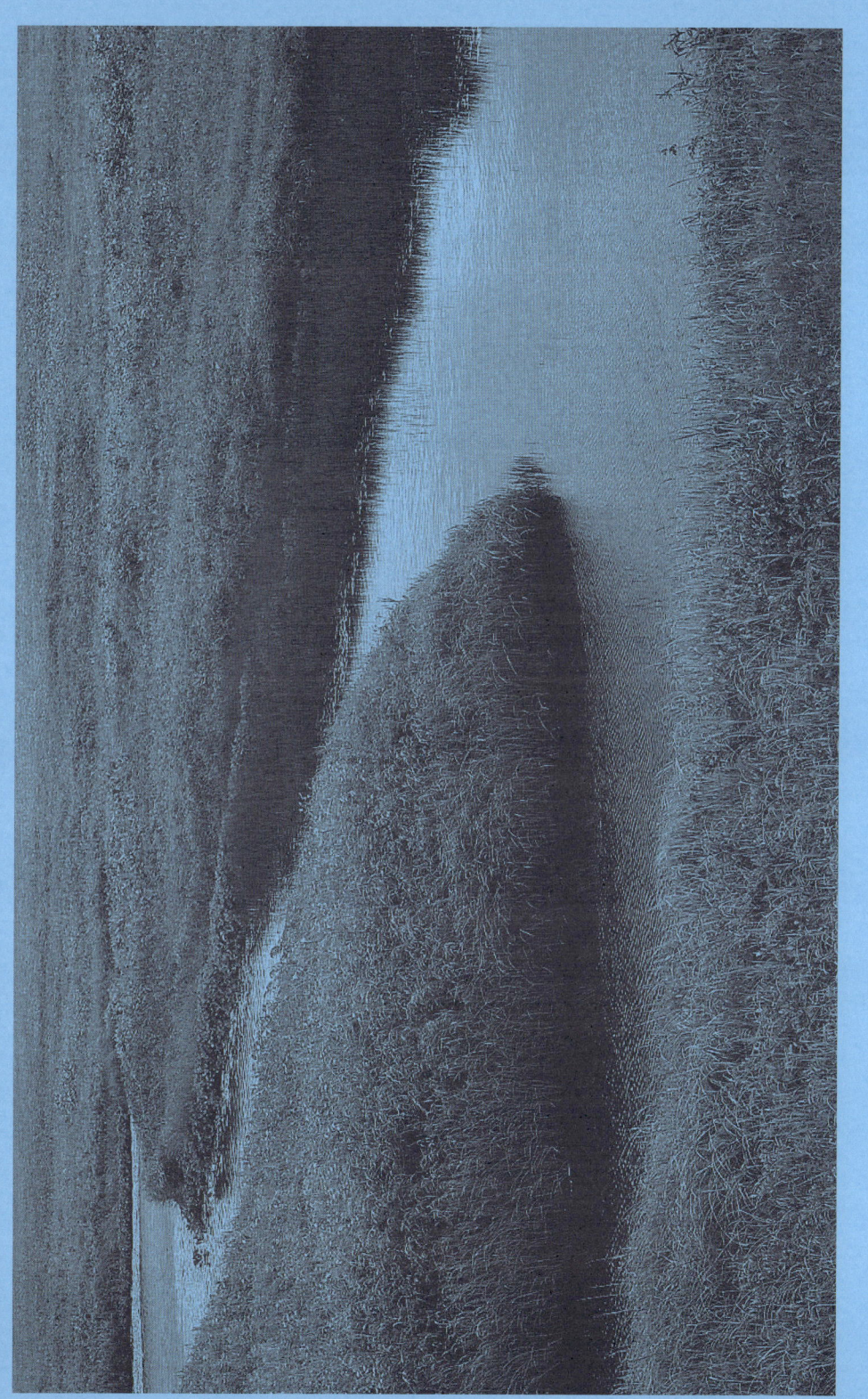

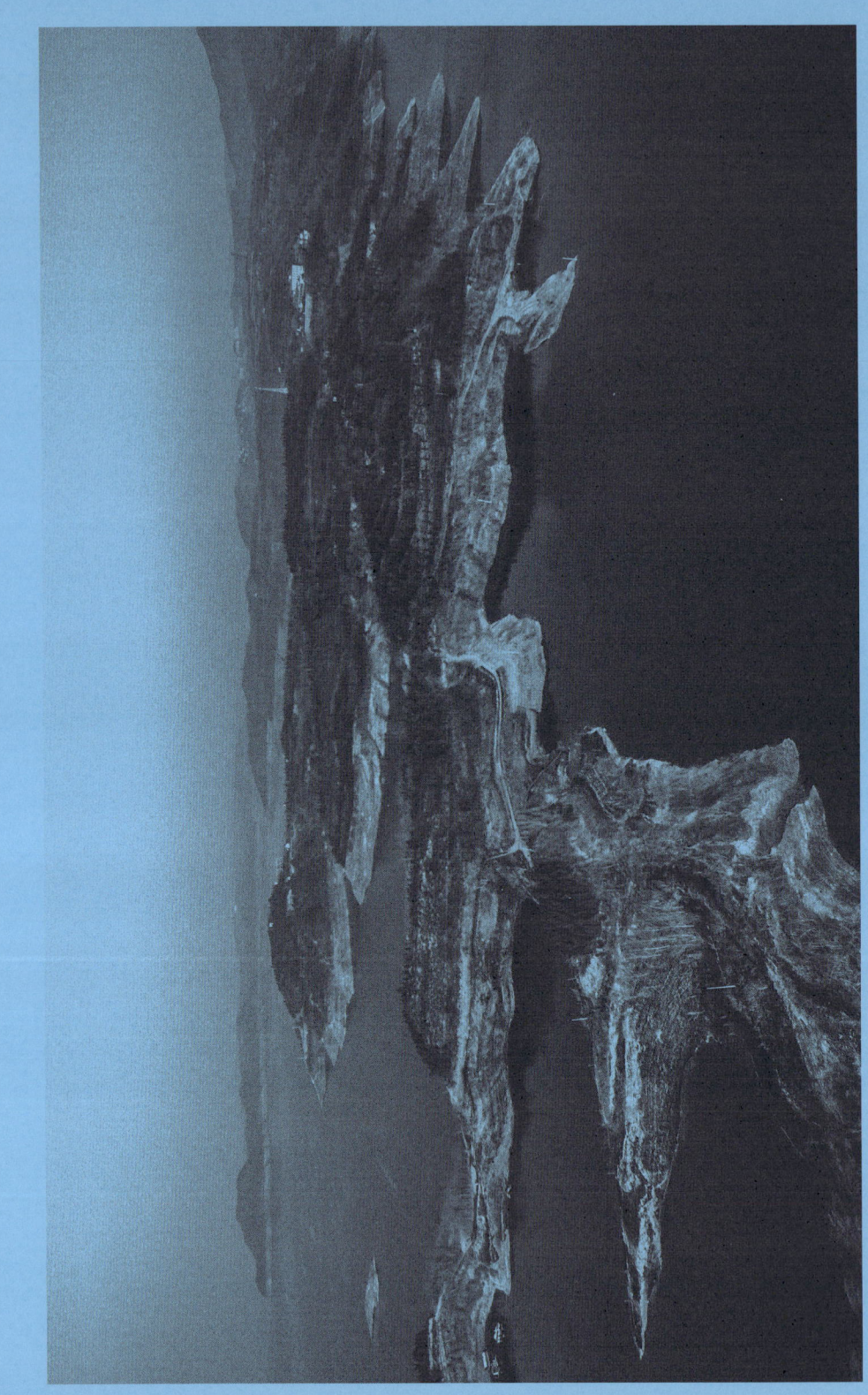

ハルス平原の凶区

2012年深圳市水土流失面积已降至42.73平方公里，累计治理水土流失面积142.26平方公里。不过，人为因素导致的深圳市水土流失面积却越来越大。治理好深圳市水土流失的有效对策莫过于加强生产建设项目的水土保持监督监测，推行水保专项验收备案制，房建类项目转为自验为主，将能够由行政相对人自行完成的管理事项放归社会，充分调动社会主体积极性，提高行政效率，力争督促每年由水务局审批的近300个项目，能够及时完成验收，完备法律程序。待试行成熟后逐步在全市推行。《中华人民共和国水土保持法》第二十七条明确规定，"水土保持设施未经验收或者验收不合格的，生产建设项目不得投产使用"。

2015年一季度，市水务局就2003—2014年期间开工但尚未进行水土保持设施验收的项目进行集中清理排查。截至2015年3月31日，共清理出873个项目。根据《中华人民共和国水土保持法》的相关规定，已于2015年4月1日将该批项目移交执法部门处理。4月1日至6月30日期间，其中27个项目完成验收，截至2015年6月30日，剩余846个项目尚未验收。2015年6月，市区水务主管部门共完成16个开发建设项目水土保持设施验收，涉及水土流失防治范围294.83公顷，完成水土保持投资10936.86万元。

他们说，城市水土保持同生态文明建设血脉相连，是生态文明建设不可分割的重要组成部分。下一步，我们将按照党的十八届三中全会上有关加快生态文明制度建设的要求，进一步完善城市水土保持监督管理制度体系，提升监管能力，促进深圳城市水土保持工作有特色、出经验，为打赢治水提质攻坚战、建设美丽深圳做出新贡献。欣喜与忧虑同在。

发轫之初的城市水保，在与时俱新的发展建设格局中，正在变得愈来愈重要。同时，这种异军突起的城市水土保持的迫切需要，也彰显中国水土保持在新形势下正在呈现捉襟见肘亟待关注的危局。目前深圳水土流失面积还有40多平方公里有待水保人的治理。

深圳市水土保持科技示范园选址于深圳市南山区乌石岗。

过去这里是一个废弃的采石坑口，濒临西丽水库一级水源保护区，开山采石遗留下的裸露边坡、废弃场地，不仅对城市环境具有不良影响，还直接威胁到西丽水库的水质安全。为贯彻落实科学发展观，改善生态环境，遵照市委、市政府的有关部署，利用原有采石场坑口的场地和建筑，因地制宜，生态优先，围绕水土文化和水土保持科普展示两条主线，2008年在这里率先打造了全国首家以城市水土保持为主题的科技示范园。2009年4月13日，深圳市水土保持科技示范园被水利部正式命名为国家级第二批"水利部水土保持科技示范园区"。同年10月13日正式开园，免费入园、免费停车、免费讲解、免费互动。他们特别针对已经无力、无处、无暇拥抱自然母亲的城市人，开辟了水土保持户外教室，为广大市民特别是青少年、儿童免费提供了一个亲近大自然、学习水土保持知识、参与水土保持实践的良好场所。他们还制作了水土保持科技示范园专题片，并在中央电视台网站上播放180天。

  我去走访时，潇潇雨来，几个穿戴黄色雨衣的工作人员，带我在园中走了一圈，并在园内的展示馆中一起聊了聊。他们告诉我，这个水土保持科技示范园，设计理念比较超前，有后现代色彩，以水、土、木、金等元素布局开篇。也许是误判，五行中唯独缺了火，以为有待商量，五行中的火并非时人认知的火，而是太阳，旺发得靠它，当然，这只是几句闲话。

  以后现代手法表达自然纯真与朴素的本质，无可厚非，突破前人给自然所下的定义，给自然生态以多层次无限可能的理解和想象或曰解释，是非常必要的。这对少儿尤其必要。人只是自然生态中一个链环，丢弃这个链环的同时，便会有另一个链环再生。金木水火土的相生相克，只是自然元素中的中国式的理解，只不过是中国人认知的五个大环，是否还有另一种认知或是更多种可能，那肯定是毋庸置疑的，需要大家共同探究。这又是几句闲话。

  寓教于乐，引人入胜，启迪人思考，浓缩汇总近些年来深圳城市水土保持的各种可贵的治理经验和科研成果，则对未来城市具有事半功倍的作用和意义。集科普教育、科技示范、试验研究、技术交流为一体，以3D影院、声色光电以及实物示范等高科技手段，让人与自然交流沟通，使之成为生动有趣的城市水土保持课堂，对帮助广大市民了解水土保持的重要性，提供了一个人与自然互相交流的实物平台，功莫大焉。

难能可贵的是，他们还专门编写了几本针对儿童阅读而印制的诱导式水土保持课本，这种从儿童开始便注意培养水土保持意识的做法，值得大书特书。相信接受了水土保持启蒙教育的儿童，长大之后，绝对无须像现在这样，婆婆妈妈地提升和强化，水保意识便会成为习惯。让成人感受深圳水土保持的重要性与紧迫性以及与个人休戚与共的关系，已经足够警醒他们了。

"西安水保科技体验园的来处便是这里，"乔处笑说，"只是因为近年来科学技术的日新月异，他们的3D影院已经赶不上西安的5D影院了，需要更新换代了。"园区几个工作人员也有同感，我却不以为意，物换星移是必然的，只要是占据了第一，那就要另说了。

有七言诗赞曰："东南大亚湾姝丽，港深襟怀烟水羞。三角地开交汇口，伶仃洋里正温柔。繁华未艾荒芜出，光景方佳沟壑流。休说鹏城金粉厚，若无妙手半僧头。"

五十九

城市水土流失是一种典型的现代人为加速侵蚀，比农村水土流失影响因素复杂，可以理解为当建设规模或开发建设活动扰动土（岩）体超越城市的承载力和管理水平时，在自然外营力（降雨、重力、径流冲刷）的作用下，造成的水土资源的损失和生态景观的破坏。

有篇报告谈到深圳建筑废弃物受纳场容量面临的压力。

该报告这样介绍说，"余泥渣土"一般指建设单位、施工单位新建、改建、扩建和拆除各类建筑物、构筑物、道路、管网等以及居民装饰装修房屋过程中所产生的弃土、弃料及其他废弃物，也被人们称作"放错地方的土石方资源"，但如果余泥渣土任意堆放，容易造成水土流失以及对环境造成污染。近年来，深圳市的建设工程不断增多，大运会场馆、深南路、北环大道、滨海大道、轨道交通以及遍地开花的房地产项目等相继建设完工，国贸大厦、地王大厦、京基100、平安大厦等众多高楼如雨后春笋，每年余泥渣土的体量也一直在上升。据深圳市城管局公布的数据显示，2013年、2014年全市建筑废弃物受纳场受纳弃土和建筑废弃物分别为1928万立方米、2231万立方米。该报告称，目前深圳已建成9座建筑废弃物受纳场，总库容约9300万立方米，现已使用7000万立方米，剩余库容约2300万立方米，仅余一年受纳量。而2015—2018年拟新建受纳场27座，总库容9320万立方米，由于弃土回填及交换利用比例、建筑废弃物综合利用比例均较低，按照目前的受纳量测算，新建受纳场仅可以使用4年。深圳市人口活动密度很大，但地域面积只有2000平方公里，建筑体量比较大，产生的余泥渣土量也相当大，余泥渣土的堆放空间越来越受到限制，使得这个问题变得较为突出。其他大城市由于地域空间较大，这个问题还不算很尖锐。

对于矛盾不算尖锐突出的看法，我不认同。如果不能施治于未病之时,漠视或忽略不计,灾害就会悄悄发酵或做大。只要包藏有祸心、疾患、脓肿、溃疡,就得在它还没有成患时切除。因为这种疾患的可怕性在于,一旦它暴发开来,便不可挽救。

深圳有血的教训,其他城市,也都有过教训。

该报告进一步阐述说,国内大城市产生的余泥渣土主要通过填埋的方法来解决。深圳市每年产生弃土约3000万立方米、建筑废弃物约600万立方米。其中,弃土受纳填埋约65%,运往市外处置约20%,工程回填及交换利用约15%;建筑废弃物受纳填埋约60%,综合利用约40%。《深圳市余泥渣土受纳场专项规划(2011—2020)》计划拟借鉴日本、新加坡、美国等发达国家,重视余泥渣土的资源回收再利用。日本在处理营建剩余土石方时,会将其分为四类。砂、砾及其相类物列入第一、二类建设废弃土,可以直接使用,第三类是沙质土、粉沙、黏性土、火山灰质黏性土及其相类物,第四类是黏性土及其相类物,第三、四类废弃土经处理后绝大部分可回收利用。美国也类似日本,对余泥渣土分为三个级别,进行不同的处理再利用。新加坡会在源头上推行减量战略,要求建筑工程广泛采用绿色设计、绿色施工理念,以减少余泥渣土的产生。此外,还要求承包商对余泥渣土分类利用,承包商为减少余泥渣土处理费用,一般会在工地内就将自身可利用的废金属、废砖石分离,自行出售或用于回填和平整地面,其余则付费委托给余泥渣土处理公司,实施二次分类处理。

报告结论:要加强建筑废弃物回收利用,实行减量化处理。一方面要建立全市房屋拆除工程信息共享机制,通过信息共享平台,服务房屋拆除工程业主、施工单位与建筑废弃物回收利用企业,促进废弃物的收集、处理和利用工作。另一方面要加快建设土石方和建筑废弃物受纳场,满足未来深圳轨道交通四期等重大城市基础设施建设土石弃方的受纳需求。

有专家学者对城市水土给予关注并做过研究。

他们认为,城市水土流失是潜在的,一般情况下不易察觉,只有在暴雨或大暴雨下才会暴发,如深圳在1995年暴发的水土流失,之前就没有任何预兆迹象。城市建筑物、工厂、水泥及沥青路等不透水层在我国普遍存在，使雨水的地面阻力明显减少，导致暴雨径流产生的能量集中，加大了水流天然的侵蚀力量，从而使这种潜在的水土流失具有了普遍性。水土流失一旦随着暴雨或大暴雨产生，就会造成严重的灾害，因而具有很强的破坏性。水土流失所产生的大量泥沙淤塞河道和城市的排水系统，致使城市市政设施和工矿设备受到破坏，或突然造成停电停水，影响到城市的生产、生活，或危及市民的生命和财产安全。

过去，治理水土流失往往局限于农村，在措施上多采用田边加林加草的办法，按照小流域进行综合规划，而这些显然不符合城市水土流失的治理。我国城市中的水土保持工作起步晚，而城市水土流失防治模式又趋于多样化，所以治理难度大，特别是山丘城市，开发建设应绕道而行，并尽可能少破坏植被，一定要破坏的要提前做好水土保持治理措施，要尽可能地恢复植被，而这些都需要大量的资金。城镇化建设尤其应重视水保。

另外需要强调的是，人们对城市水土流失观念较为淡薄，这些都加大了城市水保工作的艰巨性。这些年来我国经济的快速发展，带来了城市化，也引起了城市中一系列水土流失相关的问题，并且造成的水土流失远比农村严重。可见，减少城市化发展中带来的负面效应，在城市建设中注意加强采取水土保持措施尤为重要。水保工作与城市建设是相辅相成的，城市建设的发展，促进经济的发展，提高了人们的觉悟，会促进水保工作的开展，反过来，水保工作的有力开展可以减少水土流失带来的经济损失，从而间接地促进我国的城市建设。

遍布于许多城市周边的尾矿也不容忽视。

如果把城市水土流失比作一种病，便如梁惠王所说，寡人有疾，寡人好色。孟子说好色不是病，你自己好色若能兼顾百姓的色欲，那就没有人会指责你。遗憾的是城市里的好色与好钱类似。寡人好色易患性病，城市好钱易患隐疾。隐疾是不方便告人的一种病，因好钱而患隐疾的城市绝非一个小数。按照水土保持法和环保法的规定，除了指定的受纳场，不合法的弃土渣以及各种垃圾的倾倒，几乎在所有城市都随处可见。便连被指定的受纳场或是堆放尾矿的渣场，也在此例。如果没有采取严格的水土保持工程措施，依然是一个包藏祸心的隐患。它居心险恶而且叵测，平时似乎无足轻重，却不知什么时候就会暴发。

2008年发生在山西省襄汾县新塔矿业公司特大尾矿库溃坝事故便是一例。新塔公司擅自在停用的980沟尾矿库上筑坝放矿，尾矿坝脚出现渗水现象，新塔公司采取在子坝外坡用黄土贴坡的方法防止渗水并加大坝坡宽度，并用塑料膜铺于沉积滩面上，阻止尾矿水外渗，使库内水边线直逼坝前，无法形成干滩。尾矿坝总坝高约50.7米，总库容约36.8万立方米，储存尾砂约29.4万立方米。2008年9月8日7时58分，980沟尾矿库左岸的坝顶下方约10米处，坝坡出现向外拱动现象，几声巨响过后，数十秒内坝体全线溃塌，库内约19万立方米的尾砂浆体全泻，吞没了下游宿舍区、集贸市场和办公楼等设施，波及范围约35公顷（525亩），影响距离约2.5公里。死277人，伤33人。有4人在事故中失踪。

类似事件绝非小数，只是程度大小有所不同而已。

近些时日，往来于大江南北，有感一边是冰天雪地，一边是莺歌燕舞。置身于旖旎之地而思念北方的冰雪，回到北方于冰雪中又想念南国的风致，一种相思，两处闲愁。一年四季春夏秋冬如否定之否定。春夏秋如三国归晋，而冬之晋，又安在哉？却是被春递夺去了。

故填调寄《鹧鸪天》两首以记之。

其一：

> 花照葫芦雪画瓢，山添丰乳水修腰。
> 粉浓玉素怀妖娆，姹斗嫣争慕寂寥。
> 香翅惹，蜡枝撩，冰天翠地自妆描。
> 这方眉眼连唇罩，那壁肤光映轻佻。

其二：

> 燕曰鸦云诉离愁，江南江北倚高楼。
> 冬来春去多情苦，相思年年挂两头。
> 吴语夏，晋声秋，大千物候也曹刘。
> 古今未改青梅煮，乱乱纷纷入海流。

我曾对很多人表述过这样一个疑惑:"总感觉水土保持这些年提得似乎少了,其实绿化也好,生态也好,环境也好,都是毛,水土保持才是皮,毛想长得好,首先得皮好,水土就是皮就是根本。标本兼治,先要固本守元,先要在水土保持上做大文章。水土保持不仅是平田整地种树种草,它直接关系江河湖海的水质,关系人们的呼吸和空气的净化,更关系到绿色植物的生长,没有好的水土种什么树都是徒劳无功。千百年来,自然因素是水土流失的潜在原因,人类不合理利用水土资源已成长为主导因素。这是人人都知道的常识。再多的水再厚的土也经不起长年累月日久天长的流失。何况流失的都是肥土和氮磷钾。人常说,庄稼一枝花,全靠肥当家。肥在田里是好东西,流到河里就成污染。沙尘暴是什么?PM2.5又是什么?不就是微小的颗粒物吗?不就是微尘吗?微尘不就是土吗?污染又是什么?污染是物质的错位。尘归尘、土归土、水归水、物质归物质,不就万事大吉。水土安则万事安!"

隐隐约约的,我一直试图说出这样一种担心:这一切的成因,是否因为我们一个时期,边缘化了水土保持?丢失了以水土保持为纲的这个老传统?舍本逐末,偏废了水与土之间和衷共济的血脉关系,扰乱了水土与生物共荣共存的生态秩序?种树的光管种树,水土是否适宜是否可以成活却是后话。以为种树就是水土保持,殊不知种树方法不得当,也会造成新的水土流失。兴修水利的光顾修水利,以为修水利就是水土保持,只要安顿好江河溪流,就可以万事大吉。却忘了在安抚江河的过程中,扰动了土,漠视了土。水土被长期人为分离。各自为政,互相扯皮,只顾争先,全然忘了水土保持这个根本,这个大局。

他们觉得这个观点挺新鲜却不置可否。有《水乃民生、土是国之器》调寄《苏幕遮》新韵一首道:

雨吞丝,云吐絮,沟壑织绵,雾谷汤山驭。前路茫茫无一隙,电掣风驰、光剑来格载。揣天心,摩地意,朝野悬壶、欲敛疮痍去。川岳荣则三界济,水乃民生、土是国之器。

六十

> 北方为黑土地，我国东北平原湿润寒冷，微生物活动较弱，土壤中有机物分解慢，积累较多，土色较黑。以北方颛顼帝为主管，手持秤锤掌管冬天的水神玄冥。水神玄冥辅佐。玄冥，则有冬天光照不足、日色晦暗，寒冷萧索之意。

　　黑龙江省，简称黑，省会哈尔滨。因黑龙江而得名。黑龙江蒙语称哈拉穆河，俄语称阿穆尔河。原为中国内河，仅次于长江、黄河，为第三大河流。清《中俄瑷珲条约》《北京条约》中将上中游划为中俄两国界河。2004年中华人民共和国和俄罗斯联邦签署最后边界协定，将两国国界以黑龙江为基本界限划清。以南源额尔古纳河为河源，全长4440公里，在俄罗斯的尼古拉耶夫斯克注入鄂霍次克海峡。是流经中国、蒙古、朝鲜、俄罗斯四国的亚洲大河。黑龙江西部属松嫩平原，东北部为三江平原，北部、东南部为山地。

　　哈尔滨是金、清两代王朝的发祥地，四方纵横，没遮没拦，空旷豁达，铺地幕天，在历史上从来没有修过城墙。有欧亚大陆桥的明珠，天鹅项下的珍珠、东方莫斯科、东方小巴黎、文化之都、音乐之都、冰城夏都等诸多美称。哈尔滨东部多山及丘陵地。东南临张广才岭支脉丘陵，北部为小兴安岭山区，中部有松花江通过。松花江发源于吉林省长白山天池，干流由西向东贯穿哈尔滨市中部。黑土地是全市分布最广、数量最多的土壤类型。

　　我有《松花江上抒怀》调寄《望海潮》新韵曰："松花江畔，冰喧雪闹，堆肥水土河山。肃慎古城，辽元府第，轮流妆裹纷繁。苍墨尔根颜，订瑷珲条款，黑嫩涂丹。绥化呼兰，上京明月满清寒。萧森黯淡边关，两声天宝叹，草木偏安。禽兽向隅，鳞虫避乱，智愚全走极端。索菲亚专修，太阳岛远望，尽去遮拦。大列巴鱼子酱，圣诞酒燃酸。"

曾经"捏把黑土冒油花，插根筷子也发芽"的黑土地，国家重要商品粮基地，长期以来水土流失严重。据全国土壤侵蚀普查，黑龙江全省水土流失面积为11197平方公里，占全省总面积的25%。遥感技术对大兴安岭林区水土流失普查结果显示，1986年的水土流失面积为14267.2平方公里，2002年的水土流失面积增加到22735.32平方公里，占全区总面积的27.4%。前几年去大兴安岭采访时笔者曾这样写道：1958年大跃进砍树成灾，一次特大洪水持续达40天，沿江淹没农田6万公顷，冲毁房屋4231栋。1991年6月31日呼玛上游，平日本是一条几十米宽波澜不惊的小河，在一阵大雨后，即成汪洋之势，水势不仅凶猛，而且汛期提前，洪水造成直接经济损失超过举世震惊的"5·6"大火，达5.1亿元人民币。1985年4月20日的冰坝导致漠河水位上涨4.2米，21日古城岛形成宽860米长25公里的冰坝，水位超过警戒水位线2.5米，22日塔河县开库康、依西肯江段发生冰坝，水位猛涨3.5米，稍后下游呼玛县金山乡江段形成42公里的冰坝，江水5分钟上涨了90厘米，金山乡的五个村子全部被淹，直至25日苏方用飞机在金山乡江段投弹炸坝，冰塞才脱解。水位超过1958年特大洪峰1.8米。受灾农田1.6万多公顷，人口35864人，塌房屋4539间，直接经济损失3000多万元……凡此种种不一而足，自然的报复摇曳多姿，具有多样性。下暴雨和发洪水，只不过是啼哭和尿床的一种，是小儿状的无赖。它已经小得不会说话，人使它不舒服时，它只好尿人一身。有时候它的尿撒得实在也太过灾难，不过这能赖谁呢？是人类把它打回小儿状的。

时属冬季，驱车前往齐齐哈尔拜泉县时，沿途白雪茫茫，遮蔽着四野。初访拜泉县，知之不多，只从资料上知道，拜泉县位于黑龙江省中西部，地处松嫩平原与小兴安岭余脉过渡带，丘陵起伏平缓，漫川漫岗逶迤，未垦殖之前，林草丰茂，郁郁葱葱，鸟飞兽奔。垦殖初期也风调雨顺，生态良好，土地肥沃，稻田万顷如金，牛羊成群游荡，风光秀美如江南，曾是闻名全国的黑土地产粮大县，生活富庶，安居乐业，素有"东北大粮仓"之美誉。

然而，随着人口急剧增长、生产能力逐年提升，掠夺式毁林毁草、盲目开荒，致使地表植被遭到严重破坏。干旱、风沙、洪涝、霜冻、冰雹等自然灾害，接踵而至，频繁发生。春季融雪期产生的冻土隔层，底土黏重、表土疏松；偏又夏季暴雨增多，强度增大，丘陵和漫川漫岗区因汇流面积大，地表径流急，集中的水流冲刷破坏土壤，产生了大量水土流失，使漫坡上的黑土层逐年变薄，形成切入地面的沟壑，从而形成侵蚀沟。侵蚀沟经积年雨水多次冲刷，沟头溯源延伸，沟岸扩张，沟床下切，使沟壑侵蚀逐年加重，原本狭窄细长的浅沟几年之间就突变成了大的沟壑，沟岸两侧原有的高大树木也随之坍塌失去水土保持功能。

截至70年代末，全县黑土层厚度，由原来的1米锐减到20～30厘米，坡耕地年跑水1亿立方米，流失表土1400万吨，跑肥12万吨，土壤有机质含量由8%下降到3%～4%，侵蚀沟高达2.7万条、侵占耕地8万亩。随着土壤地力的下降，导致粮食产量剧降，耕地亩产不足百斤，人均收入不足百元，成为国家级贫困县。最典型的是刘喜仁屯东北的"五指状"侵蚀沟最高处达160米，境内100米以上的侵蚀沟多达143条，其中稳定沟22条，发展沟多达121条。500～1000米的发展沟11条，1000～2500米的发展沟10条，2500～5000米的发展沟2条。全县水土流失面积高达525万亩，2.7万条侵蚀沟侵占耕地8万亩，沟壑密度0.32公里/平方公里，年均土壤侵蚀模数2594吨/平方公里，属中度侵蚀区。

例如新生乡永胜村，治理前大小侵蚀沟730条，耕地由40年前的1120公顷减少到600公顷，46%的耕地被沟壑切割吞食。侵蚀沟不断发展，耕地被切割得支离破碎，大块变成小块，长垄冲成短垄，"鸡爪岗""鹿角沟"随处可见，给大型机械化作业带来了诸多不便，严重制约着农村经济的发展。许多村屯间道路和田间道路被侵蚀沟切断，行人和车辆被迫绕道而行。上升乡劳动村柴火张屯被侵蚀沟包围，将屯子分割成3半屯，遇大雨便会发洪水、山体滑坡，有4户居民房屋被洪水冲毁导致搬迁；丰产乡长发村王子明窝堡屯被分割成2半屯，屯内沟宽30米，沟深12米，主沟沟头已侵蚀到距离民房1～2米，且将民房东侧和北侧包围，有村民晚间出行不小心滑入深沟，被摔成瘫痪，从此丧失劳动能力。

黑土地，是上天的恩赐，长此以往流失，情何以堪？

需要特别提到的是，不仅是拜泉县的黑土层在变薄，整个中国东北的黑土地都在变薄。东北黑土区主要包括松嫩平原、三江平原、大兴安岭山前平原、辽河平原等地区。黑土层是土壤中的腐殖质层，其厚薄是黑土地土壤肥力的重要标志。1956—1959年中苏联合考察黑土地时，东北黑土厚度平均为55厘米，1973—1978年中科院南京土壤所调查黑土厚度中值为45厘米，1979—1983年第二次全国土壤普查黑土厚度平均值为40厘米，调查显示黑土厚度变薄了。目前大部分地区黑土层只有30厘米。除了肉眼可见的"破皮黄"现象之外，黑土层变薄的依据是东北黑土区水土流失严重。水利部2010—2012年开展的第一次全国水利普查显示，东北黑土区侵蚀沟道已达295663条，水土流失日趋严重。

大规模农业开垦与不合理耕作方式是世界三大黑土区水土流失与土地退化的主因，而我国东北黑土区由于地势起伏较大，更易遭受水土流失的危害。以黑龙江垦区为例，垦区下辖9个管理局112个国有农牧场，有73个农牧场存在水土流失，水土流失面积达9080平方公里，占垦区土地总面积的16.39%，且呈逐年扩大趋势。而目前水土流失治理率仅为58.4%。

2010年黑龙江省耕地土壤有机质平均含量为26.8克/千克，比1982年的43.2克/千克下降了38.0%。0～20厘米耕层土壤全氮含量平均为1.84克/千克，比1982年减少15%；土壤速效钾含量平均为146.8毫克/千克，比1982年下降了49%。我国黑土利用率高，养护少，管理水平低，长期粗放耕作、保护性措施缺失、不注重土地养护，这都导致土壤的保肥保水性能大大降低。虽然黑土在"变薄""变瘦"，但黑龙江近年来的粮食产量却在年年递增。

何以如此？这就是现代化农业发展的特点，处处得靠科技的力量来支撑。而科技支撑增强的背后，却往往会尾随一组让人担忧的数据。2012年黑龙江省化肥施用的总量也即是纯量为240.3万吨；亩均化肥施用量11.48公斤，比1982年增加3.37倍，但粮食单产仅提高1.55倍。20世纪60年代，农民施用1公斤氮肥可以增产15～18公斤粮食，到了2012年同样的投入量只能增产5～7公斤粮食。化肥使用量的增加和使用效果的降低，与黑土地"变瘦"形成鲜明的对比。这种恶性的差殊说明黑土地的肥力在变弱，想要多打粮食就得超量施用化肥。化肥投入逐年加大，小型农机具普及应用，导致土壤板结硬化程度日益加剧，耕层变薄，犁底层变厚、变硬、上移，耕地质量差，土壤蓄水能力降低，加剧了水土流失。为遏制黑土耕地质量下降的趋势，近年来，黑龙江省出台了农业环境保护管理条例、耕地保养管理条例、基本农田保护管理条例，组合应用土地整治、水土流失治理、秸秆还田、保护性耕作及旱作农业示范等技术，而这些措施和技术需要摒弃急功近利之心并假以时日方可显效。

这便是我来拜泉县走访王树清老人的原因。

六十一

过去我们总是感慨,何以年年种树不见树?何以年年兴修水利却水患不断?何以环境保护多年却污染依旧?不仅黄河还是黄的,甚至连长江和诸多河流也都变黄、变脏了?泥石流不仅频发于山区乡村城镇,还登堂入室公然侵入大城市,即使繁华如深圳亦不能幸免?

　　水利部水保司长刘震在贯彻党中央、国务院《关于加快推进生态文明建设的意见》精神的一文中这样表述:全国尚有水土流失面积294.91万平方公里,占国土总面积30.72%,不仅分布广泛,且土壤的流失总量大,侵蚀强度高。年均水土流失总量约为41.5亿吨,土壤侵蚀模数在2500吨/平方公里,年以上的中度以上面积占到53%,侵蚀强度远高于土壤容许流失量。西北黄土高原区和东北黑土区分布着96万多条侵蚀沟,其中89%的侵蚀沟仍在发展扩张。

　　把生态安全提升到相关国家未来的安全高度上来看:水土流失导致土地退化,生态功能减弱,加剧生态恶化和灾害性天气事件发生频率,如不有效防治,则可能引发生态的系统性破坏。按现在的流失速度测算,35年后西南岩溶区石漠化面积将增加一倍。

　　水土保持直接关系防洪安全和波及国计民生:水土流失搬运大量的泥沙进入河流、湖泊和水库,削弱河道行洪和湖库调蓄能力,增加了洪水发生的频率和洪峰流量,加大了洪涝危害程度。黄河水患、河床抬高的症结就在于黄土高原的水土流失。

　　从饮水安全看民生:水土流失作为面源污染的载体,输送大量化肥、农药和生活垃圾等污染物进入水体,加剧水源污染。全国现有重要饮用水源区中,作为城市水源地的湖库95%以上处于水土流失严重区,如果上游的水土保持工作做不好,将直接威胁饮水安全。

　　从粮食安全看水保:近50年来,我国每年因水土流失损失的耕地达100万亩，如不妥善治理，50年后东北黑土区1400万亩耕地的黑土层将流失殆尽，粮食产量将降低40%左右。

水土保持是四两拨千斤的牛鼻子：目前全国水土保持措施保存面积已达到107万平方公里，累计综合治理小流域7万多条，实施封育80多万平方公里。实践证明在我国水土流失地区，大力开展水土保持就抓住了生态建设的"牛鼻子"，抓住了解决生态环境问题的关键和基础。

清醒地认识到面临的危局：目前正值我国经济社会发展的重要转型期，农业人口锐减，城镇化率不断提高，资源开发强度增加，基建规模依然较大的形势，以及推进新型工业化、城镇化、信息化、农业现代化和绿色化等一系列的新要求，使水土保持工作面临着全新挑战。

矛盾现状：当下仍有近1/3的国土面积存在水土流失，3.59亿亩坡耕地和96万条侵蚀沟亟待治理。然而在治理旧的水土流失的同时，人为水土流失仍然严重，在加快实现工业化、城镇化的形势下，大规模生产建设和资源开发，给人为水土流失控制带来更大的压力。

在特定发展时期出现的与时俱新的突出问题是：基于目前状态，水土保持法规体系还需加快完善，"三同时"制度有待全面落实。各级水行政主管部门依法履行水土保持监督管理的能力与方式尚不能完全适应新形势和政府职能转变的要求，也有待进一步完善。

困难在于新形势下的水土保持投入严重不足："十二五"期间全国完成水土流失综合治理面积26.15万平方公里，但国家重点治理工程只有6.58万平方公里，仅为综合治理面积的1/4，其余则需要地方和社会力量投入治理，但是地方配套资金落实难，群众投劳难度大，劳动力成本节节攀升，导致治理标准较低，影响了治理效益的发挥。公众水土保持意识有待提高；重经济发展、轻水土资源保护的现象仍较普遍；防治水土流失的责任感、紧迫感尚待加强。

想起一句古语：工欲善其事，必先利其器。

六十二

那天,踏着半尺深的积雪,拜泉县水保负责人曲国平,带我们深一脚浅一脚地去看了家沟小流域治理。纵目望去,漫坡漫川的白雪,成片成排的林草,侵蚀沟里探头探脑伸逸出几树缀满霜花的枝条,在阳光下闪闪发光。

只有常绿树种还在沟的深处,顽强地顶托着成挂的雪团,错落有致地炫耀着天荒地老的苍翠。这星星点点的苍翠,托起一个愈显纯白的天真无邪的色世界,让几个随行的人从中找到了童年的感觉。这种久违了的感觉让人兴奋起来,很想在雪地里奔跑、呼喊、甚至扑在雪地上打几个滚儿。年纪却如同寒冷也似不饶人,没有谁真的这样去做。但却于霜刃雪剑气象之中填得一曲《玉漏迟》名为《兵谏暖冬真好》的词牌抒怀曰:

凛寒勤王道,皑皑皓皓,纯情征讨。雪裹霜围,蜡恋素原银抱。玉树琼花粉造,太阳岛、云浮风潦。松嫩黑,天荒地老,冻林冰草。

大小兴岭违安,四江岂无忧,自然贫考。野沃生金,秀美始能香稻。欲得河山不倒,水土保、身家方葆。休懊恼,兵谏暖冬真好。

曲国平却遗憾地说:"要是早来些日子,这沟里全是绿色的乔灌,现在都被雪埋得什么都看不到了!十几年前这里的那个荒芜样子你们是想不到的,几乎是寸草不生,全是雨蚀风蚀水蚀的大小沟壑。去年尽管遭受了春涝、大风、低温等多种自然灾害,可是我们拜泉县的粮、豆、薯农作物总产达到15.6亿斤,粮食生产实现了历史性新突破。

"丁家沟小庐山流域过去水土流失十分严重,一亩地也就能打个几十斤粮,不少农民因贫困搬离了这里。我小的时候这儿还是山清水秀的，20世纪70年代后期就沟壑纵横，全是风剥地，刚播完苗就被大风刮跑了，亩产100多斤。如今流域内营造了大量的农田防护林，进行了育林封沟，顺水保土等综合治理，治理的水土流失面积已达95.4%，生态环境也发生了根本改变，仅新生乡兴安村丁家沟小流域，就有当初因贫困而被迫搬走的30多户农民从外地又搬了回来。这些年全村共'织补'230条沟，总计4.6万延长米。通过小流域综合改造治理，农田改造，这里最厚的黑土层，已经恢复成过去的1米多；玉米的平均亩产达到了1200斤，大豆平均亩产350斤，土豆平均亩产3000多斤，小流域治理的确好使！"

"南方人叫山水田林路，我们这儿叫因地制宜，坡水田林路，意思差不多，都是综合防治为主要治理模式，坚持生物、工程、农艺等措施相结合。以治沟治坡为主攻方向，设立三道防线，层层拦蓄水土流失：第一道防线是坡面防护工程，在山顶栽松树，林地与耕地接壤处开挖截流沟，控制坡水下山；第二道防线是田间工程，按等距离营造农田防护林，等高打垄修梯田，蓄水保墒就地渗透；第三道防线是沟道工程，沟道修跌水，沟底修谷坊，沟侧削坡插柳，育林封沟，顺水保土。采用十子登科法，让坡土田林路争着当状元！"曲国平诙谐地说，然后就摇头晃脑念了一段顺口溜，"山顶栽松戴帽子，梯田梗种苕条扎带子，瓮地栽树结果子，退耕种草铺毯子，沟里养鱼修池子，坝内蓄水养鸭子，坝外水田种稻子，平原林网织格子，立体开发办厂子，综合经营抓票子，实施立体开发。这就是十子登科法。"

"爱听不？还有呢！"曲国平笑道，"还有水土保持生态建设三十二字令：绘山水画，写田园诗，奏松涛曲，唱兴牧歌，建资源厂，创优质牌，销国内外，发绿色财。尤其是2006年以来，我们借东北黑土区治理试点工程的东风，还有国家综合开发水土保持项目东北黑土区水土流失重点工程的东风，两个东风一借就是5年，全县完成水土流失治理面积51万亩，治理侵蚀沟1800条，修梯田5.1万亩，改垄23.3万亩，地埂植物带7.8万亩，造水保林4.8万亩。目前全县共辟建了182个生态经济区，累计治理小流域85条、侵蚀沟19873条，治理水土流失面积369.5万亩，占应治理面积的70.3%。流域内共修建水库138座、塘坝

1352座，蓄水能力达到2.4亿立方米，改造中低产田123万亩，农业综合开发面积35万亩。

"这些年以来，我们拜泉已经治理了1.9万条侵蚀沟，营造侵蚀沟防护林5.6万亩。还没有治理的侵蚀沟有近万条，也准备加大治理力度，尽快把余下的治理完。拜泉县现在的小流域各项水保措施，每年可以拦蓄径流量7900万立方米，拦蓄泥沙量500万吨，土壤有机质含量提高到了0.51%，空气湿度提高了10%～14%，风速降低了58%；已连续20多年没有出现风剥地，有效地规避了自然风险。目前的32个小流域和150个生态建设小区个个好使。坡改梯三年后，土壤有机质含量由原来的3.48%提高到3.89%；我们采用改垄措施后，坡耕地粮食产量平均每亩提高5～10斤；采用地埂植物带措施的坡耕地每亩增产达7～15斤；采用水平梯田措施的坡耕地每亩增产10～20斤。通过实施水土保持试点工程以后，项目区内的80%的新修梯田、50%的地埂植物带和30%的改垄地上升为一等地，每年增产粮食达百万公斤以上，产苕条211万公斤，水保林年增加活立木0.17万立方米，年增加经济收入763.7万元。年均可增产粮食322吨，人均增收700元。昔日穷山川如今已变成了米粮仓。"

曲国平说："这些改变都与原县委书记王树清分不开。"

拜泉县黑土地土壤改造工程取得的成功，借助了国外黑土区开发利用技术。主要方法是在30%以上的地表覆盖作物残留物，如秸秆、根茬等，在播种时将肥料直接旋入土壤。在风蚀严重的地区，需有1121千克/公顷以上小粒谷物残留物覆盖地表，起到保护土壤作用。保护性耕作可有效控制水土流失、减少失墒，增加土壤有机质含量及蚯蚓数量，改善土壤蓄水能力及透水性。黑龙江省克山农场自2008年以来，秸秆还田达到80%以上，小麦、马铃薯、大豆等作物秸秆还田率达到100%，原来板结的地块已经逐渐松软。所以拜泉县的经验是值得许多地方借鉴的，因为，不少地方还普遍存在着顺坡耕作、超载过牧的现象。边治理边流失的问题仍十分突出。示范区土地使用与治理模式推广存在困难。如黑龙江许多国营农场多采取土地短期分散承包使用制，土地使用人不注重水土流失防护治理和土地的养护。同时治理资金也远远满足不了需求。许多坡面水土流失只初步治理,大量侵蚀沟不能根本治理。

黑龙江省政协十一届二次会议提出,要通过改革破解体制机制的制约,实施黑龙江松嫩、三江两大平原现代农业综合配套改革试验的顶层设计,两大平原水土流失面积超过30%,耕地黑土层的平均厚度从20世纪50年代的60厘米减少到了目前的35厘米左右,有机质含量亦从8%~10%下降到3%~5%。我国以占世界不足10%的耕地,养活了超过世界20%的人口,施用了全世界33%的化肥。近十年,亩化肥施用量增加了近一倍。全国农业用水平均占水资源消耗总量的68%,黑龙江省达到74%;黑龙江生产水稻单位耗水几乎是以色列的3倍。黑龙江省年用种子27亿斤左右,但黑龙江省培育的优良品种数量在下滑,进口"洋种子"用量呈递增和扩张的趋势。

有过这样诗意的描述,千百年来黑土地的形成是这样的,成千上万株生长在北纬46度的铁线莲枯萎了,这种构成"五花草塘"的美丽植物,倒伏在后来被称为松嫩平原的黑土地上。漫长的冬季使得微生物分解速度减缓,植物中的有机质得以在寒冷中大量留存。历经300~400年的时间,每年倒伏下的枯枝败叶大约能够形成1厘米厚的黑土,积年以往便形成了20世纪50年代大开荒时的黑土地。当那样一片天荒地老的肥沃的黑土地被54马力的进口拖拉机犁开时,中外土壤专家欣喜地发现,土壤中的黑土层竟然厚达80厘米,有机质含量高达5%~7%,超过黄土地的数倍。从此黑土地成为中国东北的图腾和象征。然而数十年以后,这个黑土地图腾和丰收的象征却以每年2~10毫米的速度悄无声息地流失着、板结着。

中国,你的黑土地正在你的鼻子底下大踏步地离你而去。

六十三

在拜泉随处可见这样的警示:"请大家警醒:我们的国土还能流失多少年?""保护方寸土,留给子孙耕。"美国密执安大学和联合国粮农组织的生态专家参观拜泉后激动地与王树清紧紧相拥并高声称赞:"真是宏大的工程、伟大的事业,这里的领导很了不起!"

  拜泉县的黑土地在历史上曾以"榛柴岗,艾蒿塘,不上粪,也打粮"而著称。等到王树清担任拜泉镇党委书记,拜泉县厚达一米的黑土地已经只剩下薄薄的一层。1981年王树清任职伊始便向县委立下军令状,要用5年时间建成护城林网。有人觉得他虎了吧唧的,连前人栽树后人乘凉的道理也掰扯不清,5年做啥不比栽树强?王树清不为所动我行我素,这一坚持就是30年。天道酬勤,在他离开拜泉县时,累计完成人工造林123万亩,森林覆盖率由原来的3.7%提高到23.7%。三北防护林成了拜泉人民生存发展的屏障。全县防护林、用材林、薪炭林等林木价值超过50亿元。如果把这些树单行排起来,能沿赤道绕地球一圈半。

  2012年,全县粮食总产量达到14亿公斤,创历史新高。一个县委书记为官一方能给地方留下50亿元年年增值的绿色资产,这在全中国也不多见。王树清悉心揣摩通过实践应用提出的"三种水库"理论,在拜泉已经深入人心。在他的倡导下,拜泉人修水库、塘坝1490处,围泉、打机井943处,构建了生态建设的第一种水库——工程水库;大规模营造人工林,编织农田防护林网,构建了生态环境建设的第二种水库——生物水库;采用松、翻、耙、旋等耕作技术,使土壤蓄水、保墒能力大大提高,构建了生态环境建设的第三种水库——土壤水库。王树清头发未白之前便说"愿以满头白发换来青山绿水"。如今他果真满头华发,而拜泉山水不负他,也的确是变青变绿了。我还发现他不仅是植树造林的县级土专家,还是生态农业、水土保持的大专家,他那套充满实践精神的生态理论,已经走进大学课堂成为教案。他带领群众治理千沟万壑总结出的6种生态农业模式,配套组装成七大技术,组织实施十大工程。前边曲国平已经念诵过他精心设计的"十子登科法"和32字令。

他荣获全国生态农业建设先进个人、全国绿化十大标兵、国际生态工程一等奖、第三届地球奖、国际杰出人士奖、全国疆土绿化突出奉献人物奖、全国农田水利建设、水土保持先进县、全国第一个人工造林百万亩县、国际绿色产业示范区等殊荣,但这些并非王树清所追求的全部。他如此坚持、如此奉献、如此几十年如一日,还有别的什么追求吗?我想。

王树清的故事,三言两语说不完,这里择要一二三。

农民淳朴似土地,而土地有时是冥顽的,说起话来,多半听不进去。种树是要种在土里的,占地、费工、花钱,一时半会也未必有收益,便嫌麻烦。窃自思忖之,最好的法子莫过于你种树我刨树的法子好,等到你种不下去,知难而退,也就不种了。所以,种树人前脚挖好了坑,后脚便有人把挖好的树坑填平,甚至将栽好的树苗偷偷拔起、扔掉。无奈,也找不到是谁干的这勾当,王树清便只好带人再挖坑、再栽树。久了,便多了个心眼儿,有时便留在种好树的地里猫着过夜。猫到半夜,便听得远处有人走来。以为能逮个现行,却没想到只是个路人,便只好染一身露水和晨曦打着呵欠走回去。吃过早饭以后,带着人上山继续栽树。那天正在栽树的当儿,却见山下有一群人蜂拥而至,领头一个人,不由分说,举起丁字镐就要刨山坡上刚刚种好的小树。王树清冲上前去与之理论,无奈对方很无赖,油盐不进。面对无赖只能以其人之道还治其人之身。王树清情急之下,也顾不得好言相劝了,只好也耍起了无赖,挺身拦在树的前面,大声吼道:"你们要刨树,先刨我王树清!"

来人没想到王树清为了一棵树,竟然敢舍身家性命来护持,便有些胆怯,终于心虚虚地将举起的镐头慢慢地放下,灰溜溜地离开,领头的人一走,乌合之众也跟着散了。满坡的小树因之而全部得救。这还不算,王树清为护树急了眼跟人玩命的事儿,就此被人口口相传开去,说好的说孬的都有。但经过这一战,挖树填坑的人,心里便有了计较,碰上这么个敢以命相搏的护树人,不值得蹚这个浑水。何况,人家种树毕竟也不是只为自己好,那就让他种吧!

王树清那时只是个镇书记,不过是个科级干部,许多人并不把他当回事。王树清说:"最大的障碍是来自一些领导,他们总问:什么时候见效?他们不认这个呀。什么生态农业,不就是栽几棵树吗?独出心裁,好高骛远,净整景,要走出发展生态农业的误区,一些人风言风语,有时开会都不让提生态农业,我就差没掉泪了。这么多年,我不知挨了多少骂和白眼,有一次上级部门接到上访信来调查,群众都说我好,结果我被提拔当上了副县长……"

有人说,王树清有特异功能,能看出树的死活。

与王树清交谈,发现他少豪言壮语而多睿智之辞。他说:"民以食为天,土为粮之本,水土资源是人类赖以生存发展的基本条件,是不可替代的基础资源,拥有丰富的水土资源是富民立国的基础。"他还说:"有句古话叫:大道行于百代,权宜利于一时。我认为,为官一任,要基业百年,应该上对得起中央,下对得起老乡。留下的是青山绿水,是发展后劲。现在有少数干部整天玩弄数字,喜欢搞一些浮光掠影的所谓政绩,对大自然进行掠夺式的榨取,这种短暂的造福会留下长期的后患。我觉得,作为党的干部,应该扎扎实实做些事。"

所以我明白他不是为了种树而种树,不是为了拜泉种树,也不是为了齐齐哈尔种树,更不是为了黑龙江种树。从小处说,他是为了中国种树。从大处说,他是为了人类种树。在我们的周围,其实一直有个误区,而王树清早已走出了这个误区。他从狭隘的个人主义、地理范畴早已走了出去,走进中国这个院子,面向了整个地球村,所以他很明白,他率领拜泉人种的每一株树,绿化的是中国,受益的是地球,是人类,而每一个人都是人类一分子。

1986年担任县委副书记的王树清总结小流域治理经验,提出建设以林业为主体的生态农业县设想,得到大家响应,正式写进县域经济发展规划。又担任了县长、县委书记,在农民眼里,成了县太爷,过去是要坐轿子鸣锣开道的,便多了些尊敬和顾忌,知道这个人最是爱树,想要不得罪这个县太爷就得多种树。何况这个人没有架子,每每亲自种树,三道镇利华村是他抓造林的一个点,他给自己定目标,这个村的村民栽多少树他就要跟着栽多少,且一棵不能少。这让村民开始感动,心想,给咱村里种树,又没种他家炕头上,何乐而不为?

所以在王树清的带动下,两年后利华村便林成网,田成方,绿树绕村,成为全县的植树样板村。当了县委副书记的王树清下乡植树的习惯仍然没有变,他抓植树质量那是从不含糊的,水浇得足不足,坑挖得够不够深,他一眼就能看出来。树种活了还是种死了,他拿手一摸就知道。有人不服,问:王书记,你又没有透视眼,能看到土里事情?怎么能知道树死了?王树清笑一笑,将那树轻轻一拨便拔起,众目之下根已经烂黑,王树清道:活树摸起来是凉而润的,死树是热而枯的,只要用手一摸就能知道的。说得人咋舌。从此没有敢于心存侥幸者,种树认认真真,都不敢应付差事,敷衍了事。所以王树清后来每每走到哪儿,他只要一站下人们就会心里打鼓,以为种下的树死了。乡镇干部说:"不怕王树清看,就怕王树清站。"

王树清说:"生态农业是一门科学,不是单纯造几棵树,不是头脑发热搞起来的。我现在是东北农大和浙大的客座教授,我讲课时就说,应该学会用哲学、政治经济学的观点,用生态学和生态经济学理论来重新审视我们的县情、省情和国情。要学会遵循自然规律和经济规律办事,变人与自然的对抗为人与自然的协调,使农业生产成为以自然物质、能量生态循环为基础的经济再生产,形成在一定地点上有生命的生物群体与无生命的环境之间的能量物质循环,使生态效益成为稳定的长期经济效益的源泉。要不断从实践中总结出理论再进一步指导实践。现在拜泉已形成了六种生态农业模式、十大经济工程和七项生态技术。"

说起王树清,拜泉人的第一句话就是:树是王树清的爹。

举凡拜泉人经见过的,听别人说的,都知道王树清种树是跪着种的。用他自己的话说是"栽了不活是罪人;活了不管也是罪人"。樟子松的树苗很小,不跪下去就很难保证把苗压实。他每次带头跪在树坑边,小心翼翼地放好树苗,然后精细地培土压实,然后浇水。他对大家说:"跪着种树既是科学的要求,同时也可以在人的意识上,产生一种对树的虔敬之心。"

拜泉有两大奇事,一是没有人偷砍树,二是全县没专职护林员。天寒地冻时,他趴在坑里抓偷偷砍树的人;发现楼盘开发商砍了工地里的一棵树,他严厉地给对方背诵《中华人民共和国治安管理处罚条例》,要求对方在毁林的所在栽上一片林子作为补偿……保护生态这个信念已经嵌入王树清的骨髓里,怎么也无法抹去。大年三十晚上,他怕有人砍树权当灯笼杆子,便领着人专门看守。大冷的天,一晚上下来,脚都冻得失去了知觉,袜子粘在鞋底上,脱都脱不下来。

那天,县里召开全县秋季农田基本建设现场会。会议途中,路过新乡村的时候,坐在车里的王树清透过车窗,看到山坡上一片被羊群啃得白花花的护村林,在王树清的眼里那些树都是有生命的,所以他眼里的这些遭难的树,都是血肉模糊的,他都能听见树的哭声。这些无辜遇难的树刺痛了王树清的心。他当即叫车队停下来,让100多名代表列队站在山坡下,一字排开,向这些被毁坏的绿色生灵默哀三分钟。

当时还有人笑着质疑王树清小题大做,说,不就是些树嘛,又不是你爹?王树清竟然斩钉截铁地回说道:树就是我爹!

从此,树是王树清的爹的说法便不胫而走,传遍拜泉县。对这件事看法不一,有的说这简直是自己埋汰自己,拿树当爹,叫人笑话。但更多是打动了大家的心灵,对树的爱护和尊重从此植根于拜泉人的心灵,若有人想砍树时,便会有人说:不敢砍,那可是王树清的爹!

1998年他从甘南调回拜泉,一回来便当场抓住了两个盗伐者,他们说:"不知道王树清回来,要不然打死也不敢偷树。"这几年,仅他亲自处理的盗伐林木案件就有百余起,30多人受到判刑、撤职、罚款等处理。有时调查来调查去,发现竟是乡镇领导干的。这时候说情的比被偷的树都多,对这种情况他有一个原则,不但不能从轻还要从重处理,谁让你是领导呢!

2010年冬,为了给齐齐哈尔市的联通大路两侧选樟子松树,王树清十下拜泉，四下甘南，跑遍齐市周边县区，绿化树木高达5米、树坨直径2米，分量达10吨，是王树清定下的"铁规"。他天天兜里揣着皮尺和卡尺四处"巡查"，一经发现不达标的树立刻退回。在王树清的"严格看管"下，联通大路两侧2850棵樟子松树棵棵达到规范，且成活率100%。

从齐齐哈尔市副市长的位置上退下来后，面对权与法的冲突，理性与欲望的龃龉，长远利益与眼前利益的较量，王树清依然选择了坚守。依然壮志不改地回到拜泉县，继续他的生态事业。退休后的这些年里，王树清照样当起义务护林员，只要发现毁绿现象，他就立马出面制止。他曾"三鞭子"打走了蛮不讲理的羊倌，铁面无情整治盗伐者，甚至正月十五他也要"闹园林"，揪出盗伐松树的凶手。树是"高压线"，谁碰谁触电。

倘若中国基层官员皆如此，那中国生态环境该当如何？

六十四

> 在一些土壤专家看来，农家肥是提高黑土有机质含量、增强土壤涵蓄雨水功能的最好快餐。庄稼最喜欢的食物却被人们抛弃，便连可以还田的秸秆也被老百姓一把火烧了。厕所也得花钱请人去掏，却让农田最爱的那些有机肥流入河流去污染水源，物质全部错位。

宾县位于黑龙江省南部，东南以分水岭为界，南部为山区半山区，中部为丘陵漫岗区，北部为沿江平原区，南北高差较大，特殊的地形地貌和气候条件，加上过去不合理的耕作方式，导致水土流失严重。站在高岗上远远望去一马平川，走近发现"微地形"很多，到处都是起伏不平的"漫川漫岗"。这种极易造成水土流失的坡耕地在黑土区中占到60%。

资料说，据黑龙江省水土保持科学研究所科技专业人员许靖华的调查，过去有80厘米厚度的黑土，目前的黑土层平均厚度只剩下20多厘米，累积这些黑土厚度大自然经历了千百年漫长的岁月，而从20世纪50年代伊始，流失这个厚度的八分之六，我们只用了65年。这个数字意味深长不言而喻。从事了23年水土保持工作的许靖华人到中年，经常端详着一张东北黑土区分布图。上面核心黑土区的形状好像一管蘸满墨汁的毛笔，被一个颤抖的手握着，写下的饱满的"久"字。"照这种速度，挺不了多久了。"许靖华忧心忡忡地说。

许靖华供职的研究机构坐落在距离哈尔滨64公里的宾县。我没来宾县之前，水利部的乔处就告诉我，黑土地水土流失非常严重，他说的数字是只剩下30厘米，还是保守的。许靖华掌握的数字是他实地调查来的，只剩20厘米。还有一个可怕的数据是，在漫坡漫川漫岗之地：一条20厘米的小沟，两个月后就可以被雨水冲刷成一人多深的大沟。可见宾县是黑土流失比较严重的地区，它的水土流失面积占全县面积的65%，这还是过去的统计。

这片黑土地上侵蚀沟随处可见。多数侵蚀沟已经张牙舞爪到"可以开进一列火车"。"宾县民和乡的一条大沟将一个屯子从中间劈成了两半。沟有三层楼那么深，沟底常年淌水。卖菜的在沟南喊价1元，到沟北就涨到1元1角，因为从南到北还要绕上好几里地。"这让我想起千沟万壑的黄土高原有一首山歌，描写一男一女隔沟相望，看得到，听得见，要绕过沟去却要跑死马，故而只能以山歌传情。或许有一天中国还会出现一个名叫"万壑千沟的黑土丘陵区"并且也来上一曲这样的信天游："对面漫坡那嘎哒是谁在稀罕人？那就是嘎牛的小丫蛋儿美珍。你在漫坡那嘎哒唧瑟得好认真，哥在漫岗这嘎哒只能是个等。哥显包一下带话让一阵风，给妹子敞亮哥哥这一颗心，你要是带劲了哥哥的人，就麻溜点儿嗯哪一声。"

事实更惨，黑土地若成黄土高原，兔子都不会去拉屎。

东北地区的降雨多集中在夏季，特点是历时短，雨势急。农民为了让雨水顺利排出形成了顺坡打垄的传统。这种耕作习惯也导致暴雨很容易在坡耕地的垄沟内形成地表径流，雨水裹挟着滚滚黑土，汇入沟渠，流向江河。整个宾县共有12058条侵蚀沟。这些侵蚀沟起先可能就是坡耕地低洼处不易觉察的一条集水线，有时甚至是农民收工时，插在地里没及时抬起来的犁铧豁出的一道小沟。这些其貌不扬的小沟发展起来速度惊人，很快就会冲成大沟。

黑龙江省有超过16万条侵蚀沟，占地9万多公顷。有些丘陵漫岗区，平均不到两公顷就会有一条侵蚀沟。与侵蚀沟显而易见的吞噬不同，大面积坡耕地上不易觉察的黑土流失更加令人担忧。数据显示，广义的东北黑土区总面积为103万平方公里，其中土壤侵蚀面积达27.59万平方公里，约占总面积的27%。黑土的流失与黄土高原的黄土流失不同。黄土层分布均匀，厚达几十上百米。而薄薄的黑土层一旦流失完，下面就是坚实的砂石、黄黏土等母质，草都无法生长。水土流失给宾县留下了惨痛的教训。1994年宾县暴发了百年不遇的特大洪水，全县8条河流全部出槽，冲毁8万亩耕地，相当于一个中等乡镇的耕地面积。

世界上另外两块黑土带和东北黑土区处于同一个纬度，分别位于美国的密西西比河流域和乌克兰大平原。这些地区历史上由于开垦过度，曾暴发过"黑风暴"灾难。为此，他们采用轮耕甚至休耕的方式来治理黑土流失。但这种方式对中国来说并不适用。中国黑土地区人口众多且都是口粮田。因此，无法休耕，只能采用工程、生物等措施，耕作、治理两不误。

有关专家认为中国的水土流失治理技术领先于世界。

据说，位于黑龙江出海口的鄂霍次克海生活着一种灰鲸，总也不愿远离这片海域，后来发现，这里海水的有机质含量特别高。流失的黑土部分沉淀在了通向大海的河道上。这就是为什么，这么多年来以来，素有"铜帮铁底"之称的松花江，河床比20世纪50年代抬高了50厘米的原因，有效航程从1500公里缩短到如今的580公里，是黑土流失造成的。

黑龙江省水保所的数据显示，2003—2011年，全省已经治理黑土流失面积达1760平方公里。起步较早的拜泉县，就曾在其他地区饱受涝灾的年景，依然获得了大丰收。另一组数据却是，就目前的速度，治理现有水土流失面积需要50年。如果不加快治理，再经过四五十年，也许用不了那么长时间，东北黑土层也许就不复存在，流失的估计也差不多了。

有资料称，从2003年开始，国家接连投资数亿元，治理黑土流失。水土流失是按小流域治理的，一个小流域就是一个封闭的集水系统，面积在30平方公里以内。立陡的沟沿儿被削缓，种上护坡的柳条子，沟头筑起了结实的浆砌石跌水，沟底的谷坊呈阶梯状排下去。植物封沟后，沟道就不再扩展，土就不会再跑了。5度以下坡耕地采用顺坡垄改横坡垄，这样地表就不容易形成径流。5～15度的坡耕地在改垄的基础上，修筑田间地埂或者梯田，埂上栽种胡枝子、黄花菜等植物带。好像在木桶外箍上一道道铁丝。改垄是坡耕地治理中最简单最实用的方法。顺坡垄时，一家几根垄，有好也有坏。横坡打垄后，谁要上面的瘦田，谁要下面的肥地？退耕还林也有不乐意的，怕自己这辈子享受不成。难道给儿女们留笔财富不好吗？你死了他们上坟时认真真给你哭一哭，难道不好吗？这只是几句玩笑话。

如果丧失了黑土地，那靠什么来喂养几亿人口？

六十五

世界仅存三片黑土地：大片分布于乌克兰大平原，190万平方公里；中片分布于北美洲密西西比河流域，120万平方公里；小片分布于中国东北松辽流域，102万平方公里。黑土地性状好、肥力高，非常适合植物生长，垦殖指数较高，是中国最重要的商品粮基地。

2008年起，宾县把"保护黑土地、治理水土流失"作为首要任务，把"地增力、粮增产、民增收"作为根本目标，下大力气治理水土流失。3年来，分别治理了8条小流域，治理耕地面积15.47万亩，取得明显生态效益和社会效益，每年可减少土壤流失量30.77万吨，增加水源涵蓄能力983万立方米，增加经济收入817万元，增产粮食103.5万公斤，受益人口20万人，脱贫人口1360人。山西大寨式梯田现身黑土地上倍感新鲜。今年狼洞山一处就新建梯田1万多亩，每亩1500～2000元的投入全部由政府支付。村民出工修建田埂等政府提供相应补助。坡地变平地，基本遏制了水土流失，又增加了粮食产量，形成农民增收与水土生态保持的良性循环。宾州镇宝泉村因泉眼河得名，但由于水土流失严重，泉眼河由"宝泉"变成害河，泉眼河小流域成了宝泉村村民最头疼的地方。但好与坏是相对的。

村民王树才因为不信这个邪，就看到了泉眼河流域的前景，用自家好地兑换下流域里的500多亩山坡地。在小流域修筑一个小塘坝、一条砂石路，挖了2540个果树台田栽上了果树，县里按每棵树为他补助10～50元。3年过去了，小流域果树遍地，池塘鱼肥。

这说明，只要加大水土保持力度，黑土生态是可以恢复的。

拜泉县王树清总结出的治理侵蚀沟方法行之有效，他们根据沟壑的侵蚀类型，集雨面积的多少，沟道的长短、宽窄和比降大小等因素，因地制宜进行布设。对狭长的浅沟坚持预防为主、防治并重的原则,固定沟头,控制侵蚀沟的发展;对狭长的大型主沟道按十年一遇洪水设计标准,修塘坝、水库;对继续发展的侵蚀沟采取工程措施和植物措施相结合的办法。上部修土柳跌水沟头防护工程,沟底修土柳谷坊,沟岸削坡插柳栽杨种笤条,做到植物封沟。对宽浅式的稳定沟,主要采用植物措施,乔灌草结合,实行植物封沟。沟头防护工程形式很多,有挡水埝、蓄水埝、封沟埝、排水沟、跌水等。柳跌水由上游平台、立墙、倾斜部分和下游平台组成。上游平台称为"进口段",它的任务是把水引向建筑物。立墙称为跌墙,而倾斜部分则称为陡坡。下游平台与直立的跌墙组成建筑物的所谓消力段。沟中修谷坊,是稳定沟床,防止沟壑继续发展的一项工程措施。它能拦泥缓流,改善沟底比降,把侵蚀沟淤浅淤平,使耕地连片,对较深的侵蚀沟,它能防止沟底下切,为植物在沟床中生长提供良好条件。谷坊的种类有石谷坊、编篱谷坊、压土柳谷坊等。关于连续式跌水,植物措施多级连续式跌水是拜泉人民在多年水土保持实践中总结出来的,沟头防护采取柳条陡坡式跌水完全适用治理黑土侵蚀区的侵蚀沟头,对沟道治理是行之有效的一种方法。所谓多级连续跌水,就是有很多个跌水连接在一起,植物措施就是采用植物材料——柳条作为建筑材料。可形成植物封沟,使工程措施与植物措施相结合。治沟已成为农民脱贫致富的有效途径。

处于半山区的宾县耕地经多年侵蚀,沟口宽度10米以上、深6米以上的侵蚀沟就有6000多条。侵蚀沟一遇暴雨就形成山洪,洪水夹杂泥土顺沟而下,沟越冲越深,土越来越少,治理侵蚀沟成为宾县水土整治难点。宾县吸取多年经验教训,对侵蚀沟采取"层层拦、节节蓄"的方式,在主沟道内以10米为间距修建砂石的大谷坊(水坝),全部由政府出资修建。洪水要依次通过一道道的谷坊,拦截和沉淀,大大减轻冲刷危害。谷坊周边还种植牛、羊等牲畜不吃的紫穗槐等树木,与谷坊一起发挥固土保水作用。谷坊高度一般与沟两岸齐平,利于行人和农用机车通过,方便了农业生产。

我想:树是王树清的爹,而黑土地,才是王树清的娘。

那天,我们在宾县二龙山黑龙江科技示范园区踏雪而行,丰腴的雪让人举步维艰,每一脚迈出去都要犹豫不决半天,因为你不知道,白玉无瑕的处女雪的下边，是个深深的坑还是陡陡的坎，说不定下边还有一块尖尖峭峭的石头等着扎你的脚，纯净、安全、祥和的下边也会暗藏凶险，走起来得赔上几个小心。白雪皑皑的二龙山水土保持科技示范园，在冬日晴丽的阳光之下，银装素裹，美不胜收，如一幅纯白的画，让人想起白雪公主和七个小矮人。

园区位于黑龙江省宾县城西。过去的黑土流失重灾区，经过多年治理后，园区年均土壤侵蚀模数从3155吨/平方公里·年下降到754吨/平方公里·年。如今的园区，包括科普教育区、综合治理示范区、生态修复区、苗木展示区和监测区5个功能区。已成为东北地区独具特色的水土保持宣教、监测、技术示范与推广基地，能够满足水土保持观摩、交流合作与科普教学的社会需求，为指导东北黑土区水土保持生态建设发挥了科技支撑、典型带动和示范辐射的作用。

这一路上大大小小的科技示范园看过不少，但我觉得最大一个示范园当是拜泉县，这是一个举全县之力示范的超大园区，如果我们的最基层一级的县，都能够如拜泉一样，那中国的生态环境一定会很快好起来。所以，我觉得，王树清真正的奉献，绝非表面上的种树、护林、生态管理，而是对自然家庭的一种刻意的维护。古人对天地人的理解朴素而无赖，天在地之上自然是爹，地在天之下当然是娘，人在天地之间必然是儿女。以天为父以地为母以自己为天地儿女的人类，却以万物为自己的吃喝用项以及玩伴，这岂非有些无赖气象？水土在下而草木在上，依例也可为爹，水土是大地母亲的血肉，为娘亦无不可。男爹主外，而女娘主内，爹风风光光如草木，锦绣天下，娘默默奉献似水土，抱残守缺。儿女每每只看见草木的风光无限，却屡屡忽略了水土的无私奉献。这就叫，草木长在水土上，水土躺在草木下，没有草木水土流，水土流失娘改嫁。故而，王树清的以树为爹，其实只有一个目的，那就是维护爹和娘的婚姻关系，使人类儿女有一个幸福和睦的家庭，不至于沦为造化的孤儿寡女。

这是自然的伦理道德，水土保持的仁义礼智，生态环境的歌词大意。

然而，让我心情沉重的是王树清老伴临别时的几句话，这位从播音室走出来的女性，仍然保有着字正腔圆的纯净音色，她面有忧色地告诉我："好多人不理解，好多人骂他攻击他写匿名信发帖子骂他，我们全家人都反对他继续管，他儿子都急得给他跪下求他，让他不要再管了，管了一辈子了，人都退休这么多年了，还管，好好享点清福，多好！可他就是不听！"

无语。我看见雪地上有一串孤独的脚印逶迤向远方……

六十六

包括延安、榆林在内的陕北，处于黄河流域中部，属黄土高原腹心地带。生态环境经历了山川秀美—人为破坏—自然恢复—人为再破坏—生态恶化，这样一个漫长反复的变迁过程。有人说，陕北贡献给历史的，是森林和草地；陕北贡献给革命的，是生命和鲜血。

2013年7月2日晚9点到7月31日，延安遭遇了百年不遇的强降雨。借用当时的延安市委副书记、市长梁宏贤话说是："延安此次遭遇的强降雨，有3个史无前例。"一是"暴雨强度高、历时长、落点重复，史无前例"；二是"洪水迅猛、量级超高，有的城镇内涝与外洪并发，史无前例"；三是"南北分别遭遇强降雨，史无前例"。这话的确不假。但此言说出时已经是灾后了。而在之前，从6月入汛，大半年未见过雨水的延安人，便开始眼巴巴地盼雨。异常缺水的延安，每每在汛期也下不了几场雨，近年来，即使是主汛期，延河和汾川河，通常河床里只有半河缓缓流淌的黄泥汤子，瞅着都让人觉得憋气。许多以窖水为生的人家已经心慌慌的，望着即将见底的水窖和枯萎的库塘，在祈求一向吝啬雨水的龙王高抬贵手开恩了。谁也没有想到今年的龙王忽然无端地变得如此慷慨，一个呵欠打出来，便呵欠连天再也没有停过。除了在一个月内打了十几个呵欠外，还咳嗽连天，连着打了五个挟雷走电的长长的喷嚏，横流的涎水、鼻涕、眼泪，化为五轮强降雨，以成系列的洪涝、滑塌、泥石流等阵势，迅雷不及掩耳席卷了延安全市13个县（区）的158个乡（镇）、社区，其中10个县（区）灾情严重。全市因灾死亡42人，78万人紧急撤离，直接经济损失114亿元。

使人不得不怀疑，管延安雨水的这个龙王生病了，而且还病得不轻。何以生病？究竟生了什么病？病因是什么？众说纷纭，莫衷一是，迄今也没有个结论，但生病却是共识。这一路上，我都在和各色人等讨论,是我们自己有恙在身未能察觉或是偏不承认,还怪自然恶疾缠身发高烧打摆子五行有伤四时失衡元气大乱?是否偏废了什么?分离了什么?误导了什么?究竟是什么地方出了问题?水土保持,包括工程措施和生物手段两大类,从严格意义说流域治理、兴修水库、打淤地坝、筑塘坝、农田改造、坡改梯、小块田变大块机耕田都属于工程手段,植树造林、畜牧业、种植业、养殖业等都属于生物措施。山水田林路,包括矿山开采、公路建设、城市建设、农林牧副渔建设改造,只要是涉及扰动水土的建设,都与水土保持密切相关,都是水土保持必须去规划、监管的范围。然而,我们的水土保持长期以来不幸陷入了一个怪圈:建淤地坝、拦水渠、挖鱼鳞坑等工程手段,的确起到了土不下山、水不出沟的保土保水功效。遗憾的是有利必有弊,这是一把双刃利剑,在砍向水土流失时,也误伤了自己。在减少水土流失的同时,也导致大量径流不能进入河流,使河流的水量为之更加匮乏。还有,不仅黄河还是黄的,便连长江和许多河流也变黄了。雪上加霜的是几乎所有河流包括地下水还被程度不同的污染了,使根治变得更加波诡云谲兼遥远。

而且,陷入这个恶性怪圈之中的,不仅限于黄河流域。

24日,当第五轮降雨到来时,久经雨水浸泡的黄土地极度饱和,脆弱不堪,多处水库超过汛限水位,灾情源源不断地传来:山体滑坡,窑洞坍塌,水位猛涨,道路毁坏,人员被埋……延川县告急!安塞县告急!宝塔区告急!延长县告急!吴起县告急!红庄水库、高掌坪水库、胜利水库告急……全市10个县(区)150多个乡(镇)告急!先后启动一级、二级防汛应急响应的延安市果断决策以"撤离群众为第一位",强令各县(区)把撤离靠近山体和防汛隐患区域里的全部居民作为防汛抢险的头等大事。在20多天的时间里实现了78万人安全大转移,转移人口占全市总人口的1/3。穷家难舍,为了说服群众离家可谓奇招迭出,甚至逼着村民离家……68岁的个体户鲁大吉被乡干部"抓"上山,又中途偷跑回来,被巡查发现后抬离商店,随后洪峰到达新市河乡将沿街门面房全部吞没……佝巴巴的张生富不顾政府工作人员劝阻坚持回家,并让老伴刘翠英和正当花季的两个孙女,在家中做饭吃。孰料大雨驱动山体滑坡，闻香而来，两个机敏的孙女反应奇快，发现泥石流袭来之前原本已经跑到了门口，却被跑出窑洞的爷爷喝断去拿藏在衣柜中的几千元钱，钱还未找到却已被泥石流逮住，结果泥石流将张生富的老伴和两位花季孙女以及钱和窑洞统统摧毁并且带走……

　　承担着5万人用水任务的宝塔区胜利水库，在7月25日凌晨暴雨中出现严重险情，排洪沟涌满洪水，溢洪道大面积塌方，严重威胁坝体安全。虽经水利人员和200多名武警官兵和民兵应急分队人员紧急抢险保住了大坝，但没有及时腾泄的洪水造成洪水叠加，加剧了下游灾情。22日富县大申号水库水位12小时上升5米，超汛限水位4.6米，放水口全部被柴草和树枝堵死，导致无法泄洪，水库安全命悬一线。虽然经过各方人员连续四昼夜艰苦奋战，最终使水库化险为夷，顺利泄洪，但这次洪水暴露出的一些问题，如柴草、树枝与泥水就能将泄洪洞堵塞，表明水库设计的科学性有待商榷。而包括延长县刘家河乡寺河村寺河坝等淤地坝的坍塌不在少数，更加剧了下游的灾情和群众财产损失。

　　洪水过去反思却仍然在继续。

　　我注意到延安市副市长、防汛抗旱指挥部指挥长杨霄的一番话："这次降雨过程虽然雨量很大，但延安市主要3条河流北洛河、延河、西川河均没有达到警戒流量，主要水库王瑶水库也未达到汛限水位，却造成多处山体滑坡、民房倒塌、人员伤亡，值得深思。"

　　延安市气象局副局长杨东宏从专业的角度做了说明，他认为："此次降水过程主要受沿海地区台风影响，冷空气云集延安形成持续降雨，历史罕见百年不遇。全市1米以下土壤的水分饱和度已达到100%，加剧了地质灾害的发生。"客观存在，不容忽视。

　　"为什么这次暴雨让延安人世代居住的窑洞几乎全军覆没？为什么退耕还林后植被增加了，而这次暴雨洪灾中山体滑坡依然没减少？"延安市国土局副局长韩继宏的反思与我很相近，他分析认为："一是降雨量太大，密集降水对土壤的渗透非常严重；另外，延安的地质结构属于湿陷性黄土，土质疏松黏性非常差，大量降雨使得土壤中水分饱和，容易造成山体滑坡，冲毁窑洞。植被有保持水分作用，暴雨一来，很快就能使土壤中的水分饱和。"这便涉及我在前边所说到过的，水保的许多工程手段是双刃利剑。但他仍然坚持认为："但我们不能因噎废食，而是要在做好规划的基础上，坚持退耕还林和水土保持建设。"我很同意这个观点，当我们还没有发现更好的工程手段时，暂时只能择其利大的一面为刃，来加大水土保持的力度，同时也要想方设法将其不利因素的一面减至最小，这需要加大研究力度。

"暴雨也让人们意识到，延安是不是到了告别窑洞的时候？为什么延安河道内的洪水一直处于安全峰值内，却还淹了村镇呢？"延安市水务局副局长马建民说，由于暴雨形成的水量被山体吸收了，加之近年来进行的河道堤防建设和监测预警机制，大河的安全有了一定的保障，但雨水极易冲毁泥山形成山洪，并在小河道泛滥，淹没堤岸和村庄。我以为延安市水务局副局长马建民的如下这个小结应引起相关方的高度关注："随着极端恶劣天气、自然环境、生态环境和社会发展的变化，原先的一切秩序、规则都需要适时改变，就像陕北人民世代代居住的窑洞，现在已经暴露出许多隐患。原来大江大河一直是防汛的重点，而现在不起眼的中小河流也能造成大灾。退耕还林和水土保持建设如何既能保护生态环境，又能有利于防洪减灾？新形势下黄土高原地区如何做好防洪工作？这些都需要进一步深入研究。"

至此，张海东考我的那道延安水灾谜题，豁然破解。

六十七

> 习近平同志2013年5月24日在十八届中央政治局第六次集体学习时的讲话中指出："牢固树立保护生态环境就是保护生产力、改善生态环境就是发展生产力的理念。"辩证地阐明了生态环境与生产力之间的关系。学习强化这种认识，需要从小处培育，向大处倡导。这样对我们大家都好。

记得在一部西片中，男主角揭露了一个惊天阴谋：不是上帝而是魔鬼创造了智慧的人类，以横生的欲望诱使人类狂妄，并借助智慧的力量使之无度繁衍、发展、壮大。地球被榨干吃尽之日，人类便会倾全力向天空进军，一举摧毁上帝的天国。遗憾的是上帝识破了魔鬼的伎俩，赐给人类一个轻飘飘的灵魂。灵魂使人类瞻前顾后不再受欲望和智慧的诱惑，而开始运用良知的力量对抗狂妄与邪恶，从而使魔鬼遭遇了空前的敌人，诡计因此破灭。当然这只是一种黑色幽默。但它至少提醒和揭示了一个可怕的现状：那就是魔鬼一直在试图误导人类，使人类成为他手中的武器，借此毁灭世界。仅此一点便足以证明我们人类的伟大。

可是这种伟大是要加双引号的。

不同人的不同欲望产生不同的认知。窃以为，欲望驱动下的智慧，在不受良知约束的情况下，其为恶的力量十分巨大。热核武器、铁血杀戮、无度掠夺、细菌武器、污染生态、破坏环境，等等，过去与现在，已经发生和正在发生的，不胜枚举。我们今天看到并津津乐道的人类文明，便是具体灵魂力量的综合体现，是文明与野蛮博弈的结果。

换言之，一个不文明的国家肯定是一个灵魂尚需净化的国家，一个没有灵魂的民族肯定是一个野蛮的民族。无论世界还是中国，要想走得更踏实更持久更良性，取决于文明程度，而文明的核心支撑力，便是文化。

从某种意义上说，历史是逆生长的。

中国是具有5000年文明史的古国。若以百岁为人类文明的寿数，那么我们中国现在也就50岁，正值壮年。三皇五帝怕只有半岁？春秋列国也无非只有两岁，还属于玩兴正浓打打杀杀的孩提时期。只是孩提时期的我们的先人，却早就明白"人欲横流"如江河漫漶，若不能有机约束、良性禁制，使百川入海、万流归经，是要成灾和生病的。

于是便有了种种软的硬的、好的坏的、是的非的、人文的、自然的、医药的、饮食的经验主义的总结，各种循循善诱，诸般良药苦口利于病的婆心，以及冷烈无情的"人心似铁，官法如炉"的说法、倡议、约定、契约、清规、戒条、律法、手段，五花八门无所不包。这一切限制了人欲横流，保护了生态世界，可以说是文明之初的雏形，是灵魂逐渐丰满的姿态。

大白话往往有大智慧。人之初的本色，是中华文化根脉的起先。生长到现在，卫星已经上天，水果自我爆炸，翡翠可以用石头制造，鸡蛋人工合成，吃无安全吃，喝无安全喝，用无安全用，连呼吸都成了问题，急需现代爷认真思考：这些年我们究竟是长大成爷了，还是变得更孙子了？是更善了还是更恶了？是更文明了还是更野蛮了？或者是野蛮过头？抑或是文明误导？甚或是灵魂与肉体错位？不能不佩服我们先人的智慧，我们今天所遭遇的难堪、尴尬，其实早被先人料中。性恶论性善论姑且不管，追根溯源，恰好应了古人在《三字经》中所说的后两句：人之初，性本善，性相近，习相远，苟不教，性乃迁。

环境污染和生态破坏比战争更可怕。

它的特点是找不到具体的敌人，喝着亲人敬献的毒酒慢慢走向不归。近世纪，科技手段的日新月异使大人类意识甚嚣尘上，对地球资源为富不仁不计后果地巧取豪夺，对生态环境肆无忌惮地粗暴干预与破坏，对子孙未来毫无怜悯之心地超前透支和过度消费，已经使地球不堪重负。近年来由于有关部门的重视和治理，虽然整体有很大好转，但随着工业化、城市化不断推进，生产建设项目不注意水土保持，还在造成新的人为水土流失，局部还在恶化，这是很让人忧心的。生存观念决定生活方式，生活方式决定生产方式，生产方式决定生态方式，而生态的绿色与好坏，将决定人类未来的命运。

据预测，2050年，全球将有2/3的人生活在城市。

城市化往往伴随着收入提高，以及人均生态足迹尤其是碳足迹的上升，比如北京市的人均生态足迹是中国平均水平的3倍。生态问题越来越成为经济发展的瓶颈，同时也把人类自身推向危险境地。《地球生命力报告》提出了一系列建议，旨在扭转地球生命力指数下降的趋势，把生态足迹拉回"一个地球"的限度内，改进消费模式、核算自然资本价值，构建法律政策框架，公平管理食物、水和能源。

在西双版纳热带雨林中，榕树的种类很多，榕树花序的结构和生长习性特别，只有榕小蜂可以为它授粉。榕小蜂终生都生活在榕树花序腔内，只有在交尾后才会爬出花序口，寻找产卵的榕树瘿花而进入新的花序，并完成授粉工作。这些特殊昆虫一生的绝大多数时间都停留在榕树的隐头花序之内，如果没有榕树，它们就不能生存。这有点像人类与自然的关系，用科学术语来说是一种协同进化专性的互惠关系。可惜这种专性的互惠和协同的进化正在被人类顽劣地征服自然的尝试所打破，人类总想独立并改变这种如榕树与榕小蜂之间相依为命的微妙关系。随着人类榕小蜂的狂妄不驯，自然这棵大榕树正在枯萎和死亡，人类有所察觉却并没有真正认识到这是生死攸关的，与榕小蜂的执着和聪明相比简直自叹弗如。

《有感》五律押新韵两首曰：

其一，

草岂一枯荣，花能两地生。
三三毛瑟瑟，四四物萌萌。
六六香十野，七七绿百茎。
八八千万顷，九九五洲耕。

其二，

凛凛溅寒声，皑皑闻雪鸣。
冰林擎莫怨，冻岭袒非争。
玉户鸡啄守，银田爪脚耕。
皮毛谋画虎，水土点龙睛。

六十八

> 水土保持，如同给地球治病，得要标本兼治。《大医精诚》有云："凡大医治病，必当安神定志，无欲无求，先发大慈恻隐之心，誓愿普救含灵之苦。若有疾厄来求救者，不得问其贵贱贫富，长幼妍蚩，怨亲善友，华夷愚智，普同一等，皆如至亲之想。"

人无远虑，必有近忧，亡羊补牢，未为晚也。

新华社长沙2016年1月7日电：

记者7日从湖南省水利厅了解到，湖南省第三次水土流失遥感调查结果显示，随着一系列水土保持工程、退耕还林工程和石漠化治理工程等的实施，湖南省水土流失状况较20世纪90年代末期有所好转，水土流失面积比1999年的调查结果减少0.3035万平方公里，水土流失强度相对降低、土壤流失量逐步减少。不过水土流失结果依然惊人，全省现有水土流失面积3.7357万平方公里，占湖南土地总面积的17.63%，比海南岛3.39万平方公里的陆地面积略大。除洞庭湖区、湘资沅澧"四水"尾闾地区水土流失轻微外，其他地区水土流失均较严重。湘西土家族苗族自治州、张家界、郴州、娄底、永州、邵阳、衡阳等7个市州为水土流失相对严重地区，长沙、株洲、湘潭、岳阳、常德、益阳、怀化等7个市的水土流失相对较轻。全省各水土流失严重地区恢复缓慢，湘西北武陵山区、湘中丘陵区和湘南南岭山区等区域仍然是中度和强烈水土流失集中分布的地区。相对于洪涝灾害、水体污染，水土流失似乎没那么触目惊心，但是水土流失是"慢性病"，很隐蔽，会造成表土丧失，土壤肥力下降，使土地丧失农业利用价值。水土流失还会加剧洪水、污染的发生，既可能引发滑坡泥石流等地质灾害，造成生命财产损失，还会直接导致水污染。

2015年12月20日中午11点40分左右，深圳光明新区光明办事处凤凰社区恒泰裕工业集团后侧发生一起山体滑坡事故，滑坡事故共造成22栋厂房被掩埋，涉及15家公司。截至2016年1月6日12时，接报核实的失联人员总数77人，已发现58名遇难者。

新华社深圳2016年1月8日电：

深圳市宝安区人民检察院8日对外发布消息称，该院6日以涉嫌重大责任事故罪，对光明新区红坳余泥渣土临时受纳场经营人林某武、受纳场现场指挥庄某明、受纳场监理人刘某阳等5人批准逮捕。类似事件并不孤立，2014年3月31日凌晨3点40分许，受持续暴雨影响，深圳市龙岗区南湾街道丹竹头社区与雅兰集团交界处边坡发生垮塌，大量泥土砂石顺流而下，冲向丹河北路30号小区，泥石流将小区A栋入口堵死，将单元大门撞损。楼下停放的一台电单车损毁，电线杆及监控设备被埋在土内。所幸事故未造成人员伤亡。

类似不如意，又何止于湖南、深圳。

记者梁睿报道：

2015年12月31日上午，深圳龙岗区委书记冯现学、区长吕玉印率队到坂田街道检查边坡地质安全工作。区领导胡嘉东、曾子伦等参加了检查活动。当日，冯现学、吕玉印一行现场查看了位于坂田街道新利厂后侧高边坡地质隐患情况以及边坡上游隐患状况。据介绍，新利厂后侧山体边坡上游是布吉水径渣土受纳场，目前存在大量堆土，土石方边坡高出周边地形60多米，堆土距离新利厂后侧崩塌边坡仅1米距离，且排水系统和水土保持措施不完善。新利厂后侧高边坡目前存在严重水土流失，一旦原山体水土流失突破最后防线，遭遇暴雨时极易造成泥石流，对山坡下厂房、供油、供气管线及布龙路进行冲击，安全隐患极大。"对于现场出现的多处开裂、破损及鼓胀等问题，宜治早治小，及时修补及加固。"冯现学、吕玉印要求，要加强巡查和监测，对危险性进行综合研判，马上清除新利厂后侧水土流失边坡隐患，确保不发生安全事故，同时尽快拿出整体根治方案，每个街道、每个社区要进行"地毯式"排查，找出安全隐患，进行整改消除，筑牢城区安全底线。

水土中的祸心已熟，中国所有的城市都需要警惕。

近年来，我国40%的可利用淡水资源在长江流域，是4亿人的饮用水来源；流域内渔业资源丰富，淡水渔业产量约占全国60%；湿地面积1154万公顷，越过全国湿地总面积的1/5；分布着多种珍稀野生动植物，是全球生物多样性保护的热点地区。长江生态系统警钟不时敲响，水土流失严重，长江已经变成黄河，沿线水污染事件多发，水质不断恶化，威胁沿江用水安全。白鳍豚、白鲟多年不见踪迹，长江江豚仅余千头，顶级物种纷纷告急。

2016年1月5日，习近平同志在重庆调研并召开了推动长江经济带发展座谈会，他在会上指出，长江、黄河都是中华民族的发源地，都是中华民族的摇篮。长江拥有独特的生态系统，是我国重要的生态宝库。当前和今后相当长一个时期，要把修复长江生态环境摆在压倒性位置，共抓大保护，不搞大开发。要把实施重大生态修复工程作为推动长江经济带发展项目的优先选项，实施好长江防护林体系建设、水土流失及岩溶地区石漠化治理、退耕还林还草、水土保持、河湖和湿地生态保护修复等工程，增强水源涵养、水土保持等生态功能。

1月26日在北京召开的中央财经领导小组第十二次会议上，习近平再次指出：推动长江经济带发展，理念要先进，坚持生态优先、绿色发展，把生态环境保护摆上优先地位，涉及长江的一切经济活动都要以不破坏生态环境为前提，共抓大保护，不搞大开发。思路要明确，建立硬约束，长江生态环境只能优化、不能恶化。要促进要素在区域之间流动，增强发展统筹度和整体性、协调性、可持续性，提高要素配置效率。要发挥长江黄金水道作用，产业发展要体现绿色循环低碳发展要求。两次会议，共同的主题词是：生态环境。

毋庸置疑，蓝图已经铺好，如果水到，沟渠必成。

六十九

> 为了提高油田采收率,延长石油通过加大水平井推广力度、实施启动21亿吨储量的注水规划,截至2013年年底,注水量达到17亿吨,一边是缺水,一边是注水,是不是有点可怕?利用二氧化碳催油等方式成功实现科技增产。连续7年实现稳产千万吨石油。

42岁的李进,属于那种牛高马大、红色脸膛、说话不多、行事如风、为人爽快的陕北汉子。他是水保高级工程师,从事水利、水保、水资源管理、灌溉工程设计和勘测等技术工作多年。时任宝塔区南泥湾灌区管理处主任,主要负责宝塔区胜利水库的管护任务及下游2.5万亩农田的灌溉任务。该水库控制流域面积达137平方公里,总库容398万立方米。它不仅是宝塔区南五乡镇的重要水源和防洪枢纽,直接关乎松树林、麻洞川、临镇、官庄等乡镇、社区政府和川道村组安全,也关乎下游宜川境内云岩、新市河等乡镇群众的安危。

作为灌区主任的李进深知自己责任重大。2013年7月3日,防汛伊始,他便待在灌区精心组织,周密安排,全员动员,逐人逐级夯实责任,严格实行24小时值班制度。同时将全处人员合理调配,组建了巡查、抢险队伍,制定了防汛抢险预案,扎实做好了各种准备工作。7月21日晚暴雨如注,胜利水库波涛汹涌,在肆虐的风雨中,不安地翻滚呻吟,似乎马上就要呜咽失声……一阵紧似一阵的暴雨狠狠地敲打在李进心上……到凌晨6点降雨量达127毫米,几乎是全年降水量的四分之一。7点30分大雨丝毫没有减弱的迹象,水库如一片枯黄的叶子在风雨中飘摇……李进带领职工冒雨奔赴现场。在水库1公里处,公路塌方严重,抢险车辆无法进入。他一边冒雨步行赶往现场,一边迅速安排铲车疏通道路。

7点50分左右他们进入坝梁,看到水库溢洪道和卧管放水明渠周围山体出现了塌方和滑坡;放水明渠被堵塞,洪水开始冲刷坝角;水库水位急剧升高1.5米，超出汛界水面3米，蓄水量从80万方猛增到150万方。若不及时清理卧管放水明渠滑坡泥石和溢洪道塌方，水库危在旦夕。一旦发生溃坝将对下游3个乡镇、5万多群众生命安全造成巨大威胁。后果不堪设想。危急关头，李进不顾瓢泼大雨立即组织石向礼、贾强、冯改艳、刘延军、惠琦、高小柱等单位职工，铁锨、榔头、耙子、锄头等工具下到水库卧管放水明渠段进行抢险，搬石头、铲烂泥、除杂草、通水渠，雨水、汗水、泥水湿透全身。水渠通了，大坝水位也开始下降，险情得到排除。就在此时水库卧管放水明渠上方的狰狞山体忽然"轰隆"一声，再次发生滑坡塌方。巨大的泥石流挟着石块，向正在施工抢险的李进几人冲下来，6人被泥石流当即打倒，李进在组织其他人撤离时才发现自己的双腿陷在泥石流中不能自拔……

区水利局得知情况后，立即组织抢救，将受伤人员用铺盖抬到坝梁，安排车辆将两位伤员送往医院。暴雨如注，一路上，险象环生。祸不单行，车辆行驶至南泥湾林场附近时，公路旁边被雨水泡软了的山体突然发生滑坡，将李进乘坐的车辆整体打翻在公路下方，泥石掩埋并包裹了整部车辆，导致车上4人不同程度地受到伤害，使李进、石向礼两名伤员，二次受伤。后经及时赶到的区林业局、麻洞川交警队、南泥湾镇党委、政府工作人员及时大力的救援，4人才从泥石流中脱险，于下午4时到达延大附属医院。经紧急救援检查，李进右排骨中部骨折1处、右胫骨中部骨折2处、右肋骨骨折1处，石向礼右胫骨中部骨折4处。由于李进等同志的及时抢险，胜利水库险情得了排除，人民群众的生命和财产得到了挽救。在全市防汛抢险救灾表彰大会上，李进荣获全市防汛抢险救灾工作"先进个人"。

"十二五"期间，陕西度过了极不平凡的五年，先后发生2011年渭河近30年来最大秋淋洪水、2012年榆林严重洪涝灾害、2013年延安百年不遇暴雨次生灾害、2014年陕南严重强秋淋天气、2015年局地高强度暴雨。灾害种类之多、洪水量级之大、地域分布之广、发生频率之高、影响程度之深，实属历史罕见。受2011年强秋淋影响，渭河、汉江、黄河、丹江等主要江河发生超警戒洪水，特别是渭河下游出现自1981年以来最大洪水过程。当年全省55条河流82站出现洪峰846次，其中，29条河流36站出现超警戒流量洪峰111次，3条河流3站出现超保证流量洪峰，均为近10年来之最。2012年，黄河干流吴堡站、龙门站、潼关站等频发大洪水。安康水库出现最大入库流量洪水。2014年，2015年全省54条河流71站出现洪峰353次，其中汉江支流冷水河出现50年一遇实测最大洪水，汉江支流子午河、渭河南山支流大峪河分别出现实测第二大洪水。受局地暴雨和强秋淋影响，江河洪水、山洪、泥石流、滑坡、房窑倒塌、库坝险情、城镇内涝等灾害多点并发。全省共有1010.92万人受灾，倒塌房屋27.41万间，因灾死亡170人，失踪32人，致使499家企业停产，造成公路、供电、通讯频繁中断，损坏堤防6287处1444.25公里，损坏护岸1897处……洪涝灾害直接经济损失逾300亿元。为践行"群众利益高于一切"，"宁听骂声，不听哭声""宁可十防九空、不可失防一人"。据统计，"十二五"期间，全省共减少洪水受灾人口209.1万人，避免人员伤亡11.84万人，避免粮食减收82.96万吨，减免洪灾损失41.26亿元。2012年通过对石泉、安康、黑河、石头河水库联合调度，成功将汉江安康超警戒洪水、渭河干流洪水削减到警戒流量以下，受到水利部陈雷部长的称赞："陕西的水库调度水平高。"

抽象与具象，宏观与微观，似乎总是不一致。

七十

抚慰水土如同抚慰心灵，太过漠视、太过不以为然、太过粗暴，都会造成不应有的水土流失。自然生态破坏和流失是个漫长过程，而人文生态的侵蚀往往迅雷不及掩耳。治理自然水土流失的同时也不能忽视修复人文生态的侵蚀。自然水土流失得靠人文生态来保持。

那天下午，李进开着自己的爱车，带我去胜利水库。胜利水库位于延安市宝塔区松树林乡邓屯村，紧邻公路边。属于河谷盆地，一眼望去，横亘的河床上下延伸，地形中间低外围高，向南开口，原本是一条浅缓的自然河流。这里是陕北黄土高原强烈侵蚀区，河流切割基岩深达30余米，河槽呈 U 形。河谷纵横，塬、梁、峁，黄土高原地貌景观明显，相对高差达147～273米。历史上就多有暴雨洪水发生。为宽线式河床，过去每到汛期，下游的农田村庄经常被洪水淹没，给当地农民造成很大的经济损失，这就是修建胜利水库的原因。不用问也可以推断，这座水库是当年兴修水利的产物，类似这样的名字可以在网上搜出一大把。

刚刚下过暴雨，雨后初晴，道路积水遍布，路上坑坑洼洼，如果不是四轮驱动，根本无法行驰。好在李进已经在这条路上跑了不知有多少遍，七拐八绕，车居然开得游刃有余，很是稳当。沿途路畔，不时可见三三两两的磕头虫，花花绿绿的，在山洼、沟坡、谷边，舞弄着钢铁一般的头颅和身躯，各自起起落落地，也不知是朝拜群山，还是朝拜赵公元帅。

"这些都是延长的石油井，"李进告诉我，"过去攒钱，现在亏钱，出一吨油要贴将近300多元。经济形势不好，估计撑不不去了。""那为什么不可以停产？"我问李进。"停了再采，产量就不行了。"李进说。"延长石油和别处不一样，有15000多口油井每天产量不足100公斤。与国内外诸多大油田日产几吨甚至几十吨的油井相比，这里简直就是贫油区。被同行业形容为青石板的特低渗透油藏，2013年7月的那场延安洪灾造成42000口油井停采，占到延长石油所有油井数量的50%。那时候油价高，造成的损失可不小！"

2012年的一则报道称："一延长油田南泥湾采油厂一根污水管线破裂，油污水不仅直接排入大面积农田、大棚里，更从地里的小水渠流入村里的小河，最后流入胜利水库。污水对附近土壤、庄稼以及村民的饮用水都构成影响。陈科长说其他油田公司也有这种情况出现，管道里面是油矿注水井排出来的油污水。小河下游有大坝封堵了流水，水不会流入水库，对居民饮水影响也不大。并表示一定会在次日下午之前焊接好破裂处。记者发现，在孙家砭村的小河下游至胜利水库处，污水并没有被大坝堵住，而是已流进了水库。下午4时，记者在管线破裂处看到，相关工作人员还未焊接破裂处，只是将流出来的污水渠用土埋了起来。"这则消息我当时并不知道，否则我会问一下后续的处理。虽然如此，但李进仍然从水土保持的视角表述了自己的担心，他说："一口油井占不了多大地方，为了这口井里的油而修的路、施的工却会造成大面积的水土流失，还有注入地下的水，肯定也会污染地下水……"

水土保持与环境污染也是密切相关的。

时光可以淡漠一切，日复一日，整个就是一块橡皮，它可以即现即灭无声无息毫厘不爽地销毁岁月的痕迹，隐匿灾难的证据，褪色人的记忆。让人依稀想起，恍惚忘记，全然忽略甚至遗忘。偶尔想起，也是一片模糊景象，哦，记得好像有过那么一回事，不过已经是两年前了。你想做什么？腿不利索想从南泥湾管区调回来工作？那可不好办啊，现在都是一个萝卜一个坑，你想回来只能改行，别干水利了，随便找个什么地儿待着，就可以嘛！这和你三等残疾有关系吗？这已经是莫大的照顾了，该满意了，就这么着了！2013年不就是一个寻常的年头吗？如同天上的烟云和水中的泡沫也似，一旦消散，几乎不会留下任何蛛丝马迹。然而时间的蛛网却似乎在李进的心灵中植入了几根丝头，使沉默寡言的李进，每每一开口，便喷出丝丝缕缕的2013年的丝头：这叫个甚事哩？用完人就没事啦，拿上个荣誉哄人哩！

在时光的陷阱里几经挣扎的李进，宛如还在抢险救灾，无论他如何努力，再也动弹不得，永远留在2013年，不能挪窝。身体上的伤痛痊愈，而心灵的沮丧让他不能自已。他的喋喋不休在别人听来，只是一些琐碎的小事。而他却为之苦恼万分，他抱怨说："我1973年出生在延安，1994年毕业于延安林业学校水土保持专业，后在西北大学、北京工业大学攻读水土保持、水利水电工程专业。担任过宝塔区水务局业务股、水利股、水保股股长，2005年9月任区水政水资源管理局副局长，获延安市第八届青年科技奖、延安市科学技术奖二等奖、延安市自然科学学术论文奖、宝塔区'九九理论科技论坛'奖，市、区优秀调研成果奖。是延安市有突出贡献专家、延安市第二届优秀科技工作者、延安市第八届青年科技奖和区'五一劳动奖章'获得者。2011年1月调任南泥湾灌区管理处主任，为抢险负伤，这腿不争气想要调回宝塔山水务局工作，可是跑来跑去却把我弄到统计局收费。专业全白学了。"

"我还年轻，还想干水保，不想窝在这里！"他说。

七十一

明代兵部尚书王越,当年曾率兵在大同御敌,以河南人的眼光看取雁门关外的苦寒,曾有诗略带讥讽之意地描述曰:雁门关外野人家,不养桑蚕不种麻。百里并无梨枣树,三春哪得桃杏花?六月雨过山头雪,狂风遍地起黄沙。说与江南人不信,早穿皮袄午穿纱。

  诗人、作家、右玉县文联主席郭虎这样对我说:原本生长不易的植物历经天灾人祸,残存的自然华彩片断只删不增,到20世纪五六十年代这里的林草覆盖率只剩下0.3%。年年只要沙暴一来,天昏地暗。老右卫城三丈六尺高的城墙,被沙埋没了大半,有的地方甚至全部掩埋掉,汽车能直接越过城头,开出城去,明代就有民谣这样哭诉:一年一场风,从春刮到冬;白天点油灯,黑夜土堵门;十山九秃头,洪水遍地流;风起黄沙飞,十年九不收;富人搬上走,穷人走西口。后来还有一个版本但意思差不多,后边两句有所不同:男人走口外,女人挖野菜。有环境专家将我们右玉列入最不适宜人类生存的地区,建议我们全县搬迁。

  "右玉人实在,从不爱说虚话。"这位肤色黝黑体量不大四十啷当岁的汉子,观察问题有独特视角,"右玉这些年锲而不舍植树治沙,首先是逼出来的。为啥这么说?因为水土是你祖宗八辈子弄坏的,就得儿孙后代来还。右玉曾经发现过直径60多厘米粗细的树木化石,属秦汉时代。历史上这里是个拥有着茂密大森林的天然绿洲,常年山清水秀,夏季多降绵绵细雨,刮风也应该没有这么大,没有这么多沙尘。是历史上那些连绵不断的战火,将那个茫茫大森林毁了,绿洲成了一个传说,毛乌素大沙漠没有了约束,长年入侵,成了个鬼样。穷人想活命,对不起,只有两条路可走,一条是走西口,去寻找活路,一条是种树种草,让风沙哪来哪去,回它的毛乌素老家。右玉人伟大就是因为他们选择了后者。没有退却,多少年坚持植树,治理水土,终于让沙子回头，让黄山变绿，成了天然大氧吧，火遍了全中国！"

右玉展览厅的图片与文字，书写着右玉火起来的原因，先是在2010年7月，走来了中共中央政治局委员、中央书记处书记、中宣部部长刘云山一行人。调研过后刘云山由衷地指出："右玉的经验值得认真总结。这是一种精神，就是持之以恒、艰苦奋斗、愚公移山、久久为功；这是一条道路，就是建设生态文明、科学发展的道路。还有一个是启示，就是坚持什么样的政绩观，持之以恒地为民谋利，而不是急功近利地搞形象工程。右玉的经验不仅山西值得借鉴，而且全国都值得借鉴。"

刘云山慨然赋《右玉感怀》一诗曰："为政何不解民忧，当官堪消百姓愁。十八书记抒壮志，六十春秋挥锄钩。终见'善无'变善有，已将沙洲换绿洲。年年立业是公仆，久久为功尚风流。"

桃李不言，下自成蹊。古话有黄金，只是这黄金需要挖掘。

2011年3月1日，中共中央政治局常委、中央书记处书记、中央党校校长习近平出席中央党校春季学期开学典礼并作了题为《关键在于落实》的重要讲话，在这个讲话中，他充分肯定了右玉县坚持不懈防风治沙的事迹。他说："领导干部在抓落实过程中，还要有'功成不必在我任期'的理念和境界，注意防止和纠正各种急功近利的行为，不贪一时之功、不图一时之名，多干打基础、利长远的事。说到这里，我想起了山西右玉县植树造林、改造山河的感人事迹。右玉地处毛乌素沙漠的天然风口地带，是一片风沙成患、山川贫瘠的不毛之地。中华人民共和国成立之初，第一任县委书记带领全县人民开始治沙造林。60多年来，一张蓝图、一个目标，18任县委书记和县委、县政府一班人，一任接着一任、一届接着一届，率领全县干部群众坚持不懈，用心血和汗水绿化了沙丘和荒山，现在树木成荫、生态良好，年降雨量较之解放初期已显著增加。老百姓记着他们、感激他们，自发地为他们立碑纪念。正可谓'金杯银杯不如老百姓的口碑'。右玉的可贵之处，就在于始终发扬自力更生、艰苦创业、功在长远的实干精神，在于始终坚持为人民谋利益的政绩观。我们抓任何工作的落实，都应该这样去做。"这还不算，这位打小儿就在黄土高原接受风沙洗礼的北京知青，2012年9月28日又在山西省委报送的《关于我省学习弘扬右玉精神情况的报告》上再次做出批示:"右玉精神体现的是全心全意为人民服务,是迎难而上、艰苦奋斗,是久久为功、利在长远。山西持续开展学习弘扬右玉精神,抓得好,成效大。望你们再接再厉,结合迎接党的十八大和贯彻落实党的十八大精神,继续学习弘扬右玉精神,深入贯彻落实科学发展观,牢固树立正确政绩观,在转型跨越和推进山西经济社会又好又快发展中取得新的更大成绩。"

淘金得有淘金手,琢器尤须磨玉人。登顶歌呼风月见,绿肥水土跃龙门。

十八位中共县委书记领着百姓治理这方水土,护持自然生态。始作俑者,第一位县委书记名叫张荣怀,1949年6月就任右玉县委书记。那时,他还是个壮年后生,刚刚三十出头,他怀抱着"让人民好好休养生息"的愿望,具体是让"所有右玉人都能够饱饱儿吃上一顿莜面饺子和荞面河捞",连这样一个渺小的愿望也难以实现。那天,据说迎接他的是一场很大的沙尘暴,刮了他一个灰头土脸。

特殊的战略位置使右玉自古以来就是兵家必争之战略要地。长城关隘杀虎口是胡汉交界处。数千年来,北方游牧民族与汉民族之间为争夺人口与土地,战争的铁蹄无数次清点践踏过这片土地,使玉石俱焚。加上长期以来的屯田、垦殖、樵采、广种薄收,使这块土地越垦越穷,渐变为不毛之地。老年人都记得,右玉县马官屯西城畔的沙丘,常年被黄风吹刮,人们回家找不到路。夜里沙尘打得屋门噼啪乱响,猪栏被黄风刮开,野狼进圈叼猪,连猪的惨叫声都能被风刮跑。孩子们在西城畔沙丘上溜坡,黄风袭来,差点把孩子们活埋在沙里。合作社时期长城内外风沙分外的大,社员在到田里种山药,头一天下完种,第二天一看,地里的山药籽也被风刮没了,只好重新下种。这样的事常有,有时一年都要反复种上好几回。为了使莜麦胡麻糜谷黍在种的时候不被大风刮跑,人们把向日葵秆子中间的虚瓤掏空,大头从上,小头在下,把小头的末尾削成马蹄形,直接插进犁松的土地里,将种子从上头溜下,点种。由于土地严重沙化,收下的粮食如歌谣所说:春种一坡,秋收一瓮,除去籽种,够吃一顿。

面对这样的光景,从战争走入和平的张荣怀一筹莫展,只能惆怅地走遍右玉的山水沟梁找辙。那天在调研的途中,他看到一个光着脊梁种树的农民,他问话农民没理他。通讯员在一边说,老汉,跟你说话哩!农民头抬起倔倔地说:"谁是老汉?我还没娶媳妇哩!"张荣怀问:"这一片树是你种的?沟里的土地是土改时分下来的吧?"农民说:"不是。是我用土改分的12亩好地和人换来的。"张荣怀感到好奇:"你为什么要用好地换这一道沟呢?"

"换过来种树?"张荣怀更奇怪了,"为什么你不种粮食要种树?"

这位名叫曹国权的农民不耐烦地提高声音:"不种树,哪儿能打下粮食?常年刮这么大的风,连种子都给刮在了外面,还能种得成庄稼吗?你们看看我种的这一沟沟的山药,要是没有这些树,哪儿能长这么好?全靠这些种下的树挡住了风沙!连这个你们也不懂!"

经过深入交谈和调研,张荣怀不觉豁然开朗:水土流失是造成黄沙漫天冰雹霜冻自然灾害频繁发生的原因。全县的295万亩土地,残留有树木的只有8000余亩,举凡有树木护持的田亩,庄稼都长得好。遗憾的是全县的森林覆盖率不足0.3%,大片田地都处于没树木遮拦的所在。225万亩土地被完全沙化,沙漠化面积已经达到76.4%。百姓辛苦一年,粮食作物亩产只有38斤。长此下去,右玉县必将会成为一个无人能居住的地方。怎么办?

1949年10月24日张荣怀主持召开了首次县委工作会议,喊出了这样几句口号:"右玉要想富,就得风沙住;要想风沙住,就得多栽树。想要家家富,每人十棵树。"张荣怀当时绝没有想到,他的这个决策竟会影响右玉的几代人,会成为右玉县18位县委书记的共同使命,成为右玉人一代接一代的坚持,这一坚持与共和国同龄,已逾一个甲子之多。

"右玉,你真像一个塞外朴实的汉子,你的沉默不语并没有被人抹杀,而是由于沉得太久太深,更加厚重起来显得踏实可靠!"除额手称幸外,郭虎也有自己的一些心得:"只要真诚笃信,与人为善,与物为善,与自然为善,就必然会感召人心,感召自然万物。"

右玉的历史,是从战国时赵国在境内设立雁门郡开始,有文字记载的历史已有2300多年。长期的民族交融与碰撞,给右玉这个地方留下了遍地的古城、古堡和林立的烽堠、烟墩,境内现存有古长城89.2

公里,古城堡100多座,烽堠哨嘹墩140多个,被命名为"中国古堡之乡"。右玉境内的一代雄关"杀虎口",自古为中国北方著名边关要塞,开启了中国连通俄罗斯、中亚的"茶叶贸易之路",同时也是近代移民实边、晋商旅蒙要道。

右玉水利局副局长贾旺,朴朴实实一个人,却名列右玉功勋碑。他说:我们右玉县的绿化好不好,可以从2014年开始,右玉县连续3年入围"中国深呼吸小城百佳榜",得出一个结论,数字可以造假,可是人的呼吸是不会骗人的,到我们右玉一呼吸就知道好不好!

说话慢条斯理的右玉县水利局局长王旭东则说:"如果说水土保持有成效,那就是有一条好经验,不能哄人!过去我们周边好多地方的人,插上些树根根哄人,我们右玉的水保从不哄人,不哄中国人也不哄外国人。世行贷款项目资金一期全县10个乡镇,面积1964平方公里,二期项目涉及7个乡镇135个行政村。都是最难治理的地方,东部丘陵沟壑区、中部河谷阶地区、西部缓坡风沙区。多风少雨,气候干燥,水土流失严重,你再精心种树也不可能百分百地成活。世行来人检查,好多地方的人都是个哄,你说咱本地人哄个两眼一抹黑的老外还不容易?可我们右玉县的水保从不哄人家,这个是我们贾旺负责的,听他说!"

贾旺笑说:"也不是说不想哄,是人家老外被哄怕了,瞅着谁都像隔壁偷斧子的人,咱不想让人家误会咱就是那个偷了人家斧子的人。你认真我比你还认真,你怕我哄你,我就让你从治理的最差的地方看起,逐步往好地方走,你骂人,不满意,我听着,可就是不哄你。老外起先脸黑的,白人都成黑人了,话也不跟你说。几天下来,越往后看就越不明白了,脸色却是越来越好看了,也开始跟你说话了。他奇怪地问我说,别处都是拣好的给我看,不好的地方不让我看,你为什么跟他们不一样?我说,他们没弄明白。你是代表世行来帮助我们的,哄你就是哄我们自己,都让看好的,没有不好的,怎么帮我们?老外听了那个高兴,说这才对了,好,我现在信任你了,你说怎么办?结果一来二去我们成了好朋友。"

王旭东玩笑道:"这就叫,我喜欢交朋友,尤其是女朋友!"

七十二

这一路走来,"用之不觉,失之难存"的例子,如空气似水土,比比皆是。若论生态环境的好坏,无非水土,坏的生态环境缘起水土的败坏,好的生态环境的成因也在水土。成也萧何,败也萧何,好也水土,败也水土,水土保持的确可谓生态环境这头大牛的牛鼻子。

中国是世界上风力侵蚀和土地沙漠化危害最严重国家之一,风沙区主体在我国北方,西北、华北、东北和中部的黄泛区,东南沿海地区有局部分布,全国的风蚀面积达191万平方公里。曾经的雁门关外,尤其是右玉一带堪为前列。而导致风沙的原因是森林资源。

《2000年全球环境展望》报告称,目前全球森林总面积约35亿公顷,热带和温带各半,发达国家和发展中国家各半,且绝大部分是天然林、天然次生林,人工林不足5%。这些对人类可持续发展来说十分宝贵的原始森林,仍有近40%的森林遭到采伐、开矿和大规模项目开发的威胁,命运堪忧。这在美洲的南部、中部和西北部地区和俄罗斯联邦的北部地区尤为突出。1990—1995年间,有6500万公顷森林被破坏,尽管同期发展中国家重建森林900万公顷,全球森林赤字仍高达5600万公顷。全球森林破坏的原因是多方面的,对发展中国家来说,主要是贫困、人口、经济发展、城市化和农田开垦所致。在热带发展中国家,林地逆转他用,特别是农田开垦,成为毁林的主要原因,森林采伐约占1/3,不过在亚洲高一些,约占一半,南美洲也有上升趋势。堪忧的是全球森林退化问题十分严重,东欧工业化地区和中亚国家森林中的60%处于退化甚至严重退化的状况。非洲森林退化现象尤为突出,主要源自干旱、过度樵采、森林火灾和农林争地。在世界许多地方,过度采伐造成了森林质量的迅速下降。东南亚湄公河流域大面积的原始森林仅有约10%的森林具有商业性开采价值,而拉丁美洲大部分原始森林的构成已发生了不可逆转的改变,生物多样性损失巨大。

郭虎说:"那时候,水土已经坏了,毫不夸张地说,在右玉要是种一棵树,比拉扯大一个孩子还麻烦,还要难,树坑挖浅了风一吹树没了,挖深了踏实了还长不起来。栽下树不浇水会死,浇多了还会烂根死。真的不容易。光是绿化一个黄沙洼,就耗费了十多年时间,那可是两任县委书记领着群众苦战了8年多。那是在第四任县委书记马禄元的手里,他带领千余人,在风口地带栽树抗击风灾。头天栽下的树第二天就被刮出了根。上千人栽了两年树只活了几棵。经过二战、三战黄沙洼,到1964年,终于让风沙止步,山川披绿。

"也犯过错误,"郭虎说,钱迷心窍就会犯错误。20世纪80年代末,右玉利用胡麻资源多的优势建起了压板厂,每年能为县财政带来二三十万元税收。向钱看的苗头一起就压不住,一些人为挣钱,见树就砍。县委书记姚焕斗一看,觉得这样下去不行,立即下令关停了压板厂,并在全县大会上公开向大家检讨说:"我要向右玉的一草一木道歉!"1971年在"以粮为纲,其他砍光"的政治氛围下,第十任县委书记杨爱云上任,右玉人又是期盼又是担心:前一任书记因为种树被批斗,还敢植树吗?杨爱云却绕了个弯儿巧妙变通,提出"粮油下湾,林草上山",保住并扩大了右玉的绿色成果。1978年,县委书记常禄在担任县委书记8年间,带领科研人员改良树种,使右玉成为山西省人工造林最多的县。常禄说:"飞鸽牌"干部要做"永久牌"的事。在右玉,植树造林防风固沙就是"永久牌"的事。第十四任县委书记师发对新官上任三把火,一任推翻一任的做法,一针见血地说:"前任好好的路线你推翻了,第一说明你水平差,第二说明劳民伤财,第三说明你的思想意识有问题。靠标新立异引起领导的注意,你先要问问自己那套是否符合客观规律,屁股是不是坐在老百姓这边。"

多少年来,每到植树季节,右玉干部就自带干粮,自买树苗上阵了。"连带馒头都是很奢侈的事,大多是莜面,有时能有点山药蛋就算好的。"一位退休干部回忆说,"如果手掌上没有结痂、血泡,就觉得自己不光荣,没有卖劲儿。"右玉县党史办原主任曹满荣下肢先天残疾。山坡地势较陡,好人上去都站不稳,他跪在地上刨坑,血泡结成厚厚的老茧。铁锹、卷尺、剪刀、挖土坑、量深浅、剪枝条，人人晒得黝黑，汗泥沾满手脸。全县120多个机关和事业单位先后营造文教林、政法林、财贸林、宣传林等十几个造林基地，绿化面积30多万亩。为提高成活率，他们探索建立起规范严格的工程管理机制：当年预付30%树苗款，秋后验收成活率达到要求的再付30%工程款，第二年秋季存活率合格的再付余下的款。

话剧《立春》有句台词曾让许多观众潸然泪下："不管啥时候，有人就得有家，有家就得有树。种树就是种日子，树活着人就活着。"这是右玉百姓的心里话。经验和教训是，水土坏了连树也种不活，有了树，水土会越变越好，树和人一样，是靠水土安身立命的。右玉人认准了一个理：改变生存环境必须先改善生态环境。你不让树活，水土就不让你活！

诗经云："投我以木桃，报之以琼瑶，匪报也，永以为是好也。"他送我红桃，我报他琼瑶，琼瑶非为报答，是求彼此永远相好。投桃报李的结果是森林覆盖率达54%，右玉的小气候已经形成，降水量比周边地区平均高出30多毫米，沙尘天数比中华人民共和国成立初期减少了一半。2010年右玉还被联合国授予"最佳宜居生态县"。2014年全县共接待游客156万多人次，实现旅游收入15亿元。有了生态，不愁生活，苗圃种植、牧草种植加工、畜牧业、食品加工、风能发电等绿色产业纷纷崛起，现代采煤也应运而生，什么都没有落下。

要是过去全县搬迁还会有如今联合国颁发的最佳宜居生态县不？

这么说当不为过，没有右玉过去的坚持，也就没有右玉现在的火。始终不渝不仅可以形容爱情的坚贞不渝，还可以形容人心的持之以恒，久久为功，能重塑水土，再造山川，震古烁今，让水土知恩图报，使自然恢复原本的娇艳。抛开盲目的战天斗地，从呵护水土修复生态的自然含意上讲，人心定则泰山移，值得大书特书，但好勇斗狠以胜天，则大可不必。

从大自然孑遗在苍头河两岸的高大茂盛的酸刺丛中，找到一个现成而合理的答案。酸刺学名沙棘，土名酸溜溜，原本是一种普通的匍匐在大地上的灌木，在这里却疯长成高大的乔木。它们有声有色地注解久久为功的真意：造化伟力无穷无尽，人类只要有爱心，不要"用之不觉，失之难存"地对待它们，持之以恒，假它们以时日，小草也能参天穷地！

在苍头河畔葱茏之中，忽见已经在太原开残多时久违了的丁香，方才在这里散发羞答答的初香，故以七律平水韵记之曰：

雁门关有万夫拦，六月丁香仍怯寒。
去雁来鸿翠羽单，晚风晓露锦衾宽。
蓝淘青洗碧镶翠，乳绘银描雪画兰。
两袖苍茫草木瘦，一襟旷野古今残。

遍布残垣断壁的铁山堡是明代古堡，颓败却还顽健。堡内已无人烟，只有啃青的牲口和种田的农人。墟土堡墙黯然销魂，残缺错落阳光和岁月，与离离荒草一道，缅怀铁马金戈的过去。旧时堡门前，有一片歪脖子树，婆娑在风中，向蓝天白云讨要一个如今的说法。难道就任凭风雨年复一年地带走我们吗？我们可是你们过去的根脉，你们成长的见证啊！

"这样的古迹太多了，"郭虎说，"古老有时候也会成为一种负担，保护是需要花钱的，不破坏就是保护。有文物专家也说，维持现状是最好的保护，也不知对错。这是些夯土的堡子，会被雨水泡坏，会被风吹走，迟早会什么也不剩，什么也留不下的！堡里过去还有人住，雷雨夜里，总能听见神哭鬼号的厮杀声，各种怪声都有，吓得人们不敢住，都搬上走了。这可以用科学解释，可人们宁肯相信是鬼神作怪。白天来这里放牲口、种地，夜里就离开。"

铁山堡四周排开无数片太阳能板，影响景观。光伏发电原本是件好事，空地有得是却偏要摆在古堡周边，很是碍眼。如此明目张胆地与文物争辉，叫人大跌眼镜，也大煞风景。

右玉道情是这里的地方戏，这个特色剧种，与道家不无关系。道家曾是中国最早原汁原味的国粹教派，它的衰亡，逃不过抱残守缺不求发展的套路。许多被时光无情淘汰的物质的或是非物质的遗产，都是在这个套路中被撂荒和落单的。抢救和振兴它们，如果不考虑这一点，那救来的恐怕只是一介躯壳，而没有灵魂。空茫旷达中你能听懂它们在道什么情吗？

右玉县东北处，有座海拔1975米的高山，名曰蹄窟岭。

此岭颠连左云界，相传昭君出塞，途经此岭，有马蹄迹存。右玉县人另有传说，昭君打马至此，知出塞外便远离家国，不觉悲从中来，恸哭不已。据说右玉县地方戏《耍孩儿》曲系因当年模仿昭君哭声而形成。昭君所骑之马亦一路悲嘶，蹄踏山石，蹄痕斑驳，蹄窟岭因此得名。传说东古城是昭君出塞住宿过的最后一站，晾马台是出塞人马休息的地方，马路坡是走过一个大坡，饮马泉是饮马的地方，红砂岩口是昭君不慎丢了扇子的地方。真焉假焉，已经随时光埋灭，不再重要，感人的是那一干古代人马对故国水土的那种无限痴切与依恋。

郭虎的玉林书画院，开张于2012年春天，如今已成气候。

玉林书画院的匾额为中国油画院院长杨飞云亲题。开张以来，全国各地的写生者络绎不绝，迄今已经出版了《右玉油画写生展作品集》《玉林书画院名家随聊录》《右玉旅游写生手册》等。这还不算，郭虎还带我去看了他的一个粮仓。这里距右玉县城25公里，北与内蒙古和林格尔接壤。郭虎带着我们穿过一个正在施工的大院，意兴扬扬地说：这座城是以前的老右卫，老右卫就是春秋战国时胡服骑射武灵王赵简子时所置的那个善无县。我们现在看到的这个院子，是城关镇以前的一个粮站，多年废弃不用，紧靠右卫十字街，建筑面积3600多平方米，各类大小房间130余间。我投资把它改建成了现在的右卫艺术粮仓……

善无还是善有？也就话音未落十几天时间，顶多个把月光景，善就从无到有了。先是这些破旧的粮站房屋经过中央美术学院师生们共同精心设计后，变成了一座座充满了怀旧与历史气息的艺术殿堂。使之可为世界各国的画家、艺术家提供画廊、展厅、工作室、观景台、陶艺制作间、咖啡酒吧、书店、画材店、民俗博物馆、多功能厅、音乐餐吧、阳光花房、台球厅等便利条件。中央美院院长范迪安为右卫艺术粮仓亲书了牌匾，中央美术学院造型学院副院长张路江、北京画院油画创作室主任白羽平专程来"右卫艺术粮仓"出席开仓仪式。同时启动"中央美术学院师生油画展"和"中央美术学院右玉写生。

2016年8月9日下午,中共中央宣传部副部长孙志军,在山西省委常委、宣传部长胡苏平、省委宣传部副部长刘英魁、朔州市委副书记郑红、市委宣传部部长王加关、右玉县委书记吴秀玲等领导陪同下,前来"右卫艺术粮仓"调研。孙部长临行祝愿"右卫艺术粮仓"和玉林书画院越办越好!如今这里已经成为右玉继玉林书院之后的又一个文化地标,成为中央美院、中国油画院、中国美院、北京画院,首都师范大学、南京艺术学院等众多院校的写生基地。原本是个废弃了的物质粮仓,只因与艺术因缘际会,便成了个十足地道的精神粮仓。不说它的建筑有多么宏大壮观,只说这个创意的新颖,便足以让好这一口的人食指大动。宗旨是将右玉建成中国北方最大写生基地,将右玉美丽的山川大地推荐给全世界。口号也名副其实:南有平遥国际摄影节,北有右玉油画写生季,一南一北遥相呼应。

不以善小而不为,善便会由小而长大,积少成多,成为大善。真正的右玉的精神,归根结底,说穿了,还是一个水土的道理,细水汇河,微尘聚山,种活一棵,不愁一坡。

皮若亡,善必无,皮如存,善自附。

七十三

砍一株千年大树只需两分钟，而因此裸露出的石头要等一万年才能形成一厘米厚的表土，一万年才能形成的薄薄的土层只需要一年就可以轻易流失掉。真正治好一片这样的小流域如同要长大一株小树风化一块岩石那样，至少需要成百上千年，甚至上万年的时间。

贵州简称"黔"或"贵"，合在一起便是"钱柜"之谓。遗憾的是恰恰相反，贵州俗语有云，"天无三日晴，地无三尺平，人无三分银"。天无三日晴是说独特的气候条件，贵州的气候属亚热带高原季风湿润气候类型。年平均气温15℃左右，冬无严寒，夏无酷暑，具有"一山分四季，十里不同天"的气候特征。有了这样的气候才会孕育出贵州这个得天独厚的"天然大公园"。贵州山水风光可谓千姿百态，闻名景观有黄果树大瀑布、龙宫、织金洞、马岭河峡谷以及国家级风景名胜区和铜仁梵净山、茂兰喀斯特森林、赤水桫椤、威宁草海等国家级自然保护区，珍稀动物有黔金丝猴、黑叶猴、华南虎、云豹、豹、白鹳、黑鹳、黑颈鹤、中华秋沙鸭、金雕等等，种类繁多。名贵植物有珠子参、三尖杉、扇蕨、冬虫夏草、鸡枞、艾纳香等等，多不胜数。颗颗光彩，粒粒璀璨。这等好去处，不是钱柜能是什么？

地无三尺平又作何解释？贵州地处长江和珠江两大水系上游交错地带。全省水系顺地势由西部、中部向北、东、南三面分流。河流多为山区雨源型河流，处处川流不息，长度在10千米以上的河流有984条。条条河流都是可以生钱的，运载贵州的国计民生可谓足矣。境内北有大娄山自西向东北斜贯北境，川黔要隘娄山关海拔1444米；南有苗岭横亘，主峰雷公山海拔2178米；东北有武陵山，由湘蜿蜒入黔，主峰梵净山海拔2572米；西有乌蒙山，属此山脉的赫章县珠市乡韭菜坪海拔2900.6米，为贵州境内最高点。山山苍翠，岭岭秀逸，涧涧清幽,壑壑风流。十万大山,如同十万只搂钱的耙子,只只都能搂空游人的口袋。还有喀斯特(出露)面积109084平方千米,占全省国土总面积的61.9%,且形态类型齐全,地域分异明显,构成一种特殊的岩溶生态系统。任何事物都有两方面,一方面是荒漠化,一方面也是水蚀风剥光热作用下的大自然匠心独运的杰作,有着千奇百怪的盆景,好像错落有致的贵州刺绣,若是裁剪合度,应用得法,幅幅都能卖个好价钱,不是装钱的柜子又是什么?

地无三分银是说农民还不富裕。贵州土壤面积共159100平方千米,约占全省土地总面积的90.4%。土壤五颜六色,是一片五彩的土地。当得上寸土寸金。山坡上面开梯田,会造成水土流失,石窝窝里点苞谷,收成自然差。不适合种粮食却适合林草植物生长。非要毁了宝贵的生物和植物去种苞谷,是扬短避长,激清扬浊,不穷能咋?何况,贵州除了山水物产还有民族风情,苗、布依、侗、水、瑶等民族的干栏式吊脚楼,布依族、仡佬族石板房,彝族土司庄园,瑶族歇山顶茅屋,苗族大船廊、木鼓房、铜鼓坪、芦笙堂、妹妹棚、跳花场,侗族鼓楼、花桥、戏楼、祖母堂,布依族凉亭、歌台,彝族、水族跑马道等。族族风情殊异,多一个民族就等于多一只装钱的盒子。苗族的"游方"和"跳场"、瑶族的"凿壁谈婚"和"埋蛋择婿"、布依族的"丢花包"等,各各有所不同。饮誉海内外的苗族、布依族的蜡染,贵州的刺绣以及具有鲜明特点的民族服饰、首饰也有观赏和收藏价值,有谁不买?民族节日有上千个之多,每天过3个节都过不赢。大的节日有苗族和布依族的"四月八";布依族的"六月六"歌节;彝族的火把节;水族的端节;瑶族的盘古王节;等等。芦笙舞、抢花族、游方歌、击铜鼓、斗牛、赛马、斗雀、摔跤、赛龙舟、玩龙灯、演戏等,几乎天天有节过,若是充分利用起来,日日都有一个掏游客钱袋的理由,这样的地方怎么会穷呢?

贵州这只钱柜首先是一只水土生态的钱柜,是一只绿色生物资源的钱柜,是一只旅游资源的钱柜。这只钱柜里的财富运用得当足以使贵州衣食无忧。只是不可太贪心,多取、强取都会对这只钱柜造成无法弥补的损害。任何一种短期效应、急功近利简单粗暴的做法都无异于自毁。

不仅贵州的钱柜急需保护，中国的钱柜、世界的钱柜也急需人类保护。水土流失是世界性的，无论发展中国家还是发达国家都存在不同程度的水土流失。严峻的水土流失已引起世界各国的关注，联合国已将水土流失列为全球三大环境问题之一。让人类不安的是，从总的趋势看，全球水土流失还在向恶化的方面发展，而且还有逐年加剧的趋势。

这让人联想起多米诺骨牌效应。

资料显示：随着世界经济的发展和人口的增加，人类对自然资源的需求急剧增加，对环境的破坏日益加剧。地球上80%的原始森林已被伐倒毁灭，大部分饮用水严重污染，大部分湿地退化、消失，大部分可耕地丧失种植能力。在热带雨林地区，20世纪80年代初期，每分钟仅烧毁的森林就达20公顷。在干旱和半干旱地区，由于垦殖和过度放牧导致严重的水土流失，世界上有1/3以上的可耕地面临严重的威胁。风蚀已使大量的土壤粉尘沉积于海洋。20世纪70年代到80年代，大西洋海岛上空大气取样站的监测发现，每年从北非上空刮到大西洋的土壤量为1.1亿~4.41亿吨。据联合国粮农组织的专家估算，全世界约有2500万平方公里的土地遭受水土流失，占陆地总面积的16.7%，每年流失土壤高达260亿吨。

水土流失造成土地退化。1934年5月，美国东部发生了骇人听闻的"黑风暴"震惊全球，这个东西长2400公里，南北宽约1440公里，厚度达32公里的巨大尘土带，以26.8~40.2米/秒的速度向东推进，使得当时美国的冬小麦严重减产，致使水井和溪流干涸，当年小麦减产51亿公斤，算是大自然对人类滥垦土地、破坏草原的一次警告。1500年前的楼兰古国、14世纪西非马里文明、米偌斯文明等相继消失，都是环境恶化造成的。正如一位哲人所说，文明人跨越地球表面，在他们的足迹所到之处便留下了一片荒漠。

据美国科学家估计，如果侵蚀表土速率以每年每公顷6.28毫米计，则每年由此损失的氮、磷、钾折合的代价为280亿美元。水土流失可以淤积江河湖库，减少水利工程效益。巴基斯坦曼格拉水库原设计运行寿命100年，由于大量的泥沙进入水库，使其寿命缩短了25年。在美国，平均每年有近30亿吨泥沙淤积在江河湖库，损失水库库容11亿立方米，由此带来的损失高达5亿美元。埃及阿斯旺高坝水库年均淤积泥沙1.39亿吨，按此速度100年将全部淤满。水土流失会加大江河的输沙量，影响水资源利用。

我国黄河年输沙量16亿吨，印度恒河年输沙量14.55亿吨，美国密西西比河年输沙量3亿吨，缅甸伊洛瓦底江年输沙量2.99亿吨，亚马孙河年输沙量3.63亿吨，尼罗河年输沙量1.11亿吨。这些泥沙会带走肥土，淤积河床，使江河高于地面变成悬河，例如我国的黄河已经高出地面几层楼不止，万一在丰水期溃决，半个中国会成为泽国。

美国是全球最发达的国家，可它的水土流失现象遍布50个州，尤其是西部17个州更为严重，年均流失土壤50亿吨，其中3/4淤积在河道、洪泛平原区、湖泊和水库，只有1/4输入海洋。据估算，每年由此导致的经济损失在30亿~60亿美元。澳大利亚开发历史短，尽管只有200多年，但随着移民的剧增和淘金热潮的兴起，连续的无节制的毁林扩牧、毁草经农、过度放牧、不合理耕作及开矿等，导致了严重的水土流失。全国水土流失面积260万平方公里，占陆地面积的33.8%，年均流失土壤9亿吨，使农作物的产量降低，牧场退化，大量泥沙输入河道、水库。印度是个人口大国，全国水土流失面积175万平方公里，占土地总面积的53.4%，暴雨季节每平方公里水土流失量高达2万吨，年均土壤流失量达60亿吨，相当部分水库的淤积率已超过原设计能力的4~8倍。日本是一个多山的岛国，地形陡峭，地质脆弱。由于对山地的开发利用，每遇台风、暴雨、梅雨及融雪季节便发生水土流失。每年流失土壤总量达3亿吨，年均每平方公里达1170吨。水土流失特别是泥石流、滑坡导致下游河川洪水泛滥，房屋倒塌，田园遭灾，铁路公路受损，危害人民生命财产安全，影响经济建设。苏联2/3的农耕地存在水土流失问题，每年约有4800平方公里农地因流失严重、丧失生产力而弃耕。每年从农地上流失的土壤量约为25亿吨，因此导致了灾难性的后果。

我国山丘区面积广大，降水时空分布不均，放牧垦殖历史悠久，加之近年城市化和开发建设项目扩大，进一步加剧了水土流失，使水土流失成为我国头号环境问题。主要特点表现在三个方面：一是分布范围广、面积大。我国现有水土流失面积295万平方公里，其中水蚀

129万平方公里,风蚀166万平方公里。除上海市外,全国各省(区、市)均有水土流失,主要发生在山区、丘陵区和风沙区,在平原区和沿海地区也局部存在。与其他国家相比,我国的水土流失面积大。二是侵蚀形式多样,类型复杂,治理难度大。水蚀、风蚀、冻融侵蚀和滑坡、泥石流等重力侵蚀相互交错,成因复杂。西北黄土高原区、东北黑土漫岗区、南方红壤丘陵区、北方土石山区和南方石质山区以水蚀为主,局部伴有滑坡、泥石流等重力侵蚀;青藏高原以冻融侵蚀为主;西北风沙区和草原区以风蚀为主;西北半干旱的农牧交错区是水蚀和风蚀共同作用的地区。与其他国家相比,我国的治理难度大。三是土壤侵蚀量大。全国每年土壤流失45亿多吨。黄土高原多年平均土壤侵蚀模数高达1.5万~2万吨/平方公里·年,严重的高达3万~5万吨/平方公里·年。世界上水土流失最强烈的国家,首推印度,其次中国,其他依次为美国、前苏联和澳大利亚等国。但从全球大江大河的输沙量来看,黄河居世界第一,为16亿吨。如果从这一点说,我国是世界上水土流失及其危害最严重的国家,当居首位。

而贵州省则是全国水土流失的重灾区之一。

七十四

原本贵州省的森林资源极为丰富，全省森林覆盖率达到30.8%，森林蓄积量达2亿立方米。丰富的自然资源并没有改变农民贫困的生活现状。大量的农民为了生存和温饱不断地垦荒种粮，造成山区水土流失、石漠化严重，土地肥力逐年衰减，越垦越穷，越穷越垦。

贵州全省水土流失面积从20世纪50年代的2.5万平方公里扩大到80年代末的7.66万平方公里，30年时间增加了近3倍多，占全省国土面积的43.5%。到2000年，贵州省发生水土流失的坡耕地有5024.4万亩，占耕地总面积的68%。20%的动植物种类濒临灭绝。以滑坡、崩岩、塌陷、泥石流为主的地质灾害频繁发生，仅1996年全省发生地质灾害就达500多处，涉及39个县市，造成174人死亡，441人受伤，经济损失超过5亿元。全省1800座中小水库中，病库、险库竟然占到1/3。一户人家的全部家当加在一起值不了20元钱，只好整体搬迁。全省中低产田土面积占耕地面积的75%。石漠化面积已达2000多万亩。贵州全省石山半石山荒漠化面积已达3300多万亩，占全省总面积的12.8%。更为可怕的是，荒漠化和石漠化面积正在以每年135万亩的速度继续扩展。贵州全省水土流失面积占土地面积的43.5%，每年流失1.5亿吨泥沙进入长江和珠江流域，其中有近1.1亿吨的泥沙直接进入三峡水库，仅乌江流域每年就有约1.4亿吨泥沙流失，相当于贵州不论妇幼老弱全省人民总动员，每人每年要搬走3.8吨泥土。原本就命里缺土的贵州有多少土地能经得起以这样的速度石化和荒漠化？寸金寸土的贵州有多少吨土壤能经得起如此可怕的大挪移大搬运？

我国喀斯特地区主要分布在贵州、云南、广西三省区，总计约28万平方公里。面积小但人口稠密，仅此三省区就有3000万人以上。喀斯特地区表层泥土很薄，一旦植被被破坏，必然导致表土流失，岩石裸露，形成石漠化，从而破坏人类的基本生存条件。贵州喀斯特地区石漠化面积已达5万平方公里，1975—1998年平均每年扩大1800平方公里。再加上广西石漠化面积4.7万平方公里和云南省石漠化土地面积288.14万公顷，我国平均每年石漠化的面积约为2500平方公里，并不比我国沙漠化的扩张速度慢多少。

有关专家对喀斯特地区成土速率做过相应估计，岩石风化成1厘米厚表土，约需万年时间尺度，可见喀斯特地区的泥土基本不可能再生。仅以目前贵州水土流失面积8万平方公里和每年流入长江、珠江的泥沙2.7亿立方米来计算，大约每三年就要剥蚀表层泥土约1厘米。砍一株千年大树现在只需5分钟，而因此裸露出的石头要等1万年之后才能变成1厘米的表土，而这1万年才能形成的薄薄的土层，只需要1年就可以轻易地流失掉。开一片荒或是破坏一处天然植被用最原始的方法也不过撅起屁股挥动电锯和镐头干一个冬春，但要真正恢复和治理好一片这样的小流域，却需要投入上千倍的巨量资金和大量劳动力，如同要长大一株小树风化一块岩石那样，至少需要成百、上千，甚至一万年的时间。这两个速度的绝对比值是可怕的，它告诉我们，除非现在就完完全全地杜绝破坏生态的现象，否则治理的速度将永远赶不上破坏的速度，治理将永远处于绝对的劣势。破坏如同从山上扔木滚擂石，治理好似背起木头再推着石头上山，这是一种极不公平的竞争。只有一个办法扭转危局，那就是先行制止那些从山上推滚木擂石的行为，然后再重新背起木头，推着石头上山。

这就是习近平在贵州调研时强调要守住发展和生态两条底线的原因。

贵州水利厅宣传科李正兵科长拳不离手曲不离口地这样介绍说："习总书记来贵州视察过，他说的话在我们贵州省已经深入人心。水土保持拿这些话当座右铭和撒手锏，遇上不听劝的，就说，这可是总书记说的，要守住发展与生态两条底线。我们贵州平均海拔在1100米左右，是全国唯一没有平原支撑的省份。过去没有底线，水土流失严重。近年来在国家有关部门关心支持下，比如水利部，先后启动实施了坡耕地水土流失综合治理工程、国家农业综合开发水土保持项目、国家水土保持重点建设工程、水土流失重点治理工程等，水土流失治理步伐明显加快，全省"十二五"共完成治理水土流失面积1.15万平方公里，治理小流域近千余条。全省水土保持生态建设共投入65.82亿元，比"十一五"44.32亿元增长了49%。重点治理工程水土保持投资补助标准也由"十一五"时期的每平方公里36万元增加到现在的50万元以上。治理区水土流失得到了有效遏制，受益群众500余万人，项目区农民人均增收400元，全省年均增加一个百分点以上的森林覆盖率，这个都报道过了。"

我们先去了贵州省安顺市。

安顺市距贵阳90公里，素有"黔之腹、滇之喉、粤蜀之唇齿"的称呼。安顺是贵州省历史文化名城，拥有穿洞文化、夜郎文化、牂牁文化、屯堡文化等独特的历史文化遗存。穿洞古人类遗址位于安顺以北26公里的普定县城郊，是我国继北京周口店遗址之后一次极其重要的发现。出土的骨器是全国其他地方发现之和的30倍，一举摘掉我国旧石器文化中贫骨器的帽子，被中科院专家们誉为"亚洲文明之灯"。距黄果树大瀑布约7公里的关岭县布依族苗族自治县晒甲山上，有"红崖天书"，似篆非篆亦非甲骨文，历数百年色泽似新。破译者纷至沓来，诸如郭沫若、丁文江、徐中舒等都曾尝试破译，被认可的破译至今没有出现。这里还有堪称世界唯一的明代军事遗存屯堡村落和关岭古生物化石群，以及被誉为东方第一染的安顺蜡染。钟灵毓秀，遑论政治，这里既是中共元老王若飞的故乡，也是中国国民党中央常委"谷氏三兄弟"谷正伦、谷正刚、谷正鼎的故地。囿于东隅每每失之桑榆。

安顺地处长江水系乌江流域和珠江水系北盘江流域的分水岭地带，是世界上典型的喀斯特地貌集中地区，海拔高度在1102～1694米之间，年平均降雨量1360毫米，冬无严寒，夏无酷暑。气候温和宜人。全市风景区面积占辖区面积的12%以上，远高于全国1%和贵州省4.2%的比例。境内有黄果树、龙宫、格凸河3个国家级风景名胜区；有关岭古生物化石群国家地质公园、九龙山国家森林公园、国家4A级旅游区夜郎洞；有花江大峡谷、夜郎湖、斯拉河等省级风景名胜区；还有亚洲跨度第一、世界第六的坝陵河大桥。

途经的黄果树瀑布我曾去看过，徐霞客曾大赞："一溪悬岛，万练飞空，捣珠崩玉，飞沫反涌，所谓'珠帘钩不卷，匹练挂遥峰'俱不足以拟其壮也……盖余所见瀑布高峻者有之，从无此阔而大者。"古人以联道其妙："白水如棉，不用弓弹花自散；红霞似锦，何须梭织天生成。"距此不远的龙宫水溶洞长达15公里，洞内钟乳千姿百态，与北方溶洞相比则显细致精巧，与南方溶洞相比则显神秘奇特，有"地下漓江、天上石林"的赞誉。值得特别一提的当是安顺文庙，是明王朝为永镇边陲，"以怀柔而教化边夷之民"，实施"移风善俗，礼为本；敷训导民，教为先"的苦心，历代统治者武功用过之后，每每便托赖于文治，深知润物细无声的唯有文化，安顺人心，普定地方，得打小处着眼，往大处诱导，是个细活，得用慢功夫。

细想，安顺水土，普定草木，一样也是个细活，得用慢功夫。

安顺市近年来积极探索利用民间资本，推行大户流转土地、整合水土保持工程投资，参与美丽乡村建设，通过招投标引入公司或大户成立股份制合作社治理水土流失等形式，引起了水利部水保司的关注。2015年12月，长顺市的普定县、兴仁县还在全国研讨会上做了交流发言。水土流失恶化趋势得到有效遏制，但局部区域水土流失形势依然严峻。

七十五

战国至秦汉时期,这里属夜郎古国,史称"夜郎故地,杜鹃之乡"。《史记西南夷列传》记载:"西南夷君长什数,夜郎最大。""西南夷君长以百数,独夜郎、滇受王印。"滇王之印已在云南晋宁石寨山出土,可知司马迁所言不虚。

夜郎在当时的南夷各国中是最大的,所以只有夜郎王与滇王得到汉武帝颁发的王印。汉王朝的使臣们到达滇国,滇王尝羌曾炫耀地询问道:"汉孰与我大?"后来汉使到了夜郎,夜郎王多同也问了"汉孰与我大"的话。事后,夜郎自大也就成了人们用来讥讽妄自尊大者的一个典故。现在返过头细想,方知夜郎国的妄自尊大,并非夜郎国的专利,细察人类穷凶极恶弱肉强食的历史,当为人类之共生共病。妄自尊大穷兵黩武之技炫过之后,啖杀驴子的岂止是老虎,个中助虎杀驴的,还有自然规律。

曾几何时,过分的人定胜天导致安顺市普定县水土流失面积505.33平方公里,石漠化面积392.81平方公里。普定县位于贵州中部偏西,总面积1091平方公里,辖6镇5乡,总人口47万,人口密度居贵州省之首,其中,农业人口42万。普定县耕地总面积60.27万亩,坡耕地面积40.83万亩,大部分集中在环夜郎湖的周边地区,轻度以上水土流失面积505.41平方公里,占全县国土面积的46.35%;石漠化面积400.2平方公里,占全县国土面积的36.68%,是西南地区喀斯特石漠化最典型的县份之一。水土流失损坏耕地资源并造成大量泥沙、农药、化肥进入江河湖库,加剧洪涝灾害和面源污染,危及防洪和饮水安全。环夜郎湖是安顺市与普定县的饮用水源地,始建于1988年,1994年下闸蓄水,普定县城关镇陈家寨村梭筛组,80%以上良田被水库淹没,20%剩余土地均是石漠化严重的极贫瘠荒山。梭筛组的村民为了讨生计,不得不走上了赴京上访的艰难之路,成为普定县一个最典型的生态难民上访村。

未来多资源战争,多生态灾难,今日已现端倪。

"梭筛组那时的石漠化达到90%以上,石头窝窝点苞谷,百姓穷到骨头里了。说是天天有人哭穷,年年有人上访,丝毫不夸张。"普定县水利局局长董华说。我问:"难道县里不管?""怎么会不管呢?县委县政府的领导着急上火的,可是也没有什么好办法,县财政也没有几个钱,何况光靠安抚发点救济钱,能顶一时,顶不了一世,也不是办法,村民今天有吃有喝,不去上访,明天没钱了,就又纠合在一起去上访,你怎么管也管不赢啊!"

"那怎么办呢?"我再问。"穷是穷在水土上了,要彻底解决问题,还得要从治理水土着手!"董华局长脸上有云烟冉冉飘过。他说:"当时我们水土保持人也想不出什么更好的办法,只能是想法去做一些水保工程。农民最了解他们的土地,我们的农民是世界上最勤劳的农民,只要有一分奈何,他们是不会低声下气去上访的。解决农民的问题还得依靠农民。他们也在找出路,想办法。这里还有一个小故事,梭筛组一个农民出去打工,帮人家种桃子,学了一些技术回来,就尝试着在自己的石漠化的土地上种桃子。他在石头缝隙里填上土,以毛桃为本嫁接优良品种的桃子,具体嫁接的是什么品种,我也不太清楚。结果种在石头上的桃子格外地好吃,供不应求。一传十,十传百,村民们纷纷去学技术。我们也觉得这是个大好事,全力以赴扶持。你再看如今的梭筛组,已经大不一样,石头开花,岩上结果,种在石头上的桃子年年大丰收,还没采摘就有人预订,家家都成了几万元户……"

遗憾是我们来时,果实已采摘完毕,只剩满山葱绿。

"要是你们在春天来,满山的桃花盛开,城里人都会跑来看桃花,跟过节似的。"董华局长有些遗憾,也很有成就感,"上次你们水利部来了几个人,有一位女同志,在这里恋恋不舍地,怎么也不想离开……哈哈,也难怪她,人人都流连忘返,那桃花开的,真叫一个好看,古人怎么说来着?有一句话是艳如桃李,对了,那真叫一个艳,这个艳字用得好!"

董华局长带我们爬上山,低下头,钻进在风中摇曳着满树枝叶的桃林。桃林里光线很幽暗，随处可见落地的桃子，有些似乎还很新鲜，可是触摸之下，却化为一包脓水。空气中弥漫着一股酸甜的气息，让人想到泥土与雨水的交媾欢娱，腐殖质和负氧离子的缠绵悱恻。然而比比皆是的卧牛石却在时刻提醒你，这里的每一片绿叶每一寸泥土，都有着金子般的价值和金子般的品格。千百年来，人类从这里轻率地掠夺去的绿色，如今是以百倍的代价还回来的。

"每一株树都是种在石头缝隙里的，"董华局长戳点着脚下嶙峋的怪石，遥指低低远远的河谷，无限感叹地说，"这些石头缝隙里的土，都是村民们一筐一筐从水库和河谷里背上山来的。就好比种花一样，石头的花盆里，要填满了土，每只花盆只能种一株桃树……"

无须多问，我知道这是一种还原，河谷里的土，原本是在山上的，只是不幸地被人为破坏流失到河谷去了，如今这些背井离乡的泥土回归原处，不知是否像人类一样悲喜交集？

相关资料这样描述：自1996年，在县委、县政府的引导和帮扶下，普定县城关镇陈家寨村梭筛组大力发展梭筛桃种植。截至2012年，种植面积达5000余亩。桃树种植了，但浇灌、花期果期打药用水却成了梭筛老百姓遇到的大问题，为了桃树浇灌和花期果期打药用水，梭筛的村民平均每户人家至少要配备一台高扬程的水泵，每年每亩桃树至少要抽三次水，每次抽水电费、人工费至少要花300元。年均梭筛组每亩桃树至少要花1000元抽水浇灌和打药的费用。2012年，在水利部、省、市水利部门关心下，普定县被列为坡耕地水土流失综合治理试点县，连续实施4年坡耕地水土流失综合治理工程，总投资5000万元，治理坡耕地水土流失面积16750亩，涉及4个乡镇14个行政村24431人。梭筛组也受益投资730多万元，新建机耕地道3300米，树盘8625个，蓄水池173座，保证了5000余亩桃树浇灌和打药用水，每亩地还降低约1000元生产成本。现在，种植梭筛桃已成为当地老百姓主要产业和主要经济支柱，收入从几万元增加到十几万元。2013年工程区发展花卉、有机蔬菜种植，实现年经济效益1580万元，吸引35人回乡创业，辐射工程区5个村的发展；2014年陇财工程区发展紫王葡萄、莲藕，下大坝发展桃李等产业，年经济效益在2000万元。通过坡改梯、机耕道、蓄水池、沉沙池、引水管渠等工程措施，每年节省劳动力18000个。2015年陇黑工程区、梭筛工程区、大坝工程区连成一片，为发展万亩梭筛桃产业奠定了良好基础。

似乎桃树是有灵性的，竟然在桃林深处，笑歪了满满一枝。

足足有十几颗桃子，嫣红起娇滴滴的嘴巴，沉甸甸地等着我们。大喜过望的董华局长忙让局里的后生去摘，拿惯了相机的小伙，有一张灵巧的大手，一个巴掌竟然能握住六七个桃子，拿去洗来，给每人发了一个尝鲜。我自然也分得一个，来不及细看，就先咬了一口，由不得人不赞。经过嫁接改造的以村寨名命名的梭筛桃，肉厚核小，果肉其红如血，其甜如蜜，酥而不水，一口咬下去，不见汁水溅起，只有果肉层层崩裂，如同千层甜饼，酥脆软糯兼而有之，咀嚼之下，大自然赋予人类的味蕾竟然被全部打开，让你充分感觉，个中大妙。

"如今寨子里已无上访之民，村民辛苦忙碌已没有时间上访，也没有人外出打工，因为打工没有种桃来钱。"董华局长的话让我感慨系之。窃自思之，往古今来，安顺之民，不在堵而在疏，普定之功，不在打压而在扶持。安顺普定的根本，不在金山银山，而在绿水青山，绿水青山托赖水土保持之功，堪可大赞，过后调寄《瑶台醉八仙》平水韵，赞之曰："驴虎之嫌，渐行远、安顺古往高瞻。夜郎湖吟，花发普定香拈。漠漠梭筛春正深，嫣红笑罢血桃甜。日炎炎。大山十万，风雨千帘。刀耕已羞火种，让树生石缝，果结岩尖。扮艳乡村，光景永久清恬。武陵源自水土，喀斯特、能崛勇嶙廉。黔之贵、勿以金银败，把绿常添。"

个中之妙，是人文生态与自然生态，相得益彰。

七十六

> 生态底线如黔老虎,发展则似一头外来驴子,急功近利好像食物,挡不住诱惑,仅仅一点食物,便足以改观黔老虎与外来驴子的优劣对比,如太极中的四两拨千斤,这是物理与聪明的较量。更玄妙的则是,牵一发动全身地上升到哲学与自然高度的短视与远见的博弈。

走来贵州不能不谈到黔驴技穷的故事,柳宗元讲的这个故事原文是这样的:

> 黔无驴,有好事者船载以入。至则无可用,放之山下。虎见之,庞然大物也,以为神,蔽林间窥之。稍出近之,憖憖然,莫相知。他日,驴一鸣,虎大骇,远遁;以为且噬己也,甚恐。然往来视之,觉无异能者;益习其声,又近出前后,终不敢搏。稍近,益狎,荡倚冲冒。驴不胜怒,蹄之。虎因喜,计之曰:"技止此耳!"因跳踉大㘎,断其喉,尽其肉,乃去。
>
> 噫!形之庞也,类有德;声之宏也,类有能。向不出其技,虎虽猛,疑畏,卒不敢取,今若是焉,悲夫!

十万大山土生土长的黔之虎,无疑是本土最权威也最强大的势力,占尽天时地利还爪尖齿锐。外来驴子挺着一个草料肚子被运到黔老虎的领地,被吃掉的命运早已经注定。弱肉强食从来都是自然界的合法主张,也说不上什么对错。只是好事者绝不会想到,有一天事情会完全反过来。这一回外来的驴子为老虎驮来了丰富可口的食物,老虎不胜愉快地接纳了这些很会讨自己欢心的驴子,并扶持和发展壮大外来驴子的队伍,以便能享用驴子带来的源源不断的食物。这样一来使驴子很快就成了气候。当黔老虎发现情形有些不妙时,外来的驴子已经主宰了十万大山。这回不再是黔之虎吃掉外来的驴子,而是外来的驴子要吃掉黔之虎了。

这是"蝴蝶效应"的功用。

我在一篇文章中曾这样写道:北欧一只蝴蝶在花丛中轻轻振动了一下翅膀,却引发了一场南太平洋的风暴。美国这里刚打喷嚏,伊拉克那边已经感冒。早上在北京喝豆浆,中午在纽约吃汉堡,晚上到非洲看落日,已经成为一种可能。彼省采煤透水,涌出的竟是热水,而邻省一个暖泉突然漏得一滴不剩。这就是蝴蝶效应。人的自然属性和社会属性如蝶之两翼,经济建设和发展离不开自然资源和生态环境的支撑,每一下经济翅膀的振动都可能引发一连串的反应。科学技术是人类智慧的产物,适当运用可造福人类,无度滥用则会重创自然,受害的最终还是人类自己。环境污染比战争更可怕。今非昔比,平型关战役打响以后,战士们渴了可以随便捉一把雪或是掬一捧水解渴,现在谁还敢喝河沟里的水、吃山坡上的雪?未来战争光是解决洁净的饮用水便是一个恼人的问题,还打什么仗?

有趣的是,美国对环境污染的警觉不是来自政治家,而是来自一本名为《寂静的春天》的小书,这种作家的社会效用在美国有史可鉴,林肯曾经称赞《汤姆叔叔的小屋》是"一本小书引了一场战争"。《寂静的春天》在美国引起一场轰轰烈烈的工业革命,这场革命以另一种形式体现出它了不起的成功,我问一位朋友为什么要留在美国?他说,因为美国的天空很蓝!天很蓝,水很清,地很绿的感觉,与中国人已经久违。生态环境良好是人类生存的基础,生命健康加好心情是最大的生产力和生产关系,它的产品是可持续发展。

《寂静的春天》所带来的恐怖,是因过量施用杀虫剂,而导致虫鸣鸟语的消失。同样原因带来的后续恐怖如今已演化为动植物的变异,锄草剂杀不死杂草,灭害灵灭不了害虫,英国频现巨型变异老鼠,其大如猫可以把老鼠药当补药吃,引起民众恐慌。专家说这些基因突变的老鼠根本不怕灭鼠药。很多人晚上不敢独自出门,想想走着走着突然旁边冒出来一只比猫还大的老鼠,的确挺可怕的。进一步的激增也是有可能的。如果任其发展,可能会对公众健康造成严重危害。除了英国，瑞典和爱尔兰也有恼人的大老鼠问题，它们藏身在天花板和垃圾桶，吓坏了不少民众。类似事件全世界每天都有发生，原因何在呢？细细追究，还是个水土问题。化肥农药对土壤和水源的毒害不仅会引起动植物基因的变异，还会引起更多基因变异也包括人类基因的变异。

这一切都是在寂静中开始发生的。

联合国统计资料称：每年都有如奥地利国土面积大小的热带雨林遭到破坏，1990—1995年的6年间全世界有6.51108平方公里的森林遭到破坏，全世界已有1/4的陆地面积受到荒漠化威胁，全世界12%的哺乳动物和11%的鸟类濒临灭绝……科学已经表明，未受破坏的热带雨林、西伯利亚森林和世界许多保护林区的土壤中含有大量的碳，这些碳来自落叶、残枝和深埋在地下的根茎，它们可以被固化在土壤颗粒中长达1000年或更久。当这类森林遭到砍伐时，树根腐烂，土壤被破坏，排放出了二氧化碳。新种植的树木创建这样一个地下储存库需要几个世纪的时间。只要能在空置的土地上种植新的树木，就是一件好事，但还必须要注重对原有森林的保护。我们的森林政策要避免原始林被种植林所替代的另一个原因是，集中我们的努力和资源，既保护森林，又植树造林。

天然森林是绿色水库，一万亩森林的蓄水能力相当于一个蓄水量100万立方的水库。

宇宙是一株大树，地球只是一片绿叶，人类不过是这片绿叶上的寄生者，一叶而知秋，每一个寄生者的作为都会对这片绿叶产生影响，当绿叶发黄变质，凋零的命运就离人类不远了。也可以说，宇宙是一个花园，地球是一只蝴蝶，地球如何飞翔和振动翅膀，对宇宙也会产生深远的影响。以人类智慧保护水土、生态、环境、资源，而不是急功近利，盲目发展，是当下唯一可以与地球一同变老的智慧的行为方式，舍此恐无他途。

从黄果树瀑布向西，有群山与320国道线并行。

山脉形似屏峰，迤逦如长城，高峻巍峨。我问这是一座什么山？他们告诉我，这就是闻名遐迩的关索岭。相传蜀汉丞相诸葛亮南征，将军关索曾屯兵于此，关索岭因此得名。徐霞客于明崇祯十一年四月二十四徒步翻越关索岭，在其游记中写道："又西上岭，逾而西，又一里，乃迤逦西南下，甚深。始望见西界遥峰，自北而南，屏立如障，与此东界为夹，互相颉颃；中有溪流，亦自北而南，下嵌壑底……越桥，即西向拾级上，其上甚峻。"

清人有咏之曰："无数峰峦足底看，摩空日月走双丸。南征自是开山手，万古风云护将坛。""开际穹隆不可登，将军昔日竟飞腾。渡关不效鸡鸣辈，赢得平蛮绩可称。"岭上古驿道东起灞陵桥西止县城枣园路口，全长约5千米。相传这条古驿道的最初开辟者是关索。《徐霞客游记》记载："索为关公子，随蜀相诸葛亮南征，开辟蛮道至此。"关索在此修了一条毛路，成为驿道的雏形。正式开辟为通滇驿道，是在元末明初。当年此山遍布荆棘，是草木与野物的领地，随着人类染指与传奇诞生，草木与野物，多已背井离乡，关索之所索，文荣蛮衰，顾此失彼，与真正的"先天下之忧而忧"反而相悖，这里也有惨烈的自然辩证。

关岭布依族苗族自治县因关索岭得名。关岭布依族苗族自治县有汉族、彝族、白族、傣族、壮族、苗族、回族、傈僳族、拉祜族、佤族、纳西族、瑶族、藏族、景颇族、布朗族、布依族、阿昌族、哈尼族、锡伯族、普米族、蒙古族、怒族共22个民族分布。境内气候呈立体状，跨越南温带、北亚热带、中亚热带，主要以中亚热带季风湿润气候为主，四季分明，热量充足，水热同季。境内12.5%的低热河谷地区有"天然温室"之称。累计年平均气温为16.2℃，年平均最高气温为16.9℃，最低气温15.4℃，雨量充沛，年降水量1205.1~1656.8毫米。

七十七

前往关岭时,盘旋而上,山山相衔,峡峡互连,云遮雾绕,车在云里雾里奔驰。到山顶之后,又盘旋而下,将缕缕云彩留在身后。故口占五绝诗赞之曰:"山深林自乐,峡大水生豪。云瘦愁天半,风肥怨雨薄。花江羞掩面,关索悔飘刀。草木常涂炭,光岩百丈高。"

去关岭县板贵乡途中,峰回路转,大山连绵,岭峦叠嶂,莽莽苍苍,属于典型的石漠化山区,生存环境恶劣。花江大峡谷距花江镇3千米,距黄果树风景区40千米,正在申报国家级风景名胜区。该峡谷深切千米,长约80千米,宽3千米,总面积约300平方千米。峡谷两岸山崖耸峙如犬牙交错,谷底飘带般奔腾的花江河,汹涌翻腾,吼声如雷。万寻绝壁之上,藤蔓攀附,古木丛生,尽显人类未曾染指处的自然雄风。史载花江河流域即为古夜郎国中心地带。浊浪滔滔乱石横生的花江河,便是《西游记》"八百流沙界,七千弱水深,鹅毛飘不起,芦花定底沉"的流沙河。安顺水保科科长李鸣说,唐僧收服沙和尚就在此处拍摄。

天地造化,机心用尽,各臻其妙,绝无偏私。不往远处说,只说三国时,关索岭是否葱郁?花江是否清澈?花江大峡谷是否还没有石漠化?不得而知。但按照常情,似乎是有很大区别的。逃不去"山大林自密,峡深云必浓"八个字。到山脚下,停车之后,便见关岭县水利局副局长陈中跃和水保站陈孝军等人已经在那里等候多时。

他们带着我们又往山坡上爬了半天,便见一片葱绿扶桩而立,棱棱瓣瓣,青铜时代也似,类似于开花结果的仙人掌,茎干如巨尺,花萼粗大而长,却蜷缩着身体不肯舒展。

李鸣解释说:"它们夜里才会舒展花朵,白天睡觉,像昙花。你们认得出这是什么植物吗?"贵州水利厅宣传科科长李正兵抢着解说道:

"这是他们在石漠化土地上种植的一万多亩火龙果。"关岭县水利局副局长陈中跃不慌不忙,操着浓浓的贵州口音说起了普通话:"我们这里的这个火龙果品种是最优良的,市场上白心的多,我们这个是红心,市场上八元钱一斤,农民最多的有十几亩地,亩产百斤以上,你看得挣多少钱?过去穷得一年吃不上一餐白米饭,生病才舍得吃一顿,把白米饭当药吃?现在个别的还有。所以治理石漠化水土流失一定要和帮助农民脱贫致富联系起来搞。还有,过去我们总是说,要想富,多种树,种树也要因地制宜,不能乱种。"末了还来了一句,"不然就恼火了!"

为什么恼火?他没说。

我拍了一些照片,发上网去,有朋友认出此火龙果的品种名为:量天尺。策火龙以量天,很有意味。因之有感而填《画堂春》平水韵之日:"量天尺出属仙人,青铜锈起钩鳞。昙花一谢角皮皴,虬已逡巡。土瘦蛮荒石漠,水肥绿驻岩驯。火龙十万发清呻,山又氤氲。"

问起究竟,陈中跃娓娓而谈:"过去这里是白花花一片,种苞谷也长不好,收不了几穗穗。被认为不适宜人类居住,一度计划生态移民,但因费用太高,没有移成。那时候这里根本就找不到一棵半人高的树,农民苦,有一首山歌这样唱:'有女莫嫁火炉箐,要想吃米等生病。等到花江买米来,人已死得冰梆硬。'就是这样,生了病才能吃一餐白米饭,平时根本舍不得,临死也吃不上白米饭的也大有人在。往年间是年年种树,可年年也不得活,要是把年年种的树加在一起,都能堆满花江大峡谷了。说起来,还是群众有办法,他们不种树,开始种花椒和砂仁,先是零零星星的,发现长势不错,市场也不错。我们发现这两样植物都具有耐旱习性,适宜在石漠化严重的石山区生长,而且属于多年生的木本植物,有保持水土功能,就大力鼓励群众种植。当地政府还提出建设万亩香料基地的目标,这样一来,很快花椒种植面积就达到11000多亩,砂仁种植面积达到5000多亩,年产值2000多万元,年收入5000元以上的1000多户,年收入上万元的300多户。中央电视台、贵州电视台、《贵州日报》都给予了高度评价,昔日光秃秃的石漠王国变成了绿色银行。可以说是生态效益与经济效益双赢。这个火龙果是继花椒、砂仁之后的又一个尝试，现在已经成为我们县的又一个支柱产业。还打算要种能生产生物柴油的麻风树、甘蔗等，以生物多样化来改造石漠化！"

"家住火炉菁的一个姓韩的农民，他在石头缝里种上了100多亩花椒，在坡改梯地里种上枇杷、火龙果，2009年干花椒收了有五六百斤，每斤可卖40元，火龙果人家到地头来收，他卖得便宜，也要一斤5元钱，拿到市场上自己卖，一斤8元钱，去年还去北京旅游了一趟呢，这在过去根本是不可能的！"陈中跃舒眉展眼地笑。李鸣插话说："我们安顺市全市饮用水源保护区、风景名胜区、森林公园等各类保护区的面积已经达到1207平方公里，约占全市国土面积的13%，高于全省及全国平均的水平。全市森林覆盖率达到36%，城市绿化率达30%，环境空气质量均达到国家环境空气质量二级标准，空气质量百分之一百达标。现在正在进行创中华人民共和国成立国家卫生城市、国家文明城市、国家环保模范城市的'三创'活动。"

"贵州的植被往后会更好！"陈中跃很有把握地说。我望着他等他说下去。陈中跃狡黠地笑道，"往年间我们一直在治理，可为什么就是治不好？是因为，这边在治理，那边在破坏，是恶性循环，治不赢。现在是良性的。这和社会、市场、政策分不开。村里的年轻人都进城打工，有好多人在城里安了家，村村都成了空壳村，人少了土地的压力就小，再加贵州这地头气候好，只要你不乱垦乱种乱折腾，只要有点土，撂荒几年，草木就能疯长起来。村里剩下的老弱病残会年年自然减员，人越来越少，植被也会越来越好，你说对不对？"

"治理也不是万能的！"过后在贵州省水利厅见到了水土保持处的杨处长，他也持同样看法，"贵州就是个适宜草木生长的土石山区，非要砍去草木种粮食，石头窝窝点苞谷，打不了几颗粮，广种薄收，结果，树子没了，粮食也没了，越垦越穷。过去多一个人就要向土地多要一份口粮，现在年轻人都分流了，土地都闲置了，贵州气候好，自然修复能力很强，稍微有一点生长条件，植被恢复起来很快。治理只是一方面，主要还是政策好！"

杨处长说："宜树则树，且粮则粮，全国各地应该有所分工！"

七十八

下午去采访石漠化治理。万亩石漠化核桃林颇为壮观，远远望去苍翠葱绿一片，与一座座挨肩接踵比邻而居的大山融为一色。走进去，蹲下来，透过叶隙细看，却见怪石裂突，牙岩犬獠，一片嵯岈嶙峋之状，核桃树便生长在这些齿岩裂石之间，也真难为它们了。

  6月30日中午，抵达黔南州。这是个布依族苗族自治州，州府设在都匀市。辖区内的长顺县也是个多民族的聚居县，境内有汉族、布依族、苗族等20个民族。苗岭分水岭横亘于县的北部，地势呈北高南低，地貌类型北部为丘原区，西部为丘陵区，中南部为岩溶中低山，东部为峰丛谷地，河流分属长江、珠江两大水系。耕地面积3.87万公顷，水田占33.8%，万亩以上的坝子2个，千亩以上的坝子29个，500亩以上的田坝占稻田的52.4%。林地面积3.65万公顷，森林覆盖率27.2%。草场资源1.92万公顷，其中成片草场0.39万公顷。待开发的非耕地资源1.28万公顷。农业以种植油菜为主，是黔中地区"粮仓"之一。总人口约为25.71万，少数民族人口占56%。战国至秦汉时期属夜郎古国，自古被称为"夜郎故地，杜鹃之乡"。

  中午便饭时，文质彬彬的李副县长谈到2008年启动实施的石漠化治理，种核桃的过程中也有辛酸，差点要爆粗口："说好必须是嫁接过的核桃苗木，3年就可以挂果，可是苗木商却骗了我们，只有少部分是嫁接过的，多一半是没有嫁接过的，10年才能挂果……我才调来一年多，具体情况让以前的分管县长现在的县人大常委会副主任唐庆华晚上给你讲。"这时便来了一个电话，李副县长抱了个歉匆匆离开，去参加贵州一位副省长主持召开的防汛会议。

  果真如李副县长所说，少数核桃已结出青色果实，而更多树种却还在妊娠阶段，有的甚至还待字闺中，由不住恼火和嗟叹。让人欣慰的是林下还有一只只精气神俱足的溜达鸡,县水利局的同志介绍说:"这些鸡下的是绿壳蛋,富含卵磷脂,一个蛋市场上要5块钱呢!"

我留心观察,见那些生绿壳鸡蛋的长顺鸡,三三两两,成群结队,在村头、路畔、林间、地头,自由自在出没,个头也不算大,却赳赳有健美之气象,大约是因为放养在山间林下运动量大的缘故吧?啄草籽、吃虫子、餐风饮露、吸日月之精华,难怪会下那么贵的蛋。

长顺鸡是中国稀有的珍禽品种。长顺绿壳蛋鸡是在贵州特定自然生态环境下,经长期自然选择和人工选择而形成的一种鸡,具有耐粗饲、抗病力强、觅食能力强等特点。早在20世纪60年代,在鼓扬镇马场村、岩腊村、纪堵村一带,人们就发现有产绿壳蛋鸡的鸡群,而且有用这种鸡蛋治伤风感冒的民间习俗,绿壳蛋鸡因此而备受保护,长期得以繁衍。按照农村习俗走亲送礼、移民搬迁,绿壳蛋、绿壳蛋鸡也当成礼品随之在异地扎根发展。20世纪80年代一场鸡瘟使农户饲养的鸡几乎灭绝,只有少数残存于偏远乡村。20世纪90年代引起畜牧部门重视,对绿壳蛋鸡进行了保种选育和申报,采用提纯复壮选育的扩繁方式培育了麻羽、灰羽、黑羽乌骨绿壳蛋鸡2万多只。细察,这种鸡的喙、胫、趾多为黑色。体形紧凑,羽毛紧密,背部平直,皮肤为白色或黑色。公鸡多单冠直立,髯大而呈鲜红色。颈羽、鞍羽赤红,背羽、腹羽红黑相间,主翼羽、尾羽墨绿而有光泽。母鸡羽色以黄麻色居多,有少量黑麻羽和白羽。雏鸡绒毛以黄麻色居多,少数为黑色、淡黄色,背有条状黑色绒毛带。

晚上吃饭时又谈到即将到来的强降雨,这时已经有山雨欲来风满楼的感觉。特地跑来看望凌峰的水保015赵院处长,下来挂职已经有一年多,他说,本次强降雨全省总动员启动三级防汛预案,汛情如战情,上上下下都动员起来了,可以说是高度重视。然后,大家还在一起讨论了半天石漠化地区如果遇到这种强降雨会发生什么?不同情况应该如何应对?等等。

没想到的是,千算万算,还是喝了老天爷的洗脚水。

翌日返回途中得知,7月1日凌晨5时30分左右,持续强降雨导致贵州大方县理化乡偏坡村金星组发生山体滑坡。经初步核实,山体滑坡致使11户30人被掩埋。

悲夫！虽然庆幸没有发生在长顺县境内，但一样让人痛心疾首。大方县属贵州省毕节市所辖，位于贵州省西北部，居住着汉、彝、苗、白、仡佬等23个民族，境内矿产资源丰富。境内毕节飞雄机场以客流量大居贵州第三，目前在建百里杜鹃花海城通用机场一座，成贵高铁在县城设站，是黔西北的重要交通枢纽和物资集散中心，被誉为黔西北的"旱码头"。

历史记载，大方县古为梁州南域荒地，商属鬼方。蜀汉诸葛亮相助南征有功，两晋、南朝、隋、唐、宋各代，其后代均纳土袭爵。元至元十五年，罗氏鬼主阿窄纳土内附，设罗氏鬼国安抚使。明洪武年间奢香夫人审时度势，为维护明朝的统一曾支持明军入滇。明天启二年安邦彦挟持安位反明，历经八年，兵败后安位请降。崇祯八年镇将方国安建大方城。

大方县境内，西北部中山丘陵区、东北部中山缓坡谷地和丘陵洼地区、中西部高中山切割和缓坡丘陵谷区、东南部低中山浅切割谷区。河流纵横交错，年平均水资源总量41.79亿立方米，地表水径流量16.39亿立方米，地下水储量25.4亿立方米。河流多以南北向为主，河道迂回曲折，上游开阔，水流平缓，中下游急剧下切，多跌水，陡滩，天然落差大，水量大，水力资源丰富。低纬度高海拔，亚热带湿润季风气候，植被为亚热带常绿阔叶林带。由于乱砍滥伐，1987年全县植被覆盖率仅为10.36%，经过后20多年植树造林、退耕还林、封山育林、长江中上水土流失工程治理等工程措施，到2008年县境林地面积1043.23平方公里，森林覆盖率为29.82%，加上灌丛林等，全县森林植被覆盖率达33.67%。

但似乎，积重难返，百密一疏，在这样的土石山区，单纯的生物措施似乎远远不够，还需要水土保持的工程措施跟上。事实屡次证明，本书前边所写到的类似泥石流、滑坡、塌方等灾难，多发生于类似大方县这样山高坡陡的土石山区，在这样的地方，水土保持所常用的两大手段，往往缺一不可。这也更加彰显了水土保持的重要性与必要性。

早在2013年5月，习近平总书记在中央政治局第六次集体学习时指出，只有实行最严格的制度、最严密的法治，才能为生态文明建设提供可靠保障。要建立责任追究制度，对那些不顾生态环境盲目决策、造成严重后果的人，必须追究其责任，而且应该终身追究。

需要永远铭记，生命是何等脆弱，自然是何等强梁，敬畏自然就是敬畏生命，尊重自然就是尊重生命。故七律平水诗曰：

六月都匀风雨稠，青山绿水照人眸。
核桃树帅嶙峋卒，壳绿鸡皇长顺侯。
夜雨尚忧岩漠化，昼晴还泣泥石流。
方知积怨由来久，水土知恩也记仇。

七十九

> "敕勒川,阴山下,天似穹庐,笼盖四野。天苍苍,野茫茫,风吹草低见牛羊。"山阴县位于山之阴,曾几何时草泽遍布、牧草肥美、牛羊成群,冷兵器时代为秣马厉兵之地。奈何在现代文明的覆巢之下,已无完卵。

山阴县位于山西北部,属朔州市管辖。东邻应县,南毗代县,西交朔城、平鲁二区,北与左云、右玉、怀仁接壤。全县辖4镇10乡,总面积1657平方千米,总人口22万人。年均气温7℃左右。山阴县自然资源较为丰富,以煤炭为主,是产煤大县。早在新石器时代就有先民在这块土地上繁衍生息,系仰韶文化分布区。春秋时期为北狄所居,战国时期为赵雁门郡楼烦县属地,秦属雁门郡。金大定七年始名山阴,意谓地处复宿山之北。

这里是丁玲所著长篇小说《太阳照在桑干河上》的故事发生地。桑干河源起于左云县的元子河与发源于管涔山的恢河合流的地方。每年桑葚成熟时,河水每每会干涸,故得名桑干河。桑干河在过去的丰水期能流过朔县、山阴、应县、怀仁等地进入河北省,晋境流域的面积约有17142平方公里。只是后来桑干河的桑字被人类这把杀牛刀宰杀得差不多,蹉跎岁月在人类不经意间,便轻抛浪掷了大自然给人类的慷慨馈赠。如今似乎已经万法归宗,一年中有很多日子,只剩下太阳照在一条季节性的干河道上,纵使有一脉流动,也黯淡得让人叹息。

近年来,水资源的匮乏已经成为世界性的危机,并非中国所独有。

2013年1月14日,亚洲开发银行和清华大学发布了一份名为《迈向环境可持续的未来——中华人民共和国国家环境分析》报告,报告说,水资源是人类赖以生存和发展的必不可缺的条件。中国是以河川径流为主要水资源的国家,其水量约为2638立方千米,列世界第6位,但人均水量只占第86位。水资源并不丰富,时空分布不均匀。必须采取节流与开源的办法。节流就是节约用水,合理用水,保护和防止水污染。开源即充分利用各种水资源,积极开展海水淡化,合理利用污水灌溉等。由于缺乏有效的水利工程措施,大量的降雨很快就流入海洋之中。由此可见,尽管地球上的水是取之不尽的,但适合饮用的淡水资源却十分有限。

全球气温在过去300年上升超过了0.7℃,20世纪气温增加了0.5℃。降雨量减少导致河流干涸、土地荒漠化,人为不合理经济活动,如过度垦殖,使得原来并非荒漠的地区也出现了类似荒漠景观的土地退化过程。土地荒漠化是人类目前所面临的最重大的生态危机。根据联合国环境署的资料,全球受到荒漠和土地荒漠化影响的地区约有32亿多公顷,约占全球陆地面积的1/4;其中55%分布在非洲,35%分布在亚洲,并以每年600万公顷的速度增长。预计到下世纪初全球将要损失的土地相当于现有耕地的1/3。中国是世界上荒漠及荒漠化土地分布较广的国家,已经荒漠化的土地面积17.6万平方公里,另有潜在荒漠化危险的土地面积15.8万平方公里。据中科院兰州沙漠研究所的资料,我国50~70年代,土地荒漠化速度为每年增加1560平方公里;从70~80年代,其速度已为每年增加2100平方公里;目前则扩展至每年2460平方公里。速度之快令人震惊。目前,我国约有6000万亩农田处在荒漠化威胁之中。虽然有些局部地区的土地荒漠化得到有效的遏制或改善,但从总体上看,我国土地荒漠化仍在加速扩展和蔓延。若将其与沙漠和戈壁合计,则有153.3万平方公里,几乎占全国土地面积的16%。这些恶果已经对我国农业生产形成了严重的威胁。

山阴县境内水资源总量为15282万立方米,其中地表水资源8485万立方米,地下水资源6800万立方米。境内河流有桑干河、黄水河、木瓜河三条,属海河流域、永定河系。有大小泉水53处,流量0.01立方米每秒以上的8处。境内山地、丘陵、平原并存,最高点为洪涛山主峰大贝山,海拔1947.5米;最低处为合盛堡乡北郭村,海拔1003米。气候属于半干旱大陆性季风气候,光热条件相对较好,历年平均日照时数达2830.4小时,历年平均气温6.9℃,年均降水量384.7毫米,相比南方县市可以说是相当的少。无霜期147天。耕地面积80.6万亩,其中基本农田76.2万亩、林地60余万亩、牧草地6万余亩；尚有59.18万亩荒山、荒沟、荒坡和70多万亩盐碱荒滩待开发利用。

毋庸讳言，山阴县是个名副其实的水资源匮乏县。

2013年一则消息佐证了这种匮乏，消息说县委书记侯元和县长南志中先后到吴马营乡西短川村、玉井镇玉井村、下喇叭乡口子梁村和罗庄村察看机井工程建设情况，目的便是解决人畜吃水问题。那年山阴县投资打深井13眼，解决了25个饮水不安全村、6个存在饮水安全隐患的村、1所中学和1座煤矿的人畜饮水困难，涉及总人口15485人、大牲畜812头。还利用村庄周边的小泉小水解决了下喇叭乡上喇叭村、吴马营乡黄草梁村的饮水不安全问题，涉及总人口681人、大牲畜67头。新建旱井解决了吴马营乡东短川村、屯港村、南屯村、包家岭村，下喇叭乡榆树洼村、柳沟村、吴儿城村的饮水不安全问题，涉及总人口3020人、大牲畜402头。这里的要点是打的都是深井水，浅表地层多半是打不出水来的。

有篇《千疮百孔的中国农村》说，我们在农村调研发现买水喝的农民越来越多。有条件的家庭花钱打深水井，打井变成一个产业。大量使用化肥，一亩地三四百斤化肥，两三斤农药，污染的比例高达70%～90%。地膜造成土壤污染和土地肥力的严重下降，土地肥力下降又带动了农药化肥产业兴旺。平邑县卞桥镇石桥、南安靖、卞桥、西荆埠、黄埔庄等几个村子暴发了一种钻心虫，专门啃食玉米芯，农民每年都要向地里打四五次农药。农田充满了杀机，人虫大战，胜者似乎是害虫而不是人类，医院里癌症病人越来越多。有些害虫泡在农药原液里也毒不死，进化出一层隔离液态的蜡质毛。有些虫害是农药商和农药贩子人为制造出来吓唬农民的，他们不关心农民是否治住了害虫，只关心农药销售量。许多河流变成了臭水沟，在没有自来水的年代，无论是地表水还是地面水都能喝，不需要进行水处理。现在连水源地的水都需要进行各种水处理措施。过去河里有很多鱼、鸟、虫，现在没有了。这个过程大约发生在1982年前后，首先是分了集体林，将多样化的当地森林卖掉分掉，然后种植上清一色的杨树。河里的沙子被挖走，制成混凝土撑起一座座城市。沿河建各种养殖场、屠宰场，废水基本没有经过处理就进入了河流。三四十年代乡村很少垃圾。动物和人的排泄物农民收集起来作为肥料。如今少见了。严重增多的是各种垃圾。大量地膜残留物，食物都是用塑料包装的，即使香烟，外面也有一层膜。1976年1月周恩来总理逝世，村民们悲痛之余，互相打听，癌症是什么样的病，那么厉害，连国家都治不好。许多村民都是从那时才知道癌症这个名词，可现在得癌症已经不是稀罕事。

这篇给我留下印象的文章的作者名叫蒋高明，中国科学院植物研究所研究员、博士生导师、中国科学院大学教授、《植物生态学报》副主编、联合国大学咨询专家。他文中谈到的环境恶化，最直接的受害者首先是水土，然后是在水土上安身立命的人。这不是一件可以轻描淡写的事情，没有水土就不会有树木、不会产生空气、也不会有万类万物，自然也不会有人类和世界，水土如同空气一样，是人类生存的最基本的生命要素，须臾不可或离，但因为水土的性质恰如习近平总书记所说，是"用之不觉，失之难存"的，不是水土"难存"，而是人类失去生存条件，难以生存。

土是水的载体，水是土的灵魂，二者相加，便是生命。

八十

据专家估计，到21世纪30年代，中国人口将达到16亿人，人均耕地会下降到0.7亩，在有限的耕地上生产更多的农产品，饲养更多的畜禽，没有一个好的水土，就不会有一个好的农业生态环境，也必将会影响到中国的可持续发展。

"让我最难过的就是连人畜都吃不上一口安全的水！"上次山西省作协采风，我和南志中见面时，说起农村吃水，他十分感慨，给我讲了一个他自己亲身经历的小故事。"早些年我来山阴挂职，印象最深的就是帮助一个村里解决吃水问题。我领着人没日没夜地干，天寒地冻，冷得不行，就裹了件军大衣在个冻土坑里猫起，想着无论如何也得歇一下乏。刚迷糊着就被个老汉摇醒，说睡不得，会冻坏的！我一看，是个不认识的老汉，白胡子上挂着霜，鼻尖还淌着几滴清鼻涕，破旧的棉袄。他小心翼翼地从怀里掏出几个东西，哆哆嗦嗦地递到我手上说，这个，给你暖暖身子。我一看，是个小瓶子，还有两个鸡蛋，热热的小瓶子热热的鸡蛋，是老汉特意煮好鸡蛋热好酒，揣在怀里，怕凉了，一路小跑从村里到打井工地，特意拿来给我的，热热的鸡蛋热热的酒还带着他的体温，他冻得哆哆嗦嗦却舍不得吃……我拧开盖子，二话不说就咕嘟了两口，一股热气直下丹田，眼里的泪唰地就流出来了……"

这位我当年在平鲁县采访时认识的还在上初中的英俊少年，如今已经成了个秃脑门的中年人，也成了山阴县的县长。但依稀间，还能从这个堂堂的一县之长身上，看到过去那个爱好文学的清纯少年的影子。这便是他之所以说到这里竟然连声音都哽咽的原因。

"我们山阴的老百姓实在是太好了，你说我那会儿根本就不认得人家，可人家认得你，早就把你看在眼里了，不为别的，就因为你领上人给他们村打了一口井……可是这算啥？都啥年月啥时候了，我们的老百姓都还吃不上一口好水,这让人一想就心里难受啊!"

无语。默然。但有诗曰:"青羽黄翎是几经,鹰扬岁月已飞腾。未知桑干春秋湛,却闻山阴草木兴。心惠斯民鹅雁近,情钟物类地杰灵。浮屠何必扫七层,暗夜如君亮一灯。"

这首诗里藏着一个故事。

2013年,偶然看到一篇报道,继大天鹅首次落户山阴县后,又有5只大天鹅落户。在600多亩的河阳湖中,大天鹅与众多野鸭或引吭高歌或翩翩起舞,或低首弄影,为桑干河湿地增添了盎然生机和魅力。这让我觉得很是奇怪,难道桑干河有水了?报道还说,桑干河是晋北地区少有的天然水体,目前经过一年多的修复治理,在长20公里、面积25平方公里的区域内,依河而建了十大系列湖,新增水面3000多亩,总蓄水量达到了500多万立方,栽植乔灌木600多个品种、200多万株,绿化面积达到2.6万亩。特别是湖面300余只、近30种鸟类在这里栖息,成了一道亮丽的风景线,吸引了众多游客和摄影爱好者。云云。

见面后我先问了这个问题。南志中说:"简单地说,就是修铁路打隧道时,打出了一股子水,流得到处都是,把农民的田也淹了,房子也淹了,铁路方面还不给农民赔钱,农民没办法,就一伙人堵了县政府的门,要县里给他们做主。我就去现场,情况挺严重,流出的水哗哗地乱淌,都流到农户家里去了,祸害得不轻。挖土机、推土机、大铁锹都用上了,都在想办法堵那股水。可是水太大了,根本堵不住。我就问铁路上的人,这是哪里来的水?会不会对人畜有害,能不能吃?他们说这是岩隙里的水,是好水,可以直接入口。我又问这水啥时候能不流了?他们面面相觑,说,以我们多少年的经验,这水怕是要一直流下去,堵不住了。我说,给农民造成这么大损失,给县里造成这么大麻烦,你们说该咋办?人家态度也挺不错的,说该咋办就咋办,于是就商量了个双方都能接受的理赔办法,然后我就回去四处找专家,请了几个国家级的专家来看,水也送去化验,都说水没问题,这水是地下水,流量大,这种大流量最少也能维持20多年,流量大小要看上游的雨量,但肯定不会断流……"

"你说这是不是天上掉下个林妹妹?"他哈哈大笑,秃脑门上油光锃亮,眼睛笑成了一条缝,"正发愁桑干河里没有水,铁路上就送来股水,还谈好理赔条件,多好的事!水火无情,水情就是战情。我当即就叫人们不要再堵了,这么大的水你能堵住吗?赶紧疏,挖渠往桑干河里引水,同时赶紧在桑干河里做工程,也不能把这些好水从桑干河里放跑了。"

于是兴利除害的南山引水工程正式上马。

这个天上掉下的林妹妹,来自雁门关铁路隧道。隧道位于恒山山脉变质岩系花岗片麻岩裂隙水压区,内部断层较多,裂隙水和涌水不断,在一号斜井和二号斜井贯通之后,日排水量3.5万方以上。县政府只好和准朔铁路公司协商,决定将这股水引入桑干河阳湖。具体实施者是山阴县水利局,局长杨时育说起当年的事情也有一肚子的甜酸苦辣。

他说:"南志中县长果断决策,也是被当时的水情逼的,隧道里排出的水哗哗地没日没夜地流,把隧道下游后所乡的好几个村都淹得不成样了,安乐庄、南万庄、北万庄,还有张庄乡的陆庄等村的农田长期被淹,老百姓都打不下粮食吃不上饭了。2011年冬天那才叫个惨,水面上还结了冰,严重排水不畅,水位一上涨,一些村民院里进了水,天天都有到县政府上访的。南志中县长这么做也是迫于无奈,做什么都不容易……唉,还是不说了。我这个人,只要县上交下的任务,就要做好,当时太难了,没钱,还要赶紧地把水先拢住了,不让它继续祸害百姓。通过五项举措全面铺开水利建设五项工程,先后已经完成了南山水峪口二期引水工程、基本满足了县域内桑干河湿地公园生态建设用水和村民生产生活用水。"

杨时育,这位曾经的副县长,如今的水利局长,用南志中的话说,是一位能上能下的有能力的好干部。他似乎有一肚子的苦水,却硬撑着不肯向人诉说,只是含含糊糊地苦笑着说:"现在做事不容易,不做事没有事,做事就会有事,就会有人不满意,说三道四。做不好有人骂你,做好了也没有人说好。不过,这是个天理良心的事,做事是为了对得起自己!"

我不知道,桑干河湿地工程的前世今生,交织着怎样一个水土相济悲喜交集的故事，只想说，自然的绮丽风光有的褪色有的流散，唯有在桑干河畔湿地工程处尚能觅到过往岁月的风采。如今南山水峪口二期引水工程和广武水库建设工程已经全面竣工。二期工程按引水3万立方米/天设计，沉砂池总容积296823立方米。广武水库是座小型旁引水库，为碾压土石坝，坝高18米，坝顶宽7米，总库容293.4万立方米。一举解决了9个乡镇29个村庄和两所中学校师生的饮水安全问题，工程涉及15000人、2000名师生和10023头大畜。解决山区4个乡镇34个村庄15487人、1361头大畜的饮水困难问题。改善和提高1.98万人的饮水安全问题。

　　截至目前，争取到水利工程建设资金1427万元，其中投资额达427万元的五指沟小流域水保生态治理工程，涉及下喇叭乡19个行政村，1661户，总人口5853人，计划治理面积1.3万亩。总投资1000万元的京津风沙源水利水保配套工程，具体分为水源、节水、小流域治理三部分，水源工程600万元，节水工程300万元，小流域治理工程100万元。全力推进节水灌溉富民项目建设进程。其中小型农田水利重点县工程建设涉及岱岳镇、北周庄镇、合盛堡乡、薛圐圙乡、张家庄五个乡镇14个村庄，农田灌溉末级渠系配套工程涉及薛圐圙、古城、安荣、马营庄4个乡镇12个村庄和2个部队农场。预计全年将完成农田灌溉面积32.5万亩，治理水土流失面积4万亩，确保了全县农业增效和农民的增收。

　　随着桑干河湿地十大系列湖的持续"增肥"以及整个区域内生态环境的改善，已经有近30多种鸟类在此落户。南山引水管道每天为整个湿地提供3万多立方的活水，即使在零下30℃也能保持部分水面不结冰，水生动植物丰富，为大天鹅等各种鸟类提供了宜居环境。

　　我以为山阴县近年最大的亮点便是打生态牌修复桑干河。

　　记得上次来山阴县时，县长南志中说：山阴是全世界养奶牛最好的地方！这还不够，他还想让山阴成为全世界奶牛养得最好的地方！那年的山阴县正稳步推进黑白绿蓝红五色工程：黑是稳住煤炭产业。白是做强古城乳业为龙头的畜牧生态产业。绿是生态立县向右玉看齐锲而不舍修复桑干河湿地公园。蓝是借助得天独厚文物和生态资源打旅游牌，立足塞上面向海内外打蓝色品牌。红是应潮而生文化强县让文化产业从无到有山阴县红火热闹起来。几年后的今天又有什么新亮点呢？

上次来时，我还看了山阴县国家级文物新旧广武城。新广武城修建于明代，旧广武城始建于辽金，是迄今国内保存最完整的古辽城。新城在20世纪被洪水冲毁大半，只剩残垣断壁。故有"新广武不新，旧广武不旧"之说。新旧两座广武城均属山阴县管辖。旧广武城南北长，东西短，除北而外东、西、南三面均有城门，参差居民百余户。西门瓮城已毁，常有羊只懒洋洋地晒着太阳。建城时的格局犹在，家家独门独院，摇摇欲坠的颓败外貌，不掩内里的井井有条。南门瓮城似已成为垃圾堆放地。东门保存尚好，有中国文化遗产的牌子挂在门洞之中。这个旧广武城被认为是杨家将驻兵之处，因而有许多相关传说故事，许多人是看着杨家将的连环画长大的。如此庞大一个宗族英雄群体，所谓满门忠烈，在古代也是不多见的，最难能可贵的是，这个英雄群体中每一个人物都那么鲜活，那么让人觉得喜欢，更是少见。

广武城一侧，有古代汉墓群，尚未挖掘。荒草迷离，错落之间，高者如山，矮者如丘，千二不止，却鲜有墓碑。立于土丘遥望之，可遥遥想见当年兵戎之事。以为无论正义与非正义，战争总归是为了杀戮，死伤的是百姓，毁损的是自然，写成的是历史。而历史总是浸透血泪的。不仅华夏如此，纵观一整部人类历史，假以各种名义进行杀戮的，不胜枚举。那是孩子的游戏，进入成人的人类，当认真摒弃之。这些年，与天斗，斗出了霾；与地斗，斗得山穷水尽；与人斗，斗得人仰马翻，你死我活，大家都受伤。各种斗，明的或是暗的，流血的或不流血的，都妨碍人类长大，都在抛弃之列。只有六神合体，人类才有可能在自然危机面前团结在一起，应对自如，才有可能可持续发展，并永葆美妙之青春，与天地同寿。

八十一

让人惘然和遗憾的是，人的审美情趣与人的智识相似，也有一个从低级到高级，从野蛮向文明的过渡，而且还很漫长。从对同类的弱肉强食，到对山川万物，具体到滋养和承载万物的水土的认知上，也同样是在从低级到高级，从野蛮向文明。而西藏在这一点上尤其突出。

我对西藏最初的印象，源之于几本小人书，时光已经褪色磨灭了内容，却有几个挥之不去的镜像深刻：一个背着长长的带叉头的猎枪的西藏汉子，无言地伸出自己黝黑的大手，尖起两指从自己的眼窝里抠出一只湿漉漉的带着他体温的眼珠……他的真的眼睛被农奴主抠走了……镶银的人头骨的碗盏，镶嵌着天珠、松石的人骨法器，用少女眉骨串成的佛串……

过往的历史告诉我们，西藏奴隶制度是世界上最野蛮最残暴的制度。奴隶主动辄就对奴隶施以酷刑，砍手砍脚，抽筋剥皮，挖眼珠，点天灯，以人骨人皮制成各种室内装饰品、法器或坐具。解放军入藏，解救了西藏百万农奴，功德无量。

7月4日，早5点30起床去机场，8点20飞，到拉萨已1点多钟。

飞机甫一落地，机舱门打开，便扑面而来一股无形的神秘的气场。走下飞机，脚踏西藏实地，走入蓝天白云之下，便被几张挂满高原釉的笑脸和雪白的哈达簇拥起，从那一刻到后来的许多天，感觉便有些异样，似乎身在一艘巨大的在大海中远航的海轮的甲板上，若有若无的眩晕，伴随着我们。但这并没有妨碍我在拉萨市的一家小饭馆，与刚刚结识的水保人，每人喝了一个类似北京小二，当地称为"歪把子"的小瓶青稞酒，以加深彼此间的信赖。我的底气来自曾几何时，在长江源头沱沱河、5000米的海拔上，与新华社记者周方晚上与牧民一起喝过青稞酒的经历，3800海拔的拉萨，这瓶西藏小二，这挺歪把子，想来不会撂倒我吧？这里还有一个有趣的细节，出机场伊始，我首先找了个小铺买打火机，女老板拿出一盒打火机让我选，满盒打火机却没有一个是能用的，只好拿出一盒新的，新的打火机写有高原专用字样。胖胖的水保办主任拉巴扎西说："高原专用到下边也不能用，还是火柴最保险。"乔处也笑说："太空署向社会征求墨水笔，太空没空气墨水不下水，有人就说了，干吗不用铅笔？"最简单的往往是最好的。话题扯到水土保持，我说："最原始的往往是最有效的，过去没有环境保护，也没有低碳经济，循环经济，清洁生产，可是古代人们就有了生态保护和水土保持，如治水、耕种、种树、保墒、不许捕猎怀孕抱窝的鸟兽等。水土是农林牧副渔的根本，只有水土保持好了，农林牧副渔才会全面发展，水土是本，其余都是标，治标不治本，是瞎子点灯白费蜡，治本也治标，才能互相促进，良性发展。水土保持是个传家宝，这个宝在'文革'中被丢了8年，水土保持机构都没有了。后来捡回篮子里时，本末倒置，成了水利部门最小一个单元。责权利是相连的，权力小了责任自然也就小了，水土保持名存而实亡，原本该有的功能作用都被各个部门东鳞西爪地瓜分殆尽，只剩下一点皮毛，想一想，这是否也是环境持续恶化的一个原因！"

这番话，于我是深思熟虑，除乔处而外，他们却很是疏漠。我也自知这些话，有些敏感也有些沉重，所以也就是一说，并不要他们非得附和，记得当时几个水保人听了之后，半响无语。不过他们像西藏的天空一样，不改蓝白分明，还是坦诚地告诉我说："我们西藏自治区水土保持工作起步较晚，水土保持意识薄弱，许多领导和群众对水土流失的危害性和水土保持工作的重要性认识不足，水土保持局刚成立不久，水土保持的概念还比较模糊……"

天，都牛年马月了，才成立水土保持局。这无疑是另类对我论点的有力佐证。

更有趣的是两天后，西藏水土保持局易云飞局长在水保局的饭堂里和我们一起吃饭时操着重庆话很风趣地这样形容说："这两年以来，我觉得水土保持这个工作，就是在桌子的边边上摆着，从来都没有成为一道主菜。我个人觉得我当这个局长的任务就是，要把水土保持工作推到主菜里边。只有把水土保持工作当一道主菜,这样对西藏好,对中国好,对世界好!"

他解释说:"西藏自治区的水土情况,与内地水和空气污染已直接威胁到人的生存、环境污染问题已经迫在眉睫的情况有所不同。在西藏天是蓝的,水基本还是清的,水土问题天荒地老,是历史。现实是近年来建设项目增多,扰动水土,新的水土流失也开始变突出。我们的任务主要两大块,一是治理好已经有的,集中资金,不撒胡椒面,治一片成一片。二是避免新的水土流失,主要做好监管和水土评价方案。有建设就会有破坏,要把破坏减到最低,防微杜渐。也就是说,水土保持是西藏生态环境保护和建设的核心内容和首要任务。"

他还谈到发展与保护的关系,他说:"我把尊重自然规律排第一位、尊重群众需求排第二位、尊重民风民俗排第三位、尊重科学技术排第四位,为什么这么排?因为西藏的海拔和气候,这里是世界第三极,地位很特殊也很敏感,这里的自然水土变化会影响中国甚至世界的气候,习总书记对西藏的定位很明确,他说:'西藏要保护生态,要把中华水塔守好,不能捡了芝麻丢了西瓜,生态出问题得不偿失。'他还说:'西藏是重要的国家安全屏障,也是重要的生态安全屏障、重要的战略资源储备基地、重要的高原特色农产品基地、重要的中华民族特色文化保护地、重要的世界旅游目的地。'所以首要是保护好。在保护好的前提下发展,满足和尊重群众希望过好日子的需求,发展经济,精准扶贫。尊重民风民俗,好的习俗要保持,像捡柴烧的习惯,却是要从根本上改变的。要尊重科学技术,不能过分迷信,科学技术也不是万能的,它能带来好的,也会有不好的副作用,得有所取舍,有所警惕。"

这番话有振聋发聩的意味。

八十二

> 形象的比喻是地球像一艘宇宙飞船，国家与民族无非一间一间比邻的舱房，大家都是宇航太空的乘客。地球是有生命的，它已有46亿岁。地球是有重量的，它重约60万亿亿吨。

我有诗曰："云朵洁白如玉，是湛蓝天空，献给西藏的哈达，布达拉宫扎西德勒，是圣洁的雪域高原，捧在心头的拉萨。来到拉萨，叩拜雪国。哈达在手，天地一握。雪山若诗，冰川如歌，人类像盐，时光似河。前者织罗，后者飞梭，肉身为家，灵魂即国。"拉萨在藏语中意为"圣地"或"佛地"，全年日照时间长达3005小时，故被称为"日光城"。来自四面八方的虔诚的朝拜者，叩着长头，转着经文，随处可见的转经筒、玛尼堆和五颜六色的经幡、寺院，需要特别一提的是，利用太阳、风、水等自然力量来诵读经书弘扬佛法，是西藏人独特的创造。金碧辉煌的布达拉宫，云遮雾障的唐古拉山，伸手可及的蓝宝石般的天空，神秘而深厚的宗教文化，干净而原始的自然风景，以及被众多背包客盛赞为"净化心灵"的城市力量，吸引着越来越多的游客前往拉萨，使西藏成为信仰之地。

我在《西藏之歌》的组诗中这样写道："拉萨是信仰的不冻港，西藏是造化的宇航船；纯粹和洁净扯起风帆，人类与自然翘首顾盼，驰向洞房花烛的夜晚。这里是希望的调色板，布达拉宫捧着颜料碗。差殊与异见蓝天置换，种族和肤色白云掌管，美好源于灵肉的合欢。"

我们在拉萨下榻的地方离布达拉宫很近，来来回回都能看到布达拉宫巍峨的轮廓。那天晚上，乔处似乎有预感，晚饭后突然邀我冒着小雨走了布达拉宫公园。他昨天晚上已经去过，所以熟门熟路。他说："明天要去日喀则，今天去看看布达拉宫。布达接宫每天进出的人数是有限制的，要提前预约。他们正在帮着我们预约，估计问题不大，我们先在外边看看。"

唐贞观八年（634年），吐蕃赞普松赞干布遣使大唐，提出要娶一位唐朝公主，遭到唐太宗的拒绝。吐蕃特使回来后告诉松赞干布，说唐朝拒绝这个婚约是由于吐谷浑王从中作梗。松赞干布遂出兵击败吐谷浑、党项、白兰羌，直逼唐朝松州（今四川松潘），扬言若不和亲便率兵大举入侵唐朝。牛进达率领唐军先锋部队击败了吐蕃军，松赞干布退出吐谷浑、党项、白兰羌，遣使谢罪，再次请婚，派大论薛禄东赞携黄金5000两及相等数量的其他珍宝来正式下聘礼。唐太宗便将一宗室女封为文成公主，下嫁松赞干布。文成公主在唐送亲使江夏王太宗族弟李道宗和吐蕃迎亲专使禄东赞的伴随下，从长安出发，途经西宁，翻日月山，长途跋涉到拉萨。松赞干布率群臣到河源附近的柏海，今青海玛多县境内，迎接文成公主，之后与公主同返逻些，也即是如今的拉萨，为公主筑城、修建宫室，因此便有了布达拉宫。布达拉宫共有1000间宫室，富丽壮观，后毁于雷电、战火。17世纪曾两度扩建，形成现今的规模。布达拉宫主楼13层，高117米，占地面积36万余平方米。宫中保存有大量内容丰富的壁画，有唐太宗五难吐蕃婚使噶尔禄东赞的故事，文成公主进藏一路遇到的艰难险阻，以及抵达拉萨时受到热烈欢迎的场面等。壁画构图精巧，人物栩栩如生，色彩鲜艳。永隆元年文成公主患天花去世，至今拉萨仍保存有藏人为纪念她而造的塑像，距今已1300多年历史。

　　细如牛毛的小雨，将布达拉宫笼罩在神秘之中，雨水使广场像水面一样荡漾着波光，灯光辉映下的布达拉宫堂皇富丽如一艘美轮美奂的夜航船，让人联想到当年世界之最的英国豪华游轮"泰坦尼克号"，首航之初便因撞冰山而沉没，而布达拉宫却诞生于雪山冰川的围绕之中，历千年而风采依旧，何以如此坚固？只因其乃一艘信仰的艨艟巨舰，非繁华尘俗可比拟。我在诗中这样描写道："夜晚的布达拉宫，像一艘豪华游轮，劈开希望的古往波峰，满载信仰的今来灵魂。冰海沉船的噩梦，一苇渡江的疑问，在拉萨河千年的普度，从未有过慈航的雷同。宽谷里群山匍匐，拉萨河的水流匆匆，岁月如歌又如风，岂止一座格拉丹东。"

　　我在西藏的外围几次逡巡却没有走入。

　　那些年，不止一次，在黄河源头，在长江源头，在扎陵湖与鄂陵湖,在沱沱河,我曾惊叹蓝天与白云的纯粹,这种原汁原味、自然、真纯像云雀的尖叫一样击中了我。逶迤于周遭的银色的雪山、冰川,斑秃的只有一些黝黑色的地衣、苍苔、稀疏寸草覆盖的荒漠,以及空旷的如同炉渣般破碎的堆积在四周的山,让人疑心置身于一个陌生的星球,一个劫后余生的外星球的试验场,在寂静无声地叙述着某种繁荣的毁灭,警示着某种新的毁灭的伊始和可能。

这让我想起一些科学家的推理,地球已经毁灭过不止一次,再生过也不止一次,而原因似乎具有同一性。英国物理学家史蒂芬·霍金认为地球将在200年内毁灭,而人类要想继续存活只有一条路:移民外星球。霍金认为:"人类已经步入越来越危险的时期,我们已经历了多次事关生死的事件。由于人类基因中携带的'自私、贪婪'的遗传密码,人类对于地球的掠夺日盛,资源正在一点点耗尽,所以,人类不能把所有的鸡蛋都放在一个篮子里,不能将赌注放在一个星球上。人类如果想一直延续下去,就必须移民火星或其他的星球。"科学家估计,如果用化学燃料的飞行器,前往最近的适宜生活的星球要5万年。如果想要在人类寿命期限内移民,我们必须研制出接近光速的飞行器,同时还要保持舱内的人们在飞行过程中能持续抵御来自外太空的种种辐射。"以日新月异的宇宙观来考量,说地球是个村都是抬举我们自己。事实上,地球只是一艘人类有幸搭乘的宇宙飞船,相对国家与民族,无非一间一间比邻的舱房。大家都是宇航茫茫太空的乘客,一切当以飞船的利益和安危为重。

自己的家底自己知道,如何简约地尽可能细水长流,那是一家之长或是一舱之首应时刻在心的。我想诟病的是霍金先生有关人类移民太空的乐观假想,以人类社会现有的对宇宙的认知和航天技术的成就,我认为移民太空在短期内还只是一曲荒唐的远唱。这种狗熊掰棒子式的移民论点,甚至是有害的,至少现在我们还没有发现在宇宙中有一大片地球玉米地可供我们掰来掰去。诚如霍金先生所忧虑的,人类的行为越来越像害虫,如何光大人类元素而有效地去除或削弱生物的自私和贪婪的遗传密码,让自己变成益虫,才是真正重要的。

只有千方百计地保护好我们地球航天器,尽可能延长使用寿命,争取多一些时间运送人类乘客，才是真正的上策。随着时光的流逝，人类的文明可能会荡然无存，而新的生命又会出现，三叶草？单细胞？猿人？猴人？那只是人类的一厢情愿的认知。世人对自然的认知如同外人对西藏的了解也似，同样需要由浅入深循序渐进。因隆起最晚从而也最年轻，因面积最大、海拔最高，被称为"世界屋脊"，被视为除南极、北极而外的"地球第三极"。说这里是万山之巅，万水之源，万向水土堆垒而起的地球金字塔的塔尖当不为过。

人类以为自己可以毁灭地球，其实，这是人类的狂妄自大，事实是，自然界的每株树每根草每滴水每个生物的手里，都攥着我们人类的呼吸，它们纤细美丽的手指时刻都扼在我们人类的喉咙上，它们温润驯良的牙齿随时都咬在我们人类的命脉上。大气不在乎被污染，青山不在乎被伐秃，江河湖海和地下水也不在乎被弄脏，或是被蒸发掉，物质生生不灭，形聚形散，无损它们一根毫毛。万类和万物也不在乎被殉葬，生死和荣枯，于它们很混沌。地球也不在乎被毁灭，毁灭与重生，对它是件平常事。真正在乎这一切的是人类自己。

猎天者必被天猎，猎地者必被地猎，猎人者必被人猎。

八十三

别以为你在居高临下悲天悯人地拯救天空、拯救大地、拯救江河湖海、拯救万类和万物，其实你拯救的只是自己。这样的发现会使崇高变矮，无私变有私，使我佛慈悲的姿态忽然变得不那么靠谱，让人备感忧伤和无奈。套改一句成话：拯救很丰满，自救很骨感。

　　胖胖的水保局办公室主任拉巴扎西曾在水保司交流学习过一年，与乔殿新处长是老熟人，他让我们吃过饭后先在房间休息一下，他说："我们这里跟内地不同，早上10点上班，中午2点下班，下午4点上班，晚上8点下班。天黑得很晚的，太阳到晚上10点多，有时还不会落山。你们睡个午觉，适应一下，今天下午就不安排了，主要是休息，明天我们正式开始活动。"

　　资料显示，西藏全区面积120.223万平方公里，约占全国总面积的1/8，面积仅次于新疆。西藏平均海拔在4000米以上，与几近零海拔的新疆有天壤之别。全区常住人口总数为308万人，辖4个地级市、3个地区，4个市辖区、72个县。唐宋时称其为"吐蕃"，元明时称其为"乌斯藏"，清代时称其为"唐古特""图伯特"等。康熙年间称西藏至今。它位于青藏高原西南部，北邻新疆，东连四川，东北紧靠青海，东南连接云南，南与缅甸、印度、不丹、尼泊尔等国家毗邻，西与克什米尔地区接壤，陆地国界线4000多公里，南北最宽900多公里，东西最长达2000多公里，是中国西南边陲的重要门户，无出海口。

　　刚刚就任西藏自治区水土局局长不久的易云飞，原本是自治区水利厅办公室主任，堪称水土保持局设立之后的首任局长。虽然他在大学学的不是水保专业，但却善于学习，进入角色很快。初见那天，他刚从阿里回来，阿里是孔繁森工作过的地方，也是孔繁森的战友、我的好友柴腾虎梦绕魂牵的所在，柴腾虎是孔繁森在阿里地区的宣传部长，是孔繁森的亲密战友，孔繁森牺牲后，以宣传孔繁森为己任，为孔繁森写了好几本书。而且不止一次说过要带我去阿里拜祭孔繁森，而我对阿里的海拔是有所畏惧的。所以一听说易局长是从阿里过来的，便不由得心生敬意，阿里的海拔已经接近6000这个红色数字了啊！

  从阿里过来的易云飞，满脸疲惫，两眼因缺少睡眠布满血丝，却不掩飞扬的神采。他开口不谈成绩，先谈工作中的不足，他说："西藏自治区水土流失治理程度低，与生态安全屏障定位不适应。西藏自治区土壤侵蚀过程复杂、类型多样化，土壤侵蚀面积大，加上投入不足，全区有42.2万平方公里流失面积，占自治区总面积的34.4%，这么大的地方，可以说投入多少钱都是不够的。所以只能择其重点治理。大部分地方是不能治理的，能维持它原本的样子就很好。治理也会扰动水土，也会造成新的水土流失。我们西藏自治区的生态环境脆弱，天然条件下植物生长量低，林草植被一旦被破坏，重建和恢复将十分困难，水土流失治理难度极大。同时，西藏水土保持工作起步较晚、底子薄、欠债多，大规模大范围和群众性参与的水土流失治理工作尚未真正开展，水土流失治理率很低。不能好大喜功，只能择要治理。"

  "你们未必要去看那几个示范点，"他还明显不满，意味深长地说，"钱少，还都撒了胡椒面，能有什么看头？要看，就看一些新的治理点，往后我们会把胡椒面往一个地方撒，不治便罢要治就一次治到位，百年大计，治一处少一处，再不会打一枪换一个地方，图花哨！"

  他这样说的同时，我会心地和乔处交换了一个微笑。

  那天晚上吃饭的时候，初识长江水利委员会援藏干部李亚龙，这是他在西藏自治区水土保持局担任副局长满期的最后几天。他在饭间讲了几则让他永生难忘的事情，一次他们开车下乡的途中，他想在湖边撒一泡长尿，藏族司机却制止了他，说："这是不可以的，在我们西藏山是神山，湖是圣湖，不可以那样的，你可以找个沟沟去方便的！"

  还有一次途中，藏族司机忽然停车，然后跑下车去，往返几次，把几只被冰河拦住去路的可爱的野鸭小宝宝，从河的这边小心捧送到河的那边，乐得鸭妈妈嘎嘎地追着他们感谢了好半天。又一次，远远的，藏族司机看见路上有一个藏人拉着个架子车，后边是几个叩长头的同胞,车上拉着几个朝觐人的全部身家。藏族司机停下车,让李亚龙拿几个刚买了没有洗的苹果,递给拉架子车的藏人,藏人接了二话不说就开吃。这三件事让李亚龙非常感慨,说:"没有任何人要求他们这么去做,完全出于本能出于自觉自愿,没有怀疑和不信任,这种淳朴,在西藏是随处可见的!"

这是图腾与信仰的力量。在这里,江河的明眸,凝视千年,从未有一丝怠慢。雪山的皓齿,辉映万载,从未有一点冒犯。藏蓝的云唇,雨雪纷繁,从未发一声轻叹。一个长头,磕到今天,是何等深情的偿还。

那晚,在座的还有同样在西藏自治区水利部门工作的海河委员会和黄河委员会的人,他们打趣即将离藏返家的李亚龙,而李亚龙却伤感而无奈地要求他们不要提这个话题,他无奈而近乎乞求地说:"不要说了好不好?难道你们非要让我再和你们一起抱头大哭一场?难道我们稀里哗啦地哭得还不够?这几天我自己是尽量不想这个问题,按时上班,跟平时一样……别笑话我了,你们也有一天会离开,那时你们就会明白,这是一种多么复杂的情感,你们可能还不如我呢……两年援藏,百年相思,这话真不是乱说的……"

李亚龙这样一说,大家忽然都不说话了,气氛因此变得沉闷。

我看见李亚龙和其余两人的眼圈都红了。我知道,从此之后,这片雪域高原之上,这个世界第三极的所在,又会多几个类似我的朋友柴腾虎也似的魂牵梦萦的游子。

对西藏自治区的关注也不是寻常一说,习近平在中央第六次西藏工作座谈会上很具体指示说:"要实施更加积极的就业政策,为各族群众走出农牧区到城镇和企业就业、经商创业提供更多帮助。要坚持生态保护第一,采取综合举措,加大对青藏高原空气污染源、土地荒漠化的控制和治理,加大草地、湿地、天然林保护力度。"他说,"在高原上工作,最稀缺的是氧气,最宝贵的是精神。"

同样,国务院总理李克强对西藏也一往情深,他指出:"严格生态安全底线、红线和高压线,完善生态综合补偿机制,切实保护好雪域高原,筑牢国家生态安全屏障。"

这是怎样一个让人难以走近难以割舍难以忘怀的地方啊!

八十四

> 7000万年以前，这里还是一片汪洋大海。3000万年前，由于造山运动，印度洋板块与欧亚大陆板块碰撞交叠，300万年前，喜马拉雅山已上升到3500米，近10万年以来上升更快，平均高度已达到6000米以上，如今还在继续上升。

次日上午李亚龙陪同我们一起去看位于拉萨市城关区的小流域治理工程。占地约150亩的一片空谷，郁郁葱葱，种了许多绿色植物。几头牦牛在青青的谷地悠然吃草。谷地上搭建起许多座铁皮的帐篷，里边摆着藏式的铺垫。戴一顶牛仔帽的南山负责人介绍情况说："过去这里的那条季节性河沟，只要一下雨，很容易导致山洪、泥石流、滑坡，造成人员和财产等各种损失。前些年我们对河两岸都做了水土保持的防护工程。现在这里已经成了旅游的地方，每逢节假日，拉萨人都要来这里，住帐篷，吃烧烤，喝啤酒。村民家家都有农家乐，家家都富起来了。这些铁皮的帐篷，是为了不破坏植被，统一建起来的，租一天200元。鸡羊蔬菜都是村民自己种的，都是绿色的。水土保持使这里村民的日子都好过了富裕了。"

"不过，也让人恼火，"他苦涩地笑说，"我们城关区水土保持局，只有四个人，我这个水保局长，还兼着四个头衔，挂四块牌子，忙不过来，没别的，主要还是太忙了！"

下午我们又去看西藏国家级水土监测示范工程，许多水土保持的工程、设施，以及建筑物，还没有配套使用，闲置在那里。哈萨克人哈力克斯，一位门牙缺失的汉子，满脸都是憨厚幸福的微笑，他指着不远处一片星星撒落彩色屋顶的村落说：我家就在那个村里住，我的双胞胎儿女，她们大学毕业，都在拉萨上班，日子过得都好得很……你们看南山这边的树多草好，是因为这一片地方不让放牧，牧区那边的草就不行，都被羊啃了，没有多少草了。"

"十二五"期间，依托西藏曲水县茶巴朗小流域水土流失综合治理示范工程，建成了西藏自治区首个国家级水土保持科技示范园区。并先后依托水利部水土保持监测中心、成都山地灾害与环境研究所开展了"西藏水土保持生态补偿机制研究""西藏自治区生态系统土壤侵蚀脆弱性评价""西藏自治区水土流失特征及防治""高原河谷农业水土保持探索"等基础科研工作，为探索具有西藏高原地域特色和民族特色的水土保持生态建设模式奠定了基础。但却具有同样的问题，配套设施不完善，还没有投入运行使用，处于闲置状态。

　　同样的问题在西藏日喀则市鲁孜沟水土流失综合治理示范工程也同样存在。这里曾经是一个牧民圈羊的地方，四山环抱之中一片空谷，两边有溪涧，工程背后有完整的夯土墙，类似羊圈又类似古堡。开车的顿珠师傅说早些年他来时里边还种有果树。如今已经种满了榆树和北京杨，而且长势良好。如果各种勘测设施得以配套使用，将是一个很好的科研所在。乔处细细地追问一番，方知主要原因是这片地的归属权存在问题，所以没能进一步予以完善。

　　乔处认真踏勘过每一个闲置的设施之后，脸色有些沉重，直率却又不无委婉地表示惋惜说："这些设施如果全部配套运转起来，提供各种数据，就可以从部里申请经费，现在这样子是不能通过验收的……水利部水土监测示范工程是一项很高的荣誉，应该把牌子挂起来！"

　　"不仅是钱的问题，还有一些问题，也亟须解决。"

　　过后说起，易云飞为此忧心如焚，他说："水土保持机构不健全，履职能力不够强。水土保持监测网络还处在初步运行期，未形成全区监测网络体系，站点布设仍需进一步优化完善。已建站点自动化水平低、管理人员缺乏、运行维护经费不能得到保障，设备损坏严重，监测数据收集、整理和发布工作不能有效开展。7个地（市）水利局水土保持预防监督机构不健全。部分生产建设单位不认真落实水行政主管部门批准的水土保持方案，实施率、验收率偏低，水土保持补偿费征收难度大。水土保持科研滞后，缺乏科研经费及专业技术人才，导致对西藏特殊气候、地理条件下的水土流失成因了解得还不够透彻，不同类型区水土流失治理模式和措施配置针对性不强。多年来在生产中积累的单项性水土保持经验也有待于集成和示范推广，针对不同地域、不同流域的治理思路和治理技术，亟待通过科学试验加以规范化、系统化。还有，群众的水土保持意识，也尚需进一步提高，这些都得一丝不苟地落实！"

成绩也相形巨大。相关资料介绍："十二五"期间西藏自治区水土保持已经先后实施了林芝市朗县登木河流域水土流失综合治理示范工程等21个水土流失综合治理项目，涉及7地（市）、20个县（市、区），治理重点区域水土流失面积545平方公里。截至2015年年底共到位投资1.48亿元，中央预算内投资1.45亿元，拉萨市城关区配套300万元。水土流失治理面积比"十一五"期间增加114%，投资增加202%。一条具有西藏特色、不同区域特点的水土流失综合治理技术路线正逐步形成。已实施的项目综合治理程度达到60%，拦泥减沙率达到50%，林草覆盖率由治理前的30%提高到60%，全区重点区域水土流失面积进一步减少，植被覆盖率大幅提高，区域生态环境得到进一步改善。"十二五"期间全区各级水行政主管部门共审批生产建设项目水土保持方案544项，其中自治区水利厅审批338项，地（市）审批206项；各级水行政主管部门共组织监督检查31次，督促检查各类生产建设项目227个，完成征收水土保持补偿费3563.88万元，共有20个项目开展水土保持设施专项验收。

"十三五"水土保持规划，计划年底审查、报批。

然而，易云飞的心里却跟明镜似的，水土保持如同地球的护花使者，面对处女地开垦的需求与维护处女地的羞涩的双重压力，再多谨慎都不为过，断不可因百密一疏，简单粗暴、急功近利、妄自尊大、贪婪的爱，而伤害雪域高原这片最后的绝无仅有的第三极净土。

类似城市可以有北京、巴黎、华盛顿等，却找不出第二个世界屋脊。

位于藏南的喜马拉雅高山区，由几条大致东西走向的山脉组成，其平均海拔多在6000米左右。地处中尼边境的珠穆朗玛峰，海拔8844.43米，是世界最高峰，顶部长年覆盖着厚厚的冰雪，其南北两侧的气候与地貌有很大差别。就此我问水土保持局的洛桑副局长："在你小的时候，你爷爷或者你爸爸的记忆里，珠峰的积雪是否不只限于顶部，也许在早些时候，连下边的一些地方，也积满了冰雪吧？甚至周边附近那些荒秃的山上,也会积满冰雪吧?"这位皮肤黝黑满脸胡须相貌堂堂的地道藏族后裔,却微微一笑,嘻开一口坚固洁白的牙齿,从容不迫地回答我说:"我这是第二回来珠峰,我爷爷和我父亲,他们小时候是否来过这里,没有听他们说起过。这里是5400米海拔,并不是所有的西藏人都来过这里。比方说我,每一次来这里,都一样会有高原反应,刚刚我还在气喘和头晕呢!"

似乎不忍让我失望,他望着我的眼睛,补充说:"虽然我说不好,但有一点是可以肯定的,雪线在往上退缩,雪山年年都在往高处退,如果气候不能改变,还在恶化,我们都害怕有一天,珠峰之上的雪会全部融掉,也许要很长时间,但也有可能不会用很久……"

他说话的口吻是平淡的,如同在拉家常一样,但有一种让人毛骨悚然的意味深长。也就在那一刻,有一股从冈底斯山脉和喜马拉雅山脉之间,从雅鲁藏布江及其支流流经的地域之上(这一带有许多宽窄不一的河谷平地和湖盆谷地,地形平坦,土质肥沃,是西藏主要的农业区。这是一路走来长满金色油菜花和绿色青稞的景色最美的地方)从珠峰之上与冰雪融水之间,吹来了一股千年的寒风,透过我蓝色的网状背心,穿透我的半截袖上衣,直取我的背心,刹那间一个寒战攻入到我的心头,使我抑制不住地打了两个响亮的喷嚏。

他却将目光从珠峰之上下移,纵目宽谷,瞅着无数条小溪般的颜色混浊的冰雪融水,用略带忧郁和调侃的语气,对我说:"你看,我们珠峰的雪水,是从黄河那边流过来的……"

他的诙谐再一次击中了我。我听见一声悠长的叹息,从藏北高原,从昆仑山、唐古拉山和冈底斯山、念青唐古拉山之间,散漫地传来。随之而来的是一系列浑圆而平缓的山丘,和夹杂在其间的许多盆地,那里是西藏主要的牧业区。藏东即著名的横断山地。在那曲以东,一系列东西走向逐渐转为南北走向的高山深谷,挟持着怒江、澜沧江和金沙江三条大江,奔腾不息。有一个来自远古或是未来的声音在这样问:江河还能奔腾多久?终年不化的白雪还能在山顶待多久?茂密的森林在山腰还能维持多久?万物和大千,还能继续鲜活多久?

需要我们回答,无论回答多少,都要回答。

海拔8844.43米的珠穆朗玛峰常年冰雪覆盖。通常是，海拔大约每升高100米，气温约下降0.6度。冰雪融水是西藏多河流和湖泊的自然成因。西藏的湖泊总面积大约2.38万平方公里，约占全国湖泊总面积的30%。1500多个大小不一、景致各异的湖泊错落镶嵌于群山莽原之间，其中面积超过1000平方公里的有纳木错、色林错和扎日南木错，超过100平方公里的湖泊有47个。西藏湖泊几乎包含了中国湖泊的所有特征。初步查明的各类盐湖大约有251个，总面积约8000平方公里，盐湖的周围多有丰饶的牧场，也是多种珍贵野生动物经常成群结队出没之地。西藏大多数中型湖泊，水色深蓝，清澈见底，加之雪山映照，令人心旷神怡。较大的湖泊中往往有岛屿分布，这些小岛是"鸟的王国"，以阿里西部班公湖鸟岛最为著名。这些著名的湖泊有纳木错、羊卓雍湖、玛旁雍错、班公湖、巴松错、森里错等。

我们有幸见到的羊卓雍湖是喜马拉雅山北麓最大的内陆湖，也是藏南最大的候鸟栖息地。羊卓雍湖的湖滨建有世界上海拔最高、落差最大的抽水蓄能电站。该电站落差达800多米，抽水隧洞长近6000米，有4台水轮发电机组，装机容量9万千瓦，创造了多项世界第一和中国第一，距拉萨市110公里，是人们休闲的所在。

那天我们从拉萨出发。天空阴沉沉的。沿途群山起伏，峡谷环拱。开车的顿珠师傅，年已60，返聘，车开得既快且稳。经曲水县，在色麦村路边一个名叫桃花村的鸡毛小店歇脚，喝甜茶数杯、吃藏面一碗，凉粉一碗，解小手一个。11时重新上路。从东向西沿雅鲁藏布江向上游走。开始我没有认出这金黄的一条河流竟会是大名鼎鼎的雅鲁藏布江。我生怕被人笑话，小心翼翼地问顿珠师傅说："这是一条什么河？"顿珠师傅淡淡地说："雅江！"我疑猜参半，心想雅江难道就是雅鲁藏布江的简称？瞅着泥黄色的河水不敢相信，因为在我的概念里雅鲁藏布江应该是一条碧色的大河，断不该如此混浊，这和西藏的蓝天白云雪山冰川太不匹配了。"雅江的全称叫什么？"我终于狠了狠心发问。几乎是同时，坐在我后排的洛桑局长、乔处以及我身边的顿珠师傅，几乎是异口同声地回答我说："雅鲁藏布江！"

无语。有一种从云端掉下来的心塞的感觉。

八十五

"过去雅鲁藏布江是清的,"洛桑说,声音里含有怅然若失的味道,"那时的江水是可以直接入口喝的,现在大家都不敢喝了!"过了一会,他又补充说,"也许是汛期的缘故,平时好像也没有这么黄,到了秋天,颜色会浅一些的,要比现在看起来好看一些⋯⋯"

雅鲁藏布江属西藏第一大河,发源于喜马拉雅山北麓仲巴县境内海拔5500多米的杰马央宗冰川,穿行西藏日喀则、拉萨、山南、林芝等4个地市23个县,从墨脱县出境后被称为布拉马普特拉河,经印度、孟加拉国汇入印度洋。中国境内全长2057公里,居中国河流中的第5位,流域面积24万平方公里,在中国各大河流中居第6位。流域平均海拔4500米左右。流域内人口约100万,耕地面积15万多公顷,占全自治区总人口的37%、总耕地的41.67%。一些重要城镇,如拉萨、日喀则、江孜、泽当、八一镇等,均分布在该流域内。

雅鲁藏布大峡谷由西向东流到米林县和墨脱县的交界,被喜马拉雅山东段7782米的最高峰南迦巴瓦峰挡住去路,被迫改向,形成了极为奇特的"马蹄形"峡谷大拐弯。20世纪90年代中国科学家对大峡谷进行科学考察的数据显示,大峡谷北起米林县的大渡卡村,南到墨脱县巴措卡村,全长504.6公里,最深处6009米,平均深度2268米,其长度超过长440公里的美国科罗拉多大峡谷,深度超过深3203米的秘鲁科尔卡大峡谷,乃世界第一大峡谷。

青藏高原巨大山岭普遍发育着现代冰川,许多著名河流的源泉即冰川融水。西藏自治区境内江河纵横,水系密布,流域面积大于10000平方公里的河流有20多条,大于2000平方公里的河流在100条以上。不仅有举世闻名的雅鲁藏布江及其五大支流拉萨河、年楚河、尼洋河、帕隆藏布和多雄藏布,还孕育了长江和澜沧江,下游称湄公河。西藏的河流分为外流河和内流河两种。年均径流量为4482亿立方米。外流河按其归宿分属太平洋水系和印度洋水系，主要分布在东、南、西部的边缘地区。内流河主要分布在藏北高原，是以高山雪水为源、以内陆湖泊为中心的短小向心水系，大部分为季节性流水，或消失于荒漠，或在低地潴水成湖。过后我在林芝看到了全长307.5公里流域面积1.75万平方公里的尼洋河，它在雅鲁藏布江众多支流中排行第四，但水量的丰足仅次于帕隆藏布江。尼洋河发源于中国西藏自治区米拉山西侧的错木梁拉，由西向东流，在林芝县的则们附近汇入雅鲁藏布江。尼洋河是西藏工布地区的"母亲河"，又称"娘曲"，藏语意为"神女的眼泪"。尼洋河沿河两岸植被完好，风光旖旎，景色迷人，也是野生鸟类的栖居地，属黑颈鹤的天然越冬区。尼洋河与雅鲁藏布江的交汇处，其情其景，会让人想起一个成语：泾渭分明。遗憾的是，我在陕西已经写到过，泾河与渭河连同来自古代的成语俱已休矣，如今它们已经不再分明，是一色的混浊。

我不知，这该算前话呢，还是后话？

那天，我们经萨迦县过5400米海拔的贡嘎拉山口，这里被称为珠峰入口。

然后中途弯到拉芝县，看望了西藏自治区水土保持局设在这里的一个助贫点。驻站负责人王向阳带我们进了他们的家。他们家的客厅地板上，没有镶花的瓷砖，却长满了一丛一丛的野草，有些还是开花植物。墙上贴满了各种文件和材料。

留着分头的王向阳有点书生气象，他说："这个就是习总书记所要求的精准扶贫、精准脱贫。我们来的这两年，村里的老百姓经常会拿自己家的鸡蛋和他们采来的蘑菇给我们吃，我们哪能白吃，都是要给钱的。怎么说呢？可以说是真的很亲，就和一家人似的。就是事情太多，忙都忙不过来，大事小情，啥事都要找我们帮着解决。我们也是有求必应有忙就帮，就连家长里短，吵嘴闹意见，都要请我们去评个理……丢了牲口也得帮着去找。所有的村民都是些非常善良、非常淳朴的人，他们对我们这些汉人好着呢……我们在水土保持方面也没有闲着，帮他们搞了一个小流域治理示范园……"

他带我们去看示范工程时，通了公路的村口，有一大拨穿藏族服饰的婆姨嘻嘻哈哈地坐在光净的路面上纳凉、哄娃、捻毛线。她们捻毛线是在一个光滑的不锈钢的碗里，我觉得好奇让她们演示一下，她们笑嘻嘻地做给我看。我拿手机拍照时，她们也很配合，远远的有个小男孩趔趔趄趄地飞奔而来，大笑着扎入婆姨堆里，生怕赶不及进入我的摄影镜头似的。我离开时，几个孩子尾随在我们的身后，在水泥的路面上爬来爬去，还冲我们笑。有一个可爱的3岁左右的藏族女孩，我逗她时，她却害羞地把笑容藏了起来。

王向阳给我们看的地方，是村外的一片相对辽阔的河谷，河谷里有脉脉清流，在夕照的余晖中眨动着含情的眼睛。小流域的治理效果还没有完全显现，因为水土跟那个小姑娘一样羞涩，需要时间与你相熟相知，可惜我们没有时间，但他们是有的。然后我们去海拔4080米的拉孜县城，走遍了全城只为寻觅一个吃饭和住宿的地方，以便休息并继续次日的行程。

次日早晨8点准时出发。西藏的8点相当于北京时间的6点。去珠峰大本营的路有好几条，我们是从珠穆朗玛峰国家公园的主路前行，途中要经过海拔比珠峰大本营还要高的加乌拉山，几乎全是盘山路。按照Google地球的标高，珠峰大本营海拔5017米，加乌拉山口海拔5202米。从拉孜到定日之间的嘉措拉山口海拔5259米。

加乌拉山口被称为珠峰观景第一台。

前往加乌拉山口的途中，沿途美景无数，害我拍完了一块电池。内陆的油菜花早已开残而在西藏却刚刚怒放。芒刺长长的青稞正在田里秀穗灌浆。以吃苦耐劳著称的高原之舟牦牛不时出现在路的两边，它们神态雍容华贵，慢条斯理，多数是黑色的，也有尾部白色，纯白的比较少见。它们的沉默寡言如同草根百姓几乎是不出声的。我问洛桑："牦牛为什么不怎么爱叫？"他笑答："它们比较低调，也会叫，只是你没有听到，叫声和黄牛是一样的！"

进入珠峰国家公园之后，植被变得稀疏起来，可就在此时我们看到了一群黄羊，照片记录的精准时间是2016年7月7日12点15分。这让洛桑兴奋起来，他说："看，这里野生的黄羊，过去已经见不到，都被猎杀光了。这说明这块地方的生态恢复得还是很不错的！"

这时，顿珠师傅忽然对我说："看，那白色的，就是珠峰！"

经顿珠指点，我从远天白云之中找到一个隐在白云中的尖峰，如同初春时广玉兰吐出的一芽白色蓓蕾，或是浮凸在碧水白浪里的一朵白莲花的尖瓣。有一种无形的芬芳无形的气势，雪崩也似耀眼，白云也似轻媚。那是散放着冰雪气息的荷尔蒙在炫耀它的神性。它神性的十分之九是藏起来的，只露出绰约多姿的端倪，如同一个圣洁的诱惑。过后我在整理照片时发现，12点45分时有一张照片，随着盘旋的山路，它不慎春光乍泄，被我逮个正着。

也就是在这个时间，我们来到了加乌拉山口。顿珠师傅把车停稳之后，我走下车来，觉得大地在摇晃，轻微的眩晕过后，一切又恢复了正常。我站稳脚跟，放眼望去，远处，依次耸立着传说中喜马拉雅山脉四座海拔8000米以上的高峰，从左向右序列为：玛卡鲁峰（8463米）、洛子峰（8516米）、珠穆朗玛峰（8844.43米）和卓奥友峰（8201米），4座8000米以上的雪山排成一列，其壮观难以形容。遗憾的是云彩纱幕般挑逗性地有意无意若隐若现地遮蔽了四座雪山的顶部，只袒胸露腹给我们看了四个伟岸的银色身腰。从加乌拉山依稀可见南北坡巨大滑坡体上的珠峰120道拐弯，回看拉萨似乎还能望见从群山中凸起的乃钦康桑峰。

望着五颜六色的经幡，和石头垒起的玛尼堆，有几句诗莫名其妙地溢出我的心头：

"玛尼堆增加了青藏高原的隆起，蓝和白守护着天荒地老的沉睡，在离太阳和月亮最近的所在，珍藏着对人类最后的关爱。宇宙是一个无垠的妊娠，银河是环绕胎儿的羊水，地球便是那个幸运的婴孩，珠穆朗玛是打了结的脐带。雅鲁藏布江是最后的羊水，珠穆朗玛峰是剪断的脐带，布达拉是人类最初的智慧，也是人类最近的一个依归……"

继续前行，我的不停闪动的镜头中出现了一座被雪山和峭壁交相辉映的绒布寺。这座海拔5100米有着百年历史的宁玛派寺庙，曾几何时还是僧尼混居的寺庙，据说最多时曾有500名僧尼。绒布寺是珠峰脚下唯一寺庙也是世界上海拔最高的寺庙，它还是从北坡攀登珠峰的所在。遗憾的是我们没有进去，只是远远地瞥了一眼，便离开它驰入了珠峰大本营。

到珠峰大本营后又改乘大本营的车往珠峰深处走了四公里。

八十六

水土也是有个性的。按照大的地貌单元西藏可划分为南部喜马拉雅山区、喜马拉雅北麓湖盆区、雅鲁藏布江中游谷地、藏东高山峡谷区、藏北高原湖盆区五个地貌区，地形特点具有群山巍峨高峻、山间谷地长而宽广、峡谷幽深狭窄的特征。

西藏是世界上山地冰川最发育的地区，有海洋性冰川和大陆性冰川2.25万条，冰川面积2.86万平方公里，冰川融水径流325亿立方米，约占全国冰川融水径流的53.6%。气候基本特点是太阳辐射强烈、日照长、气温低、空气稀薄、大气干洁、干湿季分明、冬春季多大风。西藏属于我国太阳辐射高值地区，也是我国河流最多的省区之一，主要补给来源为降水、冰雪融水以及地下水。境内拥有各类湿地约600万平方公里，占全区土地总面积的4.9%。有种子植物208科，1258属，5766种，分属阔叶林、针叶林、灌丛、草甸、草原、荒漠和高山流石坡植被七个类型，植被组成以耐旱性的高山型植物占优势。水平分布规律表现为：从东南向西北随着降水量渐减，依次出现森林、灌丛草甸、草原、荒漠等植被带；从南到北随气温降低，依次出现热带、亚热带、温带三个植被带。受地形和气候的影响，植被的垂直分布变化很大，尤其是南部高原边缘地带最为明显，从最低的热带季雨林林带往上依次出现常绿阔叶林、针阔混交林、暗针叶林、亚高山灌丛草甸、高山草甸及高山稀疏垫状植被等垂直带谱。西藏土壤独具特色，具有成土过程的年轻性和土壤发生的多元性，成土过程中生物与化学作用弱，物理风化作用强，土壤普遍发育程度低、淋溶作用微弱、粗骨性强、生物体积累不明显且分解缓慢。据土壤普查结果，全自治区有29个土类、68个亚类、296个土属、1492个土种。依其成土特点、分布规律和主要利用方向，西藏土壤可划分为森林土壤、农业土壤、牧业土壤和难利用土壤四大类型。难利用土壤主要有高山寒漠土和高山荒漠土。西藏独特的生态构成，使其成为具有中国乃至世界性的调节气候、涵养水源、防风固沙、均衡水土、净化空气、保护生物多样性的生态屏障。

数字会说话，据第一次全国水利普查水土保持情况公报称，西藏水土流失面积已达西藏土地总面积的34.35%。冻融侵蚀面积达323230.30平方公里，水力侵蚀面积61601.85平方公里，风力侵蚀面积37129.59平方公里。拉萨市水土流失面积12840.75平方公里，昌都地区为35374.64平方公里，山南地区为23757.89平方公里，日喀则地区为65616.24平方公里，那曲地区为146338.19平方公里，阿里地区为110108.94平方公里，林芝地区为27925.09平方公里。拉萨市占比最大，人为活动所导致的水土流失不容忽视，特别是近十年来随着国家支持力度的加大，西藏自治区人口增长和社会经济持续快速发展，农牧业生产与开发建设规模不断扩大，对自然资源的开发利用力度以及对脆弱生态环境的干扰影响也越来越大，尤其在"一江两河"流域地区、尼洋河河谷区、澜沧江河谷区、道路交通沿线等人为活动比较活跃的地区，人为加速侵蚀较为严重，生产建设过程中存在忽视水土保持、重建设、轻保护的问题，新增水土流失有逐渐加剧的趋势。

兔子爱吃窝边草。

海拔高于4500米的高山区域，植被类型为高寒草甸植被，覆盖度比较高，人类够不着，多以自然侵蚀为主。随着海拔降低，由高寒草甸植被逐步过渡到高寒灌丛草甸植被和高寒草原植被，植被盖度降低，人为水土流失强度逐步加大。海拔3800~4500米人为活动相应增多，主要表现为轻度和中度侵蚀；在河谷周边海拔3500~3800米的山缘陡坡，主要为高寒草原植被和山地灌丛草原植被，人类活动加剧，植被破坏严重，盖度一般低于50%，水土流失以强烈侵蚀为主。一方水土养一方人，在海拔3500米以下的河谷区，则是人类农牧、开发建设活动最频繁、影响最严重区域，上下其手，水土侵蚀以强烈为主。

长远危害可从易云飞的一番话见端倪："我们西藏平均土壤侵蚀模数为4360，年均土壤侵蚀总量达44.72亿，什么意思呢？就是说相当于岩石40年的风化量，以这个速度推算，到2050年全区土壤厚度减少10~

80毫米,到那时我们西藏50%以上的山地就会变成荒山秃岭、一毛不生,可怕不?这还不算什么,想想看,流失的那么多土壤,都堆在河道里、水库里,还不得发洪水?洪水淤积能让万顷耕地和草地沙化、退化,从而导致自然生态环境失衡,更加诱发和并加剧自然灾害,雪上加霜,不治理水土是死路一条啊!"

  这不是危言耸听,而是有充足证据支撑的,水文站泥沙资料显示,拉萨河、年楚河输沙量20世纪80年代分别为100万吨、244万吨,90年代分别为180万吨、313万吨,江河输沙量的不断增加,势必影响其泄洪能力。由于陡坡耕作、粗放种植,耕地土壤剥蚀严重,导致土地表层熟土流失,土壤肥力下降,特别是藏东"三江"流域的耕地水土流失尤为严重,据不完全统计,20年间区域因水土流失减少耕地面积126平方公里,流入江河的泥沙量达2720万吨/年,年流失土壤有机质、氮素、有机磷分别达510万吨、23.8万吨和32.4万吨。相当数量的草场由于土壤侵蚀而呈现不同程度的退化、沙化,已严重影响西藏畜牧业的持续发展。据测算,那曲地区因冻融侵蚀引起的草场退化面占总面积的25%,西藏自治区由于水土流失造成草地单位面积产草量减少20%~75%,可食牧草比例从80%降到30%以下,因水土流失造成的土地沙化年直接经济损失在8.63亿元,人均损失377.1元。水土流失已成为引发山洪、滑坡、泥石流灾害频繁发生的重要原因,如2000年波密县易贡藏布河扎木弄沟发生特大山体滑坡,冲毁农田、草场、茶园约13.3平方公里,沿途8平方公里的森林瞬间化为乌有,下游50年来修建的公路毁于一旦,318国道交通中断,造成近10亿元的损失,生态环境和社会经济遭重创。

  易云飞慨然曰:"这就是要把水土保持从边边推向主桌的原因!"

  珠峰大本营创建于2014年10月17日,是为保护珠峰核心区域而设立的保护地带,海拔5200米,与珠峰峰顶直线距离约为19公里。2015年4月25日,尼泊尔强烈地震导致了珠穆朗玛峰的雪崩,珠峰南坡大本营被毁。2015年7月1日恢复开放。设有旅馆、茶座、商店、摊点,甚至还有一个邮政所。随处可见太阳能电池板,是晚上照明用的。这里是寻常人能到达离珠峰最近的地方,也是距离蓝天白云最近的地方。在拉萨和许多县城见不到的乌鸦,这些黑色的长着锯齿状羽翼的生灵把这里当成了它们最后的栖息地,在布满破碎砾石的谷地,它们以自己的黑,辉映着天的蓝和冰雪的白,与它们体色最接近的是河谷灰黄色的冰雪融水,冰雪融水的碧绿在此全失,它们哇哇地议论说:"不如玉龙雪山的融水好喝哇!"

这便是前边洛桑幽了珠峰一默的原因。

远远就在召唤我的珠穆朗玛峰这时已经完全撩开了它的面纱,很是霸气地露出了作为喜马拉雅山脉的主峰的本相,竟然生就一张金字塔形的大脸,双眸张开,正咧着一字形的大嘴冲我微笑。我也拱手还礼咔嚓了半天,它却有点不乐意,唤来一团云彩,想要躲起来。洛桑的同学是日喀则市的水利局局长,多年不见,两人很是亲热。这位和蔼可亲的藏族同胞,为让我们了解珠峰的水土保持情况,特地从珠峰所在地拉孜县找来一位县水土保持局的工作人员,这是一位不爱说话的藏族姑娘,一路上很少说话,只是微笑。

为了不让珠峰躲起来,洛桑与同学商议后决定乘营地的车,再向珠峰靠拢四公里,艳遇珠峰,别说四公里,就算靠近一寸,也值得雀跃。

过后我从所拍的照片上注意到,珠峰雪线以下可见密如蛛网的多条细细的融水,除了气候变暖的原因,与西藏特殊的气候是分不开的。西藏大部分地区属半干旱、干旱气候,降水时空分配具有不平衡性,在地域上主要集中在藏东和藏南低海拔地区,年降水量1000~4000毫米,局部降水量达到4500毫米左右,其他区域降水量在300~600毫米之间,尤其是西北干旱地区年降水量不足30毫米。大部分地区干湿季节明显,5~9月降水量占全年降水量的80%~90%。由于降水强度大且集中,山高坡陡、土层较薄、植被覆盖度相对较低,加之冰川融水形成大量地表径流,极易造成大面积的面蚀、滑坡和泥石流。

西藏大风主要集中在北纬32°线一带,从藏北至阿里地区、喜马拉雅山与冈底斯山脉之间山谷地带的藏西区域。这一区域大风日数达到100~200天,主要发生在11月到翌年5月,此段时期干、风季同期,气候干燥,降水稀少,加之过度放牧又使植被覆盖度降低,松散的地表物质极易随大风发生移动形成严重的风力侵蚀。西藏气候具有东南温暖湿润、西北严寒的特点。尤其藏北区域，因气温变化，在表层土与岩石之间形成一层冻层并成为不透水层，解冻时表层水先融化，下层冻土融化缓慢，水分不能下渗，势必产生地表径流，造成水土流失，形成冻融侵蚀。

珠峰便是典型一例。

自然植被受地势地貌、水热条件变化的影响，从东南向西北植被类型由森林经草原变为高寒荒漠，植被覆盖度逐渐降低，生态系统的脆弱性逐渐增强，受气候、土壤等立地条件的限制，生态系统的自我恢复能力差，一旦遭受破坏则难以恢复，致使裸露地表极易遭受雨水冲刷、风力侵蚀而产生水土流失。反映在土壤特征上具有成土过程的年轻性和土壤发生的多元性，成土过程中生物与化学作用弱，物理风化作用强，成土作用微弱，土壤粗骨性、薄层性、贫瘠性特点突出，土层厚度一般为30~50厘米，土壤多沙砾质，土体结构较松散，抗蚀性较弱，在外营力作用下极易产生水土流失。

人为活动具双重作用：一方面可以通过改变局部坡度、截短坡长、改善土壤条件、增加植被覆盖、修建防护工程等方式抑制水土流失的发生发展；另一方面，不合理的人为活动将加剧水土流失的发生发展。随着西藏人口持续增长，经济建设不断推进扩大，频繁地对脆弱生态环境的人为干扰越来越大。加上忽视水土保持工程，扰动破坏地表、毁损植被、堆置弃土废渣、劈山开石等人为活动，造成了大量新增水土流失。毋庸讳言，珠峰雪水浑黄的主因，其实是水土流失日趋严重的表现，而且不乏登山、游览等不文明的人为辅因。

上路时，大家忽然发现，乔处，失踪了。

八十七

人类早已认知了水土是人类的生存之本，水土相济可生草木万物，形成好的小气候。水土的概念可大可小，小者可治沟治坡，大者可统率全局，成为标本兼治的三军司令部。

西藏自治区水土流失防治工程起步于20世纪70年代的"一江两河"治理工程，以江河整治为基础，以风沙治理和林草植被恢复为重点，以建立植被生态系统为最终目标，筛选出了一批适宜于西藏高原气候和土壤的水土保持林草种，基本查清了土地沙化的成因、类型、规模和分布，相应实施了天然林保护工程、退耕还林还草和湿地保护工程，治理沙化面积426平方公里。2011年水利部第五次援藏工作会议指出构建西藏高原生态安全屏障，必须加大水土保持生态建设力度，保障西藏的生态安全。西藏自治区水土流失防治已从单一植被恢复转变为综合防治，以"水土保持三区划分"为依据，重点针对"一江两河"河谷区、"三江"流域中上游河谷区、藏西北草场沙化区、重点城镇、重要旅游景区、交通要道小城镇及水库水源区上游，以试点示范为主，以小流域水土保持综合治理工程、生态修复工程、城镇水土保持工程和库区综合治理工程为突破口，先后启动实施了多项水土治理工程。

近半个世纪的西藏水土保持工程建设取得了较显著的生态、经济和社会效益。

西藏较为典型的水土流失综合防治工程有：矮西沟小流域水土保持综合治理工程，小流域植被覆盖度提高到48%，乱砍滥伐现象得到有效遏制；综合治理水土流失面积3210公顷，粮食平均亩产提高到180公斤，农牧民人均纯收入增加到1900元。茶巴朗小流域综合治理示范工程，治理水土流失面积4632.63公顷，水土流失综合治理度达到82.55%，植被覆盖率得到明显提高，达到73.4%，土壤侵蚀量减少53.5%，平均亩产粮食提高到240公斤；具有典型带动和示范辐射作用。翻身沟小流域水土保持综合治理工程,地处雅鲁藏布江南岸雅砻河西南谷地,流域面积55平方公里,治理水土流失面积2416公顷,植被覆盖度达到63%,保灌率由以前的30%提高到80%,有效减少了水土流失,形成了一个良好的局地生态循环体系。马崩弄吧沟小流域水土保持生态修复试点工程,使小流域植被覆盖度提高到58.6%,治理水土流失面积1018公顷,小流域粮食平均亩产提高到210公斤,农民人均纯收入增加到2200元。以上有些地方还没有来得及去,但以这一程所见为证,足见易云飞的忧虑是有道理的。

"易云飞是个想干事的人!"乔处这样评价易云飞。

乔处是个外形儒雅内在爽朗的人,爱思考问题也喜欢掰扯问题,似乎学过黑格尔的三段论式,正反合加推理,使他的思维显得很有条理,直觉敏锐而富有张力,常会有意无意说出几句惊世骇俗的话,比方说他对北京治霾方略多有不屑,说:"光是京津冀三地治霾是行不通的,得全国一起治,北京的霾都能飘到日本,日本的霾也就能飘到中国,那周边省的霾一样也能飘来北京,头疼医头脚疼医脚只是权宜之计,得标本兼治,是个综合治理工程!"

从去年到今年,我已经跑过多个省,多半时间与乔处结伴而行,一路上他谈笑风生,谈水说土,讨论过许多问题。我的观点,认为对的他会点头,有分歧的地方,往往会毫不客气地予以反驳。比方说,我认为,天地万物之间,水土是最重要的,他会马上反驳,不对,还有空气是很重要的。我说,为什么说是水土中国,因为没有水土就不会有中国。水和土是不可分的,水土相济,可以生万物,云腾致雨,露结为霜,草木繁荣则大气中的负氧离子便丰富,人的呼吸也就舒畅了。推而广之,没有水土,也不会有地球,没有地球,就不会有地球生命,没有生命人类也不会存在了。他则笑说,这样说是片面的,不光有水土,还有石头各种金属什么的。我说,这么说也许挂一漏万,但文字不等同于数字,可以有大概齐。在人类最朴素的认知中,土石堪为一体,石头风化为土,土与水结合成泥,泥窑焙成瓷,在压力和物理作用下也可重新变成石头。五行之中,水土占了两行,若无水土,何以生金生木生火生万类万物?从古迄今,约定俗成,水土意味着江山、河山、田水、海疆，水土优劣意味着国土的好坏与版图的完整。比方说我们会说水土保持，而不会说水石保持，水金保持。云云。

这样一个谈笑风生的人，却在踏入拉萨后失去了生龙活虎的模样，没精打采，一路上只顾蜷缩在后边的车椅上蔫不拉叽地睡觉，先还冲我打趣几句："在西藏举凡拎个照相机，随便那么一拍，都能得摄影大奖，都能成摄影家，不是技术好，是西藏随处都是美景！"

过加乌拉山口时，他脸色难看地伫立在凛冽的风中。

我悄悄问他，有高原反应吗？他笑了一下，镇静自若地说没有。我说要有你就吭声。他却硬撑着坚定地摇头说没有。在去往珠峰途中他继续睡觉，我怕他睡过去，便问了他一个问题，我说："乔处，这些天我一直在思考一个问题，有人说如果把中华人民共和国成立这么多年来种下的树加起来，那我们种的树已经足够把中国所有的地方都绿化几遍了，地球都能种满，可为什么年年种树不见树？还有人说，为什么江河治理这么多年，黄河还是黄就不说了，可为什么连绿如蓝的长江也变黄了呢？清亮的河流还剩下几条呢？说无山不秃头，无水不流土，无处不污染，似乎一点也不过分吧？原因何在？"

乔处睁大眼睛，从蜡黄的脸上勉强挤出一丝微笑，但不服输的劲头依旧，以守为攻地问我："那你以为是什么原因呢？"我说："这不是怨天尤人的事，但我个人以为，人类自古以来就是择水土而居的，水土就是民生就是物就是家园就是河山，这个最直接最简朴的认识持续始终，中华人民共和国成立初期也是这样，到处都是水土保持队，成为基本国策，副总理亲管。可是到了'文化大革命'，水土保持机构全部撤销，消失了8年之后，恢复机构时，又逢整编，水土保持成个最微不足道的部门。想解决问题，得从根本上着手，头发秃了、胡子稀了、眉毛不长了，得从皮上找原因，把皮治好了，毛发自然会重生，所谓，皮之不存，毛将焉附，此之谓也！皮是什么？就是水土，水土不好是种不活树的。这一程走过来，大家都觉得，水土保持工程做好了之后，树的成活率就高，树好了水土相得益彰，好上回好，这是良性的。比方说洛桑的头发胡须为什么这么好？不是他头发胡须有多好，而是因为皮好，水土好！"

洛桑嘻开一嘴白牙笑:"我的头发都掉得变成胡子了!"

难得乔处竟然没有反驳我,只是笑了笑,便又闭上眼睛,进入昏昏沉沉的状态。我知道他这种人,从来不想让别人担心,有事总自己扛。记得陪我去福建时,他老母亲生病要动手术,联系医院全是在旅途上靠打手机完成。他本科毕业于北京林业大学水保系,硕士毕业于中国人民大学公共管理系,加上善于学习,博闻强记,知识面十分广博。今年已经46岁,曾经先后到重庆万州区高梁镇和贵州铜仁市政府等地挂职锻炼两次,在铜仁挂职市长助理两年间,因工作优异被铜仁市政府记个人二等功一次,估计这在水利部全部挂职干部也是绝无仅有的。如今他已经是教授级高工,担任正副处级达16年之久。我曾问过他,如此优异何以不要求进步?他却笑说,水利部藏龙卧虎,我这样的人才多了去了。我说不是下去挂职的干部就是领导要考虑提拔的吗?他却说这个不归自己考虑,踏实做好工作,就万事大吉,晋升的事交给上级领导去考虑,乐天豁达得让人心酸。他的人生态度如同他的高原反应,硬撑的结果是直到他在珠峰大本营忽然消失,才引起大家的关注。顿珠师傅这才想起和大家说:"过加乌拉山口时我就见他嘴唇青紫……"洛桑也直劲后悔:"当时我也有点反应,光顾了自己难受,没有注意乔处,要早知道就在加乌拉山口买上个小瓶氧气,让他吸上几口……"

赴藏途中,乔处曾关心地顾我而言之:"你也得注意,高原反应和身体好坏没关系,主要看身体的适应能力。有些身体差的人却没什么高原反应,身体好的人反而反应强烈。"不幸而言中在他自己身上。这个同我一路走来,谈天说地,纵横捭阖,跋山涉水,大步流星,得我小跑着追赶的汉子,稍许一个不留神,竟会被高原反应小小地调侃了一下,这充分说明,人算不如天算,人再强也强不过自然,因为人是自然之子,以此类推会发现许多变数。

好在是一场虚惊。

找他的人很快发现乔处竟然置身于珠峰大本营那个小小的邮电所,正在蔫不拉叽地邮寄几张明信片。如此挚爱人类美好事物的人是不会轻易倒下的。这让我暗中大大松了一口气。然而,当他一改大步流星,施施然走来时，我发现他脸色还是很难看，嘴唇依旧青紫，那种优美的施施然的太空步态，如提线木偶，是受了珠峰的挤兑和客观摆布的。

靠近珠峰四公里的路途是崎岖的，破旧的营地车颠簸着，在尘土飞扬的砾石路上七扭八拐地向前。珠峰并没有因这微末的一点距离的靠近而变大或是张开臂膀来迎候我们，反而是在悄悄地往浓浓的云彩里逃避。车上一个穿着厚厚羽绒服的年轻驴友，开始后悔，说还不如留在营地，乘珠峰没躲起来时多拍几张照片。另处几个同伴便劝慰他说，知足吧，烧高香吧，好多人来过几次，珠峰连面都不露，只看到满山云雾，这回运气好，珠峰够给面子了！

珠峰海拔5200米的纪念碑便在这里。这里被称为珠峰二号营地。2005年重测珠峰高度的"珠峰高程测量纪念碑"由西藏自治区测绘局扎西多吉设计，用整块花岗岩雕刻而成，上面刻有汉、藏、英三种文字，被安放在西侧一个小山坡上。这里与珠峰的直线距离已经由19公里减少为15公里。纪念碑前有武警把守，并对游客给予注意事项的提点和警示。

在纪念碑后面有一个小山坡，坡上是经幡和玛尼堆构成的顶，有百米高低。不要小看这百米高度，因为它的下边铺垫有5200米的海拔。上了小坡之后，人便淹没于经幡之中。坡上的风刮过时，很大声地诵读着幡上的经文，并发出冰雪般凛冽的寒气。有个藏人向我展示经文并要求我签名于经文之上，让风为我日夜诵念经文，让大地之母护持我。我没有接受的原因是，如果我天天做好事，不必诵经，珠峰也会保佑我，做了坏事，念再多的经也没有用。何况我是识字的，如果我乐意，我会自己念那些经言，不会委托风来代劳。

广袤笑话着狭隘，荒凉调侃着繁荣，皑皑挤兑着杂色，伟岸对比着渺小，巍峨彰显着无助，自然得无语，只在空寂中回荡，回荡成不可知的千言万语。我有五言依平仄而歌之曰：

苍雪皑皑冠，沃寒壑壑散。风流金粉聚，云泥红尘判。
拉萨宫摩天，雅江波抚岸。牦牛一吟叹，天地成冰炭。
冰川见乐呵，雪岭念烟波。百暴炎黄曲，千荒藏汉歌。

民溶盐智慧,世纳水江河。德勒扎西后,康巴向达摩。
浮生若传讹,富贵似蹉跎。日月飞针线,春秋掷杼梭。
循生生礼佛,举死死安魔。水经流千丈,风幡诵万驮。
冰肌雪骨腴,以玉露涂肤。饮日餐风月,同天地共庐。
高龄十万齿,大美五千符。莫待皑皑尽,潸潸泣野凫。

可否这么说:人不治理水土,水土就会治理人。

八十八

水土是个恩怨分明的物事，一方水土养一方人，这种奉养表面上是不求回报的。暗地里它却是要回报的。一方人得小心呵护生养自己的水土，若是护养不当时，一个稍不留神，便会引发水土的报复。从这点看，水土的器量并不大，而且爱使小性子。

落日余晖中我们离开珠峰大本营，返回日喀则市住宿。乔处因高原反应，慵懒得几乎没有吃饭，为此洛桑心情沉重。8日驱车回拉萨，途中看了江孜县一个小流域示范工程点。

古城江孜坐落在年楚河上游，距日喀则市90公里，是一座历史悠久、名胜集中的历史名城。吐蕃王朝(7～9世纪)灭亡后，群雄割据，江孜一带为法王白阔赞盘踞。元朝时江孜修建了白居寺，原属萨迦教派，后来噶当派和格鲁派的势力相继进入，各派互相排斥，分庭抗礼。但最终白居寺兼容萨迦、噶当、格鲁三个教派，寺内供奉及建筑风格也博采众家所长。白居寺的菩提塔是由近百间佛堂重叠而起的塔，塔内佛堂、佛龛以及壁画上的佛像总计有10万个，因而又名十万佛塔。藏语称这座塔为"班廓曲颠"，意为"流水漩涡处的塔"，流水便指年楚河。年楚河是雅鲁藏布江中游最大的支流，河流全长217公里，流域面积11130平方公里。年楚河发源于西藏的宁金抗沙冰川，江孜冰川是我们要去考察的下一个点。托庇于年楚河的滋润，江孜流域土地肥沃，物产丰美，自古便是西藏发达的农业区。

江孜至今仍保留着1904年的抗英炮台。

炮台旁边的石缝中长满紫花。洛桑津津乐道："《红河谷》那个电影，那个叫冯什么的导演拍的电影，就是在这里拍摄的。"江孜藏语意为"胜利顶峰，法王府顶"，因为年楚河流经这里，历史人称江孜地区为"年"。《红河谷》讲述了当年英国人侵略西藏，江孜藏汉人民不畏强暴浴血卫国的片段。片中还讲了一个意味深长的神话故事：山神生了五个儿子，一个叫长江，一个叫黄河，一个叫雅鲁藏布江……

江孜冰川即是卡若拉冰川，在整个西藏属于离公路最近的冰川，只有300多米距离，远远的，便可以从车窗中望到乳酪般雪白的冰雪，带着无数条线型的弯弯曲曲的融化的细小痕迹，日夜不停地分泌着被繁荣融化的乳汁。这些乳汁是清亮的，较之珠峰的冰雪融水，有着本质上不同，看起来虽然不安却让人舒服多了。观看卡若拉冰川的这个地方海拔约有5400米，是西藏众多冰川中面积最大的一条，达9.4平方公里，是西藏三大大陆型冰川之一，为年楚河东部源头，处于浪卡子县和江孜县的交界处，距离江孜县城只有约71公里。

往下去便是浪卡子县的羊卓雍错湖，被洛桑简称为羊湖，藏语的意思是"碧玉湖""天鹅池"，与玛旁雍错、纳木错并称西藏三大圣湖。湖面海拔4441米，东西长130公里，南北宽70公里，湖岸线总长250公里，大约是杭州西湖的70倍。湖水深达20～40米，最深处有60米，是喜马拉雅山北麓最大的内陆湖。形状像是纷繁多叉的珊瑚枝，在藏语中又被称为"上面的珊瑚湖"，上面是山上的意思？抑或也有天国的意谓，不得而知。

羊卓雍错湖属高原堰塞湖，亿万年前，因冰川泥石流堵塞河道而形成。

所以它的形状很随意，湖岸曲折蜿蜒，以空姆错、沉错和纠错等3小湖组成。历史上曾为外流湖，湖水由墨曲流入雅鲁藏布江，后来湖水退缩成为内流湖。湖内分布有21个小岛，大者可容五六户人家居住，小者则仅有百余平方米。牧草肥美，野鸟成群。牧民常在春夏两季运牛羊上岛，任其自由自在地在岛上享用美味，也不用担心它们跑走，自己则拍拍手回家去睡觉。直到天气冷起来，才会上岛去接它们回家，而此时的牛羊已经是膘肥体壮，肥美得可以宰了吃肉了。

在这个地方，绿色的湖岸环抱着蓝宝石般的湖面，湖面上有白色的水鸟在飞回，翅尖不时会掠过万顷波光，刺破湖面，投入其中。在这里，我见到一头白色的牦牛，面对我时它似乎充满欲言又止的期待，想要诉说它往世的故事。我拍照羊卓雍错湖石碑的时候，一个老藏民喊住了我，指着那方石头，向我索要5元钱的拍照费，他说，这块碑是村里立的，每天村里人都要收拾游人丢弃的垃圾，定下规矩，拍照每人交5元钱。我给了他5元钱并在过后告诉乔处说："环保深入人心，藏民也会打环保牌了，这不能不说是环保宣传的胜利！"

在这里，一切都是安详的，自然原汁原味，如同一个神奇的子宫，孕育出水土万物和人类，十万年的胎教哺喂，饥饿依然张着小嘴。日月星辰，镶嵌古老而湛蓝的智慧，山河草木，呈现多姿多彩的大美。牧民喝着酥油茶，牦牛吃着草木饭，天地牧放着自然。蔚蓝中白云散淡，旷达里远山呼唤，天籁下圣湖拍岸。牦牛似乎有些不安。

只是我不知道，这些牦牛，它们在不安什么。

那天很晚才回到拉萨市。回去时，援藏干部李亚龙已经身在武汉了，我看到一则他7月6日发的图片和微信："武汉全城沦陷，家门口也淹了，这样的节奏，我8号回得去吗？"图片上沙袋拦着一片汪洋……不只是武汉被水淹了，中国多地城市遭遇雨涝，个中的原因不说也罢，有一个原因却千转百回，依旧落在我苦苦追寻的那两个字之上：水土！

水土是懂得约束自己的，它的形成、流动，都采用一种最简约的自然方式。它的狂飙以及放浪，同样运用的是四两拨千斤的力量，而人类却总是忘记这一点。水土爱使小性子，却是一个善意的提醒，因为从各国的历史故事和神话传说中透露出的信息是，人类是从洪荒年月走来的，结束人类发展进程的依旧可能是洪荒。洪者水也，荒者土也，归根结底还是一句话：成也水土，败也水土，荣也水土，荒也水土，大千万物，人间万事，唯水土为大。

"遏制人为的水土流失是水土保持行政主管部门的重要抓手。"

次日拉萨水土保持局易云飞局长，亲自陪同我们，从拉萨机场9点50分出发，在去林芝考察的路上，他说："西藏水土流失面积占到西藏国土总面积的1/3，如此之大的水土流失面积，人类根本无法与之抗衡。同时，这些面积的水土流失速度是和缓的、较慢的，属自然环境容许范围之内。我认为现在最主要的问题是，随着经济社会的快速发展，人为的水土流失问题必将越来越突出，遏制人为的水土流失是水土保持行政主管部门的重要历史责任。"

"透过现象看本质,"他单刀直入,"要理清人们认为在项目建成后多栽一些树、种一些草,把环境整治得美观一点,水土保持就搞好了的认识误区。任何一个项目建设的过程中才是人们对水土扰动最大、破坏强度最为剧烈的,水土流失可能性最大的时期。所以,必须严格再严格地落实水土保持同时设计、同时施工、同时验收的三同时制度,不能含糊。"

"提升水土保持行业的地位和影响必须主动出击敢于担当。"他重拾水土保持长期以来被边缘化的话题,直截了当地说,"在生态文明建设的大舞台上,水土保持工作尚在边缘徘徊。如果水土保持部门不积极主动履行职责,最终水土保持部门还将被进一步边缘化。你说水土保持很重要,自己又不勇于担当,是不行的。在实践过程中我发现,水土保持监督检查的力度越大,生产建设项目单位开展水土保持工作的责任心就越强,措施落实得也就越到位,水土保持监督检查工作弱下来了,生产建设项目单位水土保持工作积极性也就停滞了。"

林芝海拔已到3000米以下。

乔处在林芝的一个村落中发现了几堵高高的厚厚的以木柴搭起的院墙,心痛地对我说:"这得砍掉多少树啊!"卧在烧柴下的一窝猪,横七竖八,睡得却很安逸,全然没有被乔处的话惊扰,一只小花猪探头似乎在反驳说:"别大惊小怪这里植被好着呢!"

林芝水保人曲扎这样介绍说,根据第一次全国水利普查,林芝全市水土流失面积27341.93平方公里,占全市总面积的20%,其中水力侵蚀总面积为13628.14平方公里,风力侵蚀总面积为78.02平方公里,冻融侵蚀总面积13635.77平方公里。未治理的区域主要分布在山高、陡坡、土质差、生态脆弱、交通不便的地方,是难啃的硬骨头。近年来许多建设项目的实施给地方发展注入了动力,也在实施过程中不同程度造成了新的水土流失。水土保持防治任务仍然很艰巨。全社会水土保持意识有待提高。补偿机制方面还未取得突破,水土保持专业队伍以及执法能力和经费保障等方面有待进一步加强、完善和提高。还有乱砍滥伐现象存在。

林芝地区米顺县的女局长严红带我们去看公路边的一个雅鲁藏布江峡谷的改造工程。易云飞局长重拾他说过多次的那个话头："要么不要搞，要搞就要搞好，搞一处成一处，前期论证工作要跟上，把方方面面的因素都考虑进去，不搞则已，要搞就搞成百年工程……"

　　从米拉山西侧雪山走来的尼洋河是雅鲁藏布江五大支流之一，全长307.5公里。由于沿途植被好，水流清澈见底，如一条蜿蜒的青龙，穿越葱郁的原始森林汇流入雅鲁藏布江。江河交汇处，尼洋河清澈而湍急，多情而青春，雅鲁藏布江却混浊而流缓，好似一个负重过甚步态蹒跚的老妪，清浊分明处溅溅有声。奇处在于尼洋河汇入雅鲁藏布江后竟然掉头就跑，形成倒流的奇观。自然大意是说，二者同生雪山村，都是青碧模样，清纯男女，天荒地老，相恋甚久。遵从自然法则二者分手各自远行，去为人民服务，并相约在此伉俪相见。孰料相见时依旧后生模样的尼洋河，等来的却是未老先衰的雅鲁藏布江，故而有洁癖的尼洋河大失所望掉头便跑，以躲避污浊的雅鲁藏布江……伤心欲绝的雅鲁藏布江在尼洋河的背后发出心碎的呜咽，并愤怒地在沿江两岸把身上的泥沙和肮脏搓洗出去，堆成一个个形状怪异的沙丘。但似乎是徒劳的，她在流经繁华处所染上的污浊，已经无法洗清。她只好在江北岸丹娘乡的所在处，黯然无奈地合掌，借沙丘与沙丘的倒影昭告天地曰：人说佛法无法，请佛救救我吧！

　　这让我想起六世达赖仓央嘉措的几句诗。

八十九

设若把西藏作为心中的伊人,把水土作为人类共有的情愫,读来则会另有一番幽深的滋味:与西藏"最好不相见,如此便可不相恋。最好不相知,如此便可不相思"。拉萨在我心中已经"好多年了,你一直在我的伤口中幽居,我放下过天地,却从未放下过你"。

六世达赖仓央嘉措还这样说:"一个人需要隐藏多少秘密才能巧妙地度过一生。"两难之间有时如同天鹅与梭鱼争相拉车。"曾虑多情损梵行,入山又恐别倾城,世间安得双全法,不负如来不负卿。"当下是人类的生死抉择,"世间事,除了生死,哪一件事不是闲事"。生存与发展并不相悖,如果我们每一个人,都有知有识知情识趣,是完全可以不负水土也不负繁荣的。是否可以这么说,能让雅鲁藏布江恢复三春娇艳的不是佛法的无边而是对水土的无上保持。

19世纪印第安酋长西雅图曾预言:大地不属于人类而人类属于大地。现在发生在大地上的事必将应验到人类的未来。人类并不是编织生命之网的主宰,他只不过是其中的一丝线而已。他对大地做了什么都会应验到自己身上。对大地的伤害是对造物主的轻蔑。如果你弄脏自己的环境总有一天会窒息在你所丢弃的垃圾之中。当野牛被屠杀,野马被驯服,当森林中最隐秘的角落也充满人味……美好的生活已经结束,残喘求生的日子开始……

不幸而被西雅图言中。近些年来照亮舞台的生命之灯正在被有意无意地一盏一盏地熄灭。如果人类还想继续演出就必须珍惜生命的舞台。在这里我想重温当年奥巴马当选总统演讲中反复强调的那句有名的话,这话不仅适应于美国,同样适应于中国和国际社会,在美国这样一个世界超级大国,总统的权力虽然受到这样或那样的限制和束缚,但仍然是至高无上的,他的一念之差,会给世界带来战争和痛苦,他的一念之仁,也会给人类带来和平与进步。

奥巴马当年反复强调的那句话是;相信我们能!

我们能做些什么呢?能让村里的太阳继续一天接一天地升起。能让明天的太阳和今天的不一样。能让臭氧层空洞逐渐消失。能让南极和北极的冰雪停止融化……为了地球村的平安,为了人类的生生不息,从每一个民族做起,从每个国家做起,从每一个人自己做起……地球村的村民都应该为中国水土和生态环境方面的每一点微小的进步和改良祈祷和庆幸,已经习惯于以鲁迅"不惮以最大的恶意揣度中国人"的那些外国人,只要设想14亿生态难民为了活下去被迫向全世界各地流散扩张的恐怖情形,便会明白中国的生态安全关乎全世界人类的生态安全,中国领导人近年来对中国生态安全付出的卓著努力,不仅是对中国负责更是对世界和人类负责……幸灾乐祸甚或说三道四,便透着十分的不厚道,十分的小儿科了。

小时候,县城普遍设有兽医站。牛马驴骡大牲畜若有病,便牵来看病。兽医与人医相类似,一样是望闻问切之类,明了病因,然后便打针或是配药。不止一次见到过,兽医人,将病畜牵入四柱竖立的一个专门所在,使之不能挣脱,使之颈项朝天仰起,铁嚼勒口,大张其嘴。兽医人便拿一个牛角状的东西,盛了黄糊糊的药汤,往病畜的嘴里强灌,有如奈何桥灌喝孟婆汤,不肯喝的鬼魂,它的脚底下立刻就会出现钩刀绊住双脚,并有尖锐铜管刺穿喉咙,强迫灌下,没有幸免者。那个之于鬼魂的做法叫灌,野蛮许多。这个名之为啖,似乎还文明了一些。

这些年已经少见,因为牛马类已经被机械类取代,只剩下肉食一途。细想且细察,历史、社会、百姓、官吏等等,皆如是也!啖与被啖,是必然的。千百年来,历史便是啖来啖去的历史。这种啖与被啖,是势所难免不由分说的,有其合理性也有悲剧色彩。无分好坏,遑论强弱,不啖,思想与历史便会落伍,失色或是生病,便会被边缘化。也不存在你啖我,我啖你,都一样是啖者与被啖者。这是不能拒绝也不可拒绝的。是为记。

水土保持、生态观念、人类意识,啖之灌之,皆不为过也!

九十

《青玉案》新韵记之曰:"珠峰冰雪魂还寄,已歌舞维吾尔。乌鲁木齐西域记,冶游弦诵,戒伊斋彼,鼎故耕凿地。四方水土八荒利,九壤神州百寻义。武媚文柔功善力,左宗棠事,大清国议,西汉植菽稷。"

来新疆这样古老而诗意的地方不能没有诗词,故调寄

新疆维吾尔自治区是个陌生而又神奇的地方,虽然这是我第三次来新疆,但在我心目中,它仍然是个陌生而神奇的地方。

从地图上看,新疆,地处欧亚大陆中心。面积166万平方公里,约占全国面积的1/6,是我国面积最大的一个省区。边境线长达5400多公里,东南向、襟甘肃、带青海,南部衔西藏自治区,与8个国家为邻,东北部与蒙古毗邻,北部同俄罗斯联邦接壤,西北部及西部分别与哈萨克斯坦、吉尔吉斯斯坦和塔吉克斯坦接壤,西南部与阿富汗、巴基斯坦、印度划分边界,是我国边境线最长、对外口岸最多的一个省区,具有得天独厚的地缘优势。

从沙盘上看新疆,片片绿洲星罗棋布,好似航行在广大山峦和无垠瀚海之中几艘大大小小的船组合成的舰艇编队。北部有绵连起伏的阿尔泰山,南部有逶迤错落的昆仑山、喀喇昆仑山和阿尔金山。天山横贯中部,是新疆这只绿色编队的象征,也是它的旗舰,形成南部的塔里木盆地和北部的准噶尔盆地。如同这只绿色编队的左翼、右翼和侧翼一样,新疆人习惯于把天山以南地区称为南疆,天山以北地区唤作北疆,将哈密、吐鲁番盆地叫东疆。

这只绿色编队在大戈壁和大沙漠中航行的历史已经很久远,举世闻名的"丝绸之路"横贯新疆,记载着骆驼运载着的人文艺术历史的华彩片段。

我们落地的乌鲁木齐,是世界上离大海最远的城市,这个属于中

温带半干旱大陆性气候的城市是亚洲大陆的地理中心。乌鲁木齐河自南向北从乌鲁木齐市一路穿过，串起一串串高大的建筑群。城东是海拔5400多米的博格达峰，天山山脉环列城南，峰峦叠嶂，雪峰皑皑。城西是充满神话色彩的妖魔山，城中小而陡峭的红山，山上九级砖塔名叫镇龙宝塔。映衬远处闪闪发光的雪山，尽显神秘和威武。西汉初年即置戊己校尉在乌鲁木齐近处的金满设营屯田，唐朝时西域著名的军事重镇轮台亦设在乌鲁木齐附近。岑参在轮台做过两任小官，写下很多传诵的边塞诗。明代时蒙古厄鲁特部又在乌鲁木齐修筑了城堡，是乌鲁木齐的雏形。清朝时乌鲁木齐即形成基本规模。沙俄强占新疆巴尔喀什湖以东以南地区，使乌鲁木齐取代伊犁，逐步成为新疆政治、军事、文化、经济中心。

这是个充满异域风情的地方。历史上素有歌舞之乡、瓜果之乡之称，古人曾盛赞这里是"耕凿弦育之乡，歌舞游冶之地"，到处可以欣赏到少数民族丰富多彩的民间文娱活动，随时随地可以品尝到甘甜馥郁的葡萄、瓜果。这里还是阿凡提的故乡，我从小就喜欢新疆的阿凡提，喜欢他的诙谐他的小毛驴。众多民族融合使这座城市极具民族特色。奶茶、小吃、地毯、玉雕等特产，都对游人具有浓厚的吸引力。

维吾尔音乐之母十二木卡姆、蒙古民族的江格尔、柯尔克孜族的玛纳斯，与世界上其他民族的英雄史诗一样，在我国非物质遗产中占据有特殊地位。东方文化体系、印度文化体系、伊斯兰文化体系、欧美文化体系，在这里被冶于一炉。

当然也有遗憾，城市建筑的个性色彩在逐渐消失。

乌鲁木齐地区的森林资源是全疆平均森林覆盖率的3倍，但与全国比差距甚大。主要分为天然林和人工林两大类。天然林包括山地针叶林、河谷林和平原荒漠林；人工林则以改造自然、保护农田、草场为主体的各种防护林、用材林、经济林和城市绿化带为主体。新疆还有22个自然保护区，这些慈航普度的绿色罗盘，使可持续发展的航船不会迷航。

冰雪融水是河流的重要补给水源。发源于博格达峰的众多河流滋孕了阜康、达坂城和托克逊等绿洲。阜康县境内占地21.7万公顷的博格达峰生物圈自然保护区,已纳入国际生物圈保留地网。喀纳斯湖四周雪峰耸峙,联合国一位官员这样评价喀纳斯:喀纳斯是当今地球上最后一个没有被开发利用的景观资源,开发它的价值在于证明人类过去那无比美好的栖身地。言外之意是说,这样美好的人类栖身地现在已经所剩无几了。在海拔4000多米的友谊峰下,有现代冰川和永久冻土带。这里可以在同一天感受四季,阿勒泰峰银装素裹俨然北国寒冬。中山带则是松林苍苍,秋高气爽。低山带万紫千红,彩蝶纷飞,又像是春天。我们去的交河故城就在吐鲁番,这里是火焰山的所在,温度高45度,自然是炎炎复炎炎的盛夏了。

新疆国土面积166万平方公里。

新疆的国土面积占中国国土的1/6,相当于三个法国或四个半日本那么大。开车外出,只要一起步,动辄上千公里出去,还是稀松平常的事情。不幸的是,这166万平方公里的土地上,有近2/3被荒漠覆盖着。屈原在诗中所说:魂兮归来,西有流沙,莽洋洋兮!指的便是这里。胡杨和红柳以及众多沙生植物是流沙的天然克星,是它们护持住了大大小小星罗棋布的绿洲镇压流沙、涵养河流和泥土,没有它们的存在简直不可想象。坡上、沟沿、谷畔、黄沙漫漫之中,到处有它们的身影。红柳包小者像土馒头,大者似蒙古包,低的似妲己戏诸侯残留下的烽火台,高的若拜占庭式的城堡。胡杨林、柽柳林,如沙漠中的海市蜃楼,缥缈聚散;走近时,才发现原来是天造地设的碧烟青霞,风姿绰约。晴光茎垂绿线,扶疏可人。尘霾袭来时,则柔躯大震,耕云布雨,淡风定沙,如鬼似仙。

我曾见到一个红柳包,足有两间屋子那么高大,如果可以推门进去,你就会看见里边的根须,这根须盘根错节密密实实地装满了屋子,根本不像是一株植物的根须,倒像花了一个春秋工夫才装满的两间农家的柴房,人类经常不请自到地进去取柴。红柳的根不仅可以向下深扎,还可以似网一样向四面八方平推,密密实实一层一层布网一样交织重叠开去,如果说胡杨树是一群沙海中的男子汉,那么红柳就是戈壁、荒漠地带的美女了。也难怪风流才子纪晓岚对红柳大加赞美:"依依红柳满滩沙,颜色何曾似绛霞"黄沙埋它们一寸,它们就会长高一尺。10米高的红柳包估计有1000年寿命。被认为寸草不生的塔克拉玛干沙漠也有它们的身影，被科学家定名为塔克拉玛干柽柳。20世纪50年代，塔里木盆地的红柳仍然有8000万亩，到80年代只剩下5000万亩。由于保护绿洲的红柳林迅速减少，策勒县的风沙灾害一年比一年严重，可以耕种的土地只占全县总面积的0.7%。由于沙漠的不断入侵，历史上的策勒城曾经三次被迫搬迁。塔克拉玛干沙漠南缘人类生活史可追溯到6000年前。公元3世纪这里的灌溉农业已经相当发达。到唐朝时这里仍然是丝绸之路上最繁忙的地区。

据说从被沙漠掩埋的古城计算，2000年的时间里，塔克拉玛干沙漠平均向南扩张了80~100公里。由于失去植被呵护，有科学家认为，塔克拉玛干沙漠的沙子，已经飘到了日本甚至经过高空长途跋涉到了美国。所以，这这那那，别以为不干卿事，沙尘没有国籍，生态难民无须签证，便可以借着风沙、气候、污染、贫穷，走出中国进入全世界。因为科技的发达已经使地球变成一个村子，科技越发达地球越小，牵一发动全身，消极会有消极的报应。

积极的应对之策是，在人类可持续发展的问题上大而化之，共同爱护地球家园，合六神之体为生态之力，在水土保持生态环境方面，无私奉献技术。如策勒坚持不渎地在21公里长的风沙线上栽种红柳，20年时间使绿洲面积增加了1/4，沙漠平均后退了两公里。

红柳的力量是群体纠结纷繁枝条团结的力量。

吐鲁番市地域辽阔，物产繁多，资源十分丰富。总面积15738平方公里，居住着25个民族，总人口24万。吐鲁番触目皆是葡萄、棉花、哈密瓜等经济作物。吐鲁番雨量稀少蒸发量大，无霜期长，夏季炎热，最高温度曾达47.7摄氏度，素有"火洲"之称。由于气温高、温差大，这里盛产的葡萄、哈密瓜糖分高，甜度大，品质好，是全国瓜果最甜的地方。

这里有孙悟空三盗芭蕉扇扇灭的火焰山，有仅次于死海的世界第二洼地艾丁湖。有结构独特的伊斯兰建筑苏公塔；有闻名遐迩的高昌古城、交河古城和古墓群、千佛洞、有独特的人造地下水利工程坎儿井；还有风景秀丽的葡萄沟和多姿多彩的民俗风情。

火焰山位于吐鲁番盆地的北缘。最高峰在鄯善县吐峪沟附近，海拔831.7米。古书称之为赤石山，维吾尔语称克孜勒塔格，意为红山，由红色砂岩构成，东起鄯善县兰干流沙河，西至吐鲁番桃儿沟，东西向横卧于吐鲁番盆地中，全长98公里，南北宽9公里。寸草不生，山色青红似火，地表最高温度高达摄氏70度以上，可烤熟鸡蛋。它形成于喜马拉雅山造山运动期间。山脉的雏形形成于距今1.4亿年前，基本地貌格局形成于距今1.41亿年前，经历了漫长的地质岁月，跨越了侏罗纪、白垩纪和第三纪几个地质年代。由于地壳运动断裂与河水切割，山腹中留下许多沟谷，主要有桃儿沟、木头沟、吐峪沟、连木沁沟、苏伯沟等，沟谷中累沟盈谷的葡萄架，绿荫蔽日，串串葡萄，珠圆玉润。哈密瓜飘香，石榴树火红，无花果葱绿。潺潺流水如同冬不拉弹个不停。风光之秀丽，景色之旖旎，民风之醇厚，如葡萄沟一样中外驰名。葡萄沟长约7公里、东西宽约2公里。人工引来的天山雪水沿着第一人民渠穿沟而下，两面山坡上，葡萄园连成一片。农舍掩映在浓郁之中。沟坡建有一排排白色的房子，名之为晾制葡萄干的"荫房"，里边的屋顶和木架上挂满一串串无核白葡萄。主人告诉我们，挂好葡萄串之后人就无须理睬它们，荫干之后，干葡萄会自动从枝上纷落如雨，只要扫取即可。荫房不必生火也不必有什么别的工艺，完全依靠火焰山的热风天然荫干。

火焰山周遭谷地和沟沿谷畔皆是青红似火的沙砾。这些光滑的沙砾挨挨挤挤密密麻麻地铺开，整洁平坦，微尘不起，如同一坪人工刻意做成的自然雕花的广场，也好像块块铺陈的青红色的奇异的地毯，称之为石膜，如果弄破这层自然形成的石膜，沙子就会从里边流出来。

造物的精妙就在于它的相生相克，有矛便有盾，水土为功，起高山而深峡谷，纵江河而广平原，生林草以饲禽兽，饵鱼虾为养阡陌，布沙漠为撒绿洲……水土的天堂是绿洲而沙漠的对头则是植被，胡杨和红柳是卫士，石膜也是其中之一。千百年来，它们以微不足道的身体，守护着水土的安宁、自然的秩序、世界的和平。

平时是没有人瞧得起它们的却又须臾离不了它们。

诚如习近平总书记在博鳌亚洲论坛2013年年会上所说:"和平犹如空气和阳光,受益而不觉,失之则难存。没有和平,发展就无从谈起。国家无论大小、强弱、贫富,都应该做和平的维护者和促进者,不能这边搭台、那边拆台,而应相互补台、好戏连台。"国与国之间如此,人与人之间也如此,人与自然的关系更要如此。违背了自然规律,不管你曾经有多么重要多么伟大多么了不起,都会落得与楼兰古国的覆灭、高昌古城的残破、交河故城的埋没,还有世界上许多类似文明的凋零一样的结局,万变不离其宗,水归水,土归土,归根结底,都是一样的因果关系。

思因而得果,果生于《千秋岁》新韵曰:

天山似父。吐鲁番如母。渠井哺,葡萄乳。枯焦民智主,亢旱英流补。荒漠圃,袖红襟翠雄千古。造化曾羞苦,毒焰惩跋扈。戈壁曝,嶙峋堵。几藤珠宝舞,一握花香谱。安水土,冰川雪谷休刀斧。

九十一

前人类文明的埋没，曾引起后人类的种种好奇和猜测，但拢归起来看却发现，无非只是有两个原因：一是战火的频仍，二是人为的生态破坏。其实依我看，两个原因完全可以合二为一，因为战争除了对人文生态毁灭破坏而外，更是对自然生态最大的反动。

　　高昌故城位于吐鲁番市东27公里处火焰山南麓木头沟河三角洲，始建于公元前1世纪汉代，故城呈长方形，周长5.4公里，分外城、内城、宫城三部分。外墙基宽12米，墙高11.5米，夯土筑成。全城有9个城门，西面北边的城门保存最好。内城北部正中有一座不规则的方形小城堡，人称可汗堡。13世纪末，天山以北广大地区的西北蒙古游牧贵族以海都、都哇为首发动叛乱，多次南下侵犯臣属于元朝的回鹘、高昌国，1275年一次出兵12万围攻高昌达半年之久，这场战火延续40余年之久，高昌城在战乱中被毁。在元朝支持下"领兵火州，复立畏兀儿城池"。重建的火州城已不在高昌旧址，而在原高昌城西，故《明史》称："火州……东有荒城，即高昌国都。"唐代高僧玄奘于629年曾途经高昌，与高昌王结拜为兄弟，沿丝绸中路到印度，遍游阿富汗、巴基斯坦、印度诸国，历时17年。高昌故城北面有大片墓群，21世纪初发掘墓葬500多座，出土文书、丝毛棉麻织物、墓志、钱币、泥塑木雕俑、陶木器皿、绘画、农作物、瓜果食品等各种历史文物，数以万计。高昌故城从建起到废弃，使用130多年。距今已有两千多年历史。堪为吐鲁番地区千年沧桑的见证。

　　距吐鲁番不远处的交河故城，堪为高昌故城的姐妹城。形制布局与唐代的长安城大相仿佛。城内有市井、官署、佛寺、佛塔、街巷，以及作坊、民居、演兵场、藏兵壕、寺院、佛龛等。寺院占地5000平方米，有汲水井一口。佛塔群有佛塔101座。从空中俯视，交河故城像一片大柳叶。相比高昌故城，交河故城堪称我国所能保存下来的最完整的两千多年前都市遗迹，唐时西域最高军政机构安西都护府最早就设在这里。故城长约1650米，最宽处约300米。因为两条河水绕城在城南交汇，故名交河。

择水而居，把城市交给河流，是人类最明智的选择。

交河故城为车师人，早在秦汉之前，历经多年开掘而成。得天独厚的干燥少雨气候，使这座世界上最古老最大的生土建筑群，在经历了2300年的考验之后仍然完好。明代陈诚诗曰：沙河二水自交流，天设危城水上头，断壁悬崖多险要，荒台废址几春秋。诗人告诉人们，交河故城，早在明代之前，就已经成为废墟。那么它是如何毁灭的呢？

我们走进交河故城时，恰逢正午时分，太阳毒辣辣地晒，地面温度高达45℃。没有遮阳伞，为了避免被晒晕，我们把毛巾用凉水弄湿了顶在头上，就这样混迹于花花绿绿的游人之中，鱼贯而行。交河故城，在太阳灼烤下，如同一片即将被熔化的黄油，在我们面前，呈现不规则的白花花的一片，随时可以涂抹到历史的面包片之上。让人惊叹的是，历经数千年时光涂抹之后，这座城市的唐代建筑布局以及主体结构依然奇迹般地保存了下来。

热不可耐，方知此时，金树银树，不如一株绿树。故又填《青玉案》记所思所想曰："安西都护唐时府，率丝路交河舞。犹睹故城商会贾，马拉骡驮，柳腰鹅脯，汗血花裙吐。突厥繁盛逐波腐，古丽芳芬纳尘土。方信须臾即化古，胯肥龙虎，掌添文武，莫若多棵树。"

交河故城明显可见由三个建筑格局组成：

贯穿南北的一条中心大道把居住区分为东、西两部分，以大道北端一座规模宏大的寺院为中心构成了北部的寺院区，建筑面积约为9万平方米。大道东区南部为大型民居区，建筑面积约为78000平方米，北部为小型居民区，中部为官署区；大道西区除大部分为民居外，还分布有许多手工作坊。城中大道两旁皆是高厚的街墙，临街不设门窗。大体南北、东西向垂直交叉、纵横相连的街巷把36万平方米的建筑群分为若干小区，颇似中国内地古代城市的坊、曲。这种建筑布局足以说明,交河故城在唐代曾经进行过一次有规划的重修改建,而唐代以前旧城痕迹则早已面目全非了。从城市布局来看,它一方面受到了中原传统城市建筑规制的影响,又独具地方特征。以街巷为骨架的交通网络、城门及其他建筑,在营建时,无不把军事防御作为其建筑时的指导思想,反映出历史上激烈的民族和社会矛盾。

整座城市的大部分建筑物不论大小基本上是用"减地留墙"的方法,从高耸的台地表面向下挖出来的,墙体基本为生土墙,特别是街巷,狭长而幽深,像蜿蜒曲折的战壕。整座城市像一个庞大雕塑,建筑之独特在国内国外均属罕见,体现了古代劳动者的聪明与创造力。

冷兵器时代的人类创造与现在相比似乎多于毁坏。

我们接着去看的吐鲁番的坎儿井,便是人类伟大的创造物之一,它与长城、运河并列为世界著名的三大中国工程。长城是纵横万里气吞龙虎的浑脱舞,运河是楼船社火杨柳岸晓风残月的歌吹,坎儿井便是大漠深处丝竹管弦奏出的浅吟低唱。浅,是坎儿井的浅,低,是地下河的低。先有吟水之调,才有唱绿之词。坎儿井是一首押韵的诗,很讲究起承转合的关系。坎儿井的原理是低引而浅出,它由立井、暗渠、明渠三个部分组成,在盆地边缘由高向低打若干口立井,再将立井逐次从地下挖通边境成串,水便从地下引出地表。气候极其干燥的吐鲁番,很久以来就出现大片的绿洲,就得益于这四通八达犹如人体血脉似的坎儿井群和潜流网络。参观过坎儿井的人,无不为它设计构思的巧妙、工程的艰巨而赞叹。吐鲁番县城戈壁滩上那些顺高坡坐落有序伸延向绿洲的一个一个圆土包,就是坎儿井的竖井口所在,睹此便知先民们的艰难与巧思。捻断数茎须,才有坎儿井。千井承一韵,火沙沁绿金。

九十二

> 事实是，在这个蓝色的星球上，每一个生物都是自然的创造物，生命的平等是有条件的，是以万物的繁衍生息为前提的，所以弱肉强食优胜劣汰成为自然的法则，这是一个人类必经的从野蛮到文明的渐进而漫长的认知过程。

新疆大约有坎儿井1600条。以吐鲁番盆地最多最集中，达1200多条，总长超过5000公里。是名副其实的地下运河。坎儿即井穴，它把盆地丰富的地下潜流水，通过人工开凿的地下渠道引上地面进行灌溉和使用。坎儿井之所以能在吐鲁番大量修建，是与这里的地理条件分不开的。因地制宜，策应自然，是真的大聪明。博格达山和西部的克拉乌成山，夏季来临有大量融雪和雨水流向盆地，很快渗入戈壁地下变为潜流。积聚日久，使戈壁下面含水层加厚，水储量大，为坎儿井提供了丰富的水源。大漠深处沙砾石由黏土或钙质胶结，坎儿井挖好后不易坍塌。坎儿井由地下暗渠输水，顺天而应势，以智巧取，是自然喜欢的。

我们在参观过程中，被新疆水土保持局伊云鹏友好地戏称为"一把花香"的古丽，尽其所能回答了我们提出的所有问题。从西藏高海拔进入新疆零海拔之后，乔处已经完全恢复了正常，又开始活泼地谈笑风生。吐鲁番地区现存坎儿井1108条，其中有水坎儿井为278条。多条坎儿井由于年久失修，出现井边坍塌、淤塞现象。一期工程完成了31条坎儿井的掏捞加固工作。二期工程涉及23条坎儿井。经过近两年的努力，全面完成23条坎儿井的掏捞，总长度达86公里，加固坍塌暗渠2.8公里，安装暗渠加固卵形涵7919个，安装竖井口井座（盖）2669个，加固龙口19个。清淤、加固后的坎儿井出水量明显增加。三期工程计划对两县一市共计18条坎儿井进行加固维修。吐鲁番市9条，鄯善县5条，托克逊县4条。

新疆的坎儿井主要分布在吐鲁番和哈密地区，是新疆古老的用水方式，它是利用地面坡度引用地下水的一种独具特色的地下水利工程。在新疆坎儿井已有2000多年历史，累计总长达到5400多公里，是全世界最大的地下水利灌溉系统。乔处对吐鲁番坎儿井维修保护工作做了高度评价，我也注意到，坎儿井与我当年来时，已经大不一样，大家都认为，新疆的坎儿井，可谓小流域综合治理工程以及美丽乡村建设等水土保持工程的集大成者，它告诉人们说，只要顺着自然的方向，找到与自然相睦相处的方法，什么都是可能的。坎儿井是人类水土保持最古老也是最伟大的一个奇迹。

大自然似乎对新疆这片沙漠中的绿洲格外眷顾。

1996年以来新疆进入相对潮湿期，雨水明显增加，新疆乃至整个西北地区的气候已有趋向暖湿的迹象。不少地区年降水量增加了20%～30%，吐鲁番盆地甚至增加了一倍。中国四大沙尘暴策源地之一的艾比湖面积正在逐年扩大，目前已经接近1200平方公里，博斯腾湖的水位也在持续上升，已经超过历史最高水位。20世纪末有专家预计，新疆草地的退化速度将会达到每年2900平方公里。近10年来新疆的草地面积只减少了6729平方公里，比预计的每年2900平方公里要少得多。乐观主义像面粉一样开始发酵，并烤出了许多面包。

1958年国家综合考察队统计，塔里木盆地仍有胡杨780万亩，但到1979年新疆林业航测时，只剩下420万亩。地下水位普遍降到9米以下，个别地段甚至在20米以下。

大片的胡杨林、灌木林开始衰退、死亡。在塔里木河下游，我曾见到过大片大片死去的古胡杨多在1000年以上。沙包上落满了皲裂的黑色的鳞甲一样的胡杨皮屑，横倒的胡杨已经爆了皮，枝子蟠如龙蛇。站立的胡杨树也浑身上下干裂得往下掉渣，在它们的脚下全是自己身上落下来的断肢残屑，瞅着惨不忍睹。胡杨古称胡桐，清人宋伯鲁有诗赞之曰："胡桐万树连天长，交柯接叶万灵藏，掀天踔地分低昂。矮如龙蛇欻变化，蹲如熊虎踞高岗，嬉如神狐掉九尾，狞如药叉牙爪张……"胡杨是大自然赐予人类的镇沙圣物："生如神龙渡慈航，死似药叉镇瀚海。不忍万佛皆西归，留取真身理翠微。"

胡杨是安静的，安静到有风都不发出啸响。

不论多么高大粗壮的胡杨，都是不事张扬甚至是谦卑的，总是尽可能收缩自己的身体。它们的主干往往很粗壮，身体长得越高体形也相应越粗壮，无一例外的是树冠都很小，小到几乎不成比例，有的根本就没有树冠，只有一根伸逸出去的遒劲的枝子。枝子上的叶片也说不上是密集，甚至是相当稀疏的。它们的叶子狭窄而细长，呈不规则形，会随着生长期和季节而变化形状，因此胡杨还有一个名字叫异叶杨。叶子上敷有一层白粉像泛出的盐碱，被称为银膜。在阳光下，这些银膜如同一面面小镜子，把光和热尽可能多地反射出去，使自己尽可能少地避免日光的灼伤和高温造成的水分蒸发。

胡杨的根系非常发达，地下水位只要不低于6米以下，便可以存活下去。在条件好的地方，胡杨林可以长到30多米高，径粗三个人都合抱不拢，成为荒漠中的参天大树。胡杨林曾广泛分布于地中海沿岸、中东和我国的新疆、甘肃、青海、宁夏、内蒙古等地的干旱地区。世界最大面积的胡杨林遗存于塔里木河流域，像河流和沙漠一样古老。它们会不事声张地迅速崛起，大片地萌发，改变土壤结构，稳定和抬高河岸。胡杨一旦崛起，沉寂的荒漠便会获得三千岁有声有色的寿命：一千年花开花落，一千年枯而不倒，一千年倒而不朽。

举凡胡杨大片死亡的地方，往往也是沙化最严重的地方。

塔里木河怀抱着占全疆总人口的近一半人口，还哺育着流域1735万亩灌溉面积。1972年，塔里木河母亲终于精疲力竭，乳汁在下游告罄，从大西海子水库以东至台特玛湖的300多公里下游河段开始断流、干涸，致使中下游生态环境日趋恶化。1999年，因塔里木河母亲的乳汁不能继续哺育下游，干旱使近25万亩农田绝收。沙漠化迅速扩大。从1959—1983年的24年间，塔里木河流域土地沙漠化面积从66.2%上升到81.83%，下游阿拉干地区沙漠化面积已占平原总面积的94%。2000年4月开始国家水利部和新疆维吾尔自治区政府组织实施挽救塔里木河下游河段地区生态工程，耗资2000万人民币，先后共将7亿立方米的水量分3次输往断流河道，试图给昏迷的土地注入活力。

2000年的一天，我们追着水头往下游走，到了一个地方，塔河输送的水在此已经完全干涸。空了的村子里跑出来两个面色焦枯的阿凡提，他们充满希望地说：听说塔河上游开始向下游送水了，所以我们俩就代表全村人先跑回来看看，没想到水刚到我们这里就已经没有了……什么时候会再放水，这土地太饥渴了，有的地方已经干下去有十几米深，使劲挖都见不到一点湿土，你们看连这扎根极深的胡杨树都能干死，还有什么植物能活得下去呢！

两个阿凡提后来很失望地走了……

因为在近期内不可能再给塔木河的下游输水。几亿立方米水输到中途就干了。塔河下游绿色走廊已断流20多年，严重干旱缺水，地下水位普遍在9米以下，个别地区在12米以下，1亿立方米水显然是杯水车薪……维持一条河流的生命是需要不断补充水源的，塔里木河下游并非功能性缺水，而是资源性缺水。如同给一个造血机能坏死的病人输血一样，只能暂时维持生命，而不能从根本上解决问题……

据统计，半个世纪里，新疆累计开垦荒地392.8万公顷，加上原有耕地，应有耕地513.8万公顷，而至1998年实有耕地为331万公顷，耕地丧失面积达182.8万公顷，丧失率高达35.6%。仅按新垦荒地计算，丧失率更高达46.5%。大量丧失的耕地哪里去了？除部分为工矿和居民区占用外，大部分重新沦为荒地。返荒的耕地和开垦前的荒地，已经有了本质的不同，因缺少了植被的保护，成为新的沙源，导致农业区(绿洲)周沿生态环境的急剧恶化。

新疆生态与地理研究所陈亚宁研究员介绍说，在全疆87个县市中，沙漠化土地遍及80个县市。新疆的绿洲扩容空间有限，沙漠化的净增长将可能急速上升，并严重威胁现有绿洲的安全。沙漠化土地的不断扩展，使发源于新疆的沙尘暴席卷范围更大。

新疆气象专家张家宝指出，沙尘的启动风速只需达到每秒8米。多风的新疆位于中国天气系统的上游地区，沙尘可被风带到5000～9000米高空，自西向东影响到我国的大部分地区以及东亚和北太平洋等地。资料显示，自1949年以来我国发生的10次特强级沙尘灾害中，有7次就发生在新疆，吐鲁番、哈密、和田成为多发地带，累计损失达数十亿元。据统计，20世纪90年代以来，新疆境内特强沙尘暴发生率提高了45个百分点。

但那已经是以前的事情了。

九十三

文明是觉醒的产物。从自我走向群体，是意识的升华，从群体走向人类，是智慧的飞跃。在宇宙间抱团取暖的人类意识是人类最后的希望，也是人类文明得以继续存在的前提。抱团取暖会使相形脆弱的个体生命因此而变得强大，会使在无垠宇宙翠袖单寒的地球相对变得强大，使彼岸变得不那么虚幻，可能性也相形见大。

西部大开发以来，党和政府出台了种种生态保护政策，也取得了成效。大量土地被退耕还林，生态在一些地方很快好起来，尤其是南山牧区草原植被等都有了很大的改善。

"这些年生态环境上下都很重视。水土保持工作也取得了很大进展。"伊云鹏这样介绍说，"数据有些旧，还是根据第一次全国水土保持普查的公报数据，新疆水土流失总面积88.54万平方公里，占全国水土流失面积的30.02%，占全疆国土面积的53.34%，是水土流失最严重的省区。区内呈山地—绿洲—荒漠生态景观，风力、水力、重力、冻融等自然侵蚀混合叠加。由于地处内陆干旱风沙区，加上季节性和融雪性洪水频发，水蚀和风蚀尤为强烈。"

资料称：国家新《水土保持法》颁布实施之后，2013年7月31日自治区十二届人大常委会第三次会议，全票赞成通过了《新疆维吾尔自治区实施〈中华人民共和国水土保持法〉办法》，并于2013年10月1日起施行。一是在编制基础设施建设、工业园区建设等各类规划时，要设立水土保持专门章节，征求本级人民政府水行政主管部门的意见。针对水土保持方案审批和实际开工监管脱节的问题，要求生产建设单位在项目开工建设时，书面报告开工信息。二是规定在全疆任何地方开办生产建设项目，生产建设单位都应当编制水土保持方案。三是凡是编制水土保持方案报告书的生产建设项目都要开展水土保持监测工作。四是对非法开垦、开发活动设置相应罚则。五是明确了政府综合管理部门的法律责任。六是对法律规定的自由裁量权进行了细化。同时还制定出台并联合印发了《自治区水土保持补偿费征收使用管理办法》，自2015年1月1日施行。该《办法》就自治区水土保持补偿费的征收范围、权限、方式、时间、缴库比例和使用管理等重要事项做出了明确规定。关于《自治区水土保持补偿费征收标准》，政府正与相关部门沟通，力争早日出台。

截至2015年，自治区审批各类生产建设项目水土保持方案850多个，涉及水土流失防治责任范围面积11.45万公顷，建设单位计划投入水土保持资金46.20亿元。2011—2015年全征收水土保持设施补偿费达2.8亿元。先后完成6个县（区）水土保持监督管理能力县建设任务，并通过水利部验收。生产建设单位已从过去重视取得对项目水土保持方案的审批，转向重视履行落实水土保持方案，主动保护生态环境的良好局面。为全面提高全民水土保持意识，安排专项资金200多万用于水土保持宣传。先后组织了5期专题培训班。增强全社会的水土保持意识和法制观念。治理资金的投入由2011年的3375万元增加到2015年5000万元，治理面积由2011年的85平方公里增加到2015年的125平方公里。5年来，共实施了98个水土保持小流域综合治理工程，涉及14个地州市的62个县（市），小流域综合治理完成投资达22700元，治理面积达569平方公里。并定期向全社会发布水土保持公报。

有消息称：中央叫停了新疆卡拉麦里自然保护区调减面积给矿产业让路的做法。

1981年国家建立了"卡拉麦里山有蹄类野生动物保护区"，如今已升格为国家级。这里栖息着如蒙古野驴和很多国家重点保护的动物如鹅喉羚、马鹿、盘羊、野山羊，以及各种鸟类。蒙古野驴已经达到6000多头，鹅喉羚数量也由千只增加到现在的两万多只。还有放归野化的普氏野马。1878年，一位沙俄军官普热瓦尔斯基率领探险队进入准噶尔盆地奇台至巴里坤的丘沙河、滴水泉一带时。他对野马的兴趣来自一幅古老的岩画，岩画上的野马只是线条的勾勒，离真实的野马还有相当距离。普热瓦尔斯基先后三次将捕获的野马活体与采集到的野马标本运回俄罗斯。德国和英国等国家也纷纷到中国捕捉野马。

普氏野马一年四季均可发情但以春夏季为主。发情时表现为精神兴奋、食欲减退、起卧不定、互相嗅闻等。为了争夺领群地位，雄野马昂首静立，两眼凝视，耳朵朝向前方，嘶叫、前蹄刨地、打响鼻、低头小跑，鼻孔喷出粗气，接近以后就互咬抿耳，怒目而视，举弹前蹄，发出尖锐而短促的吼叫，继而竖起前身扭打，其争斗的残酷性和凶悍程度比家马要强烈得多。雌野马之间也有一定的攻击行为，主要是地位较高的经常表现出护食和阻止其他雌野马与雄野马交配。健壮的雄野马可以在30分钟之内与2匹雌野马连续交配8次之多。1969年在新疆尚有人在准噶尔盆地看到过有8匹野马组成的小群。1971年当地猎人看到过单匹的野马。20世纪80年代初还有人在东准噶尔盆地乌伦古河和克拉美山之间的地域发现了野马的踪迹，但是后来经过证实，许多人看到的其实都是野驴。1982年由中国科学院牵头组织考察队深入准噶尔荒漠、乌伦古河、克拉麦里山、北塔山等野马产地考察，结果令人失望。

野生种群已灭绝使普氏野马成为唯一保留6000万年前生命基因的珍稀物种。

1986年8月14日在准噶尔盆地南缘、新疆吉木萨尔县建成占地9000亩全亚洲最大的野马饲养繁殖中心，18匹野马先后从英、美、德等国运回。采访中我们了解到，100多年的圈栏饲养和近亲繁殖，使野马许多优良生物学特性退化或消失，繁殖能力退化，遗传性疾病增多。幸运的是它们还没有完全丧失野性，还保留着野马的两大习性：小马驹能独立生活后，头马就会把它们驱逐出马群；马群中有了新头马，新头马就会把原头马的幼子踢咬致死。

但专家认为，一个物种如果没有合适的环境就不可能恢复其本性，野马已消失了100多年，新疆的生态环境已与当年大不一样，卡拉麦里山的植物量很低，已经超载过牧，对于野马这样大型的食草动物，放野后可能会和当地的野生食草动物野驴、鹅喉羚甚至当地牧民的牛羊争夺水源食物。野马繁殖很快，如没有天敌和人的捕杀，野马的数量会增长得很快，野马踏践植被等情况可能会引起当地牧民的不满。与当地牧民进行沟通是必不可少的。

以大熊猫为例，其栖息地每年以大约2.5平方公里的速度消失。野马的灭亡并不是自然选择的结果，而是人为选择滥捕滥杀的恶果。物种之间的生物链并不仅限于你吃我吃你，保护动物其实是要保护链中的所有动物，甚至要保护它的天敌。看到某种动物数量不多，立刻圈养起来通过人工繁殖手段增加它们的数量，看似保护其实是使这些濒危物种缓期走向灭绝。即使种群数量增加了，一旦回到野外，野外的环境已遭到破坏和污染，它们还会一步步走向灭亡。如果不能从保护它们的生存环境入手，任何保护都等于扬汤止沸，隔靴搔痒，治标不治本。救得了一时，救不了一世。人类对自然过多的越俎代庖，是在自找胡越之祸。胡越之祸出自《史记·司马相如列传》：是胡越起于毂下，而羌夷接轸也，岂不殆哉。

在小的方面不注意，而招致大的祸患，这样的事，还少吗？

九十四

> 这是一盘与生俱始的大棋,生与死,进与退,好与坏,善与恶,是与非,美与丑,文明和野蛮,光明与黑暗,无时无刻不在博弈,大者国与国,小者人与人,并波及万物。这种博弈使生命形态摇曳多姿,光线和色彩千变万化,在美好与光彩之间,苦难与黯淡也同时伴生。

我们看到的高昌区小流域水土保持综合治理主要集中在区内几条受水蚀、风蚀严重的沟道内,分别为胜金沟、木头沟等。这些沟道普遍存在植被覆盖率低,沟道下切断面深,纵坡大等特点。其中,胜金沟位于胜金乡西南部,312国道与G30高速公路之间,小流域内已形成长约10公里冲沟,沟底纵坡较大,约为5%,岸坡土质又为粉质黏土,边坡不稳,水流呈环形流向下游,弯道凹岸冲刷极为严重,河道下切侵蚀最大达20米,形成十几米深的陡崖,部分区域的岸坡坍塌已接近312国道和G30高速公路而威胁到交通安全。还有位于胜金乡北部的木头沟,是黑沟河流域主要的泄洪通道。木头沟沟底纵坡约为3%,工程区水力下切侵蚀比较严重,岸坡土质为粉质黏土,边坡不稳,岸坡冲刷极为严重,形成近30多米的陡崖,在重力作用下不断地滑落于河道中,带入大量的泥沙,岸坡不断塌落,部分区域的岸坡坍塌边界已经接近两岸耕地,如果任由沟道自行发展,势必影响居民及耕地的安全。

伊云鹏说:"我区的小流域水土保持综合治理项目,主要是通过建设塘坝、跌水、溢流坝等水工建筑物,调整河沟纵坡,改善生态环境,增强抵御自然灾害的能力,同时通过修建工程围栏、水保种草等措施保护封禁治理地块不受人畜干扰破坏,确保植被自然恢复,以提高地表植被覆盖度,增加保水保土能力。减少水土流失,保护生态环境。效果还不错。"

"这是个花钱的事。"他说。

"2002年及2012年,自治区总计投入近302万元,在胜金沟内修建了两处淤地坝,治理水土流失面积35公顷,目前淤地坝上游水土流失得到较好控制,植被覆盖率逐年增高,治理效果逐渐显现。2013年,自治区投入250万元,在木头沟修建了一座溢流坝、13座跌水,治理水土流失面积500公顷,目前这个工程已经开始发挥效益,保土能力逐年增大,水土流失量减少,阻止了土地沙化,土壤肥力也增大了。"

"热是一种资源,"他专业地解释说,水肥气热作用下有利于土壤团粒结构形成,从而使土壤孔隙率提高,能加快有机质的熟化,增强植物的有效肥力,促进植物生长,形成土圈生态效益的良性循环。建成后蓄水量增加1.16万立方米,每年保土18.04万吨。"

"但小流域的治理,也要因地制宜,因为情况是千差万别的。"吐鲁番市水利局局长黄庆文侃侃而谈:"胜金沟的沟道较长,在2012年修建的二期工程,下游的水土流失仍然非常严重,岸坡不断塌落。按照《吐鲁番市水土保持规划》,计划采用多级连续坝体对整个胜金沟进行治理。项目总投资250万元,中央投资200万元,地方配套50万元。工程治理水土流失面积15公顷,主要新建塘坝1座,种草2公顷,围栏禁治13公顷,铁刺丝围栏长1.2公里,新建水土保持封育碑4座。该项目于2015年4月10日发布招标公告,2015年4月29日公开招标,并于2015年5月5日开工建设,7月10日完工。项目实施后,小流域内的水土流失得到有效控制,沟道蓄水量增加0.48万立方米,每年保土0.72万吨。"

乔处问他们有什么困难?他们几个人都笑了,说:"有啊,木头沟全长约4.4公里,目前已治理了约2.4公里,还有一半需继续治理,建议上级部门尽快解决后续建设资金问题。"

我们还去看了神华新疆能源有限责任公司的准东露天煤矿。

地处天山北麓准噶尔盆地南缘的神华新疆能源有限责任公司准东露天煤矿,是一座新建的大型现代化露天煤矿。矿区位于吉木萨尔县西北的五彩湾地区。所采煤层为卡拉麦里山中生代侏罗系西山窑组煤系,开采面积24.21平方公里,采区范围内煤层平均厚度65.38米,可采储量17亿吨。煤质具有特低灰、低硫、高热值等特点,是优质的工业动力用煤、气化用煤和民用煤。准东露天煤矿是一座绿色环保的现代化的大型煤炭基地，在现代化程度上已经超越了国内同类露天煤矿。但它生不逢时，在经济低迷、煤炭行情走低的大背景之下，百足之虫只能两条腿走路，少量销售多半为自家的坑口电站供煤。它的更多的腿，几层楼高的进口翻斗车，仅仅一个轮子便高过三个人叠起的罗汉，被成排地闲置在空地里生锈。不远处同样巨大的一部洒水车，在喷水降尘，而它使用的水是中水。据介绍，这里是个贫水区，每一滴水的使用都需要精打细算，而每采一吨煤，通常需要耗费两吨水，这是一个沉重的负担。

几个啧啧称奇的人，在一排庞然钢铁大物面前，如同蚂蚁也似爬上爬下。我却没有，因为我去过朔州的露天煤矿，那里是最早引进这种庞然大物的。我已经为之惊叹过不止一次了。"过去说你们山西是中国最大的煤田，现在是我们准东了！"准东水土保持负责人神情间有骄傲也有落寞，自嘲地说，"不过，现在只是维持生产，大型机械都停下来了！"

这个暂时蛰伏的巨兽目前喂养的只是神华新疆准东五彩湾发电厂。

电厂安静与整洁的外表以及高高的烟囱徐徐飘出的白烟，让人觉得赏心悦目。这和他们在工程建设中不折不扣落实了水土保持方案有很大关系。他们完成混凝土2497立方米，土地整治34.10公顷，砾石覆盖11.81公顷，沙障1.50公顷；植物措施面积12.50公顷，其中乔木2.74万株，灌木10.95万株。扰动土地整治率96.52%，水土流失总治理度95.08%，土壤流失控制比1.1，拦渣率99%，林草植被恢复率96.15%，林草覆盖率19.27%。水利部2014年12月9日在西安市主持召开了神华新疆准东五彩湾发电厂一期2350MW发电工程水土保持设施竣工验收会议。专家验收组一致同意该工程水土保持设施通过竣工验收。

他们的经验是：（1）将水土保持要求与施工单位施工组织设计结合进行文明施工。现代化工程施工是减少和控制水土流失的有效方法。采用现代化机械设备，使用反铲挖掘机、推土机、装载机、自卸车等设备，使工程的开挖、掘进、装载、碾压率提高，减少了施工扰动面积和扰动时间,使裸露地得到及时的平整、清理和覆盖,避免了施工期的水土流失。车辆严格按照规定路线行驶,不扰动就是最大的保护。(2)设施永临结合。建设期厂区运输道路先混凝土浇筑一层路面(厚15厘米),供基建期使用,在基本建设完成后在一层路面的基础上浇筑二层正式路面(厚15厘米),可大大减少施工扬尘及水土流失。(3)植被栽植,选择适合土壤生长的树种,栽植土换填结合土壤改良。节水浇灌,滴灌为首选。建议首选企业生产、生活废水处理后的中水浇灌,不足部分自来水补充,少浇、勤浇,避免土壤返碱。

其中,对水土"不扰动就是最大的保护"可谓真知灼见。

九十五

地球如同一个航天器，满载生命的旅客在宇宙间遨游。光明和黑暗的对弈与生俱始，生命是有限的，以现在和未来的眼光看，宇宙是无限的，人类对宇宙的认知也理当是无限的，按照常理推断，无限似乎是不存在的，它违背了物质存在的常理，也违背了认知的常理。然而，它的确是存在的，因为它有个名字叫理想。

记得几年前，我曾为中日尼雅遗址发掘出一批距今1700年左右的物质遗产而写了一首古风，那年我们在和田采访时，不止一位人士曾这样提示并严重警告说：尼雅文化遗址亟待保护，否则这份2000年前的灿烂文化瑰宝将随风而逝。那天夜里，我梦见一位大唐拉骆驼的丝绸客，央我代他讲述当年他在精绝城中遇到尼雅姑娘之后的相思之苦以及因此而生发今日之不幸。言毕唏嘘而殁。醒后，一枝一叶，历历在目，如有鬼助，一气呵成此拟散曲，题之为《人鬼殊途大唐丝绸客谒西域呜呼哀哉记》：

"中原曾经丝如雪，富贵年年茧中结。赫赫千峰驮日月，纤纤十指织时节。牵山摇岳连舟迈，沙卷黄涛浪打碎。头顶霜晨月，足踏残阳血。肥蹄印冷月，响铜跌荒穴。深蒿虎狼爪牙磨，浅草戈壁龈唇裂。渴思饮瀚海，饥欲咬沙舌。上天降尼雅，造化筑精绝。苍苍胡杨地，莽莽红柳野。丰草复迭迭，牛羊不可见，城郭影明灭。长河绕清涟，碧泉凝甘冽。美酒歌咽咽，舞姬情切切。素丽胜雪莲，婀娜赛列缺。客醉白玉脯，驼嚼青稞屑。风尘议嫁娶，到底意难决。食欢三日裹，平明一泪别。相聚日短苦离散，多情恨财帛。昆仑玉，天山雪，心有千千节，依依挥手诀。

"返回大唐说尼雅，掩尽风流叹精绝。魂失伊人处，无意纳妻妾。夜夜忆迢遥，此心不能抉。恨不共一穴，泉下亦相悦。相思化水蛭,红泪涟涟,欲吸尼雅血。回首人鬼已殊途,偷驾阴风,欲把巫山云雨阅。和田得白玉,昆仑失日月。沙烟罩四野,于阗生境劣。尼雅子遗多悲烈,民丰曾经拥精绝。河畔红柳稀,城边清泉竭。绿洲千里胡杨灭。迎取新月十万丘,送走春秋三千阕。白沙飘若雪,黑风劲如铁。大唐客,目眦血,汉晋鬼,心欲裂。天地含悲何以慰,河山有泪谁来揳。请君歌一叠,祭尼雅,奠精绝。沙打繁华恨犹在,尘吹风流情空埋,生死人间从此昧。"

这个缠绵悱恻甚至有些香艳的古代爱情故事已随风而逝。

此次去新疆托赖朋友之情分,结识了源调文化公司屠新繁总经理,这位空军出身的正师职干部,退休之后二次创业,不改报国初心,与我见面后提出建立新疆非物质文化遗产保护筹备会,择日将在北京召开并邀我参加,届时帮请几位朋友助阵。我自然责无旁贷。

过后,他们让我聊聊新疆的曲子,不揣冒昧,姑妄言之。

据说新疆曲子是由陕西曲子、青海平弦、兰州鼓子、西北民歌等流入新疆后,融合了新疆各民族的音乐艺术,而逐步形成和完善的一个具有独特风格的地方戏曲剧种。主要流行于东疆的哈密、巴里坤,北疆的乌鲁木齐、昌吉州、伊犁地区、塔城地区和南疆的库尔勒、焉耆等地,是由新疆汉、回、锡伯等民族共创共享的地方戏剧剧种。我想,传承是可以多样性的,例如我在《寄友人》(调寄《画堂春》新韵)一词中所说:

友人寄语动天山,扁舟驰入疆湾。

佛云前世若同船,缘聚今帆。

尘海人生有岸,高朋厚谊达关。

回头身后一千滩,功在潺潺。

没有涓涓潺潺的汇集,没有碧波细浪的运送,无论是独木舟还是艨艟巨舰,都是过不了一千滩的。类似曲子这样的非物质遗产,在新疆多多,在中国乃至世界更是浩如烟海,任凭这些人类的精神财富,如同尼雅遗址那样的物质财富也似随风飘散,湮没无闻,肯定是有罪的。但有一些类似者却大有不同,特定历史阶段的特定产物,拘泥于一时一地一境一遇，物换星移，时过境迁，便会自然消亡，鲜活永远，皆不可得，留个念想，给好者把玩，却是可以的。如沉香、紫檀类的手件，摩挲包浆，多情自相思，也是一个保护的法子。还能追溯得更久远一些，如唐诗、宋词、元曲，堪为有大生命者，却名存而实亡，形存而神亡，只剩下填平仄凑字数，当是一大悲哀。个中恕不细述。我这些年有意浸淫于此道，成功与否，不去说它，也算是一种身体力行。故仍以四言平仄概之以曰：

大漠封疆，天山叠嶂。冰川漾荡，雪岭生光。
昆岗鹰扬，和田玉壮。塔儿河绘，南北洲妆。
古丽之乡，耕凿苍旷。马牛遍地，游冶八荒。
戈壁滩伏，坎儿井藏。葡萄喜庆，馕饼吉祥。
汉握炎黄，唐掐翘望。伊人温润，顾盼芬芳。
羊肉串孜，无花果浆。休凋红柳，勿老胡杨。
渐杜微防，风流倜傥。色夺味掠，犹恐桃僵。
静影沉塘，鱼嬉鸟唱。饮天佳酿，住地庭堂。
贫莫惆怅，富休铺张。大千快快，万物惶惶。
物我相荣，人天互养。绿洲水土，固若金汤。

九十六

> 地球由水土构成,如没有水土,日月星辰照耀的只能是一个死寂的星球。因为水土的存在生命才得以繁衍生息。地球的埋藏是造化给人类生存必需的馈赠,是不可再生的。随着人类科技日新月异,地球已经变成一个村落,所有国家都是这个村里的住户。为了长久地飞行,这个村子里的所有资源,有一天似乎都需要统筹起来。但那似乎又是不可能的。

没有记载,却可以想见,自从开天辟地,这片土地便已经存在。那时,这片僻处黄土高原最北部的土地,依托着黄河和海河两大水系,天荒地老,得天独厚,一派风生水起的原生状态,草木自由生长,河流自由流淌,万物自由繁衍。习惯择水而居择草而牧的人们无意中发现了这片原生的乐土,便引朋呼类,始而族之,继而村之,再而镇之,又而县之。这是有考证的,早在十万年前的石器时代,这片土地便有了人烟。有了人烟便须"燃嚼",这"燃嚼"二字出自左云本土书法家李茂先生之口,在那个非常的年月,这位供职于左云县一家合作社的中年男人,每逢春节都要为左邻右舍书写春联,而平时他却是拉平板车的,类似于北京的板儿爷。那时我还小,便把这两个简单生动古色古香的字眼纳入耳中。印证左云文化渊源博杂丰富的还有两个关联人类未来命运的字眼,而将这两个字眼最早最频繁地灌入我耳鼓的是我的奶妈金俊兰,她每天起早的第一件事就是扫地、抹柜台和灶台,每每会高喉咙大嗓门地吆喝:欢欢给妈倒"那沙"去!

欢欢是快快的意思,而"那沙"竟然指的是垃圾。"那沙"二字应该怎么写,不甚了了,也有说应写成"腌煞"的,不知是否?姑且如此。小时不甚明白,长大后才知道,左云人对"垃圾"称谓或曰读音,竟然与广东人相类似。还有,不知当时是否有人注意到,很早之前的央视，也曾有一位主持人，在播报时尝试或有意将"垃圾"的发音改为："那沙"。

儿时的记忆生动有趣而且充满色彩，北门外的小林区长满树木，春来时有些树会开灼红的花朵，当地人称之为桃兰兰，花谢了会结果，青涩的外皮包着一个大大的核，眼馋，却不可以入口。不远处是小水库和绿油油的大片湿地，布满泉眼和水流，低洼而平坦的草地上，各色小巧的花朵星星点点开放，牛羊在草坪上散漫地吃草，风光旖旎，至今令人难以忘怀。还记得，草皮橡胶也似富有弹性，人走在上面，颤巍巍的。一锹下去，掘一个坑，片刻之后，便能渗出一眼清泉。草地上，还布满一个个大大小小的沤麻坑。四围大田，多长满高大笔直茂盛的麻。学名大约该叫黄麻？收割后的黄麻须浸入沤麻坑，沤核桃那样沤去绿色的果肉，然后便可以剥下长长的白色纤维，供冬闲时女人们打八吊、纳大底。

八吊是牲畜的腿骨或肘骨所制，中间穿有弯钩的铁丝，将麻的长长的细弱的纤维缠绕其上，发力使骨头转动，便会将纷乱的纤维拧成一股麻绳，用来缝纳绰号"砍山鞋"或是"踢死牛"的鞋底。特别需要说明的是，麻的仔粒细小而晶莹，炒熟可食用，称之为麻子，嗑食起来殊为不易，故被女人们戏称为麻烦子。有了这样一盆麻烦子，女人或是男人，便可以据此来熬过漫长的冬季或打发麻烦的时候。另外，麻秆不仅用来点灯和当引火的薪柴，还被编入民间俚曲，如：桃兰兰开花一撮撮毛，麻秆秆点灯半盏盏红，酒盅盅挖米不嫌哥哥穷！

左云的古老与年轻是同在的。

羽书驿马时代，地处要塞为兵家必争之地，为历代官家屯兵的边陲重镇。商周时属冀州北部地区。春秋时为北狄牧地，名白羊地。战国时属于赵国，置武州塞。秦代属雁门郡。汉代始设武州县。晋永嘉四年（310年）归代国。北魏时隶桓州（大同）。北周时地属北朔州。依次往下数可数一大串，却最终归属于大同市。简单的说法是，明朝开始筑镇朔卫城，又由镇朔卫改为左卫，后来又驻进了云川卫，合称左云川卫，简称左云，一直叫到现在。历史上先后修筑了13座大城，64个堡寨，145个烽火台。13座大城以白羊城修筑年代最早，卧牛城最引以为荣。白羊城住过王昭君，做过明朝北方大军区的司令部。卧牛城是宣大72城堡中第二座大城，现在被命名为山西历史文化名城。左云有汉长城、北魏长城、明长城，左云县的摩天岭长城堪为世界上海拔最高的长城，被旅游界称为"小八达岭"，被山西省政府命名为省级风景名胜区。历史军事设施和遗址随处可见，埋葬在地下的有上百位守边将军，范都督、张提督、曹总兵和潘将军被称为将军中的四大金刚。左云县还有睡佛寺石窟、雕落寺石窟、洞儿山石窟、浮石山石窟，有镇门万年藏兵洞等。现在想来，左云民俗文化的驳杂，与历史上归属不断变迁和异地文化不断进入，似有直接的传承关系。

我有《苏幕遮》两首专咏卧牛城。

其一：

  卧牛城，鸿雁地，草木林泉，全是牛羊事。十里雄关烽火赐，四面坚墙，一闭关飞翅。逐风人，追草嗣，择水而居、安乐逾千世。不见儿年肥景致，只剩方圆、三点脐根字。

其二：

  父添薪，儿吹烬，旺旺熊熊、浴火焚饥馑。试玉仍须追魏晋，风雨连春，花落枝还亲。梦偷惊，魂暗讯，浪影萍踪、情比蹉跎韧。自在金猴摧佛印，嶙嶙峋峋，荒漠青红刃。

那时我还小，左云的城墙包括南门、北门、西门，还完好无损。古旧斑驳蒙满历史灰尘的城砖，长满褐色菌癣，巨大而沉重，壮劳力也只搬得动两块。城墙上有些地方，已经没有了城砖漫道，露出一派皇天后土。据说当年这些黄土都是用笼屉蒸过的。祖露出黄土的地方便长满了贼贼面和芨芨草，还有各种植物。沿城墙走一圈，约略十里的样子。

那时城里的鼓楼、太平楼、老爷庙，也还好好地在。

只有东坡之上是一片厚重的墟土，那里曾是盛极一时与云冈石窟和应县木塔齐名的藏经阁的遗址，盈坡悉为规模宏大的殿宇楼阁，与鼓楼、太平楼相类似，清一色的木结构，以此便可窥见这片土地上的树木曾经有多么的巨硕和丰茂。不幸后来毁于兵燹战火，只剩一片墟土，如今大约连墟土也不剩，只剩下两句口号了吧？如今的年轻人怕是已经不知道了吧？那两句曾在雁北十三县广为流传的口号是：云冈的佛爷应县的塔，左云还有个藏经阁。

九十七

> 上帝执白子而魔鬼握黑棋,水土构成的地球是唯一的棋盘,任何一种损毁都是对人类的不敬也是对自己的不负责任。因为我们每一个人,都是这盘棋中一枚棋子,同时又自成一盘棋,自己和自己在下棋,自我博弈的结果是,不时变换着黑白阵营,一会儿是魔鬼的兵,一会儿又变成上帝的卒。

在人类认知的领域中,宇宙的无限似乎是一个真实的存在,所以我们只能姑且或是暂时这样认定。人类搭载的地球航天器,未来是无限的,而彼岸也是真实存在的。这个彼岸是理想的产物。造物主创造了人类,人类反过来又创造了上帝。这是相对论的来处,去处每每却是,有了人烟,便须"燃嚼",为有一口嚼的东西,春种、夏锄、秋收、冬藏一样也少不了。

随着时光的推移,人慢慢变得文明,也变得娇贵,茹毛饮血已不流行,所以需要火来取暖和煮熟食物。首选燃料是草木,燃烧不能耐久。于是,便有人发现了一种可以燃烧的黑色石头,名之为煤,左云人习惯呼之为炭。炭是过去和现在人类发现的最多最好最耐久最便宜的燃料,是人类居家过日子和社会发展经济不可须臾或缺的东西。左云恰巧产炭,不仅资源丰富,而且开采条件好,兼之交通便捷,便在改革开放之初,得天独厚,率先富了起来。

遗憾的是,有了"燃嚼",便会产生"那沙",不仅是吃喝拉撒等排泄物和针头线脑之类生活垃圾,随着经济如火如荼的发展,各种工业废弃物,如煤矸石、洗煤废水等污染物。二者交替功运,直接导致的恶果是,绿地稀疏并消失,湿地被破坏和填埋,代之以一幢幢住宅,河水和泉眼多数干涸,地下水遭到破坏。过富裕生活的代价,是土地大面积的塌陷,有些村子甚至连喝水都发生了困难。细细想来,不仅左云如此,似乎一整部人类历史，都离不开这"燃嚼"和"那沙"两部分的功用，一路走过来，导致的是，社会的繁荣，自然的贫穷。

丢卒保车，似乎所有发达地区或日发达国家都是这样走过来的，为了让人过好日子让生态受点破坏也不可避免。对待城墙、文物、古迹似乎也是这样。我当年亲眼看见城砖被人们从城墙上，一块块剔剥拿下，十里长的城墙如同一条被凌迟的剔剥去鳞甲的巨龙，蜷缩扭曲成长长大大的一围，露出血肉模糊的胴体，那胴体上的血脉似乎还在颤动。巨大而沉重，龙鳞般华贵、拉风、古老的城砖，被不识货的人们拿去垒猪圈，终日与猪的哼唧声为伴，久而久之，连带猪也沾了龙气。黄土之下，有悲风四起，先祖唉声叹气，历史捶胸顿足。

这大约便是左云近些年来很是重视绿化工作的原因吧？

而补救这一切的措施，除了产业结构的调整而外，除了企业家捐款修几座不伦不类的庙，似乎也只能是尽可能多地在漫山遍野植树造林，尽可能持续接力使这片土地恢复三春的娇艳。与右玉相类似，如今的左云县已经成为国家级生态示范区，是全国造林百佳县，又是全国绿化模范县，森林覆盖率已经达到了45.3%。

大同人说："大同人有钱没处花，不如去左云吸氧吧。"

右玉人已经这样做了。消弭生命苦难和黯淡的唯一办法，便是下好每一盘自我的小棋。这些自我的小棋将决定人类大棋的胜败。无论你多么微不足道在这里你都是重要的。任何人的举手投足，都可能是一个坏的起始，也可以是一个好的开端。万事万物都是地球棋子，楚河汉界，无非是水土的产物。这个意义背景下的一切具有非同寻常的品格。遗憾的是我们总是忽视或忘记这一点。每一个朝代的人总是会被同一块石头绊倒无数次。具体生命永远幼小而人类整体生命却日益古老。现在，已经到了该以人类古老来改良个体幼小的时刻，避免继续去重复犯千百年来已成人类共识的愚蠢错误。

这么说绝非妄自尊大，也绝非危言耸听。如果现在还不能尽早地改变这一点，也许今后就没有时间改变了。如果我们足够耐心和虚心，足够聪明和睿智，你就会漫不经心地发现，好的或是坏的都是累积的结果。多少年来，大同是这样，右玉是这样，左云是这样，全国几乎都是这样,我们破坏,我们建设,在建设中破坏,在破坏中建设,在保护中污染,又在污染中保护。我们习惯于用自己的矛刺自己的盾并将之合法化和常态化。各自为政的朝代各自为政的生命各自为政的正确或错误的累积,造成了我们现在世界窘迫的现状。不单是水土的现状、生态现状、社会现状,还有我们极端自私自利各自为政的人类智慧的现状。

原本我们知道,那些超越现状被放大了的个体生命的智慧,诸如孔子、释迦牟尼、拿破仑、华盛顿等等,他们的个体生命足以照亮人类全体并使人类智慧变得非同寻常。当然也有机遇的成分。机遇如同一驮稻草,每一个人都可能成为压断驴背的最后那一根稻草,但真正压断驴背的是驴背上所有稻草中的每一根具体的稻草。机会往往是均等的,不妨让我们这样期待,距离左云县几箭之遥的右玉县的绿化,在全国已大大地出名,相信不久的将来,左云也会因此而出名。只是话又要说回来,山西甚至全国各地,以及全世界,何尝不是如此,不过是大与小的不同而已。

"由于人类基因中携带有'自私、贪婪'的遗传密码,人类对于地球的掠夺日盛,资源正在一点点耗尽。"科学家霍金曾如此尖锐地表示:"随着自然资源无节制开发以及二氧化碳和其他工业废料的大量排放,人类开始品尝自己酿成的恶果。大量异常气候的出现以及频频发生的自然灾难,大自然对人类的警告已经清晰地显现出来。"

以色列物理学家戈德拉特博士创立约束理论原想突破约束,遗憾的是物极必反。随着自然资源的捉襟见肘和人文生态的日渐恶化,人类的生产方式不仅受到客观制约,便连千百年形成的生活方式也遭主观质疑。深谙中国国情的邓小平早在1989年会见泰国总理差猜时便定位说:"中国地多还不如说是山多,可耕地面积并不多,另一方面实际上是个小国,是不发达国家或叫发展中国家。"1997年中共十五大已把可持续发展战略确定为我国"现代化建设中必须实施"的战略。2003年7月28日中共中央总书记胡锦涛又明确提出科学发展观的重大战略思想。如果说前者只是"约束性"的未雨绸缪,那么"十二五"规划对"约束性增强""约束性指标"的特别强调,便是"约束"经济发展战略在中国乃至世界率先发起的划时代的绿色变奏。

国务院发展研究中心主任李伟在第七届中国经济前瞻论坛上表示,"十三五"时期中国经济至少面临着三大方面的发展约束。一是从国际市场看,发展的外部需求约束明显增强。二是人口结构出现转折性变化,劳动力成本约束不断增强。三是资源环境负荷接近或达到承载力的上限,资源环境约束显著增强。由于大量耕地被用于工业化、城市化,中国的耕地保有量逼近"安全"红线。为保证13亿人口的粮食安全,未来的工业化、城市化不可能再像以前那样粗放式、低利用率、低成本地侵占耕地。过去不太顾忌环境成本的发展模式不可持续。没有人喜欢约束,但是,如果这个约束关系到我们的未来,它就是一个不得不接受和适应的现实。不管你喜欢与否,今天,约束性增强已经不再是一个警示,而是体现在国家和政府的规划中,成为生活中实实在在的内容。单一的不可再生的资源经济的快速增长注定是不长久的。这便是资源经济之所以被世界各国称为"资源诅咒"的原因。

俗话说,看菜吃饭,量体裁衣,大到国,小到家,抽象到人类,具体到个人,如同持家过日子,需要当家人头脑清醒,目光远大,对自己的家底,巨细无遗,心中有数。我国经济总量目前已居世界第二,但与此同时,许多地区和领域却没有处理好经济发展与生态环境的关系,以无节制消耗资源、环境为代价换取经济发展,导致能源资源、生态环境问题日益突出。发达国家一两百年出现的环境问题,在我国30多年的快速发展里集中显现。中国社科院数量经济与技术经济研究所副所长齐建国在接受中国经济导报记者采访时表示,资源约束和环境约束正"倒逼"经济步入新常态。齐建国说,资源支撑经济发展的能力十分有限。以矿产资源为例,国内矿产资源储量总体偏低,铁、铝、铜、镍等金属一半依赖进口。唯一比较充足的煤炭,深井开采成本也大幅提高。同时,环境承载力也已达上限,环境污染的存量和增量都将持续,环境质量进一步恶化的趋势还未得到根本扭转。

"基本的环境质量是一种公共产品,是政府必须提供的基本公共服务。"

国务院发展研究中心资环所研究员程会强在接受中国经济导报记

者采访时表示,将生态环境质量纳入基本公共产品范畴,从理论上明确了生态环境的显性价值,同时也明晰了政府不可推卸的职责。中央财政设立了专项资金,支持符合绿色经济、低碳经济、循环经济发展的重点项目。国家发展改革委深化资源性产品价格改革,实行了差别电价、惩罚性电价、阶梯水价和燃煤发电脱硫、脱硝、除尘加价政策,煤矸石、余热余压、垃圾和沼气发电的优惠政策。以水土保持中的流域治理为例,三明实行了"河长制",河流分段、责任到人,采用现代信息手段实行动态监测,变"九龙治水"为合力治水,变突击治水为持久治水,变传统治水为生态治水。从中央到地方,从顶层设计到实践行动,在生态文明建设上的主动意识越来越强烈,力度越来越大。然而,雾霾依旧来袭,污染依旧存在,原因为何?

美国知名生态文明学者罗伊·莫里森在《可持续发展经济》中写道:"我们需要做的是让所有经济活动适应生态市场的价格信号、市场规则、管理和货币、财政、投资政策。"

诚如爱因斯坦所说:"如果你不能改变旧有的思维方式,你也就不能改变自己当前的生活状况。"社会人都要有超前意识和环境意识,绘制好的蓝图,至少百年不大变,届届持续接力,共同打造,切莫一阵风。简单高效是成功的保证。奥卡姆剃刀定律与亚里士多德所说"自然界选择最短的道路"有异曲同工之妙。从繁文缛节中突围,走出人为的冗余,以结果为导向,化腐朽为神奇,始终追求高效简洁。约束时代的经济和文化发展创新至关重要,好的组织或社会构成,不必增加多余肢体,便足以完成各种高难度动作。所以,用好人才是这一切的前提保证。不要搞简单的一刀切,而要发挥竞争机制,能者上,庸者下。

2015年冬天,5300多头蒙古原羚在蒙古国跨蒙古铁路沿线附近死亡。

造成大量蒙古原羚死亡的主要原因是极端天气和人为障碍。干旱、暴雪、零下40℃的低温等极端天气,以及连接中国和俄罗斯的跨蒙古铁路两侧的铁丝网共同导致了蒙古原羚的大量死亡。为寻找牧草和水源,躲避极端气候,蒙古原羚会迁徙长达1000多公里,这一长距离迁徙是如今世界上少有的迁徙奇迹之一。跨蒙古铁路使得蒙古原羚的种群分散在该铁路东西两侧。野生蒙古原羚有100万头左右，但种群大都数量小而分散，无法独立完成种群繁衍。蒙古纵贯铁路是连接俄、蒙、中三国最重要的铁路干线。该铁路线于1949—1961年间建成，大部分位于蒙古国境内，每年都有类似动物死亡的情况发生。2015年冬天蒙古原羚等上千只动物因躲避极端天气迁徙时被火车撞击或丧命于铁轨两侧的铁丝网，或者死于饥饿和严寒。随着全球气候变化，类似动物大量死亡的情况会愈加频繁地出现。为防患于未然，减少类似人为障碍对动物迁徙造成影响，对蒙古铁路两侧的防护网进行改造，以及全世界类似情形的改造，已经刻不容缓。

这说明了什么？说明了约束时代早已悄然到来，只是我们许多人还迟钝到不以为然，每每到成了问题方才察觉。已经不是单纯的资源经济的约束，而是全方位的人类生死存亡的约束。在大约束的前提面前，一切似乎都变得不再重要，重要的是人类如何生存发展。你智商超常，但生理未必，不妨问问你的眼睛，你的呼吸，你的饮用，你的吃喝。向地球的角里逃避，暂时还可以，长久不可能，因为你逃不出地球。选择和环境共生共死是下下策，选择与万物共存共荣才是上上策。可以这么说，任何一种环保的偏执都是可笑的，任何一种发展的狂妄都是幼稚的，无异于自毁。捉住一点不及其余则是愚蠢和形而上学。对环保口是心非原本已经不可饶恕，公然拒绝环保则是对人类的反动。无妨扪心自问你是谁的代言人？时间可以激浊扬清，但到那时就已经晚了。

具体说，城市水保，内涝与外涝，就是约束之一种。

九十八

我国年均土壤侵蚀总量45.2亿吨,约占全球土壤侵蚀总量的1/5,主要流域年均土壤侵蚀总量为每平方公里3400多吨,黄土高原部分地区甚至超过3万吨,相当于每年2.3厘米厚的表层土壤流失。35年后西南岩溶区石漠化面积将增加一倍。全国侵蚀量大于每年每平方公里5000吨的面积达112万平方公里。

  北京天然河道自西向东贯穿,依次为拒马河水系、永定河水系、北运河水系、潮白河水系、蓟运河水系。五大水系多由西北山地发源,向东南蜿蜒流经平原,分别汇入渤海。北京没有天然湖泊,只有水库85座,大型的有密云水库、官厅水库、怀柔水库、海子水库等。
  植被类型是暖温带落叶阔叶林并间有温性针叶林分布。大部分平原地区已成为农田和城镇,只在河岸两旁局部洼地发育着以芦苇、香蒲、慈菇等为主的洼生植被,多数洼地已被开辟为鱼塘,撂荒地及田埂、路旁多杂草;湖泊水塘中发育着沉水和浮叶的水生植被。
  海拔800米以下低山代表性的植被类型是栓皮栎林、栎林、油松林和侧柏林。海拔800米以上中山覆盖率增大,以辽东栎林为主,海拔1000~2000米以桦树为主,在森林群落破坏严重的地段为二色胡枝子、榛属、绣线菊属占优势的灌丛。
  海拔1800米以上山顶生长着山地杂类草甸。
  北京的动物区系有由古北界向东洋界过渡的动物区系特征。截至2009年,此动物区系中有兽类约40种,鸟类约220种,爬行动物16种,两栖动物7种,鱼类60种。
  在去房山的路上我问北京水土总站的宫亚光:"你知道不知道北京这片土地正在以每年11厘米的速度陆沉?而且还是以西城区为中心下沉的?"小宫礼貌性地微笑着点了点他新剃的光光的大脑壳,淡定地颔首，表示知道这个事儿。

一项利用卫星图像进行的新研究显示，过度抽取地下水正在引发北京部分地区——尤其是其商务中心区——正在每年下沉多达11厘米。

北京位于一个干旱的平原，地下水积累了千年。由于钻井且地下水位下降，下层土壤变得密实，就像干涸的海绵。北京公众环境研究中心主任马军称，他对朝阳区的下沉情况相对严重并不意外，因为朝阳区在最近数十年来发展迅速。

在2015年，中国完成了规模宏大的南水北调工程之后，是否有助于缓解地下水的下降，专家们称，想知道运河的供水是否将有助于补注含水层，并减缓北京下沉的速度还为时尚早。与此同时，仍然存在对建筑物和铁路系统造成的影响的担忧。为了避免脱轨，2015年的一项研究建议，中国禁止在已经建成的高铁铁路线附近挖掘新的水井。

报道称，世界上其他城市正在经历因过度抽取水资源或其他因素导致的下沉。墨西哥城每年下沉多达28厘米，雅加达正在以相似的速度下沉。据《遥感》杂志的研究人员称，曼谷每年下沉12厘米，与北京的速度相似。

中国地质学家将这一现象称为"沉降"。

这种现象正在向包括北京在内的中国东北部地区蔓延，发生这种现象的原因是过度抽取地下水。过去10年内50多座中国城市的海拔因沉降现象而降低了超过2米。

在中国河北省沧州市大部分地区每年海拔下降1~3厘米，有些地区则在以每年5厘米甚至更快的速度下沉，陆续关闭深层自备井，改饮水库资源后市区地下水位得到明显回升，地面沉降速率也在放慢，由2005年的每年55毫米左右减少至每年14毫米左右。江苏和浙江禁止抽取地下水，地下蓄水层的水位几年来已开始恢复。上海虽然从20世纪60年代，就开始限制地下蓄水层的开发，但这座城市的经济和城市发展的频密，加重了沉降问题。这似乎已经多方表明，城市发展的速度与土地沦陷的速度，是密切相关的。

过去10年北京下沉了80厘米。有人竟然这样推算，假设一栋楼层高3米，3米＝300厘米，300厘米÷11厘米/年＝27.3年，也就是说，不到30年的时间，北京CBD区域的大楼都没有一楼了。研究人员还警告说，持续的沉降将对北京的城市安全构成威胁，其中之一是"严重影响火车的运行"，很容易造成火车脱轨事故。

许多北京人对这个消息的反应是拒绝相信，却又不得不信。大叹在北京生活的不易，不被房价贵死，就被看病难死，不被出门堵死，就被雾霾呛死，如今还面临有一天被活埋的危险。北京一个市的总人口竟接近澳大利亚一个国家的人口，没有足够的水资源怎么养活这么多人啊？朝阳区是北京近郊区面积最大一个区，常住人口全市第一，水资源消耗大区，所以北京下沉朝阳区最严重。国际上人均水资源低于1000立方米就是缺水，低于500立方米属于极度缺水，而北京人均水资源为100立方米，不缺水才怪。

从这一点讲，南水北调对北京而言，是救命工程。

我有《捣练子》小令专说民生之困窘："不顺把，撂高儿，脏口儿从迄小儿。把不住边发瘟症，披虱子袄全活儿。猫套瓷，狗鸡贼，尖果尖孙打漂儿。哪一出儿晕了菜，爵儿只顾念央儿。"老北京方言，尖果是指漂亮女孩，尖孙是指漂亮男孩。全活儿是隐语，即卖身，也指暗娼。打漂儿即无业游民。爵儿多指有地位的官儿。念央儿是跟人说自己的事，故意让旁边的人听见。许多爵儿素餐尸位，每每顾左右而言自己，以"含央儿"为生，从不干正事。

水缺乏，土沉降，水土二字，决定生死。

老北京人说，明朝初定那会儿，朱元璋决定在北京建都，让刘伯温与姚广孝两位军师设计建城图纸。两人不约而同设计出了八臂哪吒城。京城老龙王闻讯不乐意了，心想这八臂哪吒专会降龙伏虎，这城要依样子建起，俺岂不是永无翻身之日？便一不做二不休，索性变化成人形，让儿子和女儿，把北京城里的水全部吞入肚里，变作两个鱼篓，想着你没水喝还建什么城？刘伯温命一个叫高亮的人追水。高亮追上老龙王，使银枪扎破一个水篓，而装甜水的水篓则化成龙子逃往玉泉山，故此，北京城的水多是苦涩的，只有玉泉山的水是甘甜的。

八臂哪吒城筑好后，刘伯温回南京复旨，龙王带着龙子要毁北京城，被姚广孝和岳飞打败，老龙王被压在北新桥的海眼里。龙王问姚广孝什么时候能出来，姚说等桥变旧了你就可以出来了，人们把"北心桥"改叫"北新桥"，在海眼旁建了一座岳飞精忠庙。龙子被压在崇文门附近的海眼里，姚广孝对它说你什么时候听见开城门打礅就可以出来了，愣从那时候起崇文门开城关城一律改为打钟，于是传下了"北京城九门八礅一口钟"的典故。

还有说在清朝年间，由刘墉用济公法宝把一条恶龙镇在里面。比较统一的说法是只要桥变旧了，海眼里的怪物就会出来。据说当初日本人占领北京城后曾让人拉井里的链子，结果海眼里的水不住翻腾，铁链子上有血迹，还能听到海风的声音，就不敢再拉。中华人民共和国成立之后有三个不怕死的小伙子曾经把铁链子拉出来过，铁链子另一头有一条三尺长的铁铸的龙。传说的背后，是北京城的地表水和地下水都不怎么好，推着木制水车走街串巷卖水，成为风景。

早在元朝时，都水监的头头郭守敬，便沿运河建造了24座水闸，通过上下闸启闭，使京杭大运河进了北京，直通积水潭。他还以流量大含沙少的白浮泉作为水源，将泉水引到西山脚下汇流诸泉，南引入昆明湖，经金代旧渠道"金河"、万寿寺附近的广源闸、和义门附近的高梁闸导入城内，流经宫城注入太液池。与700年后的京密引水渠路线不谋而合。光绪三十四年，慈禧就批准兴办自来水公司。京师首家自来水公司在东直门外建成。这林林总总都从侧面知会人们，北京缺水是胎里带的毛病，为了治这个毛病，已经想辙引水许多次了。

北京3000多年的建城史，800多年的建都史，都与水紧密相连。

北京位于华北平原西北边缘，面积1.64万平方公里，地势西北高、东南低，西部北部山区约占总面积的2/3，东南部平原区约占总面积的1/3。气候属典型暖温带半湿润大陆性季风气候。多年平均降雨量585毫米，降水量96亿立方米，蒸发量60亿立方米。多年平均入境量16.06亿立方米，出境量14.51亿立方米。年人均水资源占有量约100立方米，约占世界人均占有量的1/70。北京市坐落永定河冲积平原，属海河流域，境内有五大水系，由西向东分别为大清河水系、永定河水系、北运河水系、潮白河水系和蓟运河水系。根据2013年水务普查成果，全市有10平方公里以上的自然河流425条，总长约6400公里，湖泊

41个；人工建有水库包括密云、官厅等各类型水库88座，总库容93.75亿立方米；建有南水北调中线北京段、永定引水渠、京密引水渠等大型引水工程；有过闸流量大于5立方米/秒的水闸645座。现有城镇公共供水厂68座，日供水能力502.89万立方米；万吨以上污水处理厂50座，污水日处理能力达425万立方米，全市污水处理率达到86.1%。

中国40%的可利用淡水资源在长江流域，是4亿人的饮用水来源；淡水渔业产量约占全国60%；湿地面积1154万公顷。长江不仅是潜力巨大的经济带，更是关系子孙后代祸福的生态屏障。习近平在推动长江经济带发展座谈会上明确指出：当前和今后相当长一个时期，要把修复长江生态环境摆在压倒性位置。之后在北京召开的中央财经领导小组第十二次会议上他又强调：长江经济带发展，理念要先进，坚持生态优先、绿色发展，把生态环境保护摆上优先地位，涉及长江的一切经济活动都要以不破坏生态环境为前提，共抓大保护，不搞大开发。

近年来长江水质不断恶化，沿线水污染事件频发，白鳍豚、白鲟多年不见踪迹，江豚仅余千头，顶级物种纷纷告危。环保部长陈吉宁提出，搞好长江经济带发展过程中的生态环境保护需要建立起硬约束而不是软约束。切实做到生态功能不退化、水土资源不超载、排放总量不突破、准入门槛不降低、环境安全不失控。北京人心知肚明，南水北调仍未从根本上改变缺水的运命，8.66亿立方米解的只是燃眉之急，约有1100万人喝南水，包括城区、门头沟城子地区及通州、大兴和昌平部分地区。南水入京地下水位下降增幅减小。同期相比地下水位下降0.33米，与去年同期相比减少下降约0.8米。市水务局相关负责人分析，一是自然降水比常年偏多，二是多途径实施节水优先措施，三是南水进京后减少利用地下水。

有南水喝着，北京应该不缺水了，可事实却相反。

北京为何仍缺水？相关负责人分析，北京市水资源总量呈逐年下降趋势，供水总量却以每年平均0.58亿方递增。北京市人均水资源量仍仅有150立方米左右，远低于国际公认的缺水警戒线，且人口仍在增长，仍需增加外调水量。应对方案是，自来水集团的自备井、地下水的使用能力仍需要保持，如遇断水，将从北京周边水库应急调水，进行水源切换，保证短期内满足用水。2000年以来，浙江、宁夏、内蒙古、福建、甘肃、新疆等地方开展了水权交易实践探索，2014年水利部在宁夏、湖北、江西、内蒙、河南、甘肃、广东7个省区开展了水权交易试点。2016年3月，北京市人民政府批复设立水交所，5月，中国水权交易所完成工商登记。今年6月28日水利部财务司司长吴文庆在该新闻发布会上说，市场机制配置水资源，会进一步增强公众的水商品意识，倒逼产业升级、淘汰高耗水落后产能，激发保护水资源、增加优质水供给的动力，从而为推进供给侧结构性改革做出贡献。水交所设在北京，有利于京津冀协同发展、促进首都水源的可持续利用。水交所之所以诞生，说白了无非两个字：逼的！

　　水情如此，那么土情又当如何呢？

九十九

总面积16410平方公里的北京市，共划分为1085条小流域，先后建成生态清洁小流域285条，累计治理面积3632平方公里，累计减少水土流失量422万吨。目前仍有水土流失面积3202平方公里需要治理，占全市总面积约两成。

    我要去的地方，是周武王封召公称燕的地方，燕当时的都城就是如今北京房山区的琉璃河镇，遗址迄今尚存。唐朝安史之乱期间，安禄山在北京称帝，建国号为"大燕"。五代初期刘仁恭在此建立地方政权，称燕王。辽于会同元年（938年）在北京建立了陪都，号南京幽都府。元朝时北京称为元大都，北到岭北行省，东到奴儿干都司（治所黑龙江下游），西到西藏，南到海南，都在此交流。成吉思汗麾下大将木华黎于嘉定八年攻下北京，遂设置燕京路大兴府。洪武元年（1368年）八月改称北平府。燕王朱棣经靖难之变夺得皇位后，于永乐元年（1403年）改北平为北京。清兵入关后即进驻北京，清咸丰十年英法联军打进北京并签订《北京条约》。清光绪二十六年八国联军再次打进北京。辛亥革命后的民国元年"中华民国"定都南京，同年3月迁都北京，1928年中国国民党北伐军攻占北京，北洋政府下台。民国伊始北京的地方体制仍依清制，直至民国三年才改顺天府为京兆，直辖于中央政府北洋政府。这一时期，新建有轨电车和北京大学、北京师范大学、燕京大学、辅仁大学、协和医学院等。北伐战争后蒋介石迁都南京，北京改名为北平特别市。七七事变后北平被日本占领。北平改名为北京。1945年日本军队投降，北京又重新更名为北平。1949年1月31日北平解放。1949年9月27日北平更名为北京，1949年10月1日，中华人民共和国中央人民政府在北京宣告成立。1956—1958年间，将河北省昌平、良乡、房山、大兴、通县、顺义、平谷、密云、怀柔、延庆等县划归北京市，形成今北京市行政区域。

北京是齐聚56个民族的唯一城市，95.69%的人口为汉族，满族、蒙古族、回族人口均超过万人。2015年6月北京常住人口2168.9万人，同年实现农林牧渔业总产值368.2亿元，粮食播种面积10.4万公顷，比2014年减少1.6万公顷。粮食产量62.6万吨，下降2.0%；粮食亩产399.8公斤，增长12.7%。农业观光园1328个，比2014年增加27个；观光园总收入26.3亿元，增长5.6%。设施农业实现收入55.5亿元，增长8.2%。民俗旅游实际经营户8941户，比2014年增加78户；民俗旅游总收入12.9亿元，增长14.2%。接待入境旅游者420万人次，比2014年下降1.8%。全年接待国内旅游者2.7亿人次，增长4.4%。国内旅游收入4320.3亿元，增长8.1%。国内外旅游总收入为4607.1亿元，增长7.6%。

水土流失既是资源问题又是环境问题。

美国有3/4的工业生产及9/10的机器制造工业和钢铁工业集中在东北部的大西洋沿岸和五大湖地区。美国的钢铁工业是为军事工业服务的，产量极不稳定。美国的南部是一个相对落后的农业区，土地大多集中在垄断资本手中，耕作技术相对比较落后，仅在棉花产区建立了一点纺织工业。密西西比河是北美洲第一大河，在密西西比平原上，由于滥伐森林和胡乱开垦草原，水土流失非常严重，密西西比河终年携带大量泥沙，造成河床增高，常常泛滥成灾。美国本土的矿产、水力和森林资源比较丰富，但垄断资本集团为了追求利润，对矿产资源进行掠夺性的开采，他们只拣投资最小、利润最大的矿床开采，一旦感到利润小就将矿井废弃，乱砍滥伐使美国茂密的森林面积减少一半以上。类似情形已成世界性问题。

中国也有类似问题。一名环保人士这样表示自己对未来发展的忧虑："政府正在做出巨大努力来应对生态问题，但不管采取什么样的措施，都不太可能完全有能力应对沙漠化及其影响。中国治理沙漠化的速度远远赶不上每年3400平方公里的荒漠化速度。"

早在2013年《人民日报》就发文说：大规模建设导致北京人为水土流失剧增。去年，该市建筑开复工面积约2亿平方米，每万方堆土每年流失近1吨。"十一五"期间该市生产建设项目扰动土地800平方公里,人为水土流失近700万吨;已建成的生态清洁小流域仅占山区小流域的38%,且未纳入公共事业经费保障,导致建了又毁、毁了又建;山区土层不足30厘米的土地超过40%;该市怀柔、密云、房山等10个区县有805条泥石流沟道,受影响人口15万多;大面积城市硬化,雨洪利用工程严重不足,造成降水难以存蓄,地下水难以补给,排水压力不断加大,极易形成内涝;据测算,每年进入排水管网的泥沙约1.5万吨。

文章说:地球表面的岩石在风化作用下分解为成土母质,成土母质在气候、生物等因素长时间的作用下形成由矿物质、有机质和微生物等组成的可供植物生长的土壤。土壤的形成是一个复杂而缓慢的过程,根据成土母质和环境的不同,形成1厘米厚的土壤一般需要几百年的时间,有的如我国西南岩溶区则需要上千年的时间。土壤在整个生态系统中起着关键作用,是人类赖以生存的基础。在历史上相当长的时期内我国大多数地区的自然生态处于相对平衡状态。随着人口增加对水土资源的开发利用加大,人为因素导致水土流失开始发生。

20世纪50年代,为满足食物和木材的需求,大规模开荒扩种,牧区草场超载,林区森林超伐,形成新的水土流失。20世纪80年代以来各地虽采取了一系列措施进行扭转,但又面临城镇建设、矿产资源开发、公路铁路建设等,导致了新一轮更严重的水土流失。仅"十五"期间,我国各类生产建设项目扰动土地面积就达5.53万平方公里,弃土弃渣量达到了92.10亿吨。部分山区林果业没有采取相应的保护性措施,也造成严重水土流失。特别是南方地区经济林和速生丰产林,打破了严禁开垦的25度坡。该期间林果业开发项目扰动地表面积2.05万平方公里,居各类生产建设项目之首。全国坡耕地面积占全国水蚀面积的15%,每年产生的土壤流失量约为15亿吨,占全国水土流失总量的33%。长江上游三峡库区坡耕地面积占到耕地面积的57.7%,怒江流域占到68.4%,黄土高原地区坡耕地每生产1公斤粮食流失的土壤达到40~60公斤。黄土高原区长度超过1公里的侵蚀沟有30万条,黑土区长度超过1公里的侵蚀沟有8万条,南方红壤区崩岗有22.2万处,长江上游及西南诸河区有泥石流沟1万余条。

全国水土流失面积达356万平方公里,已经严重威胁到我国的生态安全。

一家英国媒体写道：在同土地沙漠化做斗争的长久过程中中国已收复了一小片阵地。但专家警告说，要解决"中国面临的最严重的生态问题"或许还需要300年时间。为加速这一进程，今后10年里，中国同沙漠化做斗争的费用将增加到2000亿元人民币。由于自然界的干燥气候、数百年来的过度开垦以及这个人口最多增速最快的经济体数十年来对水和土地的过分需求等因素的共同作用，中国有超过1/4的土地要么退化要么被沙子或沙砾覆盖。尽管中国开展了世界上最大规模的植树造林运动，重新安置了数百万"生态移民"并采取措施限制放牧和开垦，但"沙漠化趋势还没有从根本上得到逆转"。仍有170万公顷的土地，相当英国国土面积的6倍多，被沙丘或戈壁滩所覆盖。更大面积的土地，还在遭受风力和雨水的侵蚀或盐碱化。沙漠化仍是其严重的隐性威胁。

这家英国媒体还幽默地这样写道："中国估计有53万平方公里的土地能够通过造林、保护和自然更新得以恢复，但这项工作需要漫长的时间，与之相比，二万五千里长征就像周末的休闲散步。"在一些地区，比如四川多山的西北，沙漠面积仍在继续扩大，原因是"当地官员漠视关于土地开垦和水资源利用的限制措施。"它还引用了一个气候变化数据，这是一个越来越令人担忧的因素，持续干旱等极端气象频发增加了全球土地沙漠化的危险。专家认为，大气温度每上升1℃，沙漠化面积就增加17%。这无疑是一个相当危险的数据。

这家英国媒体还谈到，东伦敦的斯特拉特福地区土壤被钛、镭等放射物质和砷、铅、萘等有毒物质污染，2012年伦敦奥运会的厂址就选在该地区，为此进行了世界上前所未有的复杂工程，清洗被毒化的土壤并现场回填。清洁技术包括土壤清洗、土壤稳定处理和生物处理等。首先分离掉沙子和碎石，然后清洗提炼出污染物。分离掉重金属。土壤恢复干净安全标准后，再次被回填到取土区域。有150万吨的土壤被就地清洁，其中90%的土壤在清洁之后重新回填。而来自当地废弃建筑的拆卸物也大多重新用在公园各项建设中。实践证明，现代科技已经在某种程度上足够帮助人类平复工业发展对环境带来的创伤。

关键在于，看重的是当前利益，还是未来利益。

环保部、中编办筹划的"三步走"路线图出台，省级以下环保机构监测、监察、执法垂直管理也将在2016年开展试点；环境监察机构法律地位逐步加强，环、公、检、法联合机制不断完善；地方环保迎来中央督察，党政"一把手"面临"约谈"窘境，"党政同责""一岗双责"等生态文明绩效评价考核和责任追究制也被提上日程。京津冀、长三角、珠三角等重点区域大气污染防治联防联控地方版防治方案显现；农村环境治理投入加大，美丽乡村建设模式不断拓展；环保信息公开成常态，政府、企业时时处处面临舆论考验；环境违法将遭遇高成本处罚。税制"绿色化"稳步推进，绿色金融服务，绿色产业、节能环保等领域支持力度不断加大；资源价格改革继续深入，阶梯价格制度成为各地部署重点；社会投资进入环保市场，水污染、固废、土壤将吸引社会资本跑步进入，众多上市公司正在积极布局。

怀柔小流域综合治理方案之严谨之精细之专业给我留下了深刻的印象，几乎每一个细节都考虑到位并精准处置，毫不含糊，例如不同的地方所用毛石的质量、厚度都有所不同，再比如不同坡度所用树种都与之相适应，等等。尤为可贵的是，对后续的管理也巨细无遗地写在方案中，似乎他们不是做水土工程，而是在炫耀园艺，侍弄盆景，无所不用其极。

琉璃河境内有西周燕国的都城遗址，建于公元前1045年，为国家级文物保护单位。《史记·燕召公世家》记载："周武王之灭纣，封召公于北燕。"燕国受封立国三千年来，人们对其都城几乎一无所知。1945年有人路经遗址捡到一些陶片交给考古学家，才引起考古界的重视。1958年北京市文物普查，琉璃河燕都遗址已经初现端倪。几经发掘，方才认定遗址为西周燕国始封地之初都。召公是周朝掌管国家政事的官，始于姬奭，后人世袭之。姬奭与周公姬旦，武王姬发应属同辈，是燕国的始祖。他被封后派长子姬克去治理燕国，而自己仍留在镐京辅政。他支持周公旦摄政当国，支持周公平定叛乱。在任时史称"自侯伯至庶人各得其所，无失职者"，官民皆安居乐业。传说他曾在现址陕西省岐山县刘家塬中学内一棵甘棠树下办公，后人不舍砍伐此树，写了《诗经·召南·甘棠》纪念他："蔽芾甘棠，勿剪勿伐！召伯所茇。蔽芾甘棠，勿剪勿败！召伯所憩。蔽芾甘棠，勿剪勿拜！召伯所说。"留下了"甘棠遗爱""甘棠之思"的成语典故。司马迁在《史记·燕召公世家》这样评价他：召伯作相，分陕而治。人惠其德，甘棠是思。庄送霸主，惠罗宠姬。文公从赵，苏秦骋辞。易王初立，齐宣我欺。燕哙无道，禅位子之。昭王待士，思报临菑。督亢不就，卒见芟夷。

姬奭被封的燕都遗址在琉璃河镇董家林村，遗址东西长3.5公里，南北宽1.5公里。包含居住址、古城址和墓葬区3部分遗存。境内还有规模仅次于卢沟桥的琉璃河大石桥，位于琉璃河段京石公路。古称圣水的琉璃河由石桥之下流过，东行汇入拒马河。石桥之先是一座木桥，汛期常被冲毁。故在嘉靖十八年改筑石桥，于嘉靖二十五年建成。石桥南北向，全长165.5米，宽10.3米，高8余米，共11孔，中孔最大。拱券正中雕有精美的兽头。桥体全部用巨大的石块砌筑，桥上建有实心栏板和望柱，其上均雕有海棠线等纹饰。嘉靖四十年向南北两方督修路堤。堤宽19.8米，高近4米，总长约2000米。堤面铺以巨型条石。为传说中的五里长街。从修桥到路堤建成，前后20余年。是北京迄今较为完好的古代石桥之一。

琉璃河是白河的一级支流，经此流入白河直接进入密云水库。

这一片区名为青石岭京津风沙源小流域治理区，面积20平方公里，始建于2009年，建设的主要内容包括：封禁标牌、拦护设施、梯田整修、砌筑树盘、水保造林、节水灌溉、挡土墙、村庄美化、垃圾处理、农路建设、防护坝、生态护岸、湿地恢复、沟道清理等，工程费及监理、监测费用合计为1000万元。该项目实施后，年累计节水2.8万立方米，减少散倒垃圾量3240立方米，流域林草覆盖率明显增加，土壤侵蚀模数降低至200吨/平方公里·年，对减少水质污染、改善生态环境、提高区域水资源承载能力具有积极作用。村庄美化、园林休闲设施等措施改善了群众的人居环境及农村生活、生产条件，旅游业的开展，增加农民就业，促进第三产业快速发展。有助于提高小流域水环境承载能力及水源保护，生态环境改善，农民生产生活水平提高，促进农村产业提升等方面具有重要作用，具有显著的社会效益和生态效益。

怀柔区水保站杨华站长有板有眼地说："以前山上光秃秃的，河里也没多少水，截流之后逐段蓄水，水流才变大了。以前的河道也没有堤岸，道路也是土石路，两边村庄的闲置场地以及道路也缺少绿化、污水入水，垃圾乱堆。结合清洁小流域建设，以琉璃河为主线，进行针对性处置，点、线、面结合，实施立体生态治理，还得让老百姓能得实惠，促进林下经济和旅游业同步发展，达到人水和谐。村庄环境也得到很大的优化，田间基础设施得到改善、河道及沟渠水环境得到净化，洪水隐患得以解除，基本实现了生态、经济和社会之间的和谐。现在这里成风景名胜区，白河峡谷、永定河官厅山峡、拒马河峡谷并称京都三大峡谷，被誉为百里画廊，云台览胜很像雅鲁藏布大峡谷，村里家家户户都有不菲的收入！"

经过水土工程与生物手段整治的琉璃河直通白河峡谷，彰显了原本保留完好的自然原始风貌，悬崖之上有巍峨的明代长城蜿蜒，峭壁琳琳琅琅，山泉溅溅有声。从密云县沿白河溯流而上可达云蒙山北麓，穿越石缝间隙前行，即达山崖上的石台，鸟瞰之下，只见琉山罗织如画，璃水锦绣若带，幽峡生辉，秀谷走电，形胜尽收眼底，端的是"琉璃山水，秀甲京北"。

从琉璃河的水光山色，拾阶而上，便见青砖瓦舍的八宝堂村。

八宝堂村小河口桥附近河道宽广，易于恢复自然湿地景观。在两侧生态岸坡治理的基础上，强化生态恢复与湿地生态系统功能再造，使恢复区域与核心区构成一个多层次和相对完整的湿地景观整体。同时，还兼顾农业生产和生态旅游的需求，充分挖掘湿地景观的综合效益。湿地共计10000平方米，栽植荷花、菖蒲、芦苇等适宜当地生长的水生植物。

配合生态护岸工程建设，对村庄上下游主沟内的垃圾等障碍物进行清理，消除垃圾污染水流现象，保证沟道水流清洁，畅通无阻。生态修复区是流域内面积最大的区域，也是清洁小流域建设的起始点。生态修复区对涵养水源、保持水源清洁具有重要意义，而生态修复是一个长期而漫长的过程，需要一定的时间恢复，因此，一旦划分为生态修复区，应在关键部位设立"封禁保护"警示牌，上山通道处设置护栏，尽量减少人类活动对自然修复过程的干扰。各村庄所属的生态修复区应责任到人，由专职护林员负责，严加看管。

通过优化农业种植结构，适度开展旅游、服务业等产业，增加村民收入；将重要的水保设施维护看管责任到人，确保各项工程正常发挥效用。管理区六不准：不准施用化肥、不准施用农药、不准倾倒垃圾、不准养殖、不准耕种、不准开矿。生态治理区包括居民区、耕作区及生产活动区，是人类活动最频繁的区域，生态治理区的有效管理是清洁小流域建设成败的关键。新建开发建设项目编制并落实水土保持方案，对环境有污染的项目一律不允许上马。

在各村设立足够的垃圾桶，加大"清洁小流域"及"三道防线"等新理念新思想在农村的宣传力度，使村民了解水源保护的重要意义，增强村民的环境保护意识，在日常生活中养成垃圾全部放入垃圾桶的良好习惯，由各村指派专人定期清理、维护垃圾桶，垃圾清理需保障一个半月清理一次，夏天由于垃圾容易腐烂变臭，需相应缩短清理周期5~10天，而冬天可相应延长5~10天。生态保护区的有效管理是清洁小流域体现治理效果的重要一环，管理出错会前功尽弃，直接影响沟道水质，因此，加强三关中最后一关生态保护区的管理至关重要。

杨华说："要不是生态好了，村里的年轻人早就都走了！"

杨华告诉我们："我们怀柔小流域治理始于2000年。迄今为止已建成类似青石岭这样的清洁小流域29条，共计治理水土流失面积499平方公里。每一条都是因地制宜实施的，考虑到不同情况兼顾群众生活习惯，各自具有特色。有西湾子小流域、庄户沟小流域、杨树底下小流域、神堂峪小流域、一渡河小流域、北宅小流域。正在治理的还有辛营、大榛峪、后山铺、后喇叭沟等10条小流域，大约有117平方公里面积，进行生态清洁综合性治理。"

"这里也有自己的特色，一边是山，一边是村，空间特别小，水面小，也没有这些拦水的石头，按自然逻辑走的，修旧如旧，人为的痕迹越少越好。以前河道里的地，你种了，现在收回来，老百姓也没意见。过去这里是琉璃庙镇最穷的一条沟，年轻人都跑到外边打工去了，村里剩些老头老太太。小流域修好之后，游人多了，村里人收入也多了，好的每年能挣上七八十万元，最少也有20多万元，外出打工的人都跑回来了，这才明白生态好也能致富！每个周末都来好多人，一个人交10块钱卫生费，就可劲玩呗，你扔的垃圾村里人就给你打扫了。"

进村时遇一大姐，满脸都是惬意和爽快，攀谈了几句，说："家里六口人，大儿子刚刚工作，小儿子跟我一起过，孩子们上大学时，都打家里拿钱，要不是有了农家乐，还不得愁死？一年也就营业半年多，到11月人就少了，跟过去比，已经相当可以了。比出去打工强多了，你出去打工也不定能赚这么多钱呢。"杨华说："冬天也可以开发，滑滑冰什么的，也有人会来的！"大姐说："快拉倒吧，冬天水凉，还发愁做饭呢！"说完就知足地笑了。

"现在都种的是生态林，除了石头就是树，全是绿的。咱们北京动手早，把该做的都做了，现在是深化、升华、好上加好，25度坡以下基本都种了树，完全以生态林为主了。我2005年大学毕业就来了，还有我们李工，都是一起干过来的，以前这里全是大石碴子！"

说话间进了村，随便看了几家农家乐，门口都挂有牌子，写了名字还编了号。村街干干净净。杨华说这里全部做了污水处理。又进一家，四合院盖了顶，摆了七八张大圆桌，墙上相框镶着一张荣誉证书，写有："徐军虎同志，被评为怀柔区第十二届青年创业带头人，特此表彰。"院子里没有人，杨华喊了一嗓子，从正房里出来了一位大爷一位大妈，杨华介绍说："这是老徐的父母，看过姜文拍的电影《让子弹飞》没有？就是在这里的小流域拍的外景，老徐天天给剧组做饭，姜文、周润发、葛优一大拨拉人，天天在他家吃饭，都夸老徐做的饭好吃，跟老徐、大爷大妈都熟得成好朋友了！"大爷有些木讷，大妈满面红光，很健谈，我问她收入怎么样？大妈说："今年已经挣了60多万，人手不够，还得雇人，我儿子过去在外边打工，给人家做大厨。过去四个孩子念书，穷得不行，后来才好点。我小时候这沟里的环境可是不好，把山上的树都砍了烧柴，破柴都得往远处的山上跑，60年代就是光山了。"大爷说："做梦也没有想到，老了还会享福！"大妈说："要不是生态好了，我三儿子也不会回来，他本来在外边就挺好的，买了楼房，还买了两辆车。他做的菜葛优最爱吃，剧组还想要带他走，他没去。家里也离不开他。剧组后来介绍了好多人来，互相介绍，大家都来！"

然后，我们走去看了位于怀柔区汤河口镇的白河湿地生态公园。

湿地是地球上具有多种生态功能的自然系统，它在维持生态平衡、涵养水源等方面均有重要功能。白河生态公园投资1500万元，全长1800米，在建设中最大限度地保留了原有的林地和湿地植被，园内建有亲水走廊、沿线木栈道1500米、凉亭、远眺楼等8座亭台水榭，湿地水生动植物文化墙一面。长长的木栈道曲径通幽，时而穿梭于芦苇荡的深处，时而凌碧波而徐行，时而曲折，时而开阔。微风吹过，可见茂密的湿地芦苇深处，有点点白鹳掠过、只只黑鹳穿梭、头头野鸭起落，以及不知名的各种野生鸟类，掠着翅响来去飞回。沿木栈道前行可见湿地周遭芳草丛中形态各异的茅草亭、原木亭、秋千架、跷跷板之类古拙的物事，意趣盎然，错落有致，堪为游人度假休闲或在自然环境中修身养性的小憩场所。这里空气宜人，湖水中游鱼喋喋，乃是野外垂钓的最佳场所。碧水青山，蓝天白云，鸟啼蛙鸣，空气清新，随处可见蜻蜓、蝴蝶。因距城区百余公里，僻处一隅，其清幽尽可独享。

杨华似乎特别钟情于此，轻抚石碑、摩挲梁柱、流连忘返，不忍释手。

"我觉得北京的小流域治理和别处有所不同。"杨华若有所思，这个年轻却处处显得老成的站长，不慌不忙地说了这样一番话，"综合治理小流域是个花钱的事，别处那些外省的小流域投入有限，还有治理空间，北京的小流域治理，投入和治理已经达到瓶颈了，下一步要做的是巩固成果，重点转移。我们现在就是这么做的。通过实践，制定总结出一套特有的生态清洁小流域管护办法，比方说农村地区污水处理、垃圾资源化处理管理办法，等等，制定一系列的长效机制。再比方说，在小流域建设的同时区里还提供了小流域维护管理经费，明确工程管护主体和监管单位，完善工程管护制度，层层签订责任制，保证了小流域内所有工程设施能够长期发挥效益。不能狗熊掰棒子，掰一个扔一个，那才叫浪费粮食！"

这位北京水保人的话，听起来平凡，细想却让人肃然起敬。

一〇一

> 如果真有末日审判，那么，坐在审判席上的多半是恼羞成怒的造物主，没有辩护律师，主控方和证人席上全是被侮辱被欺凌被损害的大千生物，被告席上站着两种人，一种狂妄自大不知死之将至仍在盲目乐观的人，一种自觉大祸临头惴惴不安企图加以补救的人。

北京与雾霾，似有不解之缘，是绕不过去的。

2016年5月12日世界卫生组织发布了"全球城市污染数据库（2016）"最新数据。WHO共收录了211座中国城市，其中162座城市的PM2.5年均值超过WHO设定的过渡目标，即35微克/立方米。将2973座城市的PM2.5平均浓度由高到低排列，前100名城市中有30个中国城市。世卫组织在2008—2013年5年时间内比较了67个国家总计795个城市的颗粒物（PM10）和细颗粒物（PM2.5）水平。颗粒物和细颗粒物包括硫酸盐、硝酸银和黑炭等污染物，它们可以深入肺部和心血管系统，给人类健康带来极大风险。总体而言，城市空气污染水平在高收入国家是最低的，大部分较低的污染水平出现在欧洲、美洲和西太平洋区域。城市空气污染水平最高的地方是东地中海区域和东南亚区域的低收入和中等收入国家，年平均水平往往超过世卫组织限值的5～10倍；紧随其后的是西太平洋区域的低收入城市。世界卫生组织指出，颗粒物和细颗粒物高度集中造成的环境污染是健康面临的最大环境风险，在全世界每年导致300多万人过早死亡。世界卫生组织家庭、妇女和儿童卫生事务助理总干事Flavia Bustreo博士说："空气污染是造成疾病和死亡的一个主要原因。"

因多次遭遇雾霾，感慨系之，我曾多次写到它们。

欲望引领着现代科技日新月异，被它武装到牙齿的现代工业，近些年不失时机地迅猛发展，人体已经开放成超微型潜艇游弋的血海。

这些潜艇的基地是雾霾。雾霾由气态污染物和PM2.5可吸入性细小污染物颗粒组成。原本这些有害物质是被大自然深藏不露的，它们待在地下、水里、石头中以及植物和肉体中，是隐性和无害的存在，只因人类的好奇和聪明，打开了潘多拉的盒子，它们如同灾难和瘟疫一样，被成群结队地释放出来。有些污染物是可以即刻消解的，可是更多的愈是有害的污染物便愈是顽强，它们一旦被人类释放出来便不会轻易消失或日分解很慢。累积起来会像幽灵也似，随气候变化在全世界游荡，在适当的时候适当的地点适当的气象条件下不时出现，并择人而噬。这些细小可吸入性颗粒，既是污染物又是集结吸附重金属、多环芳烃等有毒物质的载体，形同一艘艘载满毒物的超微型潜舰，通过呼吸者，不仅是人类，也包括那些靠呼吸空气活命的动物们植物们，大家都是受害者。这些潜艇进入动物的肺泡和植物的身体，并通过血液进入器官游弋动植物的全身，危害巨大。不是玩笑话。天空和大气已经失守，地球上海洋、江河、草泽、地下水、山川、森林、田野、土壤以及所有的万物万类，也正逐步被污染、破坏、癫秃、干涸、消失、灭绝或是已经全面沦陷。最终轮到人类自己，先是PM2.5潜艇大队偷袭入侵顺利达成，接下来会做什么？它们会在人体遍布水雷建起封锁线，然后发射鱼雷、导弹、核弹，攻击人体各个要塞，或曰各个器官。还击它们的只有人体的免疫系统。这场短兵相接的反侵略战争从伊始就注定了不公平和败多胜少，因为PM2.5潜艇的制造者是人类自己。不根除污染源，一切努力都将枉然。

　　我有《醉太平》四叠如是写道：

　　惺忪晚冬，枯黄返青。大千万象初萌，应时天又馨。
　　青春幻真，人生变形。落花流水曾经，古今从未停。
　　杯高酒清，偷闲醉生。八方乱撵流莺，四荒阖一茎。
　　鸡争狗争，魂牵梦萦。雾霾困住唐僧，讨钵儿奉承。
　　山穷水残，星潜月沉。如来打个咳声，有劳观世音。
　　无银有银，解铃系铃。我佛一派浓情，盼西天取经。
　　乾坤探珍，银河访春。万国相敬如宾，通婚姻妊娠。

红白齿唇，黑黄率真。东西南北族邻，物人居一屯。

醉太平可以，但霾太平，却是万万要不得的。

又《古风无奈杂酱面》，专以北京地方小吃诗之曰：

周口店内主，春秋山上虎。来去不知处，天性嗜豪赌。
文明三千数，猿猴是人祖。原本已下树，何必又敲鼓。
帝王头窝头，公卿肚爆肚。青壮肝尖炒，夫妻肺片卤。
子孙芥末墩，爷奶豆腐乳。繁华艾窝窝，金粉酱卤卤。
水陆空饱堵，日月星醉吐。江河如豆汁，山川似果脯。
两眼豌豆黄，六神御膳补。念奴娇滴滴，娇奴念苦苦。
红尘疑无路，众生知回顾。人欲不靠谱，自然是父母。

发乎于情，余兴未艾，再调寄《念奴娇》续之：

煮霾烹瘴，豌豆黄、碧隐玉迷朱藏。苦水幽州情未了，碰面只能烟望。帝王窝头，公卿爆肚，满汉疙瘩汤。机场炸酱，油条挨个翻张。芥末墩子层楼，羊头高架，驴打滚车况。肉沫天桥麻豆腐，煎饼过街雄壮。生命褡裢，青春螺蛳，肥瘦馄饨养。灌肠人间，炒肝男女形状。

让人高兴的是，中国在持续公开空气污染监测数据，也在逐渐脱离"最污染城市"梯队。根据绿色和平城市PM2.5排名项目2015年的数据，中国在向污染宣战后已取得初步成效。2015年189座中国城市的PM2.5年均值相比2014年下降了10%。WHO数据库显示，在西太平洋低收入及中等收入组别中，仅有约5%的城市在2008—2013年PM2.5浓度有下降趋势。对于中国来说，2015年中国有九成城市和2014年相比PM2.5都有不同程度的下降。中国政府推行多种降低大气污染物排放的措施。绿色和平表示，2016年第一季度的数据显示，中国很可能连续第三年出现煤炭消费量的下降。2016年第一季度中国355座城市的PM2.5平均值同比降低了8.8%。

因之窃喜，恰逢端午，调寄《长相思》新韵三叠记之日：

端午光，粽叶香，吴楚怀石汨罗江。灵均故里亡。三峡荒，秭归殇，五界十方炎灭黄。基因转大唐。霾太阳，鸠清茫，鱼米之乡污稻粱。城隍土地狂。追亡羊，挽沧桑，碧落黄泉拯未央。平平举一觞。好儿郎，美娇娘，长线龙船能远航。短投悔断肠。艾草芳，染衣裳，绿水青山众手妆。大家种太阳。

三字经有云，人之初，性本善，性相近，习相远，苟不教，性乃迁。

水土保持以及小流域建设，如同生孩子一样，生下来容易，教养不易。这一路走来，所见所闻，全国各地普遍存在的水土保持顽症，如同年年种树不见树一样，年年治理年年不见成果的现象，比比皆是。原因便在于管护跟不上，已投入建设的成果得不到后续巩固。窃以为北京市最难能可贵的成功经验便是，在建设小流域的同时，已经提前制定好对孩子的"精细化管理"教养办法，且能一丝不苟地落到实处，这是他们之所以成功的最宝贵的经验。

房山区小流域建设也佐证了这一点。处于太行山与华北平原交接带的房山区，全区划分为132条小流域，山区86条，平原46条。按照北京市城市发展需求及房山区自身特点，生态保护政策和工作重点也有所不同。房山区是北京最大的能源和建材基地，矿山数量占到全市2/3左右，多年资源开采以及由此形成的运输、餐饮等上下游产业链条，使当地根本无暇顾及生态环境的保护与建设。长期以来生态治理停留在简单的植树造林层面，近千座矿井的资源开采，使生态破坏的速度远比治理修复快得多。2005年《北京城市总体规划》将房山确定为北京西南屏障，生态涵养区，采煤、采矿企业逐步从当地退出，2006年实施生态清洁小流域治理，2008年房山又被纳入国家京津风沙源治理范围，资金成倍投入，迄今已建成生态清洁小流域22条，区域生态环境明显改善，生态涵养功能得以有效发挥。

"以前房山全是煤矿，"房山区水土保持站于占成站长说，"要关闭煤矿等将近1000家，投入资金2.09亿元，用于矿山恢复治理、地质灾害工程治理、地质遗迹保护工作。光是恢复矿山面积就有9268亩。涉及房山区14个山区乡镇，47个行政村，治理面积7000亩，栽植侧柏、油松、黄栌、元宝枫、地锦等各类苗木28万余株。共完成山区绿化面积13.9万亩；平原区造林达7.5万亩。截至2013年年底，森林覆盖率、城市绿化覆盖率达到30.6%和46.7%，人均公共绿地14.2平方米。公园个数由2008年的22个增加到35个。绿地面积4267.7万平方米，实有树木1094.5万株，分别较2008年提高37.4%和39.8%。"

从早起便开始下雨，那雨跟于占成说话的语速相类似，忽紧忽慢，却始终不停。于占成一边开车一边说话，在一个迷宫般巨大的小流域治理片区内，左冲右突，七弯八拐，生硬还是迷了路。我更是被转悠得眼前全是绿汪汪的树和白茫茫的雨，分不清东西南北。原本宫亚光和凌峰在另一部车里，先还跟在我们车后，一会就不知去向了。

"过去一下雨，房山爱闹泥石流，"于占成边说边猛打方向盘，不管手里有多忙，嘴里可一点没闲着，如数家珍。"这些年生态好了，泥石流也少了。这些年主要是封山育林、低效林改造、中幼龄林抚育等等的一大堆，重点主要还是管护。森林抚育面积5.7万亩，管护面积3.3万亩。我们来的这一片是新建的长沟湿地公园和琉璃河古桥湿地公园，前边这一片共有湿地公园6处，总建设面积864公顷。上方山那边还有一个自然保护区、圣莲山也有一个自然保护区，总建设面积5183公顷。蒲洼自然保护区的规划总建设面积就得有8600公顷；新建自然保护小区好多个，加上水源保护区、生态功能保护区等的面积，能达到1219.7平方公里，占全区国土总面积60.4%，这样有利于生物多样性保护功能的提升。这地方寻常人来一趟都不容易，我们的人几乎得天天来，一天不来就会找不到路，到处在施工，这是一片湿地，你看那些水洼子，绕也绕不过去，还得返回去重走！"

过后才知，那天的雨只是小试牛刀，很给人留面子。

暴雨每每会引起洪水、泥石流、塌方、滑坡。洪水是各种自然灾害中导致最大死亡损失的灾害。到目前为止，中国历史上导致洪水灾害最严重的事故是黄河决堤。1332年有700万人被淹死，尾随其后的饥荒和瘟疫使死亡的人数倍增，超过1000万人死亡。1887年洪水穿破了黄河厚厚的足有22米高的堤坝，一泻之下，淹死了100多万人。最近一次黄河洪水发生在1930年，有100万人被淹死，另有可能1100万人死于随后的饥荒和疾病。美国密西西比河的洪水也在不断地袭击和破坏农业和商业，最近发生的几次大洪水，发生在1973～1974年和1993年。中世纪的暴风雨也时常在北欧河流产生极端的洪水淹死人事件，在几个事件中死亡人数超过10万。1995年在北欧发生的冬季洪水使过去200年较严重的一次。在澳大利亚，大型洪水在20世纪后50年变得更通常。在1988～1990年的拉尼娜事件中，大洪水淹没了澳大利亚东部大片的土地。除了这些，洪涝的发生不仅会增加溺死、暴发腹泻和呼吸疾病的风险，在发展中国家，还会增加饥饿和营养不良的风险。

洪荒年月，土被洪水淹没，若非诺亚方舟，也就没有人类与万物了。茫茫宇宙，与洪荒也没甚不同，地球如同汪洋中一条纸船，男女人类乘其远航，有小诗为证：宇宙是一片汪洋，上帝是一个小孩，文明是一张报纸，地球是报纸叠成的一条纸船。上帝这个老小孩，用好奇点燃刁顽，把纸船抛入汪洋，微笑着撒手不管。纸船上没有风帆，汪洋中没有港湾，罗盘是智慧和愚昧，双桨是民主和野蛮。人类、地球上一群水手，地球、汪洋中一条纸船。

真理是一位两面伊人：一面是丰满和美好，一面是荒凉与丑陋。前者饱含悲悯，后者浸透残酷。剥光温情脉脉面纱、撕下文明伪装、呈现血淋淋的伤口，或赤裸裸的心碎，是它的专利。它以棒喝升平、淋狂热以冰水、赏喜悦以耳光、扫国家兴致、揭社会疮痍为己任。当你走投无路时，它又会向你频送秋波，投怀送抱。毛泽东说，实践是检验真理的唯一标准。联想当下，更见风韵。地球是造物主送给人类的最初的礼物。只是如今的地球，经人类上万年的胡乱折腾，随着春夏秋冬的来去，已经千疮百孔，天不再那么蓝，山不再那么秀，水也肮脏了，呼吸也不通畅了。每一个节日的欢乐里都潜藏着莫大的环境忧愁。

水土如船，居安思危已经不是一句耍贫嘴的自我警告，而是一个实实在在的看得见摸得到人人都能感受到的危机。思想和认识的过程如同寻找伊人——多数是花豹咬豪猪——没处下口：

蒹葭苍苍，白露为霜；所谓伊人，在水一方。溯洄从之，道阻且长；溯游从之，宛在水中央——过程备为曲折，目的尚未达成。黄白黑红色相，东西南北街坊。土豆如同太阳，玉米是你亲娘。真善美丑好坏，荣辱兴衰喜哀。沧海桑田轮回，来去多少人类？时光落花流水，地球黄叶飘飞。树木问心无愧，果实可曾知悔？旧岁兮去倏忽，新年兮纳福禄；日月出兮天心，江河生兮地骨。昏聩乎东君兮，雪沃兮岂峰谷。泰来兮于否极，四象兮已出没。

与洪水对应的是干旱。

中国古代将干旱归之于旱魃。今天人们大多知道，干旱是所有与气候相关的自然灾害中最严重、最广泛的自然灾害。1769、1790、1866、1876—1977年以及1943年发生在印度次大陆的干旱杀死了几百万人。1878年因干旱造成的歉收在中国有1000万～1300万人死于饥荒。许多干旱事件与ENSO事件相连。如果饥荒在干旱期发生，营养不良和疾病能导致永久的智力、身体损害。不是所有的饥荒都由于干旱引起，也不是所有的干旱都会导致饥荒。干旱无处不在，它对发达国家和发展中国家都有冲击。尽管干旱能导致长期的病态，但对人口增长影响不大。由于全球大部分地区干旱的准确周期性质，气候变暖因素能否减少干旱强度和频率存有疑问。例如，尽管澳大利亚东部自从1950年以来湿度增加了30%，但干旱的强度和频率并没有减少。全球气候变暖直接影响到地球生态系统，给人类生存环境和人体健康带来危害。而人类健康状况水平是国家社会环境、自然环境、物质生活水准以及公共福利水平的综合反映。在全球变暖的大环境背景下，由于异常天气的出现，如夏季高温、冬季变暖、干旱等，往往会造成局地空气质量下降。特别是在人口密集的大城市，由于城市热岛环流的存在，导致空气污染物不易扩散，造成严重的污染和旱涝天气。

失衡的气候变化给中国带来频繁的暴雨和干旱,那年有感于汨罗江已经污染,随处可见坍塌的江岸,露出湖床的干滩、屡禁不止的淘金、挖沙船、肆意倾倒江中的垃圾,故端午节有感诗之曰:

粽子香,香厨房。艾叶香,香满堂。屈原翘首罗江上,放眼一望意彷徨。云梦泽,碧波藏。鄱阳湖,见湖床。麦杏半熟锦绣殇,桃枝恐难秀三江。天亡苍,地生荒。风月软,红尘强。苟且偷生次第过,蜉蝣无悔岁月长。器不成,有遗响。梁未熟,气正昂。山川峰峦去锦绣,江河湖泽失波浪。春飞红,秋遗香。烟水浅,终还乡。水下祖陵朱元璋,因之露出一角墙。花想容,草思芳。山欲裳,凤求凰。秦楚那壁才遗恨,南柯这厢梦未央。

继之以七律曰:

艾粽端阳忆屈原,古今感慨出同门。
四方垃圾围千郭,八面田亩空万村。
绿野工矿吞锦绣,青山闸坝断轩辕。
同侪合力招魂魄,自创疮痍自手扪。

再调寄《浪淘沙》为自己打气曰:

朝发枉渚兮,夕宿辰阳。深思高举为家邦。与世推移终不降,擂瓦砸缸。端午粽成双,今古同窗。濯足渔父又相扛。满腹离骚还碰撞,香艾弥江。

一〇二

根据中共中央、国务院批准的北京市人民政府机构改革方案和《北京市人民政府关于机构设置的通知》(京政发〔2009〕2号),设立北京市水务局(简称市水务局)。主要负责全市水资源、供水、排水、节约用水、防汛抗旱、水环境、水土保持等方面的监督管理。

2009年正式成立的北京市水务局,2015年向社会发布公告称,自2016年起施行《北京市水土保持条例》最严格的水土资源保护方式,明确水土保持是城乡水生态一体化修复工作,不仅是山水林田湖范围内,已建成居住区、公园、绿地、下凹式立交桥等区域的雨水控制和利用也在水土保持范围内。北京水务局的相关负责人这样介绍说,北京市从1991年即开始按照国家制定的水土保持法,对从事生产建设活动时破坏水土保持设施、地貌植被、不能恢复原有水土保持功能的行为征收费用。在征收了10年之后,由于当时为了促进北京市的生产建设力度,加上当时领导对水土保护的意识也没有现在这么强,在2000年之后陆续停止征收。

截至2016年,北京市已弃征水土保持费用达15年之久。

这15年的水土流失面积增加了多少呢?水土流失补偿费用又流失了多少呢?这些费用可以预防治理多少水土流失土地呢?推及全国又是多少呢?真的不敢多想,也无法细细去说。导致当下水土流失恶果的原委是什么,漠视、忽略、边缘化,已经不遑多说。何况,如此这般弃征多年的省、区、市、县又何止北京一地。这该怪谁呢?

根据《北京市水土保持条例》的规定,北京市将在间隔15年后再次征收水土补偿费,征收对象为2016年1月1日之后开始立项的除学校、医院、养老院、污水处理厂等之外的所有生产建设项目。按照扰动土地的面积计算,每平方米2元;按挖土方量或弃土方量计算,每立方米2元,征收计算方法选择金额大的方式。征收的补偿费10%上缴中央国库，90%留本市用于破坏生态功能保护和修复。按照2014年批复的生产项目测算，水土保持补偿费用近3亿元。本月底之前，财政和发改部门将出台具体办法。对于建设项目来说，水土保持补偿费开工时即需缴纳，不缴纳的，水保专业执法队伍将对项目进行执法检查，并产生滞纳金。

我这么说绝无丝毫责备北京水务局的意思，相反是在赞扬他们，因为那时还没有水务局这个建制，水土保持，在相当一段时日，无家可归的水土人，说好听点，如同一群没娘的孩子，说难听点，则仿佛一群孤魂野鬼，在凋零了锦绣的水土中国、在混淆了五色的共和国四处游荡，远看像是一群要饭的，近看像是一伙背炭的，一问才知是水土保持站的。普天之下一日水土，率土之滨终生保持。向日葵的釉、紫外线的瓷、沟壑的身、高山的魂。给点阳光就灿烂，吹股气儿就风流，该种树时种树，该挖泥时挖泥，该收费时收费，横竖都不含糊。

最后，还得用亡羊补牢，未为晚也，来做注脚。

事实是，近些年来，北京市水土保持工作业绩骄人，尤其是生态清洁小流域建设，得到众多院士学者和领导的肯定，连续多年写入中央一号文件、列为市政府折子工程、市政府为民办实事项目。市政府常务副市长李士祥认为生态清洁小流域建设是调结构、转方式，促进新农村发展、美丽乡村建设与生态文明建设相结合的重要手段。水利部副部长刘宁认为"生态清洁小流域是北京的名片、首都的符号"。水利部将北京市的生态清洁小流域作为推动水生态文明建设的重要抓手，先后在浙江、广东、福建、青岛等10余个省市加以大力推广。

资料显示，北京市水土保持是从中华人民共和国成立初期开始起步的，大致分为4个阶段。第一阶段是1950—1959年，兴修水利、防灾减灾，保障生产。第一代水保人进山入川、保持水土、治理泥石流，护佑家园。成立了全国最早的水土保持基层组织——田寺水土保持委员会。第二阶段是1960—1979年，三年困难时期，山区缺粮。大规模毁林开荒，植被破坏，水土流失日益严重。为恢复耕地、稳定粮食生产，北京市在1960年成立水利工程局，在农田水利处设水土保持组，全市掀起开展水土流失治理热潮。第三阶段是1980—2002年，党的十一届三中全会后，百废待兴，北京市水土保持事业重新走上正轨，成立了水保工作协调小组，办公室设在水利局，并首次以小流域为单元，开展东三岔、庄户沟、苇甸沟小流域综合治理试点工作。第四阶段是2003年至今，1999年以来，北京遭遇连续干旱，水少、水脏成为制约首都经济社会发展的第一瓶颈。面对新的形势，北京市提出了"以水源保护为中心，构筑生态修复、生态治理、生态保护三道防线，污水、垃圾、厕所、河道、环境同步治理，实施21项措施，建设生态清洁小流域"的思路。北京市水土保持事业进入全新的工作阶段。按照山水林田湖一体化保护的总体布局，深入贯彻落实新《水土保持法》和国务院"水十条"的要求，确立了以水源保护为中心，构筑"生态修复、生态治理、生态保护"三道防线，采取21项措施，实施污水、垃圾、厕所、河道、环境五同步治理，建设生态清洁小流域的思路。在全市1085条小流域（山区576条，平原509条）中，截至2015年年底，已建成不同类型的生态清洁小流域323条，涉及7个山区县和海淀、丰台、石景山、通州、大兴、顺义等6个平原区县。

不仅这里，还有那里，这是一个习惯性的含糊其词。

我注意到资料所述"第三阶段是1980—2002年"，这里边没有提到水土保持机构因"文革"废止八年之久，但"党的十一届三中全会后，百废待兴，北京市水土保持事业重新走上正轨"已明白告人，不说也罢。从走上正轨之后北京市的水土保持工作，以生态清洁小流域建设为主线，一路前行，逐渐从山区走向平原，从小流域走向大流域，从郊区乡村走入了城市。

他们的主要做法，一是政策机制体系。市发改委、市财政局每年从基本建设资金、水资源费和土地出让金中安排一定比例资金，用于生态清洁小流域建设。二是建设管理体系。实施精细化管理。强化农民参与机制。明确农民是生态清洁小流域建设主体、管理主体、受益主体，促进农民从"项目前期、工程实施、后期管护"三个环节全过程参与生态清洁小流域建设工作，实现了水土保持工作"零距离"服务农民。三是运行管护体系。初步建立了生态清洁小流域管护体系。全市成立3927个农民用水协会，组建1.08万名农民管水员队伍，实现了源头管理。北京市财政每年安排管护资金590万元用于生态清洁小流域管护和农村污水处理设施运行费;对设施的运行管护情况进行抽查,不合格的取消管护费用。对已建成生态清洁小流域的沟道生态环境、污水处理设施运行状况、垃圾处置等公共设施进行管护,日常管护资金标准2000元/平方公里·年。四是研究和开发了膜生物反应器(MBR)等12余种经济可行的农村污水处理技术。将分类收集的农村厨余垃圾沤制有机肥用于农田。实现了全市土壤侵蚀的定量预测。引入欧盟水框架指令和近自然治理理念,开展小型水体生态修复示范。通过抗旱、耐寒、耐贫瘠及水土流失防治效果试验,筛选8种生态草种,研究3种库滨带建植模式。建成11个坡地径流场、163个观测小区和14个沟道控制站。制定《生态清洁小流域技术规范》等5项北京市地方标准。利用3S、网络技术,以小流域为单元,实现市、区两级预防监督、监测等业务网络化管理,提高了水土保持的精细化管理水平。取得的显著成效是保护了饮用水源、促进了新农村建设、维护了河库健康、促进了生态文明建设。

  2016年7月20日北京连降暴雨,有说超过2012年北京"7·21"特大暴雨。

  降雨最强区域在海淀、房山、门头沟等地,降雨最强时段为11~16时。首都机场取消航班195架次。丽泽桥下积水没过膝盖。丰台区羊坊桥下严重积水,轿车水中浸泡。积水断路计有房山东关铁路桥下、丰台丰西铁路桥下、丰台程庄路南口、丰台芦花路铁道桥下、丰台京港澳高速岳各庄桥下双向、丰台西三环丽泽桥南。城区道路积水断路6处,分别为丰裕桥、酒仙桥北路、丽泽桥、上清桥、岳各庄桥、长辛店路北口。大红门东桥北侧积水一米多,两车被淹没。积水将北侧辅路200米左右的范围淹没,警示牌、红灯只露出顶端,积水最深达一米多,两辆车被水没顶,好在车上人员已逃生。城区内涝重灾区多半在桥下,中心城区多处积水断路,西部和南部居多。部分村庄因河水泛滥被淹。山区为防灾转移7210人。怀柔、延庆、房山、石景山等地,暴雨过后,仍有险情。房山区降雨量普遍达到175毫米,特别是南窖乡达到275毫米、琉璃河南召达到280毫米。为防患于未然,11个乡镇共转移63人。地质灾害启动红色等级,暴雨红色等级,大风蓝色等级。警方全部在岗在位,分局共接报处置涉水警情71件,无人员被困或伤亡情况。53个地点积水断路,却有惊无险,许多人称奇。

4年前同一天,也就是2012年"7·21"大暴雨,山洪暴发,房山区北车营村、大石窝镇后石门村、南泉河等地,多村多人死里逃生。青龙湖镇人说,多年来大山常年被盗采,山体生态严重破坏,暴雨没遮没拦地冲刷之后,带着泥沙冲向村庄,那才叫吓人,自作自受。过后无论是否有手续,采石采矿的统统关停,现在河沟里的水都不带泥沙。别说种树是林业的功劳、疏凌河道是防洪的功劳,说穿了,这全是水土保持的分内事,只是这功能被多方瓜分了。

"水土流失最大的不好是淤塞河道,"于占成给我一把伞,趁着雨下得倦怠,让我下车去看那些田畦里的河道,"你不清理还不行,下暴雨它就会漫流,也不能怪水,它总得有地方去呀,你让它没地方去,它就淹田淹地淹人,有地儿去了,它就安安静静成了风景!"

走到雨地里,于占成颇为豪迈地指点江山曰:"精细管护很重要,怎么严都不过分。前不久,我们房山区生产建设项目采用遥感影像进行天地一体化监督检查,对疑似违法项目进行核查,对确认违法项目立即处罚。光是2016年6月前后,水土保持现场监督检查140次,罚款近10万元。2012年生态公益林补偿面积155.07万亩,涉及股民18.66万人,生态林管护员达到6563人,落实生态补偿金3721.7万元。"十三五"主要是落实首都"四个中心"战略新定位,进一步深化"一区一城"新房山发展思路,适应发展新常态,实现发展新转型,实施房山区的新城新业新生活梦想。北京是较早进入经济增速换挡期的地区,已经确立了以服务业为主的产业结构和以消费为主的需求结构,科技创新和文化创新已经成为驱动发展的新引擎。不过,也有一些问题,比方说有些河流的考核断面水质超标,污水处理设施建设不到位,城镇和农村污水处理率分别仅为77%和42.7%;森林覆盖率相对还是较低,矿山开采活动对自然生态环境破坏仍有待恢复,距离现代生态休闲宜居新城的目标,还有较大的差距,人居环境的改善压力突出。所以还有许多活要干,这5年来的大布局据说总投资是500多亿元,百年大局全方位规划,那时你再来看,恐怕就更找不到北了!"

光着脑壳的宫亚光和水利部的凌峰,也撑了伞站在雨地里。还有两位房山水保站的女子,很合时宜地在雨地里亮丽着,还不时说笑,让绿丢丢的风景与因暴雨泛混的河水,有了几分不好意思。从古石桥流将来的琉璃河,是有灵性的,河神归龙王管,大约像洛神那样也是位好看的神仙姐姐,她瞧不起其貌不扬的土神,尘土经常会弄花她真水无香的妆容。

中国神话等级森严,管水的,王者之尊,呼风唤雨,风光无限,名曰龙王。管土地的,位低置卑,灰眉土眼,是个不着调的小神,名曰土地佬。龙王是九五之尊,瞧不起土地,每每冲土地横眉竖眼,土地只能唯唯诺诺。五行另有一个说法,兵来将挡,水来土掩。土地处处克制龙王,常唾龙王一脸土,将水淤塞、逼高、溃决、染黄。土地心说,牛什么牛?经天的是日月,行地的是江河,土地是水的依归,没有土地担待水承载水,水就无处容身,龙王还不得死翘翘?我土地的辈分和神通比你龙王不知大多少倍,凭什么对我吆三喝四?可惜土地心说,龙王听不到。水土不和,遭殃的是万物。万物日子不好过便跑去告状,玉皇大帝发话,叫龙王和土地合署办公,无分大小,二神合一。龙王心里不服,土地诸般自卑。玉帝便索性将龙王与土地拆分,捏泥人也似,将两团血肉合在一处,捏成一个硕大金身,名曰:混沌。众神不解,玉皇笑曰:混沌初分,清者上升为天,是水循环,浊者下沉为地,是土造化。天地分配好了,管护跟不上,故将这两个心生倦怠的神合在一块,使其重返混沌、再萌初心,以混沌之心来管清浊,惕惕然也,水中有土,土中有水,水土皆为自然血肉,岂不快哉。又号令曰,从此后,分管农林牧渔诸神皆应听命于混沌调遣,四季依序,万物按例,不得有误!

但那只是神话,聊供水保人穷乐和一下。

事实是,在凡俗人间,水土依旧分庭治之。想起一个外国谚语,设若水土如车,天鹅与梭鱼拉车,一个往天上飞,一个往水里钻,坐在这水土之车上万物万类怕是没有果子吃。若以京胡喻之,土乃京胡之琴体,水若京胡之琴弓,二者本为一体,不可或分,奈何农林牧副渔五把大小不一的手,共执一根琴弓,共拉一把京胡,东鳞西爪,南辕北辙。自顾自。

一〇二

本书自春节始至秋时杀青,可谓耗时耗年耗人,春节时兴起,填《一斛珠》新韵一首,录以述怀曰:旦新夕旧,丙申岁尾衔年首。冬雪厚,羊年尽,猴年到,如意吉祥兽。利禄功名得去陋,繁荣昌盛须添秀。泰来否去翻筋斗,花果缠头,富贵青红后。

资料显示,20世纪30—60年代,震惊世界的环境污染事件频繁发生,众多人群非正常死亡、残废、患病的公害事件不断出现,其中最严重的有8起污染事件,人们称之为"八大公害",为了让我们这些人永远记住,我把这些资料罗列如下:

(1)比利时马斯河谷烟雾事件,1930年12月1～5日,比利时的马斯河谷工业区,外排的工业有害废气(主要是二氧化硫)和粉尘对人体健康造成了综合影响,其中毒症状为咳嗽、流泪、恶心、呕吐,一周内有几千人发病,近60人死亡,市民中心脏病、肺病患者的死亡率增高,家畜的死亡率也大大增高。(2)美国洛杉矶烟雾事件,1943年5～10月,美国洛杉矶市的大量汽车废气产生的光化学烟雾,造成大多数居民患眼睛红肿、喉炎、呼吸道疾患恶化等疾病,65岁以上的老人死亡400多人。(3)美国多诺拉事件,1948年10月26～30日,美国宾夕法尼亚州多诺拉镇大气中的二氧化硫以及其他氧化物与大气烟尘共同作用,生成硫酸烟雾,使大气严重污染,4天内42%的居民患病,17人死亡,其中毒症状为咳嗽、呕吐、腹泻、喉痛。(4)英国伦敦烟雾事件,1952年12月5～8日,英国伦敦由于冬季燃煤引起的煤烟形成烟雾,导致5天时间内4000多人死亡。(5)日本水俣病事件,1953—1968年,日本熊本县水俣湾,由于人们食用了海湾中含汞污水污染的鱼虾、贝类及其他水生动物,造成近万人中枢神经疾患,其中283名甲基汞中毒患者中有66人死亡。(6)日本四日市哮喘病事件,1955—1961

年，日本的四日市由于石油冶炼和工业燃油产生的废气严重污染大气，引起居民呼吸道疾患骤增，尤其是使哮喘病的发病率大大提高。（7）日本爱知县米糠油事件，1963年3月，在日本爱知县一带，由于对生产米糠油的企业管理不善，造成多氯联苯污染物混入米糠油内，人们食用了这种被污染的油之后，酿成有13000多人中毒及数十万只鸡死亡的严重污染事件。（8）日本富山痛痛病事件，1955—1968年，生活在日本富山平原地区的人们，因为饮用了含镉的河水和食用了含镉的大米，以及其他含镉的食物，引起"痛痛病"，就诊患者258人，其中因此死亡者达207人。

"旧八大公害事件"过后不久，20世纪80年代又发生了意大利塞维索化学污染事故、美国三里岛核电站泄漏事故、墨西哥液化气爆炸事件、印度博帕尔农药泄漏事件、苏联切尔诺贝利核电站泄漏事故、瑞士巴塞尔赞多兹化学公司莱茵河污染事故、全球大气污染和非洲大灾荒等"新八大公害事件"。近年来，中国的一些学者对全球生态环境问题进行了研究，提出了严重威胁社会经济发展的全球性生态环境问题主要有七个方面："三废"物质污染、噪声污染、水资源污染、土地沙漠化、温室效应、大气臭氧层破坏、核污染。世界卫生组织说，2012年全世界共有约700万人死于空气污染。空气污染已成为威胁全球环境健康的最主要"杀手"。

小康不小康，关键看老乡；是梦不是梦，先把水土问。

笔者这一路走来，见了许多老乡，细问了十多个省的水土保持，有如下一些想法。先必须厘清一个概念，这些年以来，我们习惯了说生态环境，可什么是生态环境？许多人也包括我自己，却知其然不知其所以然。生态环境是个抽象的概念，表面的华丽往往会掩盖掉最本质的东西。归真返璞，说穿了生态环境就是水土。万儿八辈子，人类择水土而居，先生穴居、后生庐之、始村落、继乡镇、又里弄阡陌、再红尘万丈，水土被林林总总渐次遮蔽，眼前只有金粉繁华，哪里见得着原汁原味的水土？繁华如上海、深圳者，过去也无非是个小渔村，尊贵似北京首都这样的，千年前也不过是洪荒年代自然出的一片儿苦海幽州。天安门故宫中南海金水桥也逃不过是老龙王鱼篓里装着的苦甜水、绕不过是社稷坛里一捧儿不起眼的五色土。南水北调能调长江的水解北京的渴，却调不来黑龙江的黑土、黄土地的黄土、南方的红壤以及世界各地的这个土那个土，来填还皇城根下大江南北长城内外流失的土！

如同城里人瞧不起乡下人，非农户瞧不起农民，吃着水土种出的五谷、喝着行地江河井泉沟壑云腾致雨的水、呼吸着水土滋养草木制造出的氧气、享用着土生水养的万物万类、使着水土埋藏的各类矿藏、住着水土混凝的房子，却只知生态环境而压根儿忘了生态环境只是毛，是生长在水土这块皮上的毛。皮之不存毛将焉附老古八辈子的话，从千年前说到如今还得一次接一次重复。

树雄千尺也总有个根本，楼高万仞总有个基础。别把天上的雾霾和水里的污染周遭的垃圾当韭菜来割。不能割，得彻根儿拔！

人心思拔，不思割，是我这一程儿所见，也是共识。

前边写到的那个马瑞昌，拿多年打拼挣下的钱承包了一座荒山，将自己跑煤炭运输赚来的钱分批投入到荒山治理开发上。没有向国家要一分钱，迄今累计投资1200余万元，分分钱都是自己的。为什么这样？就是想彻根儿拔除这个祸患。我还在路上的时候，他忽然打来一个电话，说他自己的钱投得也见底儿了，得找银行贷些款，问我有没有熟人，能不能帮他说说。可惜我在这方面没有人脉，只能说回去以后，看看能不能托朋友找个熟人帮他。

他也没有强求于我，只是打了个唉声就撂了电话。放下电话，我良久无语。觉得自己太过无能，什么忙也帮不上，很是辜负了他对水土保持的一份热诚。竟然觉得像欠了他一个天大的人情似的。迄今心里也一直放不下这件事。想着自己这一路上，所到之处少不了摇唇鼓舌，认认真真说上几句水土保持的重要性和好处，无形中，让动摇的人坚定下来，使坚定者更加坚定，把一些从来对水土保持陌生的没有认识的人，也鼓动得跃跃欲试。这样一来似乎便让自己担着一份责任了。个中是否有忽悠的成分？有言过其实的地方？有盲目乐观的嫌疑？过后我和乔处说起，乔处还出主意让我找找省里水保的人帮帮忙，只是，因为太忙，我还没有去，而老马也没有再打电话来。真害怕马瑞昌在遭遇诸多艰难和冷眼之后,会泄气,就咚咚地打着退堂鼓,回家里抱孙子去了。那拔除水土祸患的中国阵营、山西队列、娘子关下,便又会少一员拿自己的血肉贴补水土的勇将。

忽然就想起张艺谋的电影:《一个都不能少》!

水土保持是个硬碰硬锤对锤打擂的事,来不得一点假装,只有扑下身子真做,方才会有所成就。这样真做的人才值得人景仰。我在采访途中,几次接到要我参加山西省汾河生态采风的电话,可惜我分身乏术。山西省宣教中心主任李景平在电话里谈到此行所见,感动得无以名状。过后我看到《三晋都市报》上周俊芳的一篇特写,方知李景平为什么感动。周俊芳在文章中写了一个名叫张俊平的民营企业家,这个人是个真做事的人。他在太原市城郊一个遍布废弃石灰窑、煤窑、石膏矿的所在,耗时良久修建了一座玉泉山森林公园。她这样写道:"大约在2014年春天,人们从网上和微信上得知太原市长号召赏樱花的信息,于是,人们蜂拥而至。看樱花的人人山人海,人比花还多,公交挤得坐不上,汽车堵得走不动。西山纥僚沟玉泉山公园,因樱花而一炮走红。""在陡峭的山上,一锤一锤在岩体上凿,一个树坑一个树坑地刨,岩石上存不住土,就用铁皮围起来。岩石上的树坑,缺的是土、缺的是粪、缺的是水,民工们一筐一筐地往山上背。在崖壁上作业,先后死去15个人,就像打仗一样,他们随时面临着牺牲。其艰难程度让人看了掉泪。""种下的树因缺水,成活率很低。张俊平就走访专家,但专家的办法有时也行不通,让他们走了不少弯路。""如今张俊平修建的水网喷灌系统达220公里,覆盖浇灌面积7000余亩。他们修建蓄水池16座,蓄水能力30万立方。张俊平又从几十里的汾河二库引来水浇灌,树木的成活率大大地提高。他们的喷灌不但用来浇水,还用来防火。一支60多人的消防队员常年在山上巡逻。""'烧锅炉挣了几亿块。总不能都留给孩子们吧?留给孩子是害!我们当大人的不能替孩子把什么事都做了。'张俊平说:'我不抽烟,不喝酒,也不爱好其他,就是对种树有情结。当兵前,我在村林业队种过3年树,多少懂一些,所以这么多年过去了,依然对种树情有独钟。'"

"市场竞争加剧的当下,他紧紧抓住了这次商机,把生态绿色产业看作产业接续的新出路。张俊平将自己的公司山西晋峰供热公司所赚的钱全部投到玉泉山公园的建设上。现在资金紧张,他只好让一部分员工放假。""张俊平说:'不理解是最大的痛苦,没有朋友,没有亲人,孤独是最难受的,高处不胜寒。'""我问他:'是什么精神力量支撑你坚持下来的?'他说:'爱好,就像你们文人爱好写作一样。'"

这回答朴素得像水土,我想,水土也会被他感动,何况是树木。

一〇四

还有一个人,是个巾帼,名叫郝月清。早年间在太原邮电局工作,不甘于懒散,跑出去自己打拼。一介红颜,偏爱古建园艺,喜欢往山沟里钻。

2016年是闰年,366天。第一天是星期五。农历丙申年,猴年,该年农历无立春,即"无春"。猴年春节瑞雪纷纷,自度信天游曲曰:

沟凹坡皱,羊儿草木皆枯瘦。声溅落汤锅后,一腿夕阳,半肘红白肉。崖畔畔头拿住手,圪捞捞里舌缠口。信天游里哥哥吼,两个冤家,撂下羊群走。

又一首《雪落与立春的姿态》,调寄《风入松》新韵:

狂花浪柳适时归,白雪落还飞。茫茫望远清平路,瘦峥嵘、坎坷轻肥。万壑千沟玉碎,崇山峻岭银堆。秦皇未改此徘徊,唐宋景常摧。元春明夏清秋酒,酹流光、亘古壶杯。回首余香犹在,皑皑几朵寒梅。

为水土保持一事辛辛苦苦,所为何来?只为来年争个新天地,见些新气象,故调寄《苏幕遮》押平水韵,以畅胸怀:

减愚痴,添美丽,众妙之门,释道儒开启。禽兽鳞虫山水济,花木多情、造化风雷递。率初真,持本器,万圣归宗、道道名名弃。日月星辰风雨蔽,气象千千、蒸个新天地。

孰料前些天,我认识的一位老朋友,不知从何处知道我在写一部有关水土保持的报告文学,打来电话,邀我去一个地方。这个名叫黄花沟的地方,在长治平顺县境内,归石城镇管辖,镇书记是个不俗的文学爱好者,对他的石城镇和黄花沟推崇备至。我那天恰巧身体欠佳，也许是血压高的缘故，两腿灌了铅也似，走起路来拖泥带水。天又热得邪乎，日头毒辣辣的，沟长山大，路窄崖深，下了车往前挪动，边上没遮没拦，真怕眼前一黑，失足栽将下去，怕是要好半天才能落到沟底吧？落个粉身碎骨的下场。但我竟然硬撑过来了。

先去看了郝月清郝总赞不绝口的龙门寺。龙门寺位于平顺县城西北，约有65公里。顺着黄花沟道往里走，涉过一段水毁的乡村公路，车可开到龙门寺前的山腰。并不起眼的龙门寺，竟然创始于北齐天保年间，原来叫什么不知道，只知道现在名儿是北宋乾德年间（963—968年）改的。年久失修，明清又先后做过几次局部修葺。现存的殿堂廊庑，保存完好，俨然如前。殿堂布局，依例严谨。中轴线有三进院落，东西禅堂，经舍等各成一区。前院西配殿为五代后唐同光三年（925年）所建，三开间悬山式，殿内无柱，梁枋简洁规整，犹存唐风。据专家考证，现存五代木结构建筑悬山式殿宇仅此一例。大雄宝殿北宋绍圣五年（1098年）建，广深各三间，平面近方形，单檐九脊顶，斗拱五铺作单抄单下昂，斗拱与梁架结构在一起，共承屋顶负荷。殿顶琉璃脊兽，形制古老，色泽淳朴，为元代烧造。天王殿构造灵活，梁枋断面互不一致，显系金构，后殿三间，悬山式，元代形制，其他殿堂均为明清重建。故有专家称，如此集后唐、宋、金、元、明、清六代木构建筑于一寺者，为当今中国现存文物中所仅见。

即刻之间，郝总与黄花沟，因为龙门寺，变得牛大了。

石城镇同样不凡，也是一个文化底蕴浑厚的文明古镇，在司马迁所述《廉颇蔺相如列传》之中，提到了秦国攻下赵国的石城一事。这石城便在石城镇境内。石城镇所辖石城、豆口、王家庄、黄花沟等8个村，加上岳家寨，都有上千年历史。五代、元、明、清建筑俱全。尤其是黄花沟内八座散落在石城镇与河北涉县之间崇山峻岭之上的村庄，还有岳飞后人避难的岳家寨，依山傍势，各有殊胜，如同一链失落日久的珍珠，被隐藏悬挂于层层石筑梯田的花椒树枝头。随处可见春秋时的古寨堡、上千年的白皮古松、苍颜古貌的老槐。已经开残漫山遍野的黄花，还有零星闪烁。前两天下过的大雨，还在从大山之上的岩石隙缝中四散流布。

我注意到，历千百年不止的黄花沟，为了生存已经把古老的农耕文明发挥到了极致，但凡能种的土地全都种了庄稼，不能耕种的石山之上，也凿开岩壁，石砌土填，开成了一层一层的梯田。村庄也是如此，许多房子是凿壁筑室，就地取石，院落中的青石碾子，竟然与大山岩石浑然一体，竟然是从岩石之中硬生生地凿出来的，这在全国也是少见的。我还注意到黄花沟乃形胜之地，任何居室都扼险要，皆可一夫当关，万夫莫开。更有点类似避秦的武陵源野人：山是老崖山，沟是一溜滩，地是山坡地，吃水走半天。峡山深处，村落古朴，民风淳厚，如同一轴挂在深山人不识的古画，犹能从中觅到古趣与华夏范式。

郝总说："来了七八次，就为这件事。在领导诚挚推介，我们积极引进下，已经先后多次邀请古建、水利、农业、林业、企业、艺术、宗教等多个专业的领导、专家、学者，业界精英，深入黄花沟蟒岩村、上港村、枣林村、流吉村、黄花村、水板石村、自新村，还有岳家寨实地踏勘，认真调研村干部和村民的意见，小心求证，大胆设想，整合资源，改组公司，要让这里的村民富起来。但扶贫也有多种方法，授人以鱼，不如授之以渔。这里的历史文化物质遗产非物质遗产在全国也是独一份的，所以我们要保护这些历史文化资源，打造太行山古村落（黄花沟）保护与活化系统工程，既保护了古村落，又能让黄花沟脱贫，一举两得。"

黄花沟党总支书记赵永翔，是个年轻小伙子，和我们彻夜深聊。

他父亲赵爱学是枣林村的老书记，当支书20多年，给黄花沟架起电线，家家装上了电灯，修通了通往河北涉县的隧洞，而他自己却积劳成疾，与世长辞，年仅37岁。全村人自发为赵爱学举行了追悼会，男女老小哭啼抹泪使时年16岁的赵永翔深受感动，暗下决心要完成父亲的遗愿，用自己学到的知识为村里谋幸福。他放弃了外出上学的机会、放弃了外出工作的照顾，放弃了县城里的生活，毅然回到枣林村。先是当了6年村会计，后被村民推举为村党支部书记。2015年10月，黄花沟党总支正式创立，赵永翔被推举为党总支书记。

他说："我父亲生前有两个心愿，一个是让黄花沟里家家能喝上自来水，一个是给黄花沟修一条像样的路。我当支书后先修水库，用一年的时间让村里户户通了自来水。又带领大家修了500余公里路，架设电话线10公里让户户通了电话，还通了电视。前几年，让大家种花椒，现在家家都是万元户。被选成党总支书记，觉得责任更大了，往后想带领七个村子一起致富脱贫，所以我给黄花沟起了个新名字叫圆梦山庄，圆脱贫致富青山绿水的梦！"

"我们黄花沟不缺水，是缺水利设施，"这个戴着近视镜的文质彬彬的青年告诉我，"中华人民共和国成立60年来，为水没少忙，教训没少尝。黄花沟水源多，水根浅，雨量一多，沟里的清水哗哗地能流淌3个多月，可惜因为没有水利设施，留不住水，都白白流走了。要是国家能让水利系统支持我们一下子，在黄花沟里布建些水利设施，那我们黄花沟就真的活起来了。

"黄花沟几条沟加在一起得有20余公里深浅，总面积60000亩，总户数500余户，总人口2000余人，耕地1000余亩，经济林3000余亩，人均耕地不足1亩，都是小块梯田，是平顺县最典型的贫困村，按习总的要求，属于精准扶贫、按时脱贫的对象，这忙该帮！"

明知郝总在有意激将我，我却无奈只好漫应着。郝总却话锋一转，一针见血直指黄花沟脱贫致富的要害："我最担心的是，不能因为有了钱，丢了黄花沟的淳朴！"赵永翔毫不犹豫地回答说："不会的，这个我已经想过，我们要圆的梦是既要脱贫致富，又要固守我们黄花沟的古老淳朴的民风民俗，这是我们的灵魂，没有灵魂的富裕，我们黄花沟不要！"

这话，听着让人心里为之一震！

曾几何时，外人只知中国瓷器，称呼中国便用瓷器大写。时至今日依旧。许多人漠视水土以为其天聋地哑，忘记地球说穿了只不过是水土的构成，而男人是土捏的，女人是水做的，水土是人类的图腾。没有水土岂止不会有瓷器，岂止不会有中国，简直就是不会有世界和人类。始自于窑火焙烧高温定形的瓷器，是水土演化的胎儿，也是人类拿捏的过程，终为火的产物。有趣的是，出窑后，却产生了质变，如烈妇忠臣的择一而终，陶土柔软而瓷器坚脆，美则美矣，硬也硬了,却华而不实,成易碎器皿。千百年来,多以洁美自居者,每每不慎失手,砰然坠地,打碎也不知有多少锦绣多少自己。宁为玉碎也不肯瓦全,走了两个极端。

细想,二者均非其原本该有的前戏初志。

时至今日,似乎已急切到需要重新认知琳琅自己的前世今生——别拿水土不当干粮,它不仅是瓷器的爹娘还是大千世界、万物万类、万术万事安身立命的所在。

扫码加入中国水保人交流圈
了解更多中国水土生态现状

（京）新登字 083 号

图书在版编目（CIP）数据

水土：中国水土生态报告 / 哲夫著 . — 北京：中国青年出版社，2018.11
ISBN 978-7-5153-5097-4

Ⅰ . ①水… Ⅱ . ①哲… Ⅲ . ①报告文学 – 中国 – 当代 Ⅳ . ① I25

中国版本图书馆 CIP 数据核字 (2018) 第 091652 号

中国青年出版社　出版 发行

社址：北京东四 12 条 21 号
邮政编码：100708
网址：http://www.cyp.com.cn
责任编辑：刘霜 Liushuangcyp@163.com
编辑部电话：（010）57350508
发行部电话：（010）57350370
印刷：鸿博昊天科技有限公司
新华书店经销
开本：700×1000 1/32
印张：13.5 26 插页
字数：500 千字

2018 年 11 月北京第 1 版
2018 年 11 月第 1 次印刷
定价：68.00 元

本图书如有任何印装质量问题，
请与出版部联系调换
联系电话：（010）57350337